LE POÈTE ET LE ROI
JEAN DE LA FONTAINE EN SON SIÈCLE

Paru dans Le Livre de Poche :

L'ÉTAT CULTUREL

MARC FUMAROLI
de l'Académie française

Le Poète et le Roi

Jean de La Fontaine en son siècle

ÉDITIONS DE FALLOIS

© Éditions de Fallois, 1997.

SOMMAIRE

Préambule 9

I. L'Olympe et le Parnasse 49

II. Dans les années profondes : De l'Arcadie
à l'Académie 130

III. L'amitié et la crainte 193

IV. Nicolas Foucquet, ou comment on ne devient
pas le favori de Louis XIV 248

V. Le repos et le mouvement 291

VI. Le sublime et le sourire 355

VII. Le vivant contre le mécanique 443

VIII. La mort du poète 502

Notes (par chapitres) 577

Table des matières détaillée 635

PRÉAMBULE

« Elle, et aucun de nous, n'avait pu supporter qu'on appelât Mme de Sévigné "spirituelle marquise", pas plus que La Fontaine "le Bonhomme". »

Proust, *Sodome et Gomorrhe* [1]

De tous les « grands écrivains » français, La Fontaine est le seul auquel l'épithète de « grand » convienne mal. Il est le plus continûment populaire de tous, le plus loué depuis trois siècles, mais aussi le plus inclassable, le plus fuyant, le moins respectable de nos dieux lares littéraires. On dirait que quelque chose a toujours empêché les Français de se reconnaître tout à fait dans un poète qui a déclaré « la grâce plus belle encore que la beauté », et qui n'a pas donné au coq gaulois le beau rôle dans ses *Fables*. Une gloire mondiale acclame ce livre depuis trois cents ans, mais un secret mouvement retient les Français de présenter leur auteur, dont la stature semble trop modeste, dans le club des Shakespeare, des Cervantès, des Dante et des Goethe. Aucun M. de Norpois n'a jamais imaginé que les représentations culturelles de la France à l'étranger puissent être nommées Instituts La Fontaine. Même sur le Parnasse de nos classiques, la Muse qui place à table ne lui réserve que le bas bout, quand bien même elle ne le renvoie pas avec les domestiques, dans la compagnie des enfants. À la grandeur de Molière travaille sa Maison, Boileau peut faire valoir son autorité de Législateur du classicisme, Racine ses succès devant le roi à Saint-Cyr, Bossuet l'éclat de ses oraisons funèbres à Notre-Dame. Tous participent de la grandeur de l'État. Tous sont des monuments. La Fontaine n'est qu'un « bonhomme ».

De tous les hommages français qui lui ont été rendus, celui du poète Léon-Paul Fargue est le plus amical : le « Piéton de Paris » sympathise de plain-pied et sans fausse honte avec l'homme La Fontaine, et il accorde au poète non seulement cette intelligence supérieure de la forme que Valéry lui avait le premier reconnue — « recherches volontaires, assouplissements de pensées, consentement de l'âme à des gênes exquises, et le triomphe perpétuel du sacrifice » —, mais le rare génie lyrique. Fargue ne met pas l'auteur au-dessus et à l'écart de l'œuvre, il ne cherche pas dans l'une l'excuse de l'autre, il les montre alliés et solidaires[2]. L'apparente différence de format avec les demi-dieux dont se prévalent les littératures étrangères ne le gêne pas ; il y voit même la supériorité d'un effacement rare, unique même, à cette altitude : en se refusant à l'importance, en acceptant de se diminuer pour les sots, ce poète est descendu jusqu'au centre invisible des choses, qu'il fait voir sans ciller dans leur propre lumière, en souriant à travers ses larmes. Un Oriental de Paris, plutôt que de Champagne, un maître *zen* français.

Dans notre littérature pourtant, une série impressionnante d'éloges de La Fontaine précède et suit celle de Léon-Paul Fargue. Cette tradition a été inaugurée en 1771 par un morceau de bravoure de Chamfort, écrit en vue d'un concours de l'Académie de Marseille. C'est le point de départ d'un véritable « genre » littéraire, qui a son rang, ses limites et ses conventions, elles-mêmes modestes[3]. Ce genre est d'origine académique, mais d'académie de province. « Ô La Fontaine, s'écriait Chamfort, ta gloire en est plus grande ! Le triomphe de l'art est d'être ainsi méconnu. » L'auteur de cette pièce d'éloquence était jeune alors, il avait trente-trois ans ; il s'est toujours senti marginal et malheureux, même dans l'apparence de succès : cette amertume lui fait comprendre la marginalité de La Fontaine, et envier l'inaltérable gaîté et douceur du poète. La longue procession d'éloges qui va suivre le *Discours* de Chamfort a toutes chances d'être une expiation et un alibi pour la pâle figure que fait La Fontaine dans les vrais et grands édifices élevés à « toutes les gloires de la France ». Célébré par La Harpe, par Sainte-Beuve, par Giraudoux, mais célébré pour ses *Fables*, qui cachent leur auteur, La Fontaine est rejeté dans la pénombre dès que, sur la scène du grand amphithéâtre national, il s'agit de proclamer le palmarès des vraies grandeurs.

Les orateurs semblent alors se souvenir que le Grand roi, son règne durant, a ignoré le fabuliste, que Boileau, le « régent du Parnasse », a fait silence dans son *Art poétique* sur ses petits apologues, et que l'Église a réprouvé ses *Contes*, interdits de surcroît par le lieutenant-général de police en 1675. Pour autant, La Fontaine n'est pas non plus un poète-martyr et maudit, il n'est pas Cervantès gravement blessé à la bataille de Lépante et emmené esclave à Alger, il n'est pas Dante mourant en exil, ni Milton aveugle, ni Baudelaire paralysé à Bruxelles, ni Rimbaud en proie à la gangrène à Marseille. Aucune des deux moitiés de l'intelligence française n'y trouve son compte. La gauche veut des douleurs à venger. La droite veut des honneurs à dispenser : elle cherche pour représenter la France des pendants au conseiller aulique Wolfgang von Goethe, poète-lauréat de la cour de Weimar.

Et La Fontaine n'était pas reçu à Versailles ! Il en a décrit les jardins, dans *Les Amours de Psyché*, quand Versailles n'était encore qu'un château de campagne, choyé de Louis XIV, mais pas encore aménagé pour devenir le théâtre de l'État. Il l'a fait en visiteur quelconque, quasi furtif, privé de la présence du roi qu'il ne vit jamais que de loin, le jour de la fête de Vaux. Cette privation, qui ne cessera jamais, devrait pourtant passer en France pour aussi cruelle que les blessures de Cervantès ou la corde que Nerval a serrée autour de son cou. Quand il a été reçu au Louvre, déserté par la Cour, dans les appartements démodés que Louis XIV avait abandonnés à l'Académie française, quelle terrible réponse, qui aurait dû foudroyer le poète, l'abbé Cureau de La Chambre a décochée à son discours de remerciement, le 2 mai 1684 :

« Ne comptez donc pour rien tout ce que vous avez fait par le passé[4]. »

Le programme de sa vie nouvelle de poète académicien lui était ainsi tracé, en style déjà « Empire », en ces termes :

« Travailler pour la gloire du prince, consacrer uniquement toutes ses veilles à son honneur, ne se proposer d'autre but que l'éternité de son nom, rapporter là toutes ses études. »

La réaction du poète à son juge, c'est celle d'Ariel. Il se borne à sourire et à prendre son envol. Reprenant la parole, il ignore les semonces et la leçon, il lit l'enchanteur [Second] *Discours en vers adressé à Madame de La Sablière* :

... Le temps marche toujours ; ni force, ni prière,
Sacrifices ni vœux, n'allongent sa carrière :
Il faudrait ménager ce qu'on va nous ravir.
Mais qui vois-je que vous sagement s'en servir ?
Si quelques-uns l'ont fait, je ne suis pas du nombre.
[...]
Si j'étais sage, Iris, (mais c'est un privilège
Que la Nature accorde à bien peu d'entre nous),
Si j'avais un esprit aussi réglé que vous,
Je suivrais vos leçons, au moins en quelque chose.
Les suivre en tout, c'est trop ; il faut qu'on se propose
Un plan moins difficile à bien exécuter...

Les trilles montent et se modulent avec une grâce si juste, à l'adresse de la seule amie et élue, que l'Académie elle-même est obligée de se sentir de trop. L'abbé de La Chambre ne put qu'enrager d'avoir provoqué une confession publique aussi insaisissable qu'inattaquable. Il refusa de laisser publier son *Discours de réception* dans le même volume que le *Discours de remerciement* de l'impur poète.

Mais pour l'éternel duc de Guermantes et la non moins éternelle Mme Verdurin, cette échappée par les hauteurs n'est qu'un rebondissement de plus dans un délectable scandale mondain. Un poète, un poète académicien, oui, mais s'il s'est mis dans le cas d'un tel affront, il en portera éternellement les stigmates. Voltaire bâtonné a su tirer une terrible vengeance de la race de ses insulteurs. Rousseau humilié s'est posé en martyr et a ameuté l'Europe de ses plaintes. La Fontaine, qui a plaisanté sur lui-même quand son amour-propre aurait dû être blessé, ne saurait représenter décemment le caractère national, tel que lui-même l'a défini :

> Se croire un personnage est fort commun en France,
> On y fait l'homme d'importance,
> Et l'on n'est souvent qu'un bourgeois :
> C'est proprement le mal françois.
>
> (VIII, 15, *Le rat et l'éléphant*)

La vanité, commune à la droite et à la gauche en France, empêche la sympathie pour un homme qui dédaigne de se défendre ; le défaut d'oreille rend difficile la découverte entière d'une poésie qui se veut désarmée, sauf de la poésie.

Dans *Enfantines*, Valery Larbaud conte comment, adolescent, sommé de choisir entre Lamartine (l'un des rares contempteurs avoués, avec Rousseau, des *Fables*) et La Fontaine, qu'il ne connaît que par elles, il était très tenté de préférer le langoureux poète du *Lac* :

« Et puis ces animaux, qui faisaient des discours, qui paraissaient s'occuper des mêmes choses que les grandes personnes, étaient-ce des hommes déguisés en bêtes, ou des bêtes auxquelles on prêtait les passions et les idées des hommes ? En tout cas, ce n'étaient pas des animaux, on leur donnait ce nom, mais on ne nous les faisait pas voir. On aurait dit que le fabuliste ne les avait jamais regardés. Et au bout de chaque fable, il y avait une morale, quelque réflexion bien plate, et bien prosaïque, qui nous donnait l'impression que tout ce qui précédait n'avait été dit que pour en venir là ; c'était une sorte de théorème : C.Q.F.D. Et si au moins il y avait eu un rythme saisissable pour nous, une cadence bien marquée, des rappels de sons, toute la belle danse des rimes. Mais pas du tout, à peine le poète paraissait-il un peu lancé qu'il retombait sans grâce sur un vers trop court. Comment pouvait-on supporter, après les grandes orgues de Lamartine, cet aigre petit solo de flûte [5] ?... »

Cet agacement est encore exaspéré par l'admiration béate et convenue des amis de la famille. Le dégoût fait place cependant à une morale provisoire :

« Non seulement il nous fallait des rythmes grossiers, mais encore nous demandions à la poésie des inspirations sentimentales, et même des images sensuelles. Assurément il y avait dans les *Fables* une quintessence de poésie, fruit de l'expérience d'un artiste qui n'avait écrit qu'après avoir passé la quarantaine : une goutte de miel, un grain d'encens, qui donnait saveur et parfum à tout le livre. Sans doute, plus tard, quand nous serions des hommes, quand nous aurions vécu, nous découvririons à notre tour ce miel précieux, et nous saurions le savourer. En attendant, il valait mieux ne pas nous fatiguer à le chercher... »

Le futur auteur d'*Amants, heureux amants* avait raison d'attendre. Ses poésies et sa prose attestent assez qu'il a mûri dans les *Fables* et avec les *Fables*. Les *Contrerimes* de Toulet l'ont guéri de Lamartine, et guidé vers une musique de chambre qu'il ne faisait encore que subodorer, dans ses années d'études :

> C'était sur un chemin crayeux
> Trois châtes de Provence
> Qui s'en allaient d'un pas qui danse
> Le soleil dans les yeux.

Dans cette ballade vive et rêveuse de Toulet, la Perrette du *Pot au lait* se multiplie en trois Mireille, « allant à grands pas » sur le même chemin ensoleillé que celui du *Coche et la mouche*[6].

Le chant dans les *Fables* est profond, il faut une oreille fine pour l'entendre. La Fontaine est le plus pudique des poètes lyriques. Il exige l'abandon le plus attentif et le moins hâtif. Il le sait et il ne le cache pas :

> L'homme lettré se tut, il avait trop à dire.
> (VIII, 19, *L'avantage de la science*)

Cet art de dire beaucoup moins que l'on entend signifier, cet art symbolique au sens le plus propre, Montaigne, grand lecteur de poètes, en avait pour lui-même défini la discipline.

Rien n'est plus facile que de passer sans l'entendre, d'autant qu'il a pris soin de récompenser l'absence de mémoire et d'oreille intérieures par des charmes sociaux plus à la portée du simple passant. Barbey d'Aurevilly[7] rapporte dans une lettre à leur ami commun Trébutien le sentiment que Maurice de Guérin s'était formé de ce La Fontaine secret :

« Quels commentaires, écrit-il, il aurait pu faire de La Fontaine ! Parfois il le transposait, comme on dit en musique, à force de profondeur. Il trouvait le comique sous la tristesse, et la tristesse sous le comique, et c'était là une découverte, mais ce n'était pas une invention. Ainsi, par exemple, je lui ai entendu lire et interpréter la fable *Un lièvre en son gîte songeait*, qui est d'une si charmante gaîté *à la surface de l'expression*, et il en faisait un poème inouï de mélancolie désolée. Ni *René*, ni *Oberman*, ni aucun de nos *humoristes* les plus sombres, n'ont atteint le sentiment d'isolation désespérée qu'il savait donner à cette pièce. Je me rappelle, quand, un doigt levé entre ses deux yeux plus que noirs — car il avait les deux *noirs*, le *noir* de la couleur, et le *noir* de l'expression —, il disait, comme il savait le dire :

"Dans un profond ennui ce lièvre se plongeait."
(II, 14, *Le lièvre et les grenouilles*)

C'était merveilleux ! Et les plus grands acteurs étaient vaincus [8]. »

Réduites à une courte anthologie scolaire, ou même, faute de les savoir par cœur, à un petit nombre de sketches animaliers conclus par un proverbe, les *Fables*, dépouillées de ces résonances et de ces ombres où veille, aux frontières du silence, leur regard qui voit tout, ont du moins rattaché les Français, tous les Français, si divisés par ailleurs, à une « sagesse des nations » qui a pu sembler le contraire de la poésie.

Les origines de cette sagesse remontent à la Grèce d'Ésope, au Moyen et à l'Extrême-Orient de Bidpaï. L'erreur de Lamartine, et de son romantisme sentimental, est d'avoir cru incompatibles cette dure éducation au réel et le frémissement lyrique, alors qu'ils se postulent l'un l'autre chez les poètes quand ils sont vraiment les amis des mortels. L'Orient de La Fontaine n'est pas celui des *Orientales*, ni même celui du *Divan* de Goethe. C'est une orientation, à la fois au-dedans et au-dehors. On peut ne pas sentir ses nervures vigoureuses ni leur articulation délicate. On peut se contenter de faire un bout de chemin avec le « papillon du Parnasse ». Mais sitôt qu'on en a reçu l'amorce, et entrevu le dessein, la voie est indiquée, on se sent libre d'aller de son propre chef en la suivant. Il en est des *Fables* comme des *Essais*, dont Montaigne écrivait :

« Combien ay-je espandu d'histoires qui ne disent mot, lesquelles qui voudra esplucher un peu ingénieusement en tirera infinis essays. [...] Elles portent souvent, hors de mon propos, la semence d'une matière plus riche et plus hardie [9]. »

Cet art d'éveilleurs, savants dans la science féconde des vides, a souvent été réduit à la monture en épingle d'idées reçues. On a fait du poète des *Fables* le maître français d'un « sens commun » rural, toute prudence et malice. On sait bien en France, et on en est fier, que les *Fables* ne sont pas ce chapelet de *Maximes du mariage* à quoi Arnolphe aurait voulu réduire les lectures de la jeune Agnès. « Notre Homère » n'est pas seulement « notre Ésope », ni « notre Bidpaï ». Cette pulpe française qui, dans les *Fables*, rend savoureux les vieux noyaux un peu amers, mais fort résistants, des apologues d'Ésope, nous nous persuadons volontiers qu'elle réunit les sucs que l'abeille La Fontaine, portée par « son temps », a butinés et recueillis dans les jardins de notre « Grand siècle ». Stendhal a parlé de l'amour comme de la « cristallisation » qui s'opère autour de la moindre branche morte que l'on plonge dans des eaux sursaturées de sel. La Fontaine aurait, un peu par hasard, un peu par le simple bonheur d'être né à l'heure voulue, trempé ses pauvres sarments dans les eaux salines de « l'esprit français », au moment où son degré de concentration était le plus grand.

À la gloire de ce « moment classique » de la France, et de la France littéraire, deux grands livres très différents, mais à bien des égards complémentaires, ont dressé le monument dissymétrique qui, à jamais, fait foi dans la mémoire nationale. *Le Siècle de Louis XIV* de Voltaire et le *Port-Royal* de Sainte-Beuve semblent se répondre. L'un arrête, en un majestueux « tableau d'histoire », les traits de la grandeur historique de la France à son zénith ; une convenance générale, accordée à la volonté de l'État absolu et de son despote éclairé, fait régner, dans ce « grand siècle » du « grand goût », une sorte d'unanimité qui met au même diapason les talents officiels et les talents privés. *Port-Royal*, non moins ambitieux dans le dessein, mais de style plus éteint, ajoute plutôt qu'il n'oppose à la grandeur historique établie par Voltaire une grandeur symétrique mais toute spirituelle, méconnue et persécutée par le Grand roi, inverse de la sienne, et d'autant plus haute, d'autant plus digne de la nation dans le siècle de sa grandeur. *Essai anticipé d'une sorte de tiers-état supérieur se gouvernant lui-même dans l'Église*, Port-Royal a été aux yeux de Sainte-Beuve la vraie Réforme chrétienne et française (par opposition au calvinisme du XVIe siècle : *tentative de l'aristocratie ou, à tout le moins, de la petite noblesse*), une religion tout intérieure, féconde dans l'histoire de l'esprit, fertile pour la littérature, et injustement persécutée par un roi circonvenu par les Jésuites [10].

Entre ces deux grandes fresques, l'une ordonnée autour de l'État royal, l'autre autour d'une élite de grands bourgeois drapés dans de sublimes méditations, La Fontaine, et même son œuvre, deviennent imperceptibles.

Dans le *Catalogue des écrivains français* qui lui sert de preuve à l'appui de son apologie du grand règne, Voltaire est aussi désinvolte envers le poète des *Fables* qu'il le sera pour Corneille dans le *Commentaire* de son théâtre :

« Il faut, écrit-il en *magister*, que les jeunes gens, et surtout ceux qui dirigent leurs lectures, prennent bien garde à ne pas confondre avec son beau naturel le familier, le bas, le négligé, le trivial, défauts dans lesquels il tombe très souvent. » Louis XIV et Boileau n'avaient donc pas tort de tenir à l'écart de l'Olympe ce « bonhomme » doué, mais mal dégrossi [11]. Voltaire n'a jamais varié. Quelques années plus tôt, il écrivait à Vauvenargues : « Le caractère de ce bonhomme était si simple que, dans la conversation, il n'était guère au-dessus des animaux qu'il faisait parler ; mais comme poète, il avait un instinct divin, et d'autant plus *instinct* qu'il n'avait que ce talent. L'abeille est admirable, mais c'est dans sa ruche ; hors de là, l'abeille n'est qu'une mouche [12]. » Revêtant plus tard la perruque de Boileau dans sa *Connaissance des beautés et des défauts de la poésie et de l'éloquence en langue française*, il n'hésite pas à confondre crûment sa critique littéraire et son snobisme de parvenu : « Je ne connais guère de livre [les *Fables*] plus rempli de ces traits qui sont faits pour le peuple, et de ceux qui conviennent aux esprits les plus délicats [13]. » Les *Fables* jugent ceux qui les jugent. L'auteur du *Siècle de Louis XIV* est par ailleurs le premier, dans sa *Correspondance*, à se servir des *Fables* non comme de poèmes que l'on savoure, selon la manière musicienne de Mme de Sévigné, mais comme de canevas ou de proverbes burlesques propres à égayer ses commentaires sur l'actualité politique ou sur ses propres déboires domestiques. Jean est pour Voltaire ce que Françoise est pour tante Léonie.

On doit à Sainte-Beuve, dans les *Lundis*, un des plus beaux morceaux de bravoure dont le genre de « l'éloge de La Fontaine » a été fécond [14]. Voltaire, et sa dure hiérarchie des styles et des rangs sociaux, y sont sèchement remis à leur place. Sainte-Beuve réfute aussi Lamartine. Il montre fort spirituellement que le poète humanitaire de *Jocelyn* est prisonnier, au fond, du même préjugé de cour que Voltaire. Il rend justice à l'homme La Fontaine, que se disputèrent les cercles les plus difficiles du Paris de son temps. Il lui accorde la palme du *génie gaulois* et du *bon sens* français, *égayé de raillerie, animé de charme et d'imagination*. L'*Homère des Français* est son allié contre l'invasion de nos Lettres par une école *sentimentale et pittoresque*, dont Mme de Staël et Chateaubriand sont les initiateurs, et dont Lamartine est un épigone. La popularité de l'auteur des *Fables*, qui n'a pas faibli au XIXe siècle, fait de lui, dans cette bataille du goût, une recrue de poids. Les plus grands égards sont dus à cet allié de circonstance.

Mais lorsque Sainte-Beuve en vient aux choses vraiment « élevées », aux choses sérieuses en un mot, au sublime de la religion qui a été toute sa vie son os de seiche, il retrouve sur ce terrain tous les travers où Proust lui a reproché de tomber dans les *Lundis* : il accorde trois pages condescendantes, dans *Port-Royal*, à l'humble collaborateur des grands Messieurs[15]. Le principal titre de gloire de La Fontaine est maintenant d'avoir publié, sous leur direction, un *Recueil de poésies chrétiennes et diverses* destinées à châtier le goût des mondains. Mais le Port-Royal auquel La Fontaine s'est trouvé associé n'est ni celui de Pascal, ni celui de Racine, ni celui des Arnauld, ou de la mère Agnès, ou de M. Hamon. Ce n'est même pas le Port-Royal de la duchesse de Longueville, du duc de Luynes, de la marquise de Sablé, auxquels Sainte-Beuve, tout mondains que soient ces convertis, consacre toute sa pénétration de portraitiste. C'est un Port-Royal ancillaire, qui doit recourir à un prestataire extérieur de services, lorsque le comte Loménie de Brienne, ancien secrétaire d'État, auquel Sainte-Beuve consacre un portrait en pied, s'est dérobé à la tâche de composer ce *Recueil de poésies* à l'usage des profanes. L'indignité de La Fontaine, en si haute et grave compagnie, est indiquée d'un trait bref et assassin, entre parenthèses : « l'auteur de *Joconde* » !

Voltaire avait laissé La Fontaine à la porte de l'école de la France bien élevée, qui apprend, sur les bons modèles, à parler et écrire avec goût. Sainte-Beuve, dans son œuvre la plus ambitieuse, et où il s'est mis tout entier, le relègue aux cuisines du château de l'âme française. À Port-Royal, l'« Homère français » des *Lundis* n'est plus qu'un marmiton quasi anonyme.

La Fontaine ne s'est pas borné à ironiser doucement sur « le mal français ». À sa manière, sans insister, il a marqué sa nette préférence pour le « caractère » anglais, que sa gravité pousse à *penser profondément* (*Le renard anglais*, XII, 23), mais surtout pour le « caractère » espagnol :

Les Espagnols sont vains, mais d'une autre manière :
    Leur orgueil me semble en un mot
    Beaucoup plus fou, mais pas si sot.
                (*Le rat et l'éléphant*, VIII, 15)

Le poncif du « caractère des nations » donne un vernis de banalité à ces comparatifs. En profondeur, c'est un choix du cœur. La Fontaine est fidèle à l'espagnolisme de Voiture et de Corneille. Ce sera le goût de Saint-Simon et de Stendhal. Cette préférence d'exilé de l'intérieur est aussi le franc aveu d'une inadaptation chronologique ou, si l'on préfère, historique. L'Espagne vaincue a cessé, depuis 1661, d'éblouir. Le « caractère espagnol » n'est plus à la mode sous le Grand roi, comme il l'était chez les fougueux adversaires de Richelieu. La « vanité » française, actionnée sans ménagement par Louis XIV, est devenue le ressort d'une savante mécanique de cour. La Fontaine n'est pas « distrait », il est ailleurs. Ce « regard éloigné » n'en est que plus perçant. Inclassable, partout chez lui mais avec sa distance intérieure, ce mélancolique par situation autant que par tempérament est très en retard ou très en avance, comme on voudra, sur le gros des troupes de la France du Grand siècle, qui depuis 1661 marche au pas, en formation régulière, sous les yeux d'un roi-lynx. La sensibilité lyrique et le royaume de La Fontaine, ces « états d'âme » hors de saison, datent de la régence d'Anne d'Autriche et de la Fronde qui elles-mêmes rêvaient du roi Henri, de François Ier, et de saint Louis. Il lui a fallu tous les secours de la grâce — ce n'est pas tout à fait la grâce efficace de Port-Royal — pour ne pas se rendre insupportable au nouveau règne. Ce fâcheux retard sur l'Histoire n'affectait pas les petits marquis du *Misanthrope*, mais il tourmentait Alceste. On l'observe aussi chez Mme de Sévigné et Mme de La Fayette, chez le duc de La Rochefoucauld et le prince de Condé, chez le marquis de La Fare, la grande passion de la « tourterelle » Sablière, et même chez les belles nièces de Mazarin, pour qui toutes les aventures étaient bonnes à condition de les éloigner de la Cour, et même chez les filles de Colbert, ralliées avec zèle au pire adversaire de l'œuvre de leur père : Fénelon. Tous et toutes sont des amis de La Fontaine. Une poignée de gens du monde, et qui ne sont plus « dans le coup » ? Ils ne pèsent pas lourd, en regard du roi-bureaucrate, de son État, de ses armées, et de l'ordre qu'ils imposent à la France et à l'Europe. Ils ne sont pas non plus de même poids que les grandes consciences chrétiennes de Port-Royal, témoignant pour la Cité de Dieu, en face du Grand roi de la Cité terrestre.

Mais ces personnages célèbres, par leur talent et par leur nom, représentent un beaucoup plus grand nombre d'« arrière-boutiques » à façades moins brillantes, et qui n'en pensent et sentent pas moins. Dans leurs demeures privées, on trouve des jardins, mais aussi des bibliothèques, où l'on ne lit pas seulement *Le Mercure galant, La Gazette de France*, ou les panégyriques du roi. On y lit encore Montaigne, Charron, Boccace, l'Arioste, bref une littérature qui n'est pas au moule de l'opinion officielle du moment, on y lit la *Gazette de Hollande*, et bientôt Pierre Bayle et Jean Leclerc. Dans cette pénombre, le public se cache et même s'il n'agit plus, comme au temps des conciliabules et des complots, il vit de sa vie propre et incontrôlée : ce que l'on en voit en public n'est que ce qui est visible et acceptable officiellement.

Tant que vit Molière, qui lui aussi vient d'ailleurs mais avec un masque, l'équilibre est ménagé même sur la scène officielle, entre l'acquiescement au nouveau régime, et le souci de sauvegarder les droits de la vie et des sentiments privés. Louis XIV a su se servir du grand comédien et dramaturge pour faire valoir qu'il y avait plus de chances pour les particuliers du côté de l'État que du côté des dévots zélés et de leur inquisition qui s'insinue jusque dans le secret des consciences et des familles. Aucun doute que La Fontaine a senti les choses comme Molière. Il n'est ni un rebelle, ni un opposant.

Mais il est aussi un poète lyrique, dont les antennes sont plus vibratiles et l'exigence intérieure plus radicale que celles d'un auteur comique. À bien des égards, malgré tout ce qui sépare la tragédie *Othon* de la fable

Les animaux malades de la peste, La Fontaine était plus accordé en profondeur au sentiment de Corneille, dont le jugement sur le régime est devenu sans cesse plus sombre, jusqu'à l'admirable cri de désespoir, resté sans écho, de *Suréna*[16]. L'alexandrin ironique par lequel se concluent ses *Filles de Minée* (XII, 28) :

Les jours donnés aux dieux ne sont jamais perdus
(V, 562)

rejoint avec moins de hauteur l'affirmation qu'Eurydice, l'héroïne de *Suréna*, adresse au roi Pacorus :

Que l'empire des cœurs n'est pas de votre Empire.
(IV, 4, v. 1310)

La pente de La Fontaine était l'élégie et l'idylle mais il a pris l'élégie et l'idylle à contre-pente. Il a aimé l'Arioste, ce poète qui ne porte si loin la fantaisie et le merveilleux que parce qu'ils savent réconcilier ironiquement la cruauté des choses de la vie avec la douceur latente dans les cœurs, l'action qui use et la contemplation qui nourrit. Le cardinal de Retz et la marquise de Sévigné adorèrent aussi l'Arioste. Par quel prodige ce lecteur français de l'Arioste a-t-il pu transposer la succulence et l'abondance du *Roland furieux* en contes et en courtes fables détachées ? Tout s'est passé comme si le génie de la Renaissance, à l'âge des Académies royales et de l'Art d'État, qui aime les grands formats, avait dû, pour ne pas se trahir, adopter le petit format qui s'insinue, et multiplier les interstices, où il reste beaucoup à deviner. La postérité, qui n'a jamais négligé le poète, n'a pas toujours fait preuve de perspicacité. Elle a pris le plus souvent ses « distractions » et sa « gaîté » naïve pour l'un des ornements le plus savoureux, mais le plus inoffensif, du grand spectacle régulier d'une France classique dont le centre et le principe sont en haut, dans la mouvance immédiate du roi et en accord avec Sa Majesté. Elle n'a pas vu à quel point ce poète avait son centre en lui-même, et dans une dissymétrie essentielle avec son propre « temps ».

En 1936, Jean Giraudoux prononce les conférences intitulées *Les Cinq Tentations de La Fontaine*[17]. Aussitôt publiées en 1938, elles deviennent le plus cité de tous les éloges dont le poète ait été l'objet. L'auteur de *Bella* a voulu faire mieux que Léon-Paul Fargue, dont l'essai sur La Fontaine était tenu, à juste titre, pour une merveille de pénétration et de poésie critique[18]. Si Giraudoux exalte les *Fables*, c'est une fois de plus, et contre Fargue, aux dépens de leur auteur, qu'il peint en « bonhomme », inférieur à son œuvre, où il veut voir, avec Voltaire et contre Valéry, le fruit de l'« inconséquence » et de la « distraction » d'un « brave Champenois », fablier de génie. Le plus grand mérite des *Fables*, selon le conférencier, c'est d'avoir anticipé sans le savoir sur le programme du Front populaire, et de laisser paraître « le pauvre visage anémique de la France qui criait la faim », dans un régime où « la première grande opération de propagande d'État » avait réussi à bâillonner, « grâce à Molière, Boileau et consorts », la malheureuse affamée.

Dans cet éloge paradoxal, semé d'aperçus délicieux ou intuitifs, La Fontaine apparaît en domestique de grande maison et tribun du peuple par mégarde, en compagnie de La Bruyère (« L'on voit certains animaux farouches... »), de Fénelon (la fameuse lettre à Louis XIV), et de Vauban (*La Dîme royale*) ; ces trois derniers, il est vrai, parfaitement conscients de la portée de ce qu'ils écrivaient.

Giraudoux sème ainsi agréablement les premières amorces d'une interprétation marxiste des *Fables*. Selon cette lecture, La Fontaine aurait été le ventriloque, dans les « superstructures » de la monarchie absolue, de la souffrance sociale et des conflits de classe qui, réduits au silence par la violence du « pouvoir », manifestaient dans les entrailles du royaume le « sourd travail » de l'Histoire, nouvelle Providence immanente adorée par les doctes. L'Histoire marxiste n'est sans doute pas l'Histoire maurrassienne ; elle conduit à l'État prolétarien et elle ne reconduit pas à l'État monarchique. Mais l'une et l'autre sont impitoyables pour les retardataires et les badauds. Giraudoux, ni puriste, ni snob, ni doctrinaire, n'avait pas du moins cette brutalité. Il fut néanmoins l'interprète, aussi conformiste que brillant, d'une tradition nationale attachée à voler au secours de la victoire des *Fables*, mais à condition de cacher ou de supprimer le poète très singulier qui en était l'auteur, et qui avait tout de même d'autres œuvres à son actif pour le prouver.

*
* *

Chamfort, dans une époque harassante et ressemblant à la nôtre par sa prétention bavarde et bruyante, avait déjà reconnu la clairière où nous attend La Fontaine : « Un ami de tous les moments, qui pénètre le cœur sans le blesser [19]. » La singularité de La Fontaine dans notre littérature est d'unir au « charme » d'un chant profond, une école d'équilibre difficile, et toute moderne, entre la culture de l'âme et l'art d'un savoir-vivre à soi, mais non pour soi : cette poésie de la vie privée enseigne comment être en même temps ici et ailleurs, ici pour le meilleur, qui dépend de nous, et ailleurs pour le pire qui n'en dépend pas.

Le lyrisme est dans son essence public et choral, comme l'art de l'éloge. Des deux poètes dont La Fontaine s'est réclamé ouvertement, l'un, Malherbe, est d'abord l'auteur d'*Odes* royales, hymnes de louanges adressées au roi, à ses ministres, au nom de la communauté des « bons Français », et recevant en échange de cette parole d'éternité la participation à la grandeur de l'État ; l'autre, le poète romain Horace, chante, mais beaucoup plus intimement, le bonheur plutôt que la grandeur du siècle d'Auguste : il remercie publiquement César, mais aussi Mécène pour les charmes de la vie privée, les plaisirs de l'amitié, des voyages, de la retraite lettrée, que la paix augustéenne a rendus aux Romains. Le lyrisme élégiaque, pour lequel La Fontaine a vocation, celui des anciens Latins comme celui des Français de la génération précédente, les Théophile, les Tristan, les Saint-Amant, rompt plus net le lien qui chez Horace rattache la poésie de la vie privée à la Cité. L'erreur, l'absence, la douleur, le désir amoureux, l'étoffe des émotions privées, sont par définition jaloux : au siècle d'Auguste déjà, ils s'exilent chez Tibulle et chez Properce dans une sorte de mélancolie ardente et tout intérieure que la vie publique irrite ou offense. Mais cette mélancolie, dont les troubles se suffisent à eux-mêmes, est alors sans défense contre le monde extérieur qu'elle voudrait nier et qui interrompt ses contemplations par de rudes rappels au réel : Ovide exilé en a fait l'épreuve. L'élégie amoureuse vit dans un cercle d'amis et de complices, et s'ils sont dispersés ou éloignés, elle n'est plus que désespoir. Ovide dans les *Tristes* et les *Pontiques* ne se plaint plus de sa maîtresse, mais de sa féroce solitude parmi les barbares.

Le lyrisme, qui commence en Grèce avec Pindare, chantre public des victoires olympiques, se poursuit donc à Rome par une intériorisation aux frontières de la désertion, une désertion de droit que le châtiment du prince, dans l'exil d'Ovide, transforme en éloignement de fait. Le jeune La Fontaine, né pour le lyrisme, ne s'est élancé ni sur les traces de Malherbe, qu'il admire, ni sur celles d'Ovide, l'élégiaque foudroyé. Il a oscillé sans doute entre ces deux postulations, qui auraient tiré le poète ou bien vers le chant impersonnel et public, ou bien vers le chant des profondeurs et privé. Il s'est bien gardé de la première tentation, mais il n'a pas non plus succombé sans réserve à la seconde.

La tradition poétique, à elle seule, ne suffit pas en effet à expliquer La Fontaine poète, ni à mesurer son extrême originalité. Ce métricien virtuose a beaucoup écrit en prose. *Le Voyage en Limousin* est un recueil de lettres, *Les Amours de Psyché*, un roman, mêlés de vers, il est vrai. Sa liberté, inséparable de son sentiment de la diversité, lui interdisait, même si sa pente lyrique l'y poussait, à s'enfermer dans la tradition d'un seul genre, si contrastée et féconde qu'elle fût en elle-même. Il se plut aux « romans d'amour », il se plut aux dialogues de Platon, il n'ignora pas la prose philosophique de Descartes et de Gassendi. Ce n'est pas le poète d'un style, surtout si ce style s'affirme orgueilleusement « poétique ». Ce lyrique l'est assez profondément et lucidement, pour être remonté à la source de tout lyrisme, de tout chant, jusqu'au principe intime de sa voix singulière. Il n'a pas hâté cette quête de sa propre voix, mais une fois parvenu à la source, il s'est découvert apte à une pluralité des voix, à une polyphonie qui faisait de lui toute la lyre non de l'État, comme Malherbe, ni de son seul « je » endeuillé, comme les élégiaques, mais du royaume des hommes, jugé par le regard des animaux, des plantes, des dieux, et par leurs sentences oraculaires :

> J'ai fait parler le loup et répondre l'agneau.
> J'ai passé plus avant : les arbres et les plantes
> Sont devenus chez moi créatures parlantes.
> (II, 1, *Contre ceux qui ont le goût difficile*)

N'est-ce pas une traduction, en langage emblématique, du dessein de Montaigne :

« Je propose une vie basse et sans lustre, c'est tout un. On attache aussi bien toute la philosophie morale à une vie populaire et privée qu'à une vie de plus riche étoffe : chaque homme porte en soi la forme entière de l'humaine condition [20] » ?

Cette coïncidence des contraires entre un poète lyrique dont le chant dans notre littérature est comparable seulement à celui de Baudelaire, et le maître d'« expérience » des *Essais*, est tellement improbable, elle suppose un génie de la synthèse si supérieur, si unique, qu'aucun des panégyristes du poète n'a osé la lui prêter. Comment l'attribuer au « bonhomme » ? On a pu mettre l'accent, comme l'a fait admirablement Odette de Mourgues[21], sur la splendeur lyrique de l'auteur des *Deux pigeons* et du *Songe d'un habitant du Mogol*. On a pu, plus facilement, mettre en évidence la profondeur morale et philosophique, la science politique aussi, des *Fables*. Mais cette incroyable symbiose entre chant poétique, intelligence de soi et acceptation du réel, cette greffe entre le *Roland furieux* et les *Essais*, ne pouvait être aperçue, à plus forte raison admise, aussi longtemps que la légende du « fablier » faisait ombre à la gloire disproportionnée, quoique bien méritée, de ses *Fables*. Admettre cette coïncidence des contraires, l'union du vrai lyrisme, si rare et si intermittent en France, et de la forte « tempérance » conquise par Montaigne, elle-même à contre-courant de la pente française à la parade et aux modes, oblige en effet à placer le « pauvre La Fontaine » au point de fuite de toutes les perspectives littéraires françaises. Cette stature du « bonhomme » de Château-Thierry, à la fois Orphée et Socrate, si elle était reconnue et comprise, contraindrait à une révision générale, à la fois d'échelle et de disposition, des grands édifices immuables qui, dans la mémoire publique française, se sont élevés autour de la place royale du Grand siècle.

Cette alliance entre chant et sagesse peut sembler trop paradoxale pour un seul auteur, à plus forte raison pour l'aimable fol protégé par Mme de La Sablière. Elle était invraisemblable, mais non pas impossible. Nous nous faisons peut-être de Montaigne et de la sagesse des *Essais*, eux aussi pourtant glorieux jusqu'à plus soif, une idée réductrice et par trop prosaïque. Montaigne est devenu un maître de sagesse par une patiente conquête sur lui-même et sur sa pente à la mélancolie. Et s'il est vrai que l'introspection des *Essais* vise à l'équilibre, à la modération, à la santé de l'âme, le fonds que laboure la méditation de Montaigne est douloureux, déchiré, et plus tenté qu'on ne le croit de se délivrer d'angoisse par le chant lyrique. C'est bien Montaigne qui a écrit :

« Voici merveille : nous avons bien plus de poètes que de juges et interprètes de la poésie. Il est plus aisé de la faire que de la connaître. À certaine mesure basse, on peut la juger par les préceptes et par art. Mais la bonne, l'excessive, la divine est au-dessus des règles et de la raison. Quiconque en discerne la beauté d'une vue ferme et rassise, il ne la voit pas, non plus que la splendeur d'un éclair. Elle ne pratique point notre jugement, elle le ravit et le ravage. La fureur qui époinçonne celui qui la sait pénétrer, frappe encore un tiers, à la lui ouïr traiter et réciter, comme l'aimant non seulement attire une aiguille, mais introduit encore en elle sa faculté d'en attirer d'autres. Et il se voit plus clairement aux théâtres que l'inspiration sacrée des Muses ayant premièrement agité le poète à la colère, au deuil, à la haine, et hors de soi où elles veulent, frappe encore par le poète l'acteur, et par l'acteur consécutivement tout un peuple [22]. »

C'est la poétique de l'*Ion* de Platon (si cher à La Fontaine), et du *Traité du sublime* (dont l'auteur des *Fables* n'entendait pas naïvement la leçon d'enthousiasme). Mais c'est aussi une expérience intérieure révélée avec un emportement et un bonheur eux-mêmes inspirés [23]. C'est d'abord dans les *Essais* que s'est manifestée en France l'improbable alliance de la capacité lyrique à l'ailleurs et de l'intelligence sobre de l'ici. Le célèbre commentaire au Livre III, des vers de Lucrèce et de Virgile, conduit Montaigne à chercher une issue au scepticisme et du déclin dans le jaillissement de la voix de l'énergie et de la vision poétiques :

« Horace ne se contente point d'une superficielle expression, elle le trahirait. Il voit plus clair et plus outre dans la chose ; son esprit crochette et furète tout le magasin des mots et des figures pour se représenter, et les lui faut outre l'ordinaire, comme sa conception est outre l'ordinaire. Plutarque dit qu'il voit le langage latin par les choses : ici de même, le sens éclaire et produit les paroles, non plus de vent, mais de chair et d'os. Elles signifient plus qu'elles ne disent [24]. »

Montaigne, sous le règne de Louis XIV, va devenir un « vieil auteur » dont la liberté de ton et la langue trop mêlée sortent des bienséances. Il était encore un maître de style et un maître de vie pour la génération de Molière et de La Fontaine. L'Arioste, la joie de l'imaginaire, la furie de la fantaisie libératrice vont eux aussi se voir rejetés dans les faubourgs vulgaires ou indécents de la poésie classique. Les poètes lyriques français des deux générations précédentes, et qui avaient été pour la plupart au service des princes révoltés contre Richelieu, sont eux-mêmes démodés. Le duc de Liancourt, devenu un pénitent de Port-Royal, se détourne sous le nouveau règne d'un poème dévot, mais d'un lyrisme trop coloré, *Le Moyse sauvé* du poète Saint-Amant, qui avait fait pourtant ses délices en 1653 [25]. On lit Montaigne à Port-Royal, même si c'est pour réfuter ses doctrines et condamner *le sot dessein qu'il a eu de se peindre*. Les *Essais*, sous Louis XIII, étaient le livre de chevet de la jeune noblesse, on les emportait dans les camps et en exil, on les lisait et relisait comme le « bréviaire des honnêtes gens », l'antidote de la servitude et de la cagoterie. Richelieu ne le goûtait pas. Montaigne avait en effet pu écrire :

« À la vérité, nos lois sont libres assez, et le poids de la souveraineté ne touche un gentilhomme français à peine deux fois en sa vie. La subjection essentielle et effectuelle ne regarde d'entre nous que ceux qui s'y convient et qui aiment à s'honorer et enrichir par tel service : car qui se veut tapir en son foyer, et sait conduire sa maison sans querelle et sans procès, il est aussi libre que le Duc de Venise [26]. »

Ce rappel de « l'état naturel » de la France politique inspirait à un ami de Corneille, Alexandre de Campion, lieutenant de Gaston d'Orléans, puis de Louis II de Bourbon, comte de Soissons, son exécration pour le cardinal-ministre et le joug nouveau qu'il avait imposé à la liberté de mouvement des Français et même à la franchise de leur parole :

« Il est certain, disait-il dans un cercle d'amis réunis clandestinement à Paris en 1641 [l'année où La Fontaine entre à l'Oratoire, un institut religieux protégé par le chef de ces conspirateurs, Gaston d'Orléans], que, quand je fais réflexion sur la pleine liberté que les Français ont toujours prise de murmurer et de se plaindre, sous les règnes les plus doux, je ne dis pas chez eux et à la campagne, mais dans les villes et à la Cour, et que je vois qu'à peine on ose parler de sa propre misère dans sa maison et avec sa famille, j'ai peine à reconnaître la France dans un État si réformé [27]. »

La Fronde avait tenté en vain, et en désordre, de ramener le royaume à cet état de liberté dont Retz, lui aussi, fait un éloge enflammé dans ses *Mémoires*, écrits en secret par le cardinal disgracié et exilé, en plein règne de Louis XIV. Retz était l'ami, et presque l'idole, de la marquise de Sévigné, la meilleure lectrice de La Fontaine au XVIIe siècle. L'un et l'autre étaient « fous » de Corneille, des *Amadis* et de *L'Astrée*. L'« État réformé » par Louis XIV et Colbert, après 1661, impose une « crainte » plus intimidante encore que celle qu'inspirait la police de Richelieu, et une discipline de la parole beaucoup plus rigoureuse, car maintenant tous les foyers de résistance et d'indépendance (sauf, pour quelques décennies, Port-Royal) ont été durement domptés. La « diversité », qui est la « devise » de La Fontaine, est un choix littéraire mais aussi politique, en profonde discordance avec la volonté centralisatrice et autoritaire du nouveau régime. Elle refuse une unité contre nature. Elle est fidèle à l'esprit de liberté qui animait la résistance au régime de fer inauguré sous Louis XIII, et qui voyait dans cette terreur une violence à l'équerre faite à la vivante mosaïque du royaume : on pouvait l'apprivoiser par des voies moins brutales. Montaigne avait trouvé alors un successeur, un autre Socrate français : Pierre Gassendi. La Fontaine se liera étroitement chez Mme de La Sablière au meilleur disciple et vulgarisateur de

Gassendi, François Bernier [28]. Il a très probablement, dès 1643-1655, connu le maître lui-même, qui acheva sa vie à Paris, dans une chaire de mathématiques du Collège royal. Il a connu chez Foucquet un autre disciple de Gassendi, Samuel Sorbière. Gassendi était le principal adversaire philosophique de René Descartes. Ecclésiastique, ami de Nicolas Fabri de Peiresc, mais aussi des « libertins érudits », François Lhuillier (père de Chapelle, un ami de La Fontaine), François de La Mothe Le Vayer (père de l'abbé libertin Le Vayer, ami du jeune Racine, de Molière et de La Fontaine), Gassendi s'était proposé de réhabiliter en métaphysicien et en physicien cet épicurisme dont Montaigne, surtout dans ses derniers *Essais*, avait fait valoir la modernité. En établissant un partage équitable entre les droits de la vie et de la conscience *privées*, et les devoirs de la vie et de la conduite publiques, Montaigne avait déjà demandé à Épicure une philosophie de la « liberté des Modernes », dans un royaume Très-Chrétien qui *n'est pas* la Cité antique. En France, la liberté du sujet du roi ne s'épuise pas dans le service de l'État, mais elle réserve son plus précieux exercice au *for intérieur*. La parenté de ce for intérieur, transcendant à l'ordre politique et aux devoirs élémentaires qu'il peut légitimement exiger, et de l'intériorité lyrique, telle que les élégiaques latins et le Cygne de Ferrare l'avaient postulée, libre des tâches de la vie active et même des devoirs envers le Prince, cette parenté n'apparaît nulle part mieux que dans les *Essais* de Montaigne :

« Il se faut réserver, écrit-il, une arrière-boutique toute nôtre, toute franche en laquelle nous établissions notre vraie liberté et principale retraite et solitude. En celle-ci faut-il prendre notre ordinaire entretien de nous à nous-mêmes, et si privé que nulle accointance ou communication étrangère y trouve place, discourir et y rire comme sans femme, sans enfants, et sans biens, sans train et sans valets, afin que, quand l'occasion adviendra de leur perte, il ne nous soit pas nouveau de nous en passer. Nous avons une âme contournable en soi-même ; elle ne peut se faire compagnie ; elle a de quoi assaillir et même défendre, de quoi recevoir et de quoi donner : ne craignons pas en cette solitude nous croupir d'oisiveté ennuyeuse [29]. »

Cette extraordinaire « Déclaration des devoirs du particulier », et des droits de l'intériorité privée, *contournable en soi-même*, est cependant destinée à être publiée : elle fait partie de la *matière de mon livre*, ce miroir de *moi-même*, que Montaigne donne, sinon en exemple, du moins en pâture, à d'autres « arrière-boutiques » que la sienne. Là, les *Essais* seront lus et médités dans la solitude, dans cette retraite silencieuse, *sans femme, sans enfants, sans valets*, qui est particulière au lecteur.

Paradoxal emboîtement du *public* et du *privé* : le privé est publié pour prévenir cette « oisiveté ennuyeuse » qui menace les consciences vraiment privées et libres, en d'autres termes les lecteurs, chacun dans le secret de sa méditation sans témoin ; un livre de cette sorte amorce la conversation avec ces solitaires épars, il les occupe, il les nourrit, il les fait méditer ensemble dans une société invisible. En même temps qu'il définit le premier la « liberté des Modernes », Montaigne dessine les linéaments d'une république bien différente de la république antique, une république « à la clarté des lampes », constituée de consciences privées et libres, et dont le forum, conversation des fors intérieurs, est la lecture des livres. Pas n'importe quel livre sans doute : les « livres de bonne foi ». Les livres d'expérience, et les livres de rêve. Les *Essais* donnent une idée de ces deux sortes de livres. Montaigne y a donné forme à une expérience intérieure complète qui s'avoue *particulière* ; elle est destinée non pas à obtenir une adhésion imitative ou un respect d'autorité, mais à engager un dialogue de conscience à conscience, à entrer en « conférence » avec un ami et un égal, le lecteur. « Le parler ouvert ouvre un autre parler, et le tire hors, comme fait le vin et l'amour [30]. »

Cela suppose à la fois le « cache ta vie » d'Épicure,

et la profération publique d'une confidence ; cela conjoint en une même démarche la réserve politique du sage et la franchise inspirée du poète, la maxime et la fable. Équilibre de ruse et d'innocence, de profondeur d'analyse et de naïveté cordiale : une telle démarche relève de la grâce, plutôt que de la volonté d'art. Mais ce sont seulement les livres de cette qualité intérieure qui méritent d'occuper le public des lecteurs, communauté de solitaires qui travaillent à « être à soi », sans pour autant marchander au public, aux devoirs de famille, de société, d'état, ce qui leur est dû, mais rien que ce qui leur est dû. La parenté est donc étroite entre la « liberté des Modernes », de la littérature qui est sa nourriture et sa législation appropriées, avec le lyrisme, qui est la porte ouverte à la révélation du songe. Mais par d'autres attaches, elle tient aussi de la philosophie épicurienne, qui enseigne que le salut est à l'intérieur, qu'il ne doit rien à la vie civique et historique. Elle est encore débitrice de la religion chrétienne, dans l'interprétation augustinienne qu'en donne Montaigne dans son *Apologie de Raymond Sebond*, où les droits de la conscience religieuse sont si clairement affirmés en face de la Cité terrestre, en face de César, et du « monde » corrompu et corrupteur auquel César, dans le meilleur des cas, impose un semblant d'ordre provisoire.

Cette « liberté des Modernes », que Montaigne avait affirmée et illustrée à l'époque des guerres de religion, en un siècle où le roi de France, assailli de toutes parts, était hors d'état d'asservir les consciences, elle connaît un destin tout différent au XVIIe siècle. De crise en crise, on assiste alors à l'affirmation de plus en plus vigoureuse d'un État militaire, policier et culturel dont les sommations, renouvelant le civisme à plein temps de la Cité antique, peuvent se résumer dans les exigences exorbitantes signifiées à La Fontaine par l'abbé de La Chambre, le jour de sa réception à l'Académie :

« Songez que vous allez dorénavant travailler sous les yeux d'un Prince qui s'informera du progrès que vous ferez dans le chemin de la vertu, et qui ne vous considérera qu'autant que vous y aspirerez de la bonne sorte[31]. »

Ainsi voyait-on, depuis Versailles, en 1684, la liberté du poète et, plus généralement, la liberté privée. En dépit de la douceur que La Fontaine avait imprimée à sa prose et à sa poésie, il était clair qu'elles émanaient d'une *arrière-boutique toute franche*, construite sur le même modèle que celle de Montaigne, des poètes de la Renaissance et des petites cours d'opposition sous Louis XIII, qui chantaient pour les princes, leurs amis, dans la familiarité de châteaux qui n'étaient pas des palais d'État. Cette liberté perdue du poète, introuvable au Louvre et à Versailles, pouvait du moins prendre la revanche de rassembler autour d'elle une république invisible de lecteurs qui échappaient à la discipline et aux conventions officielles de la cour du Grand roi.

Loin d'être un « ornement » mineur du Grand siècle, la poésie de La Fontaine a bel et bien jailli dans sa zone de tension peut-être la plus périlleuse. Il a fallu au poète des miracles d'intelligence et de tact pour chanter cependant à sa guise sans prêter le flanc à des représailles directes de l'État. En plein règne de Louis XIV, cette fidélité à une vocation de liberté qui était allée de soi en France sous Louis XIII et sous la régence d'Anne d'Autriche n'annonce aucune « mollesse », aucune « servilité ». Au contraire, le courage n'a pas manqué au poète en dépit de ses talents de diplomate supérieur, quand il a jugé bon de prendre parti, avec la dernière netteté, dans la Querelle de l'âme des animaux, dont l'enjeu n'était rien de moins que la légitimité de sa poésie et de sa sagesse, ou dans la Querelle des Anciens et des Modernes, où il a fort bien vu que les Anciens (meilleurs lecteurs) étaient du côté de la « liberté des Modernes », alors que les Modernes (lecteurs contents de peu) étaient des courtisans des pouvoirs et de la mode.

Et surtout, il a pris parti, avec un héroïsme modeste

dont on n'a pas mesuré l'audace et la rareté, dans le drame politique qui est à l'arrière-plan de l'Affaire Foucquet. Avec Foucquet, s'est évanoui le rêve d'une réconciliation entre le roi et la Fronde, entre l'ordre et la liberté. Pour La Fontaine, c'était aussi la fin d'un mécénat tout amical, plus stable mais pas plus contraignant que le « service des princes » propre aux poètes des cours de la Renaissance ou de leurs héritières françaises du début du siècle, Montmorency et Orléans, Soissons et Liancourt. Avec Colbert, le régime des « créatures », imposé aux lettrés ralliés à sa cause par le cardinal de Richelieu, allait revivre sous la forme de la « liste des gratifications aux écrivains français ». La gravité de la chute de Foucquet allait bien au-delà de l'injustice faite au Surintendant. La lucidité politique de La Fontaine est à la hauteur de son génie lyrique. Un poète qu'il « chérissait », l'Arioste, avait déjà, comme lui, allié les deux intelligences. C'est un moment de crise tragique pour La Fontaine, et cette crise l'a fait mûrir en quelques mois. Dans cette terrible lumière, il a « compris son temps », mais il a surtout compris qui il était lui-même, et qu'il ne se renoncerait pas. Le meilleur de son œuvre date de l'Affaire Foucquet, et les deux poèmes somptueux qu'il a écrits et publiés pour obtenir la grâce du Surintendant en péril de peine capitale marquent sa seconde naissance à la poésie et à la sagesse. L'épreuve tragique l'a obligé à descendre au plus profond de lui-même, et à s'adresser du même mouvement au plus intime et au plus profond du public français.

Giraudoux, citant la page du *Voyage en Limousin* où La Fontaine ose écrire, même à l'abri d'une lettre adressée à sa femme, et destinée à ne circuler qu'en manuscrit, que, devant la première prison de Foucquet, à Amboise, il s'est longuement attendri, se laisse aller à ce commentaire :

« C'est l'amitié du chien devant la porte de la maison où le maître n'est plus [32]. »

Ce contresens est aussi une bassesse rétrospective.

Sainte-Beuve, plus à l'intérieur du XVIIe siècle, avait mieux entrevu la vraie nature de la fidélité de La Fontaine, et de son attachement à cette « franchise » française dont se félicitait Montaigne, et pour laquelle on avait tant combattu Richelieu. Dans le *Lundi* qu'il a consacré à La Fontaine, il cite un témoignage saisissant de Boileau sur le fond de la pensée du poète des *Fables* :

« M. Racine, écrivait Brossette sous la dictée de Boileau, s'entretenait un jour avec La Fontaine sur la puissance absolue des rois. La Fontaine, qui aimait l'indépendance et la liberté, ne pouvait s'accommoder de l'idée que M. Racine lui voulait donner de cette puissance absolue et indéfinie. M. Racine s'appuyait sur l'Écriture qui parle du choix que le peuple juif voulut faire d'un roi, en la personne de Saül, et de l'autorité que ce roi avait sur son peuple. Mais, répliqua La Fontaine, si les rois sont maîtres de nos biens, de nos vies et de tout, il faut qu'ils aient droit de nous regarder comme des fourmis à leur égard, et je me rends si vous me faites voir que cela soit autorisé par l'Écriture. Hé ! quoi, dit M. Racine, vous ne savez donc pas ce passage de l'Écriture, *Tanquam formicae deambulabitis coram rege vestro* ? Ce passage était de son invention, car il n'est point dans l'Écriture. Mais il le fit pour se moquer de La Fontaine, qui le crut bonnement[33]. »

Peu de textes nous introduisent aussi brutalement à la « pensée captive » qui a régné en France sous Louis XIV. « M. Racine » y apparaît en interprète de la doctrine d'État (un interprète peut-être beaucoup plus retors, et plus complice de La Fontaine, que ne l'a vu Boileau). Le poète des *Fables* (qui n'a pas droit dans ce récit au *Monsieur* réservé au gentilhomme de la Chambre du roi) a pour nous le beau rôle. Lecteur de la Bible, il sait les préventions du Dieu d'Israël contre les rois, dont la puissance illusoire néglige ou combat volontiers la sienne. Le prophète Samuel, aux Hébreux qui demandent un roi, comme les grenouilles de la fable, répond par une exhortation véhémente. Il leur fait un tableau terrible de la tyrannie qui les attend. Mais le peuple est assoiffé de servitude volontaire, et Samuel, après avoir pris conseil de Dieu, ne résiste plus : il oint Saül et le fait élire roi. Ce sera un roi guerrier, et il mourra avec ses fils sur le champ de bataille. La royauté de droit divin est dans ce texte sacré le châtiment du peuple, incapable d'une liberté orientée par les seuls prophètes : un degré de plus dans la chute.

Racine accepte ce châtiment, suite de la faute d'Adam. La Fontaine, qui n'admet pas l'égalité dans la servitude et l'exil du divin, est du côté du prophète Samuel. Il préférerait que cette coupe d'amertume fût épargnée aux poètes, même si le peuple la souhaite. S'il cède à la pirouette latine de Racine, c'est que tout a été dit entre eux à demi-mot.

La Fontaine — tout à fait *en retard* sur l'époque — reste fidèle à la conception libérale du royaume, que les princes et le Parlement ont opposée à Richelieu et qui a inspiré les diverses Frondes. Il reste fidèle par-devers lui aux espoirs qu'avaient suscités la magnificence, l'intelligence et le charme de Foucquet. Racine est étranger à ces fidélités. Il accepte (sans être dupe, et comme l'avait fait Pascal) la dictature royale, esquisse encore très artisanale, mais déjà oppressante, des États modernes. Racine est un poète tragique. Dans son « arrière-boutique » cependant, l'auteur de *Phèdre* reste lui-même fidèle à Port-Royal, férocement persécuté et dispersé par le roi.

La Fontaine est le seul poète lyrique du siècle de Louis XIV. Sa résistance intérieure à la servitude politique n'est pas seulement, comme celle de Port-Royal et de Pascal, l'affirmation de la primauté de Dieu sur les rois qu'il donne aux peuples pour les châtier, elle se nourrit aussi de cet idéal de « liberté française » que Montaigne, malgré sa loyauté monarchique, tenait pour son bien le plus cher, que les mémorialistes de l'opposition à Richelieu et de la Fronde invoquaient, et que Racine ne comprend plus sinon dans sa dimension purement religieuse. C'est cet idéal moral, philosophique, politique, qui a soutenu toute sa vie Saint-Évremond, exilé en Angleterre depuis 1661, un des plus proches amis de La Fontaine ; ce même idéal est encore partagé à la génération suivante par le marquis de La Fare, un autre ami du fabuliste, auteur de *Mémoires* vengeurs rédigés à la fin du règne de Louis XIV. Cet idéal libéral est au cœur de la politique de Fénelon, qui admirait La Fontaine : l'éducation que l'auteur de *Télémaque* donna au duc de Bourgogne revenait à faire de celui-ci un roi capable de modérer sa volonté de puissance, et acceptant le libre jeu d'une « polysynodie ». La Fontaine, même dans les années les plus pesantes de l'autocrate de Versailles, n'est pas seul à partager ces sentiments, dans son « particulier ». Ce n'est pas un hurluberlu anachronique. Les princes, le Parlement, les Messieurs de Port-Royal subissent le joug, se taisent, feignent même de faire chorus avec les panégyristes officiels, ils n'en pensent pas moins. Mais il est évident qu'un poète lyrique devait s'entendre à demi-mot avec les princes, car c'est auprès d'eux, dans une domesticité amicale qui n'avait rien de la servitude *politique* de l'écrivain pensionné d'État, que son art, traditionnellement, avait un sens. Mme Ulrich, cette amie des dernières années de La Fontaine, et qui fut enfermée aux Madelonnettes après la mort du poète, a pu écrire, dans l'édition enrichie d'inédits qu'elle publia des œuvres de La Fontaine en 1696 :

« Tous ceux qui aimaient ses ouvrages (et qui est-ce qui ne les aime pas ?) aimaient aussi sa personne. Il était admis chez tout ce qu'il y a de meilleur en France. Tout le monde le désirait, et si je voulais citer toutes les illustres personnes et tous les esprits supérieurs qui avaient de l'empressement pour sa conversation, il faudrait que je fisse la liste de toute la Cour[34]. »

Ce que Mme Ulrich entend par « la Cour », ce sont les Princes, les hauts magistrats, les grandes dames, le grand monde, qui voient La Fontaine à Paris. Quelle élégante revanche sur l'éloignement du Grand roi ! Avec La Fontaine, en sa compagnie, à la lecture de ses chefs-d'œuvre ou de ses poésies de circonstance, la France libre savourait en privé, même sous le poids de Louis XIV, cela même dont elle s'était enchantée follement en public, dans le beau désordre de la Fronde et les prodigieux feux d'artifice du surintendant Fouquet. Il est saisissant que, jusqu'à sa dernière heure, le poète qui sentait le roussi politique et religieux ait trouvé, en dépit de Versailles et de Marly, tant de hautes, généreuses et reconnaissantes sympathies faisant corps autour de lui. Aucun poète du règne de Louis XIV, même parmi les plus officiels, n'a laissé tant de portraits, et de portraits commandés aux plus célèbres peintres du temps, François de Troy, Hyacinthe Rigaud, Nicolas de Largillière[35]. Ces portraits, qui le représentent en haut magistrat des Lettres, paré de tous les attributs de la cérémonie publique, sont autant de contrepoids à l'apparente marginalité de l'ami de Mme de La Sablière. Mais on sait bien qu'au XVIIe siècle, si le portrait est une industrie du prestige, il est aussi une industrie de l'amour, comme les boucles de cheveux et les joyaux. Il y a fort à parier que les portraits de La Fontaine, s'ils relèvent de la première, doivent beaucoup à la seconde. Cet homme a été l'objet d'amitié encore plus que d'admiration.

Il est vrai : les équipées romanesques de la Fronde, les ambitions séduisantes de l'enchanteur Fouquet, si elles révèlent une passion de la liberté à laquelle nul ne peut refuser sa sympathie, ont été impuissantes à construire, ou même à esquisser, une raison politique digne de cette passion. La liberté, même privée, n'est durable que dans un régime libre, et qui se mérite. Du XVIIe siècle au XXe siècle, le contraste de génération est saisissant, en France, entre le talent de la liberté, et l'incapacité politique à le garantir. Chaque fois que l'amour français de la liberté sort de la sphère privée pour envahir la place publique, le trouble est tel que les mêmes Français se hâtent d'échapper au désordre dans la servitude volontaire. Est-ce une raison pour préférer l'ennui sinistre de Versailles aux absurdes cavalcades des jeunes fous de la Fronde, le *Journal* de Dangeau aux *Mémoires* du cardinal de Retz ?

Mais sommes-nous voués à choisir entre ces deux extrêmes ? C'est cette question vraiment française que posent, au fond, et aujourd'hui avec une clarté plus vive que jamais, la personne et l'œuvre de l'auteur de *Psyché*. Sitôt que cette question, récurrente dans notre histoire et même constitutive du caractère national, est posée, la *Legenda minor* du fabuliste cesse d'être reléguée dans les notes en bas de page de la *Legenda major* du Grand roi. Sans doute, il y a chez La Fontaine ce roseau de la liberté qui résiste à tous les orages et qui ignore les mépris dont l'accable le chêne bientôt abattu par l'Aquilon. Pour autant, il n'est pas seulement un clandestin de la Fronde persévérant avec esprit sous le vainqueur. Il est assez généreux pour être fidèle aux flammes de la jeunesse, mais il est aussi assez ironique et supérieur pour en voir la vanité et la faiblesse. Il est le seul Français qui ait compris, à ce degré d'intelligence politique et de détachement, que la liberté n'est pas une flamme : faute de se résigner à l'étouffoir de l'État, il a dépassé par le haut, et la liberté sans persévérance, et l'ordre durable dans la servitude. Il a fait de sa vie et de son œuvre une alliance incroyable et souveraine entre le caprice et la rigueur, l'abandon et la composition, les impulsions libres et la discipline qu'elles ne trouvent qu'en elles-mêmes. Mieux que l'ordre majestueux de Louis XIV, qui écrase tant de pousses vives, la vie et l'œuvre de La Fontaine dessinent ce que pourrait être, ce qu'aurait pu être une France alliant elle-même le génie privé de la liberté, et une forme politique vivante, capable de la discipliner, mais pour mieux l'approfondir. Aucun des régimes successifs de la France n'a su trouver ce secret de mesure, dont La Fontaine et son œuvre sont le réceptacle à la fois évident, célèbre, et ignoré. Les harmoniques de ce secret en revanche, nous les trouvons dans les chefs-d'œuvre de notre littérature qui, de Chateaubriand à Proust, de Marivaux à Larbaud, ont opposé à une politique du « temps perdu », toute en saccades orgueilleuses et en ratages violents, le royaume ironique et victorieux du « temps retrouvé » réservé à leurs lecteurs.

*
* *

Dans la tradition nationale d'éloges de La Fontaine, *La Fontaine et ses fables* de Taine occupe une place tout à fait à part[36]. C'est le plus célèbre de tous, et celui que l'on lit le moins. Taine l'écrivit en 1851, pour se consoler d'avoir été recalé pour des raisons politiques à l'agrégation de philosophie. Cette œuvre de jeunesse tient à la fois du morceau de bravoure d'un écrivain qui s'ébroue, et de la thèse d'un grand esprit qui met sa vigueur à l'épreuve. Mais quel écrivain, et quel grand esprit ! Il est beau que ce titan naissant ait choisi pour exercer ses premières forces d'interpréter un poète ailé, aussi éloigné que possible de sa propre prose musculeuse, et du génie architectonique qu'il porte déjà en lui. La rencontre entre ces deux caractères supérieurs, mais peu faits l'un pour l'autre, est d'autant plus saisissante. Elle les éclaire l'un par l'autre mieux que ne pourraient faire la ressemblance et les affinités naturelles.

Taine critique littéraire, surtout si on le juge sur son *La Fontaine*, passe pour le père de tout ce que l'on déteste : la poésie « expliquée » par ce qui lui est le plus étranger et extérieur. Il demande aux trois coordonnées du positivisme historique, la « race » (au sens où Chateaubriand parle de « la race des Bourbons »), le milieu et le moment, de faire comprendre La Fontaine et de faire lire *scientifiquement* ses *Fables*, dans leur vérité objective de « production » d'un certain type humain (le Gaulois), dans un certain contexte de géographie humaine (l'Ancien Régime provincial), et dans une certaine époque historique (le règne de Louis XIV). Il est difficile d'être davantage aux antipodes de l'esprit de finesse d'Ariel. Le lecteur actuel, prévenu par le programme avoué de Taine, fait l'impasse. De fait, dans les premières pages de ce *La Fontaine*, la description inaugurale du « caractère gaulois » dans sa longue durée historique, les peintures réalistes de paysage et de zoologie champenoises où Taine excelle, font l'effet (comme certaines entrées en matière de *La Comédie humaine*) d'un musée de tableaux réalistes à la Courbet, mais qui valent pour eux-mêmes, et qui jurent avec les Watteau et les Oudry qui ornent les pavillons du jardin des *Fables*.

Et pourtant, une fois surmontée la première impatience, cette préparation appuyée, comme dans les romans de Balzac, crée un climat et un monde. L'artiste Taine, caché avec une farouche pudeur sous sa redingote de savant victorien, a cherché et a trouvé dans sa propre palette, dans sa propre brosse, une transposition bien à lui, mais fidèle, du royaume poétique de La Fontaine, de ses paysages, de ses personnages. Avec les moyens de Téniers et de Ruysdaël, Taine a su créer sa propre métaphore de l'Arcadie comique et tragique des *Fables*, où la transparence des eaux, la végétation à peine esquissée et une météorologie symbolique dessinent le décor de petits drames, souvent horribles, parfois simplement désolants, aussi rapidement conclus qu'éclatés, et ne laissant aucune autre trace que la stèle et l'inscription ironiques qu'un poète leur a consacrées. Le doctrinaire Taine, secouru par la vision d'écrivain qu'il porte en lui, parvient à faire entrevoir, même en le tournant au bitume, l'*Et in Arcadia ego* du poète champenois. Il peut rendre évident le contraste entre cet univers singulier, à la fois lyrique et réaliste, et la version officielle du règne du Grand roi. Le « Gaulois » La Fontaine, enraciné dans le temps long du royaume, est resté indemne des conventions qui règlent la parade de Versailles ; il a vu et il a fait voir la comédie et la tragédie humaines derrière le spectacle à machines de l'État royal, et dans ses rouages de métal.

Taine est un romantique très dompté : il n'en est que plus puissamment romantique. Le savant, le philosophe, chez lui, sont complices de l'artiste pour retenir l'émotion facile, mais aussi pour le contraindre à aller jusqu'au bout de ses intuitions et de son sentiment. Dans la lecture tainienne des *Fables*, les germes de la prodigieuse analyse du premier volume des *Origines de la France contemporaine* sont déjà semés [37]. Et cette lecture en profondeur, pour peu qu'on l'écoute avec la même oreille que Taine lui-même a su prêter aux *Fables*, s'entend pour ce qu'elle est vraiment : l'ouverture vive, mais déjà menaçante, de la symphonie tragique des *Origines*, le chef-d'œuvre de l'artiste et de l'historien Taine : son *Ancien Régime*.

La Comédie humaine de Balzac, plus encore que les thèses d'Auguste Comte, a aidé le jeune écrivain à reconnaître l'ambition et l'honnêteté, l'ironie et la mélancolie de l'univers du fabuliste. Dédaignant l'arbre pour voir la forêt, Taine va droit aux principaux caractères, à la fois monstrueux et grotesques, dans lesquels l'amour-propre, dans les *Fables*, métamorphose la forme humaine, et qui envahissent une Arcadie idéalement faite pour les bergers d'*Astrée* : il réunit les traits épars du roi, du courtisan, du hobereau, du moine, du bourgeois, du financier, du juge, du pédant, du paysan, tout le personnel animal des *Compagnons d'Ulysse* (XII, 1). Sans doute tire-t-il trop les *Fables* du côté de La Bruyère, et durcit-il le trait satirique du poète. Mais l'optique et l'acoustique grossissantes qu'il a choisies ont l'immense mérite de rendre justice à la puissance de vision du peintre La Fontaine, et à l'originalité de sa musique, affadies et esthétisées par toute la tradition critique française. Taine philosophe et historien a vu dans le poète des *Fables* un prince de la pensée poétique auquel il rend les armes, et un artiste supérieur qui lui inspire un frémissant respect. Il montre la vie intense de cette satire, qui voit, qui montre, qui fait entendre avec une sérénité impartiale cela même qui déchire le cœur du poète, mais que celui-ci laisse à son lecteur-spectateur-auditeur le soin de comprendre et de ressentir, selon la finesse de ses sens intérieurs.

Ce jugement retenu sur le réel et cette liberté que le poète laisse à son interlocuteur de tirer ses propres conclusions, sont en eux-mêmes une réponse au « mal français ». L'empirisme à l'anglaise de Taine a reconnu dans La Fontaine une expérience sincère de la France, une lucidité, une douleur et un tact fraternels des siens. Le critique montre le poète mobilisant ses puissances harmoniques pour faire entendre la dissonance que la métaphysique mécaniste de Descartes et de Malebranche, et l'ordre administratif abstrait de l'absolutisme, ont surimposée à l'ancienne nature « gauloise » et à la nature du royaume lui-même. L'historien Taine, au lieu d'enfermer La Fontaine dans son temps, parvient ainsi à établir la signification toujours et plus que jamais vivante, pour lui-même et pour la France issue de la Révolution, d'une poésie assez puissamment poétique pour avoir vu et entendu, dès le XVIIe siècle, les linéaments du drame politique de la France et de la modernité tout entière.

Le premier volume des *Origines de la France contemporaine* fait passer à l'acte toutes les puissances qui restaient encore latentes dans le *La Fontaine* écrit un quart de siècle plus tôt. Ce tableau du royaume pris dans le réseau d'un État présomptueux, à la fois tout-puissant et impuissant, infatigable et paralysé, providentiel et vampirique, cette peinture des mœurs aimables et douces qui permirent aux Français d'ancien régime de jouir de ce désordre établi en vaquant à leurs affaires et en détournant les yeux, tient des *Fables* à la fois sa force plastique, son comique noir, et son impartialité détachée. La rigueur implacable de l'analyse tainienne voile, avec une pudeur qui est aussi un grand effet de l'art, le puissant courant d'émotion qui fait gronder la prose vigoureuse des *Origines*, comme celui qui fait vibrer la lyre délicate de *L'écolier, le pédant et le maître d'un jardin* (IX, 5), ou du *Jardinier et son Seigneur* (IV, 4) : l'amour et la pitié pour un chef-d'œuvre de la nature, de l'histoire et de l'art, regorgeant de talents et de ressources, gâché par l'esprit de géométrie au service de l'égoïsme vantard et prédateur. *L'Ancien Régime* de Taine, ouverture ou prologue, porte en son sein *La Révolution* comme la nuée porte l'orage. Les deux volumes suivants des *Origines*, avec la même précision méthodique et contrôlée que le premier, mais sous laquelle bondit maintenant un suspens d'épouvante et de pitié, démontrent à l'œuvre les « orages d'acier » qui saccagent le plus ancien royaume d'Europe et créent en quelques mois le paysage dénudé et dénaturé de la modernité. Où est ici l'historicisme ? Taine, pour avoir situé La Fontaine et ses *Fables* en son siècle, a révélé à quel point le poète et son œuvre, cachés par leur familiarité souriante, sont au cœur d'une grande tragédie humaine et française dont, sans en faire la moindre parade, ils détiennent pour toujours les clefs.

Rien de plus fantastique, rien de plus contraire aux monotones lois qui régissent l'ordre sans surprise des choses, que de voir mûrir et éclore dans le temps une poésie qui dès l'origine, avait été murmurée et partagée par son poète pour guérir du temps. Avec sa poésie, le poète lui-même finit par se laisser découvrir, et aujourd'hui ce « bonhomme » apparaît comme un contemporain capital.

La conversation avec La Fontaine que l'on va lire a été préparée depuis plusieurs décennies par de nombreux et perspicaces amis du poète, français et étrangers, qui ne se sont pas laissé décourager par sa légende, ni intimider par l'ombre classique du Grand roi. Je ne puis les nommer ici, beaucoup seront cités en note, mais si ce livre peut aider un peu mieux à entendre les silences de La Fontaine, et à goûter l'intelligence, la bonté, le sentiment du divin qu'ils gardent en réserve pour nous, il est bien clair que je le devrai à ces jeunes et moins jeunes prédécesseurs, contemporains avec moi d'une autre fin de siècle elle aussi recrue de grandeur et d'épouvante.

CHAPITRE I

L'OLYMPE ET LE PARNASSE

> « Pendant le doux emploi de ma Muse innocente,
> Louis dompte l'Europe, et d'une main puissante
> Il conduit à leur fin les plus nobles projets... »
>
> JEAN DE LA FONTAINE,
> XI, *Épilogue*

> « M. de La Fontaine était un homme simple et vrai, qui sur mille choses pensait autrement que le reste des hommes. »
>
> L'ABBÉ POUGET, prêtre de Saint-Roch, confesseur de La Fontaine dans les derniers mois de sa vie [1]

La Fontaine a chanté le sommeil, la volupté, la solitude, le loisir et pour comble, comme pour faire mieux valoir tous ces luxes contemplatifs, il a gravé à jamais dans les esprits un tableau du monde des passions et des intérêts aussi captivant en surface que terrifiant en profondeur.

Voilà bien des crimes. Il n'était pas de trop, pour les voiler, d'une légende de doux fol.

Parmi les nombreux *fioretti* quasi franciscains qui ont dessiné cette légende, et que le poète a malicieusement laissés pousser sur son chemin, l'un d'entre eux le montre désertant soudain la conversation de ses hôtes, et expliquant ensuite son absence par le temps de suivre, et d'admirer, la belle ordonnance des obsèques d'une fourmi[2]. De tels récits ont camouflé, de son vivant, ce qu'il y avait d'essentiellement incompatible, ou même de dangereusement contradictoire entre la faveur immense du public pour les *Fables* de ce poids léger des belles-lettres, et la ferveur très officielle dont était l'objet, au même moment, le Grand roi, champion poids lourd de l'action, amoureuse, politique, militaire.

La disproportion entre ce distrait et le Roi-Soleil, entre les fictions gracieuses dont l'un était capable, et l'Histoire monumentale dont l'autre était l'acteur, élimine par elle-même toute comparaison, tout rapprochement fâcheux.

Mais la légende n'était pas de trop. Elle a poussé à une sympathie coupable, pour l'auteur des *Fables* et des *Contes*, ses contemporains, tout en les dispensant le plus souvent de démêler ce que ce contraste entre l'oisiveté mélodieuse du poète et l'activité inlassable du roi, pouvait receler de scandaleux. L'idée qu'on s'est faite d'abord de ce grand enfant a retenu, même dans la suite des temps, de voir clair dans les profondeurs d'une œuvre qui se garde bien de se donner pour profonde.

Cette légende n'a donc pas peu contribué, dans la mémoire collective et attendrie de la nation française, à protéger l'auteur des *Fables* contre le soupçon qui a fini tout de même par être formulé au XVIIIe siècle, sous la plume d'un autre « fou », mais beaucoup plus dangereux, Jean-Jacques Rousseau : dans son *Émile*, le citoyen de Genève accuse les *Fables*, qui passent pour charmantes, comme leur auteur, de conspirer en réalité à la démoralisation des enfants, futurs adultes responsables de la République[3].

On n'en a pas moins continué en France, même pendant la Révolution et l'Empire, à faire apprendre les *Fables* aux enfants des écoles. On a pris soin, depuis le XIXe siècle, de faire réfuter Rousseau par les élèves eux-mêmes, en transformant le passage accusateur de l'*Émile* (repris mièvrement à son compte par Lamartine) en sujet de dissertation [4]. Par d'humbles chemins, et à la faveur de nombreux malentendus, les *Fables* ont ainsi continué imperturbablement et sourdement à imprégner un immense public, sans inquiéter le moins du monde les autorités responsables et respectueuses d'un auteur canonisé, comme Hans Christian Andersen au Danemark ou Lewis Carroll en Angleterre, dans le panthéon national.

Comment en effet craindre un péril quelconque pour la Cité française d'un innocent qui avait, au témoignage de sa meilleure amie et de son hôtesse pendant vingt ans, Marguerite Hessein de La Sablière, produit des fables comme un pommier des pommes ?

Un Chateaubriand, auprès de la postérité, a payé très cher l'orgueil, ouvertement affiché dans ses *Mémoires*, de faire contrepoids par sa plume à l'épée de Napoléon. La légende biographique de René, peu porté, du moins le croit-on, à sourire de lui-même, n'a fait aucun obstacle à l'accusation indignée de lèse-majesté française et de mégalomanie ridicule de littérateur : elle accable aujourd'hui encore l'auteur des *Mémoires d'outre-tombe*. On peut se demander pourquoi Victor Hugo, lançant contre Napoléon-le-Petit, depuis Guernesey, le brûlot des *Châtiments*, n'a jamais passé pour un Matamore, bien qu'il ait pris la peine de mettre l'Angleterre et la mer entre le Second Empire et lui. Mais le Second Empire, en dépit des tentatives récentes pour réhabiliter ce régime et son chef, se résume pour l'orthodoxie française dans le désastre de Sedan. Et l'auteur des *Châtiments* s'est acquis l'immense mérite national d'avoir drapé rétrospectivement de sublime, dans sa *Légende des siècles*, la défaite de Waterloo.

Un jeune roi, d'antiques Sphinx

On est dispensé, avec le bon La Fontaine, de pareilles empoignades épiques entre les Lettres et l'État. Ce poète n'a manqué aucune occasion de se diminuer lui-même et de faire sourire de son innocuité. Sa modestie a été si bien prise au pied de la lettre, que les rares tentatives de la critique moderne pour faire voir en lui un déserteur du Grand siècle, et un peintre impitoyable, avant Fénelon et Saint-Simon, de la comédie du pouvoir sous Louis XIV, sont restées sans écho, ou bien elles ont été tournées en dérision. Ces excès de zèle contre sa légende l'honorent cependant, et sont plus proches de la vérité que la commisération de ses biographes. On a pu même faire de ce poète un paysan balzacien monté à Paris et cachant bien son jeu d'arriviste un peu sournois.

Le « caractère » de « grand rêveur » prêté de son vivant au poète lui a survécu. Il a déjoué même le réquisitoire posthume de Rousseau. Il ne l'a pas aussi bien protégé contre la réprobation publique qui s'est acharnée, dès 1675, sur ses *Contes*. Il était, et il reste, parfaitement invraisemblable qu'un innocent, même merveilleusement doué pour les vers, mais toujours plus ou moins ensommeillé, ait pu se mêler de fronder, si peu que ce soit, le Roi-Soleil et la marche toujours glorieuse de son État.

Par contre, il n'était et il n'est que trop évident (Paresse, Sommeil et Volupté naviguant de conserve) que le même poète, politiquement incompétent et inoffensif, s'est bel et bien rendu coupable d'incitation aux mauvaises mœurs. Les sévères rappels à l'ordre qui lui sont venus de la Police, de l'Église et de l'Académie, peuvent aujourd'hui indigner, comme les procès en moralité auxquels ont dû répondre, sous le Second Empire, un Flaubert et un Baudelaire : personne n'a jamais douté que l'auteur de l'exquise « Lettre à l'abbesse de Mouzon » (du meilleur Toulet) et des *Nou-*

velles en vers tirées de Boccace et de l'Arioste (du meilleur Apollinaire) avait bien franchi les bornes de la décence ; et il l'a fait, c'est indéniable, en toute connaissance de cause.

Sous le règne de Louis le Grand, ce péché était grave sans doute. Mais enfin, ce n'était pas un crime d'État. Il n'y a pas de commune mesure, sous Louis XIV, entre le crime de lèse-majesté politique et le crime d'offense à la morale et même à la religion. Les torts de la Compagnie du Saint-Sacrement, de Port-Royal, des Protestants, de Fénelon, aux yeux du roi, ne sont théologiques qu'en dernier lieu. Ce n'est pas tant le soupçon d'hérésie qui condamne ces dévots suspects, que leur « fronde » politique masquée de théologie ; l'hérésie chez certains est peut-être le principe d'erreur, mais cette erreur consiste à se réunir en « secte » privée, séparée du corps de l'État. La France doit marcher comme un seul homme sous la conduite d'un chef sacré.

Ce ne sont pas tant leurs mœurs assez hétérodoxes, découvertes par la saisie de leur correspondance, qui suscitèrent la colère de Louis XIV contre les jeunes princes, neveux de son cousin Condé, déserteurs de sa cour, et partis guerroyer, en 1685, contre le Turc, dans les armées de l'Empereur : ce sont leurs mots cruels contre le roi et Mme de Maintenon ; ces épigrammes donnaient un sens criminel à leur départ de Versailles, et ils semblaient révéler chez ces jeunes gens le plus coupable des libertinages, le libertinage politique[5].

Accusé seulement de corrompre les mœurs, ce fol aimable de La Fontaine se tira avec doigté, et sans trop de mal somme toute, du procès en moralité que lui attirèrent ses *Contes*. Ce scandale mineur était même, à bien des égards, un heureux alibi, qui permit à ses partisans et à ses ennemis, lors de sa candidature à l'Académie, de s'affronter sur ce terrain relativement secondaire, où le poète pouvait avouer ses erreurs, tout en bénéficiant de la mansuétude qui, à Paris, et même à l'Académie, était accordée d'avance aux mauvais sujets qui ne sont pas des esprits forts.

Le libertinage très littéraire des *Contes*, et les indignations vertueuses qu'il suscita, avaient même l'immense avantage de couvrir un peu plus le vrai crime que le roi avait encore à l'esprit quand il suspendit l'élection triomphale de La Fontaine, et fit dépendre son agrément de l'entrée préalable, dans la Compagnie des Quarante, de Boileau, son historiographe : ce crime politique, c'était le rôle suspect que le poète avait autrefois joué dans l'« Affaire Foucquet », et le parfum insaisissable d'indépendance qui continuait depuis d'affleurer dans le langage, au demeurant sans grandeur, des *Fables*.

Ce prétendu distrait, comme son « Simonide préservé par les Dieux » (I, 14), a eu beaucoup de chance. Mais il a aidé la Fortune en déployant un flair diplomatique qui dément sa légende. Ce machiavélisme à l'envers du poète, plutôt que de la sociologie de l'ambition, relève de l'analyse que Léo Strauss a proposée, dans *La Persécution et l'art d'écrire* ; le grand commentateur de Hobbes montre que le génie contemplatif, en temps de tyrannie (autant dire le plus souvent), doit mettre en œuvre un camouflage encore plus retors que les soupçons et les pièges dont il est l'objet[6]. Rilke n'a pas dit autre chose dans son poème en français : *Mensonge, arme d'adolescent*[7]. Et déjà, dans la scène assez noire du *Malade imaginaire* (Acte II, Scène 11), où Argan fait comparaître devant lui sa fille, la petite Louison, et veut la contraindre sous le fouet à la délation, Molière avait montré de quelle ruse innocente de serpent la colombe est capable, quand il lui faut se tirer sans se trahir des griffes d'un oiseau de proie, même s'il porte le beau nom de père.

La Fontaine n'a pas été « persécuté », même si, selon les critères qui prévalaient sous Louis XIV, son maintien à l'écart de la Cour valait bien le « guignon » et la « malédiction » d'un poète romantique. S'il n'a pas été persécuté, c'est qu'il comptait trop peu, et qu'il n'a pas cherché à compter davantage : il savait, mieux que quiconque, les périls que l'on court à « penser autrement que le reste des hommes ». Il s'est d'autant plus volontiers diminué que ce sacrifice d'autorité personnelle protégeait son œuvre majeure, et retenait les soupçonneux de le surprendre là où il se savait le plus exposé. La clairvoyance de Rousseau (qui d'ailleurs porte à faux) vint beaucoup trop tard : elle n'a pu endommager à titre posthume un chef-d'œuvre de prudence poétique que n'avait pas pu prendre en défaut l'Argus de la France classique.

Le sort tragique du cerf de la fable *L'œil du maître* (IV, 21), même si le poète l'acceptait d'avance dans son cœur pour lui-même, il ne le chercha pas pour son « livre favori » :

Chacun donne un coup à la bête.
Ses larmes ne sauraient la sauver du trépas.

La Fontaine l'a tout de même échappé belle. Le Lion du Louvre et de Versailles n'a pas voulu savoir que le lion et sa cour de loups et de renards, qui font rage dans les *Fables*, avaient quelque rapport avec lui-même ou avec les siens. Le roi n'a pas cru digne de lui de s'écrier : « Va-t'en, chétif insecte, excrément de la terre » : il a préféré faire comme s'il n'avait pas entendu le moucheron des *Fables* (II, 9) « sonnant la charge » dans les abords de sa crinière auguste. Comment le « roi de gloire » (un historien de nos jours a donné à Louis XIV ce titre, qui, même sous ce règne idolâtre, était réservé à Dieu[8]) aurait-il pu condescendre à se reconnaître, lui et les siens, dans de petites narrations enfantines, vieilles comme le monde ?

Elles étaient ânonnées dans toutes les petites écoles latines depuis l'Antiquité, et leur traduction, par un minuscule poète, connu à la Ville mais ignoré de la Cour, était déjà, au Moyen Âge de Marie de France, une banale routine française[9].

Le roi en personne, comme le feront son fils Monseigneur et son petit-fils le duc de Bourgogne, avait traduit et imité les récits d'Ésope. Ses précepteurs l'auraient-ils soumis à ces exercices s'ils avaient cru que le moindre de ses sujets pût s'en faire un masque pour pouvoir impunément le regarder en face ?

Les animaux, principaux personnages de ces fictions pour nourrices et pour marmots, chevaux et chiens, chats et singes, souris et rats, abondaient dans les palais de la Couronne, même s'ils ne parlaient pas. De plus exotiques, lions et tigres, chameaux et éléphants, avec les oiseaux d'Afrique dans leurs volières et les poissons des fleuves dans leurs bassins, peuplaient les parcs royaux. Grand chasseur à courre, comme ses ancêtres, Louis XIV avait une connaissance non moins familière des cerfs, des biches, des sangliers, et même à l'occasion des loups et des renards qu'il traquait dans ses forêts. Généalogiste et héraldiste (quoique Saint-Simon ait souligné ses « absurdités les plus grossières », dans cette discipline majeure pour tout gentilhomme français qui sait son monde [10]), le roi était tout de même à l'aise parmi les animaux du blason, qui foisonnaient partout, aux flancs des carrosses, au seuil des demeures, au fronton des tapisseries et des portraits, sur la vaisselle et sur les meubles, sur les canons et sur les épées, peints, gravés, sculptés, brodés, dans son royaume. À beaucoup d'égards, le roi de France était aussi alors le roi des animaux.

Cette royauté, domestique, cynégétique, héraldique, sur le monde animal, n'aurait pas permis à Louis XIV de condescendre à s'irriter contre un milan, si quelque garde-chasse, après avoir capturé le bel oiseau de proie, avait souhaité humblement le lui offrir, au cas même où ce milan se serait avisé d'aller planter ses griffes « sur le nez de Sa Majesté » :

> Le roi n'éclata point ; les cris sont indécents
> À la Majesté Souveraine.
> (*Le milan, le roi et le chasseur*, XII, 12)

Ce stoïcisme du roi envers un animal lésant sa majesté donne à rire. Le roi se serait-il aussi bien contenu s'il avait deviné que le poète, qui a inventé de toutes pièces, pour une fois, cette impertinente fable, lui-même un ancien garde-chasse, n'hésitait pas à laisser ses propres oiseaux captifs faire leurs griffes sur le nez royal ?

La Fontaine, de surcroît, a dédié la fable du milan au prince de Conti, l'un des jeunes frondeurs de 1685. Il n'était plus alors, et depuis longtemps, « garde-chasse » du duché de Château-Thierry. Il n'était pas du tout au service du roi. Infime sujet, il n'avait même pas le rang subalterne qu'occupait, dans les communs de Versailles, un peintre animalier de génie, François Desportes, dont le métier officiel était de suivre les chasses royales pour éterniser leur butin en natures mortes, ou que tiendra encore, dans le train des chasses de l'arrière-petit-fils de Louis XIV, le grand Jean-Baptiste Oudry, qui illustrera somptueusement en 1764 les *Fables* de La Fontaine, sur l'ordre de Louis XV[11].

Mais La Fontaine aurait pu fort bien devenir le poète animalier de Louis XIV, si le roi l'avait ordonné. Le poète avait essayé ses talents dans ce genre pour complaire à Nicolas Foucquet. Il avait, en conclusion de l'idylle d'*Adonis*, dédiée en 1658 au Surintendant, composé le long récit en vers d'une chasse au sanglier. Ce morceau de bravoure, si l'on en croit Paul Valéry, est assommant. L'est-il moins quand on sait qu'il imite la chasse tragique d'Actéon dans les *Métamorphoses* d'Ovide ? Même La Fontaine n'est pas parvenu à faire de la vénerie un sujet poétique français[12].

C'était déjà le sentiment de Louis XIV, qui aimait la vénerie et les peintres de tables à gibier, mais détestait que les autres chasseurs racontent devant lui leurs propres exploits. Il demanda à Molière, à la fin de la représentation des *Fâcheux*, pendant la fête de Vaux, dans la nuit du 17 août 1661, d'ajouter à son défilé de raseurs un personnage de veneur bavard. Ce fut fait pour la représentation de Fontainebleau, une semaine plus tard :

> Parbleu ! chemin faisant, je te le veux conter.
> Nous étions une troupe assez bien assortie,
> Qui, pour courir un cerf, avions hier fait partie ;...
>
> (II, 7)

La Fontaine eût été bien attrapé si, sur la foi d'un premier essai en l'honneur du seigneur de Vaux, il avait été appelé par le roi à l'office de chantre des équipages, écuries, ménageries et chenils royaux. Après tout, Louis XIV a bien « annexé » à son service tous les autres artistes et lettrés choisis et réunis avec un flair très sûr par son Surintendant des finances. Le roi a même fait son historiographe de l'ancien bras droit de Foucquet, Paul Pellisson. Par la suite, il a pratiquement réduit au silence le génie satirique de Boileau et le génie tragique de Racine en faisant d'eux, dans sa cour et aux armées, les successeurs de Pellisson. Décidément, et à tous égards, La Fontaine l'a échappé belle.

Le poète d'*Adonis*, même à son rang très subalterne parmi les fidèles de Foucquet disgracié, eut donc le bonheur de déplaire particulièrement et définitivement au roi et pas seulement à Colbert. Il avait des amitiés compromettantes, des protecteurs trop titrés, des manières indépendantes. Il avait commis pendant le procès du Surintendant, plus qu'un crime : une faute. Mais ce fut de la part du roi une erreur beaucoup plus grande de remarquer cette faute. Au lieu des ennuyeuses descriptions de ses propres chasses et des éloges de ses chiens courants, à quoi il pouvait fort bien confiner à vie le petit poète favori de Foucquet, Louis XIV crut l'anéantir en l'ignorant.

Il dut se résigner à voir courir partout, à partir de 1668, la nombreuse ménagerie des *Fables*, qui ne lui devait rien, dont il n'était ni roi ni maître, qu'il ne pouvait même pas condamner sans perdre la face, et qui fait obstinément contrepoint depuis trois siècles à la grandeur de son règne.

Heureusement pour le roi, qui n'aimait pas admettre ses erreurs, son amour-propre n'était pas à court. Peintre en vers de bêtes de basse-cour, coqs et chèvres, ânes et brebis, La Fontaine ne fut jamais, à ses yeux, qu'un miniaturiste burlesque, travaillant, faute de mieux, pour la clientèle privée. La Fontaine a tout fait pour confirmer, par sa conduite, cette fiction, qui était sa plus sûre sauvegarde. Il finit même par entrer à l'Académie en 1684, malgré les *Fables*, malgré les *Contes*, dans le propre fauteuil de Colbert, et avec l'agrément de Louis XIV, quelque temps suspendu, et accordé malgré tout à la fin, comme de guerre lasse, après tout de même plus de vingt ans d'indifférence affichée [13].

Le « plus grand roi du monde » s'est laissé aisément persuader que seuls les plus grands genres de l'Art étaient à la hauteur de parler de son propre art de régner : les harangues de l'Académie pour la fête de saint Louis, les inscriptions latines de la Petite Académie, les Odes pindariques et les Épîtres horatiennes de Boileau, les tragédies néo-grecques de Racine, les ballets mythologiques de Benserade, les opéras de Quinault et Lully, les grands tableaux d'Histoire de Le Brun. Cultivée en abondance et théorisée avec zèle sous son règne, l'épopée ne compte pourtant guère dans la galerie des glaces proposées au roi. C'est un des mystères littéraires de la monarchie. La poésie lyrique, quant à elle, se fana [14].

Cette convenance royale, hiérarchique et quasi régimentaire, s'est durcie, au cours de son règne, en un système, l'académisme. Ce carcan, depuis lors, périodiquement restauré après des périodes de « fronde », tel le rocaille mis à la mode après 1715, n'a cessé de peser, majestueux ou caricatural, sur les lettres et les arts français. Rien n'a plus nui à l'entente de cette époque littéraire que la confusion entretenue, sous le nom trompeur de « classicisme », entre l'académisme officiel du règne, et la liberté que quelques poètes de génie, héritiers d'une époque de liberté sans « grandeur », réussirent quelque temps à opposer à la glaciation progressive des Lettres du Grand siècle. La robustesse de La Fontaine lui a permis de résister à l'été, à l'automne, et même au début du long et terrible hiver d'un règne de plus d'un demi-siècle.

Dans les comédies de Molière, « genre bas » auquel Louis XIV prit plaisir, dans les commencements troubles de son pouvoir personnel, toutes sortes d'êtres inférieurs, paysans, valets, bourgeois, courtisans du dernier ordre, se montrent sous leur vrai jour, ridicules, et vaillamment étrangers au sacré de l'État, comme les animaux des *Fables*. Le roi ne put être associé à ces représentations roturières et à cette troupe comique, que dans les intermèdes dansés, ceux par exemple du *Mariage forcé*, en 1668 (l'année des *Fables*), où il apparut travesti en « Égyptien » : c'était au Louvre, devant un public trié sur le volet, et au titre d'un loisir bénéfique pour l'État et trompeur sur ses grands projets militaires.

Roi dans le plein exercice de son autorité sacrée, Louis XIV n'est évoqué, dans *Tartuffe*, dans *L'Impromptu de Versailles* et dans *Le Misanthrope*, que de très loin et par allusion, comme une puissance transcendante, omnisciente et invisible siégeant sur l'Olympe. Quand une fois Molière a fait descendre l'Olympe sur la scène, en 1668, dans la comédie mythologique d'*Amphitryon*, ce fut pour assurer un cadre digne de lui aux amours du roi des dieux, Jupiter : il montrait à Louis XIV, dans le miroir de la scène, un autre de ses délassements, très en faveur aussi auprès de ses sujets.

L'Olympe était déjà apparu dans le livret des ballets composés par Molière pour la fête des « Plaisirs de l'Île enchantée [15] », qui inaugurent en mai 1664 (au plus vif du procès Foucquet), pour une assistance très restreinte, le premier Versailles de Louis XIV : c'était la réponse du roi à la fête de Vaux. L'Apollon auquel

Molière donne la parole, au cours de la première journée, n'est plus l'Apollon musagète, le dieu du Parnasse, le dieu Mécène, auquel s'était identifié Foucquet dans le décor de son château et par ses générosités envers les poètes. C'est une divinité de l'Olympe, un Jupiter au repos, mais qui n'en médite pas moins d'en découdre pour faire respecter par l'Europe « les droits de Charles Quint, les droits de Charlemagne », ajoutés aux siens propres par son mariage espagnol. Molière a mis en scène, dans les jardins de Versailles transfigurés en décor de roman, une déclaration solennelle de politique étrangère en alexandrins. C'était une attraction « utile » que Foucquet n'avait pu joindre à l'« agréable » de la fête de Vaux.

Dans l'Art officiel des débuts du règne personnel, les comédies proprement dites de Molière, habilement inscrites dans le décorum de la grandeur royale, tiennent le rang et la fonction qui étaient assignés, dans la Rome des papes de la Renaissance, aux « grotesques » de Giovanni da Udine, sur les murs des « Stanze » du Vatican ou aux plafonds de la Farnesine : faire valoir, par leurs « cadres » foisonnants de chimères comiques, le sublime des fresques de Raphaël, dignes miroirs d'une souveraineté universelle et sacrée [16].

À plus forte raison, il ne pouvait donc être question de Louis XIV et de son règne dans les représentations animalières d'un La Fontaine, inventions marginales d'un nouveau Scarron travaillant à son propre compte, étrangères à la cohérence architectonique de l'Art royal, cigales vagabondes, vivant de la charité d'un public privé. Aux yeux de quiconque alors avait la moindre idée du vrai poids des choses à la Cour, elles comptaient infiniment moins que le divertissant spectacle des animaux et des volatiles enfermés derrière leurs grilles dans les jardins royaux, ou que la magnifique curée quotidienne de la meute royale.

Dans le parc de Versailles, parmi les autres « fabriques » qui se proposaient de récréer le roi et la Cour, dans les intervalles des affaires sérieuses (en contrepoint plaisant avec la splendide grotte de Thétis, où le roi lui-même, dans un décor digne de lui, était représenté par Girardon en Phœbus au repos), un Labyrinthe de verdure fut parsemé à partir de 1674 d'animaux ésopiques sculptés et animés de jets d'eau[17]. Ce zoo de plomb, peint en trompe-l'œil, et escortant la statue de son berger contrefait, Ésope, marquait très bien l'étage légitime, mais subalterne, qui était réservé à la poésie et aux arts animaliers dans l'ensemble hiérarchisé et harmonique de l'Art royal. L'Ésope champenois, qui à Paris publiait des *Fables* depuis 1668, n'eut pas accès même à cet étage : banni de liesse, il devait s'estimer trop heureux que le roi des animaux et des hommes feignît en haut lieu d'ignorer son existence.

Le roi, se promenant devant les fontaines de son Labyrinthe, pouvait se délasser avec satisfaction de ses journées de labeur, d'où dépendait le sort de la France, de l'Europe, du Monde : elles ne lui parlaient de rien d'autre que du talent de ses propres artistes, et de l'esprit galant de son propre poète, Isaac de Benserade, rédacteur des quatrains gravés en bronze au pied de chaque fontaine. Les *Fables* de La Fontaine ne pouvaient et ne devaient être, aux yeux du roi, que la version du pauvre, laissée aux amateurs de la Ville, de son luxueux Labyrinthe de Versailles, réservé à sa jouissance et à celle de ses hôtes de marque[18].

Charles Perrault, qui avait imaginé cette ingénieuse « fabrique » et qui l'avait mise en œuvre avec le jardinier, le fontainier et les sculpteurs de Vaux, connaissait très bien La Fontaine, qu'il avait rencontré dans l'entourage de Foucquet, où il s'était poussé naguère. Il admira en connaisseur ses *Fables*, qu'il imita lui-même et qui lui inspirèrent encore, après les « fabriques » du Labyrinthe de Versailles, ses propres *Contes*. En le pillant, il rendit un service biseauté au grand poète disgracié. L'Ésope des jardins de Versailles était un écran coûteux qui préservait Louis XIV d'arrêter son regard sur l'Ésope à bon marché des libraires de Paris[19].

On a beaucoup reproché à Boileau de n'avoir pas

fait mention des *Fables* dans son *Art poétique* publié en 1674. Ce silence ne pouvait pas être dû à un quelconque dédain pour le génie du fabuliste, ni même pour le genre de la fable : Boileau savait mieux que personne que ce genre avait ses lettres de noblesse littéraire ininterrompues, depuis l'Antiquité et la Renaissance. Il s'est lui-même vanté, dans des propos tardifs, d'avoir convaincu le libraire Barbin de publier le premier recueil des *Fables* de La Fontaine, avec qui il était lié d'amitié depuis au moins 1664[20]. Ce silence de l'*Art poétique*, étrange et choquant à nos yeux modernes, c'était celui qu'il fallait garder, quand on voulait, comme c'était le cas de Boileau en 1674, obtenir la faveur du roi. Il convenait de respecter le silence de Louis XIV, qui se piqua toujours d'ignorer l'intérêt et même l'existence des *Fables*.

C'était aussi, à prendre les choses du meilleur côté, un service de compassion à rendre à un confrère sans avenir, que ce silence officiel laissait du moins en paix. Le poète des *Fables*, après tout, avait de quoi se contenter : l'extraordinaire succès de ses petits recueils, dès leur apparition à l'étalage des libraires, compensa quelque peu, par l'estime du public, l'indifférence royale et les petites bassesses des confrères. Un tel succès, auquel la marquise de Montespan elle-même ne résista pas, amplifié encore par *Le Mercure galant*, le seul magazine de l'époque, enrichit sans doute les libraires, beaucoup plus que le poète, mais il rendait encore plus difficile de la part du roi l'expression publique du moindre agacement[21].

Louis XIV, bien que son éducation littéraire eût été très négligée, était trop bien entouré pour ne pas sentir la différence de portée entre une traduction ordinaire d'Ésope et sa recréation par La Fontaine, vivante et souriante avec esprit. Mais aucun magistrat du royaume, si servile qu'on l'imagine, n'aurait pu se livrer, sans ridicule pour la Justice du roi, à l'exégèse nécessaire pour établir que le décalage entre le sens moral obvie et le sens ironique des *Fables* était un crime de lèse-majesté. Seuls l'Écriture sainte et les écrits théologiques étaient alors susceptibles d'exégèse, à la Sorbonne et non pas même au Parlement. Il était hors de question de consacrer par un tel examen le furet des *Fables*.

Celles-ci ont donc pu être publiées, et devenir l'un des plus grands succès de librairie du XVIIe siècle, en se faufilant dans l'un des recoins modestes des Lettres du royaume, qu'un point aveugle devait soustraire aux yeux de Louis XIV : le couloir de service réservé aux bêtes de somme, le recoin de l'Ésope du pauvre.

Rien de ce qu'écrit La Fontaine dans les *Fables* qui n'ait été déjà écrit, publié, appris par cœur des milliers de fois depuis le fond des siècles. Est-il seulement un « auteur » ? Il parle, en traducteur, dernier venu d'une immémoriale tradition, une langue symbolique aussi familière alors à tout le monde, en France, en Europe, en Orient, que les langues naturelles elles-mêmes. L'inflexion singulièrement attrayante qu'il a donnée à cette langue symbolique et universelle est restée vivante et énigmatique à travers les temps. Est-elle autre chose que le mouvement vif de relais sans lequel la très longue chaîne des fables se fût peut-être ralentie ou interrompue ? Un autre geste de relais, plus agressif et plus sec, avait eu lieu mille six cents ans plus tôt, au premier siècle de notre ère, sous le règne d'Auguste, dans les *Fables* d'un esclave thrace romanisé, Phèdre. Cette chaîne a bien résisté au Temps. Elle a trouvé, au moment voulu, des champions résistants comme elle-même. Voilé et enchanté, le sens des *Fables* fait aujourd'hui encore le désespoir des exégètes : il a quelque chose d'insaisissable, tant il oscille entre la platitude du poncif usé par la répétition, et la liberté saisissante d'une intelligence à l'épreuve de la transmigration des âmes[22].

À plus forte raison devait-elle échapper à la prise au XVIIe siècle, comme ces tanches et ces goujons qui filent, décevants et séduisants, dans la fable *Le héron* (VII, 4) :

L'onde était transparente ainsi qu'aux plus beaux jours.

Les *Fables* doivent-elles leur vie poétique incroyablement vivace à leur pedigree de très ancienne lignée, qui fait d'elles un règne à part d'animaux héraldiques évoluant à jamais dans le plus pur de notre langue ? Ou bien serait-ce à leur saveur excitante et toujours renouvelée de serrures et de clefs secrètes, découvrant l'autre côté occulté d'un siècle dont nous ne connaissons que la façade ? Les deux à la fois. C'est bien ce qui donne aux fables de La Fontaine, officiellement ignorées de la Cour, comme aux tragédies de Racine et aux comédies de Molière, représentées en grande pompe devant le Grand roi, la même vitalité troublante, quasi oraculaire. Louis XIV ne soupçonnait pas, fort heureusement, même dans les plus splendides miroirs où il prenait innocemment plaisir, ces regards de sphinx posés sur lui, et qui avaient vu bien d'autres rois que lui, depuis des temps plus reculés que les origines de la monarchie française, pourtant la plus ancienne d'Europe. Il ne les soupçonnait pas dans les comédies de Molière, le Ménandre français, ni dans les tragédies de Racine, dont la généalogie littéraire remonte à Homère, à Euripide, à Virgile : à plus forte raison dans les colifichets parisiens de La Fontaine. Il faut être bien naïf pour attribuer au roi le principal mérite de ces chefs-d'œuvre écrits par des espions trop lettrés pour qu'il les devine.

Il vaut la peine de s'intéresser à ce malentendu entre le roi et les poètes qui font en effet le principal mérite du règne, un malentendu aussi étrange et plus haletant que celui qui empêche de jamais se croiser les regards des héros de Racine.

La signification officielle, conventionnelle, de circonstance, que les poètes, les lettrés, les orateurs sacrés dociles aux vœux de Colbert, de Chapelain, de Perrault, ont attribuée, dans les grands genres dignes d'un grand siècle, aux actes et aux victoires d'un grand roi, était dès l'origine un monument froid et mort, tourné en dérision à l'étranger, hors de portée des armées françaises.

Le Grand siècle et le Grand roi, en réalité, ne sont restés vivants que dans les seuls miroirs mystérieux qui n'étaient pas dupes de cette grandeur. *Phèdre, Le Malade imaginaire, Le lion devenu vieux* font déjà, au plein midi du règne, avec d'infinis ménagements pour leur roi, l'antique geste qui congédie de la lumière les gladiateurs, le pouce retourné vers le sol. Watteau prêtera, en 1720, au petit domestique de Gersaint, sur l'enseigne de la boutique *Au grand monarque* un geste de fossoyeur : il met en caisse et dans la paille le portrait officiel de Louis XIV par Rigaud. Comme Molière dans *Le Malade*, Watteau, en 1720, sait qu'il va mourir lui-même. La chaîne de l'Art sauve l'Art, elle laisse en route l'artiste qui a assuré le relais. Le grand artiste, le grand poète, le sait. Quel tact ne doit-il pas déployer, au péril de déplaire, pour cacher et faire savoir à ses rois qu'il en va de même pour leur art de régner [23] ?

Que Racine et Molière, même pour peu de temps, et à la faveur d'un sublime double jeu, à l'intérieur et au centre de l'Art officiel, aient pu faire triompher sur la scène une parole flatteuse en surface, et inquiétante en profondeur, c'est un des grands moments européens du pouvoir spirituel littéraire. Mais que La Fontaine et ses *Fables* aient pu prospérer à ce point du vivant du Grand roi, sans même se mettre à l'abri des grandes apparences de l'Art d'État, c'est encore plus surprenant. Le poète a pris le premier toute la mesure du degré de disgrâce, mais aussi de grâce, qui entraient dans la réception bien différente faite à ses *Fables* par le roi de France et par le public français.

Dans son premier recueil, en 1668, le poète Simonide « préservé par les Dieux », c'est lui. Dans le second recueil, en 1677-1679, on sent quelque chose de plus, la délectation victorieuse du parieur de Pascal, qui a joué le plus gros jeu et qui a gagné. Les vers brefs, impairs et dansants qui introduisent *Le dépositaire infidèle* (IX, 1) ont le triomphe modeste et serein :

> Et même qui mentirait
> Comme Ésope, et comme Homère,
> Un vrai menteur ne serait.
> Le doux charme de maint songe
> Par leur bel art inventé,
> Sous les habits du mensonge
> Nous offre la vérité.
> L'un et l'autre a fait un livre
> Que je tiens digne de vivre
> Sans fin, et plus, s'il se peut :
> Comme eux ne ment pas qui veut...

Un tel pouvoir de dévoilement, enveloppé dans la fiction des fables, s'exposait pourtant au risque suprême que court le mensonge des vrais poètes, toujours menacé d'être deviné et démasqué. Ce risque, couru en toute connaissance de cause par La Fontaine, donne à sa vie et à sa parole un suspens aussi intense que celui qui fait trembler intérieurement la voix apparemment tranquille de Schéhérazade, pendant les mille et une nuits où elle tient en suspens par ses contes la colère du roi Schariar. En tête du premier recueil des *Fables choisies mises en vers*, la « Vie d'Ésope le Phrygien » est soutenue en sourdine par cette sorte de suspens. Ésope écarte longtemps, par son art de l'esquive, les coups que devrait lui attirer son esprit, mais enfin il rencontre la force qui ne fait pas de quartier :

« Tout ce qu'Ésope put dire n'empêcha point qu'on ne le traitât comme un criminel infâme. Il fut ramené à Delphes chargé de fers, mis dans le cachot, puis condamné à être précipité. Rien ne lui servit de se défendre avec ses armes ordinaires, et de raconter des apologues ; les Delphiens s'en moquèrent. »

Les précédents ne manquaient pas à la persécution des lettrés et des poètes, et le bûcher en consuma plus d'un, même sous le Grand roi. Une conduite imprudente, ou le sens trop obvie de leurs œuvres, avaient perdu bien des lettrés et leurs imprimeurs. Les flammes qui consumèrent Étienne Durand, la prison de Théophile de Viau, le supplice de Claude Le Petit, les plus célèbres de ces malheureux poètes au XVIIe siècle, comportaient des avertissements salutaires. L'« Affaire Foucquet », qui avait abattu en 1661 un mécène chéri des poètes et des lettrés, un « ministre » qu'ils avaient cru puissant et qu'ils tenaient pour l'un des leurs, fut ressentie par une partie des gens de plume comme le prélude très menaçant à des temps difficiles.

Parmi les très nombreuses pièces en vers qui assaillirent anonymement Colbert pendant le procès du Surintendant en 1661-1664, on trouve celle-ci dans le *Recueil Conrart* :

> On ne connaît plus le Parnasse,
> Apollon, ni ses doctes sœurs :
> En ce triste temps de douleurs
> Le Mont-Gibet a pris sa place ;
> C'est là que Sainte-Hélène, Héraut,
> Pussort et six autres bourreaux,
> En font l'épouvantable base,
> Et que Colbert, leur demi-Dieu,
> Est au sommet, et tient le lieu
> Du renommé cheval Pégase [24]...

Le Parnasse (autrement dit, la communauté des lettrés) avait cru trouver son « Apollon » dans la personne du surintendant Foucquet, et il avait ardemment souhaité que cette divinité musicienne, dont les Valois s'étaient si hautement réclamés, retrouvât avec Foucquet sa place aux côtés du jeune roi, et rétablît pour longtemps la concorde entre le Parnasse et l'Olympe. La Fontaine fait écho à cette illusion, dissipée en 1661, dans sa fable *Simonide préservé par les dieux* (I, 14) :

Les grands se font honneur dès lors qu'ils nous font grâce.
    Jadis l'Olympe et le Parnasse
    Étaient frères et bons amis.

La Bible des poètes

L'Olympe, le Parnasse. Ce langage symbolique aujourd'hui nous échappe. Nous le prenons pour une convention allégorique, ce qu'il était sans doute en train de devenir sous Louis XIV, mais qu'il n'était pas encore pour des poètes de la génération précédente, les Tristan, les Saint-Amant, les Colletet, ni pour La Fontaine. Nous ne soupçonnons plus la gravité du sens dont il était chargé pour eux. En 1663, adressant, pour approbation, à Nicolas Foucquet emprisonné son *Ode au roi*, La Fontaine, en pleine tragédie politique, précise ainsi l'intention de son poème :

« J'ai donc composé cette ode à la considération du Parnasse. Vous savez assez quel intérêt le Parnasse prend à ce qui vous touche. »

Dire « le Parnasse », pour ce poète, c'est dire plus et autre chose que la communauté des lettrés émue par le sort de son Mécène. C'est rappeler en raccourci le mythe fondateur des Lettres elles-mêmes, c'est invoquer une allégeance qui souhaite sans doute s'accorder avec celle que tout « bon Français » doit à son roi, mais qui est plus ancienne et plus sacrée que le royaume lui-même : il faut que cette allégeance soit bien sainte pour qu'un La Fontaine y puise l'audace d'encourir la fureur de son roi et de plaider en poète pour la clémence en faveur d'un ministre lettré et ami des Lettres.

Comprendre ce symbole, et le récit mythique qui le fonde, c'est aussi comprendre tout l'enjeu, politique et spirituel, de ces *Fables* alors en gestation, et que l'on a toujours tenues pour une belle guirlande déposée, même en vain, au pied de la statue équestre du Grand roi.

Pour le comprendre, il faut apprendre ce langage symbolique oublié, cette « langue des dieux » que La Fontaine dit lui-même qu'il parle, que la Renaissance poétique lui avait léguée, et qui était encore entendue, quoique de plus en plus faiblement, par le public lettré.

Dans ce langage symbolique, le Parnasse joue un rôle déterminant : il en est à la fois, depuis les origines de la Renaissance, le vocable-mère et la clef interprétative.

Les *Métamorphoses* d'Ovide ont été qualifiées au Moyen Âge de « Bible des poètes », et ce grand poème a plus que jamais ce rôle à la Renaissance et à l'âge dit « classique ». Comme la Bible, il commence par un récit cosmogonique, et par la narration du premier cycle de quatre âges parcouru par l'humanité. Les dieux mettent fin à l'âge de fer, et à ses horreurs, par un déluge universel. Deux innocents sont seuls épargnés : le couple de Deucalion et Pyrrha. Ils abordent sur la seule terre émergée qui subsiste, en Phocide :

« Là, une montagne escarpée élève jusqu'aux astres sa double cime : on l'appelle le Parnasse ; son front domine les nuages [25]. »

C'est à partir de cet asile de l'innocence que l'humanité, ranimée par ce couple que Jupiter a épargné, recommence un autre cycle, auquel les dieux sont d'abord étroitement mêlés. Apollon, dès les origines, se porte au secours des hommes : il foudroie de sa lance le serpent Python, qui avait jailli de la boue immonde du déluge au pied du Parnasse et menaçait la renaissance humaine. De chant en chant, les *Métamorphoses* dessinent en filigrane tout un mythe du Parnasse que la Renaissance, les complétant par les témoignages originaux des poètes grecs (Hésiode, mais surtout les Alexandrins : Callimaque, Apollonios de Rhodes, Nonnos), a systématisé. Depuis Dante et Pétrarque, un mythe de la sainte montagne a été reconstruit en même temps que se déployait selon ses nervures une République des Lettres, l'Ordre laïc de Mnémosyne.

En 1627 paraissait à Francfort la seconde édition d'un traité de mythologie *Parnassus biceps, cum Imaginibus Musarum Deorumque Praesidum* : « Le Parnasse aux deux sommets, avec les Images des Muses et des Dieux qui y président ». L'auteur en était un savant humaniste de Besançon, Jean-Jacques Boissard, goûté de La Fontaine qui a paraphrasé en vers français une inscription latine publiée par cet érudit[26]. Cette inscription raconte un épisode des *Filles de Minée*, l'un des récits d'Ovide dans ses *Métamorphoses*. Boissard en effet, dans son traité du Parnasse, s'appuie sur Ovide pour développer et illustrer toutes les facettes du mythe central de la Renaissance poétique et littéraire.

Boissard commence par citer Cicéron, sa doctrine du loisir contemplatif (tirée du *De Officiis*) et sa conception de la sagesse, qui est aveu d'ignorance, et appétit de connaître (tirée des *Quaestiones Tusculanae*). Il fait l'éloge des Lettres, lampe toujours allumée dans le temps et l'obscurité du monde, arrachant à l'oubli les « leçons éternelles » et pourvoyant le sage de l'expérience du passé, de la supériorité sur la fortune présente, et de la prévoyance de l'avenir. De ce courant de lumière, aux prises avec le flux ténébreux qui engloutit les mortels dans l'âge de fer, les Muses, filles de Jupiter et de Mnémosyne, sont sources et inspiratrices.

Boissard rappelle que, sur les lieux mêmes où Apollon avait tué le serpent Python, le frère d'Europe, Cadmus, après avoir, à l'exemple du dieu, transpercé à mort un serpent monstrueux, fonda Thèbes sur les conseils d'Apollon. Il consacra l'un des deux sommets du mont Parnasse, le plus escarpé, avec sa source Castalie, et le site voisin de Delphes, aux Muses et au dieu musagète. Cadmus avait apporté de Phénicie les lettres à la Grèce. Thèbes, Delphes, le Parnasse, dans ce triangle mythique se joue le destin toujours recommencé des hommes. Selon d'autres poètes, Cadmus avait auparavant, par ses dons de musicien, aidé Jupiter à triompher de Tryphon, qui menaçait l'Olympe de la foudre que ce géant rebelle avait dérobée au roi des dieux. Et Jupiter en récompense lui avait donné pour épouse Harmonie, fille de Vénus et de Mars. Les noces de Cadmus et d'Harmonie, auxquelles tous les dieux avaient assisté, furent l'heure parfaite d'« amitié » entre l'Olympe et le Parnasse, le midi d'un éphémère âge d'or.

Apollon, Minerve, les Muses président depuis sur le mont Parnasse, nous dit Jean-Jacques Boissard, aux « disciplines libérales et à la science des bonnes lettres », qui véhiculent parmi les hommes la sagesse divine. « C'est à juste titre, ajoute-t-il, que les Poètes doués de génie font du dieu suprême, Jupiter, la source ultime de toutes les sciences, le père des Muses, qui départissent aux mortels la "connaissance littéraire". » L'autre sommet du Parnasse avait été, par la suite, consacré à Bacchus.

Ce que ne dit pas Boissard, mais que tout lecteur des *Métamorphoses* savait alors fort bien, c'est que, depuis les noces de Cadmus et d'Harmonie, les Lettres, canal de la sagesse divine parmi les mortels, ont été condamnées à vivre dangereusement et à contre-courant des temps : « Ces jours de bonheur, a écrit Chateaubriand, lecteur lui aussi d'Ovide, fuirent avec tant de rapidité qu'ils ont passé pour un songe chez la postérité malheureuse [27]. » Les poètes sont les interprètes et les propagateurs de la sagesse oubliée qu'enveloppe ce songe.

La descendance de Cadmus (Sémélé, Actéon, Penthée, Ino) et Cadmus lui-même, métamorphosé avec son épouse Harmonie en serpent, avaient été l'objet tour à tour de la colère des dieux, et tout un bestiaire, le bestiaire des fables, toute une flore, perpétuent la mémoire de ce malentendu croissant entre les dieux et la famille de Cadmus. Plus tard encore, à Thèbes, les histoires tragiques d'Œdipe et de ses fils, Étéocle et Polynice, avaient marqué le retour de l'âge de fer et l'éloignement des dieux.

À l'arrière-plan des *Fables* de La Fontaine, il faut entrevoir un paysage des *Métamorphoses*. Seul le chant des poètes (Boissard, dans son *Parnassus biceps*, fait un éloge particulier d'Anacréon, et il vante la douceur mélodieuse et liquide de ses vers) fait descendre du Parnasse le souvenir des noces de Cadmus et d'Harmonie, et maintient vivante dans les orages du temps et les pathétiques erreurs humaines l'affinité des mortels pour le divin. Les Lettres, la poésie, loin d'être des « évasions » de la triste réalité de l'âge de fer revenu, poursuivent l'éternel combat d'Apollon contre le serpent Python, elles sont les auxiliaires, les précepteurs, les consolateurs d'une humanité veuve, par sa vanité et son aveuglement, de l'amitié des dieux.

Chaque « figure » de la « Bible des poètes » est devenue ainsi le chiffre interprétatif non seulement de la condition humaine à la dérive dans le temps historique, mais de l'actualité immédiate : celle-ci, à chaque époque, voit le témoignage rendu à la lumière harmonique perdue repoussé par l'ignorance volontaire que l'humanité aveugle ajoute à son destin, en lui-même vacillant et fuyant. Dans la première fable du dernier livre de La Fontaine, *Les compagnons d'Ulysse*, les animaux des *Fables* sont des hommes métamorphosés en bêtes, comme Actéon, Ino, Philomèle, la descendance de Cadmus, et comme Cadmus lui-même et la belle Harmonie, fille de Vénus et de Mars. Mais les *Fables* proprement dites, filles des Muses, sont là pour rendre aux hommes dans l'épreuve du miroir, par l'art de la mémoire, le désir du divin qui est à leur mesure : la conscience partagée de leur humanité. Elles répondent à la sentence de Cicéron, reprise sans cesse à la Renaissance, et citée par Boissard : « Par les lettres, les hommes se dépassent autant eux-mêmes que l'humanité est supérieure à l'animalité. »

La logique du langage symbolique par laquelle la lumière des Lettres se pense elle-même veut qu'il y ait Olympe et Olympe. L'Olympe d'où les dieux sont descendus pour assister aux noces de Cadmus et d'Harmonie, n'est pas l'Olympe terrestre qui peut ressembler étrangement au trône d'Œdipe, dans une Thèbes ravagée par la peste. Cet Olympe historique et politique peut même abriter les replis du serpent qu'Apollon avait terrassé, mais qui renaît toujours. Humain trop humain, cet Olympe n'est pas l'ami du Parnasse.

Initié aux Lettres de la Renaissance, à leurs adages, à leurs emblèmes, à leurs oracles, La Fontaine pouvait transposer dans la religion royale française les données universelles du mythe du Parnasse. L'Olympe du haut duquel Richelieu avait, selon la formule de Retz, « tonné » sur la France, et où le serpent (il figurait les armes de la famille Colbert) s'était emparé du roi après les noces de Cadmus-Louis XIV et d'Harmonie-Marie-Thérèse d'Autriche, en 1660, était le symbole même du retour de l'âge de fer. L'abbé Pouget avait raison de dire du « distrait » poète que « sur mille choses, il pensait autrement que le reste des hommes ». Il regardait son temps à travers « une forêt de symboles ». C'est aussi par le pouvoir des symboles qu'il a cherché à favoriser dans son temps le peu de lumière, de joie et d'harmonie dont ce siècle était capable.

Le Parnasse de 1660

Dans une singulière pièce en un acte, *Clymène*, qu'il avait écrite (mais non publiée) en même temps qu'*Adonis*, aux plus belles heures de son « contrat poétique » avec Foucquet, La Fontaine avait dessiné l'idée très personnelle qu'il se faisait du Parnasse, très compatible avec la libéralité de son patron d'alors et fort déplacée quelques années plus tard, sous l'autorité de Colbert [28].

Le poète donne la parole à Apollon et aux Muses, sur la sainte montagne. Le dieu de la poésie se plaint de « ne voir presque plus de bons vers sur l'amour ». Entendons par amour le désir platonicien de lumière qui cherche un partenaire, afin de reconstituer l'harmonie perdue, même pour un bref instant parfait, sur la terre trouble et ténébreuse. Or on aime toujours, dans ce « siècle », mais « à la cavalière », sans cette « ardeur » lyrique qui fait les vrais poètes et les vrais amants.

Le dieu déçu, et même « dégoûté » de la prolifération des « versificateurs », soucieux pourtant de répondre à l'attente du « Surintendant » et du « Roi », veut rallumer le beau feu lyrique sur la terre. Il aura fort à faire :

> Ce langage divin, ces charmantes figures,
> Qui touchaient autrefois les âmes les plus dures,
> Et par qui les rochers et les bois attirés
> Tressaillaient à des traits de l'Olympe admirés,
> Cela, dis-je, n'est plus maintenant en usage.
> On vous méprise, et nous, et ce divin langage.
> « Qu'est-ce ? dit-on. — Des vers. » Suffit : le peuple y court.
> Pourquoi venir chercher ces traits en notre cour ?
> Sans cela l'on parvient à l'estime des hommes.
> (*Clymène*, v. 520-528)

Pour opérer malgré tout la Renaissance lyrique qu'il souhaite et qu'on lui demande, Apollon a choisi comme objet d'expérience un couple : Acante et Clymène. Ce sont les Deucalion et Pyrrha de ce nouveau désastre. Acante est un poète-né, qui veut persuader d'amour une Clymène, qui a « passé sa vie en province » : elle n'est donc pas victime de l'affectation des villes qui déssèche les sentiments et fausse les paroles :

> Ce qu'on n'a point au cœur, l'a-t-on dans ses écrits ?
> (*Clymène*, v. 5)

Elle n'est pas pour autant naïve : les Muses la connaissent et l'apprécient. Elle n'est donc pas facile à persuader. Elle est prévenue par ses lectures et son sentiment intime du destin éphémère de tout amour humain.

Les Muses se livrent entre elles à un concours (fort analogue à celui que le surintendant Foucquet, sous le nom d'Oronte, préside dans *Le Songe de Vaux*), s'essayant à trouver le ton et les mots justes qui permettraient à Acante de persuader Clymène et à Clymène de lui résister. Musicien subtil et difficile (« Il me faut du nouveau, n'en fût-il point au monde » [v. 30]), Apollon commente, apprécie, et oriente ces variations et la diversité des modes que proposent tour à tour les Muses, du pathétique au plaisant, du grave au badin, du style Malherbe au style Marot. L'art lafontainien du pastiche, que l'on retrouvera dans la fable : *Contre ceux qui ont le goût difficile* (II, 1), s'exerce ici avec une étonnante virtuosité. On a le sentiment d'entrer dans l'atelier du poète, de l'entendre régler son instrument, s'aventurer dans plusieurs directions, se critiquer, se reprendre, abandonner la plupart de ses tentatives, et ne s'arrêter qu'après avoir trouvé le ton qui sonne vrai.

Il est trouvé lorsqu'Acante lui-même prend le relais des Muses, et inspiré par l'Amour, qui s'empare aussi de Clymène, ose le geste qui trouve la jeune fille consentante. Ces noces de Cadmus et d'Harmonie, de proportions plus modestes que celles des héros d'Ovide, attestent le retour de la poésie inspirée, et de l'âge d'or.

La seconde Renaissance que célèbre alors Apollon (« Notre troupe est contente ») est moins printanière que celle de Pétrarque. Elle cherche à sauver le lyrisme dans une savante naïveté, le naturel. L'harmonie automnale, dont ce naturel est le principe, relève beaucoup plus de l'épicurisme que du platonisme. Les cinq sens, à portée de la faiblesse humaine, soutiennent son aspiration au divin. Les beautés, visibles, sensibles, voluptueuses, plus que la Beauté, sollicitent ses « flammes ». La muse Polymnie regrette, dans *Clymène*, cette conception trop incarnée de la poésie.

Du moins est-ce là le « nouveau » que demandait Apollon, pour maintenir vivant le lyrisme menacé d'extinction. *Clymène*, écrite par La Fontaine pendant la période où il est le poète lauréat de Foucquet, et s'attend à devenir un jour celui du roi, est le programme d'un lyrisme royal retrouvé, qui mettrait au service du royaume et de son « bon gouvernement » le désir de bonheur privé associé à un art de la grâce.

Apollon aux enfers

Pendant le procès du surintendant Foucquet, en 1661-1664, La Fontaine ne fut pas le seul poète ni le seul lettré à comprendre qu'un âge de fer s'annonçait pour le Parnasse. L'Olympe du Louvre était maintenant en mesure de se servir des lettrés, et non pas, comme l'avait laissé brièvement espérer le Surintendant, de les laisser libres de concourir selon leur vocation à l'harmonie du royaume. Les Lettres, et leur fine pointe, la poésie, devaient réapprendre à jouer serré avec des maîtres impérieux, un jeu plus serré encore qu'à l'époque précédente où elles avaient eu latitude d'osciller entre la résistance à Richelieu et la dérision de Mazarin.

La Fontaine, sans être stoïcien, n'en était pas moins fort sensible au péril qui pèse, en temps de retour à l'ordre, sur les vrais poètes comme sur les prophètes. Il avait le tempérament mélancolique et anxieux des artistes, même si, dans la sécurité d'un cercle amical, il était prompt à laisser s'éveiller en lui l'esprit de joie. Maurice de Guérin a reconnu avec raison un auto-portrait du poète en « mélancolique animal » dans la fable *Le lièvre et les grenouilles* (II, 14) :

> Il était douteux, inquiet ;
> Un souffle, une ombre, un rien, tout lui donnait la fièvre[29].

Aussi avait-il gardé très longtemps « de Conrart le silence prudent », et cela, même pendant la régence d'Anne d'Autriche et la Fronde, qui avaient pourtant, dans un désordre luxuriant, entre 1642 et 1652, délié les langues, les talents et les presses à imprimer. Les bagatelles de circonstance, la « comédie » *Clymène* et l'idylle assez mystérieuse, *Adonis*, que La Fontaine composa, au titre d'une « pension poétique » toute fictive et charmante, pour le surintendant Foucquet, entre 1658 et 1661, restèrent confidentielles. Ce poète réservé répugnait décidément à sortir du mutisme. Il est tout l'inverse de Rimbaud, qu'une étrange impatience de génie trop précoce hâta de faire rentrer dans le silence.

Si La Fontaine, en 1658-1661, a laissé circuler en manuscrit ces poèmes composés pour Foucquet (mais sans les publier en librairie), il faut l'attribuer sans hésiter au climat de confiance et d'amitié enjouée qu'il a goûté et qu'il a lui-même entretenu, pendant quelques mois, dans l'entourage d'un oiseau rare : un prince lettré de la Renaissance, disposé à rétablir durablement Harmonie sur le trône de Cadmus.

Même lorsque La Fontaine sera devenu un écrivain très célèbre, lu et récité par un vaste public, mi-compromis, mi-protégé par cette étonnante célébrité, une partie (et non la moindre) de ses œuvres restera obstinément manuscrite et inédite de son vivant. *Le Voyage en Limousin*, les *Épîtres* à M. de Nyert et à Pierre-Daniel Huet, avec beaucoup d'autres courts chefs-d'œuvre, n'auront été lus au XVIIe siècle que par de très rares confidents et confrères sûrs. L'essentiel de sa correspondance régulière avec le plus fidèle et le plus intime de ses amis, François Maucroix, a disparu, et il y a de fortes chances qu'elle ait été détruite par le destinataire à la demande expresse du poète[30]. Les œuvres publiées de son vivant l'ont toujours été à très bon escient : elles ne répondaient pas tellement à des contraintes formelles, qu'il interpréta toujours à sa guise, mais à des contraintes qui ne dépendaient pas de lui, et avec lesquelles il ne pouvait jouer qu'à coup très sûr.

La Fontaine a vu en 1661 la foudre tomber sur son protecteur Foucquet et sur son ami Pellisson, bras droit de Foucquet. Il en a reçu lui-même quelques légères brûlures, assez cuisantes toutefois pour lui faire savoir quels nouveaux éclairs pouvaient jaillir du haut de l'Olympe royal.

C'est alors que ce poète timide, « provincial » comme sa Clymène, naturellement fait pour la contemplation et pour les luxes intérieurs, sort, contre toute attente, de sa réserve : il prend la parole pour plaider une cause perdue, et se porter au secours d'un patron foudroyé par « le plus grand roi du monde ». Avec une audace déconcertante, qui pour les uns confirme, et pour d'autres, plus rares, dément toute sa légende d'aimable fol, au plus fort d'un procès pour crime d'État, le poète royal qu'il a manqué d'être a le courage de faire imprimer deux poèmes à la défense de son mécène terrassé. Toute anonyme que fût cette publication circulant sous le manteau, son auteur ne pouvait se leurrer : son talent et sa manière le feraient immédiatement reconnaître. Dix ans plus tard, en 1671, il les publiera sous son nom : il n'avait plus rien à perdre, le mal était fait depuis longtemps et au su de tous, à commencer par le roi et par Colbert. Son sort officiel était fixé, et ces suppliques restées sans effet étaient même devenues avec le temps, pour l'amour-propre royal, des trophées de sa puissance absolue.

Ce témoignage public en faveur de Foucquet n'est pas un cas isolé. Beaucoup d'autres poètes ont fait imprimer clandestinement ou circuler en manuscrit des pièces de vers beaucoup plus violentes (et plus nuisibles à la cause de Foucquet) que les deux poèmes de La Fontaine. *L'Élégie aux Nymphes de Vaux* et l'*Ode au roi* sont peut-être d'un fou, qui ignore ses intérêts temporels, mais d'un fou qui sait exactement ce qu'il fait, ce qu'il veut obtenir pour son ami en péril de mort, et à quoi il s'expose lui-même. Ce fou ne désespère pas de se faire entendre et *reconnaître* du roi. Cet acte imprudent, exécuté avec une délicatesse et un tact supérieurs, propres à attendrir le roi et soucieux de ne pas le blesser, atteste que le mutisme ordinaire de ce poète n'avait rien à voir ni avec la couardise ni avec la présomption : au cœur du péril et de l'angoisse, il a su trouver dans sa gorge, comme le cygne de la fable *Le cygne et le cuisinier* (III, 12), le « ramage » hardi et mélodieux qui pouvait le mieux, sans l'offenser, attendrir si possible la colère du monarque.

Il n'en manifestait pas moins, sans ambages, sa sollicitude impavide et délicate envers un « malheureux », pris lui-même à la gorge par la Raison d'État. En s'identifiant au Mécène maudit par le roi, ce poète a éprouvé ce que pouvait être la malédiction royale, la pire angoisse, avec la mort et l'enfer, pour un Français du XVIIᵉ siècle.

Sa parole a été trempée à l'épreuve de la colère royale. Le silence ultérieur du roi à son égard, imité en 1674 par Boileau, n'a jamais vraiment relâché la tension créée entre le poète et son roi autour de Foucquet anéanti.

Dans leur ordre, celui de la charité, les deux poèmes en faveur de Foucquet sont eux aussi des éclairs, qui osent briller, même faiblement, en réponse à la foudre du roi. Ils jettent sur la vérité du poète une lumière aussi brève, mais aussi éclatante, que celle du soudain coup d'État de septembre 1661, révélatrice de la vérité du prince. Ils laissent entrevoir le même fond du cœur d'où jailliront encore de bouleversantes échappées lyriques et méditatives, qui explosent en fusées de larmes au-dessus de la scène comique des *Fables*, si lumineuses, si colorée, si allante, mais allant souvent vers le noir [31].

Ce double éclair n'a illuminé qu'un instant le secret d'un poète bien défendu contre l'indiscrétion. Cet instant a suffi pour décider de son destin, temporel et spirituel. Il lui a interdit toute carrière à la Cour, après lui avoir valu sur le moment un exil à Limoges [32]. Mais cette audace l'a avant tout découvert à lui-même, elle l'a éveillé à une parole dont, tout le premier, il ne se croyait pas capable : cette parole, qui voulut en vain émouvoir le roi pour Foucquet et le dissocier de Colbert, n'en remua pas moins le public, comme l'avaient fait quelques années plus tôt, en 1658, les *Provinciales* clandestines de Pascal. *Les Petites Lettres* de Louis de Montalte, elles non plus, n'avaient obtenu de résultat pratique : le Grand Arnauld ne fut absous ni par la Sorbonne, ni par Mazarin. Mais le témoignage de vérité avait été rendu, et il avait résonné profondément dans les cœurs. Pascal, dans les *Pensées*, parle des « trognes armées » qui rendent temporellement efficace le règne de la force. La Fontaine a découvert à son tour, et de l'intérieur, que la parole de vérité, même impuissante dans l'ordre temporel, était à même de passer par-dessus « la garde qui veille aux barrières du Louvre » et d'exercer un pouvoir bien à elle dans le secret des cœurs. Le public, silencieusement, avait voté pour l'acquittement de Foucquet[33]. La Fontaine y était pour quelque chose. Il avait pu jusque-là pressentir en lui-même, et redouter cette sorte de pouvoir : il avait même pu, dans la sécurité illusoire qu'il avait connue auprès de Foucquet, espérer que cette épreuve de force lui serait épargnée. Mais une fois qu'il l'a eu exercée, plume de cygne contre serre d'aigle, quelque chose d'essentiel s'est dénoué en lui, et son génie de poète a connu alors une seconde naissance.

Fidélité poétique et engagement politique

Celui qui a traversé une telle épreuve, sans se renier et même en y trouvant un second souffle, n'est pas l'aimable fol de la légende, mais un esprit profond doublé d'une âme bien trempée. Peu importe ce que les aveugles, les indifférents, les malveillants, ont pu rapporter de sa vie extérieure d'homme distrait par la poésie. On peut tout présumer d'un tel homme, même d'avoir persévéré dans le « crime » en s'entourant de tous les camouflages nécessaires pour ne pas être surpris. Cela n'empêche pas les plus récents commentateurs du poète de voir dans les *Fables* une collection de « formes brèves », géniales sans doute, mais dont l'originalité tient tout entière dans la culture en effet alexandrine de leur auteur et dans les saveurs esthétiques incontestablement subtiles qu'il a su transfuser dans ses prosaïques modèles.

Le pouvoir aveuglant d'une légende, qui déjà avait mis un bandeau sur les yeux du roi, n'explique pas tout. Les excès de rares, mais pénétrants interprètes, notamment René Jasinski, qui ont cru voir dans chaque fable du premier recueil une espèce de mazarinade masquée, poursuivant la réhabilitation de Foucquet et faisant la satire de Colbert, ont beaucoup contribué, par réaction, à cette esthétisation qui prévaut aujourd'hui dans les « lectures » de La Fontaine [34].

Le La Fontaine « militant » politique, distillant ses convictions dans le langage « codé » de l'allégorie, qu'a voulu faire reconnaître un René Jasinski, n'a pas convaincu. Après cet échec, il était fatal qu'apparût un La Fontaine exclusivement « littéraire », absorbé tout entier dans le dosage délicat d'agréments multiples, savant Vatel des assaisonnements savoureux, comme il se montre lui-même dans la préface des *Amours de Psyché* (« j'ai cherché ce tempérament avec grand soin »), et comme l'avait présenté Valéry dans son essai sur *Adonis*, le poème composé pour Foucquet [35].

Ni l'une ni l'autre de ces « lectures » n'est erronée. Mais l'une réduit le poète à un pamphlétaire politique, et l'autre banalise sa poésie en refusant de voir la dialectique terrible qui l'associe et qui l'oppose, comme toute grande poésie, à la politique.

La première interprétation a le mérite d'avoir établi que des « scellements ignorés » rattachent les *Fables* au drame de la liberté dissimulé derrière la façade des Invalides du Grand siècle. Elle se ressent de l'après-Seconde Guerre mondiale, de son « ère du soupçon » et des théories de la « littérature engagée » qui prévalurent alors, chez les critiques marxistes comme chez ceux des *Temps modernes.*

La tentation existe, pour passer d'un extrême à l'autre, de confiner ce poète dans une esthétique qui se suffirait à elle-même. Le « pouvoir des fables », dont parle La Fontaine, n'est pas un engagement, il n'est pas non plus un dilettantisme d'esthète. Tout ce qu'un poète, hier, autrefois, aujourd'hui, peut dans l'immédiat espérer de son chant, c'est d'exercer une sorte de chantage sur les détenteurs de l'autorité et de la force :

il est sûr du public qui l'écoute et qui accède à travers lui à une vérité « sensible au cœur ». Ce chantage est peu de chose sans doute, mais il compte, et d'abord aux yeux du poète lui-même : comment renoncerait-il à l'étrange résonance de sa parole ? Les poètes sont désarmés, mais ils ont une force spirituelle, d'un tout autre ordre qu'esthétique ou décorative. Trop d'écrivains de notre propre siècle ont douté de cette sorte de pouvoir ou ils l'ont redoutée, préférant chercher pour leur œuvre des tuteurs du côté de la force : États, partis, mouvements de masse. La Fontaine ne sait que plaire, il ne sait que charmer, il le dit ostensiblement, mais c'est pour mieux instruire, en d'autres termes pour ouvrir la voie à une vérité intérieure que tous peuvent connaître, et qui les affranchit du poids des slogans de l'heure.

« Engagement » foucquettiste masqué, dans le sillage d'un Lukács ou d'un Sartre, ou jeu sophistique et virtuose, selon les vues illustrées par Eco, action calculée sur la « praxis » historique d'une époque « de crise », ou fabrique déjà toute moderne d'objets de communication « interactive », les *Fables* ont été arrachées à leur champ magnétique originel. Celui-ci n'est ni tout politique, ni tout esthétique, mais tout simplement, mais pleinement, poétique :

« J'ai composé cette ode à la considération du Parnasse » (*Lettre à M. Foucquet, 20 janvier 1663*).

La poésie n'a pas besoin de s'engager politiquement pour être politique. C'est au contraire quand elle s'engage politiquement qu'elle cesse d'être du même mouvement politique et poésie, politique de la poésie. Si toute grande poésie est politique, on peut dire très exactement qu'elle l'est par définition, puisqu'elle cherche pour la Cité un fondement dans la vérité du cœur, gagée et regagnée par l'intégrité du langage.

« Dire le vrai, a écrit André Suarès, en fonction de ce qu'il y a de plus grand et de moins animal dans l'homme, c'est la seule excuse pour le poète de quitter le monde enchanté et pur où il vit, où il lui serait aisé de toujours vivre. Il ne doit se trahir lui-même que pour servir, s'il peut, la cause de l'esprit dans le monde [36]. »

C'est pourquoi la politique de la poésie ne souffre aucune confusion, de type sartrien, avec la politique des politiques, celle dont Machiavel et Hobbes ont voulu faire une norme morale, et dont les États modernes, déchirant l'exigence antique et médiévale du « bon gouvernement », du « bon prince », et du « bon père » au service d'un « bien commun », ont fait le ressort, plus ou moins violent, plus ou moins hypocrite, de leur action. L'une demande un fondement politique unanime à la vérité du cœur (« Un beau langage, écrit encore Suarès, est la forme la plus vivante de la Cité »), l'autre le demande à la force et à la ruse qui ne s'embarrassent pas d'« états d'âme ». La politique des politiques ne s'intéresse à la parole que pour ses usages utilitaires et esthétiques, utilitaires pour renforcer l'alliance de la force du lion et de la ruse du renard, esthétiques pour en voiler dans l'immédiat la vraie nature et les vrais desseins.

Si le XVIIe siècle reste intensément vivant pour la pensée de cette fin du XXe siècle, c'est qu'il a été, en France et en Angleterre, le théâtre (et aussi le laboratoire théorique) du premier triomphe de la politique des politiques. Mais ce triomphe n'est pas allé sans résistance, particulièrement acharnée et profonde dans la France de la Fronde et des mazarinades, de Port-Royal et des moralistes, de l'Affaire Foucquet, de l'Affaire Fénelon.

Les poètes français du XVIIe siècle ont tous été, ouvertement ou couvertement, du côté de la résistance à Machiavel, à Hobbes, à la politique moderne. Leur politique diffère de celle des poètes venus après la Révolution : ils pouvaient s'appuyer sur une tradition ininterrompue, littéraire et philosophique, qui donnait du poids à leur remontrance lyrique. Ils avaient les lieux communs du royaume et le public de leur côté. Ils n'étaient pas encore, même crottés, même disgraciés, des poètes maudits.

Pour autant, il ne faut pas confondre un Corneille (malgré sa sympathie avérée pour la résistance au machiavélisme), ou un La Fontaine (malgré les soutiens qu'il a trouvés dans plusieurs milieux d'opposition à Louis XIV), avec la politique d'opposition à l'absolutisme, qui n'a été en France qu'une autre politique de cour, un machiavélisme d'alternance, moins logique avec lui-même, et moins bien armé, que l'autre.

Un grand poète est un grand poète, et il ne transige pas avec la politique supérieure propre à la poésie. Ce qui distingue un pamphlet de Mathieu de Morgues des tragédies de Corneille, une mazarinade ou une colbertiade des fables de La Fontaine, ce n'est pas seulement le génie, ni la forme, c'est l'attachement intransigeant de ces poètes à la parole de vérité qu'ils héritent de leurs prédécesseurs ; ils ont aussi foi dans le pouvoir, dont la poésie seule dispose, d'ouvrir les cœurs, non à la victoire d'un parti sur un autre, mais à la vérité qui réunit en profondeur, et à la chute de tous les masques. Ces politiques de la poésie, dont le parti remonte à Sophocle et à Virgile, à Horace et à Ronsard, ont une « ambition plus haute et plus belle » que les politiques d'État et de parti.

C'est pourquoi leur action d'ordre contemplatif survit si bien, quoique apparemment inopérante, à la « praxis » des acteurs de l'Histoire politique. Elle agit sur le « fond du cœur », elle a pour véhicule le « fond de la langue », elle peut compter sur un public plus solidaire et résistant, de génération en génération, que les coalitions éphémères, quoique imposantes, puissantes et malfaisantes, que réunissent autour d'eux les Tartuffes et les Machiavels.

Sartre a tiré à boulets rouges sur le surréalisme. Il a tourné en dérision, chez Breton, cet « impur » mélange de contemplation et d'action que Richelieu, visant Corneille, appelait déjà « un manque d'esprit de suite ». Dans une note de son essai *Qu'est-ce qu'écrire ?*, où il expédie en un détour de phrase la « sottise » de l'art pour l'art parnassien, Sartre exécute Baudelaire en un paragraphe : « La poésie baudelairienne, dit-il, c'est bien un "choix", un "engagement", mais de se perdre, et avec le secret espoir de tout gagner au bout du compte dans "l'échec total de l'entreprise humaine". » La poésie, même chez celui de tous les poètes qui en a fait le plus héroïquement un destin, est aux yeux de Sartre un gaspillage de la liberté et une trahison des grandes espérances dans l'action historique que la bonne littérature se doit d'entretenir. Baudelaire prend égoïstement le risque, après Pascal, de désespérer Billancourt[37] !

Sartre, jésuite au sens de Pascal, demande à la littérature de « s'engager », mais dans une complicité retorse et « louche » (un adjectif qu'il n'affectionne pas par hasard) entre le spirituel et le temporel, entre la contemplation et l'action, entre la politique en profondeur de la parole poétique, et la politique machiavélique de la force et du succès. Cette confusion des deux ordres, irrésistible pour les demi-habiles, se retrouve, à l'état naïf, chez les interprètes « politiques » des *Fables*. Le passage de La Fontaine à une sagesse universelle, qui donne aux *Fables* leur pouvoir durable sur le « fond du cœur », n'était, selon eux, qu'une tactique pour rendre plus pressantes ses attaques politiques *ad hominem*, qui travaillaient à venger du méchant Colbert le bon Foucquet. S'il fallait les croire, La Fontaine n'aurait pas été un aimable fol, mais un sot.

Mais si la poésie est bien en effet l'antithèse de la politique machiavélique, comme le lui reproche si hautement Sartre, peut-elle activer le pôle contemplatif de la parole en faisant abstraction de l'autre pôle, qui asservit la parole aux stratégies de la force, et aux puissants appétits et intérêts aimantés par la force ? Comment peut-elle être elle-même, sans se livrer à une critique radicale et périlleuse de ce qui la nie ? Comment peut-elle se poser comme la « bergère du langage » sans opposer à sa propre tâche le signalement bien reconnaissable des lions, des loups, des renards et des ânes qui menacent ou qui trahissent son propre troupeau ? Plus elle est poésie, plus elle est paradoxalement active à exalter du même mouvement son sacerdoce contemplatif, et à ruiner de réputation les corrupteurs du « saint langage ». C'est à cette altitude, digne de lui, mais aussi digne de son partenaire royal, Louis XIV, qu'il faut lire les *Fables* de La Fontaine, et comprendre sa vie « en poésie ».

Quoi de plus contemplatif que la *Divine Comédie* ? C'est une ascension ininterrompue vers le fond du cœur et vers la source divine de la parole enfin regagnée et adorée en silence. Pourtant, en route, quoi de plus féroce que la parole dantesque contre tous les degrés et toutes les formes de l'usure possessive de la parole, privée ou publique ? Les deux mouvements sont indissociables, et ensemble ils donnent au poème de Dante une prodigieuse puissance d'éveil à ce qui est oublié.

Dante est le premier à avoir nommé « Parnasse » le pôle de la parole contemplative réservée à la poésie, et « Apollon », la force d'âme protectrice qui permet au poète de proférer, malgré sa terreur intérieure, cette parole qui dévoile son propre fond : parole terrible, parce qu'elle menace les assises trompeuses de la Cité illusoire, parole irrésistible et douce parce qu'elle fait voir et désirer la fine pointe sur laquelle repose la Cité intérieure. Au moment de quitter le Purgatoire, et sur le seuil sacré du Paradis, Dante invoque le dieu du Parnasse :

Ô bon Apollon, pour le dernier de mes travaux
remplis-moi de ta vigueur comme un vase
aussi plein que tu l'exiges pour accorder le laurier souhaité.
Jusqu'ici, l'une des cimes du Parnasse
m'a suffi, mais maintenant sur les deux,
il me faut entrer dans l'arène dernière.
Pénètre ma poitrine, et insuffle-moi tes forces,
comme quand tu as arraché Marsyas
du fourreau de ses membres.

Ô vigueur divine, si tu me prêtes assez
pour que l'ombre du royaume bienheureux
empreinte dans mon esprit, je sache la manifester,
tu me verras venir à ton arbre préféré
et me couronner alors de ce feuillage
dont mon sujet et toi m'aurez rendu digne.
(Dante, *Le Paradis*, Chant premier)

Le Parnasse, depuis Dante, symbolise pour la poésie européenne sa demeure propre, le séjour vertical et contemplatif où elle maintient les droits à la parole de vérité et de beauté au cœur de la Cité travaillée par le mensonge et par le crime.

Cette montagne du « saint langage » cherche tout naturellement à se faire reconnaître et écouter (Dante veut persuader l'Empereur, Pétrarque le Pape) de l'Olympe terrestre, politique ou sacerdotal. Conseillère, éducatrice, monitrice, thérapeute, son office à proprement parler spirituel, pouvoir « sans pouvoir », consiste ainsi à faire respecter et adopter, par l'autorité des puissances qui gouvernent la terre et autant que les temps s'y prêtent dans le décours des choses humaines, la parole dont elle a la garde et qu'elle détient des Muses.

Apollon et le roi de France

La France, à la différence de l'Italie, est un Empire et une Église à elle seule, une ancienne famille dont le roi-Père tient de Dieu à la fois l'autorité sacerdotale et politique, qui lui a été donnée pour faire régner la charité et la concorde parmi ces Atrides que sont toujours, plus ou moins, les membres de la même famille. La figure du roi de France, évêque du dehors, sacré à Reims, dépositaire du pouvoir miraculeux de guérir les écrouelles, descendant de Clovis et de saint Louis, est l'une des fictions les plus originales inventées par le Moyen Âge chrétien. C'est aussi celle qui, au XVIe et au XVIIᵉ siècle, a été mise le plus cruellement à l'épreuve par le développement des États modernes, et de la Raison d'État machiavélique qui dicte leur conduite vis-à-vis de leurs rivaux à l'extérieur, de leurs sujets à l'intérieur [38].

Henri III, assassin machiavélique du duc de Guise, a été lui-même assassiné, déchu aux yeux de la plupart de ses sujets de l'amour dû à un roi de France. Même Henri IV, roi de la réconciliation et de la clémence, n'en a pas moins été accusé, par le calviniste d'Aubigné comme par une ardente minorité catholique, d'hypocrisie et de double jeu : il a été assassiné à son tour. Louis XIII, le Juste, obsédé par l'exemple de saint Louis, a dû déléguer sa souveraineté à Richelieu, faute de pouvoir appliquer lui-même une politique qui lui répugnait et où les contemporains ont reconnu l'empreinte du « Prince », le serpent Python des modernes.

La politique des politiques, au sens de Machiavel, n'est pas seulement en France l'objet d'une critique chrétienne, calquée sur celle que les théologiens romains de la puissance apostolique du pape adressent aux abus profanes des princes temporels. Ressentie aussi cruellement par les calvinistes que par les ligueurs, par les « bons français » fidèles au roi que par les révoltés de la Fronde, selon l'optique propre aux partis opposés, elle est un malheur de famille, un drame affectif, une révolte du cœur contre la trahison de l'essence de la royauté française, appelée à faire régner à la fois ordre, concorde et justice dans l'amour librement donné et reçu entre le père et ses enfants. Elle est aussi une injure pour le « caractère français », tel que l'a modelé au cours des siècles le royaume de bienveillance et de liberté que naturellement il postule : « franchise », « bonne foi », « loyauté », « gaîté ». Ce caractère « généreux » de Francion est l'antithèse même du mélange déconcertant de mensonge, de ruse hypocrite et de cynique cruauté qui dispense de scrupules la force de la politique moderne. Le parasitage de la royauté et de sa vocation christique par des

« monstres » qui osent s'autoriser de « la bonté » providentielle du roi de France, est le scandale dont le XVIIᵉ siècle français est tout entier tourmenté, même sous Louis XIV[39].

La plus forte tête de l'opposition à l'absolutisme, le cardinal de Retz, n'a pas mis un instant en doute, dans ses *Mémoires*, la forme traditionnelle du royaume de France, ni le caractère divin de ses rois. Il regrette seulement que l'autorité royale française, parce que tenue pour divine dans la famille du royaume, n'ait pu être « réglée » comme celle des rois d'Angleterre. Il s'ensuit que le « sage milieu » auquel a droit le royaume (et auquel il se serait « autrefois » tenu) repose tout entier en France sur le cœur de ses rois, qui fait du royaume un jardin si ce cœur est « sage » et « bon », ou un terrible gâchis s'il dévie trop loin de l'imitation royale de Dieu, et de cette « bonne foi » tout aussi royale sur laquelle les Français ont fait reposer tout l'édifice politique de leur monarchie[40]. La croissance du « serpent » des ministres sous Louis XIII, au cœur même du royaume, a rompu le « sage milieu » politique, plus ou moins maintenu jusque-là, et que même le schisme calviniste et les guerres civiles du XVIᵉ siècle, en définitive, n'avaient pas interdit de reparaître avec le « sage » et « bon » roi Henri. Richelieu et Colbert ont fêlé plus profondément la religion royale française que Calvin. La Révocation ruinera en profondeur la monarchie, ce que n'avait pas fait la Réforme.

L'essor des « morales du Grand siècle » est lié à ce divorce apparu sous Louis XIII entre l'autorité royale et son exercice exorbitant, qui oblige à scruter le cœur du roi, et à y reconnaître les mêmes principes, ennemis de la « sagesse », de la « bonté », qui aliènent de l'« honnêteté » la plupart des hommes. La déception de découvrir que l'amour-propre peut gouverner le roi, et le livrer à des ministres eux-mêmes gouvernés par leur intérêt, a retenti sur ses sujets, rejetés sur eux-mêmes, dans une « famille » travaillée par le soupçon, descellée en profondeur et hantée par la crainte que l'harmonie du royaume ne soit plus qu'un souvenir.

Pour tous les poètes de la Renaissance française, la religion royale, comme exaltée par la tragédie des guerres civiles, était le principe même de leur lyrisme. La foi dans la « sagesse » et la « bonté » naturelles à leur roi était telle qu'ils leur offraient la divine poésie renaissante comme une pure et simple réflexion lumineuse et contagieuse de cet antique et moderne secret français. Ronsard parle en leur nom à tous lorsqu'il déclare à Henri II, dans l'antistrophe finale de son *Ode I* :

> Presque le los de tes aïeux
> Est pressé du temps envieux,
> Pour n'avoir eu l'expérience
> Des Muses, ni de leur science ;
> Mais le rond du grand univers
> Est plein de la gloire éternelle,
> Qui fait flamber ton Père en elle
> Pour avoir tant aimé les vers.
>
> (Ronsard, *Le Premier Livre des Odes*)

C'est bien la version française des noces de Cadmus et d'Harmonie, de l'amitié du Parnasse et de l'Olympe. Elle prit même chez Guillaume Postel, et ses disciples les poètes d'Henri III, des accents millénaristes : les temps sombres du royaume portaient en eux la promesse d'un roi David, d'un roi Daphnis, d'un roi Christ, appelé à restaurer l'Harmonie de l'Âge d'or dans toute l'Europe travaillée par la mélancolie de l'âge de fer[41].

Auguste, Mécène et Daphnis

Il reste des traces de ce millénarisme royal dans *L'Astrée* d'Honoré d'Urfé, dédiée à Henri IV, et dont tout le XVIIe siècle s'est enivré, à commencer par La

Fontaine. La déception a été à la mesure de ces pressentiments poétiques et religieux[42].

D'Urfé était nourri de la poésie tardive des Valois, inspirée directement par la pensée du prophète ésotérique de la monarchie, Postel. Cette doctrine mystique française pouvait aisément se conjuguer avec un grand exemple romain, enseigné dans toutes les écoles humanistes et que ravivera en France l'avènement d'Henri IV rétablissant sous son règne la paix civile : le principat d'Auguste, assisté de Mécène, chanté par Horace et par Virgile. Les *Odes* d'Horace, la *IVe Bucolique* de Virgile, son *Énéide* même, ne manquaient pas eux-mêmes d'accents millénaristes, annonçant aux sujets d'Auguste le retour d'Astrée sur la terre, la naissance du berger rédempteur Daphnis et le recommencement de l'Âge d'or. Le nom d'Auguste, glorifié par la poésie, associé à son dieu préféré, Apollon, dieu des poètes, et à son ministre Mécène, ami des poètes, symbolisait en France ce règne de clémence, de réconciliation et de paix qui était appelé de tout temps par la vocation singulière du royaume. Un Auguste et un Daphnis royal devaient un jour, tôt ou tard, guérir les divisions françaises, racheter les vieilles erreurs, rayonner sur le monde[43].

Détenteur de cette vocation christique et augustéenne, le roi de France reste au XVIIe siècle l'objet d'immenses espérances. Le contraste était trop violent entre ce que l'on attendait depuis toujours du roi thaumaturge et bienfaisant, et cette « politique » moderne, associée depuis 1635 à une guerre « contre nature » et à un fisc dévorant, qu'avait dû mener, sous l'autorité de Louis XIII, un Richelieu. Son héritier Mazarin n'avait pas l'excuse d'être né Français. La régente Anne d'Autriche, qui lui avait délégué ses pouvoirs, était elle aussi une étrangère greffée, par le mariage et la maternité, sur la famille royale française. La haine du ministre d'État, par définition ou presque mauvais conseiller, qui empêche le roi de France, qui ne meurt jamais, de déployer ses virtualités toujours latentes de bon gouvernement, est universellement répandue en France sous Louis XIII et sous Anne d'Autriche. Elle renaît avec une virulence comparable après 1661 dans l'exécration générale dont Colbert fut d'entrée l'objet. Foucquet avait trop bien incarné l'ancienne confiance placée par les Français dans les vertus harmoniques de leur monarchie. Louis XIV eut fort à faire pour se dégager des écailles de serpent attribuées à Colbert, et se parer lui-même des plumes du bel oiseau bleu, Foucquet.

Les grandes familles princières qui avaient pu s'appuyer sur ces sentiments de révolte pour prendre les armes contre les méchants ministres, quitte à négocier, le moment venu, de fructueux « accommodements » avec la Cour, n'offrirent jamais une alternative politique convaincante. Elles auront eu leur heure pendant la Fronde : elle fut brève. L'échec des nobles, conjugué avec celui des magistrats, en 1653, rendit impossible en France la « liberté » à l'anglaise. Dès 1642, le grand poète Tristan L'Hermite, dévoué à Gaston d'Orléans, frère de Louis XIII et longtemps héritier présomptif de la Couronne, adoré des Français, s'était détaché de cet Hamlet à la française, souriant, chaleureux, spirituel et lettré, voyant bien ce qu'on attendait de lui, mais empêché de le vouloir vraiment. Le « prince charmant » demeura, comme l'a vu Retz, une fiction qui hésite à passer au réel.

Louis XIV et ses poètes

C'est en définitive avec la grâce attachée, sinon à la personne actuelle du roi, du moins à la vocation rédemptrice toujours ouverte à la royauté, que le Parnasse, au sens de Dante et de Pétrarque, a toujours eu en France, et plus que jamais dans ce XVIIe siècle de la Raison d'État, les plus profondes affinités. Si le Parnasse, lieu par excellence de la parole française de contemplation, a sa propre politique, l'harmonie et le bonheur, il est en France l'allié naturel de l'office royal, sacerdoce supérieur à tous les partis, et objet d'amour, puisque, comme l'« oraison » du poète, la « raison » du roi est en mesure de « se faire jour dans les cœurs », fondant ordre et justice sur une vérité qui s'impose à tous.

Dans le *Tartuffe* de 1669, Molière prête à l'Exempt cette analyse théologico-politique de l'infaillibilité royale :

> D'un fin discernement sa grande âme pourvue
> Sur les choses toujours jette une droite vue ;
> Chez elle jamais rien ne surprend trop d'accès,
> Et sa ferme raison ne tombe en nul excès.
> Il donne aux gens de bien une gloire immortelle ;
> Mais sans aveuglement il fait briller ce zèle,
> Et l'amour pour les vrais ne ferme point son cœur
> À tout ce que les faux doivent donner d'horreur.
> (*Tartuffe*, V, 7, 1909-1916)

La Fontaine n'avait pas dit autre chose de Louis XIV, en 1662, dans l'*Élégie aux Nymphes de Vaux* :

> Il aime ses sujets, il est juste, il est sage.

Telle est du moins, en France, la vocation à proprement parler religieuse, plus encore que politique, de la royauté, la pierre angulaire du royaume, la pierre de touche des rois, que ses rois eux-mêmes ne peuvent renier ni s'offusquer d'entendre réaffirmer à leur gloire par leurs poètes, même s'il s'agit d'une fiction poétique. Cette vocation, ils peuvent bien la trahir par nécessité politique : dans la conjoncture, il revient aux poètes de la recueillir intacte dans leurs vases d'or ; c'est elle, publiée par le serment du sacre, qui confère à l'office royal son caractère transcendant et sa légitimité religieuse.

Entre un tel acte de foi, principe d'une espérance

toujours renouvelée, d'une charité toujours attendue, et l'actualité de l'« Olympe » du Louvre, la coïncidence est rare, et le divorce le plus souvent cruel. Après l'échec accablant de la « Fronde des princes », tournée en dérision même par le cardinal de Retz, toutes les anciennes espérances françaises ont reflué en 1653 sur le jeune roi Louis XIV, dont la naissance en 1638 avait été chantée unanimement comme un miracle. Le Daphnis français était apparu. On attendit, non sans impatience, que celui-ci sortît enfin de la tutelle de Mazarin, unanimement exécré, mais incontestable vainqueur de la guerre civile, et artisan au nom du roi de la paix générale en Europe. Cette attente du « retour d'Astrée » et de la renaissance en France d'un siècle d'or augustéen, était d'autant plus ardente que, pour un public attentif et de plus en plus nombreux, le Surintendant des finances du roi, Nicolas Foucquet, semblait destiné à devenir, après la mort du vieux cardinal, le garant que le règne de Louis XIV serait bien ce « règne de grâce et de paix » tant souhaité et attendu, retardé seulement jusqu'alors par une série de malheurs, de contretemps, et de crimes qui avaient affligé le royaume, depuis l'assassinat funeste d'Henri le Grand en 1610.

L'arrestation du Surintendant, en septembre 1661, dissipa soudain cette grande illusion. L'Olympe, d'un coup de tonnerre, avait fait connaître son choix, et ce n'était pas celui du Parnasse. L'alliance entre les deux « monts », qui faisait espérer l'union des vainqueurs et des vaincus de la Fronde autour du roi, et un gouvernement éclairé à la fois par Minerve et par les Muses, faisait place au triomphe d'une Raison d'État renouant avec celle qui avait fait haïr Richelieu et Mazarin. Maintenant, sous les traits de Colbert, Minerve sans les Muses imposait plus froidement que jamais l'empire du roi. « Démolition du héros » ? « Désenchantement du monde » ? Ou bien doute introduit dans la religion royale au moment même où le jeune roi avait eu toute liberté de tenir les anciennes promesses ?

Ce « coup d'État » privait le Parnasse de son « Apollon-Mécène » et avec lui de l'Auguste que la France espérait.

On serait tenté de résumer la réponse du Parnasse à ce coup d'État par les deux extrêmes de la révolte et de la servitude. La servitude des « ralliés » est connue : Boileau lui-même, dans ses premières *Satires*, l'a fustigée. La révolte est restée souterraine, mais elle gronda, impuissante à combattre ouvertement le nouveau maître de l'esprit du roi, d'autant plus ardente à le déchirer en vers. Un véritable « samizdat », circulant en manuscrit (on peut en mesurer et le talent et l'abondance dans les *Recueils* manuscrits, malheureusement peu étudiés jusqu'ici pour eux-mêmes, qu'ont rassemblés Conrart et Maurepas), accable Colbert et prend la défense de Fouquet.

Mais la fonction la plus haute de la poésie française ne pouvait être alors de « s'engager » dans un parti de « résistance », au demeurant désespéré et criminel, en présence d'un roi aussi monumentalement légitime que Louis XIV. Elle pouvait tout au plus, et c'était une voie très étroite, qui n'allait pas sans péril, recueillir la « raison » et la « vérité du cœur » obscurcie par les méchants ministres, et la faire parvenir jusqu'au roi.

La poésie clandestine

Seuls les plus grands ont réussi à tenir les deux bouts de la chaîne. Mais pour comprendre la tension secrète persistante entre le Parnasse et l'Olympe que voilent les réussites souveraines de Molière et de Racine, dès les lendemains de la condamnation de Fouquet, il faut descendre dans les souterrains de la clandestinité littéraire, où la tension entre la « conscience » du royaume et la politique de la Cour éclate sans s'embarrasser des voiles de la fable.

Le chef-d'œuvre de la littérature clandestine contemporaine de l'Affaire Fouquet est sans nul doute cette suite de cinq dialogues intitulée *L'Innocence persécutée* et dont un manuscrit unique est conservé. Cette œuvre, riche de six mille vers, écrits entre 1662 et 1664 pendant le procès de Foucquet, est peut-être le « livre abominable auquel » Alceste au nom de Molière fait allusion, livre dont « la lecture est même condamnable » et qui mérite « la dernière rigueur[44] ».

Cette « tragédie », destinée uniquement à des lecteurs dans le secret, est composée de cinq dialogues ou plutôt de cinq longues harangues faiblement dialoguées en alexandrins. L'actualité toute brûlante et le suspens du procès Foucquet suppléent à l'absence d'intrigue.

Une singulière intelligence politique éclate dans cet ambitieux pamphlet, qui suppose chez son auteur une attention indignée, mais informée avec précision, pour les jeux de pouvoir à la Cour. À plusieurs indices (l'indifférence envers la technique dramatique, et donc le mépris du théâtre, le dédain pour les raffinements académiques de la langue et pour les recherches d'euphonie, et donc l'aversion pour la poésie profane, l'horreur pour toute forme d'exercice machiavélique du pouvoir politique, enfin et surtout la haine des jésuites), on peut reconnaître un auteur qui appartient au parti dévot et plus probablement à Port-Royal. Du reste, au moment où le procès Foucquet menace d'échapper au contrôle de Colbert, pendant l'été 1664, la persécution a repris violemment contre les moniales et les Solitaires fidèles à Saint-Cyran. Les amis de Port-Royal et ceux du Surintendant en péril de mort confondent leurs réseaux de résistance.

L'Innocence persécutée n'émane donc pas du « Parnasse », même si cette « tragédie » souhaite captiver son public clandestin avec quelques attraits littéraires, sobres et quasi transparents à la pensée. Cette tragédie-pamphlet est l'expression la plus extrême, plus théologique que poétique, du conflit aigu qui déchire en profondeur la religion royale, au moment même où le royaume se cristallise en État absolu. C'est le « J'accuse » janséniste de l'Affaire Foucquet.

Le premier dialogue réunit Colbert et son âme damnée Berryer, que le « favori » du roi avait fait siéger dans le tribunal d'exception nommé pour juger Foucquet. Le point culminant du conciliabule entre les deux complices est la lecture par Colbert des dernières volontés dictées à son intention par Mazarin mourant :

> Sache que le chemin le plus sûr pour régner
> Est celui des tyrans ou bien celui des crimes ;
> Car, dans tous les puissants que les siècles ont eus,
> L'injustice a pour eux mieux fait que la vertu.
> Donne au roi le mépris des choses les plus saintes,
> Qu'il ait un Père Annat seulement pour l'honneur.
> Ôte-lui de l'enfer la chimérique peur ;
> Que si son peuple crie, il soit sourd à ses plaintes ;
> Imprime-lui qu'un roi sensible à la pitié,
> Perd de tout son pouvoir la plus belle moitié.
> Dis-lui que la révolte, aux princes si funeste,
> S'engendre dans les cœurs, se nourrit par l'argent ;
> Que lorsqu'un sage roi rend son peuple indigent,
> Bien loin de ses États il chasse cette peste ;
> Dis-lui que, pour remède à la rébellion
> Il faut dépouiller l'homme ; et régner en lion.
> Fais qu'il se rende enfin par son humeur farouche
> Cruel à ses sujets et dur à ses amis,
> Et qu'étant sur le trône où le hasard l'a mis,
> La disgrâce d'autrui point ou peu ne le touche.
> Qu'il pense que l'orgueil, avec sa fierté
> Fait avec plus d'éclat briller la majesté.

Possédé de la « Raison d'Enfer », le Colbert de *L'Innocence persécutée*, fidèle légataire de Mazarin, s'est emparé à son tour de l'âme du roi (dont il méprise l'office sacré : « le trône où le hasard l'a mis ») pour en faire un instrument docile de sa soif de pouvoir et d'argent, aux dépens des Français et de leur bien commun.

Les autres actes de la tragédie prêtent la parole aux principaux complices de Colbert, le chancelier Séguier, premier « juge » de Foucquet, le jésuite Annat, confesseur du roi, toute la coalition d'« imposteurs » qui se sont emparés, sous la conduite de Colbert, de la volonté du roi de France.

Il est impossible de ne pas faire le rapprochement avec le *Tartuffe* de Molière, représenté dans sa première version avant la fin judiciaire de l'« Affaire » : le faux dévot de Molière est lui aussi devenu maître absolu de la « maison » d'Orgon, en circonvenant le « chef de famille ». Dans les deux œuvres, un complot d'hommes masqués s'est emparé du pouvoir paternel légitime, et il se sert de ce pouvoir pour écraser les innocents placés en principe sous sa protection bienveillante. La symétrie, en miroir, des deux situations dramatiques explique l'attribution qui a pu être faite de ce pamphlet janséniste à Molière. L'une et l'autre conception dramatique, l'une qui se veut transparente au réel, l'autre métaphorisée par le passage du public au privé, renvoient au même lieu commun français du « royaume comme famille », du « roi comme père », et du « mauvais gouvernement » comme fruit pervers d'une captation d'autorité, dont le roi est (dans *L'Innocence persécutée*) ou pourrait être (avec Orgon, dans *Tartuffe*) la dupe. Les profonds remaniements auxquels Molière a dû se livrer en 1667 ne répondent peut-être pas seulement au scandale créé, parmi les dévots de la « vieille » Cour, par le petit collet ecclésiastique du premier « Imposteur », mais aussi au souci de mettre le roi à l'abri de tout soupçon d'ignorer ou de couvrir, même à son insu, la moindre « imposture » nuisible à ses sujets, même dans l'ordre de leur vie privée. Molière jouait sur des planches posées sur la poudre.

Le dernier acte de *L'Innocence persécutée* donne la parole à Foucquet, dans sa cellule de la Bastille. Il dialogue avec son geôlier, d'Artagnan, dans les instants qui précèdent son départ pour l'Arsenal, où le verdict va lui être signifié. Il s'attend à une sentence de mort. Toute la sympathie que les fidèles du Surintendant — et un public de plus en plus nombreux — éprouvèrent pour la victime de Colbert pouvait se projeter sur cette situation tragique, comparable à celle de Socrate dans le *Phédon* de Platon. Mais le dramaturge anonyme s'est bien gardé pourtant d'idéaliser ou d'héroïser l'innocent persécuté :

> Je suis homme, Monsieur, et tel, je sens mon cœur
> Avoir de la faiblesse et craindre la douleur.

Foucquet reconnaît devant d'Artagnan ses « péchés » et même ses « crimes », dont il s'estime justement châtié par Dieu, que son ambition lui avait fait négliger. Ce ne sont pas les concussions dont l'accuse Colbert. Il démonte lui-même le mécanisme de son ascension, commencée sous Richelieu, poursuivie sous Mazarin. Il confesse qu'il a servi l'enfer, mais qu'il l'a payé par l'enfer enduré dans sa conscience :

> Il faut, pour soutenir ce malheureux emploi,
> Donner une parole et n'avoir point de foi ;
> Il faut nourrir son cœur des plus dures maximes
> Accoutumer son âme aux plus énormes crimes,
> Et, sans en sourciller, voir le peuple innocent
> Verser par vos forfaits ses larmes et son sang,
> Et de vos cruautés le rendant la victime,
> Auprès de votre maître établir votre estime. [...]
> Ainsi dans cet emploi, si l'on conserve une âme,
> De la moindre pitié qui quelquefois s'enflamme,
> Parmi tant de forfaits s'il reste dans un sein,
> Pour rendre encor sensible, un sentiment humain,
> Hélas ! que l'on éprouve altérer de délices,
> Quand on ne peut agir sans faire des supplices,
> Et que de votre emploi le destin le plus beau
> Est de savoir, l'œil sec, égorger en bourreau.

Cette « confession » de Foucquet, qui prête au Surintendant un sincère repentir de son ambition, n'en expose pas moins les arguments à sa décharge que le prisonnier avait développés dans ses *Défenses*, destinées à ses juges, mais diffusées clandestinement dans le public. Le dernier acte se conclut par une éloquente *Lettre en vers au Roi*, que d'Artagnan, par crainte de

Colbert, refuse d'acheminer à son destinataire, et que Foucquet doit se contenter de lire à haute voix, comme un testament. C'est l'exacte antithèse du *Testament de Mazarin* lu par Colbert à Berryer, à l'Acte I :

> Je ne condamne point, Sire, votre Justice ;
> Je baise votre main qui m'envoie au supplice ;
> Mais c'est la Vérité, qu'on bannit de ces lieux,
> Qui condamne la main qui la cache à vos yeux ;
> Mais, malgré les efforts de cette main funeste,
> Qui retranche mes jours, Sire, ce qu'il m'en reste
> Je le dois employer à me conduire aux Cieux
> Et vous rendre un grand roi digne de vos aïeux.

À la pédagogie de la « Raison d'Enfer » enseignée, sur son lit de mort, par Mazarin à Colbert, correspond maintenant la contre-pédagogie de Foucquet, éclairé par le malheur, repenti de ses erreurs, et trouvant dans la disgrâce et devant le supplice l'autorité d'un Socrate chrétien de la royauté.

Tout repose, dans cette tragédie bien française, sur le présupposé de la conscience du roi. Cette conscience royale du Bien peut être aveuglée et endormie par l'imposture de ministres vendus au Mal : elle peut toujours, parce qu'elle est inhérente à l'essence de la fonction, être réveillée et éclairée par la voix de ses véritables et fidèles sujets. Foucquet n'est pas un saint, mais, comme le vizir du *Songe d'un habitant du Mogol* (XI, 4), il « cherchait parfois la solitude » dans le temps même de sa faveur à la Cour, et cette amorce, pleinement développée dans sa disgrâce, peut faire maintenant de lui un dépositaire et un martyr de la vérité royale pervertie par le « favori » Colbert, latente cependant au fond du cœur du roi. On trouve déjà, dans la bouche du Foucquet de *L'Innocence persécutée*, cette foi inébranlable dans le réveil de la conscience royale que Racine prêtera à la reine Phèdre, chassant enfin loin d'elle la « fidèle » Œnone :

> Détestables flatteurs, présent le plus funeste
> Que puisse faire au roi la colère céleste.

On reconnaît aussi, dans ce « testament de Foucquet », le même éloignement que dans les *Pensées* de Pascal (encore inédites en 1665) pour les royaumes de la terre, quand ils ne sont pas inspirés par la charité du Christ :

> C'est ainsi qu'un grand roi voit croître chaque jour
> Dans le cœur de son peuple, et le zèle et l'amour :
> Cet amour pour sa garde est plus fort qu'une armée,
> Et l'âme d'un sujet de ce zèle animée
> Sert toujours à son roi d'invincibles remparts
> Que sait rendre l'amour plus fort que ceux de Mars.
> Tant de soldats, en vain semés dans les provinces,
> Y pensent maintenir la puissance des Princes ;
> La force en cet endroit n'a qu'un masque trompeur :
> Elle marque des rois la faiblesse et la peur.
> Un prince environné de soldats et de gardes
> Imprime la terreur avec leurs hallebardes,
> Mais tout cet appareil et dont se sert un roi
> Dans l'esprit de son peuple à jeter de l'effroi
> Fait voir qu'un souverain, en régnant par la crainte,
> En a comme un tyran le premier l'âme atteinte.
> Un sage Ministère évite ces excès.

L'Innocence persécutée distingue donc bien clairement le roi toujours possible du roi actuel, et le roi actuel des mauvais génies qui l'empêchent d'exercer, comme il le doit, comme il le désire au fond de son cœur, la fonction royale, d'origine divine et d'essence christique. Le Foucquet de *L'Innocence persécutée* n'en avertit pas moins Louis XIV qu'une identification trop évidente et trop prolongée de la royauté avec la politique machiavélique de Colbert le priverait de l'amour dû aux véritables rois de France, et le réduirait au rang infâme et à l'exécration que s'attirent les tyrans. Le roi de France ne peut être « absolu » que dans la mesure où il ne s'abstient pas lui-même du véritable « droit naturel et divin », celui de Socrate et celui du Christ. Le fondement de la royauté française étant l'image du Dieu d'amour au fond du cœur des rois, si ce fondement est effacé, si le peuple perd la foi dans le roi-sage, dans le roi-Christ, la royauté en France est menacée du sort qui attend partout les tyrannies.

Il est difficile de pousser plus loin, du moins dans l'encrier, la liberté d'un pouvoir spirituel prophétique d'en « remontrer » au pouvoir temporel égaré. L'anonyme auteur de *L'Innocence persécutée*, adossé probablement à Port-Royal, écrit et fait savoir ce qu'on pense tout bas dans les cercles dévots qui ont soutenu la cause de Foucquet. Il porte l'« Affaire », officiellement réduite à des accusations de concussion, péculat et rébellion contre l'État, à la hauteur d'un violent débat théologico-politique sur l'essence de la royauté française. L'anonyme auteur de *L'Innocence persécutée* a bien des traits communs avec le Zola et le Péguy de l'Affaire Dreyfus. Dante avait parlé au cœur du conflit entre Sacerdoce et Empire. Ce conflit s'est maintenant reconstitué à l'intérieur du royaume de France, son enjeu est la conscience du roi. Les grands auteurs du début du règne personnel, sous les voiles protecteurs et flatteurs de cette poésie de théâtre que condamne Port-Royal, se tiennent au plus près de ce tourment. Mais c'est pour identifier en poètes le drame politique de la royauté au drame humain universel, à la lutte du bien et du mal, de la vérité et du mensonge, de l'amour et de la crainte, de la grâce et de la liberté, dans le cœur de tous les hommes comme dans le cœur du roi de France.

Corruption de la parole, corruption du siècle

Il y a de bonnes chances pour que *L'Innocence persécutée* ait bien été le « Livre abominable » dont parle Alceste, ce « misanthrope » que Molière nous montre révolté, en plein règne de Louis le Grand, contre la « corruption du siècle » :

> Je ne trouve partout que lâche flatterie,
> Qu'injustice, intérêt, trahison, fourberie ;...

Mais, dans la même scène, Molière montre aussi en Philinte, l'ami d'Alceste, un philosophe qui a beau dire : *Il est bon de cacher ce qu'on a dans le cœur*, et qui a beau conseiller de *garder le silence* : cet *honnête homme* n'en admet pas moins, dans le secret de la conversation, qu'au fond de son cœur, même s'il la couvre d'une illusion de politesse qu'Alceste trouve trop *complaisante*, il partage avec son ami une vision très noire de la société politique contemporaine :

> Oui, je vois ces défauts dont votre âme murmure,
> Comme vices unis à l'humaine nature,
> Et mon esprit enfin n'est pas plus offensé
> De voir un homme fourbe, injuste, intéressé,
> Que de voir des vautours affamés de carnage,
> Des singes malfaisants et des loups pleins de rage.
>
> (Acte I, Scène 1)

La « franchise » d'Alceste, qui serait insultante et grossière dans les mœurs privées (*Irez-vous dire à la vieille Émilie...* ?), n'est pas moins absurde, parce que « quichottesque » et génératrice de désordre, dans la vie publique. Le dilemme qui tourmente l'amitié d'Alceste et de Philinte dans les premières scènes de l'Acte I et de l'Acte V du *Misanthrope*, est celui-là même qui préoccupait les lettrés pendant et après l'Affaire Foucquet. La « franchise », dont la Fronde avait abusé, dont Pascal avait pu encore faire usage, pour une cause sainte, dans les dernières *Provinciales* et dont Port-Royal continuait, mais en secret (comme l'auteur de *L'Innocence persécutée*), à sommer la conscience française, est-elle souhaitable, dans un royaume rendu à la paix civile sous un roi on ne peut plus légitime, mais où la fourberie, l'injustice et l'intérêt, le carnage des vautours, la malfaisance des singes et la rage des loups sévissent néanmoins jusqu'au sommet de l'État ?

La franchise nue du témoignage prête (du moins en principe) à affronter le martyre, peut prendre aussi le sens d'un sacrilège « abominable » contre la clef de voûte du royaume, l'office royal. Celui-ci est moins lésé par le mensonge « servile » qui couvre de fleurs les vautours, les singes et les loups. Cette flatterie mercenaire compromet sans doute l'honneur du Parnasse, du moins sauve-t-elle le principe de paix auquel ce mont contemplatif est par définition attaché. N'y a-t-il pas pour le poète une voie de dépassement, qui ne transige pas avec la vérité, dont il est dépositaire, dont il est le garant, avec la loyauté du langage, mais qui ne transige pas non plus avec cette bonne foi dont tout Français est tenu de faire crédit à son roi, même s'il le croit égaré, trompé, trompeur, ravalé par ses ministres au rôle tyrannique de roi des animaux de proie ?

Le Parnasse n'est pas Port-Royal. Même si un La Fontaine, qui est passé par l'Oratoire, et qui est resté longtemps très proche des Solitaires, a respecté leur intransigeance apostolique, il n'a jamais confondu, même dans ses propres « poésies chrétiennes et diverses », sa parole avec celle des « saints » et des « saintes » qui osaient opposer, presque jusqu'au martyre, la « vérité » au « mensonge », la parole de Dieu à celle des hommes.

Le Parnasse français n'est pas non plus jésuite. La Fontaine a tourné en dérision le « chemin de velours » dans une ballade et des stances sur « Escobar ». Il l'a fait en 1666 avec une verve de chrétien libertin, mais cette verve rejoint l'ironie, sinon la sainte colère de Pascal[45]. Il s'est voulu alors solidaire des religieuses et de M. de Sacy persécutés, comme il avait été solidaire de Foucquet persécuté en 1662-1664.

Voltaire a bien vu qui avait sauvé la vie de Foucquet : « Plusieurs gens de lettres se déclarèrent hautement pour lui, et le servirent avec tant de chaleur qu'ils lui sauvèrent la vie » (*Le Siècle de Louis XIV*, chap. XXV : « Particularités et anecdotes »).

En le sauvant, ils sauvaient leur âme. En d'autres termes, ils sauvaient l'aptitude de la parole française à assumer le legs de Cadmus et d'Harmonie. Mais ils préservaient aussi leur propre capacité de se soustraire aux anneaux du serpent, et de s'élever, chacun selon sa vocation, au rôle souverain, et digne de leur souverain, de conscience poétique du royaume. L'Affaire Foucquet n'avait pris elle-même, en 1661-1664, une dimension dramatique aussi lacérante pour les gens de lettres, que par son enjeu de parole qui dépassait de beaucoup la personne du Surintendant, et même la fonction bénéfique de Mécène qu'il avait exercée et symbolisée avec talent.

Malgré sa prudence et son intelligence, Foucquet avait été pris au piège de sa propre candeur, franchise et bonne foi envers la parole de son roi. Son erreur, si c'en était une, touchait au cœur et au centre de la religion royale française. Dans ses *Mémoires*, probablement rédigés par l'ancien bras droit de Foucquet, Paul Pellisson, le roi prend grand soin de retourner le soupçon dont il était l'objet en accusation contre Foucquet : de tous les reproches qu'il lui adresse, le plus violent est d'avoir osé *mentir* à son roi.

Qui avait menti ? Qui avait réintroduit après la mort de Mazarin la corruption de la parole dans le sanctuaire de la monarchie ? La poésie et les lettres pouvaient-elles réparer, au seuil d'un règne dont on attendait tant de bienfaits, cette blessure, ou seulement la dissimuler sous la louange ? Les origines de ce drame, comme la gamme de réactions littéraires qu'il suscita, posaient en pleine lumière la question de la parole loyale et royale, et donc du fondement même de la famille politique qu'était supposé être depuis Clovis le royaume de France. La carrière impeccablement fidèle de Foucquet au service du roi, sa confiance inébranlable (en dépit de tous les avis de ses amis, serviteurs et espions) dans les serments d'amitié que le roi lui avait prodigués pour mieux faire baisser sa garde, même si l'on attribuait la conduite du roi aux conseils de Colbert, compromettaient en France toute « franchise » de parole, et, entre autres, toute dignité de la parole poétique et littéraire.

Mais d'un autre côté, l'indignation contre l'atroce hypocrisie qui avait couvert le complot de Colbert, telle qu'elle était proférée sans voile dans *L'Innocence persécutée*, compromettait ce que le royaume avait conquis de plus précieux : la paix intérieure et extérieure, l'unanimité autour du roi à qui ses sujets étaient toujours tenus de faire crédit. Nul ne voulait en revenir à la Fronde. Une sainte violence ne pouvait qu'endurcir le roi, l'enfoncer un peu plus dans l'erreur, à supposer qu'il fût dans l'erreur, et entraîner un peu plus loin le royaume dans la direction de la tyrannie.

Même à Port-Royal, on sentait et on savait ce que Molière, dans *Le Malade imaginaire*, fait entendre en action : ce ne sont pas les reproches du « raisonneur » Béralde, ni ses protestations ouvertes, si fondées soient-elles, qui pourront jamais ramener à la raison Argan, aveuglé par les mensonges intéressés de ses médecins. Image de Dieu sur la terre, le roi est aussi l'image de l'homme, prompt à se tromper, et volontiers cabré dans l'erreur. Port-Royal cependant n'était pas prêt à admettre avec Molière, avec les poètes ses amis, que la méthode indirecte de la fée Toinette, insinuante, ironique, magicienne du travestissement et de la fiction, était plus accordée à l'humanité des hommes et des rois que celle des théologiens et des prophètes.

Pour autant, l'assentiment au mensonge, la complaisance servile envers l'hypocrisie, le reniement de la parole de vérité ne pouvaient pas entrer dans les mœurs des princes du Parnasse. Le Parnasse ne pouvait pas se contenter d'adorer aveuglement l'Olympe.

Politique culturelle

L'agent de Colbert et le tentateur des poètes, dès 1663-1664, l'année du dénouement du procès Foucquet, c'était Jean Chapelain. Cet érudit, ce critique vétéran, avait eu beaucoup de titres à devenir, à la mort de son ami et correspondant Guez de Balzac, en 1654, le prince français de la République des Lettres. Mais il était tombé, avec son épopée de *La Pucelle,* dont il avait longtemps laissé entendre merveilles, dans la versification besogneuse et pompeuse, au moment où le sens du respect n'était pas revenu, et où le sens du ridicule était à Paris la chose du monde la mieux partagée. *La Pucelle* de Chapelain, quand elle parut enfin en 1656, fit l'effet d'un monument d'ennui, et déclencha un éclat de rire général[46]. L'épopée française tout entière ne s'en releva jamais. La liberté des années 1643-1661, le degré d'ironie qu'elle avait rendu possible, l'exigence du « naturel » qu'elle avait fini par mettre, entre l'excès de Chapelain et l'excès de Scarron, au principe du goût « Foucquet », n'ont pas cessé, dans les vingt premières années du règne personnel de Louis XIV, d'exercer leurs effets salutaires. Elle fit d'emblée barrage à la pompeuse littérature de commande dont Colbert avait d'abord commis l'erreur de confier la responsabilité à Chapelain.

Ce docte ridiculisé avait, en 1661, un compte à régler avec les lettrés et les gens du grand monde qui avaient abîmé sa *Pucelle.* Il avait détesté Foucquet : entre deux maux, le Surintendant avait préféré et pensionné le malheureux Scarron, lequel savait rire et faire rire avec esprit, et d'abord de lui-même. Chapelain avait très tôt deviné et servi Colbert. Quelle éclatante revanche, pour lui, que de devenir, sous Colbert, l'arbitre des gratifications royales et l'évaluateur officiel des talents littéraires ! Faute d'en pouvoir être le prince, Chapelain devint, après la chute de Foucquet, et au service de Colbert, l'Administrateur général et le censeur de la République française des Lettres.

Le contraste entre cet enrôlement des lettrés par un lettré amer, et l'élégance avec laquelle Nicolas Foucquet avait pratiqué le mécénat, était par trop criant. Même le mécénat, parfois moins élégant, des banquiers et des gens d'affaires, qui avait prévalu au temps de Mazarin, ministre avare et indifférent aux Lettres françaises, avait paru très compatible avec la liberté des poètes. On avait un peu daubé sur Corneille, qui avait dédié en 1642 sa tragédie de *Cinna* en échange d'une grasse gratification du banquier Pierre Montauron. Mais il était bien clair pour tout le monde que *Cinna*, un chef-d'œuvre d'intelligence politique autant que de poésie dramatique, avait été conçu par Corneille dans une indépendance entière, au bord même du défi au « tyran » Richelieu : le prix payé par Montauron pour la dédicace honorait le mécène, sans jeter la moindre ombre sur l'intégrité de l'œuvre dédicacée, ni de son auteur. Les lettrés français furent même reconnaissants à Corneille, comme au XIXe siècle ils le seront à Honoré de Balzac, de faire monter très haut, en toutes occasions, avec les libraires et les directeurs de théâtre, comme avec les mécènes privés, le prix des ouvrages de l'esprit [47].

Il n'en allait pas de même avec les pensions et les gratifications accordées par Colbert sur le rapport de Chapelain : celui-ci en échange des bourses d'or du roi exigeait des œuvres panégyriques, dont il dessinait lui-même par avance le programme et la forme, pour ne pas dire le format, et cela, sous peine, pas même voilée, de disgrâce. Sa définition du poète pensionné : « un des instruments de la gloire du roi par les ouvrages de l'esprit », était brutale. Corneille, qui avait bénéficié avec joie du mécénat de Foucquet en 1660, et qui, de surcroît, avait toujours sur le cœur les odieux *Sentiments de l'Académie sur le Cid*, rédigés par Chapelain en 1637, n'en fut pas moins inscrit par celui-ci, dès 1663, en tête du rôle des pensions officielles. Corneille était « le Sophocle français ». Il était impossible de l'écarter sans scandale du nombre des poètes pensionnés par le roi. Le poète ne remercia pas. Il se contenta plus tard de faire remarquer, dans un placet au roi, que la pension ne lui était payée qu'avec beaucoup de retard...

Le peintre Charles Le Brun, que son art rendait beaucoup plus dépendant que Corneille de ce qu'il faut bien appeler, en effet, « la politique culturelle » de Colbert, et qui avait dû, sitôt Foucquet arrêté, passer au service de la nouvelle administration, ne se cachait pas, en privé, et en présence d'amis sûrs, tel Olivier Lefèvre d'Ormesson, de regretter les manières et le goût du Surintendant disgracié [48].

On a célébré dans le barème colbertiste des pensions le couronnement par le mécénat royal d'un mouvement amorcé par la Renaissance en faveur d'un statut social pour les lettrés. On peut y voir aussi l'inversion radicale de ce mouvement. Rien n'est plus étranger à cette mesure administrative et distante, qui en humilia plus d'un, que la familiarité gagnée au XVIe siècle, en Italie et en France, par les poètes et les artistes dans l'entourage des princes. Charles IX et Henri III, à l'image d'un Lionello d'Este ou d'un Laurent de Médicis, participaient de plain-pied à une académie de princes de l'esprit, où l'amitié humaniste atténuait ou voilait l'abîme des rangs. La faveur dont Gaston d'Orléans, le duc de Montmorency, et Foucquet lui-même jouirent auprès des lettrés et des poètes, tenait pour beaucoup aux liens affectifs qui unissaient ces mécènes à leurs protégés, et qui ôtaient aux « offices » mutuellement rendus l'âpreté du calcul et l'humiliation de la servitude. La reconnaissance et l'estime, de préférence avertie, importent au moins autant aux poètes et aux artistes que la subvention et le statut. Colbert et Chapelain froissèrent leurs obligés plus que ne l'avait fait Montauron.

Dans cette affaire, le roi resta, beaucoup plus que dans l'Affaire Foucquet, au-dessus de la mêlée. Par une admirable fiction bien française qui avait déjà protégé Louis le Juste, Louis le Grand (lui qui avait déclaré vouloir gouverner « seul ») pouvait se permettre d'avoir un goût et des manières bien distincts de ceux de son « favori ». La religion royale française supposait qu'il est toujours possible d'en appeler au « fond du cœur » du roi, et par extension, maintenant, dans l'« après-Foucquet », au goût infaillible dont sa grâce d'état devait le pourvoir. Lui seul pouvait passer par-dessus la tête de ses fonctionnaires maladroits. Il eut le mérite de le sentir.

Les petits maîtres et les demi-habiles s'accommodèrent donc de bonne grâce à toutes les exigences de Chapelain et de Colbert, pourvu qu'ils pussent, dans l'ombre, encaisser pensions et subventions et faire précéder leurs médiocres ouvrages de dédicaces publicitaires au roi ou à un grand personnage de la Cour.

Les vrais habiles et les consciences plus délicates comprirent très vite qu'ils se diminueraient dans l'esprit du public, autant qu'à leurs propres yeux, s'ils ne se dissociaient pas, avec élégance, du gros de la troupe des subventionnés de l'administration. Le « public », que n'avait ni intimidé ni fait taire, dans le secret des consciences et la sécurité des conversations privées, l'appareil militaire déployé par Colbert autour de Foucquet, était encore moins aveuglé par les grosses sommes dispensés par Chapelain. Comment obtenir l'approbation des « honnêtes gens », sans offenser le ministre et ses fondés de pouvoir ?

Ce n'était pas difficile pour des célébrités comme Corneille, ou pour de grands lettrés protégés par leur naissance et leur fortune, comme un La Rochefoucauld, une La Fayette, une Sévigné, qui de surcroît se moquaient de passer pour « auteurs ». À ceux qui devaient vivre de leur plume, mais qui avaient une conscience de poète, Molière, vil histrion selon les critères du temps, avait d'emblée donné un modèle de conduite. La relation directe d'« amitié » qu'il avait su établir avec le roi, pendant la fête de Vaux, au sortir de la représentation des *Fâcheux*, faisait honneur à son intelligence politique autant qu'à son urbanité. Elle supposait aussi que le roi, avant même de faire arrêter Foucquet, avait deviné la supériorité du goût de sa future victime, et s'était juré de ne pas négliger non plus cet aspect, peu bourbonien jusque-là, du métier de roi.

Ce lien personnel entre Molière et le roi ressemblait, un peu, à l'enjouement libéral qui avait régné en 1658-1661, entre La Fontaine et Foucquet. Molière fit tout pour le laisser croire au roi. Cette belle fiction lui épargna toute dépendance trop contraignante envers les bureaux de Colbert.

Cet exemple extraordinaire était difficile à suivre pour les « auteurs ». Ils n'étaient pas des marginaux comme Molière, mais ils n'avaient pas non plus comme lui la chance de pouvoir jouer sur la solidarité de « planches » si vite établie entre un roi-acteur et danseur, comme Louis XIV l'était dans l'âme, et le Diaghilev de la comédie-ballet que le roi avait vite subodoré en Molière. Le chemin entre le Parnasse des écrivains et l'Olympe du roi était donc beaucoup plus « montant, sablonneux, malaisé », quoique « de tout côté au Soleil exposé », que pour un homme de spectacle. Comment contourner Jean Chapelain, et même son successeur Charles Perrault, qui veillaient au guichet des bureaux de Colbert, et attirer l'intérêt et l'attention du roi lui-même ? Louis XIV sut se faire désirer.

Racine et son ami Boileau finirent, mais en 1677 seulement, par sortir définitivement du lot commun, en recevant du roi une charge d'historiographe du règne qui les rapprochait presque quotidiennement de lui et les attachait directement à sa personne. En 1677, Jean Chapelain était mort depuis trois ans. Les convenances avaient été soigneusement respectées.

La « longue marche » de Racine et de Boileau commença très tôt, et elle suivit des chemins très distincts, à la mesure de la différence extrême de leurs deux génies. Les deux poètes se croisèrent, se comprirent et s'unirent pourtant d'une amitié indéfectible l'année même où Foucquet fut envoyé par le roi dans le cul-de-basse-fosse de Pignerol.

Cette année-là, en compagnie du libertin Chapelle et de l'aigre Furetière (entré à l'Académie dès 1662), ils conçoivent ensemble, autour d'une table de cabaret, la parodie du *Cid* intitulée *Chapelain décoiffé*, qui sera publiée anonymement l'année suivante. C'était, pour Racine et pour Boileau, une manière très discrète et inoffensive, mais efficace, de faire savoir autour d'eux qu'ils n'étaient pas des « clients » de Chapelain, ce qui pour Boileau était déjà très clair, mais l'était beaucoup moins dans le cas de Racine [49].

Avec un flair remarquable, le jeune poète inconnu, fraîchement émoulu des Petites-Écoles de Port-Royal, avait dès 1660 soumis aux corrections de Chapelain son ode *La Nymphe de la Seine à la reine*, à la gloire du mariage espagnol de Louis XIV [50]. Il s'était aussi étroitement lié alors à La Fontaine, son parent plus âgé, et qui était alors le poète lauréat du surintendant Foucquet, peut-être, demain, du roi. Racine n'eut donc aucune peine à se faire valoir aussi auprès de Chapelain, quand celui-ci devint le commis littéraire de Colbert. Dès 1664, il est couché, pour une modeste pension à la mesure de sa réputation encore naissante, sur la fameuse liste des « gratifiés ». Cela ne l'empêche nullement de participer la même année, avec Boileau, au « décoiffement » burlesque de la vieille perruque qui sévit chez Colbert. Il a trahi ses maîtres de Port-Royal pour la poésie, il pouvait bien plus aisément « trahir » Chapelain, fonctionnaire de la poésie. Il avait l'étoffe littéraire du plus grand poète tragique de son époque. Mais il avait aussi l'expérience intérieure de la crise de confiance qui la tourmentait.

Avait-il même, comme Corneille, une vraie vocation de dramaturge ? Il avait commencé par la poésie lyrique d'apparat, dans la tradition de Malherbe. Mais en 1664, l'exemple de Molière, avec lequel il était lié, lui montrait la voie : pour toucher les yeux et les oreilles de Louis XIV, le chemin le plus direct était la scène dramatique. Le roi n'avait pas beaucoup le temps de lire et d'annoter autre chose que des dossiers et des rapports, il n'avait pas comme Henri III, élève d'Amyot, confrère de Ronsard, des habitudes de lettré. Il partageait ses loisirs entre les sermons, le théâtre et les intrigues amoureuses. La conversation remédiait à ses lacunes.

Molière était, depuis la fête de Vaux, le « nouveau Térence », découvert par Monsieur, frère du roi, reconnu par Foucquet, adopté par Louis XIV. Il restait pour Racine une place de choix à prendre dans l'esprit du roi, celle de l'Euripide ou du Sénèque du nouveau règne. Elle s'imposait d'autant mieux que le « Sophocle français », Corneille, cher à la reine-mère et à la « vieille Cour » (compromis de surcroît depuis 1659 par une enthousiaste dédicace de son *Œdipe* à Foucquet), n'avait apparemment aucune chance, par son âge et son caractère, de prendre sur lui le climat sourdement équivoque et retors qu'avait créé l'Affaire Foucquet. Il le fit pourtant, mais en témoin de plus en plus ironique et assombri.

Racine se garda donc bien d'emboîter le pas à Corneille, et de faire ouvertement de la scène tragique le « bréviaire politique des rois ». Après un essai « sénéquien » dont le succès est modeste, *La Thébaïde*, il touche juste avec *Alexandre le Grand*. Le roi fit savoir publiquement sa satisfaction. Mais s'il croyait avoir trouvé en Racine un portraitiste flatteur, il se trompait. Lui aussi était trahi. Racine trahissait tout le monde, sauf le Parnasse.

À elle seule, la dédicace au roi d'*Alexandre le Grand*, jouée en 1665 par Molière et sa troupe devant la Cour, est un véritable manifeste diplomatique de l'échange équitable, dont le poète a l'initiative, entre la révélation qui est de son office « divin », et l'illusion somptueuse qui est due à l'office, lui aussi « divin » dans son ordre, du roi. Le tact avec lequel le poète réussit à créer un dialogue direct, presque d'égal à égal, entre l'auteur d'*Alexandre le Grand* et son spectateur royal ravi, tient du prodige.

« Quelques efforts que l'on eût faits pour lui défigurer mon héros, il n'a pas plus tôt paru devant Elle, qu'Elle l'a reconnu pour Alexandre [51]. »

Cette « reconnaissance », dont la poésie d'un Racine a été l'occasion, a comblé en un instant la distance sacrée qui sépare un sujet de la Majesté d'un *roi dont la gloire est répandue aussi loin que celle de ce conquérant, et devant qui l'on peut dire que tous les peuples du monde se taisent, comme l'Écriture l'a dit d'Alexandre.*

Sur fond de cet immense silence universel, l'échange entre la parole enchanteresse du poète et l'approbation enchantée du roi prend un miraculeux relief. Ce *Fiat lux* qui a révélé réciproquement le poète au roi, et le roi au poète, efface et compense l'anéantissement par la parole royale du « Mécène » Foucquet. Le Parnasse voit soudain reconstruit par Racine, avec diligence et un surcroît de génie, mais pour lui seul, le pont qui le rattachait à l'Olympe, et qu'il avait cru ruiné.

Pour autant, et c'est bien là le plus étonnant, Racine ne renonce en rien à la vocation de la poésie à la vérité. Se jouant des périls jusque dans cette dédicace, le poète s'offre le luxe de célébrer avec insistance la gloire, pacifique et non pas guerrière, dont sait (ou devrait savoir) se contenter la grande âme du roi. Il insinue, au milieu des nuages d'encens, le principe intrinsèque à toute la tradition poétique virgilienne à laquelle, par-devers lui, ce dramaturge se rattache : la paix et la sagesse de la paix sont plus glorieuses que les victoires des conquérants ; elles sont d'autant plus méritoires chez Louis XIV qu'il les obtient (ou devrait les obtenir) de lui-même, lui *qui ne doit qu'à ses conseils l'état florissant de son royaume*, et qui, s'il le voulait (mais doit-il le vouloir?), pourrait *se rendre redoutable à toute l'Europe*. C'était, sans y toucher, pousser une pointe jusque dans le secret des conseils royaux et orienter l'Olympe dans le sens souhaité par le Parnasse.

On ne peut plus hardiment passer par-dessus la tête de Colbert, pour faire naître, au fond de la conscience d'un roi peu lettré, mais flatté, un vif intérêt pour la poésie, et peut-être même pour ce que la plus haute poésie a toujours enseigné aux rois.

Colbert sera trop heureux en 1671 de recevoir la brève et pompeuse dédicace de *Bérénice*, de la main d'un poète depuis longtemps favorisé personnellement par le seul vrai Mécène, le roi[52].

Racine n'en est pourtant qu'à ses débuts d'« interlocuteur privilégié » de Louis XIV. Mais sa « diplomatie de la poésie » est déjà toute dessinée en 1665 : elle suppose que l'intégrité de la parole poétique et sa vocation de miroir véridique peuvent être maintenues intactes au centre périlleux d'un pouvoir sacré, et y trouver même, entre illusion protectrice et intimation de vérité, un surcroît d'intensité tragique.

L'itinéraire de Boileau, moins doué et plus carré que Racine, est aussi beaucoup moins retors. Ce digne et méritant parcours lui a valu, comme l'a bien vu et bien dit Albert Thibaudet, de devenir sous Louis XIV le grand magistrat de la République française des Lettres, respecté et honoré par le roi, mais dans une autonomie plus ostensible et une sorte d'autorité morale sur ses pairs que Racine n'a jamais obtenue ni cherchée[53].

Le premier mouvement du jeune Boileau, en 1661-1664, est la révolte. Cette révolte est d'autant plus méritoire que Boileau ne doit rien à Nicolas Foucquet : c'est une colère de vrai lettré, une colère à la Jean Paulhan, contre toute dégradation des Lettres, quels qu'en soient l'origine et les motifs.

Sa première satire, composée pendant le procès Foucquet, prête la parole, sous le nom de Parnasse de « Damon », à François Cassandre, un libertin érudit très lié, depuis sa jeunesse, à La Fontaine. Le jeune Boileau, sans s'aventurer le moins du monde sur le terrain de l'« Affaire », s'identifie quelque peu à ses aînés littéraires, et à leur désarroi dans ce moment de crise entre les Lettres et la Cour. Le Damon de la *Satire I* a plus d'un trait commun, quelques années à l'avance, avec l'Alceste de Molière :

Puisqu'en ce lieu jadis aux Muses si commode,
Le mérite et l'esprit ne sont plus à la mode,
Qu'un Poète, dit-il, s'y voit maudit de Dieu,
Et qu'ici la Vertu n'a plus ni feu ni lieu ;
Allons du moins chercher quelque antre ou quelque roche,
D'où jamais ni l'Huissier, ni le Sergent n'approche ;
Et sans lasser le Ciel par des vœux impuissants,
Mettons-nous à l'abri des injures du temps...

Il prête même à son Damon un jugement sur Colbert et sur Chapelain qu'il aura le courage de ne pas supprimer, quand il publiera la première édition de ses *Satires* en 1666 :

Il est vrai que du Roi la bonté secourable
Jette enfin sur la Muse un regard favorable,
Et réparant du Sort l'égarement fatal,
Va tirer désormais Phébus de l'hôpital.
On doit tout espérer d'un Monarque si juste.
Mais sans un Mécénas, à quoi sert un Auguste ?...
(Satire I, v. 21-28 et v. 81-86)

Le trait, bien préparé et protégé par la louange du monarque, était féroce contre son ministre, beaucoup plus féroce que la bluette du « Chapelain décoiffé » qui ne ridiculisait qu'un vieil employé de Colbert. Mais ce n'est pas un simple trait : c'est un axiome de politique littéraire, auquel Boileau va désormais se tenir, et qui va guider toute sa stratégie, à la fois audacieuse et prudente, et (non sans sacrifice) sauvegarder l'intégrité des Lettres sous un régime nouveau à première vue très périlleux pour elle.

Boileau, c'est tout à son honneur, est alors l'ami

intime de Molière (à qui il dédie sa *Satire II*) et les deux auteurs partagent le même sentiment : il faut préférer le roi à ses ministres, il faut flatter son orgueil de « régner seul » pour éduquer en lui un Mécène. Racine, pour son propre compte, est vite parvenu aux mêmes conclusions.

Dans la dédicace au roi du premier recueil de *Satires*, publiée dès 1666, Boileau s'en tient rigoureusement à la règle de conduite qu'il s'était fixée. Il couvre le roi de ces éloges dont il sait qu'ils lui seront très sensibles (*Et qui seul, sans Ministre, à l'exemple des Dieux / Soutiens tout par toi-même, et vois tout par Tes yeux*), mais en le prenant au mot, il n'en tire aucune des conséquences que Colbert et Chapelain veulent imposer aux Lettres du royaume. Reprenant une convention « héroïque » autorisée par Malherbe et par Corneille, il tutoie le roi, se posant fermement en prince du Parnasse s'adressant, en toute dignité, au dieu de l'Olympe. On est loin de la servilité des « instruments de la gloire du roi », exigée, contre pension, par Chapelain. Et le poète, avec une franchise qui veut honorer le roi de France, lui déclare tout uniment que lui-même n'a pas assez de génie pour exceller dans les grands genres panégyriques, seuls dignes de louer un si grand roi. Mais il fait cet aveu en des termes tels qu'on peut aussi comprendre qu'il n'a aucun goût pour louer à contrecœur, sous la menace, ou contre argent :

> Mais je sais peu louer, et ma Muse tremblante
> Fuit d'un si grand fardeau la charge trop pesante... »
> (v. 9-10)

Il ne sortira donc pas de son « naturel », il continuera d'écrire, comme Horace (mais sous un Auguste-Mécène), des *Satires* et des *Épîtres*. Dès ce *Discours au roi*, il lui donne un aperçu attrayant de son talent naturel en déchirant à belles dents le prolétariat littéraire recruté par Colbert et Chapelain. C'est aussi conduire insensiblement le roi à comprendre qu'on le trompe sur la marchandise, qu'il doit lui-même former son goût, et préférer des poètes au talent indépendant, mais sincère, à des mercenaires qui n'honorent pas son règne :

> Le mal est, qu'en rimant, ma Muse un peu légère
> Nomme tout par son nom, et ne saurait rien taire.
> C'est là ce qui fait peur aux Esprits de ce temps,
> Qui tout blancs au dehors, sont tout noirs au dedans.
> Ils tremblent qu'un Censeur, que sa verve encourage,
> Ne vienne en ses écrits démasquer leur visage,
> Et fouillant dans leurs mœurs en toute liberté,
> N'aille du fond du Puits tirer la Vérité.
>
> (v. 81-88)

Le même roi, soupçonné d'avoir, dans l'Affaire Foucquet, obéi à la duplicité de Colbert et trahi sa vocation royale, était maintenant ingénieusement sollicité par Boileau (comme par le Molière de *Tartuffe*) de se porter personnellement garant et protecteur des poètes amis de la vérité, et critiques de l'hypocrisie, seuls dignes et seuls capables de dire sa vérité de véritable roi.

Louis XIV finira par se lasser de Molière, qui mourra à temps pour ne pas être témoin de sa disgrâce et de la faveur de Lully. Mais il prit peu à peu au pied de la lettre les saintes ruses de Boileau, au point de vouloir faire en 1677 de ce poète de vérité (*Grand roi, c'est mon défaut, je ne saurais flatter*) l'un des deux historiographes du royaume, avec Racine. Un honneur pesant, dont Boileau se serait peut-être bien passé, mais qu'il assumera quelques années en se déchargeant beaucoup sur son collègue. C'était la consécration du pieux et heureux mensonge du *Discours au roi* de 1665, qui avait eu le mérite d'assurer un certain jeu de liberté et d'autorité et à lui-même et aux plus grands écrivains de sa génération, ses amis.

La Fontaine, lui aussi lié d'amitié dès 1664 avec Boileau, bénéficia à sa manière de cette marge étroite.

Mais il était assez grand pour se défendre tout seul et sauver à sa façon son âme de poète dans un régime plus redoutable pour lui que pour ses plus jeunes amis.

Pour lui, en effet, le Parnasse et l'Olympe ne seront jamais « bons amis ».

Survivre à Foucquet

Le lundi 27 décembre 1661, à huit heures du matin, d'Artagnan avait fait descendre Nicolas Foucquet de sa cellule à la Bastille dans l'ancienne chapelle haute du château, où le prisonnier s'entendit signifier, après un bref interrogatoire, l'arrêt de bannissement rendu par la Chambre de justice, et sa commutation immédiate par le roi en prison perpétuelle, dans la forteresse de Pignerol. Un carrosse dont les fenêtres étaient pourvues de grilles emmena aussitôt le condamné, sans même qu'il eût revu sa famille, vers sa prison définitive. Quand le carrosse sortit de la Bastille, et franchit la porte Saint-Antoine, un public populaire nombreux, mystérieusement averti, acclama le malheureux et le couvrit de bénédictions.

Moins de deux semaines plus tôt, le 10 décembre, le libraire Claude Barbin avait mis en vente, rue Saint-Jacques, un mince recueil intitulé *Nouvelles en vers tirées de Boccace et de l'Arioste par M. de La Fontaine*. Le poète faisait sa rentrée littéraire, avec ces contes délicieusement libertins, qui remportèrent un succès de librairie immédiat, et cela, à un moment où l'on a toutes les raisons de croire qu'il partageait les mêmes affres que la marquise de Sévigné, et les autres amis du Surintendant.

Cette inconvenance majeure est-elle à mettre au compte de l'aimable fol, qui avait, avant l'heure, tourné la page ? En réalité, les premiers *Contes*, comme les *Fables* que le poète a commencé alors à composer, jaillissent de la même veine que la *Relation d'un voyage de Paris en Limousin*, écrite entre août et septembre 1663. Dans ces lettres-reportage, adressées à son épouse qui est aussi une amie, le poète, en voyage avec son oncle Jannart vers leur exil limougeot, fait crânement contre mauvaise fortune bon cœur, pétillant d'esprit, de curiosité et d'appétits. Mais cette gaîté de « nourrisson des Muses » est une forme du défi à l'infortune. Le « sentiment tragique de la vie » court en profondeur et en sourdine d'autant plus sombrement et fortement. Passant en carrosse par la vallée de Tréfou, entre Montlhéry et Étampes, La Fontaine quitte la prose pour les vers :

> République de loups, asile de brigands,
>   Faut-il que tu sois dans le monde ?
>   Tu favorises les méchants
>   Par ton ombre épaisse et profonde.
> Ils égorgent celui que Thémis, ou le gain,
> Ou le désir de voir, fait sortir de sa terre.
> *(Lettre du 30 août 1663, d'Amboise)*

Et quand le carrosse des exilés passe par Amboise, ils font halte pour aller faire un pèlerinage au château, l'une des prisons successives de Foucquet :

> Qu'est-il besoin que je retrace
> Une garde au soin non pareil,
> Chambre murée, étroite place,
> Quelque peu d'air pour toute grâce,
>   Jours sans soleil,
>   Nuits sans sommeil,
> Trois portes en six pieds d'espace ?

Le poète ajoute simplement :

Sans la nuit, on n'eût jamais pu m'arracher de cet endroit.
(Lettre du 5 septembre 1663, de Châtellerault)

Ce n'est pas seulement par prudence, mais par piété et pudeur, qu'il n'a jamais publié cette merveille du

Voyage en Limousin. Il y montre encore trop « son cœur à nu ».

Le poète a donc commencé, pendant l'« Affaire », comme Mme de Sévigné, à faire son apprentissage de la patience et de la gaîté privées que les Lettres peuvent garantir contre la terreur qui émane de l'Olympe. Mme de Sévigné, que toute son angoisse pour Fouquet n'empêche pas de garder intacts sa verve et son humour dans ses propres lettres-reportage à Pomponne, fut sans doute l'une des premières à lire les *Nouvelles* en vers de La Fontaine, et à en aider le succès.

Loin d'être une trahison de la victime bien-aimée, ce premier chef-d'œuvre d'un nouveau La Fontaine était un signe de ralliement adressé au public qui soutenait Fouquet, et un défi indirect lancé à Colbert. C'était aussi, pour le poète, la première étape d'une seconde carrière, accordée aux profondes leçons qu'avait comportées pour lui l'Affaire Fouquet.

Il était hors de son atteinte, et pour longtemps encore, de rompre le silence du roi. Il n'était pas doué non plus pour le théâtre. Faute de pouvoir, comme son ami Molière, faire éclater publiquement, au beau milieu de la Cour, cette gaîté libre, libératrice et réconciliatrice dont il avait le secret, il lui restait la ressource de la faire partager par ce public de lecteurs qui s'était reconnu dans son *Élégie* et dans son *Ode au roi*. Privé de la faveur condescendante de l'Auguste-Mécène, que savaient recueillir ses confrères du Parnasse, Boileau, Racine, Pellisson, et que sollicitait plus bassement son vieux camarade Furetière, il pouvait se créer une nouvelle famille et de nombreuses amitiés dans le public de Paris qu'il avait su émouvoir et qu'il savait maintenant récréer. Le succès de ses *Contes* le lui prouva.

Il ne s'en tint pas là. Il aurait fort bien pu, nouveau Voiture, et montrant le chemin aux Chaulieu et aux Piron du XVIIIᵉ siècle, se ménager une vie agréable de poète mondain dans une société parisienne trop heureuse de boire à cette source de charme et d'ironie, pendant qu'elle devait subir les réductions de rentes, l'âpreté fiscale et l'impunité insolente de la Cour. Mais le poète d'*Adonis* et de *Clymène*, si peu ambitieux pour lui-même, l'était pour son art. Et puis, le poète lauréat de Nicolas Foucquet, et disgracié de fait pour ce crime, pouvait-il démentir rétrospectivement, par un profil trop bas, l'élection que son malheureux Mécène avait faite de lui et *pour Auguste* ? Puisque Louis XIV l'ignorait, puisque sa poésie n'était pas faite pour la grandeur du roi, il viserait encore plus haut, vers le dedans, en faisant mine, vers le dehors, de descendre très bas. Ce n'était pas hors de portée du grand musicien qu'il était.

Le poète royal malgré tout

Il n'en serait pas moins, en dépit du roi, un poète royal. Le roi auquel il s'adresserait serait cet autre roi auquel avait cru Nicolas Foucquet, le roi souhaitable, le roi capable d'une poésie et d'une sagesse de roi. Le choix singulier de s'élever à cette science des hommes et du bon gouvernement des hommes par le chemin des petites fables « puériles » d'Ésope, dont personne alors ne voulait, ne cessera jamais de déconcerter. C'est au fond le pari d'être entendu, faute d'un Louis XIV sourd, non seulement du futur roi, le Dauphin, mais surtout du lecteur-roi. Le roi qui avait manqué à Foucquet est maintenant intériorisé par les *Fables* qui rendent tous leurs lecteurs témoins de Louis XIV. Les *Essais* de Montaigne avaient gagné un pari analogue au siècle précédent. Voltaire et les philosophes le gagneront, à plus grande échelle, au siècle suivant.

Dans les pièces liminaires du premier recueil des *Fables*, publié triomphalement en 1668, quatre ans après le premier recueil de *Contes*, ce pari, ce défi et ce tour de force sont tranquillement énoncés, mais enveloppés dans des voiles déployés avec tant de mesure et de douceur qu'ils assoupissent et impatientent le lecteur peu averti.

Le premier recueil est dédié au Grand Dauphin, fils aîné de Louis XIV, qui en 1668 est âgé de six ans et demi. Loin d'être tourné vers le passé, le poète de Foucquet est en avance d'un règne. Il parie sur l'héritier présomptif de Louis XIV. C'est une trouvaille qui ne serait venue à l'esprit d'aucun ambitieux vulgaire.

Encore fallait-il être admis à dédier ces petites fables à un enfant de France. La Fontaine doit indirectement cette insigne faveur — insigne surtout pour lui, mal vu du roi et de Colbert — à Foucquet. C'est en effet dans l'entourage du Surintendant qu'il a connu le président de Périgny, magistrat et poète mondain à ses heures, et maintenant, comme tant d'autres clients de Foucquet, annexé par le roi et nommé gouverneur du Dauphin. Bossuet lui succédera en 1670. C'est Périgny, et dans le cadre de l'enseignement primaire dispensé au Dauphin, qui a accepté au nom de son pupille la dédicace des *Fables*.

On aurait pu attendre que le poète disgracié saisisse cette modeste perche, tendue par un ami condescendant, pour couvrir d'éloges le père du petit dédicataire, le roi. Sans doute, La Fontaine, dans sa dédicace en prose, fait ce compliment obligé, mais en quelques lignes, dans la seconde moitié de son texte, et comme s'il empruntait pour les écrire le regard ébloui de l'enfant sur son père.

Ce qui par contre est bien mis en évidence, avec une solennelle gravité, dès les premières lignes, c'est le refus de laisser enfermer les *Fables* dans la pédagogie. L'Olympe a beau avoir réduit le poète lauréat de Foucquet à se présenter à la *nursery*, il faut que le public sache que les *Fables* s'adressent au roi adulte que sera le Dauphin et, en attendant, aux lecteurs adultes, et même aux lecteurs les plus délicats et subtils du royaume :

« S'il y a quelque chose d'ingénieux dans la République des Lettres, on peut dire que c'est la manière dont Ésope a débité sa morale [54]. »

L'élégante figure de modestie qui suit ne peut effacer l'indomptable fierté de cette phrase liminaire, où la « République des Lettres », son « ingéniosité », sa « morale » se proposent de haut au regard d'un fils de roi, dans une nuée de Parnasse qui vaut bien les nuées de l'Olympe paternel :

« Il serait véritablement à souhaiter que d'autres mains que les miennes y eussent ajouté les ornements de la poésie, puisque le plus sage des Anciens a jugé qu'ils n'y étaient pas inutiles. »

Après Ésope, Socrate. La Fontaine a beau qualifier ironiquement ses fables de « puérilités », de tels enfantillages, ajoute-t-il comme négligemment, « servent d'enveloppe à des vérités importantes ». L'ambition d'être à la fois l'Ésope et le Socrate modernes en français n'est pas mince, surtout si elle est formulée dans une épître adressée officiellement à un enfant. Cette ambition prend même les proportions d'un prodigieux acte de foi dans le « pouvoir des fables ». Le poète en parle comme d'une évidence qui lui est commune avec les plus grands :

« La lecture de son ouvrage [le recueil connu sous le nom d'Ésope] répand insensiblement dans une âme les semences de la vertu, et lui apprend à se connaître sans qu'elle s'aperçoive de cette étude, et tandis qu'elle croit faire tout autre chose. »

La fable, la *fabula* latine (du vieux verbe *fari*, dire, que l'on retrouve à la racine de *fata*, la fée), c'est donc bien ici non seulement la fiction, mais la parole poétique elle-même, dans son pouvoir souverain de dénouer l'obscure pelote des âmes, et de les exposer à sa propre lumière. Le pouvoir paradoxal et captivant de cette parole, c'est que, sans mentir, elle dit toujours autre chose que ce qu'elle semble dire. Elle fait chatoyer la vérité qui ne blesse pas, mais qui éveille.

Dans cette dédicace signée d'un « très humble, très obéissant, et très fidèle serviteur » du petit garçon royal, La Fontaine a en effet caché, mais en pleine évidence, rien de moins que son nouveau programme poétique. C'est un peu comme si André Breton, au rebours de Marinetti qui avait lancé le « futurisme » en première page du *Figaro*, avait dû et pu faire passer le « Manifeste du surréalisme », pour tromper la censure, dans les pages du *Journal des Voyages*.

Les rites du seuil que demandent les palais de l'Olympe, même à la porte de service, sont l'occasion pour le poète de proférer, sans hausser le ton, sans éveiller l'attention, et comme dans l'interstice des paroles attendues et obligées, sa vérité du Parnasse. Entende qui pourra et qui voudra.

Une préface suit cette dédicace. Cela n'a rien de surprenant à première vue. Racine, et beaucoup d'autres auteurs alors, procèdent de même. Mais la longueur de cette préface, l'exégèse insistante qu'elle introduit de la poétique esquissée dans la dédicace, ont quelque chose de singulier. Tout se passe comme si, en compensation du bas étage auquel il est réduit par l'Olympe, le poète s'employait à montrer à quelle altitude du Parnasse il se situe, dans la proximité du véritable Apollon et de ses Muses

L'un de ses pairs du Parnasse, Olivier Patru, académicien depuis 1640 — « un des maîtres de notre Éloquence » — lui a représenté que l'apologue ésopique ne relève pas de la poésie, à plus forte raison de la grande poésie. C'est par définition un genre bref, moral et en prose. Le Boileau de l'*Art poétique*, et Louis XIV lui-même, ne démordront pas de cet article de la Loi littéraire. La Fontaine demande pardon à Patru, comme il convient avec un maître, mais il entend prendre la liberté d'entendre le mot « fable » au sens plénier, celui d'Ovide, non comme un genre étroit, l'apologue, mais comme le synonyme de poème, ouvert à tous les possibles, et même les plus élevés, de la poésie.

Ainsi, non seulement ses poèmes, comme les apologues d'Ésope, disent autre chose que ce qu'ils semblent dire, mais dans la version inédite créée par le poète, et dont il ose déclarer lui-même qu'elle n'a pas de précédent, ni antique ni moderne, les fables « mises en vers », et « habillées de la livrée des Muses » (la livrée du Parnasse n'est pas celle de l'Olympe), sont en mesure de cacher et de déployer à partir de la graine ésopique tous les pouvoirs de la poésie, du comique de Térence au sublime d'Homère et de Virgile. À eux seuls, ces apologues habillés par les Muses, résument tous les régals qui ont pu être offerts aux plus grands rois. Et pas seulement les régals des sens, car sous leur écorce délicieuse, elles distillent aussi pour l'esprit cette « pensée de derrière » à laquelle seuls les véritables rois ont été attentifs.

Ésope donc, mais avec les Muses. La Musique donc, mais véhiculant la vérité du « plus sage des Anciens » : Socrate. Et soudain, avec ce nom, dans cette partition jusque-là toute d'harmonie, surgit la note sombre et terrible du « supplice ». Si Socrate le premier, en effet, a fait entrer les apologues d'Ésope dans la poésie, comme le rapporte Platon dans le *Phédon*, c'est sur l'intimation des dieux, pendant son sommeil, comme un exercice spirituel accordé à la situation la plus lacérante qui soit pour l'âme humaine, celle d'un condamné à la peine capitale, attendant en prison le signal de mourir.

L'Olympe terrestre détient le pouvoir suprême de vie ou de mort, mais les dieux du ciel sont plus bienveillants : au sage condamné par l'Olympe terrestre, ils offrent le refuge du Parnasse, et ils l'invitent à porter sa vérité condamnée à la hauteur de la mort, en faisant d'elle un poème qui durera. Par le chant, l'innocent persécuté ne se contente pas de vaincre l'injuste châtiment, la mort et son angoisse, il s'élève au-dessus de ses bourreaux, purifie leur crime et le transfigure en sacrifice aux dieux d'en haut.

À l'intérieur de son premier recueil, La Fontaine va introduire variations et résonances sur ce motif orphique et rilkéen :

« L'oiseau prêt à mourir se plaint en son ramage » (*Le cygne et le cuisinier*, III, 12).

« Dans un bois où chantait la pauvre Philomèle » (*Philomèle et Progné*, III, 15).

Le motif réapparaîtra encore au dernier livre des *Fables*, dédié cette fois, un quart de siècle plus tard, au fils du Grand Dauphin (la vie du Grand roi a été longue et lente, mais l'espérance est restée violente). Les « Filles de Minée » ont beau se *rendre le temps moins long* par leurs contes innocents et délicieux, elles ne se sauveront pas, malgré leur dévotion à Pallas, de la vengeance de Bacchus, qu'elles ont négligé pendant ce doux babil. Dans cette fable-conte inspirée d'Ovide, l'Olympe ne se divise pas, et ne se laisse pas attendrir. Le chant puni de mort des « Filles de Minée » est à lui-même sa propre récompense :

> Quand quelque dieu, voyant ses bontés négligées,
> Nous fait sentir son ire, un autre n'y peut rien :
> L'Olympe s'entretient en paix par ce moyen.
> (XII, 28, *Les Filles de Minée*, v. 556-558)

C'est pourtant cette gueule ouverte sur les innocents et sur les poètes, prête à les dévorer comme l'agneau le loup, qui fait jaillir de leur gorge sans défense les accents les moins déchirants qui soient, des accents empreints d'une joie étrange et contagieuse, qui cache et qui conjure la cruauté de son origine :

« Je n'appelle pas gaîté ce qui excite le rire, mais un certain charme, un air agréable, qu'on peut donner à toutes sortes de sujets, même les plus sérieux » (« Préface » des *Fables choisies*).

En filigrane de ces textes liminaires, comme si le poète en avait fait une préparation à la lecture en profondeur de ses fables, se dessine ainsi une poétique suprêmement ambitieuse du sublime voilé par la grâce et par la pudeur, de la parole de vérité acceptant le sacrifice de l'éclat extérieur pour déployer en profondeur toute la lyre délicate de la lumière et des ombres. Rarement ont été dessinés en touches plus exquises, et plus fermes pourtant, les contours d'une parole purement contemplative, par opposition implicite à la parole de pouvoir, de prédation, de possession, de flatterie.

Aussi La Fontaine n'hésite-t-il pas à relier la « fable », tel qu'il l'a réinventée, aux paraboles de l'Évangile. Même si la parole poétique et la parole de Rédemption ne sont pas du même ordre, elles sont analogues, elles sont parallèles et elles se rejoignent à la fine pointe du cœur. L'une et l'autre parlent mystérieusement, sous le voile de fictions qui savent insinuer, malgré toutes les résistances, jusqu'au fond opprimé du cœur, cette vérité, cette beauté et cet amour perdus dont il a soif.

La Fontaine a cru bon, après sa dédicace, après sa préface, d'ajouter à ces préliminaires (conformément à l'habitude des éditeurs et traducteurs d'Ésope) une *Vie d'Ésope*, qui est en réalité, il le sait et cela lui convient fort bien, un mythe, et non pas de l'histoire vraie. Ce mythe, qu'il infléchit insensiblement à son dessein, c'est le miroir dans lequel il veut qu'on le voie, c'est sa plus forte contribution à sa propre légende, mais c'est aussi son plus complet démenti. Esclave errant, Ésope ? *Laid et difforme*, privé *presque entièrement de l'usage de la parole* ? Sans doute, mais *doué d'un très bel esprit* et surtout (la phrase est ajoutée au vieux texte grec que La Fontaine est censé traduire) : *son âme se maintint toujours libre et indépendante de la fortune.*

Comme les *Fables* elles-mêmes, leur auteur et son premier ancêtre ont reçu de la Fortune une écorce rugueuse et ingrate, mais de la nature et du ciel une pulpe assez spirituelle et savoureuse pour tenir, contre ses efforts, infiniment plus qu'ils ne semblaient promettre. Plus qu'un biographe, La Fontaine demande au seuil de ses *Fables* un lecteur ami d'Ésope, de Socrate et d'Orphée, qui sous l'écorce, s'offre le luxe royal de savourer en connaissance de cause la pulpe de sa poésie, bien que le Grand roi l'ait dédaignée et ignorée.

CHAPITRE II

DANS LES ANNÉES PROFONDES : DE L'ARCADIE À L'ACADÉMIE

> « Dans les XIVe, XVe, XVIe et XVIIe siècles, la civilisation imparfaite, les croyances superstitieuses, les usages étrangers et demi-barbares, mêlaient le roman partout : les caractères étaient forts, l'imagination puissante, l'existence mystérieuse et cachée. [...]
>
> « Non seulement il s'agissait d'affronter des dangers fortuits et de braver le glaive des lois, mais on était obligé de vaincre en soi l'empire des habitudes régulières, l'autorité de la famille, la tyrannie des coutumes domestiques, l'opposition de la conscience, les terreurs et les devoirs du chrétien. Toutes ces entraves doublaient l'énergie des passions. »
>
> CHATEAUBRIAND, *Mémoires d'outre-tombe*,
> L. IV, chap. 8

Champenois ou Parisien ?

Un poète est un être de frontières, et de passages de frontières. Il peut aller et venir entre plusieurs mondes, car il est toujours là et ailleurs. Il n'a pas besoin de voyager loin. Le voyage est la poésie des prosateurs. Le véhicule et les passeports de la poésie ont beau être impuissants au seuil de l'au-delà, ils ont des pouvoirs sur cette terre confinant à la magie pour franchir des barrières, jeter des ponts, se jouer des distances et faire converger les temps.

Dans le *Roland furieux* de l'Arioste, un des poèmes dont La Fontaine s'est le plus nourri, le véritable héros n'est pas Roland, malgré un titre ironique et quelque peu trompeur[1]. Roland est un formidable trancheur de Sarrasins en deux, un chevalier errant sans peur et sans reproche. Mais l'héroïne du poème, la *bellissime* Angélique, fille du Grand Khan du Cathay égarée en Europe, fuit comme la peste la passion que lui porte Roland. Il manque à l'athlète Roland la grâce, le charme, l'esprit, cet esprit que l'on partage avec plaisir, même en amour. Il a beau faire de grands tourniquets invincibles avec son épée et chevaucher, sans risque d'être jamais renversé, sur son célèbre destrier : c'est un lourdaud. Angélique, lasse de ses poursuites, a le coup de foudre pour un ravissant jeune More, qui n'a pas le commencement de la gloire ni de la valeur de Roland, mais dont elle fera contre vent et marées son époux sur le trône du Grand Khan du Cathay.

Un des plus beaux récits du *Roland furieux*, c'est le sauvetage d'Angélique, nouvelle Andromède, par Astolphe, nouveau Persée. Cette brève rencontre entre Angélique et Astolphe est l'une des clefs du poème : elle associe brièvement les deux grands destins amoureux d'une épopée qui fait mine d'avoir pour sujet les terribles batailles que se livrent, dans Paris ou sous ses murs, les chevaliers de Charlemagne et les lieutenants sarrasins du roi d'Espagne. Si Angélique est la véritable héroïne de l'épopée, c'est Astolphe, et non Roland, qui en est le véritable héros. Il est aimé des hommes et des femmes. Son précepteur, le magicien Atlante, l'a pourvu d'un hippogriffe splendide, et sur cet avion vivant, qu'il manœuvre avec la virtuosité d'un Roland Garros, il survole à la vitesse du vent les continents, il plonge en piqué pour sauver Angélique, et même il débarque sur la Lune, pour y récupérer l'âme du pauvre Roland devenu « lunatique » après avoir découvert la « trahison » d'Angélique qu'il aime mais qui ne lui avait jamais rien promis. L'hippogriffe d'Astolphe est le symbole, à l'intérieur même du poème, de l'imagination poétique, des pouvoirs de la parole quand elle s'associe à la fable et à la liberté. L'imagination de l'Arioste, comme le cheval ailé d'Astolphe, passe avec une aisance désinvolte du camp des chrétiens à celui des Mores, des aventures d'amour dans les forêts et sur les côtes rocheuses de l'Europe du Nord, à celles qui ont pour théâtre les villes sensuelles de l'Orient. Le Narrateur du *Roland furieux* est chez lui aussi bien dans les conseils de Dieu et de ses archanges que dans les artifices du magicien Atlante et de la belle sorcière Alcine, tous deux passionnés pour l'irrésistible Astolphe.

Comme pour l'Arioste, la générosité poétique qui porte La Fontaine lui a permis de franchir, dans une époque pourtant beaucoup moins favorable à la poésie que celle de l'Arioste, des murailles, des interdits, des distances, qui pouvaient paraître insurmontables à des hommes apparemment beaucoup mieux nés et mieux armés que lui.

La poésie, qui a de tels pouvoirs, n'est pas pourtant un « moyen de parvenir ». Même l'Arioste, qui fut pourtant l'un des diplomates les plus doués de son temps, et un poète glorieux de son vivant dans toute l'Europe, ne fit qu'une fortune modeste auprès des ducs et cardinaux d'Este, ses « patrons » et amis. Du moins la douceur intelligente et émouvante dont il rayonnait lui a-t-elle valu partout où il est passé, à Rome, à Venise, auprès des princes, auprès des papes, cette faveur bienveillante que La Fontaine souhaite à son ami l'ambassadeur à Londres Paul Barillon, dans la fable *Le pouvoir des fables* (VIII, 4). Dans une France beaucoup plus cloisonnée et corsetée que l'Italie de l'Arioste, l'hippogriffe de Jean de La Fontaine l'a porté de monde en monde, et a fini par le transporter, non pas dans l'Olympe de Versailles, où parvint Racine, mais dans une société parisienne plus accordée à ses affinités profondes, où princes libertins, femmes de lettres libérées, duchesses indépendantes et banquiers subtils lui firent fête pour ce qu'il était : un prince du Parnasse et un berger d'Arcadie équipé de l'hippogriffe d'Astolphe.

Les biographes de La Fontaine, de Walckenaer à nos jours, sont peu doués pour l'étonnement. Ils le voient passer, comme si cela allait de soi, de la Champagne à Paris, de la vie pratique aux songes, de la vie bourgeoise à la vie de la haute bohème. Ils le voient évoluer, à contretemps, à contre-courant, mais toujours à l'heure et à l'aise, dans les sphères les plus étrangères l'une à l'autre de la société française de son temps : la province et Paris, la basoche et les salons, Port-Royal et les cabarets, le Luxembourg de la duchesse douairière d'Orléans et l'hôtel de Bouillon de la jeune et très libre Marie-Anne Mancini, la société de Mme de La Sablière et celle de la famille Condé, la bohème bourgeoise de Mme Ulrich et la bohème princière des Vendôme, les vénales Jeannetons et le confessionnal de l'abbé Pouget.

Ils le voient, de surcroît, se promener comme chez lui dans les époques et dans la compagnie d'auteurs les plus éloignés les uns des autres, Ancien parmi les Modernes, Moderne parmi les Anciens, Italien de la Renaissance parmi les Français de la « France toute catholique » de la Révocation, Français des romans de la Table Ronde parmi les contemporains de Malebranche et de Bossuet. Rien ne les surprend. Ils ont beau avoir sous les yeux, dans la personne de La Fontaine, un Alceste épris du bon vieux temps d'Henri IV et de Foucquet, mais qui n'en est pas moins l'homme à la mode à Paris sous Louis XIV : une mode qui survit à sa propre mort et à la mort du roi et qui, sans la moindre épreuve de purgatoire, prend des allures de fureur générale sous la régence du duc d'Orléans et le règne de Louis XV. Tout cela va de soi. S'il leur arrive d'entrevoir quelque chose d'anormal dans ces merveilles et ces prodiges du génie, leur explication est toute prête : elle n'a jamais rien à faire avec le pouvoir des fables, avec la magie de la littérature, avec la poésie.

« Il est vrai, a écrit son amie Mme Ulrich en 1696, qu'avec des gens qu'il ne connaissait point, ou qui ne lui convenaient pas, il était triste et même rêveur, et que même à l'entrée d'une conversation avec des personnes qui lui plaisaient, il était froid quelquefois ; mais dès que la conversation commençait à l'intéresser... ce n'était plus cet homme rêveur, c'était un homme qui parlait beaucoup et bien, et qui citait les Anciens, et qui leur donnait de nouveaux agréments. C'était un Philosophe, mais un Philosophe galant, en un mot c'était La Fontaine, et La Fontaine tel qu'il est dans ses Livres [2]. »

Quelle ambition, quels calculs, quel ressort sociologique, on se le demande, auraient permis à un petit provincial élevé à Château-Thierry et qui n'a même pas été, comme le Rouennais Corneille, élève d'un grand Collège de Jésuites, ou comme Racine, natif de La Ferté-Milon, élève des Petites-Écoles de Port-Royal, prestigieuses et persécutées, d'être reconnu comme l'un des siens par la société la plus exclusive, la plus élégante, la plus libre, la plus difficile qui ait été, je ne dis pas celle de la Cour, mais du Paris de Louis XIV ?

« Tout le monde le désirait, a pu encore écrire Mme Ulrich [une Mme de Tencin née trop tôt], et si je voulais citer toutes les illustres personnes... qui avaient de l'empressement pour sa conversation, il faudrait que je fisse la liste de toute la Cour [3]. »

Aucun de ses biographes ne s'est inquiété de cette gloire littéraire bien parisienne qui, à la fin, enveloppait de sympathie et d'indulgence un poète, souhaité et admiré comme un original de génie, le premier dans son genre, écrit Charles Perrault en 1696 [4].

L'adoption avait été si complète, si chaleureuse, que dès 1664, La Fontaine, disgracié par la Cour, poursuivi pour usurpation de noblesse, est l'objet d'une conjuration parisienne qui fait de lui un gentilhomme de la Maison d'Orléans. Dès 1674, il peut laisser femme, enfant et intérêts à Château-Thierry, pour s'installer à demeure, en célibataire adulé, dans l'hôtel de Mme de La Sablière, qui est alors le plus brillant foyer d'intelligence et de charme de Paris, le premier salon du XVIIIe siècle en plein règne du Grand roi [5].

Il a mis le temps pour franchir la frontière entre sa province et la capitale. Il s'y est pris avec lenteur, multipliant, depuis 1642, les va-et-vient entre Château-Thierry et Paris.

La naturalisation de ce Champenois en vrai Parisien a été si complète que même un Léon-Paul Fargue, qui s'y connaissait, a pu lui en donner à titre posthume un certificat, et il va même jusqu'à faire du poète des *Fables* le premier arbitre des élégances de l'« esprit parisien ». Un plébiscite datant du XVIIe siècle, et dont les suffrages n'ont jamais faibli, avait préparé depuis près de trois siècles cette consécration officielle par le « Piéton de Paris [6] ».

L'« esprit parisien » ? Mais quelle injure à faire à un poète ! N'est-ce pas en Champagne, dans les forêts, le long des rivières, au bord des étangs, petit garçon suivant son père, « maître des eaux et forêts du duché de Château-Thierry », ou adulte, pourvu lui-même en 1652 de la charge de « maître particulier triennal des eaux et forêts » dans le même duché, que ce « grand rêveur » familier des guérets, a trouvé l'inspiration de ses *Fables* ? L'ennui, pour cette fiction romantique autorisée par Taine, c'est que les *Fables*, comme *Le Songe de Vaux* et *Les Amours de Psyché* sont, selon le mot d'André Gide, un « chef-d'œuvre de culture » ; elles doivent aux livres de la bibliothèque au moins autant qu'aux promenades au grand air.

Même aujourd'hui, après la mise à jour du « miracle de culture » dont procèdent les *Fables*, leur vivacité, leur pouvoir d'évocation, leur lumière, poussent à croire qu'elles ont été peintes « sur le motif », et non pas à Paris, parmi les ratures et devant des livres ouverts. La grande ville passe toujours pour aiguiser l'esprit, mais aux dépens du sentiment poétique et du sens de la nature. Comme si l'esprit et la poésie étaient incompatibles, comme s'il fallait être un peu niais pour être poète, comme si la poésie n'était pas la plus fine pointe de l'esprit mélancolique mise au service de l'imagination, de la mémoire et du cœur. Cette conjonction est rare, mais la grande ville lui est indispensable. Depuis l'époque de Montaigne, pour ne pas remonter à Jean de Meung, « parisien » a toujours signifié « français » au suprême degré d'esprit, comme « athénien » dans l'Antiquité grecque résumait le plus spirituel de l'hellénisme, commun à Sophocle et à Platon, et comme « urbanus » (de l'*Urbs*, de Rome), signifiait dans l'Antiquité latine le plus spirituel de la latinité, commun à Cicéron et à Horace.

Il est aussi difficile sans doute de définir l'« esprit parisien » que l'atticisme d'Athènes ou l'urbanité de Rome. Ces parfums résultent de la conjonction en un même lieu d'intelligences et de talents qui se fécondent les uns les autres, qui ne se pardonnent rien, mais qui savent aussi s'offrir le luxe de s'émouvoir et de s'amuser ensemble. Ils se définissent eux-mêmes surtout par la négative, en ridiculisant et en intimidant les barbares de l'intérieur, pédants et précieux, lourdauds et prétentieux, qui les singent et les parasitent. Le Paris du jeune La Fontaine, c'est le Paris du jeune Retz, du jeune Tallemant des Réaux, de la jeune Mlle de Rabutin-Chantal, des poètes Saint-Amant et Tristan L'Hermite, de Voiture et de Scarron. C'est une académie qui conduit au sommet du Parnasse, et même si l'on admet que Château-Thierry et la Champagne ont été l'Arcadie originelle de La Fontaine, ce que le Forez avait été pour les bergers d'Honoré d'Urfé, cette académie parisienne, avec sa société de poètes, ses Mécènes, son public, a été pour le berger d'Arcadie doué intérieurement pour la contemplation, l'épreuve qui a fait de lui un poète supérieurement civilisé et raffiné, un Athénien ou un Alexandrin moderne et français [7].

Paris passe pour incompatible avec la poésie lorsque l'on réduit l'esprit dont il est capable au « parisianisme ». Si l'on veut comprendre comment Paris peut être lui-même le meilleur correcteur, spirituel et poétique, du « parisianisme », intellectuel et mondain, des Verdurins d'autrefois et d'aujourd'hui, il suffit de lire la *Recherche*. Léon Daudet, auteur expert de *Paris vécu*, décerne au jeune Marcel Proust le titre que Léon-Paul Fargue, par rétrospection, a reconnu à La Fontaine : un Ariel de l'« esprit parisien », un poète de la véritable « urbanité » [8]. Cet Ariel n'avait pas les attaches provinciales et rurales de La Fontaine, mais il avait aussi son Arcadie, et il n'a pas connu de Paris, il s'en faut, qu'une académie et un Parnasse. Sa vie et son œuvre sont une odyssée, partie d'une Arcadie lyrique et ne la retrouvant qu'à un étage supérieur de la conscience poétique, après un long voyage : l'académie de Paris, littéraire, musicale, artistique, celle de la Berma, de Vinteuil, de Bergotte et d'Elstir, aura en chemin exalté et raffiné ses antennes de poète, et même le Paris du « parisianisme » n'aura cessé de mûrir, sans s'en douter, par la résistance ironique que le poète doit lui opposer, son intelligence des choses et des êtres, et la connaissance de son propre cœur.

Or dans la *Recherche*, Mme de Sévigné et La Fontaine, presque inséparables, sont le critère infaillible qui sépare le bon grain de l'ivraie, et qui tranche entre l'urbanité de l'intelligence et du cœur dont Paris est aussi le creuset, et ce parisianisme qui est son ombre : Proust, excellent radiographe, a étudié curieusement les progrès de cette ombre dans le cerveau et dans les poumons de la capitale.

Snobisme à gros grains, sécheresse de cœur, parade de culture, niaiserie politique, le Paris du parisianisme est le bourreau, et l'éducateur à rebours de l'académie des poètes, des artistes, des musiciens qui fait pourtant sa vraie gloire, et qui a pour arrière-pays l'Arcadie des provinces. Au XVIIe siècle, le parisianisme, que tiennent en respect le comique des *Femmes savantes*, l'ironie du *Misanthrope*, l'esprit des *Fables*, c'est déjà le parasitage de l'urbanité véritable par la servilité, la parade et l'âpreté intéressée des mœurs de Cour.

L'Arcadie d'un poète-né

La Fontaine s'est éloigné à reculons de Château-Thierry, l'Arcadie de son enfance et de son adolescence champenoises. Elle se gâta pour lui, dans son âge adulte, de devoirs professionnels et familiaux, de conflits d'intérêts. Il ne s'est naturalisé parisien que par étapes. Mais il a fini tout de même par s'installer à demeure dans la forêt de la capitale, et par s'y faire une clairière accordée à la liberté et aux contemplations de son enfance provinciale. Une part essentielle de lui-même, sa vocation d'homme de lettres et son appétit d'intelligence, l'avait d'abord appelé à Paris. Mais une autre part de lui-même, sa nature de poète, portée aux extases dans la solitude, étrangère à toute autre société qu'à l'amitié et à l'amour, aurait tout aussi bien pu l'incliner à s'accommoder extérieurement de son sort tout tracé, à la suite de son père, dans sa petite ville et sa province natale, en bourgeois obscur. La fortune, plus que sa volonté et même sa vocation, en décida autrement.

Ses premiers pas à Paris avaient été à la fois d'appétence et de retrait[9]. S'il envisage de rompre, en avril 1640 (il a dix-sept ans) avec la Champagne, c'est pour entrer dans la vie ecclésiastique à l'Oratoire de Paris, où il fera son noviciat pendant près de deux ans, jusqu'en octobre 1641. Il est peut-être exagéré de croire qu'il s'est aussitôt borné, sous la direction de prêtres à juste titre renommés pour leur piété et leur grand savoir, à lire et relire *L'Astrée*. Une vocation aux choses divines l'avait appelé là, elle se révélera plus accordée à la poésie qu'à la religion, et jusqu'à sa conversion finale, ce poète épicurien restera à sa manière fidèle à ce premier appel à la lumière, à l'innocence, à la méditation. Mais il n'est pas douteux qu'il s'est vite évadé des exercices de piété et des études théologiques dans d'autres lectures plus profanes : elles l'ont convaincu qu'il n'avait pas la vocation sacerdotale. L'Oratoire fut paradoxalement pour ce candidat au Parnasse, longtemps intimidé, un excellent prélude : il y trouvait une riche bibliothèque et pouvait y croiser le « grand monde » qui fréquentait l'illustre maison-mère de la rue Saint-Honoré fondée par le cardinal de Bérulle. Ce contemplatif (un ordre monastique l'aurait-il mieux retenu ?) n'en vivait pas moins intérieurement en Arcadie. Un paysage imaginaire le rattachait à sa province où il avait d'abord lu *L'Astrée*. Il écrira en 1665 :

> Étant petit garçon, je lisais son roman,
> Et je le lis encore, ayant la barbe grise [10].

Cet arrière-pays pastoral et provincial est inséparable pour lui du transport amoureux et des liens troublants que cet enchantement entretient avec la parole poétique. En 1691, il a soixante-dix ans et il tire encore de *L'Astrée* le livret d'un opéra, mis médiocrement en musique par Colasse, le gendre de Lully :

Quand il plaît à l'amour, tout objet est à craindre.
Ce dieu met bien souvent sa gloire à nous atteindre
Du trait le plus commun et le moins redouté :
Une première ardeur n'est bientôt plus qu'un songe :
    La vérité devient mensonge,
    Et le mensonge, vérité [11].

S'il y a donc du vrai dans les célèbres pages de Taine sur l'enracinement de La Fontaine poète dans le terroir champenois, il faut les modérer en ajoutant que seul un jeune lecteur de poésie et de romans pouvait goûter ces sensations et cette expérience contemplative précoce au point d'y reconnaître une vocation de poète.

Que les lieux de son enfance provinciale ont bien été l'origine et la souche profondes, non pas de sa poésie, qui est une discipline littéraire de haute école, mais de l'état poétique tout intérieur qui a fait de lui un poète-né, le mieux né peut-être de notre langue, les preuves n'en abondent pas dans son œuvre, mais elles s'y trouvent : confidences allusives, aussitôt voilées et interrompues, comme sur le seuil d'un secret et d'un sacré que le profane aurait tort de vouloir forcer par l'imagination géographique et zoologique. La moins elliptique est aussi celle qui lui a été arrachée dans un moment de péril, en 1662, quand il se trouvait exposé à la fois à deux menaces venues de l'Olympe : il était suspect à la police de Colbert, comme complice des défenseurs de Foucquet, regroupés autour de son oncle Jannart ; il était traîné devant la justice du roi pour usurpation de noblesse dans des actes notariés. Pendant un séjour à Château-Thierry, il adresse au duc de Bouillon, suzerain du duché depuis 1652, une épître-supplique où perce, sous le badinage, une émotion profonde. Il se décrit au duc tel qu'il se voit intérieurement, étranger à ce monde qui veut faire de lui un coupable :

> Que me sert-il de vivre innocemment,
> D'être sans faste et cultiver les Muses ?
> Hélas ! qu'un jour elles seront confuses,
> Quand on viendra leur dire en soupirant :
> Ce nourrisson que vous chérissiez tant,
> Moins pour ses vers que pour ses mœurs faciles,
> Qui préférait à la pompe des villes
> Vos antres cois, vos chants simples et doux,
> Qui dès l'enfance a vécu parmi vous,
> Est succombé sous une injuste peine [12]...

C'est l'*Élégie aux Nymphes de Vaux* appliquée à lui-même.

Mais cette fois ce n'est pas le Mécène malheureux, c'est le poète qui est mis à son tour en examen, et contraint de décliner sa véritable identité. C'est bien en province qu'il naît poète, dans sa Champagne, mais c'est la Champagne de la poésie, une Arcadie de bergers dont les chants *simples et doux* aiment à fréquenter les *antres cois*, et qui *dès l'enfance*, sur les pentes d'un Parnasse où ils ne se soucient pas encore de cueillir les lauriers d'Apollon, *cultivent* les Muses qui les ont *nourris*. Ce ne sont pas les poèmes qui font de ce berger des *Bucoliques* un poète : ses vrais titres sont dans son mode d'être poétique, son *innocence de vie, ses mœurs faciles et sans faste*, ses penchants de naissance à une vie contemplative et amoureuse.

La Fontaine sait bien que cette identité, qui n'a aucun sens pour ses juges, en a beaucoup pour le grand seigneur dont il attend du secours. Le père du jeune duc avait accepté en 1641 d'être dédicataire d'un des plus beaux recueils du poète Tristan L'Hermite : *La Lyre*[13]. Mais plus profondément, La Fontaine peut compter sur les anciennes affinités, en France, et notamment dans sa Champagne natale, entre les princes de naissance et les poètes de naissance. Une même élection naturelle isole nobles et poètes parmi les hommes, et les places ensemble au-dessus du régime commun. Il est même arrivé, comme pour le trouvère Thibaut de Champagne, qu'un prince de naissance soit aussi poète de naissance. Mais il arrive plus souvent que le poète-né reste voilé aux yeux du vulgaire (mais non des princes), par son identité d'état civil. Le duc de Bouillon est ainsi parfaitement à même de comprendre que l'apparente « usurpation de noblesse » d'un poète-né n'en est une que juridiquement : dans l'ordre de la nature, qui n'est pas celui de la loi, un berger-poète a beau être rattaché socialement à une famille roturière, il est noble, d'un sang plus pur que le reste de sa tribu, d'un sang illustre dont la généalogie remonte à Orphée et à Virgile et il a un droit naturel à se qualifier d'écuyer[14]. Le poète sera entendu à demi-mot par le duc : deux ans plus tard, ce qui mettra fin à toute équivoque, il recevra un brevet de gentilhomme de la duchesse douairière d'Orléans, vieille alliée politique des La Tour d'Auvergne [15].

Cette Arcadie champenoise, où il a été *nourri par les Muses*, et qui est maintenant un fief de la Maison de Bouillon, le poète sait aussi qu'elle a tout pour émouvoir le jeune duc, récemment marié à la très jolie Marie-Anne Mancini. L'Arcadie résume depuis la Renaissance, pour l'aristocratie française, le monde de ses loisirs, de ses fêtes, de ses châteaux et de ses parcs, enchantés par l'art de ses poètes et de ses artistes. C'est le pays où la nature retrouve ses droits loin de la Cour, de l'armée, de l'Église. De cette Arcadie on peut s'embarquer pour Cythère dans le loisir le plus favorable aux amours.

De fait, la Champagne de son enfance et de sa jeunesse aura aussi été pour La Fontaine le terroir secret où il est né non seulement aux contemplations et au langage poétiques, mais au sentiment amoureux. Les seules amours que Tallemant pourra rapporter du discret La Fontaine, dans ses *Historiettes*, ont toutes pour décor Château-Thierry et ses environs [16]. Et le poète lui-même a laissé deviner à deux reprises, en son nom propre, le « vert paradis des amours enfantines », ses très juvéniles embarquements pour Cythère, qui firent de sa province natale à la fois le pays des bergers et des Muses, et l'île de Vénus où les « antres cois » abondent :

> J'ai quelquefois aimé : je n'aurais pas alors
>   Contre le Louvre et ses trésors,
> Contre le firmament et sa voûte céleste,
>   Changé les bois, changé les lieux
> Honorés par les pas, éclairés par les yeux
>   De l'aimable et jeune bergère
>   Pour qui, sous le fils de Cythère,
> Je servis, engagé par mes premiers serments.
> Hélas ! quand reviendront de semblables moments ?...
>   (*Les deux pigeons*, IX, 2)

Devant l'Académie française, en 1686, dans son [Second] *Discours à Mme de La Sablière*, sur un mode moins lyrique, il avouera qu'il est né précocement pour les amours, qu'il les a toutes goûtées en Arcadie, et que ce don naturel, inséparable de son élection poétique, l'oblige encore même barbon, même à Paris, à brûler, malgré la morale, avec de nouvelles ardeurs :

Cent autres passions, des sages condamnées,
Ont pris comme à l'envi la fleur de mes années.
[...]
Je ne prétends ici que dire ingénument
L'effet, bon ou mauvais, de mon tempérament.
À peine la raison vint éclairer mon âme,
Que je sentis l'ardeur de ma première flamme.
Plus d'une passion a depuis dans mon cœur
Exercé tous les droits d'un superbe vainqueur.
Tel que fut mon printemps, je crains que l'on ne voie
Les plus chers de mes jours aux vains désirs en proie...
(v. 23-24 et 77-84)

Ces vers dorés sont là pour faire imaginer l'indicible : la photographie de ces « lieux » agrestes, l'identité d'état civil des personnes en cause seraient de la pornographie, heureusement interdite à l'historien par la vigilante discrétion du poète.

Mais pour passer de l'état poétique originel, et des chants naïfs qui en font partie, à des vers capables d'en éterniser l'essence, pour passer de Corydon à Virgile, il faut lire Virgile, et se rendre capable de rivaliser avec son art. Pour La Fontaine, poète-né, mais poète français, la lecture d'un Virgile français lui donna le désir d'être non seulement un poète en puissance, mais un poète en acte.

L'Astrée, *terre natale des poètes*

Dans *L'Astrée* d'Honoré d'Urfé, dédiée à Henri IV, et dont le Vert Galant s'était délecté, l'éveil de la connaissance amoureuse, dans des paysages de hautes herbes, de futaies et de cours d'eau, s'accompagnait pour les jeunes lecteurs et lectrices du XVIIe siècle les plus précoces et doués, d'une découverte de leur propre langue, de ses ressources de trahison et de loyauté. L'Arcadie forézienne de d'Urfé pouvait se transposer en Champagne, comme en Bretagne ou même en Île-de-France, elle favorisait la traduction en expérience intime française des *Bucoliques* de Virgile, des *Métamorphoses* d'Ovide, des élégies latines, bref de l'imaginaire antique étudié en même temps au collège sous des « pédants »[17].

D'Urfé lui-même était autant poète que prosateur. *L'Astrée* fait alterner récits et conversations d'amour en prose avec des poésies lyriques improvisées, dans un moment d'intensité émotionnelle, par bergers, bergères et nymphs. En poésie comme en prose, le rythme de *L'Astrée* est ample et doux, et ce mouvement régulier console les passions au moment même où il les évoque, comme les airs de cour français, accompagnés de luth, dont Nicolas Guédron, que d'Urfé avait pu connaître à la cour d'Henri IV, était un grand maître : ses disciples formeront sous Louis XIII l'oreille du roi lui-même et des jeunes poètes de la génération de La Fontaine[18].

L'Astrée était aussi pour eux la corne d'abondance de musique et de poésie qu'ils pouvaient partager, mieux que les chefs-d'œuvre antiques étudiés au collège, avec les bergères et les nymphes qui jouent les premiers rôles dans l'Arcadie française de d'Urfé. Elles sont les partenaires obligées du grand jeu de parole et des épreuves émotionnelles de l'amour. Le Château-Thierry et la Champagne du jeune La Fontaine, même si la guerre et ses malheurs les éprouvaient souvent, ont été enchantés pour lui par un âge d'or et amoureux dont *L'Astrée* lui avait révélé la liberté, la douceur, mais aussi les chagrins et les menaces qui pèsent sur lui.

Ce n'est pas un hasard si l'espèce d'éblouissement

que lui causa la découverte de l'Ode « héroïque » de Malherbe, *Que direz-vous, races futures ?*, récitée devant lui en 1643 par un officier, eut lieu à Château-Thierry, en Arcadie. L'abbé d'Olivet, qui rapporte ce petit fait vrai, le tenait de la source la plus sûre, François Maucroix, l'ami d'enfance du poète[19]. Cette Ode de Malherbe *Sur l'attentat commis en la personne de Sa Majesté Henri IV, le 19 décembre 1606*, éveillait brusquement le jeune séminariste défroqué au tragique de l'État (dont il aura plus tard à souffrir) et à un style de la grandeur auquel il s'essayera sans doute, mais pour lequel il n'était pas du tout fait. La poésie s'est toujours enracinée pour lui dans cet état pré-politique et pré-moderne où ni l'Église ni l'État n'ont encore juridiction.

Les Lettres proprement françaises du XVIIe siècle ont trouvé leurs deux « classiques » rivaux, l'un « doux », l'autre « grand », dans d'Urfé et Malherbe. Les deux poètes proposaient un choix d'existence, et même un choix politique, autant qu'un choix de mode musical. Château-Thierry pour La Fontaine fut longtemps, peut-être toujours, du côté de d'Urfé, et la Cour du côté de Malherbe. Il s'efforça toute sa vie de faire pencher Paris du côté de *L'Astrée*.

Il put trouver à Paris de nombreux alliés dans cette fidélité arcadienne. Le « maître » qu'il invoque avec respect en tête de ses premières *Fables*, l'avocat Olivier Patru, né en 1604, une génération plus tôt que La Fontaine, académicien français dès 1640, a raconté sa propre initiation à la langue française par *L'Astrée*. Il l'a fait dans une épître galante adressée à une dame anonyme, mais qui circula parmi les jeunes gens de lettres parisiens que fréquenta La Fontaine entre 1642 et 1656 ; elle sera publiée seulement en 1680 sous le titre : *Éclaircissements sur l'histoire de L'Astrée*[20].

Patru révèle à sa correspondante, et à ses jeunes protégés littéraires, que l'intrigue principale du roman, les amours longtemps contrariées du berger Céladon et de la belle Astrée, enveloppe de fiction l'aventure véridique du romancier lui-même épris de Diane de Chateaumorand, et qu'il finit, malgré des obstacles apparemment insurmontables, par épouser. Quel prestige ne dut pas valoir à l'académicien, auprès de jeunes gens nés aux Lettres françaises dans *L'Astrée*, le dévoilement de ce mystère ! La « clef » était d'autant plus précieuse et sûre que Patru la tenait de d'Urfé lui-même. Les *Éclaircissements* inventent en effet le lieu commun bien français de « la rencontre avec un grand écrivain ». Le poète Racan en donnera une autre version, dans sa *Vie de Malherbe*, publiée en 1671, mais connue en manuscrit beaucoup plus tôt. C'est le pendant public du récit intime de Patru :

« Lorsqu'en mon voyage d'Italie, racontait celui-ci, je passai par le Piémont, je vis l'illustre d'Urfé et je le vis avec tant de joie qu'encore aujourd'hui, je ne puis penser sans plaisir à des heures si heureuses. Il avait cinquante ans et davantage ; je n'en avais que dix-neuf. Mais la disproportion de nos âges ne me faisait point peur. Bien loin de cela, je le cherchais comme on cherche une maîtresse, et les moments que je passais auprès de lui ne me durèrent guère plus qu'ils me durent auprès de vous. Il m'aimait comme un père aime son fils. S'il avait le moindre loisir, il me menait aux promenades. Il me fit voir tout ce que je voulais du grand monde, et de la cour de Savoie, mais tout cela avec tant de témoignages de tendresse et de bonté que je serais un ingrat si je n'en gardais éternellement la mémoire. Je le vis donc fort souvent pendant trois semaines que je séjournai à Turin. Dans nos entretiens, il me parlait de diverses choses, mais pour moi je ne lui parlai que de son *Astrée*. Il n'y en avait alors que trois volumes d'imprimé [nous sommes en 1623] et je les savais presque par cœur, parce que je les lisais même au Collège. Car, outre [...] que ce discours ne pouvait être que très agréable à notre héros, avec cela je vous confesse que, pour l'amour, l'humeur de cette divine fille est tout à fait de mon goût, et si vous m'en demandez la raison, c'est que son cœur à la vérité est d'une conquête difficile, mais du moment qu'il est à vous, il est à vous tout entier. »

La parole donnée, la loyauté qui la garde, le crédit réciproque qu'elle ouvre entre deux êtres qui se sont choisis, est en effet le graal de *L'Astrée*, obtenu au cœur de la forêt de mensonges, de trahisons et de duperies où tâtonne la quête d'amour. Cette « franchise » française, dont l'idéal de bonheur s'enracine dans le roman chevaleresque médiéval, est aussi l'enjeu de la dramaturgie cornélienne, qui la transporte de l'Arcadie à la Cité, de la phratrie des pasteurs à la société politique. Elle sera au centre de l'Affaire Foucquet, et rien ne nuira davantage à Louis XIV en 1661-1664, que le soupçon d'avoir trompé, comme un disciple de Machiavel ou un vulgaire bourgeois, la foi loyale et noble que le Surintendant avait placée en ses protestations d'amitié.

Si toute une « grande » poésie panégyrique d'État avait pu prospérer sous Richelieu, à l'école « héroïque » de Malherbe (La Fontaine l'entrevit tout entière en un éclair en écoutant réciter en 1643 l'*Ode à Henri IV*), toute une autre famille de poètes, attachés à des princes mal vus du cardinal, ou même, comme Henri, duc de Montmorency, condamnés à mort sur ses instructions, avait fait fleurir dans leurs recueils lyriques les jardins d'amour de *L'Astrée*.

Un aîné par l'âme : Tristan L'Hermite

En 1642 (La Fontaine vient de quitter l'Oratoire, dont le Protecteur est le frère du roi, Gaston d'Orléans), le célèbre poète Tristan L'Hermite, qui est encore au service de Gaston, fait paraître une autobiographie romancée, *Le Page disgracié*[21]. La Fontaine avait pu dévorer auparavant, chez les Oratoriens eux-mêmes, à Paris ou à Juilly, les recueils de poésie lyrique qui avaient fait la gloire du poète lauréat du prince : les *Plaintes d'Acante*, publiées en 1633, et *La*

Lyre, en 1641. L'Oratoire était fidèle à Marie de Médicis, et reconnaissant de la protection du fils préféré de la reine, Gaston, très compromettante aux yeux de la Cour. *La Lyre* s'inspirait d'un recueil du même titre publié par le poète italien de la reine-mère, Giambattista Marino (1608)[22]. Parmi les plaisirs que La Fontaine énumérera dans son *Hymne à la Volupté*, qui conclut *Les Amours de Psyché* en 1669, on retrouve tous ceux que préférait le très raffiné poète italien pensionné par la reine-mère :

> J'aime le jeu, l'amour, les livres, la musique...
> (v. 25)

Mais La Fontaine y joint ceux que préférait le très tendre Tristan :

> Les forêts, les eaux, les prairies,
> Mères des douces rêveries...
> (v. 23-24)

Enfin, il fait culminer toutes les voluptés en un vers, l'un des plus beaux de notre langue, qui rend un merveilleux hommage au lyrisme du poète des *Plaintes d'Acante* :

> Jusqu'au sombre plaisir d'un cœur mélancolique...
> (v. 38)

Pour le berger d'Arcadie qui, à l'Oratoire, lisait *L'Astrée*, rien ne devait sembler plus *héroïque* que les vers dédiés par Tristan, en 1641, dans *La Lyre*, au musicien-poète Blaise Berthod (alors maître de musique de la Sainte-Chapelle) sous le titre *L'Orphée* :

> Berthod personne illustre en cet âge barbare
> Où l'ami véritable est un trésor si rare,
> Ami discret, fidèle, et digne de mon choix,
> De qui l'esprit éclate aussi bien que la voix,
> Et dont la merveilleuse et divine harmonie

A d'un feu tout céleste échauffé mon Génie.
Cesse de réveiller avec tant de beaux airs
Écho qui se retire au fond de ces déserts,
Et qui plaignant encor le trépas de Narcisse,
A besoin de repos plutôt que d'exercice.
Laisse dormir en paix les Nymphes de ces eaux
Qui, couronnant leurs fronts de joncs et de roseaux,
Sous le liquide argent de leurs robes superbes,
Dansent à tes chansons dessus l'émail des herbes. [...]
Suspends cet art divin qui peut tout enchanter,
Et tiens la bouche close afin de m'écouter[23].

L'amitié, la mélancolie, le repos, le sommeil et le chant, l'harmonie de la voix et les reflets des eaux, il ne manque que l'insaisissable touche d'ironie détachée et voluptueuse, propice à La Fontaine, pour que nous soyons déjà transporté, avec cette musique de l'âme, dans *Le Songe de Vaux* ou dans *Psyché*.

L'année suivante, en 1642, Tristan publiait *Le Page disgracié*. Le retentissement de cette autobiographie sur le jeune novice de l'Oratoire a dû être aussi intense que, toutes choses égales, la lecture des premiers livres des *Mémoires d'outre-tombe* par Baudelaire. Tristan déguise en effet en roman ses propres souvenirs d'enfance et de jeunesse, dont le comique picaresque, pénétré d'émotion lyrique, se transfigure en humour d'une exquise humanité[24].

Né gentilhomme, et gentilhomme provincial et sans fortune, comme le sera Chateaubriand, Tristan n'est pas passé d'abord par le collège. Le jeune page héros du roman, comme son auteur, n'a subi qu'assez tard, déjà sorti de l'enfance, la férule des « pédants », contre lesquels sa fierté de gentilhomme et de poète s'est révoltée. Plus tard, auprès de l'humaniste Scévole de Sainte-Marthe, il a pris goût aux lettres latines. Il a pu ainsi rivaliser avec Corneille sur la scène tragique : sa *Marianne*, en 1636, avait eu autant de succès que *Le Cid*. Il entrera à l'Académie française en 1649. Il fréquentait depuis plusieurs années la demeure du secrétaire perpétuel, Valentin Conrart, chez qui La Fontaine a pu le rencontrer. Tristan symbolisait aux yeux de la jeune génération non seulement la poésie, mais la « liberté » et la « franchise » françaises : longtemps il avait suivi loyalement les révoltes, les exils et les disgrâces de son propre « patron » Gaston d'Orléans, même si sa fidélité n'avait guère été récompensée par le prince.

Le Page disgracié est l'un des joyaux de la prose narrative française. Le lire ou le relire avec les yeux du jeune La Fontaine, qui le tint en mains quand l'encre était encore fraîche, c'est retrouver les similitudes et les différences profondes, de manière et de destin, entre l'aîné et le cadet en poésie. Les similitudes : une même nature saturnienne, une même enfance contemplative en province, et la découverte très tôt, avant le collège, d'une vocation singulière. Les différences : Tristan est né gentilhomme, il est élevé dans un château, et tout de suite il ose, petit prince de l'esprit, déclarer ses préférences. Il a de l'humour, et La Fontaine une inaltérable gaîté.

Mais ce poète-gentilhomme, qui a osé tout de suite être lui-même, est le premier, dans nos Lettres et dans les Lettres modernes, à oser, la quarantaine passée, se remémorer par écrit les sensations, les émotions, les lectures, les menus événements de sa propre enfance et de son adolescence, sous un voile de fiction pudique et détaché qui sait faire « sourire à travers les larmes ». Montaigne avait fait son autoportrait en moraliste, et les mémorialistes français ne s'attardaient jamais sur les broutilles puériles de leurs débuts. *Le Page disgracié* de Tristan, ce sont des « confessions », mais ce sont des confessions de poète, qui ne soumet qu'à son propre goût, ni trop sévère, ni trop indulgent, la grâce de ce qui ne se répétera jamais. On ne saurait exagérer l'espèce de transfusion d'élégance de cœur et de langage qui s'est produite entre ce poète-gentilhomme et le jeune bourgeois de Château-Thierry, mais né poète, qu'était alors La Fontaine. Tristan, ce fut pour lui à la fois Chrétien de Troyes et Lancelot du Lac.

Après une enfance « sauvage » dans un château de La Marche (la Creuse actuelle), et avant de courir l'aventure à la cour de plusieurs princes, le page, porte-parole de Tristan adolescent, fait le bilan de ses ressources littéraires :

« Je vous dirai, écrit-il, que je n'avais guère plus de quatre ans, que je savais lire, et que je commençais à prendre plaisir à la lecture des romans que je débitais agréablement à mon aïeule et à mon grand-père, lorsque, pour me détourner de cette lecture inutile, ils m'envoyèrent aux écoles pour apprendre les éléments de la langue latine. J'y employai mon temps, mais je n'y appliquai point mon cœur ; j'appris beaucoup, mais ce fut avec tel dégoût d'une viande si fort insipide, qu'elle ne me profita guère : on m'avait laissé goûter avec trop de licence les choses agréables, et lorsque l'on me voulut forcer à m'entretenir d'autres matières plus utiles, mais difficiles, je ne m'y trouvai point disposé. J'apprenais pour ce que craignais les verges, mais je ne retenais guère les choses que j'avais apprises. Je perdais en un moment les trésors que l'on m'avait fait serrer par force, et ne les retrouvais que par force, pour ce que je n'y avais point d'affection.

« L'étude m'avait donné tant de mélancolie que je ne la pouvais plus supporter, lorsqu'une bonne fortune m'arriva qui me fit changer de façon de vivre. [Son père le donne pour page à un prince du sang, le marquis de Verneuil, bâtard d'Henri IV, qui a son âge, et qui se ligue avec lui contre le "pédant" chargé de les faire étudier.] Je trouvais des plaisirs partout, fors à l'étude, et au lieu de répéter mes leçons, je ne m'appliquais qu'à lire et débiter des contes frivoles. Ma mémoire était un prodige, mais c'était un arsenal qui n'était muni que de pièces fort inutiles. J'étais le vivant répertoire des romans et des contes fabuleux ; j'étais capable de charmer toutes les oreilles oisives ; je tenais en réserve des entretiens pour toutes sortes de différentes personnes et des amusements pour tous les âges. Je pouvais agréablement et facilement débiter toutes les fables qui nous sont connues, depuis celles d'Homère et d'Ovide, jusqu'à celles d'Ésope et de Peau d'âne[25]. »

Peu de textes du XVIIe siècle (sinon le *Francion* de Charles Sorel) nous donnent le sentiment aussi vif de la résistance, commune aux gentilshommes, aux femmes, au peuple, et surtout en province, d'une tradition orale vivante, remontant aux fabliaux et aux romans médiévaux, opposée à cette discipline latine de collège qui était de règle pour les jeunes gens destinés au service du roi et de l'Église. Cette résistance d'un vieux fonds de fictions « naïves » se conjugue avec celle que les mœurs françaises, nobles ou populaires, opposaient à la discipline cléricale, et à la police judiciaire ou fiscale de l'État. Les Lettres françaises du XVIIe siècle, dans l'intermède de la Régence et de la Fronde, se retournent avidement sur cette végétation vivace et autochtone de fables et de contes, qui est un peu leur propre enfance ; elles secouent aussi l'appareil scolaire, savant et sérieux des collèges et de leurs pédants. Leur agitation est d'autant plus inquiète qu'elle se conjugue avec le souci de préserver leur liberté contre la servitude politique d'hier, leur joie de vivre contre Carême-prenant. L'Arcadie des poètes français n'est pas un mythe néo-classique, elle doit autant à cette nostalgie d'un « bon vieux temps » de la langue, de l'imagination et des mœurs françaises, qui empoignera encore l'Alceste de Molière, qu'aux *Bucoliques* de Virgile. La résistance à la « tyrannie » de Richelieu, mais aussi à l'ordre moral tridentin, a réveillé sous la Régence les saveurs de paradis perdu qui embaument les lecteurs des « vieux romans ».

Une Renaissance médiévale française

C'est ainsi que *Le Page disgracié*, ce Lancelot « venu trop tard dans un monde trop vieux », peut être en 1642, l'année de la mort du cardinal, le héros d'un roman à la mode et qui vient à son heure. La vogue des « vieux poètes » et des « vieux romans », lancée sous Louis XIII par Voiture à l'hôtel de Rambouillet, prend sous la Régence de telles proportions que même les doctes ne peuvent l'ignorer. En 1647, à la veille de la Fronde, Jean Chapelain (il est en train d'écrire son épopée néo-médiévale, *La Pucelle ou la France délivrée*, pour le duc et la duchesse de Longueville) écrit un dialogue qui ne sera publié qu'en 1728 : *De la lecture des vieux romans*. C'est la mise au net d'entretiens qui eurent lieu entre l'auteur, le philologue Gilles Ménage, et le poète Jean-François Sarasin, secrétaire du prince de Conti. L'œuvre est dédiée à Paul de Gondi, le futur cardinal de Retz, patron de Ménage, qui assista peut-être à l'entretien [26].

Chapelain vient de lire, en vue d'étoffer son épopée, le *Lancelot* en prose ; à Ménage, qui prépare alors ses *Origines* (1650) devenues plus tard *Dictionnaire étymologique, de la langue française* et qui proteste, tant son culte de la latinité est intransigeant, il suggère que ces vieux textes sont un trésor pour son entreprise. Il fait valoir la vigueur énergique des anciennes tournures oubliées, la syntaxe économe et l'ordre des mots qui fait encore de cet état du français un latin vivant. Il fait ressortir la noble naïveté de ces hommes et femmes de jadis, qui ont inventé la courtoisie française. Tout en cherchant à comprendre les raisons d'une mode, Chapelain reste pourtant réservé et prudent, sinon secrètement hostile. Cette courtoisie d'autrefois était encore très rudimentaire ; on l'idolâtre par ouï-dire, elle n'était que l'amorce des raffinements de galanterie et d'urbanité des Modernes français.

À peu près au même moment, Jean-François Sarasin compose de son côté un dialogue où il se met lui-même en scène avec Ménage, disputant sur le thème : *S'il faut qu'un jeune homme soit amoureux*. Cette œuvre sera publiée par Ménage et Pellisson en 1658 [27]. C'est l'exégèse à deux du roman de *Perceforest*, où Sarasin veut voir, contre l'humaniste Ménage, un merveilleux manuel de mœurs courtoises françaises : c'est l'amour qui fait naître, dans le cœur du héros de ce « vieux roman », la loyauté à la parole donnée à son seigneur, et le généreux désir de se dépasser pour conquérir sa dame. Secrétaire de Conti, poète chéri de la duchesse de Longueville, Sarasin est le type même du lettré choyé par une famille princière, hostile par principe au « service public » des belles lettres imposé par Richelieu et bientôt reconstruit par Colbert.

L'engagement contemplatif du poète

Lire *L'Astrée* (qui se passe dans la Gaule païenne du Ve siècle), c'est aussi faire resurgir tout le « vieux temps » français, une Arcadie française abîmée et à demi abolie depuis par les ministres machiavéliques, par les pédants, et par leur allié, le Temps. Quand le page de Tristan L'Hermite découvre *L'Astrée*, il se sent chez lui dans un livre qui, tout « savant » qu'il est, parle la même langue fabuleuse que son propre folklore et enseigne la même magie, capable de tromper les méchantes fées, et de protéger la connivence des jeunes gens avides de s'aimer :

« ... J'entrepris de conter à ma maîtresse tout ce que j'avais lu de *L'Astrée*. Personne n'ignore que c'est un des plus savants et agréables romans qui soient en lumière, et que son illustre auteur s'est acquis par là une réputation merveilleuse. J'en entretenais tous les jours cinq ou six heures ma maîtresse, sans que ses oreilles en fussent fatiguées, non plus que celles de son amie favorite, et c'était un charme dont j'endormais la mère et une de ses confidentes, afin qu'elles ne pussent prendre garde aux œillades que nous nous lancions et aux petits mots que nous nous disions souvent à l'oreille[28]. »

C'est déjà le charme « naturel » des meilleurs *Contes* de La Fontaine, ou du *Sicilien ou l'Amour peintre* de Molière.

En 1642, la même année que *Le Page*, Tristan avait aussi publié un recueil de *Lettres mêlées*, dédiées à Élisabeth de Choiseul-Praslin. Devenue un peu plus tard Mme de Plessis-Guénégaud, cette jeune femme va se révéler après La Fronde, dans son hôtel de Nevers, à Paris, et dans son château de Fresnes, une des plus brillantes héritières de la marquise de Rambouillet. Amie de Port-Royal, amie de Foucquet, amie de Mme de Sévigné, elle reçut La Fontaine chez elle pendant les années Foucquet. La chute du Surintendant la condamnera à une demi-retraite que son amie la marquise de Sévigné partagera souvent.

Les *Lettres* de Tristan sont plutôt des essais, à la frontière du poème en prose. Elles forment autant de variations sur la mélancolie, en général et d'abord sur celle du poète lui-même, réceptif à celle de ses correspondants et correspondantes, qui forment autour de lui une famille d'élection saturnienne. Cette mélancolie n'est pas tant l'humeur et le tempérament corporels que diagnostiquent les médecins, qu'une orientation vers l'ailleurs, un luxe douloureux de l'âme, que rien ne peut vraiment guérir, mais qui cherche son répit dans des remèdes rares et nobles : l'amour, le plus délicieux des tourments, et la poésie lyrique, son reflet adouci dans la liquidité de la musique. Il manque à cette pharmacie de Saturne le rire, la gaîté, qu'au même moment Scarron s'apprête à mettre en circulation avec l'émétique violent du burlesque.

Dans l'une de ces *Lettres*[29], Tristan donne de la poésie, fille et consolatrice de la mélancolie, une définition mémorable, qui méritera l'admiration de Théophile Gautier, et que pouvait faire sienne le futur auteur d'*Adonis* :

« ... Je ne suis coupable, écrit-il [se justifiant d'un long silence épistolaire], que du vice qui est naturel à tous ceux qui se mêlent d'écrire. En effet, Monsieur, il semble que la même planète [Saturne] qui nous dispose à faire des vers, nous vienne imposer la paresse. La poésie est un don du Ciel, mais on peut dire qu'elle n'est jamais bien élevée que par la seule oisiveté, et que c'est un feu vif et prompt qui est tiré d'une eau dormante. Comme il est difficile d'embrasser la vie active et contemplative tout à la fois, il est malaisé de se rendre courtisan et grand écrivain tout ensemble. L'art des Muses demande trop de repos, et celui de la Cour trop de révérences. Celui qui se lèvera du grand matin pour aller voir quantité de gens, feindre épouser beaucoup d'intérêts, et se mêler de beaucoup d'intrigues, ne réussira guère grand poète ; et celui qui tiendra presque toujours les yeux attachés sur un livre, et qui ne fera guère autre chose que penser à représenter la grandeur des passions, ou les beautés de l'univers, amassera peu de richesses. Ce sont deux champions qui ne courent pas en même lice, et qui ne se proposent pas un même prix. Ils suivent deux sentiers fort divers, et qui ne sont pas également battus. L'un se rend au temple de la Fortune, et l'autre à celui de la Gloire. De moi, qui suis né trop libre pour faire le métier des esclaves, et qui aime mieux vivre dans le regret d'être déçu, que dans la malice de décevoir, j'ai suivi jusqu'à cette heure la Cour sans me la proposer pour école. Jamais je n'ai fait dessein d'acquérir du bien pour ce que je n'ai jamais fondé de bonheur sur les richesses. J'ai toujours considéré l'ambition comme un démon capable de me faire perdre des avantages effectifs en me proposant des prospérités imaginaires. Grâce à Dieu, sa chaude vapeur [inconnue des mélancoliques, dont le tempérament est humide et froid] ne m'a pas altéré le sens et mis des empêchements aux libres fonctions de mon âme. Je tiens toujours pour terre ce qui n'est rien que terre, et ne compte point entre les choses précieuses celles qui contiennent des éléments ou qui relèvent de la Fortune. Je sais bien que c'est une sorte de simplicité qui n'est pas à l'usage de tout le monde, mais elle n'est condamnée que par des gens dont je n'approuverais pas la vie. Au moins ai-je eu l'honneur de recevoir des louanges et des faveurs des plus dignes personnes de la terre, et de ces grands princes, qui, d'eux-mêmes, savent donner au mérite ce que les autres laissent arracher à l'importunité. J'espère encore, quelque peu de soin que je prenne pour amasser du bien, que je ne serai pas réduit à l'extrême nécessité ou du moins, que j'aurai la consolation d'être plaint des honnêtes gens qui pourront respecter ma pauvreté à cause de ma vertu, comme le vulgaire dissimule les défauts des Grands, à cause de leurs richesses. Voilà mes pensées et mes imaginations, et ma force ou ma faiblesse. »

Pour Tristan, la « vie en poésie », vie contemplative et peu lucrative, est le dernier refuge du « vivre noblement » contre l'esclavage et les passions basses de la société de Cour. Le « mérite » littéraire des princes de l'esprit n'attend de reconnaissance, non sollicitée, que de la faveur spontanément accordée par les Princes par le sang, bien distincts, dans cette *Lettre*, de la Cour et des courtisans qui y font carrière. Même si La Fontaine, roturier de province, accusé en 1662 d'usurpation de noblesse, ne tint jamais avec cette hauteur un langage aussi cornélien, il a été plus sensible que quiconque à cette loyauté de poète de naissance envers la vie de loisir contemplatif, et à cet éloignement pour toutes les formes de la « servitude » : profession mercenaire, mariage, et surtout domesticité de Cour. Le dialogue entre Tristan et Gaston d'Orléans (qui s'était mal terminé du fait du prince) n'en a pas moins été le modèle — moins hautain, plus nuancé d'ironie joueuse — du libre contrat que signera La Fontaine avec son Mécène Foucquet.

Une compagnie de chevaliers et de bergers

Le jeune La Fontaine, celui qui sort en 1641 de dix-huit mois de noviciat volontaire à l'Oratoire de Paris, savait bien qu'il n'était pas fait pour le vœu de chasteté. Il était loin encore de savoir comment s'ajusterait, à sa vocation de poète, l'« état » qu'il lui fallait bien prendre, dans la société civile. Serait-il un jour le successeur de son père, à la tête de la famille, à Château-Thierry ? S'établirait-il avocat à Paris ? Se marierait-il ?

Il a eu la chance, dans ce début dans la vie, que l'aisance de ses bons bourgeois provinciaux de parents lui ait laissé prolonger le temps de ses études, et retarder d'autant l'heure des choix qu'il se laissera imposer par sa famille en 1652-1653.

On ne sait pas très bien quelles furent ses études parisiennes, mais une chose est sûre : ce poète, un moment attiré à Paris par les sévères et savants prêtres de l'Oratoire, arraché à son noviciat par une vocation poétique réveillée par la lecture de d'Urfé et de Tristan, se lie pendant ses séjours ultérieurs à Paris à un groupe de jeunes gens « de belles lettres » accordés à ses goûts.

On ne sait pas très bien non plus comment s'est formée cette petite société de candidats poètes où entre La Fontaine en 1642. Nous tâtonnons ici dans la brume des origines. La Fontaine avait à Paris un ami d'enfance champenois, François Maucroix, et il s'était très tôt lié, dès avant 1640, sur les bancs de quelque collège parisien, à Antoine Furetière, natif du Quartier latin. Les études supérieures, ou plutôt le souci de s'en évader, ont rapproché ce trio initial d'autres jeunes Parisiens : Gédéon Tallemant des Réaux, Antoine Rambouillet de La Sablière et son frère, deux cousins de Tallemant, et aussi François Cassandre, futur traducteur, en 1654, de la *Rhétorique* d'Aristote, et encore François Charpentier, futur traducteur de Xénophon en 1650, futur secrétaire perpétuel de l'Académie française.

Ces associations de jeunes gens doués pour les lettres, et aspirant donc à autre chose qu'à une vie professionnelle banale, ne pouvaient se nouer qu'à Paris. C'est assez paradoxal en apparence, puisque ces candidats-poètes vivent en imagination dans une Arcadie ou un Bocage. Mais cette Arcadie (ou ce Bocage) souhaite un service régulier qui la rattache à l'île de Cythère, encore plus accessible à Paris qu'en province ; ses aspirations littéraires au Parnasse demandent des librairies fournies de nouveautés, des rencontres avec de grands aînés. Libraires et grands aînés ne se trouvent qu'à Paris.

De telles associations s'étaient reconstituées à neuf, de génération en génération, depuis la légendaire « Brigade » de Baïf, de Du Bellay, et de Ronsard. On en connaît plusieurs autres au XVIIe siècle : l'« académie » de Michel de Marolles, dans les années 1610, celle des « Illustres bergers » d'Antoine Godeau et Nicolas Frénicle, dans les années 1620. La plus célèbre, sans contestation possible, est celle qui, dans les années 1630, une génération plus tôt, s'était regroupée auprès d'un jeune secrétaire du roi, Valentin Conrart. Elle était devenue en 1635 l'Académie française par la grâce et la volonté du cardinal de Richelieu.

Elle avait sans doute commencé plus gravement (Richelieu étant premier ministre) que celle que La Fontaine et ses amis ont formée sous la « bonne Régence » d'Anne d'Autriche. La Fontaine et ses amis se donnent plaisamment entre eux le nom de « chevaliers » ou « paladins » de la Table Ronde. Mais enfin le Temple de la gloire où étaient entrés Conrart et ses premiers amis pouvait laisser de grandes espérances à ces jeunes poètes, même si, en attendant, ils se contentaient de fréquenter les cabarets plus ou moins littéraires, rimer pour leurs petites amies, et inviter luthistes et chanteurs à donner un supplément d'âme à leurs réunions [30].

La musique et les musiciens tiennent en effet une grande place dans les amusements de ces « chevaliers » par définition galants et de ces « bergers » par définition amoureux. Antoine Rambouillet de La Sablière (le futur époux infidèle de la grande protectrice de La Fontaine sous Louis XIV) reçoit de Conrart le sobriquet de « grand madrigalier », tant il est fécond en poésies de circonstance toutes prêtes pour la musique et pour le chant. Pierre de Nyert, Étienne Moulinié, Blaise Berthod, et surtout leurs jeunes élèves, Michel Lambert et Mlle Hilaire, se prêtent volontiers à des « concerts de chambre » pour cet auditoire d'amateurs brûlants. Tallemant, dans ses *Historiettes*, montre Lambert et sa belle-sœur Mlle Hilaire, accompagnant au cabaret du « Bel Air », proche du Luxembourg, le célèbre mathématicien (et libertin) Le Pailleur, qui chante en amateur, mais avec talent, devant un auditoire de jeunes gens où figure le poète Isaac de Benserade [31]. Cela se passait à la fin du règne de Louis XIII, mais les « réunions d'amis » de ce genre (dont le peintre Eustache Le Sueur a laissé un admirable tableau de groupe, aujourd'hui au Louvre) se sont poursuivies sous la Régence et après la Fronde [32].

La Fontaine y était assidu avec ses nouveaux camarades, quand il séjournait à Paris. En 1677, dans son *Épître à M. de Nyert* (restée inédite de son vivant), il rappellera avec ferveur les *mélodieux chants, sur quelques airs choisis* que Lambert et Hilaire interprétaient, autrefois, pour des auditoires intimes et intenses. En 1677, il avait cinquante-six ans, et M. de Nyert, resté sous Louis XIV gentilhomme honoraire de la Chambre du roi, en avait quatre-vingts. Quel contraste entre ces agapes privées et sans apprêt du bon vieux temps, cette enivrante musique du cœur, et les grandes orgues qui ont la préférence de Louis XIV en 1677 :

> Grand en tout, il veut mettre en tout de la grandeur.
> La guerre fait sa joie et sa plus forte ardeur ;
> Ses divertissements ressentent tous la guerre :
> Ses concerts d'instruments ont le bruit du tonnerre,
> Et ses concerts de voix ressemblent aux éclats
> Qu'en un jour de combat font les cris des soldats.
> Les danseurs, par leur nombre, éblouissent la vue,
> Et le ballet paraît exercice, revue,
> Jeux de gladiateurs, et tel qu'au Champ de Mars,
> En leurs jours de triomphe en donnaient les Césars.
> (*À M. de Nyert sur l'Opéra*, v. 49-58)

Quel contraste aussi avec le goût de Louis XIII lui-même (que Saint-Simon met très au-dessus de celui de son fils) ! Louis le Juste composait en effet, et avec talent, des airs de cour, et au Louvre, sitôt que le cardinal s'était éloigné et quand lui-même n'allait pas chasser, il se faisait interpréter en petit comité ses propres compositions par l'amateur Le Pailleur, et par les musiciens de sa Chambre dirigés par Pierre de Nyert :

« On y chanta sur la fin, écrit Tallemant, des airs du roi. Le Pailleur, pour faire sa cour, dit à demi-haut : "Ah ! que ce dernier air mériterait bien d'être chanté encore une fois !" Le roi dit : "On trouve cet air-là beau, recommençons-le." On le chanta encore trois fois. Le roi battait la mesure [33]. »

Ces plaisirs de château, familiers et entre amis, mettaient Louis XIII et sa mélancolie à l'unisson de ses sujets, et de leurs propres sujets de joie et de mécontentement. Cette musique de chambre faisait oublier aux uns et aux autres, pour un moment, Richelieu, sa Raison d'État, sa police, sa guerre. Le royaume, même pour le roi, était ailleurs.

Un premier chef de file : Tallemant des Réaux

Le groupe de la « Table ronde » n'avait rien encore, en 1642-1645, d'une académie. En moyenne, ces candidats au Parnasse avaient alors plus ou moins vingt ans. Le boute-en-train du groupe semble bien avoir été d'abord Gédéon Tallemant des Réaux, leur aîné à tous. C'est lui qui a donné son nom au groupe : il rappelle incidemment dans ses *Historiettes* qu'on l'avait surnommé dans sa jeunesse « le Chevalier », parce qu'on savait sa folie pour les *Amadis*, une folie qui le mettait à la pointe de la mode troubadour lancée par la « Chambre bleue »[34]. Car c'est lui aussi, parmi les associés de « La Table Ronde », qui est alors le mieux introduit dans le grand monde. Il est reçu dans le salon de la marquise de Rambouillet depuis 1637. Il a collaboré à *La Guirlande de Julie*. Il a pu côtoyer chez la marquise l'inventeur même du « style troubadour », le célèbre poète Vincent Voiture, l'oracle de la maîtresse de maison, secrétaire de Gaston d'Orléans et son émissaire auprès de la cour de Madrid. C'est encore Tallemant qui fait le premier trait d'union entre la « Table Ronde » des jeunes et l'Académie française. Il invite à la table de sa famille d'illustres aînés en littérature, le secrétaire perpétuel de l'Académie, Valentin Conrart (qui vient en voisin, car il habite lui aussi Saint-Eustache, rue des Petites-Étuves), et d'autres académiciens, le poète Jean Ogier de Gombauld, le traducteur Nicolas Perrot d'Ablancourt et son ami Olivier Patru. Tallemant, tout huguenot qu'il soit, n'en est pas moins intime du jeune et brillant abbé Paul Gondi de Retz, bête noire de Richelieu.

Les « paladins » s'amusent en Arcadie, mais grâce à Tallemant, ils se tiennent déjà sur le seuil de l'Académie française, et avec l'Académie, du grand monde, social et littéraire. Ils trouvent cependant, pour le moment, un accès beaucoup plus facile et avenant, surtout pour les provinciaux La Fontaine et Maucroix, dans les hôtels particuliers de Paris les plus récemment édifiés, les plus luxueux, les mieux décorés et meublés par les artistes à la mode : ils leur sont ouverts, avec leurs jardins, et leurs volées de jeunes filles peu bégueules. Ce sont les demeures de la tribu des parents de Tallemant et de La Sablière, riches banquiers calvinistes, qui ont pris pied à Paris depuis l'Édit de Nantes, et qui y ont prospéré tout en finançant les campagnes militaires de Richelieu. Les Rambouillet et les Tallemant, dont les rejetons mâles font partie des « paladins », sont associés par des mariages et dans les mêmes affaires commerciales et bancaires. Avec les Bigot, les Hervart, les Hessein, autres grandes fortunes calvinistes, ils forment maintenant à Paris une Haute Société Protestante qui ne ressemble en rien à la H.S.P., d'empreinte genevoise, qui se reformera à Paris au XIXe siècle, sur les traces laissées par Necker[35].

Si l'on songe que le poète des *Fables* dont la jeunesse « paladine » a été choyée par la banque huguenote, dont la vieillesse et la mort ont été adoucies par les héritiers Hervart, convertis mais fidèles au mécénat de leurs parents, et qui a été surtout, pendant vingt ans, l'hôte de Marguerite Hessein, épouse séparée de son camarade de jeunesse Antoine Rambouillet, elle-même fille de banquiers calvinistes, on prend la mesure de la dette de La Fontaine — et de la nôtre — envers les Réformés persécutés, dispersés, ou convertis de force, sous Louis XIV. Cet ancien novice de l'Oratoire, cet ami de Port-Royal, du surintendant Foucquet, du duc de La Rochefoucauld, de la marquise de Sévigné, mais aussi du « roué » Vendôme, aura été, par ses liaisons anciennes avec les Huguenots, plus au centre de toutes les couleurs spirituelles, sociales et littéraires du pays réel qu'aucun autre Français de son temps. La cour du Grand roi semble bien peu « représentative » du royaume à côté du Paris de La Fontaine.

Ces Huguenots qu'a aimés La Fontaine et qui l'ont aimé, sont avant tout, comme « le bon roi Henri » qui leur a donné droit de cité à Paris (où ils ont, à Charenton, leur Temple et leur cimetière), des fils de la Renaissance, des enfants de Rabelais et de Marot autant et plus peut-être que de Calvin. Leur antipapisme repose avant tout sur un principe de liberté : liberté de rejeter les condamnations qui frappent le commerce et le prêt à intérêts, liberté de soulever le joug du clergé catholique qui voudrait étendre insensiblement aux laïcs les contraintes propres à leur état. Aussi s'allient-ils volontiers, par mariage, alliance d'affaires, et goûts artistiques, aux catholiques à la Montaigne qui, bravant la censure de leur propre clergé, au risque d'être traités de « libertins », restent eux aussi fidèles aux « bonnes Lettres », au « gai savoir » de la Renaissance.

Il y a du Pantagruel chez ces hommes d'affaires autant doués pour faire de l'argent que pour le dépenser avec plaisir et avec goût. Le père d'Antoine Rambouillet, Nicolas, s'était fait construire un véritable palais dans le quartier des Fossés-Montmartre, et le parc de sa maison de campagne, « La Folie-Rambouillet » à Reuilly, pouvait rivaliser avec ceux du roi à Saint-Cloud et du cardinal de Richelieu à Rueil[36].

Son voisin aux Fossés-Montmartre, Gédéon II Tallemant, cousin de Des Réaux, n'était pas non plus intimidé par Carême-prenant. Dans cet hôtel de la rue de l'Angoumois, dont le décor fut embelli par des chefs-d'œuvre commandés au peintre Laurent de La Hyre, *Les Sept Arts libéraux*, « il avait, écrit des Réaux, des tableaux, des cristaux, des joyaux, des tailles-douces, des livres, des chevaux, des oiseaux, des chiens, des mignonnes, etc. Il acheta une maison de cent mille livres, pour la faire quasi toute rebâtir, et cela en un quartier effroyable, tout au fond du Marais, sur le rempart[37] ».

Cet ami du luxe et de la volupté épousa la fille d'un riche homme d'affaires catholique, Pierre Puget de Montauron : Marie. Le beau-père s'entourait lui-même d'un luxe princier, dans son hôtel de la rue Vieille-du-Temple. Il y tenait table ouverte. Les peintres français de la jeune école ne sont pas seuls à bénéficier de cette riche clientèle : malgré les envieux, qui jouaient sur des préjugés enracinés contre l'argent et les « traitants », Corneille avait accepté en 1643 un riche présent en échange d'une dédicace de *Cinna* à Montauron[38]. François Maynard en fit autant en 1646. Les parents huguenots par alliance de ce banquier catholique n'étaient pas moins bienveillants envers les écrivains et les poètes. Le père de Tallemant reçoit chez lui les membres huguenots de l'Académie française, mais aussi leurs amis. Si son fils a été si tôt bien accueilli chez la marquise de Rambouillet, c'est que celle-ci devait être reconnaissante à cette famille de banquiers de l'appui qu'elle en recevait dans ses « bonnes œuvres » envers les lettrés impécunieux.

La Fontaine, à la suite des « paladins de la Table Ronde » Rambouillet et des Réaux, fréquente ces belles demeures où il peut converser avec des académiciens, et se plaire en compagnie des jeunes sœurs et cousines de ses amis, lettrées sans pruderie ni préciosité : nul confesseur ni directeur de conscience ne veille sur leur vertu. Il prend goût, avec ses amis, non seulement à la musique et au théâtre, mais à la peinture, à la sculpture, aux beaux-arts que ses hôtes patronnent avec magnificence. Il assiste, dès 1642-1643, à l'essor à Paris d'une génération d'artistes qui ne sont plus à la remorque de l'Italie, et qui sont en train de créer une « correspondance des arts » proprement parisienne, un atticisme plastique accordé à l'urbanité des mœurs dont peut se targuer la capitale, grâce au rayonnement de la marquise de Rambouillet[39]. La Fontaine sera d'autant plus à l'aise à Saint-Mandé et à Vaux, qu'il est mieux à même que quiconque de comprendre le dessein du surintendant Foucquet : réunir autour de lui tous les talents mûris depuis les débuts de la Régence, et former enfin une « académie » française complète : architectes et jardiniers, peintres et sculpteurs, tapissiers et passementiers, instrumentistes et chanteurs, comédiens et poètes. Tout un atelier d'art français sincère et original[40].

C'est sous la Régence, au moment où La Fontaine est reçu chez eux, que les Rambouillet, les Tallemant, les Hervart, les Bigot, sont entrés dans le « syndicat Foucquet », qui garantit au futur Surintendant le crédit nécessaire pour fournir en argent frais le Trésor royal, toujours à court. La chute de Foucquet sera aussi le signal du déclin pour cette H.S.P. du XVIIe siècle, ruinée et sommée, dès 1661, de se convertir ou de s'exiler[41].

Tallemant des Réaux donc a joué un rôle clé dans l'initiation de Maucroix et de La Fontaine à Paris, bien que dans ses *Historiettes* (rédigées à partir de 1657) il feigne de traiter à la légère ce « garçon de belles lettres et qui fait des vers », qu'il a en effet connu à ses obscurs débuts et qui entre-temps était devenu le poète-lauréat de Nicolas Foucquet. Le grand homme pour lui, dans le couple des deux amis, c'est Maucroix[42].

La gaîté de la Renaissance à Paris

Tallemant des Réaux lui-même n'était pas Parisien de naissance, mais il avait déjà séjourné en famille dans la capitale quand son père, en 1634, vint s'y installer pour diriger la principale agence de la banque familiale. Il avait quatorze ans. Très vite, il était devenu ce que Henry James appelle *a success*. Peu soucieux d'entrer dans les affaires familiales, installé chez son père au cœur de la capitale, dans le quartier Saint-Eustache, il fit feu des quatre fers, tout en poursuivant d'excellentes études et en méritant très tôt dans la « Chambre bleue » une enviable réputation de poète. Tallemant, c'est l'anti-Tristan. Ce fils de bourgeois cossu rayonne de vitalité, d'esprit, de gaîté. Dès ses dix-sept ans, il est déjà devenu à Paris le boute-en-train de sa génération.

Il s'est décrit lui-même, tel qu'il était encore quand La Fontaine et Maucroix se lièrent à lui, en 1642 :

« Pour moi, j'étais gai, remuant, sautant, et faisant une fois de plus de bruit qu'un autre. Car quoique mon tempérament penchât vers la mélancolie, c'était une mélancolie douce, et qui ne m'empêchait jamais d'être gai quand il le fallait[43]. »

Ne dirait-on pas, aussi, le portrait de l'auteur du *Voyage en Limousin* ? Si La Fontaine, au fond de sa nature poétique, a plus d'affinités avec l'auteur du *Page disgracié*, il a beaucoup appris et retenu, comme homme et comme poète, du « pantagruelion » bénéfique dont regorgeait le jeune Tallemant. L'autobiographie à la diable que celui-ci a incrustée dans ses *Historiettes* est un séminaire de *Contes* de La Fontaine : elle a leur vivacité gouailleuse et gourmande, en garde contre les pièges de la passion.

Avec une maîtresse de trente ans, Marie Le Goust,

cet étudiant précoce en amour (et volage) frôle quelque temps le durable attachement sensuel :

« J'étais de toutes les promenades, de tous les divertissements, et la belle ne pouvait rien faire sans moi ; aussi n'étais-je guère sans elle ; j'étudiais tout le matin, et l'après-dîner, je la lui donnais tout entière. Je n'ai jamais mieux passé mon temps, car j'étais bien aimé et bien amoureux : on avait toute liberté de se parler et de se baiser. »

Il part pour l'Italie où il fait le « Grand Tour » en compagnie de l'abbé de Retz, qui a mis le large entre Richelieu et lui. Ses infidélités à Marie Le Goust ne se comptent plus, quelques-unes sentimentales et douloureuses, la plupart conclues avec une âpre verdeur. Si le verbe « s'amuser », que La Fontaine emploie encore dans sa dernière lettre à Maucroix, quelques semaines avant de mourir, prend un sens rabelaisien, c'est bien dans la société du jeune des Réaux et de ses belles cousines :

« Je ne parlerai point de toutes les parties qu'on faisait avec Lolo [sa cousine Charlotte Bigot, devenue plus tard Mme de Gondran] et ses sœurs. Nous fûmes plusieurs fois trois et quatre jours à la campagne ensemble, et je m'y divertissais toujours mieux qu'un autre ; car j'avais toujours quelque attachement pour la belle, et cela m'occupait l'esprit agréablement : je n'en étais que de meilleure compagnie. Quand ceux qui étaient de cette société se souviennent de toutes les folies qu'ils m'ont vu faire, ils en rient encore, et elle [Lolo] m'en a parlé plus de cent fois depuis[44]. »

La Fontaine n'a été sans doute qu'un figurant du théâtre de Tallemant des Réaux. Mais il a fait partie de la troupe. Le futur auteur des *Contes* a pu admirer, dans le jeune Tallemant, le Parisien précoce, sa liberté, son aisance sociale, son appétit de vivre, mais il a aussi senti le sourd *taedium vitae* que ses facéties veulent prendre de vitesse. Pour La Fontaine, plus intérieur, plus lent, plus contemplatif, Tallemant fut à sa façon un maître de verve ironique et comique, un Scarron pétulant de santé.

Les *Historiettes*, écrites par Tallemant « quand la bise fut venue » pour lui, ont longtemps été tenues pour un fonds d'archives suspectes, à l'usage d'érudits précautionneux. Elles sont en réalité un chef-d'œuvre littéraire, dont la forme éclatée, la langue drue, la manière cocasse et singulière rompt, plus violemment que le *Roman comique* de Scarron lui-même, avec le moule narratif traditionnel du récit et avec la prose académique. C'est un *Roman comique* du Paris de Louis XIII, écrit comme il parlait par un Léautaud qui subit le règne de Louis XIV. Sa véracité est d'autant plus fiable que Tallemant a engrangé non seulement ses propres souvenirs et les récits de première main que lui avaient faits ses amis, Retz par exemple, mais aussi et surtout les confidences de la marquise de Rambouillet, dont l'ex-lion de la jeunesse dorée était devenu le confident, en 1648, quand les lumières de la « Chambre bleue » s'éteignirent et que la brillante reine de Paris accepta de ne plus être qu'une vieille dame seule, tisonnant sa mémoire. Le mémorialiste lui-même, assombri, résigné à se convertir en 1685, mit toute sa verve à évoquer un monde disparu, presque sauvage encore, où l'on osait être soi-même.

L'œuvre majeure de Tallemant, avec les premiers livres de Furetière, les madrigaux d'Antoine Rambouillet, les premières poésies de Maucroix, les traductions de François Cassandre et l'*Eunuque* de La Fontaine fait aussi partie des archives éparses d'un même groupe littéraire, réuni d'abord pour le plaisir, autour de Des Réaux, mais bientôt devenu une petite académie où l'on s'exerce en commun, en atelier, comme les peintres et les autres artistes d'une génération foisonnante de talents[45]. Cet atelier a beaucoup compté pour La Fontaine, qui y a trouvé une seconde éducation littéraire, et qui lui a emprunté de nombreux ingrédients fondus plus tard dans son propre alambic de poète, de peintre et de musicien virtuose.

Un Mentor pour les « paladins » : Paul Pellisson

Il manquait aux « chevaliers » ou « paladins » l'équivalent de ce qu'avait été Valentin Conrart pour l'Académie française avant l'Académie, un chef de file plus mûr, mais de leur génération, et un hôte qui pût les réunir à dates et heures régulières. Il apparut en 1645 : c'était Paul Pellisson [46]. Fils d'une grande famille de robe huguenote de Castres, recommandé à son coreligionnaire Valentin Conrart, il a vingt et un ans quand il arrive à Paris pour la première fois. Beau alors, brillant, doué, excellent juriste et profond lettré, il prend tout de suite de l'ascendant sur le groupe de la Table Ronde, auprès duquel il avait été sans doute introduit par Tallemant, familier de Conrart et des académiciens français huguenots. Pellisson était un méridional, imaginatif et émotif, mais fortement discipliné à l'intérieur, et qui avait l'habitude des exercices de l'esprit.

Sous son impulsion, ses nouveaux amis se mettent volontiers au travail, mais le provincial Pellisson se laisse non moins volontiers lui-même initier par eux aux plaisirs de la capitale, à ses spectacles, à ses arts, à son luxe, à son exaltante diversité.

Dans une épître en vers octosyllabes de Pellisson à Maucroix, écrite entre 1645 et 1648, éclate une véritable ivresse :

> [...]
> Paris est un séjour charmant,
> Les jours n'y durent qu'un moment,
> Les mois et même les années
> Y semblent de courtes journées.
> L'étranger, en toute saison,
> Quittant sa ville, sa maison,
> Et ses affaires plus pressées,
> Porte ici toutes ses pensées.
> Ses jours passent, ses ans s'en vont,
> Les rides lui naissent au front,
> Son visage devient plus blême,

> Il sent au-dedans de lui-même
> La mort à grands pas s'avancer,
> Et ne peut pourtant se lasser
> D'être un spectateur inutile
> De cette incomparable ville[47]...

Montaigne disait : « Je ne suis Français que par Paris. » C'est le sentiment avant tout des provinciaux de la « Table Ronde », avec lesquels Pellisson se lie le plus étroitement. L'art de « s'amuser », que Tallemant enseigne à ses compagnons, peut se donner libre carrière parmi les « diversités » de la capitale. Pellisson décrit, peut-être pour la première fois dans nos lettres, un « caractère » appelé à une très longue fortune, le « badaud » ou « le flâneur » (Fargue dira « le Piéton ») de Paris, qu'il n'a pas honte d'être devenu lui-même, et que La Fontaine a été aussi :

> Tel voit-on un nouveau venu
> Qui dans la Foire retenu,
> Par l'éclat de mille merveilles,
> Devient tout yeux et tout oreilles,
> Et sans vendre et sans acheter,
> Ne fait que voir et qu'écouter :
> Tantôt la peinture l'arrête,
> Tantôt il contemple sa tête
> Dans la glace d'un grand miroir,
> Tantôt son œil se plaît à voir
> Ou la fragile verrerie
> Ou l'éclatante argenterie,
> Les dames jouant sur le banc
> Lui découvrent un bras plus blanc
> Que l'ivoire qu'elles empoignent,
> Ici ceux qui perdent rougnonnent,
> Là les filous font un bon tour,
> Cependant il ne fait plus jour
> Et ce badaud qui tout contemple
> Loge peut-être auprès du Temple !...

Paris offre le théâtre toujours renouvelé et encyclopédique de la comédie humaine, et ses « amusements » sont au fond pour le promeneur-contemplateur un miroir à facettes où il peut pratiquer le « connais-toi toi-même » avec une gourmande curiosité qui a été celle de Montaigne, et que La Fontaine manifeste toujours dans *Le savetier et le financier* (VIII, 2).

Mais Paris est aussi, aux yeux de Pellisson, un Parnasse français et vivant, où l'on peut côtoyer « nos Virgiles » : Patru, Chapelain, Gombauld, Conrart, et se lier à de « belles âmes » pleines de promesses, telles que Maucroix ou Tallemant. Pour tous les jeunes lettrés qui ont reçu et compris la leçon de Paris, l'espérance de devenir à son tour un « Virgile » n'est plus interdite.

Cette épître de Pellisson à usage interne est un peu le premier manifeste, encore frêle, d'une génération littéraire. Son interlocuteur (Maucroix, toujours inséparable de son ami La Fontaine) attend comme lui-même que la « fortune » l'arrache à la province, ou à la chicane qui les menace. La grande chance de leur jeune vie, c'est cette société d'amis qu'ils ont formée à Paris, et les exercices d'« éducation littéraire » continue auxquels Pellisson les convie maintenant à se livrer ensemble ou par correspondance. Pellisson a envoyé à Maucroix sa traduction du roman grec de *Daphnis et Chloé* qu'on attribuait alors à « Longin ». Dans son épître de remerciement, Maucroix, avec une liberté toute « moderne », en fait plaisamment la « critique » :

> [...]
> Or dans mes heures de loisir,
> J'ai lu ton livre avec plaisir.
> Mais pour dire ce que j'en pense,
> J'y trouve peu de vraisemblance,
> Et Daphnis est par trop lourdaud.
> Car où trouverait-on Pitaut
> Qui n'enseignât à sa Bergère
> Tout ce qu'il faut pour être mère ?
> Des gens auraient été si fats
> Que de serrer entre leurs bras
> Pucelles fraîches et jolies,

> Jeunes, grasses, blanches, polies,
> Et qui ne demandaient pas mieux,
> Et n'auraient baisé que les yeux,
> Un peu la bouche, un peu la joue,
> Et puis se seraient fait la moue ?
> N'en déplaise à M. Longin,
> En cet endroit, c'est un badin[48]...

La liberté et la volupté amoureuses, l'ironie dirigée contre le pédantisme et la pruderie, sont articles de foi parmi les « paladins ». Ils leur resteront fidèles, Maucroix dans les poésies érotiques qu'il adressera à ses jeunes amies provinciales et dont la composition égaiera, sous Louis XIV, ses loisirs forcés de chanoine de Reims, Tallemant dans ses croustillantes *Historiettes* et, bien sûr, La Fontaine, dans ses *Contes*. Ce n'est pas pour eux, sous la régence d'Anne d'Autriche, le moindre attrait de Paris que les occasions offertes par la capitale, insensible à la police des mœurs paroissiales, de courir dans ses rues, ses foires et ses cabarets les aventures d'amour. Ils ne sont pas pour autant « libertins » militants : la controverse religieuse ou antireligieuse ne les effleure pas plus que la dévotion. Ils mettent la théologie entre parenthèses, la catholique comme la réformée. Si les Lettres, si les exercices poétiques et les lectures critiques les passionnent à ce point, c'est qu'ils dessinent un territoire indépendant, Parnasse, Arcadie et Cythère, qui donne un sens second et intense aux choses de la vie, à Paris comme en province.

Dans une autre épître, adressée par François Cassandre à Maucroix, retenu hors de Paris, le « paladin » parisien fait participer de loin son confrère aux travaux auxquels, en son absence, la nouvelle compagnie s'est livrée, après un bon dîner :

> [...]
> Primo donc, le sieur Furetière
> A lu satire presque entière
> Contre nos saigneurs Médecins

> Qui font mourir des gens bien sains.
> Plus cette même après-dîner,
> La Lettre écrite contre Énée
> Reçut tout l'applaudissement
> Que mérite un style charmant.
> [...]
> Item, épigrammes nombreuses
> Avec rencontres très heureuses,
> Qu'en latin, mais non de pédant,
> Nous fit voir Maynard, Président[49]...

Essais poétiques et traductions (la *Lettre contre Énée* est une *Héroïde* prêtée par Ovide à Didon abandonnée, modèle pour les futures *Lettres de la religieuse portugaise* de Guilleragues) sont donc soumis au jugement collégial, et à celui du grand ancien, l'académicien français François Maynard. Par cette épître, l'on voit que la « Table Ronde » a pris la forme en 1645 d'une académie tenant régulièrement des séances de conversation et de travail.

La politique des Lettrés

Cassandre évoque aussi, avec enthousiasme (ce qui date l'épître), l'*Ode héroïque*, aussitôt célèbre, que Pellisson a écrite en hommage au fils unique de Mme de Rambouillet, le marquis de Pisani, tué à la bataille de Nordlingen le 23 août 1645. Mais la séance (et l'épître) se poursuivent, sur un terrain qui peut sembler étranger à des poètes :

> Après quoi la troupe savante,
> D'une façon fort éloquente,
> Disputa si le Potentat
> Doit donner borne à son État[50].

Nous sommes en 1645-1646. Richelieu est mort depuis trois ans. Tallemant, très lié à Retz, peut informer ses amis de ce qui se passe à la Cour. Mais il suffit d'être vif d'esprit et de séjourner à Paris pour sentir l'air de liberté qui souffle sur la « bonne Régence ». Ces jeunes gens de lettres ont beau se rêver sur le Parnasse, écrire en Arcadie et voyager à Cythère, ils n'hésitent pas à mettre sur le tapis le problème majeur que Paris se pose en plein jour, depuis la mort de « l'Homme rouge » : qu'est-ce que l'État, jusqu'où son autorité peut-elle et doit-elle se porter[51] ?

Ils se posent d'autant plus naturellement la question qu'ils ont besoin, pour leur avenir littéraire, d'un Mécène, et ils se demandent tout simplement de quelle nature politique il sera, quand le cardinal italien qui les gouverne aura laissé la place au roi encore mineur. Les craintes et les polémiques qui avaient accompagné la fondation de l'Académie française par le terrible Richelieu leur sont bien connues, par leur aîné Conrart et par Pellisson, qui prépare déjà sa *Relation sur l'Histoire de l'Académie*, où Richelieu n'a pas le meilleur rôle.

Et en effet, dans la même épître de Cassandre à Maucroix, le débat entre lettrés sur l'État, que d'autres au même moment poursuivent en chefs de familles princières ou en magistrats du Parlement, se reporte sur les rapports entre le « Potentat » et la République des lettres :

> Et puis ensuite fut traitée
> La question tant agitée
> Si le savoir absolument
> Nuit au sage gouvernement,
> Ou s'il veut peu de gens d'étude[52]...

Le « nouvelliste » occasionnel se contente d'une notation elliptique ; il sait bien que son interlocuteur, Maucroix, reconstituera aisément la substance du débat, qui, à l'évidence, est une des préoccupations de fond des « paladins ». Ces « gens d'étude » en bouton, qui sont soucieux de préserver leur liberté de mœurs de la censure ecclésiastique, ne le sont pas moins de préserver leur liberté d'esprit de la tyrannie politique. Ils se demandent s'il n'est pas souhaitable de s'introduire auprès du « Potentat », pour orienter son pouvoir, plutôt que le subir, ou bien s'il n'est pas préférable de rester à couvert. Ce ne sont pas des questions de naïfs. C'est le problème du siècle. Ce ne sont pas non plus des préoccupations d'ambitieux quelconques.

Les réunions régulières qui ont lieu chez Pellisson sont présidées souvent par des académiciens français, Gombauld, d'Ablancourt, et même François Maynard, un des plus célèbres disciples de Malherbe, venu en 1646 de son Languedoc présenter à l'Académie française l'édition de ses *Œuvres* : il a accepté de se laisser élire pour quelques semaines « président » de la Table Ronde. Ce n'est donc plus une simple « brigade », mais une véritable « académie de jeunes » qui, sous l'œil attentif de Valentin Conrart, prépare la relève de la génération de 1630. On a affaire à l'ébauche d'une République française des lettres, avec ses deux « Chambres » coordonnées, l'officielle, qui siège chez le chancelier Séguier, et l'autre, *in pectore Conrartii*, qui siège chez Pellisson. Elle prend forme et figure à l'initiative conjuguée de Conrart et du jeune Pellisson, à une époque où la « République européenne des Lettres », d'origine latine et italienne, organisée depuis longtemps, dispose à Paris de prestigieuses académies privées : le « Cabinet » des frères Dupuy, plus érudit, le cercle du Minime Mersenne, plus scientifique [53].

Pellisson et la renaissance des Lettres antiques

L'« académie de jeunes » orientée par Pellisson durera un peu plus de dix années, interrompues par la Fronde et par le retour du jeune magistrat à Castres (où, infatigable, il fonde une académie locale parmi ses jeunes collègues). La seconde époque de la Table Ronde commence en 1650, avec la rentrée définitive de Pellisson à Paris (le visage défiguré par la petite vérole), et elle s'achèvera, au moins en apparence, en 1656, lorsque le jeune magistrat devient le bras droit de Foucquet. Avec deux autres « paladins », Maucroix et La Fontaine, Pellisson réunira alors autour de Foucquet une grande académie encyclopédique tout à fait digne de celles de la Renaissance italienne ou de celle des Valois. Pellisson s'efforcera même, non sans rencontrer des résistances, même chez Conrart, de jouer prématurément au secrétaire perpétuel de l'Académie française et d'orienter les élections pour mieux arrimer la Compagnie créée par Richelieu à l'académie de Foucquet. Dès 1652, il avait acheté une charge de Secrétaire du roi et l'année suivante, talonnant de près un autre « paladin », François Charpentier, il était lui-même entré à l'Académie française, en récompense de sa *Relation sur l'Histoire de l'Académie*, qui venait d'être publiée par Conrart. Le destin des « Chevaliers de la Table Ronde » bifurque déjà au moment où commence l'ascension de Foucquet en 1656, ils s'éparpilleront pendant et après l'Affaire Foucquet. L'ambition politique de Pellisson est à l'origine de cette croisée des chemins. Mais c'était une noble ambition : celle de pourvoir la jeune République française des Lettres, dont il avait avec Conrart construit les assises, d'un Mécène qui lui fût tout acquis.

En 1650, après le retour de Pellisson à Paris, les travaux des jeunes académiciens de la Table Ronde avaient repris de plus belle, et ils avaient même pris un tour nouveau. Sous l'impulsion d'un maître supérieur, mais qui était aussi un ami et un pair, ils s'exercent et ils débattent avec un zèle qui avait manqué à beaucoup d'entre eux sous le joug des « pédants » au collège. Pour Pellisson lui-même, c'est sans doute une « prépa » qui parachève ses solides études classiques et les met à jour de ce qui se fait et se pense au centre des choses, à Paris. Pour un Furetière, qui avouera en 1655, en tête de ses *Poésies diverses* dédiées à « ses amis », une véritable « démangeaison d'être auteur », ce sont des classes probatoires d'un futur académicien.

Mais quelles que soient les grandes espérances, sociales et littéraires, propres à chacun d'entre eux, le sentiment, exalté par Pellisson, d'appartenir à une République française des Lettres, douée, libre, indépendante, supérieure aux préjugés vulgaires et même aux conventions sociales parmi lesquelles il leur faudra faire leur chemin, les lie plus que jamais par une solidarité tout « arcadienne ». Les expressions d'amitié passionnée, à La Montaigne et La Boétie, étaient déjà fréquentes dans leur correspondance en 1645-1648, surtout dans les épîtres qu'échangeaient les trois provinciaux, Pellisson, Maucroix et La Fontaine [54].

Dans les *Lettres* adressées en 1650-1652 à Donneville, l'un de ses « académiciens » de Castres, Pellisson donne un échantillon de la maïeutique qu'il mettait alors en œuvre auprès de ses amis parisiens, et des objets sur lesquels elle portait [55]. C'est un vrai programme de Faculté libre des Lettres européennes, et il n'est pas surprenant que La Fontaine, après l'avoir suivi, ait pu devenir le « miracle de culture » dont a parlé Gide, et qu'il ait pu écrire en 1687 : « J'en lis qui sont du Nord et qui sont du Midi » à un moment où Perrault ne veut déjà plus connaître d'« Hommes illustres » que français et contemporains [56].

Les *Lettres à Donneville* contiennent en effet d'admirables aperçus critiques sur les poètes italiens, notamment Berni, l'auteur du *Roland amoureux*, et l'Arioste, l'auteur du *Roland furieux*, deux grands ironistes, modèles du burlesque et excellents contrepoids aux *Amadis* et à *L'Astrée*, dont plusieurs « paladins » étaient encore un peu trop exclusivement envoûtés. Ces poètes de la Renaissance n'en font pas moins eux aussi de l'amour le grand ressort de la vaillance, de l'esprit inventif et subtil, et de cette sage magie littéraire qui fait voir le monde d'un œil déniaisé, vivace et serein.

Mais Pellisson insiste en humaniste sur la leçon incomparable des poètes de l'Antiquité, souvent gâchés auprès de ses amis par la pédagogie des collèges. Il rappelle à son correspondant le goût de Montaigne pour Lucrèce et pour le grand poème épicurien : *De la nature des choses*. Il cite et il commente l'*Hymne à Vénus*, liminaire du poème :

« Cette Vénus de Lucrèce, cette source d'amour qui se mêle à toutes choses [...], c'est Dieu[57] ! »

On était monté sur le bûcher, à Rome comme à Genève, mais aussi à Paris et à Toulouse, depuis la Renaissance, pour des propositions plus anodines que celle-là. Mais ce n'est pas une thèse de théologie, c'est un acte de foi littéraire : la déesse de la beauté et de l'amour, principe des « sympathies » qui font de la Nature un Cosmos, est inséparable du dieu du Parnasse, elle communique son aimant à la poésie et aux Lettres, elle leur donne le pouvoir d'adoucir les mœurs et de conduire les meilleurs à la vraie sagesse. Sous des formes savantes et infiniment prudentes, un chanoine de Digne, Pierre Gassendi, s'efforçait au même moment, avec succès, de réhabiliter aux yeux des doctes sinon Aphrodite, du moins Épicure, le philosophe du plaisir, et de le concilier avec la spiritualité augustinienne. Pellisson est alors auprès de ses amis un Gassendi huguenot et littéraire.

Pellisson, La Fontaine, et ses amis de la Table Ronde, n'ont donc pas attendu que François Bernier, son disciple, popularise sous Louis XIV la doctrine de Gassendi[58] : leur rhétorique, leur poétique et leur politique supposent que les Lettres françaises peuvent opposer à la violence et à la discorde le principe amoureux et contagieux célébré par Socrate dans le *Banquet* comme par Lucrèce dans le *De Natura rerum*, et que cette persuasion bénéfique peut s'insinuer par la poésie dans le royaume. Quand La Fontaine, vingt ans plus tard, dans la péroraison des *Amours de Psyché*, en 1669, compose lui-même un *Hymne à la volupté*, il sera l'interprète fidèle, sous Colbert, de la foi littéraire qui animait, à la fin de la Fronde, les « paladins » :

Ô douce Volupté, sans qui, dès notre enfance,
Le vivre et le mourir nous deviendraient égaux ;

> Aimant universel de tous les animaux,
> Que tu sais attirer avecque violence !
> Par toi tout se meut ici bas.
> C'est pour toi, c'est pour tes appas,
> Que nous courons après la peine :
> Il n'est soldat, ni capitaine,
> Ni ministre d'État, ni prince, ni sujet,
> Qui ne t'ait pour unique objet.
>
> (*Les Amours de Psyché et de Cupidon*)

C'est beaucoup moins un manifeste doctrinal de cosmologie épicurienne que le programme d'un art capable de créer l'harmonie, la douceur, l'appétit de vrai bonheur dans l'âme de ses lecteurs et de convertir peut-être celle des maîtres de l'État.

Il n'est donc pas surprenant qu'un autre poète épicurien de l'Antiquité, Horace, l'ami d'Auguste et de Mécène, ait toutes les faveurs de Pellisson. Le portrait de l'auteur des *Épîtres* et des *Satires*, qu'il propose à Donneville dans sa treizième lettre, en 1650-1652, est saisissant. Il fait, trente ans avant le [Second] *Discours à Mme de La Sablière*, lu à l'Académie en 1684, l'effet d'une esquisse prémonitoire de l'autoportrait que La Fontaine tracera pour ses confrères, le jour de sa réception :

« Horace, écrit Pellisson, est partout grand, partout aimable, et ne dégoûte ni n'ennuie jamais son lecteur ; mais ce que j'admire le plus en lui, c'est la liberté de sa poésie, qui n'est pas assujettie comme la nôtre à mille scrupuleuses maximes. Il entre dans sa matière, [...] passe d'un sujet à l'autre, s'élève et se rabaisse à sa fantaisie, toujours maître de lui-même, avec une vérité si grande et d'une manière si agréable que personne ne l'en saurait blâmer [59]... »

Papillon et abeille du Parnasse, La Fontaine est devenu, par ses *Fables*, un Horace français beaucoup plus fidèle en esprit et plus original que ne l'est Boileau dans ses *Épîtres* et dans ses *Satires*, qui, en comparaison, semblent empesées et monocordes. La Fontaine dans ses *Fables* ne s'adresse ni à Mécène ni à Auguste. Il est encore plus libre qu'Horace. Le point de départ de cette singulière et solitaire réussite poétique, il faut le situer en 1650-1652, quand il relit Horace avec les yeux de Pellisson.

L'Apollon de *Clymène*, en 1660, fait d'Horace le « clavecin bien tempéré » de la poésie. Dans son *Épître à Huet*, en 1687, où il esquissera une autre autobiographie littéraire, La Fontaine parle de cette ancienne rencontre avec Horace comme d'une conversion. Il y a eu pour lui un « avant » et un « après » Horace. « Avant », il était fasciné par des maîtres modernes, incomplets, « après », il a appris à « suivre la nature » :

> ... À la fin, grâce aux Cieux,
> Horace, par bonheur, me dessilla les yeux.
> (*Épître à Huet*, v. 47-48)

La découverte de l'art d'Horace a été du même mouvement le passage de la rêverie mélancolique à la vaillance d'une sagesse poétique.

Horace n'est pas seulement tributaire d'une philosophie grecque, l'épicurisme : il est redevable d'une poétique grecque, athénienne et alexandrine. L'anthologie de poètes antiques qui a la faveur de Pellisson et de ses amis a pour principe de sélection les harmoniques plus ou moins étroites qu'ils peuvent avoir avec le goût littéraire parisien, tel qu'il s'est défini avec le spirituel Voiture. Dans sa quatorzième lettre à Donneville, par exemple, Pellisson lit Térence, le « Ménandre des Romains », comme s'il était un contemporain, et même, comme si le poète comique latin, mieux que les dramaturges français d'alors, avait donné au théâtre la grâce de la forme et la vérité humaine que le goût parisien n'a trouvées jusqu'ici que dans les lettres et la poésie de circonstance du poète de l'hôtel de Rambouillet. Térence est le miroir où une comédie française, purifiée du burlesque à gros traits de Scarron, pourrait se reconnaître et apprendre à naître.

« J'approuve parfaitement, écrit-il à Donneville, le jugement que vous faites de la pureté et de l'élégance de son style, comme aussi ce que vous dites que ses façons de parler ont beaucoup de rapport avec les nôtres, et pour moi, un des plus grands plaisirs que je prends à ses comédies et aux épîtres de Cicéron, c'est de voir que le bel air de tous les siècles et de toutes les nations, parmi beaucoup de petites différences, a toujours au fond quelque chose de fort semblable. Vous vous confirmerez, à mon avis, dans ce même sentiment, quand vous aurez étudié l'*Eunuque*, et les *Adelphes*, qui sont, à mon gré, les deux chefs-d'œuvre de cet auteur[60]. »

Cette fois encore, on a le sentiment d'assister à la naissance d'une œuvre de La Fontaine, en l'occurrence la première qu'il ait publiée, sa traduction-adaptation de l'*Eunuque* et des *Adelphes* en 1654. Dans sa préface, La Fontaine retrouve en effet l'enthousiasme et les termes mêmes de Pellisson, quelques années, quelques mois plus tôt : facilité, simplicité, naturel, la vie même, mais dans le « merveilleux » miroitement de l'art. Il n'y manque même pas cette *unanimité ininterrompue* « de tous les siècles et de toutes les nations » que Pellisson présupposait pour l'art de Térence, et qu'il faut maintenant retrouver, sur ce modèle latin, lui-même imité du grec Ménandre, pour la poésie française de théâtre. « Peu de personnes ignorent, écrit La Fontaine assez mystérieusement, de combien d'agréments est rempli l'*Eunuque* latin. »

Lucrèce, Horace, Térence, les romans grecs de Longus et d'Héliodore, Homère, dont Pellisson était un admirable traducteur : autant de modèles supérieurs pour le goût délicat qui est en train de renaître à Paris, autant de maîtres en acte qui peuvent faire mûrir ce goût, et le délivrer des maniérismes de droite et de gauche dont les lettres françaises sont encore infestées :

« Vous remarquerez d'ailleurs, écrit Pellisson à Donneville, que les Anciens, même dans les poèmes héroïques, se sont fort peu souciés d'avoir une matière fort riche, assurés qu'ils l'enrichiraient assez par la forme qu'ils lui donneraient. Le sujet de l'*Iliade* n'est presque rien, et celui de l'*Énéide* ne serait pas en ce temps-ci la moitié d'un médiocre roman. Ainsi il ne faut point accuser Térence, lorsqu'il a suivi la manière de son siècle, qui était plus naturelle comme plus simple, ni de ce qu'il s'est tenu dans les bornes du comique, et n'a pas écrit en un genre [la tragi-comédie] qui n'était pas encore connu[61]. »

L'antique Térence, en 1650-1654, est un auteur d'avant-garde, comme le sera Poussin pour Cézanne en 1890. Il montre la voie à un épurement du goût moderne et du sentiment de la forme chez les poètes français. L'*Eunuque* de La Fontaine en 1654 a été un essai prémonitoire. De bonne grâce, en 1661, dans une lettre à Maucroix relatant la fête de Vaux, La Fontaine célébrera en Molière celui qui a réussi ce qu'il avait en vain tenté lui-même, rendre vivante la comédie selon Ménandre et Térence pour le Paris contemporain :

> Te souvient-il bien qu'autrefois
> Nous avons conclu d'une voix
> Qu'il allait ramener en France
> Le bon goût et l'air de Térence ? [...]
> Nous avons changé de méthode :
> Jodelet n'est plus à la mode,
> Et maintenant il ne faut pas
> Quitter la Nature d'un pas. »
>
> (*Relation... à M. de Maucroix*)

Et bon nombre de ses fables seront autant de scènes de comédie à la Térence et à la Molière, mais dressées sur le théâtre de poche où le poète raconte, en les « égayant », les apologues d'Ésope.

Pellisson et l'hellénisme français

Dans cette anthologie d'Anciens, choisis pour faire mûrir le goût et les arts français modernes, les Latins sont à l'honneur : mais ce sont des Latins hellénisés, des *traducteurs* de l'atticisme et de l'alexandrinisme grec à Rome. La troisième période, la plus intense, de l'« académie » de la Table Ronde est en réalité un « retour à la Grèce », même à travers la médiation latine. Helléniste, Pellisson est l'un des initiateurs, avec les Messieurs de Port-Royal, d'une « renaissance hellène » dans le Paris de la Fronde et de Mazarin [62]. Dans la petite troupe des « paladins », le seul autre helléniste, avec Pellisson, Maucroix et Cassandre [63], est François Charpentier. Il publie en 1650 une traduction de l'ouvrage de Xénophon, *Les Choses mémorables de Socrate*, précédé d'une « Vie de Socrate » qui sera de nouveau publiée à part en 1657. La traduction de Xénophon lui vaut sur-le-champ son élection à l'Académie française. C'est le premier des « paladins » à entrer dans la Maison mère des Lettres françaises. Ce succès est révélateur : le secrétaire perpétuel de l'Académie, Valentin Conrart, lui-même ignorant du latin et du grec, mais exquis connaisseur de la langue du royaume et des lettres françaises modernes, est favorable à cette cure d'hellénisme par la traduction et l'imitation. Pellisson (qui faisait déjà goûter *Daphnis et Chloé* par Maucroix en 1645-1648), mais aussi Perrot d'Ablancourt, le grand spécialiste de la traduction à l'Académie française, l'en ont persuadé. En 1654, d'Ablancourt publie une traduction des *Dialogues* de Lucien. Dans sa préface, il révèle qu'elle lui a été demandée par Conrart, et que le secrétaire perpétuel a pris soin lui-même d'en revoir le style français. Et d'Ablancourt de faire l'éloge de l'écrivain grec, dans des termes qui font de Lucien un Voiture en prose de l'atticisme antique, et donc un modèle idéal pour les nouveaux écrivains « attiques » que demandent maintenant la langue et le goût :

« On ne peut nier, écrit d'Ablancourt de Lucien, que ce soit un des plus beaux esprits de son siècle, qui a partout de la mignardise et de l'agrément, avec une humeur gaie et enjouée, et cette urbanité attique que nous appellerions en notre langue une raillerie. Sans parler de la netteté et de la pureté de son style, jointes à son élégance et à sa politesse [64]. »

De l'Académie à la République des Lettres

L'académie de jeunes, orientée avec un véritable génie socratique par Pellisson, s'est donc mise, en pleine fureur du burlesque, à l'école de la Renaissance italienne et de la plus attique littérature des Anciens. Pour autant, les préoccupations politiques qui étaient les siennes avant 1648, n'ont pas disparu de leurs conversations après 1650, quand la défaite de la Fronde s'annonce, puis se consomme, et que la configuration du nouveau règne devient l'objet de la spéculation générale. Le souci de ces profonds huguenots, Conrart et Pellisson, interprètes de la haute société protestante parisienne, est moins de prendre parti pour Mazarin ou pour la Fronde, que de sauver l'Édit de Nantes, dont la dynastie des Bourbons est garante. Leur loyalisme envers le petit-fils d'Henri IV est leur règle d'or. Faute de pouvoir agir directement sur la scène politique, les huguenots parisiens ont soutenu de leurs capitaux (par l'intermédiaire de Foucquet) l'autorité chancelante du roi, en 1648-1652, et leurs coreligionnaires académiciens, Conrart et Pellisson, ont préparé une génération littéraire qui, par son talent, son indépendance intérieure, son style de juste mesure, pourra être utile au roi enfin maître du jeu, et disposer l'opinion publique en faveur de son arbitrage auguistéen. Les questions de technique poétique et littéraire auxquelles Pellisson a éveillé les « paladins de la Table Ronde » sont inséparables d'arrière-pensées politiques, en vue d'une synthèse réconciliatrice autour du roi. Elles sont inséparables aussi d'une éducation de la liberté du lettré, de son autonomie morale. La République française des Lettres, héritière des idéaux de la Renaissance, doit pouvoir éventuellement poursuivre son œuvre, même au cas où les choses tourneraient au pire.

Un reflet atténué de ces préoccupations, plus vives chez le huguenot Pellisson, mais partagées, à différents degrés de pénétration, par ses amis catholiques de son académie de jeunes, se laisse percevoir dans les livres qu'ils commencent à publier.

Dans les *Poésies diverses* publiées par Antoine Furetière en 1655, mais qui datent de beaucoup plus tôt, comme l'atteste la dédicace « à ses amis », et où figurent des pièces composées pour l'Académie de la Table Ronde et maintenant dédiées à François Maucroix, à Paul Pellisson, à François Cassandre, à Valentin Conrart, figure une épître en alexandrins, *Les poètes*, adressée à l'abbé Ménage. Gilles Ménage, le Mentor littéraire de Mme de Sévigné et de Mme de La Fayette, avait été le secrétaire de Retz. Il entretenait d'excellents rapports avec Tallemant, avec l'académie dont celui-ci faisait partie, et avec Furetière. Grand philologue, Ménage s'était signalé, en 1649, par une *Requête des Dictionnaires*, où il s'en prenait aux académiciens français mondains (et serviles envers la Cour) qui prétendaient faire la loi aux vrais doctes.

Furetière, interprète à ce stade de sa carrière des sentiments communs aux « paladins », renchérit sur la polémique de Ménage. Il s'en prend vivement aux écrivains « mercenaires », qui « profanent le Parnasse », et qui trahissent le « fondement généreux » de la poésie : l'intégrité de la parole, sans lequel toute « Fortune » d'écrivain est reniement. « Faire des vers » suppose « l'art de régler sa vie ». Furetière conclut en suppliant Ménage de poursuivre son combat pour la dignité des Lettres :

De notre Mont sacré, rends les ondes plus pures.

Ces « ondes pures » seront l'un des motifs récurrents, d'un bout à l'autre des douze livres, des *Fables* de La Fontaine. Elles reflètent, quoique mystérieusement, la vérité que voient seuls les poètes. Elles ont toutes leurs sources sur les flancs du Parnasse. Elles exigent, selon Furetière lui-même qui développe longuement cette conséquence dans la dédicace à ses amis, de ne céder ni à la tentation du panégyrique servile et intéressé, ni à la pente méchante et calomnieuse de la satire. Ce n'est pas ici Horace, cher à Pellisson et à La Fontaine, mais Lucien, dont la traduction par Nicolas Perrot d'Ablancourt vient de paraître, qui est la pierre de touche de l'ironie attique, libre pour la vérité, intransigeante contre l'erreur et le mal, mais dans un sourire supérieur qui ne blesse personne en particulier. Au même moment, François Charpentier publiait les *Mémorables de Xénophon*, suivi d'une *Vie de Socrate*, autre maître de l'ironie attique, figure de pensée accordée à une République des Lettres ni serve ni révoltée. L'heure viendra pour La Fontaine, par nature porté au lyrisme et à la poésie « héroïque », d'être intégralement fidèle à cette doctrine, que Furetière et Charpentier n'avaient épousée qu'en surface, dans des temps faciles.

Ainsi s'esquisse, dès les années qui précèdent et accompagnent la Fronde, dans cette « académie de jeunes », dont l'unité de vues cache encore l'extrême diversité des talents et des vocations, une pensée commune à la fois sur la tradition et la vocation propres à l'homme de lettres, et sur la forme la plus apte à les faire rayonner dans la langue du royaume. Dans les nervures de cette pensée, on voit déjà se dessiner le destin de Paul Pellisson, qui va devenir le principal collaborateur de Foucquet, en qui il croira reconnaître le Mécène idéal des Lettres et le meilleur Mentor pour le roi. Dans son office de « premier commis » du Surintendant, il attirera auprès de Foucquet Maucroix, chargé de mission à Rome, et La Fontaine, poète lauréat. Après 1661, le chemin des trois provinciaux se sépare : Pellisson, sans jamais oublier Foucquet, servira Louis XIV et abjurera en 1668 la religion calviniste. Qui sondera les arrière-pensées de cet éternel conseiller de princes ? Les deux amis d'enfance, au contraire, après leur brève saison chez Foucquet, s'en tiendront à l'autre conduite possible pour l'homme de lettres dans les temps difficiles, la liberté ironique pour La Fontaine à Paris, l'obscurité et l'indépendance d'un canonicat en province pour Maucroix.

Les « années profondes » d'un poète-né

L'Académie de la Table Ronde a bien été le principal milieu nutritif du génie de La Fontaine dans les « années profondes » de sa jeunesse, entre Paris et Château-Thierry. Et pourtant il semble faire, dans cette « académie », de la figuration épisodique. Les autres « paladins » ont laissé plus ou moins des traces écrites de leur participation à l'Académie de la Table Ronde. Ils nomment La Fontaine. On n'en sait guère davantage. Tallemant, qui dans ses *Historiettes* consacre un portrait exceptionnellement chaleureux à Maucroix[65], et qui raconte les mésaventures amoureuses de son ami avec une émotion rare chez lui, ne s'arrête guère sur La Fontaine. Il est lettré et il « fait des vers ». Quels vers ? À part l'*Eunuque*, publié en 1654 et qui répond parfaitement au goût « attique » que l'influence de Pellisson a fait prévaloir chez les « paladins », il ne reste rien. Ce silence étonne. Les anecdotes que rapporte Tallemant ont beaucoup contribué à la légende d'un poète un peu hébété, et qui vit ailleurs, absent jusqu'à la franche et ridicule bizarrerie. Un jeune « bonhomme » :

« Son père, qui est maître des Eaux et Forêts de Château-Thierry, en Champagne, étant à Paris pour un procès, lui dit : "Tiens, va-t'en faire telle chose, cela presse." La Fontaine sort, et n'est pas plus tôt hors du logis qu'il oublie ce que son père lui avait dit. Il rencontre de ses camarades qui, lui ayant demandé s'il n'avait point d'affaires : "Non", leur dit-il, et il alla à la Comédie avec eux. Une autre fois, en venant à Paris, il attacha à l'arçon de la selle un gros sac de papiers importants. Le sac était mal attaché et tombe : l'Ordinaire [de la Poste] passe, ramasse le sac, et ayant trouvé La Fontaine il lui demande s'il n'avait rien perdu. Ce garçon regarde de tous côtés : "Non, se dit-il, je n'ai rien perdu." — "Voilà un sac que j'ai trouvé", lui dit l'autre. — "Ah ! c'est mon sac !" s'écrie La Fontaine, "il y va de tout mon bien." Il le porta entre ses bras jusqu'au gîte [66]. »

Maucroix lui-même semble confirmer ce portrait du « Distrait », dans une Épître en vers, difficile à dater, que l'on cite toujours en la tronquant. Il l'adressait de Paris à son ami, rentré soudain à Château-Thierry sans prévenir les « paladins » :

>Épître, va chanter injure,
>Mais grosse injure, à ce parjure
>Qui, par un étrange hourvari,
>S'en est fui à Château-Thierry.
>Que la belle fièvre quartaine
>Vous sangle, sieur La Fontaine,
>Qui si vite quittez ce lieu
>Sans avoir daigné dire adieu...
>Mais, Damoiselle Courtoisie,
>N'en soyez pas si fort saisie,
>La Fontaine est un bon garçon
>Qui n'y a fait point tant de façon ;
>Il ne l'a point fait par malice :
>Belle paresse est tout son vice,
>Et peut-être quand il partit,
>À peine était-il hors du lit.
>Vraiment, la troupe fait un livre
>Qui va bien vous apprendre à vivre
>Et quand vous oirrez sa leçon,
>Vous serez bien mauvais garçon.
>[...]
>Mais Damoiselle Courtoisie
>D'un tel départ s'est fort saisie,

> Et s'en va dans Château-Thierry
> Vous faire un beau Charivari.
> Pour moi, lorsqu'elle vous accuse,
> Tant que je puis, je vous excuse,
> Mais elle repart aigrement :
> Monsieur, c'est vivre en Allemand,
> Et très mal entendre son monde,
> Que de quitter la Table Ronde,
> Sans dire aux nobles Chevaliers :
> Adieu, braves aventuriers.
> Mais Damoiselle Courtoisie,
> N'en soyez pas si fort saisie [67].

Le brusque départ de La Fontaine n'est donc pas passé inaperçu, et il n'a laissé personne « de la troupe » indifférent. Maucroix s'est fait l'avocat de son ami auprès des « paladins » choqués. Quel est son argument essentiel, qui a rencontré l'assentiment de la plupart ? « Belle paresse » : en d'autres termes, le rythme intérieur particulier au jeune poète, rebelle comme malgré lui aux conventions de la petite société, à plus forte raison de la société en général. Il va et vient sans crier gare, comme un chat. Il dort à ses heures, comme un chat. Il n'est pas impoli, il est déconcertant et indépendant, même parmi ses amis lettrés qui se piquent d'indépendance jalouse. Pour prêter si généreusement la parole aux animaux, il fallait bien qu'il eût longtemps préféré leur silence.

La forme même de cette épître de Maucroix, très différente du style accoutumé des « paladins » dans les échanges internes à leur petite société, est révélatrice du sentiment profond de Maucroix : elle pastiche la forme fixe de la ballade médiévale, elle abonde en archaïsmes et en allégories « gothiques », elle s'adresse à un ménestrel en langage de ménestrel. Ce qui oblige Maucroix et « la troupe », un instant déconcertée, à pardonner à La Fontaine, c'est qu'il est reconnu parmi les « Chevaliers » comme le poète-né, alors que tous se savent certes doués, mais comme prosateurs et versificateurs. On peut faire confiance et tout pardonner à une nature saturnienne, il faut la laisser aller à son amble.

Maucroix, très populaire parmi les « paladins », a garanti parmi eux cette façon de voir son ami, que partageait Pellisson, mais qui laissait sceptique Tallemant. Reste que La Fontaine a bien dû soumettre, à l'« académie des paladins », une fois ou l'autre, des essais dont toute trace a été effacée, avec la complicité probable du fidèle Maucroix. La raison de cet autodafé ? Il suffit de lire *Clymène*, écrite en 1658, quand le poète est encore à la recherche de sa technique, de son instrument, et de son style personnel. Le mélancolique Apollon de *Clymène* est un critique de poésie si difficile, musicien avec tant d'intelligence et d'exigence, qu'il fait paraître Boileau, le régent bourru du Parnasse, comme facile au fond à contenter. Un tel critique devait être impitoyable pour les essais de sa propre jeunesse, au temps où, sous la Régence, méditant et s'essayant avec lui-même dans une France qui foisonne encore de poètes et de recherches littéraires heureusement contradictoires, il cherchait à poser sa voix.

Quelque distraction que l'on prête à La Fontaine dans le cercle de la Table Ronde, on ne peut pas douter qu'elle ait été très réceptive. Silencieux peut-être, fuyant sûrement, l'ami de Maucroix s'est imprégné par-devers lui des mêmes vues, il s'est posé les mêmes questions, il s'est livré aux mêmes expériences que ses camarades. Il a même été le meilleur disciple de Pellisson. Avec peut-être plus de nonchalance, à reculons, mais avec plus de détachement, il a découvert Paris avec ses amis, il s'est initié avec eux à cet univers où s'entrecroisent plusieurs mondes, et où jouent ensemble la corde des arts et le cœur du royaume. Plus intimement que ses confrères de l'« académie », plus vite mûris que lui, mais trop vite, il a mis à l'épreuve de ce Paris si divers son Arcadie intérieure, ses lectures, ses émotions et son langage. En accompagnant les « paladins » dans leur aventure commune, il s'est peu à peu métamorphosé, mieux qu'aucun d'entre eux, non seulement en Parisien, ce que plusieurs d'entre eux étaient de naissance et d'habitude, mais en poète de Paris, c'est-à-dire en poète de vocation universelle. C'est lui en définitive qui a tenu le plus loyalement toutes les promesses de leur jeunesse commune. Son génie a été aussi une longue patience.

Paris a fait de lui un poète « attique », on peut même dire alexandrin. La capitale lui apprit aussi très tôt, ce qu'il eut l'occasion de mettre à l'épreuve pendant et après l'Affaire Foucquet, que l'exercice rigoureux de la poésie exige une conscience politique supérieure à celle dont se contente le banal arrivisme littéraire et social. Même installé à Paris, La Fontaine ne se privera pas cependant de revenir encore à Château-Thierry, où il avait son « arrière-pays » intérieur, et où il pouvait retrouver les origines de sa vocation poétique, dont il a dit lui-même qu'elle remonte à l'enfance.

Dans des *Stances* qui furent lues devant l'assemblée des « paladins », dans les années 1650-1651, pendant la Fronde, le fidèle Maucroix fait le portrait d'un « mélancolique de bon sens » qui semble bien un portrait de l'intérieur, à cette date, de son meilleur ami, ce Jean de la Fontaine que Tallemant devait décrire plus tard de l'extérieur, avec plus de distraction qu'il ne croyait en prêter au poète :

Heureux qui, sans souci d'augmenter son domaine,
   Erre sans y penser où son désir le mène,
      Loin des lieux fréquentés.
Il marche par les champs, sur les vertes prairies,
Et de si doux pensers nourrit ses rêveries
Que pour lui les soleils sont toujours trop hâtés.

Souvent, auprès d'un arbre, il se repose à l'ombre,
   Et couché mollement sous son feuillage sombre,
      Délivré de tout soin,
Il jouit des beautés dont son âme est parée,
Il admire les cieux, la campagne azurée,
Et son secret bonheur n'a que lui pour témoin.

Il se remet aux Grands des soins du Ministère,
    Et laisse au Parlement à se plaindre ou se taire,
        De nos malheurs divers,
Son cœur est à l'abri des tempêtes civiles
Et ne s'alarme point, quand pour piller nos villes,
D'escadrons ennemis il voit nos champs couverts.

Il rit de ces prudents qui par trop de sagesse,
    S'en vont dans l'avenir chercher de la tristesse
        Et des soucis cuisants,
Le futur incertain jamais ne l'inquiète,
Et son esprit constant, toujours en même assiette,
Ne peut être ébranlé, même des maux présents.

Cependant vers la fin s'envolent ses années,
    Mais il attend sans peur, des fières Destinées
        Le funèbre décret :
Et quand l'heure est venue, et que la mort l'appelle,
Sans vouloir reculer et sans se plaindre d'elle,
Voyant qu'il faut partir, il s'en va sans regret [68].

Cette attitude politique de poète, sinon cette « belle paresse », est fraternelle de celle de Nicolas Poussin, exilé volontaire à Rome pendant la Fronde, mais très attentif au drame politique français. Le peintre écrivait à Chantelou, tandis qu'il travaillait au *Ravissement de saint Paul* et au *Paysage avec Pyrame et Thisbé* :

« Nous sommes ici Dieu sait comment. Cependant, c'est un grand plaisir de vivre en un siècle là où il se passe de si grandes choses, pourvu que l'on puisse se mettre à couvert en quelque petit coin pour pouvoir voir la Comédie à son aise [...].

« L'avenir où nous pensons le moins est plus à craindre que le présent. Mais laissons y penser à ceux à qui il touche le plus, sauvons-nous si nous pouvons [nous] cacher sous la peau de la brebis, et évitons les sanglantes mains du Cyclope enragé et furieux [69]. »

CHAPITRE III

L'AMITIÉ ET LA CRAINTE

« Je suis coupable de me faire aimer. »

PASCAL

« Je veux régner par la crainte. »

LOUIS XIV

« Toute la Cour alla à Vaux, et M. Foucquet joignit à la magnificence de sa maison toute celle qui peut être imaginée par la beauté des divertissements et la grandeur de la réception... La fête fut la plus complète qui a jamais été[1]. »

Sur le Parnasse de Vaux

Écrites probablement dans les années soixante-dix, ces lignes de l'*Histoire d'Henriette d'Angleterre* de Mme de La Fayette sont cruelles pour les fêtes que Louis XIV avait données, en 1664 et 1668, à Versailles, pour effacer le souvenir du 17 août 1661. Jamais en effet comme cette nuit-là, les conditions de la grâce (la *poïkilia* des anciens Grecs, le scintillement de la diversité précieuse) n'avaient été aussi complètement réunies, pour une apparition d'autant plus merveilleuse en rétrospective qu'elle était devenue irrépétable après le prompt désastre de son magicien. La Fontaine avait compté parmi les spectateurs les plus émus de ce chef-d'œuvre de sa propre génération d'artistes et de poètes, offert à Louis XIV comme Ronsard offrait ses *Odes* à Henri II, gages de l'alliance entre le roi et la « science des Muses », puissances tutélaires de :

> Ce règne heureux et fortuné,
> Sous qui l'heureuse destinée
> Avait chanté dès mainte année
> Qu'un si grand prince serait né...
>
> (*Odes*, 1555, I, 1
> « Au roi Henri II », str. 7)

Dès l'aube du 17 août, La Fontaine voulut partager avec son ami Maucroix, alors à Rome, l'enchantement où l'avait plongé la parfaite réussite de cette nuit magique où avaient conspiré tous les talents de l'Académie Foucquet, la plus complète qui eût été réunie en France depuis le temps lointain des Valois. Mme de La Fayette, encore en 1678, restera sévère pour le faste de Louis XIV dans la phrase liminaire de *La Princesse de Clèves* :

« La magnificence et la galanterie n'ont jamais paru en France avec tant d'éclat que dans les dernières années du règne de Henri second. »

Le jugement, mixte de parole et de silence, tombe comme un couperet.

La Fontaine, dans sa lettre à Maucroix, célèbre le banquet préparé par Vatel, la comédie des *Fâcheux* jouée par Molière et sa troupe ; son enthousiasme lui fait quitter la prose pour décrire le feu d'artifice qui a précédé le bal :

> « Je voudrais bien t'écrire en vers
> Tous les artifices divers
> De ce feu le plus beau du monde,

> Et son combat avecque l'onde,
> Et le plaisir des assistants.
> Figure-toi qu'en même temps
> On vit partir mille fusées,
> Qui par des routes embrasées
> Se firent toutes dans les airs
> Un chemin tout rempli d'éclairs,
> Chassant la nuit, brisant ses voiles.
> As-tu vu tomber des étoiles ?
> Tel est le sillon enflammé,
> Ou le trait qui lors est formé.
> [...]

Adieu. Charge ta mémoire de toutes les belles choses que tu verras au lieu où tu es » (*Relation... à M. de Maucroix*).

Quelques semaines plus tard, le 7 septembre, le poète vient d'apprendre l'arrestation de Foucquet à Nantes. Le Surintendant est inculpé de haute trahison. Il est promis à la mort. La Fontaine écrit à Maucroix, avant de tomber lui-même malade :

« ... Il est arrêté, et le roi est violent contre lui, au point qu'il dit avoir entre les mains des pièces qui le feront pendre. Ah ! s'il le fait, il sera autrement cruel que ses ennemis, d'autant qu'il n'a pas, comme eux, intérêt d'être injuste. Mme de B. [Mme de Bruce, marquise du Plessis-Bellière] a reçu un billet où on lui mande qu'on a de l'inquiétude pour M. Pellisson : si ça est, c'est encore un grand surcroît de malheur. Adieu, mon cher ami ; je t'en dirais beaucoup davantage si j'avais l'esprit tranquille présentement ; mais la prochaine fois, je me dédommagerai pour aujourd'hui » (*Lettre à M. de Maucroix, 10 septembre 1661*).

L'euphorie de La Fontaine dans sa narration de la fête de Vaux jaillissait du même fonds de joie amoureuse pour le roi et pour le royaume qui avait dicté à son parent et ami le jeune Racine, l'année précédente, l'*Ode de la Nymphe de la Seine à la reine* en l'honneur du mariage de Louis XIV avec l'infante d'Espagne :

> Que le repos est doux après de longs travaux !
> Qu'on aime le plaisir après beaucoup de maux !
> Qu'après un long hiver le printemps a de charmes ! [...]
> > J'avais perdu toute espérance
> > Tant chacun croyait malaisé
> > Que jamais le ciel apaisé
> > Dût rendre le calme à la France [2]...

Dans le sillage de l'arrestation de Foucquet, Saint-Évremond doit s'exiler pour toujours de France, d'abord en Hollande puis en Angleterre, ses amis sont tous frappés ou menacés : La Rochefoucauld et Mme de Sévigné ont de quoi trembler. Mme du Plessis-Bellière est arrêtée, Pellisson est jeté à la Conciergerie. Gourville, d'abord caché dans le château angoumois des La Rochefoucauld, doit s'enfuir à l'étranger. Des perquisitions, souvent sans mandat judiciaire, s'abattent sur toutes les demeures où La Fontaine avait été reçu et fêté, Vaux et Saint-Mandé, le château de Mme du Plessis-Bellière à Charenton, le château des Du Plessis-Guénégaud à Fresnes, leur hôtel de Nevers à Paris, qui était alors l'héritier éclatant de l'hôtel de Rambouillet, et le rendez-vous de tout ce qui comptait dans le monde et dans les lettres à Paris [3]. Même Racine, qui sans doute n'avait fait que quelques pas prudents en direction du mécénat de Foucquet et de Pellisson, sur les talons de La Fontaine, écrit à celui-ci que son séjour à Uzès (où il est réduit à faire sa cour à un vieil oncle chanoine) n'est pas sans rapport avec le coup d'État de septembre 1661. Il semble diviser le temps en « avant » et « après » :

> ... Avant qu'une fièvre importune
> Nous fît courir même fortune
> Et nous mît chacun en danger
> De ne plus jamais voyager.

La Fontaine, deux ans plus tard, accompagnera son oncle Jacques Jannart exilé à Limoges. Il n'a pas été à proprement parler inquiété, mais il s'est trouvé entraîné dans la disgrâce qui enveloppe tout ce qui touche de près à Foucquet[4]. Depuis 1659, il était au su du public le poète lauréat du Surintendant. Foucquet premier ministre, il eût été le poète royal. De ses deux plus proches amis, l'un, Pellisson, était depuis 1657 le « commis principal » de Foucquet, l'autre, Maucroix, était devenu son agent diplomatique à Rome. De ses anciens confrères de la Table Ronde, l'un, Tallemant des Réaux, évoluait avec sa famille de banquiers dans les cercles parisiens de « clients » du Surintendant. Un autre, Antoine Rambouillet, avec Marguerite Hessein qu'il a épousée en 1654, brillait lui aussi non seulement dans l'hôtel de son père, Nicolas, un des soutiens de la politique financière de Foucquet, mais dans les salons de la capitale épris du Surintendant. Si l'Académie de la Table Ronde ne s'est pas reconstituée autour du ministre des finances de Louis XIV, plusieurs de ses membres et non des moindres sont entrés dans l'Académie de poètes, de savants et d'artistes, dont Foucquet s'est entouré, où Pellisson a attiré les talents les plus prometteurs de la jeune génération : elle va changer de maître en 1661.

Dans la vaste et ouverte conspiration pour porter Foucquet à la succession de Mazarin, Pellisson, à partir de 1657, joue un rôle central et déterminant. Confident et collaborateur des affaires politiques et financières du Surintendant, il l'aide aussi à parachever son personnage de Mécène, en lui suggérant les générosités opportunes et élégantes qui lui rallient la faveur des gens de lettres, des savants et des artistes. Le prince estropié du burlesque, Scarron, et sa jeune épouse Françoise d'Aubigné, les deux frères Corneille, Pierre et Thomas, leur noble ami normand Brébeuf (qui mourra de chagrin après l'arrestation de Foucquet), les philosophes La Mothe Le Vayer et Sorbière, des médecins, des musiciens accroissent les rangs de l'Académie Foucquet, où Pellisson, qui connaît bien son Paris des lettres et des arts, les a introduits.

Comment le Mentor des années profondes aurait-il

pu oublier son *Télémaque* ? La Fontaine avait d'abord été présenté à la grande amie de Pellisson, Madeleine de Scudéry, qui tient tous les samedis un brillant salon dans son modeste appartement du Marais, et qui devient elle-même, après 1657, la plus ardente publiciste du Surintendant[5]. Quand Pellisson s'est « donné » à Foucquet, un de ses premiers soins a été de faire valoir La Fontaine auprès du Surintendant et de ses belles amies, qui l'ont aussitôt adopté.

La relation privilégiée qui lie Pellisson, La Fontaine et Maucroix depuis 1645, plus de quinze ans, dans l'Académie de la Table Ronde, devient collaboration étroite dans le « premier cercle » de l'Académie Foucquet. Cette fois, le poète doué mais « paresseux » doit tenir ses promesses. Et les directives lui viennent de son ami, qui connaît bien Foucquet et qui sait comment lui agréer. Si l'on compare le *Remerciement* que, dès 1656, Pellisson adresse à celui à qui il va « se donner », avec la dédicace au Surintendant que La Fontaine, deux ans plus tard, place en tête de son *Adonis*, on voit bien que, si le style est différent, le canevas est le même. Les deux amis travaillent de concert, l'un, comme d'habitude, chaperonnant l'autre. Agréé poète lauréat sur présentation de Pellisson, La Fontaine joue enfin des couleurs délicates dont il est capable, mais sur des dessins proposés par son Mentor.

Rien cependant qui puisse peser à un poète épris de liberté et de secret. Pellisson est un frère d'âme, un autre lui-même. Foucquet n'a pas l'indifférence capricieuse des princes, ni le pédantisme prude des magistrats, ni la bonne volonté humiliante, par manque de discernement, des parvenus : il a le culte de l'amitié et de la loyauté, il est libéral, il est lettré, il est artiste. Conseillé par Pellisson, qui connaît bien son ami, le puissant mécène se plie avec grâce, pour surmonter les réserves de La Fontaine, à une fiction de roman : c'est l'obligé qui versera une « pension poétique » à date fixe, quatre fois par an, à son bienfaiteur[6].

Il règne autour de Foucquet, de Pellisson, et des

amies du galant Surintendant, elles-mêmes disciples de la marquise de Rambouillet, un air de gaîté et de charme qui, comme dans la « Chambre bleue », se joue des conventions sociales, et qui fait descendre dans les relations humaines, en dépit des inégalités de fait, une grâce de droit dont l'origine est évidente : la poésie, le roman, les belles-lettres. L'Académie Foucquet, son poète en bénéficie, se greffe sur les plus brillants salons parisiens acquis à Foucquet, et qui eux-mêmes vivent entre eux dans une sorte de symbiose. Les « affaires » du Surintendant, celles de la Cour, et la Cour elle-même, réduite au cercle du jeune roi et à celui de la reine-mère, ne sont pas mêlées à ce grand monde parisien, qui venge quelque peu Arthénice : sous Louis XIII, l'hôtel de la marquise de Rambouillet, rue Saint-Thomas-du-Louvre, était le refuge et le délassement des gens d'esprit titrés qui fuyaient, dès qu'ils le pouvaient, le souverain mélancolique, le terrible Richelieu et ses secrétaires d'État[7]. Maintenant, le délassement triomphe en plusieurs lieux de Paris et dans les châteaux de ses environs, fédérés autour de Foucquet et de sa jeune et seconde épouse, Madeleine Jeannin de Castille, la « Sylvie » du *Songe de Vaux*[8].

Cette sociabilité de loisir, délicieusement amphibie entre la fiction et la réalité, repose, comme la poésie de circonstance de Voiture, sur le contrat que Coleridge a placé au principe de toute littérature : la suspension volontaire de l'incroyance, l'acte de foi qui fait être un peu plus ce qui devrait être et qui n'est pas tout à fait. La civilisation, c'est au fond un art de vivre en littérature ; c'est pourquoi une romancière comme Mlle de Scudéry, et un poète comme La Fontaine, tenu par le Paris de Foucquet pour un nouveau Voiture, sont les trouvères de cet archipel d'urbanité et de galanterie, d'autant plus à sa place dans le paysage parisien qu'ils y réveillent, autant que la Grèce d'Anacréon, la très ancienne utopie du royaume : France la doulce.

Avec Foucquet, avec Pellisson, avec les héritières d'Arthénice, La Fontaine, qui n'a jamais été reçu chez la marquise, se prête cette fois au jeu qu'on attend de lui. La vie privée des salons, des châteaux et des parcs, tout imprégnée de féminité et de lectures, de musique et d'amours, c'est plus que jamais l'Arcadie à Paris. Mais c'est aussi le Parnasse.

Au cours de l'année 1657, Foucquet ravi montre à son amie la marquise de Sévigné la *Lettre à l'abbesse de Mouzon* de La Fontaine, une courte poésie dont la métrique fluide, et l'humeur « jolie » de désir et de prudence, de galanterie et de doux blasphème, rivalisent avec ce que Voiture a fait de plus irisé et pointu dans le genre. Ce récit en vers de l'entrée en religion d'une abbesse bénédictine serait impie s'il ne se donnait pas comme un jeu littéraire, qui fait miroiter toutes les facettes du désir amoureux aux prises avec la crainte et la pudeur, à la vue d'une beauté prenant le voile :

> Ce même jour, pour le certain,
> Amour se fit bénédictin ;
> Et, sans trop faire la mutine,
> Vénus se fit bénédictine ;
> Les Ris, ne bougeant d'avec vous,
> Bénédictins se firent tous ;
> Et les Grâces, qui vous suivirent,
> Bénédictines se rendirent :
> Tous les dieux qu'en Chypre on connaît
> Prirent l'habit de Saint Benoît.
>
> (v. 69-78)

Mme de Sévigné, enchantée, répandit partout la louange du poète, qui la remercia par un dizain, versé à Foucquet au crédit de la « pension » :

> De Sévigné, depuis deux jours en çà,
> Ma lettre tient les trois parts de sa gloire.
>   Elle lui plut ; et cela se passa
> Phébus tenant chez vous son consistoire...
>
> (*Pour Madame de Sévigné...*)

Les grandes espérances qui soutenaient La Fontaine et ses amis dans les années 1645-1656, dans leur montée vers le Parnasse, sont récompensées. Phébus et les Muses couronnent le poète. Sa poésie a trouvé la juste mesure de sourire et de séduction qui, sur plusieurs modes, peut refléter, mais aussi innerver et orienter le grand monde français, et même, à travers l'approbation de Foucquet, le retour du royaume à son naturel amoureux et généreux. La fortune pourra tourner. La Fontaine ne cessera pas de croire, avec le Socrate du *Banquet* et du *Phédon*, dans le pouvoir divin dont disposent les fables d'éveiller les hommes au sentiment de ce qu'ils ont perdu.

Alexandrie à Paris : l'Adonis

Pellisson a beau jeu, dans ce courant de confiance et de sympathie, d'obtenir enfin du poète enhardi qu'il montre ce qu'il est et ce qu'il sait faire. Il pourra être aisément un autre Voiture, et les termes de la pension poétique, même s'ils ont pris parfois du retard, ont vite établi cette réputation mondaine. Mais Pellisson attendait et souhaitait davantage. Il a frayé les voies à l'idylle d'*Adonis* et à l'ambitieux *Songe de Vaux*, qui auraient dû faire de La Fontaine ce que Ronsard avait été souvent pour les derniers Valois, ce que Giambattista Marino avait été éphémèrement pour Marie de Médicis et le jeune Louis XIII, le poète de la louange lyrique du royaume, le poète de la paix et des plaisirs de la vie privée : l'anti-Malherbe.

Dès son *Remerciement* à Foucquet de 1656, qui favorisa son entrée au service du Surintendant, Pellisson se demande comment louer un Mécène trop éclairé pour souffrir les panégyriques ordinaires, et qui déclare préférer, comme les princes de la Renaissance, la poésie à la prose [9]. Pellisson, au lieu de répondre lui-même, met en œuvre une ingénieuse fiction allégorique. Il a fait un songe, au cours duquel Apollon, le dieu de la poésie, lui apparaît, et dialogue avec lui. Le dieu assure au rêveur que les vertus de Foucquet (*Merveilleuse adresse, Grandeur d'âme tranquille et égale, Grandes et immortelles actions* qui ont plusieurs fois sauvé l'État) sont couronnées par l'horreur de la flatterie. Pour le remercier, le langage indirect et mystérieux de la poésie convient mieux que la prose. Dans un superbe morceau de bravoure, inspiré par la « descente aux Enfers » des épopées classiques, Pellisson prête à Apollon une évocation du royaume de Mnémosyne, mère des Muses, où les poètes vont puiser leurs inventions. Là les universaux de l'imaginaire, mythes, fables et allégories, prosopopées et prophéties fictives, attendent, dans un théâtre de mémoire dressé par la savante Architecture et orné par les Beaux-Arts, le choix judicieux du poète souhaité par Foucquet. C'est dans ce fonds de fictions descendues des origines et détachées de l'immédiat qu'il doit puiser s'il veut composer des « remerciements sincères » au Surintendant.

Le programme est dessiné pour le poète de Foucquet. Le principe générateur des allégories du *Songe de Vaux*, le mode « héroïque » et mythologique d'*Adonis*, lui sont déjà suggérés par Pellisson. La fable ésopique (définie par Pellisson comme une *prosopopée qui donne la parole aux animaux et aux plantes*) a sa place marquée parmi les formes poétiques souhaitables pour louer le Surintendant. Pellisson lui-même va devoir très vite se consacrer à la prose des affaires. Il revient au « paresseux » La Fontaine, le poète-né des « paladins », de puiser chez Mnémosyne les formes accordées à un Mécène aussi singulier et supérieur que Foucquet.

Avant même que ne soit signé le contrat de la « pension poétique » avec le Surintendant, La Fontaine, guidé par Pellisson, lui offre en 1658 l'idylle d'*Adonis*. Depuis l'*Eunuque*, c'est son premier poème d'envergure[10]. Les amours et la mort d'Adonis avaient inspiré l'« épopée-idylle » dédiée en 1623 à Louis XIII par le poète italien Giambattista Marino. Le même sujet est repris par La Fontaine dans un genre lyrique français qui avait été très goûté dans les petites cours princières d'opposition à Richelieu. En 1623, Saint-Amant avait dédié un poème de ce genre au duc de Montmorency : *Arion*. Il commençait ainsi :

> Invincible héros, mon unique Mécène,
> Reçois ces nouveaux fruits qui naissent de ma veine[11].

En 1641, le poète de Gaston d'Orléans, Tristan L'Hermite, déçu par son mécène princier, avait dédié au musicien Berthod son *Orphée*, qui relève du même genre[12].

L'*Adonis* de La Fontaine ne s'adresse pas à un prince de l'épée, ni à un simple, quoique grand, musicien, mais au nouveau Mécène raffiné qui se propose de faire renaître en France, et non pas à l'échelle d'une petite cour, la paix et les arts de la paix. L'*Adonis* de La Fontaine veut être l'emblème poétique du « goût Foucquet » et de la société qui, autour du Surintendant, préfigure déjà ce que sera bientôt le royaume sous son gouvernement.

L'importance que Foucquet et Pellisson accordèrent à *Adonis* se mesure au luxe de la présentation du poème. Le manuscrit en exemplaire unique, luxueusement relié, est confié au calligraphe du roi, Nicolas Jarry. Il est orné d'un frontispice du miniaturiste du roi Jacques Bailly et d'une peinture en grisaille de François Chauveau, illustrateur attitré des romans de Mlle de Scudéry et futur auteur des images gravées au-dessus du texte imprimé des *Fables*. Ce joyau va enrichir la splendide bibliothèque de 30 000 volumes réunis par Foucquet dans son château de Saint-Mandé. Le geste était solennel. Il appela une réponse de Colbert. Sitôt que Foucquet eut disparu dans la trappe de Pignerol, et comme pour effacer le souvenir d'*Adonis*, Charles Perrault commandera à Jacques Bailly et à Nicolas Jarry le splendide manuscrit à miniatures des

Devises pour les tapisseries du roi, dont il écrira lui-même les vers, et dont l'exemplaire unique sera déposé dans les collections de la Bibliothèque du roi, comme celui d'*Adonis* l'avait été dans celle de Foucquet [13].

La dédicace de La Fontaine à Foucquet en 1658 reprend et amplifie les éloges d'Apollon dans le *Remerciement* de Pellisson en 1656. C'est le portrait du nouveau Mécène de la France, tel que le voient ses ardents partisans :

« Votre esprit est doué de tant de lumières, et fait voir un goût si exquis et si délicat pour tous nos ouvrages, particulièrement pour le bel art de célébrer les hommes qui vous ressemblent avec le langage des dieux, que peu de personnes seraient capables de vous satisfaire... Car, quand je dirai que l'État ne se peut passer de vos soins, et que les ministres de plus d'un règne n'ont point acquis une expérience si consommée que la vôtre ; quand je dirai que vous estimez nos veilles, et que c'est une marque à laquelle on a toujours reconnu les grands hommes ; quand je parlerai de votre générosité sans exemple, de la grandeur de tous vos sentiments, de cette modestie qui nous charme ; enfin, quand j'avouerai que votre esprit est infiniment élevé, et qu'avec cela j'avouerai encore que votre âme l'est davantage que votre esprit, ce seront quelques traits de vous à la vérité, mais ce ne sera point ce grand nombre de rares qualités qui vous fait admirer de tout ce qu'il y a d'honnêtes gens dans la France. Et non seulement, Monseigneur, vous attirez leur admiration, vous les contraignez même, par une douce violence, de vous aimer... Vous savez bien qu'ils vous regardent comme le héros destiné pour vaincre la dureté de notre siècle et le mépris de tous les Beaux-Arts... » (*Adonis*, « À Monsieur Foucquet... »).

C'était un remerciement on ne peut plus « sincère », comme la suite l'a prouvé. Non moins sincère, la dédicace que Corneille fera figurer l'année suivante en 1659 en tête de l'édition de sa tragédie *Œdipe*, qui marquait après un long silence son retour sur les scènes parisiennes :

> [...]
> Oui, généreux appui de tout notre Parnasse,
> Tu me rends ma vigueur, lorsque tu me fais grâce ;
> Et je veux bien apprendre à tout notre avenir
> Que tes regards bénins ont su me rajeunir.
> [...]
>
> (v. 25-28)

> J'ai déjà vu beaucoup : en ce moment heureux,
> Je t'ai vu magnanime, affable, généreux ;
> Et ce qu'on voit à peine après dix ans d'excuses,
> Je t'ai vu tout d'un coup libéral pour les Muses...
> (*Œdipe*, « Vers présentés à Monseigneur
> le Procureur Général Foucquet,
> Surintendant des finances », v. 59-62)

Le vieux poète, qui avait souffert de l'impérieux Richelieu et de l'avare Mazarin, ne cache pas son soutien à la candidature de Foucquet au ministère :

> Mais pour te voir entier, il faudrait un loisir
> Que tes délassements daignassent me choisir :
> C'est lors que je verrais la saine politique
> Soutenir par tes soins la Fortune publique,
> Ton zèle infatigable à servir ton Grand Roi,
> Ta force et ta prudence à régir ton emploi ;
> C'est lors que je verrais ton courage intrépide
> Unir la vigilance à la vertu solide ;
> Je verrais cet illustre et haut discernement
> Qui te met au-dessus de tant d'accablement ;
> Et tout ce dont l'aspect d'un Astre salutaire,
> Pour le bonheur des Lys t'a fait dépositaire.
> (*Ibid.*, v. 63-74)

L'ancienne et la nouvelle génération concordent. Un homme d'État selon le cœur des hommes de Lettres, pour la première fois depuis les rois Valois, va rendre à la royauté, corrompue par Machiavel, sa vraie direction, telle que l'avait définie Ronsard :

> Toute royauté qui dédaigne
> D'avoir la vertu pour compaigne
> Et la loger en sa maison,
> Toujours de l'heur outrecuidée
> Court vague sans être guidée
> Du frein qui pend à la raison...
> (Premier livre des *Odes*, I,
> « Au roi Henri II... », str. 1)

Mécène, le conseiller vertueux du Prince et l'ami des poètes, dont Jean-Louis Guez de Balzac en 1642 avait dû se contenter de faire, pour consoler la marquise de Rambouillet, le portrait au passé et à l'optatif, est enfin apparu en France. Corneille et La Fontaine s'adressent à Foucquet dès avant la mort de Mazarin, comme si le couple Mécène-Foucquet et Auguste-Louis XIV était déjà formé et régnait sur la France [14].

C'était sans doute une dangereuse illusion, qui sous-estimait le véritable caractère du jeune roi, encore impénétrable, et voilé sous les apparences de sa longue docilité envers Mazarin. Mais plus encore qu'une illusion, c'était un pari : le pari de Foucquet lui-même jouant le plus gros jeu sur la nature du Prince. Le Surintendant pouvait-il oublier que Louis XIV, descendant de saint Louis, comptait aussi parmi ses ancêtres Philippe le Bel et Louis XI, Philippe II et Cosme de Médicis ? Ce cornélien croyait aux émulations de générosité, et il attendait que le roi le vainquît sur ce terrain. Mais il savait bien aussi que ce jeune homme était encore une énigme. La religion royale française lui faisait néanmoins accepter le risque de se tromper noblement, plutôt que de pécher par une suspicion impie. Les angoisses de Foucquet et des siens, qui épiaient les manœuvres hostiles à leur égard auprès du roi, et qui échafaudaient des plans de sauvegarde en cas d'échec, montrent bien qu'ils n'excluaient pas le pire. Du moins Foucquet, Français d'une très ancienne France, était-il sûr d'avoir présumé le meilleur de son roi.

L'objurgation qu'il adressait au jeune Louis XIV, au nom de l'office royal même, de rompre avec l'héritage de Richelieu, toute silencieuse et indirecte qu'elle fût, n'en était pas moins irritante, et frôlait même l'usurpation. Incarnant la « vertu » de la royauté, même si c'était pour la bien servir, Foucquet faisait dangereusement ombre au roi. Il était coupable de se faire aimer des Français, comme si lui-même, né pour l'état civil dans la petite robe, pouvait préfigurer en sa personne un Louis XIV idéal, nouveau Louis XII, nouveau François Ier, nouvel Henri IV.

De fait, Foucquet était aimé comme on avait aimé Gaston d'Orléans, comme on pouvait aimer en France le roi idéal, celui qui n'a pas encore régné. D'abord, il était aimé du peuple. On se souvenait en France qu'il était le fils d'une mère, Marie de Maupeou, dont le zèle charitable était reconnu par saint Vincent de Paul lui-même, le père des pauvres. Sa meilleure alliée, Mme du Plessis-Bellière, était célèbre elle aussi dans le peuple pour ses œuvres de charité, autant qu'elle l'était dans le monde pour son habileté en affaires et le goût supérieur qu'elle faisait régner dans ses différentes demeures. À l'arrière-plan de Foucquet, se déployait dans les profondeurs le vaste système de solidarité charitable construit par la Compagnie du Saint-Sacrement et par les grands ordres religieux : l'habileté financière de Foucquet contribuait à l'alimenter. Il y avait du « christianisme social » chez Foucquet, comme il y en aura chez Fénelon. Cela n'était pas fait pour le rendre impopulaire, cela ne le désignait pas à la sympathie de Louis XIV. La lutte contre « la cabale des dévots » sera le corollaire en 1661 de la disgrâce de Foucquet[15].

Pour le « grand monde » éprouvé par la guerre civile et la guerre européenne, Foucquet était tout aussi aimable, quoique pour d'autres raisons. Sa personnalité surprenante conciliait les contraires, et tenait du merveilleux. Ce magistrat savait être à la fois un grand financier, un grand politique et un grand seigneur, comme ne savent l'être ni les financiers, ni les politiques, ni les grands seigneurs de naissance et de métier. Il était ingénieux et direct, modeste et sûr de ses talents. Doué pour les luxes de l'esprit, il était beau, élégant, très galant, admiré des hommes et adoré des femmes.

Après plus de trente années de cardinaux-ministres retranchés derrière leur camail et leur pourpre, ce « prince » virtuose surgi de nulle part avait tout le « merveilleux » politique et poétique que Corneille avait prêté à son Nicomède : l'Apollon capable de défaire les Pythons machiavéliques, le grand amoureux capable des exploits les plus surprenants pour étonner les dames et sauver des royaumes. Foucquet, homme d'État littéraire (le jeune Bonaparte le fut aussi), cristallisait sur sa personne toutes les espérances que la littérature d'opposition aux cardinaux avait nourries. Pour comble, il ne pouvait pas se permettre, comme n'importe quel prince du sang, tel Gaston d'Orléans, d'être un hurluberlu politique caché sous une légende. Formé par les jésuites de Paris, il avait retenu le meilleur de l'humanisme de ses maîtres. La Compagnie était persuadée que, pour s'incarner dans l'histoire humaine, la religion d'amour doit chercher et trouver des alliés partout où, sans le savoir, le génie naturel des hommes l'a déjà cherchée et postulée. De ce programme missionnaire, Foucquet avait retenu, en politique, le devoir et la méthode de synthèse, pour lesquels il était exceptionnellement doué. De sa mère, unanimement considérée comme une « sainte », Foucquet tenait la douceur de François de Sales et de Jeanne de Chantal, qui corrigeait la sécheresse du jésuitisme et qui était chère à Port-Royal. De son père, magistrat lettré et collectionneur, il tenait le sentiment caractéristique de la robe française que l'exercice du droit est inséparable d'une haute culture libérale. De sa propre expérience, il tenait la confiance des huguenots et la sympathie pour les gens d'esprit, même et surtout libertins. La République chrétienne comme la République des Lettres françaises pouvaient espérer en Foucquet un premier ministre du roi de France qui gouvernerait en leur centre[16]. Paul Morand l'a dépeint en Philippe Berthelot du XVIIe siècle, un Mécène qui aurait dû être lui-même Auguste[17]. Mais ce candidat au gouvernement de la monarchie se donnait trop tôt des airs de plébiscite aux yeux d'un roi qui avait toutes les cartes maîtresses dans sa manche. Le sort de Cicéron et de Foucquet semble attendre en France les excellents politiques qui prétendent gouverner avec l'approbation générale de *tous* les gens de bien, ce que Cicéron appelait le *consensus bonorum*. Le jeune Bonaparte a osé le 18 Brumaire. Foucquet a subi le 5 septembre 1661.

Le huguenot Pellisson semblait fait pour seconder un projet qui semblait jaillir du tréfonds d'un royaume las d'être dompté comme d'être divisé. Grand lecteur de Cicéron, grand lettré, ce magistrat reconnut dans le Surintendant le héros capable d'incarner sa propre philosophie libérale. Avec le soutien de ses amis poètes et artistes, il était lui-même en mesure de mettre du côté de Foucquet un autre principe fédérateur : une idée de beauté, un style, un goût français. Il les avait longuement médités depuis 1645. L'atticisme, ou plutôt l'alexandrinisme français, dont il était le théoricien, pouvait, en écartant tous les extrêmes du goût, donner une clef poétique et musicale à la puissance de synthèse du règne espéré.

À bien des égards, l'*Adonis* de La Fontaine, déposé en exemplaire unique dans la bibliothèque de Foucquet, voulut être le prélude aux harmonies d'un siècle qui allait enfin faire de la France le royaume de « la grâce plus belle encore que la beauté ».

Adonis, précédé déjà par une dédicace en prose, commençait en vers par une invocation liminaire à Foucquet : l'essence du poème et son sens étaient liés à la personne et au destin du Surintendant. Le sujet, un mythe grec, était traité sous une forme épique brève, l'*épyllion* des poètes alexandrins. On reconnaît là les conseils de l'helléniste Pellisson. Le choix de ce sujet n'était dû ni au hasard ni au caprice. Ce mythe d'amour et de mort était associé depuis 1623, en France, au sens allégorique que lui avait donné le poète italien Giambattista Marino, dans son dernier poème, l'*Adone*, publié à Paris et écrit pour Marie de Médicis et Louis XIII[18]. Jean Chapelain, le futur critique du *Cid*, le futur rédacteur pour Colbert des listes d'écrivains pensionnés, avait dans une préface en français fait longuement l'exégèse de l'épopée de Marino. Avant de quitter Paris pour Rome, le poète italien, dans le langage du mythe, invitait la France, son roi et sa noblesse militaire, à se convertir aux arts de la paix. Feu d'artifice de variations sur le « *carpe diem* » d'Horace, l'*Adone* de Marino évoquait tour à tour les voluptés de Cythère, île de Vénus où se dressait un Parnasse, et la mort d'Adonis, aimé de la déesse, qui révèle à cette immortelle la fugacité, mais aussi la déchirante beauté du bonheur qui, chez les mortels, ne revient pas deux fois. En 1623, à la veille de l'entrée de Richelieu au conseil du roi, l'*Adone* invitait Louis XIII et sa mère à pratiquer enfin, dans le farouche royaume franc, l'épicurisme de Mécène qui avait si bien servi l'autorité d'Auguste. Après trente ans d'état d'exception, de guerres et de misère, la reprise en 1658 de ce mythe par La Fontaine, à l'adresse de Nicolas Foucquet, prenait, pour qui avait l'oreille fine, un sens politique évident.

Mais le poème français ne devait rien à la forme, foisonnante d'ornements, du long poème italien. Dans la langue purifiée de Malherbe, de Voiture et de Tristan, mais portée à la fluidité mélodique des luthistes et chanteurs parisiens de la Régence, l'*Adonis* de La Fontaine proposait au nouveau Mécène une cantate où il pouvait reconnaître à la fois sa propre magie politique, et le fonds d'angoisse terrible qu'elle voulait conjurer. Loin d'être un poème flatteur, *Adonis* est un miroir enchanté mais prémonitoire. Rien de tel que les poètes-nés, les poètes inspirés et donc dangereux, pour voir et faire voir mystérieusement les vérités encore cachées.

Dans les alexandrins liquides de La Fontaine, les apparitions d'Adonis endormi et de Vénus que le beau berger, en s'éveillant, voit d'abord en reflet dans les eaux, leurs sens bientôt embrasés, semblent rendre à la vie d'antiques bas-reliefs de marbre, mais allégés de leur poids, formes sensibles mais presque insaisissables. Pour sa première œuvre lyrique connue, le poète montrait une extraordinaire maîtrise non seulement de la musique de la langue et du vers français, mais une puissance de synthèse émotionnelle inconnue jusque-là, et qui ne se retrouvera plus, sinon chez Racine, avant Chénier. Dans ses évocations néo-grecques, qui doivent autant à *Théagène et Chariclée* qu'à Ovide et à Virgile, il sait faire vibrer ensemble la ferveur cosmique de Lucrèce, et les langueurs et les tendresses modernes de Tristan et de d'Urfé. Dans les modulations de la grande aria d'*Adonis*, on croirait déjà entendre et le chant de la Calypso de Fénelon, et les palpitations des *Torrents* de Mme Guyon :

[...]
Tout ce qui naît de doux en l'amoureux empire,
Quand d'une égale ardeur l'un pour l'autre on soupire,
Et que, dans la contrainte ayant banni les lois,
On se peut assurer au silence des bois,
Jours devenus moments, moments filés de soie,
Agréables soupirs, pleurs enfants de la joie,
Vœux, serments et regards, transports, ravissements,
Mélange dont se fait le bonheur des amants,
Tout par ce couple heureux fut lors mis en usage...
(v. 127-135)

Ces noces, entre un aveu autobiographique suprêmement impudique, et une prodigieuse tradition poétique, plastique et littéraire, deviennent volupté de la langue, réfléchie dans un mythe voluptueux, qui réfléchit lui-même l'expérience intime du poète, transfigurée par la mémoire. Avec *Adonis*, La Fontaine offrait à Foucquet, en guise d'alliance entre poète et mécène, le camée d'améthyste que le prêtre Calisiris, dans les *Éthiopiques* d'Héliodore, offre en rançon de sa fille adoptive, la belle Chariclée, un aimant chatoyant qui résume les pouvoirs conjugués de l'amour et de la parole poétique [19].

Le poème avait un autre versant, aussi rauque et sombre que le premier était mélodieux et lumineux. C'était le récit de la chasse à courre au cours de laquelle, en l'absence de Vénus, et pour divertir sa peine, Adonis débusque un sanglier. Un souffle violent de vénerie médiévale, dans les ténèbres de la forêt, accompagne la meute de limiers et de chasseurs. C'était une version moderne et française des chasses de l'*Hippolyte* d'Euripide et de l'*Actéon* d'Ovide. Il était hardi et révélateur de prêter à un berger, et dans un poème dédié à Foucquet, marquis de fraîche date, le genre de chasse qui depuis le fond du Moyen Âge était réservé au roi de France, et qu'aucun autre roi d'Europe ne pratiquait. Au cours de la curée, Adonis est victime du fauve qu'il a pourtant réussi à frapper lui-même à mort. La Fontaine a prêté la vaillance d'un héros au beau berger. Il le compare même, dans sa lutte contre le sanglier, au dieu protecteur de Cadmus :

> Tel Apollon marchait quand l'énorme Python
> L'obligea de quitter l'ombre de l'Hélicon.
>
> (v. 313-314)

La mort d'Adonis, c'est aussi la défaite d'Apollon. Un pressentiment crépusculaire, dans cette idylle comme dans la comédie contemporaine de *Clymène*, dissocie La Fontaine de l'euphorie officielle qui prévaut autour de Foucquet.

Le poème s'achève sur le lamento de la déesse, éloquente comme une Niobé, comme une Didon :

[...]
Mon amour n'a donc pu te faire aimer la vie !
Tu me quittes, cruel ! Au moins ouvre les yeux,
Montre-toi plus sensible à mes tristes adieux ;
Vois de quelles douleurs ton amante est atteinte !
Hélas ! j'ai beau crier : il est sourd à ma plainte.
Une éternelle nuit l'oblige à me quitter ;
Mes pleurs ni mes soupirs ne peuvent l'arrêter.
Encor si je pouvais le suivre en ces lieux sombres !
Que ne m'est-il permis d'errer parmi les ombres !
Destins, si vous vouliez le voir si tôt périr,
Fallait-il m'obliger à ne jamais mourir ?...

(v. 563-573)

Adonis est, bien avant la *Phèdre* de Racine[20], l'une des deux tentatives les plus hardies du XVIIe siècle français pour retrouver, dans son propre langage, l'étrangeté du mythe grec, beauté et sauvagerie, volupté et violence, dieux, bêtes et hommes emportés les uns vers les autres, les uns contre les autres, par la même fureur d'échapper à leur condition ou de la défendre. L'insertion « en abîme » de l'épisode violent de la chasse à courre (que Paul Valéry eût voulu supprimer), entre deux autres visions néogrecques, bonheur et deuil, donne la clef de cette tentative de renouveler l'alliance de l'art royal français avec le sentiment lyrique grec. Ce poème secret, réservé à l'usage exclusif de Foucquet, était aussi le miroir des émotions souterraines qui soutenaient et hantaient le Surintendant dans sa marche vers le centre du pouvoir royal. Il donnait à son aventure politique un pathétique shakespearien. Shakespeare avait lui-même écrit et publié un somptueux *Vénus et Adonis*. Un rare folio de ses œuvres figurait dans les collections de la bibliothèque de Saint-Mandé[21].

L'amitié à deux têtes : Le Songe de Vaux

Pellisson ne se contenta pas de ce chef-d'œuvre ésotérique, réservé à la jouissance personnelle du ministre, ni des délicieuses bagatelles de circonstance exigées par la « pension poétique ». Heureux d'avoir « découvert » un poète original et qui lui consacrait toutes les prémices de son génie, Foucquet agréa la suggestion de Pellisson de commander à La Fontaine un grand poème allégorique à la gloire de Vaux-le-Vicomte et de ses jardins.

En 1659, le chantier était déjà très avancé. Pellisson avait demandé à André Félibien, un ami de Conrart, rentré récemment d'un long séjour à Rome où il s'était lié intimement avec Nicolas Poussin, d'écrire une description en prose (encore en partie inédite aujourd'hui) des merveilles du château et de ses jardins. Mais il revenait à La Fontaine, dans le langage mystérieux des poètes préféré par Foucquet, d'en révéler le véritable sens. Il serait le Ronsard de ce moderne Fontainebleau, que le Surintendant se proposait, après la fête, d'offrir au roi, clefs en mains avec le miroir du *Songe*, en signe de soumission, d'amour et d'alliance [22]. Il importait que le miroir poétique du cadeau qui devait sceller l'union du couple Auguste-Mécène, appelés ensemble à faire régner Astrée sur la France, le fît rayonner de tous ses feux et de toutes ses intentions cachées. Dans l'avertissement des fragments qu'il publiera en 1671, La Fontaine résume le scénario de l'ensemble du poème [23] : le songe devait commencer comme un roman, par la découverte à Vaux d'un « diamant » extraordinaire, taillé en cœur et accompagné de la devise : « Je suis constant, quoique j'en aime deux », dans un écrin orné du portrait du roi. Ce gage mystérieux d'amitié (au sens éminent que cette vertu prenait dans l'entourage de Foucquet) donnait son sens à toute la correspondance des arts déployée à Vaux. Louis XIV, dont l'éducation ne s'était pas faite dans les romans, et qui voyait dans l'amitié une concurrence frondeuse pour le service de l'État, n'aurait guère goûté cette ingénieuse énigme : il dédaigna le contrat d'alliance où Foucquet le sollicitait d'entrer.

Pellisson avait réuni, pour concevoir et exécuter le cadeau de Foucquet au roi, une nouvelle académie de Fontainebleau : cette fois les Italiens — décorateurs de théâtre, fontainiers ou artificiers — n'y jouaient qu'un rôle de comparses. L'architecte Le Vau, le peintre Le Brun, les sculpteurs Anguier et Puget, le jardinier-paysagiste Le Nôtre, le maître des potagers La Quintinie, et même, de loin, Nicolas Poussin, de qui l'un des frères ecclésiastiques de Foucquet, Louis, avait obtenu, à Rome, le dessin d'une série de Termes à l'antique, devaient faire de Vaux le premier manifeste de la France réconciliée avec elle-même, enfin pleinement mère et maîtresse de ses propres arts. Loin d'être une fin en soi, Vaux devait offrir à Louis XIV la maquette de ce que serait l'Art royal sous son règne, si Foucquet était agréé[24].

Le roi comprit parfaitement cet autre message. Mais il préféra exécuter le dessein lui-même, en annexant à la Couronne tous les collaborateurs de Foucquet, dont il avait bien vu le talent, mais aussi la tutelle que ce talent lui imposerait, comme celle que son père avait soufferte de Richelieu et sa mère de Mazarin. Pour faire du Foucquet sans Foucquet, il repêcha même Pellisson après avoir libéré celui-ci de la Bastille en 1666. Mais au prix de quels reniements et humiliations, plus cruels peut-être que pour Foucquet le cachot de Pignerol ! Pour devenir historiographe du roi, il dut abjurer sa foi huguenote. Ses fonctions auprès du roi l'obligèrent à polir de sa plume le style des *Mémoires pour l'instruction du Dauphin*, où Louis XIV racontait à sa manière l'année 1661, et où le roi traitait Foucquet (que Pellisson avait défendu contre cette accusation avec tant d'éloquence, du fond de la Bastille) de vulgaire *voleur*[25]. En 1677, le roi le révoqua froidement de sa charge pour y nommer deux plus jeunes astres littéraires, Boileau et Racine. Entré dans les ordres pour recevoir des prébendes ecclésiastiques, Pellisson dut aller jusqu'à tenir la « Caisse des conversions » qui achetait l'abjuration de ses anciens coreligionnaires, bien avant la Révocation de 1686 et en prévision de celle-ci [26].

Le poète du *Songe* ne fut pas compris dans le transfert général des talents de Vaux au Louvre et à Versailles. Il avait dû interrompre en septembre 1661 son ambitieux *Songe de Vaux* devenu sans objet. Mais il en a publié un premier fragment, dès 1665, dans le recueil de ses *Contes et Nouvelles en vers*, avec une note : « Cet ouvrage est demeuré imparfait pour de secrètes raisons. » Les autres fragments parurent en 1671, à la suite d'un Recueil de *Fables*. Il écrit alors dans l'avertissement : « Il est depuis arrivé des choses qui m'ont empêché de continuer. » Il n'en affirmait pas moins, par la juxtaposition des ruines du *Songe* avec ses *Contes* et avec ses *Fables*, la continuité de son œuvre et sa fidélité à lui-même. En 1669, il osa même publier *Adonis*, il est vrai sans la dédicace et l'invocation liminaire à celui qui était alors le mort-vivant de Pignerol. Mais par cette alliance de parole et de silence, il rappelait tout de même au Grand siècle qu'il n'avait pas commencé en 1661 [27].

Adonis s'était en effet poursuivi et étrangement répété dans *Le Songe de Vaux*. Sauf que, dans le premier cas, la mort d'Adonis était contée à l'intérieur même du poème, après le lyrique récit de ses amours avec Vénus. *Le Songe de Vaux* trouve sa catastrophe non à l'intérieur de son édifice fabuleux, mais dans la plus dure réalité extra-poétique. S'il y a jamais eu une « œuvre ouverte », c'est bien ce poème inachevé et brisé par la foudre.

Le principe germinal du poème était un éloge en forme de rêve, un éloge de la puissance de l'amour, et du loisir dans lequel cette douce maîtresse des cœurs manifeste ses effets bienfaisants de beauté et de bonheur. La peinture de l'Antre du Sommeil, à qui le poète demande de lui faire voir en songe sa bien-aimée, et qui le transporte à Vaux-le-Vicomte ; la Dispute des Arts chargés de construire, dans une ardente émulation, le château et son parc ; la description de la Chambre des Muses, peintes en plafond par Charles Le Brun ; l'évocation des jardins et du parc, animée par le concours entre le chant du musicien Lambert et la voix d'un cygne mourant, ou par l'aventure (déjà presque une fable) du saumon et de l'esturgeon qui dialoguent dans la pièce d'eau, ou encore, la danse des Amours et des Grâces autour de Vénus, « dans un pré bordé de saules » : autant d'inventions puisées par le poète dans le théâtre de Mnémosyne décrit par Pellisson en 1656, et qui font de Vaux à la fois une Cythère, une Arcadie et un Parnasse, le royaume conjoint de Vénus et de Cupidon, d'Apollon et des Muses. Mars n'est présent dans cette fête mythologique que par ses amours avec Vénus, traversés par Vulcain. Jupiter et l'Olympe restent absents de cette patrie de la fiction poétique que Foucquet et son Académie ont rendue visible à Vaux.

Au cœur de tous les itinéraires de Vaux, et au foyer de toutes les apparitions auxquelles ils conduisent, La Fontaine avait déployé un récit d'extase amoureuse, comparable à celui qui formait le centre voluptueux du poème d'*Adonis*. Le poète est mis en présence de sa bien-aimée Aminte, une nymphe néogrecque endormie. Tous ses sens intérieurs sont mobilisés pour contempler l'apparition de ses charmes, à la fois offerts et protégés par le sommeil :

« [...] Cette belle nymphe était couchée sur des plantes de violettes, sa tête à demi penchée sur un de ses bras, et l'autre étendu le long de sa jupe. Ses manches, qui s'étaient un peu retroussées par la situation que le sommeil lui avait fait prendre, me découvraient à moitié ces bras si polis. Je ne sus à laquelle de leurs beautés donner l'avantage, à leur forme ou à leur blancheur, bien que cette dernière fît honte à l'albâtre. [...] Je n'entreprendrai de décrire ni la blancheur ni les autres merveilles de ce beau sein, ni l'admirable proportion de la gorge, qu'il était aisé de remarquer malgré le linomple, et qu'une respiration douce contraignait parfois de s'enfler. Encore moins ferai-je la description du visage ; car que pourrais-je dire qui approchât de la délicatesse des traits, de la fraîcheur du teint, et de son éclat ? En vain j'emploierais tout ce qu'il y a de lis et de roses ; en vain je chercherais des comparaisons jusque dans les astres : tout cela est faible, et ne peut représenter qu'imparfaitement les charmes de cette beauté divine. Je les considérai longtemps avec des transports que ne peuvent s'imaginer que ceux qui aiment. Encore est-ce peu de dire transport[s] ; car, si ce n'était véritablement enchantement, c'était au moins quelque chose qui en avait l'apparence : il semblait que mon âme fût accourue toute entière dans mes yeux. Je ne songeai plus ni à cascades ni à fontaines ; et comme, au commencement de mon songe, j'avais oublié Aminte pour Vaux, il m'arriva en échange d'oublier Vaux pour Aminte, dans ce moment... » (*Le Songe de Vaux*, VII, *Acante se promène à la cascade...*).

Symbolisé par une jeune Ariane française endormie et révélée aux sens du poète par le Sommeil, Vaux-le-Vicomte n'est pas seulement une « villa » destinée à délasser un ministre, c'est la capitale de la contemplation, du loisir et du repos voluptueux dressée au milieu du royaume : elle inspire au gouvernement du royaume détachement et douceur. Cette influence bénéfique est multipliée dans la symbolique du *Songe* par les arts et la poésie, et par la fécondité de la Nature, terre et mer, forêts et rivières, que l'agriculture et le commerce font fructifier. Les allusions à Flore et à Pan, l'évocation de Neptune et de l'Océan, associent, dans *Le Songe*, au mécénat littéraire et artistique du Surintendant ses grands projets de compagnies maritimes et de prospérité agricole pour un long règne de paix :

« Vous savez tous, déclarait Neptune, dans une harangue en prose que le poète n'a pas supprimée en

1671, l'alliance qui est entre Oronte [Foucquet] et votre monarque » (*ibid.*, VIII, *Neptune et ses tritons*).

La fête versaillaise des *Plaisirs de l'Île enchantée* en 1664 servira de cadre à une déclaration menaçante de politique étrangère, allégoriquement voilée, mais préparant l'Europe au réarmement de la France et à la guerre. En 1660-1661, *Le Songe de Vaux*, exégèse du chef-d'œuvre de Foucquet, se proposait de faire entendre au roi le message de sagesse politique que le Surintendant souhaitait lui faire agréer : le repos au centre de l'action, l'appel de la beauté au principe de la vertu. Il est assez saisissant d'y reconnaître, malgré la couleur épicurienne de ce programme, les germes de la pédagogie de Fénelon auprès du duc de Bourgogne, l'esprit du bon gouvernement tel que Mentor le fait souhaiter par son jeune élève Télémaque.

Le 17 août 1661, quand la fête de Vaux battait son plein, on passa au Surintendant un billet de sa plus ardente alliée, Mme du Plessis-Bellière, l'avertissant de bruits selon lesquels le roi allait le faire arrêter cette nuit-là. Le Surintendant se savait sur la corde raide. Mais sa déclaration d'investiture et son cadeau d'alliance étaient prêts, il ne se troubla pas, et le succès sans fausse note de la fête le renforça encore dans l'illusion que le roi allait accepter une amitié qui devait à la fois associer les deux hommes, comme Auguste et Mécène, et devenir la pierre angulaire d'un État réconcilié avec le royaume[28].

Bien avant cette nuit décevante, la civilisation de la douceur que le Surintendant se promettait d'établir pour longtemps en France brillait d'un vif éclat dans les hôtels parisiens et les châteaux de campagne attachés à son étoile. Liée dès 1647 par « Tendresse sur estime » à Pellisson, qu'elle avait rencontré chez Conrart, et qu'elle avait aimé encore plus ardemment lorsqu'en 1650 il revint à Paris, défiguré, mais tout à elle, Madeleine de Scudéry est le meilleur « reporter » de ce Paris nouveau, passionné pour le « Patron » auquel Pellisson s'est « donné » en 1657, et qui regarde l'ascension de Foucquet comme celle de l'enfant prodige du royaume appelé à civiliser l'État[29].

L'Astrée *à Paris : la* Clélie

Au même moment où Tallemant des Réaux commence à rédiger ses rétrospectives *Historiettes*, Mlle de Scudéry, dans sa *Clélie* (le roman-feuilleton, commencé en 1656, prend un tour plus engagé après l'entrée de Pellisson en 1657 comme « premier commis » chez Foucquet), propose une image, idéalisée et colorée par une Antiquité gréco-romaine de convention, de ce que Paris est devenu, et doit devenir, sous la constellation favorable dont le Surintendant est l'astre moteur. Dans les trois derniers volumes de la *Clélie*, la peinture de Vaux-le-Vicomte, sous le nom de Valterre, et le portrait du Surintendant lui-même, sous le nom de Cléonime, tiennent une place de choix ; l'harmonie est parfaite entre le château allégorique de Foucquet-Cléonime et la société parisienne, littéraire et mondaine, dont Mlle de Scudéry écrit la chronique romancée et à clefs. Elle célèbre à Paris (un Paris romain *et* arcadien) le triomphe des mœurs polies, de la conversation galante et lettrée, et de cette urbanité que la Rome de Cicéron et d'Auguste avait apprise d'Athènes et d'Alexandrie, et dont maintenant le Paris de Foucquet a pris en français la relève[30].

Parmi les nombreux motifs que l'on peut invoquer de la disgrâce de Foucquet, outre cette « puissance de l'amour-propre » qu'analysera son ami, La Rochefoucauld, et qui portait le roi à faire lui-même et pour lui-même ce que Foucquet proposait de faire avec lui, il faut compter aussi les sentiments de Louis XIV envers Paris. Le roi avait appris sous la Fronde à redouter et détester la capitale, en rébellion insolente contre sa mère et Mazarin, c'est-à-dire contre lui-même, le roi de France. Les Parisiens révoltés à l'appel du Parlement et des Princes l'avaient même contraint à les fuir, tandis que, dans les voyages de la Cour en province, il avait toujours reçu l'accueil traditionnel réservé par les Français à leur roi : fidèle et fervent. Comment aurait-il admis que la ville coupable ait si vite retrouvé son assurance, sa diversité et sa joie de vivre ? Ce bonheur, et l'homme qui ne se cachait pas de le partager et même de l'incarner, avaient tout pour déplaire au vieux Mazarin, et à plus forte raison au jeune roi son élève.

Dans les trois derniers livres de la *Clélie*, réorientés autour de Foucquet-Cléonime et de Pellisson-Herminius, Louis XIV n'apparaît qu'en comparse. Sous le pseudonyme d'Alcandre, il est sans doute loué superlativement : jeune, beau, amoureux, grand chasseur. Mais il n'a dans l'intrigue ni rang ni rôle, pas même une physionomie morale. Or s'il est vrai que le roi n'était ni lettré ni lecteur, il ne pouvait manquer de connaître, au moins par ouï-dire, la substance des dernières livraisons de la *Clélie*, qui lui donnaient le pouls de la mondanité parisienne, un peu comme *L'Illustration* hier ou *Le Nouvel Observateur* aujourd'hui. Son ministre des finances, coqueluche des salons, pouvait bien promettre au roi que, s'il lui donnait la direction des affaires, le roi aurait lui-même Paris à ses pieds. Louis XIV, dans le secret de son cœur, aspirait à être lui-même au centre des louanges de tous ses sujets. De Paris, il préférait être redouté, que d'être aimé par procuration, au nom d'un autre. Colbert ne fréquentait pas les salons parisiens, on ne lui dédiait pas encore des poèmes, mais ce majordome capable, et qui devrait tout au roi, était déjà choisi *in petto* depuis longtemps. Colbert était bien clairement un ambitieux, mais un ambitieux raisonnable, qui n'avait pas idée de se nuire en s'interposant pour l'amour du royaume entre le soleil de la gloire royale et l'État.

Le 17 août 1661, à Vaux, Louis XIV ne vit pas seulement Foucquet partout, Apollon dans le Salon des Muses, Alcide dans le Salon d'Hercule, Neptune dans les bassins du parc de Vaux, Mécène des arts et du théâtre français ; il vit aussi, plus nombreux que sa propre cour, le Tout-Paris invité en foule par Foucquet, et n'ayant d'yeux que pour le héros du jour : il trouva ce Paris enchanté par Foucquet plus insolent et plus insupportable encore que le Paris des barricades. Ce grand monde de la Ville respirait un air de joie et de liberté qui, même s'il n'offensait pas l'amour et le respect qui étaient dus au roi, lui était suspect. Versailles sera la réponse de Jupiter aux grenouilles parisiennes qui avaient réclamé Broussel, acclamé Condé, et qui maintenant plébiscitaient Foucquet.

La parenté d'inspiration entre *Le Songe de Vaux* de La Fontaine et la *Clélie* de Madeleine de Scudéry est à la mesure de la symbiose qui s'est établie entre le château de Foucquet et le grand monde de Paris. *Le Songe* est un miroir mystérieux du château, la *Clélie* (dans ses trois derniers livres) une représentation romancée et idéalisée du Paris rallié à ce château. Le poème et le roman ont donc un enjeu politique semblable, mais cet enjeu politique rend plus surprenant encore pour nous le fil conducteur des deux œuvres : l'amour, l'amitié, la sympathie, les affinités électives, toute la lyre des attractions mutuelles *privées* entre hommes et femmes. La Carte de Tendre est plus voluptueuse chez La Fontaine, plus raisonneuse et prude chez Mlle de Scudéry, elle n'en est pas moins chez les deux adeptes de Foucquet le seul programme de politique intérieure qui convienne au royaume de France et à la vocation de ses rois. La politique intérieure, du côté de Saint-Mandé et de Vaux, comme du côté des salons de Paris, doit reposer sur une philosophie et une poétique de l'aimantation générale du lien social[31].

Entre Mlle de Scudéry de la *Clélie*, le La Fontaine du *Songe de Vaux*, d'une part, et d'autre part les auteurs du coup d'État du 5 septembre 1661, il y a déjà tout le malentendu sur le gouvernement du royaume qui opposait naguère encore en France la « gauche » et la « droite ». La gauche, associée au christianisme social, veut avoir le monopole du cœur. Elle ne lit plus *L'Astrée*, mais elle voit la France comme l'Arcadie des droits de l'homme. La droite ne lit plus Machiavel ni Hobbes, mais elle sent plus ou moins vivement que même la société politique française, et peut-être elle surtout, ne peut être gouvernée comme la laiterie de Marie-Antoinette. La grandeur de l'État rend ridicules le sentimentalisme et l'humanitarisme. La compassion et la justice sociale rendent odieux l'autoritarisme d'État, dont elles vivent. Les ressemblances s'arrêtent là, car la question au XVIIe siècle est infiniment plus complexe, tant les élites sont sursaturées alors de très anciennes traditions et médiations symboliques qui empêchent le débat de se réduire à une simple antithèse démagogique et électorale.

Pour s'en tenir à un exemple, mais qui touche de près et La Fontaine et Madeleine de Scudéry, la droite comme la gauche aujourd'hui en France courtisent un féminisme officiel qui n'imagine pas d'autre progrès social et politique pour les femmes qu'un arrivisme tout viril, et d'essence machiavélique. Nous sommes devenus presque étrangers à l'idée qu'une heureuse diversité morale distingue féminité et virilité, et que cette diversité, pour peu que poésie et littérature la rendent effectivement sensible et féconde, puisse exercer des effets bénéfiques dans la société politique et sur les mœurs. Nous sommes en régression au regard de cette possibilité, cultivée au XVIIe siècle par un poète tel que d'Urfé, ou un moraliste chrétien de grand style tel que François de Sales, d'une synthèse supérieure et plus fluide entre une masculinité toute d'action et de ruse, et une féminité toute de futilité et de duperie. La France du XVIIe siècle, héritière de la France du *Roman de la rose* et de *Lancelot*, avait entre-temps emprunté à la Renaissance italienne un langage de mythes, d'allégories et de symboles qui lui permettait d'insinuer, parmi les rôles figés, la recherche d'attitudes amoureuses et d'attachements affectifs plus fertiles, parce que plus fidèles à la vérité singulière et à l'extrême diversité des « composés » humains, et moins blessants que l'intimidation ou la tromperie réciproques auxquels se condamnent les rôles sociaux et sexuels arrêtés.

Dans cette recherche, dont les racines remontent en France à l'idéal courtois, *L'Astrée* d'Honoré d'Urfé, lecture initiatique pour La Fontaine, pour Madeleine de Scudéry et pour leurs amis, faisait figure alors de cinquième évangile laïc [32]. Toute l'alchimie morale distillée par ce long roman vise à orienter lectrices et lecteurs vers des attitudes sociales d'abord privées, puis débordant dans l'ordre politique, qui prêtent aux hommes quelque chose des qualités féminines qui leur manquent, et obtiennent des femmes quelque chose des qualités masculines dont elles sont parfaitement susceptibles. Cette transmutation réciproque, qui laisse intactes la différence et la diversité des deux sexes, les module et les nuance de telle sorte que leur union, au lieu d'être un malentendu cruel et un combat de loups et de louves, peut s'imprégner de sympathie et d'intelligence. Dans *L'Astrée*, ce sont les femmes qui, prenant appui, au lieu de le repousser ou de lui céder sans contrepartie, sur le désir qui attire les hommes vers elles, l'apprivoisent au leur, et dans cette éducation réciproque, qui ne va pas sans épreuves et sans échecs, se découvrent elles-mêmes réfléchies et libres, et capables de révéler aux hommes une douceur, une patience et une intelligence du cœur peu spontanées dans les rôles que leur sexe est présumé devoir jouer.

Le grand échangeur, dans cette métamorphose mutuelle, c'est la conversation, qui donne égale liberté de parole aux différents caractères de femmes et d'hommes : dans cette école de tolérance et de courtoisie, les deux sexes, en se confiant l'un à l'autre par la parole, apprennent en douceur non pas à se ressembler, mais à se modifier et à se rendre moralement complémentaires [33]. Le fruit de cette alchimie dans le creuset de la conversation, c'est « l'honnête amour », qui réconcilie les traits de l'amour, passion aveugle, et ceux de l'amitié, vertu des sages que l'Antiquité avait voulue toute masculine, mais qui maintenant, après des siècles de christianisme et de « fin'amor », fait son entrée dans les relations amoureuses du couple masculin-féminin. Éros a appris à ressembler à Agapê[34].

Le sommet de ce nouvel idéal moral, inconnu des Anciens, *L'Astrée* le fait surgir dans l'épisode étrange dont le grand prêtre païen Adamas est entièrement l'auteur, au cours duquel Céladon, travesti en jeune fille et maîtrisant ses élans amoureux, partage dans le même gynécée la vie et le lit de la bergère Astrée, qui l'aime aussi, mais qui le prend pour une amie ressemblant à l'homme qu'elle aime. Dans cette longue épreuve, qui éduque l'aiguillon de la passion et lui ajoute la forme durable de l'amitié, Céladon et Astrée apprennent à s'estimer, à harmoniser leurs humeurs, avant de s'unir et de connaître les voluptés de Vénus et Adonis, mais non pas suivies de rupture et de tragiques malentendus.

On a pu savamment disserter sur la « galanterie » et sur la « préciosité », ridicule ou non, que cultivèrent les cercles de Mme de Rambouillet et de Mlle de Scudéry. Il s'agit toujours, selon des modalités très délicates, dont le marivaudage méprisé par Voltaire retrouvera toute l'ingénieuse casuistique, d'une véritable révolution morale, qui mûrit depuis la Renaissance en Italie, en France, en Angleterre, et que Paris s'approprie sous le règne de Louis XIII et de la régente Anne d'Autriche. Même les jésuites français, un Pierre Le Moyne et un Dominique Bouhours, sont obligés, parce qu'ils sont pédagogues de métier, d'intervenir dans cette révolution morale, sous peine de voir leurs jeunes élèves formés sur les classiques latins et le culte marial leur échapper. *Les Peintures morales* du père Le Moyne (1641-1643), sa *Galerie des Femmes fortes* (1648) s'efforcent de prendre la tête du mouvement pour en devenir, si possible, les directeurs de conscience. Appelons cette révolution morale le romantisme galant[35].

Les véritables vecteurs de cette mutation des mœurs se trouvent en effet dans le roman et la poésie profanes qui, dans le sillage de *L'Astrée*, propagent les idéaux de l'« honnête amour » et qui lui proposent un langage. Le destin de cet évangile littéraire et laïc cristallise après la Fronde autour de la personne de Nicolas Foucquet.

Un homme d'État littéraire : Nicolas Foucquet

Les deux plus beaux portraits du Surintendant, l'un gravé par Robert Nanteuil, l'autre par Claude Mellan, révèlent chez cet homme d'État, dont les capacités politiques, financières, et diplomatiques, en dépit des calomnies ultérieures répandues par Colbert, étaient reconnues par Mazarin et par toute l'Europe, un luxe très insolite dans la profession : une mélancolie dans le regard et une finesse de traits et de sensibilité qui font de lui un frère d'âme irrésistible non seulement pour les lettrés et les poètes, mais pour les femmes, toutes les femmes : les plus naïvement féminines, comme la très belle Mlle de Menneville (la Brigitte Bardot des filles de la reine-mère), les plus intelligentes et avisées en affaires, comme Mme du Plessis-Bellière, aussi bien que les plus spirituelles, vibrantes et vivantes, comme la marquise de Sévigné. Les extraordinaires dévouements qu'il s'est attirés dans l'un et l'autre sexe, la toile serrée d'amitiés et de fidélités inviolables qu'il a tissée autour de lui dans les milieux les plus opposés, doivent quelque chose à l'or qu'il savait semer avec une élégance généreuse, mais l'or n'eût pas suffi à lui mériter cette affinité invincible de la part de la France en sa fine fleur. Ce ministre et ce Mécène était, comme le sera plus tard l'abbé de Fénelon, un mutant préparé par plusieurs siècles de raffinement littéraire du cœur et des sens.

Il arrive aux anciennes familles de former des chefs-d'œuvre d'humanité : la Renaissance et le XVIIe siècle en offrent de nombreux exemples, de Balthazar Castiglione à La Rochefoucauld, de Philip Sidney à

Charles Ier. Foucquet ne sortait pas, comme Fénelon, d'une très ancienne famille, mais ses dons naturels, accomplis par son éducation religieuse et littéraire, avaient fait de lui un prince. Un prince non pas par la naissance, mais par le degré de civilisation. Il dédaigna la particule et garda, même dans son élévation, le nom bourgeois de ses ancêtres. Il ne pouvait cependant être reconnu pour prince que dans un climat de serre, où les titres de grand civilisé avaient cours, et où la littérature dictait les critères d'admiration. Ni Colbert ni le roi, qui pesaient les hommes sur la balance du *Prince*, ne pouvaient supporter ce genre de supériorité chimérique et que seule une sympathie prévenue et éclairée peut sentir, plutôt qu'analyser.

Un bruit insistant a couru, à Paris et à la Cour après son arrestation, que Foucquet avait osé faire la cour à Mlle de La Vallière, déjà goûtée par le roi, et que la colère de Louis XIV contre le Surintendant venait, au fond, de ce crime de lèse-majesté amoureuse [36]. La Vallière ou pas, il y eut certainement entre le jeune roi, dont les appétits amoureux étaient robustes, et ce surintendant qui avait passé la quarantaine, mais qui rayonnait d'un singulier pouvoir d'attraction universelle, une incompatibilité d'humeur essentielle que Foucquet, trop sûr de sa magie personnelle, ne sentit pas, ou pas assez. Si courtois dans ses manières que fût le roi, il se tenait bien droit dans ses bottes de roi et de mâle de la dynastie. Les moirures de Foucquet et des siens lui inspiraient mépris et même crainte. Le plus singulier paradoxe du règne sera de voir Françoise d'Aubigné, la précieuse la plus achevée qu'avait pu compter la société parisienne des Scudéry, Pellisson et Foucquet, épouser Louis le Grand, et s'épuiser en vain, avec les secours de Racine, et même, quelque temps, ceux de Fénelon, à éveiller le Tendre sous cette cuirasse de potentat qui était déjà bien coriace en 1661 [37].

La Fontaine-Anacréon

Dans le « tableau de Paris » de la *Clélie*, Mlle de Scudéry a fait s'entrecroiser toutes les sociétés de conversation de la Ville, mais dans les trois derniers livres de ce roman-reportage, la constellation se met à réfléchir la lumière qui émane de Cléonime, le Surintendant, auprès duquel est venu se ranger le génie d'Herminius, *alias* Pellisson [38]. Quelques femmes supérieures, en affaires comme dans l'art de vivre, multiplient maintenant par leur propre pouvoir de sympathie celui de leur idole politique. Leurs hôtels parisiens, comme leurs châteaux d'Île-de-France, servent de relais à la puissance d'attraction de Saint-Mandé et de Vaux. Valentin Conrart-Cléodamas (un pseudonyme emprunté presque littéralement à *L'Astrée*), le protecteur de Pellisson et de ses « paladins », voit figurer à bon droit sa maison de campagne et ses jardins d'Athis-Mons dans la topographie du Paris de Fouquet. Les Solitaires de Port-Royal, que Robert Arnauld d'Andilly sait rattacher, par ses anciennes alliances mondaines, au brillant salon de Mme du Plessis-Guénégaud à l'hôtel de Nevers et à son splendide château de Fresnes (un chef-d'œuvre disparu de François Mansart), bénéficient eux-mêmes d'une publicité inattendue dans ce Bottin mondain du Paris rallié au Surintendant. Les intrigues et les aventures que narre Madeleine de Scudéry, les entretiens qui les commentent et en retirent une morale, sont autant de variations pré-marivaudiennes sur le thème de l'amour et de l'amitié, et sur la capacité des deux sexes à perfectionner ces liens sociaux. L'amitié est partout exaltée comme la forme supérieure de l'amour, dégagée de la jalousie, du mensonge et de l'inconstance, et donnant la force de tenir la foi jurée, la parole donnée. Dans ce roman, l'amitié est pour les femmes comme pour les hommes un secret partagé et inviolablement scellé par une fraternité de cœur : ce contrat supérieur est à même, comme dans le théâtre de Corneille, de spiritualiser, tout en l'exaltant, l'inclination passionnelle. Et si l'amour est le principe générateur de la gloire, en d'autres termes d'une vie publique et politique méritant l'admiration, l'amitié est plus puissante encore : la gloire qu'elle fait désirer n'est pas l'approbation du public, mais celle des vrais témoins de l'intérieur, les amis, et soi-même devant ses amis.

Bien que Mlle de Scudéry soit entièrement dépourvue du génie lyrique de La Fontaine (qui fait voir au poète comme en songe le sanglier machiavélique attendant sa victime dans la forêt du royaume), son roman apparemment sans ombres, et dont la prose est celle, continûment euphorique, de l'éloge, suppose une contrepartie, qu'elle laisse à ses lecteurs le soin de compléter. Le secret, la fidélité inviolable, l'attachement conjugué de l'amour et de l'amitié, toutes ces fièvres du cœur, pour tenir tête à qui ? La gloire intériorisée, reconnue par les seuls intimes ? Mais à quelle éventualité de disgrâce publique et d'usurpation de gloire répond cette éventuelle solution de repli ? Un air subtil de conjuration ardente et de risque suprême parcourt en sourdine les derniers livres du roman. Il y a de la méthode Coué dans cet enthousiasme perpétuel, et une affreuse angoisse compensée. Quand la romancière écrit, à son cher Pellisson, quelques jours avant l'arrestation de Foucquet : « On dit toujours que M. le Surintendant va droit à être premier ministre, et ceux même qui le craignent commencent à dire que cela pourrait bien être », elle cherche à se donner le change, comme elle l'a fait à longueur de roman et pour ses lecteurs [39]. Elle vit et elle écrit dans cet état second depuis 1657, dès qu'elle est entrée avec Pellisson dans le jeu d'enfer de Foucquet, et qu'elle a mis son talent d'écrivain célèbre au service du Surintendant. Du moins croyait-elle le servir. Car si le roi, comme il est probable, s'est fait lire les dernières livraisons de la *Clélie*, il pouvait y déchiffrer à livre ouvert l'étendue de la conjuration toute cornélienne qui se développait à Paris et dans les châteaux des alentours en faveur de son ministre des finances. Il a pu entrevoir, en creux, la terreur qu'inspiraient à ces conjurés innombrables, non pas tant lui-même, qu'ils tenaient pour docile et influençable, mais l'étroite équipe de hauts fonctionnaires sans états d'âme, maintenus au pouvoir par Mazarin, et qui tenaient de Richelieu les véritables arcanes de l'État. L'éphémère Foucquet, en dépit des sondages d'opinion, aux yeux du roi ne représentait que l'aventure. Mlle de Scudéry n'aura pas trop d'une très longue vie (elle mourut en 1701, âgée de quatre-vingt-treize ans, mais réhabilitée par les soins de son amie Françoise Scarron) pour réparer, à force de panégyriques du Grand roi, l'effroyable gaffe de la *Clélie.*

Dans les derniers livres de la *Clélie*, succédant à Jean-François Sarasin, mort en 1654, et qui avait auparavant joué dans le roman, sous le pseudonyme d'Amilcar, le rôle du nouveau Voiture, c'est La Fontaine, sous le pseudonyme d'Anacréon, qui prend la relève [40]. La singulière superposition des temps et des lieux qui fait de la *Clélie* un Parnasse grec, une Arcadie latine et une Carte parisienne de Tendre, permet à Anacréon-La Fontaine de croiser le sage Ésope dans le présent tout fictif du roman. Est-il déjà sur le chemin des *Fables* ? La société qu'il fréquente pendant les années Foucquet est en tout cas très familiarisée avec les vieux apologues grecs, depuis tant de siècles naturalisés français. Ésope, grâce à l'édition illustrée que venait d'en donner en 1660 un ami de Nicolas Poussin et d'André Félibien, Raphaël Trichet du Fresne, lui-même bien introduit auprès de Foucquet à Saint-Mandé, connaissait une nouvelle actualité dans la conversation mondaine, et Mlle de Scudéry l'y a donc invité [41]. Elle l'avait déjà fait figurer dans son précédent roman-fleuve *Le Grand Cyrus*. Avant de s'en faire un compagnon de disgrâce après 1661, La Fontaine l'avait donc eu déjà pour confrère sur le Parnasse riant de la *Clélie*. L'auteur d'*Adonis*, le dispensateur de la « pension poétique » à Foucquet, est lui-même reçu en poète lauréat, dans la société la plus exclusive de Paris : nouveau Voiture, nouveau Sarasin, il concourt avec Pellisson-Herminius à l'éclat de la conversation générale. Chez Mme du Plessis-Bellière, chez Mme du Plessis-Guénégaud, chez Mme Foucquet, chez Conrart, et bien sûr aux « samedis » de Mlle de Scudéry, La Fontaine a donc fait maintenant son entrée dans le grand monde parisien. Il y évolue avec aisance. Le portrait que Mlle de Scudéry fait de lui, les propos qu'elle lui prête, sont des témoignages de première main que les biographes de La Fontaine ont eu tort de négliger. Du silence et de l'obscurité où il était demeuré jusqu'alors, il surgit tout à coup en pleine lumière, sous les lustres des salons et dans les allées de parc les plus élégants de la « Belle Époque » Foucquet :

« C'est un homme de bonne mine, écrit Mlle de Scudéry, et d'un air noble et enjoué. »

« L'homme de Champagne » (et qui le reste) fait très belle figure de poète à Paris. Par un jeu délicat de surimpression, la romancière le montre à la fois tel qu'il apparaît à ses admiratrices en 1660, et transfiguré sur le Parnasse en poète grec du Ve siècle couronné de roses, enveloppé d'une chlamyde. Elle cite parmi ses œuvres le titre de poèmes qu'on attribuait depuis le XVIe siècle à Anacréon, cher à Jean Dorat et à Ronsard : « La colombe », « L'hirondelle », « La lyre ». Mais l'humeur et les propos qu'elle lui prête sont bien ceux qui, dans les années Foucquet, faisaient goûter le poète à Paris dans les entretiens de salon ou de château [42].

La joie est la maîtresse de son cœur, et il l'aime partout où il la trouve. Mais qu'elle vienne à lui manquer, et La Fontaine-Anacréon est exposé à « mourir d'ennui ». Ce poète enjoué, et qui sait « s'amuser », est aussi un mélancolique que le monde ne comble pas, et qui est aisément blasé de son caquetage. Il le sait, il est son meilleur médecin et il dispose d'une vaste gamme de remèdes à la mélancolie. Il est, écrit un peu mystérieusement Mlle de Scudéry, « sensible à tous les plaisirs sans exception ». Cela recoupe les *cent pas-*

sions des sages condamnées que le poète avouera à demi-mot dans son *Discours* en vers de 1684. Mais parmi ces diverses voluptés intimes, celles qu'il place au-dessus de tout, et qui elles non plus n'ont rien de mondain, ce sont ces agapes qui réunissent *cinq ou six amis sans affaires, sans chagrins*, entre lesquels *la conversation est libre, enjouée et même plaisante* et qui savent l'agrémenter de *chansons agréables, de musique et d'un peu de promenade*. Ce poète fêté par le grand monde et qui se prête à ses réceptions et conversations, est en réalité tout à ses propres fêtes cachées, comme au temps où il désertait sans crier gare l'Académie des paladins.

Les rencontres qui ont pour théâtre les belles demeures des grandes dames, amies de Foucquet, ou même la maison de campagne de l'illustre Conrart, ont pourtant le charme de la vie privée et civilisée, et rien de la politesse empoisonnée de la vie de cour. C'est pourquoi le poète peut s'y plaire. Mais il leur préfère des délices moins sociales, et des réunions d'amis beaucoup plus intimes et intenses, dans le pur loisir. Même « lancé » dans le grand monde parisien, il reste fidèle aux « antres » de sa Champagne natale, et aux parties d'amitié entre frères lettrés et musiciens qui ont fait le bonheur de son adolescence. Même après la chute de Foucquet, c'est toujours dans ces compagnies sans apprêt et vagabondes qu'il trouvera de quoi se consoler : les voyageurs du carrosse qui l'emmène avec Jannart à Limoges, et qui transforment l'ordre d'exil en découverte du « jardin de la France », les quatre amis des *Amours de Psyché*, qui constatent avec lui que Versailles est bel et bien fidèle à Vaux en toutes choses, et qui prennent ensemble un plaisir extrême, en dépit de Colbert, à écouter et commenter un roman d'amour !

L'amitié au-dessus de la patrie

> « Je mets au plus haut l'amitié. Un ami, je l'aimerais même assassin, ou traître, ou voleur. L'idée que l'on fasse passer la politique avant l'amitié me semble absolument comique. L'amitié engagée, l'amitié comme dans les couvents : religion d'abord. »
>
> Paul Morand

> « Où est l'amitié, est la patrie. »
>
> Voltaire

Le sujet sur lequel revient le plus volontiers La Fontaine-Anacréon, dans les conversations rapportées par Mlle de Scudéry dans la *Clélie*, c'est encore et toujours l'amitié. C'est même le vrai sujet du roman. Tous ses personnages, selon des facettes diverses, contribuent à faire valoir cet idéal moral commun. Le vénérable Arnauld d'Andilly, ambassadeur de Port-Royal dans les sociétés parisiennes décrites par la romancière, se donne lui-même pour un « professeur d'amitié ».

Dans une lettre qu'il écrivit à Mme de Sablé le 28 janvier 1661, et qui fut approuvée par son frère le Grand Arnauld, il écrivait ces phrases anathèmes pour Louis XIV comme pour Robespierre : « ... Ce que l'on nomme l'amour de la patrie n'est en effet que l'amour que nous avons pour nous-mêmes. Nous l'aimons parce qu'il nous est avantageux de l'aimer. Nous servons notre ambition ou notre fortune en la servant, et Rome n'aurait point eu tant de martyrs de la république si ces grands hommes n'avaient beaucoup plus travaillé pour leur gloire que pour sa grandeur [...]. Il n'en est pas de même de celle qui unit les amis par des liens plus forts et plus excellents que ceux du besoin et de l'intérêt, qui fait que, sans la personne que l'on aime, on trouve la solitude au milieu de son pays, que l'on ne croit vivre qu'autant que l'on vit en elle, que, contre l'opinion des Stoïques, le sage peut aimer quelque chose plus que lui-même, qui entraîne de telle sorte la volonté qu'elle la plonge tout entière dans celle de son ami, et enfin que les âmes se trouvent confondues ensemble par un mélange si universel que, pour parler comme Montaigne, elles n'aperçoivent pas la couture qui les a jointes [...]. Nous devons beaucoup sans doute à notre patrie, nous ne pouvons trop travailler pour sa conservation ni être trop jaloux de sa gloire. Mais comment lui devrions-nous autant qu'à nos amis, puisque nous devons à nos amis plus que nous ne devons à nous-mêmes ? [...] Ainsi je crois pouvoir dire que l'amitié, considérée dans toute sa pureté, doit être sans aucun mélange ni d'intérêt, ni de gloire, ni de plaisir particulier, que celle que nous avons pour l'État n'est jamais de cette sorte, qu'on ne la trouve toute pure que dans un très petit nombre d'amis ; et que, pour eux, l'on peut sans crime avoir quelque chose de plus cher que le salut de sa patrie qui, sans cette obligation, nous doit être préférable à toutes choses [43]. »

Le non moins vénérable secrétaire perpétuel de l'Académie française, Conrart-Cléodamas, dont Tallemant nous dit qu'il était « affamé » d'amitiés, se montre dans la *Clélie* sous ce jour aimant et obligeant. Madeleine de Scudéry a réuni dans son roman un arc-en-ciel complet de toutes les couleurs de l'intense sympathie. Ce qui singularise le poète La Fontaine-Anacréon, ce qui le rend si attrayant et insaisissable, c'est qu'il est lui-même la synthèse chatoyante de toutes ces couleurs, portées à une douce incandescence qui oriente sa vie et inspire son art. Éros et Agapê lui dictent une vie aimante en poésie et une poésie qui aimante autour d'elle la vie. Mlle de Scudéry lui fait dire qu'il veut « ôter de la morale ce qu'elle a de rude et de sec, et lui donner je ne sais quoi de si naturel, et de si agréable qu'elle divertisse ceux à qui elle donne des leçons ».

C'est bien l'alliance d'un art de vivre et d'un art d'écrire, la précédence du doux sur l'utile qu'Horace recommande d'allier. Comme sa poésie, l'amitié de La Fontaine suppose un cœur et une imagination capables de donner corps à de belles fictions et à de beaux chants. Mais ce n'est pas l'*Ion* de Platon, qui ne sait rien de son don divin. Ce poète, selon les vues sur l'amour de Socrate et de Diotime dans le *Banquet*, est aussi un philosophe et un moraliste de son art de vivre et de chanter. À Herminius-Pellisson qui professe son horreur du mensonge, contraire à la bonne foi que l'amitié exige, La Fontaine-Anacréon répond par un dépassement de ce principe trop sèchement éthique :

« Pour les mensonges plaisants, vous ne les condamnez pas non plus et quand je voudrai faire un conte agréable, vous me permettrez d'ajouter quelque chose à l'histoire, car pour l'ordinaire la vérité a toujours je ne sais quoi de sérieux, qui ne divertit pas tant que le mensonge [44]. »

Et le docte Herminius, qui a tant appris à La Fontaine-Anacréon, se révèle aussi le disciple du poète ; il lui répond sans résistance :

« Ha ! pour cela ! je crois qu'il peut être permis [...], je laisse la liberté à votre imagination d'inventer ce qu'il lui plaira, aussi bien est-ce proprement à vous à jouir du privilège de mentir innocemment [...]. Il n'y a point de mensonges innocents que ceux que l'on donne pour mensonges, c'est-à-dire toutes ces ingénieuses fables des Poètes, encore faut-il qu'elles aient l'apparence de la vérité. »

C'est déjà, avec près de vingt ans d'avance, la poétique de la fable *Le dépositaire infidèle* :

> Le doux charme de maint songe
> Par leur bel art inventé,
> Sous les habits du mensonge
> Nous offre la vérité.

(IX, 1, v. 32-35)

L'amitié, pour Pellisson, pour Conrart, pour Arnauld d'Andilly, pour les autres personnages de la *Clélie*, est l'*agapê* devenue seconde nature, un chef-d'œuvre de la raison et de la volonté au service des plus hautes régions du cœur. Pour La Fontaine-Anacréon, c'est un mode d'être inventif et imaginatif, l'extension aux choses de la vie d'un mode de dire, et ce mode d'être est à la comédie humaine ordinaire ce que la poésie est à la prose. Une telle continuité entre poésie et « amitié » suppose une intelligence, une fantaisie et un goût supérieurement aiguisés et alliés ; elle ne galvaude pas aisément auprès des besogneux comédiens ordinaires du monde ni son amitié ni sa poésie.

Même s'il échappe par le haut à la société parisienne réunie et racontée par Madeleine de Scudéry, La Fontaine partage et dessert leur culte de l'« honnête amitié », si supérieur lui-même aux rôles et aux passions vulgaires. Le mérite de l'amitié, pour ce grand monde qui reconnaît à son tour le mérite à part d'un poète-né, est de créer un univers de sympathies intuitives et éclairées où les rôles figés, les idées arrêtées renoncent à leurs dures limites coupantes, et inventent des concessions et des compromis singuliers. Ce n'est pas un hasard si la romancière de la *Clélie* charge La Fontaine-Anacréon, dont décidément les pensées, et pas seulement les vers et la vie, « ne sont pas celles de tout le monde », de donner à l'idéal commun un sens philosophique et même politique. Elle prête en effet à l'amateur épicurien de « beaux mensonges » un scepticisme décidé, à l'épreuve des dogmes et des fanatismes doctrinaires, à plus forte raison sectaires ou partisans :

« Il n'y a jamais de préoccupation si forte que celle qui a quelque apparence de religion et de piété. En effet, la morale de Pythagore ayant plu à Damon, [un autre personnage du roman, prosélyte des *Vers dorés* de Pythagore] parce qu'elle est pleine d'humanité et de douceur, il a ensuite soumis facilement son esprit à croire tout ce qu'a enseigné un homme dont la vertu l'a charmé. Lorsqu'une personne pour qui vous aurez une très grande estime voudra vous persuader de suivre aveuglément son opinion, il faut sans doute que ce soit une des choses que personne ne peut jamais savoir parfaitement, qu'on ne sait que lorsque les dieux la révèlent. Cela étant, il ne faut pas s'étonner si une personne qui, par sa propre raison, ne peut pénétrer jusqu'à la vérité, croit qu'un homme, que d'ailleurs elle estime infiniment, a découvert ce qu'elle n'a pu découvrir, et qu'elle croit enfin aveuglément ce qu'elle pense qu'il n'a cru qu'après en avoir été convaincu par mille raisons [45]. »

C'est le style de Mlle de Scudéry, mais c'est bien la pensée du poète, qui est ici l'interprète de son milieu d'accueil. Ces propos mieux que tolérants, supérieurs, ne sont pas surprenants dans une société où le janséniste Arnauld d'Andilly, sous le masque de Timante, dialogue avec le philosophe pyrrhonien François La Mothe Le Vayer, qui est masqué chez Madeleine de Scudéry sous le nom de Cléante (un nom dont Molière fera grand usage dans ses comédies). Le mythe romanesque de Mlle de Scudéry, idéalisant à bien des égards, n'en a pas moins lui aussi sa vérité, supérieure à tous les réalismes de reportage : elle fait voir de l'intérieur, grâce au langage de l'allégorie qui joue à la fois sur plusieurs registres, l'espèce de vaste Académie qui est en train de se former à Paris, en cercles concentriques, autour de l'Académie Foucquet.

La diplomatie de l'esprit

Là conversent ensemble, dans un climat d'égalité polie, tolérante et galante, hommes et femmes de rangs et de tempéraments les plus divers, d'opinions les plus opposées, de vocations les plus différentes, de talents en apparence les moins accordés. François La Mothe Le Vayer vient du docte Cabinet Dupuy, Robert Arnauld d'Andilly du cercle des Solitaires de Port-Royal des Champs, Valentin Conrart est l'inventeur de l'Académie française, Pellisson et La Fontaine émanent de l'« académie de jeunes » de la Table Ronde,

Madeleine de Scudéry elle-même est l'une des héritières de la « Chambre bleue » : les cloisons sont tombées entre ces sociétés d'orientation différentes mais qui toutes cultivent les Lettres dans un loisir et une amitié de couleur à la fois sceptique et épicurienne. Le Paris de Foucquet fait la synthèse de ces diverses sociétés littéraires, et amorce une République des Lettres inédite jusqu'alors, qui englobe dans ses rangs érudits et philosophes, poètes et savants, calvinistes et catholiques, hommes et femmes d'un grand monde lettré. L'Académie personnelle de Foucquet, qui se réunit dans la bibliothèque de sa maison de Saint-Mandé, a été coordonnée en 1657 à la République parisienne des Lettres par Pellisson, qui lui-même a ainsi trouvé, en la personne de Foucquet, un maillon essentiel pour rattacher à cette République lettrée, qui est en fait la fine fleur du royaume, la conduite même de l'État.

Ces vues de Pellisson et de ses amis sur Foucquet ne contredisent pas en profondeur l'empire charitable de la secrète Compagnie du Saint-Sacrement, dont la famille du Surintendant est très proche. Plus souriantes, elles rattachent au sort de Foucquet les éléments les plus brillants et novateurs de Paris. Faute d'un Parlement à l'anglaise, Paris en a trouvé le substitut : une République des Lettres *sui generis*, à la fois mondaine et savante, carrefour encyclopédique, creuset de tolérance réciproque, forum de conversation universelle, milieu fluide et conducteur, par définition libéral, où les synthèses les plus imprévisibles peuvent s'opérer, où les contradictions les plus insurmontables peuvent trouver un moyen terme, et qui rêve d'incliner le gouvernement du royaume du côté de sa propre diplomatie de l'esprit.

De cette République des Lettres improbable tutrice de l'État, Louis XIV voulait tout aussi peu que de la « cabale des dévots ». C'est bien elle pourtant qui, en veilleuse sous son règne chez Mme de La Sablière, réapparaîtra au XVIIIe siècle, avec une autorité sur Paris dont Versailles perdra définitivement le contrôle après 1748, quand Maurepas sera disgracié et que son protégé Voltaire quittera le service du roi de France pour celui du roi de Prusse. Turgot, un autre Foucquet des Lumières, sera alors le candidat de Voltaire au gouvernement du royaume.

La Fontaine n'avait pas les raisons du roi pour redouter la montée, dans le sillage de Foucquet, de ce « pouvoir spirituel » littéraire. Même s'il préférait les réunions plus intimes et les retraites secrètes, il s'est senti à son aise et à sa place dans cette Académie multiple, dont la conversation était réceptive comme lui-même à la diversité des idées, des goûts et des nuances d'humanité. Ses belles hôtesses savaient comme lui tous les degrés qui séparent la vie privée de la vie intime de salon ou de château, et l'abîme qui sépare celles-ci de la vie de cour.

Elles savaient faire la différence entre la vie de loisir lettré et la vie d'action. L'une est la médecine de l'autre. Le loisir lettré nourrit le cœur et l'esprit que l'action use et dessèche. Mme du Plessis-Bellière, l'amie et collaboratrice de Foucquet, Mme du Plessis-Guénégaud, comme plus tard Mme de La Sablière qui est leur disciple et héritière directe, sont de vives intelligences autant que de grands cœurs. Elles dialoguent d'égal à égal avec les érudits, les savants, les philosophes, les diplomates, qu'elles reçoivent aussi bien que les poètes ou les grands seigneurs lettrés. L'Académie parisienne de la « Belle Époque » Foucquet, dont on n'a voulu voir que l'écume, promise elle aussi à un grand avenir au XVIIIe siècle, des bouts-rimés et des billets galants, est un grand atelier des intelligences, où la coupure moderne entre « les deux cultures », la littéraire et l'autre, est encore inconnue. Nicolas Foucquet lui-même, dans son Académie de Saint-Mandé, avait réuni les doctes les plus divers. Il se plaisait dans la société d'un médecin physiologiste aussi supérieur qu'un Jean Pecquet, disciple français de William Harvey, ou d'un Marin Cureau de La Chambre, qui lui dédie en 1660 son *Art de connaître les hommes*, l'une des clefs de la physiognomonie des *Fables*[46]. Le Surintendant conversait volontiers avec des philosophes tels que François La Mothe Le Vayer, le moderne Sextus Empiricus, ou Samuel Sorbière, traducteur de Hobbes et éditeur de Gassendi[47]. Il choisit pour son collaborateur principal un huguenot, Pellisson. Celui-ci était alors fils spirituel du huguenot Conrart, et prince héritier de la République française des Lettres[48].

Sur le forum lettré de Paris, banquiers, gens d'affaires, diplomates, engagés dans des intrigues difficiles, trouvaient eux aussi une détente et une palestre où exercer leur esprit sur d'autres sujets plus désintéressés. Inversement, philosophes et savants que l'Université persécute, que l'Église condamne, et que la Cour ignore, trouvent une écoute attentive et un accueil bienveillant dans cette Académie informelle de Paris, qui ne manque pas de flair pour reconnaître les vrais talents ni de goût pour faire fête à la nouveauté. La Fontaine, entre 1657 et 1661, associe philosophie et poésie dans le grand monde rallié à Foucquet, après avoir approfondi son érudition littéraire dans l'entourage de Pellisson et de Conrart.

Les deux poètes qui l'avaient précédé dans le grand monde peuvent tromper tout autant que lui l'historien distrait. Voiture était érudit en secret. On le découvrit seulement au XIXe siècle[49], lorsque fut publiée sa correspondance avec le docte Costar. Sarasin fréquentait, aussi souvent que l'hôtel de Rambouillet, l'Académie des frères Dupuy, qui fut, entre 1617 et 1656, le rendez-vous quotidien de tout ce que Paris (et, par le biais des voyages et des correspondances, l'Europe) comptait de grands philologues, historiens et juristes. Cette « République des Lettres » savantes avait trouvé un Mécène à Stockholm en Christine de Suède. Maintenant, associée à la « République des Lettres » mondaines, elle pouvait espérer en trouver un à Paris en la personne de Foucquet. L'héritier de Voiture et de Sarasin, devenu poète-docte auprès de Pellisson, et poètephilosophe dans cette fusion des académies parisiennes, était à l'intérieur des grandes métamorphoses de l'esprit, autant que des grandes espérances du Paris de Foucquet.

Dans le monde du Surintendant (en dépit de ses attaches, il est vrai indirectes, avec les Solitaires de Port-Royal épris de la philosophie nouvelle), le cartésianisme n'a pas de prise[50]. Paris compte des salons cartésiens, mais ils se situent dans les marges du grand monde qui conspire avec le Mécène de Vaux. Cette société a deux livres de chevet, qu'elle cherche à concilier et qui dessinent les nervures de ses goûts éclectiques en morale, en philosophie, en politique, dans les sciences : *L'Astrée* et les *Essais*. Le scepticisme et l'épicurisme de Montaigne, comme la philosophie platonisante de d'Urfé, par des voies diverses, enseignent que la liberté et le bonheur passent par une critique des apparences, et une réflexion sur l'extrême difficulté de voir clair, en soi-même, en autrui, dans la nature. Le « Connais-toi toi-même », comme l'Éros selon Socrate et Diotime, est une école de l'intelligence en éveil, qui méprise les dogmes : elle fait bon accueil aux recherches les plus diverses et hardies. Le véritable augustinisme, celui de Pascal, peut lui-même faire fond sur cet « esprit de finesse » aiguisé chez les « honnêtes gens », pour les arracher à leur suspens ondoyant et les conduire au *credo quia absurdum* de la foi. Le champ magnétique de la « curiosité » mondaine convient à un poète qui ne veut rien sacrifier de la richesse du réel, aussi bien qu'à un politique qui veut garder le cap en tenant compte des facettes nombreuses et mobiles des situations qu'il doit démêler. Pour La Fontaine, pour Foucquet, pour leurs amis, la méthode en ligne droite introduite en France par Descartes ne présentait pas plus d'attrait que l'autorité administrative et planificatrice de Colbert.

L'État et le royaume, Hobbes et Gassendi

Un excellent exemple de la diplomatie de l'esprit qui a les faveurs de l'Académie Foucquet se propose dans le traité *De l'amitié* publié en 1660 par Samuel Sorbière [51]. Le thème du traité est au cœur des préoccupations des cercles parisiens du Surintendant, et Sorbière, de retour de Stockholm, les fréquente. Il n'est pas le seul à savoir que ce sujet fascine le ministre et son entourage. Charles Perrault qui, avec son frère Claude, fréquente lui aussi la société de Saint-Mandé et de Fresnes, a écrit en 1660 un dialogue, *De l'amour et de l'amitié*, qu'il ne laissera publier qu'en 1672 [52]. On y entend l'Amitié, fille du Désir et de la Bonté, se réclamer de la générosité pour surmonter la puissance de l'amour-propre intéressé, et faire des « miracles » moraux, nécessairement réservés à des êtres rares. L'Amour, fille de Désir et de Beauté, a un empire plus vaste, combattu par la Raison, mais qui *remue*, avec la complicité de la Sympathie et des « petites intelligences qu'elle a dans les cœurs », *toute la terre*. Si différentes qu'elles soient, ces deux cousines bien nées ont en commun d'échapper et de faire échapper au calcul des intérêts et à une vertu froidement éthique. Le jeune Perrault du temps de Foucquet est déjà le moraliste des *Contes de fées*. Entre-temps, il a été de ceux qui ont contribué à transporter chez le roi les apparences de la « civilisation » Foucquet.

Autre moraliste des affinités naturelles, Saint-Évremond a été l'un des confidents intimes du Surintendant et l'une des victimes de sa chute. Même si son essai *Sur l'amitié* est difficile à dater, il reflète et prolonge chez cet exilé fidèle à sa jeunesse une ligne de pensée qui date des années Foucquet [53]. Dans cet essai, Saint-Évremond se demande si « le Prince » peut avoir « un Ami ». Une cour est un système d'intérêts. Le Prince veut « ouvrir son cœur », il rêve de goûter « les douceurs que la familiarité du commerce et la liberté de la conversation peuvent donner aux Amis particuliers ». Le maître de la société politique veut aussi bénéficier du bonheur de la société naturelle. Malheur alors au Favori qui se laisse prendre à ce piège ! Sa générosité le perdra, l'industrie des hypocrites de cour l'accablera. « Mais, ajoute Saint-Évremond, ne portons point d'envie à tous ceux qui se font craindre : ils perdent la douceur d'aimer et d'être aimés. » Tel est son dernier mot sur Louis XIV, qui est d'admiration pour Foucquet, « héros cornélien » selon son cœur.

Le traité *De l'amitié* de Sorbière[54] résulte de l'effort d'un philosophe pour s'adapter, et adapter son savoir, à l'esprit qui règne dans l'entourage du Surintendant. Cet effort lui fut facile. Il pouvait écrire plusieurs années plus tôt, à un confident, une profession de foi sceptique qu'aurait pu parapher l'Anacréon décrit en 1660 par Madeleine de Scudéry :

« S'il y a quelque chose en moi que les honnêtes gens approuvent, c'est que je sais reconnaître et révérer ceux qui possèdent en un degré éminent les qualités qui me manquent. Je ne méprise personne, je loue les dons de chacun, j'admire même les rêveries qui me paraissent ingénieuses, et ayant un goût universel pour tout ce que les beaux esprits nous présentent, je n'ai de la contrainte que pour ceux qui me veulent astreindre à leurs opinions particulières, comme s'il fallait qu'après avoir goûté leurs mets, je renonçasse à toutes les autres viandes. Je veux qu'on me laisse ma liberté, et que, de même qu'en un banquet, on me permette de manger de tout ce que bon me semble. Si une sauce n'est pas de mon appétit, je ne blâme pourtant pas le cuisinier, et je sais bien qu'il en faut de diverses afin de contenter tout le monde. C'est de cette diversité que vient l'excellence et la somptuosité des festins[55]. »

Né huguenot, Sorbière a eu maille à partir avec les théologiens calvinistes, il s'est converti au catholicisme, il en a été récompensé par de bons bénéfices ecclésiastiques, et il a fait, parmi d'autres, dont Descartes, le voyage à Stockholm, auprès de Christine, « la

Sémiramis du Nord ». Interprète en français de Hobbes, qu'il a beaucoup fréquenté à Paris, éditeur et biographe de Gassendi, qu'il tient pour son maître, Sorbière se livre, dans son essai *De l'amitié*, à une synthèse hardie et infiniment séduisante entre la philosophie de l'État de Hobbes et la sagesse de la vie cachée d'Épicure et de Gassendi. Les idées classiques sur l'amitié faisaient d'elle une vertu naturelle, antérieure aux sociétés politiques. Le célèbre traité de Cicéron sur ce sujet montre comment les formes supérieures de l'amitié sont la réminiscence, surmontant les calculs politiques d'intérêts, de clientèles et d'échange de bons offices, d'un lien social originel et générateur d'humanité. La théorie cicéronienne de la conversation dérive de sa théorie de l'amitié : cet échange de loisir a lieu en marge du forum politique, et de son éloquence intéressée à vaincre. Elle est la réapparition d'une parole naturelle, contemplative, désintéressée, confiante, au sein même des sociétés politiques.

Le traité de Sorbière part d'une théorie de l'amitié exactement inverse : les hommes par nature sont méchants, haineux, violents, portés à se détruire réciproquement. Seules les sociétés politiques, et l'autorité qui s'y fait respecter par la crainte, créent les conditions favorables à l'apparition d'une humanité civile. L'amitié, à la différence de l'amour, passion naturelle et violente, est l'un des heureux fruits de l'art politique. Cependant la philosophie de Hobbes, que suit d'abord Sorbière, ne permet de penser l'amitié qu'en termes d'intérêts bien compris. Or le disciple de Gassendi veut aussi penser l'amitié supérieure, celle dont Aristote avant Cicéron avait proposé l'idéal, et dont Corneille, dans ses tragédies, Madeleine de Scudéry, dans ses romans, font le lien indéchirable entre grandes âmes. C'était aussi pour Épicure et Gassendi le lien philosophique par excellence. Sorbière ajoute donc un étage à l'édifice du Léviathan. Les sociétés politiques dans l'ordre de fer qu'elles ont raison d'imposer à la violence naturelle aux hommes, ne la disciplinent qu'imparfaitement et à gros grains. La puissance publique, si vigilante soit-elle, ne peut empêcher que beaucoup d'hommes soumis à sa juridiction se comportent à son insu, comme dans l'état de nature, en loups dévorants envers leurs semblables. Pour *vivre en repos et en sûreté*, il a donc été nécessaire, à l'intérieur de l'ordre officiel imposé par le souverain, de former de *petites alliances* privées, qui font *quitter les armes* dont la nature nous a pourvus, pour créer un lien de « bonne foi » entre individus et, l'union faisant la force, résister efficacement aux « loups » archaïques dont la société la mieux policée reste infestée. Ces associations d'intérêts et de défense privées, par le plaisir qu'elles donnent à ceux qui s'y confient, créent des habitudes douces : elles deviennent alors *plaisir de l'entretien et de la communication des pensées*, dans une heureuse synthèse de l'intérêt hobbesien et du plaisir épicurien.

Mais ce degré d'humanisation de l'*homo politicus* n'est pas le dernier. L'amitié intéressée crée le terrain favorable à l'amitié goûtée pour elle-même. Elle devient alors un chef-d'œuvre moral admirable, et Sorbière cite Horace :

Nihil ego contulerim jucundo sanus amico.

« Si j'ai le moindre bon sens, il n'est rien que je ne place au-dessus d'un ami enjoué. »

Âge d'or privé à l'intérieur de l'âge de fer des sociétés politiques, la compagnie des amis, et le lien confiant qui les unit, sont choses rares et qui se méritent par de longues mises à l'épreuve. « Pour acquérir un vrai ami, écrit Sorbière, et tirer ce trésor de la masse corrompue des hommes, il faut que l'on corrige avec beaucoup d'adresse la férocité naturelle de l'esprit humain. » Et Sorbière, qui a les mêmes classiques que La Fontaine, cite Boccace, le conte des *Deux amis qui se disputent pour une mule*. La morale de cette fable : le lien social *exquis* qu'est l'amitié doit être constamment reconquis et éclairci, tant le moindre malentendu peut faire resurgir la violence naturelle. Pour donner la mesure de cette espèce de miracle moral que sont l'amitié, sa naissance, sa perpétuation, irréductibles à toute méthode ou prévision, Sorbière cite une sentence de l'augustinien Pétrarque :

Si vis amari, ama, quanquam et hoc ipsum saepe frustra est.

« Si tu veux être aimé, aime, quoique même cette voie soit souvent décevante [56]. »

À cet étage supérieur des sociétés politiques, celui où l'amitié devient un mode d'être ensemble, inconnu du vulgaire et même des amitiés vulgaires, seuls *les beaux esprits et les plus savants* ont accès. C'est un étage périlleux, car il est pour ainsi dire suspendu au-dessus du reste de l'édifice, dont il est le luxe : les sociétés politiques peuvent à tout instant se passer de ce luxe qui reste incompréhensible pour l'immense majorité d'hommes mal dégrossis dont elles sont composées. Cette aristocratie de l'esprit et du cœur peut même attirer leur haine : « Comme [ces beaux esprits et ces savants] sont en quelque façon plus hommes que les autres hommes, écrit superbement Sorbière, par la faculté de penser qui est en eux exaltée, ils ne trouveront rien plus doux que de la produire et exercer avec quelques-uns de leurs semblables. Il leur faut donc des amis, auxquels ils communiquent leurs pensées, et même par le moyen desquels ils les argumentent, les raffinent et les polissent : ce qui est de toutes les occupations de la vie la plus spirituelle, la plus noble et la plus digne de l'origine que nous donnons justement à l'âme, aussi bien que de l'immortalité que nous lui promettons avec tant de certitude et de si solides démonstrations [57]. »

Par un cercle complet de diplomatie de l'esprit, Sorbière, parti de Hobbes, arrive là où commencent Robert Arnauld d'Andilly et plus tard Fénelon, tous deux héritiers de saint François de Sales, et théoriciens l'un de la « pure amitié », l'autre du « pur amour ». Son traité nous fait parcourir en quelques pages toute la lyre des moralistes français classiques, à mi-chemin entre théologie morale et philosophie politique, depuis l'analyse du calcul d'intérêts jusqu'à la recherche de la générosité désintéressée, depuis le règne de la crainte jusqu'au règne de l'amour[58]. Cette démarche circulaire, qui met à l'épreuve les doctrines les plus diverses, est en réalité une méditation ardente, imaginative, inventive, sur le royaume, sur son avenir politique et moral, sur les chances dont disposent ses lettrés, philosophes, spirituels et poètes, de l'orienter vers sa véritable et singulière vocation. Nicolas Foucquet était au centre de tous ces projets, de toutes ces aspirations contradictoires, dont il souhaitait incarner la synthèse. Le traité de Sorbière montre que, même pour ceux qui ne partageaient pas la foi de Pellisson dans le génie de Foucquet, l'heure était venue en France de faire coïncider la puissance de l'État civilisateur avec la plus « exquise » conquête de la civilisation sur la nature, l'amitié qui fonde et qui meut la République des Lettres, sœur laïque de la *caritas* chrétienne.

Le roi, le 5 septembre 1661, a tranché. Sorbière en 1663, dans un discours *Au Roi*, en prend acte et assure Louis XIV du respect de la République des Lettres savantes. La Fontaine resta fidèle à son lyrisme intime et à l'amitié qui l'avait lié à son Mécène foudroyé.

CHAPITRE IV

NICOLAS FOUCQUET, OU COMMENT ON NE DEVIENT PAS LE FAVORI DE LOUIS XIV

> « Le roi et Colbert, ces deux furieux du pouvoir absolu, s'entendaient dans une haine exemplaire contre ce personnage souriant, qui n'aimait la puissance qu'en dilettante. Foucquet a la simplicité de ceux qui ne se prenaient pas trop au sérieux ; mais Louis XIV et Colbert se prennent terriblement au sérieux [...] La raison regrette souvent d'avoir eu raison contre le cœur. Et peut-être, en haïssant Foucquet, le roi cède-t-il plus à une certaine nostalgie, le regret de la liberté telle qu'elle régnait avant le despotisme de Versailles où l'art lui-même sera entièrement engagé dans la politique, politique du meuble, de la tapisserie, de la tragédie, des manufactures décoratives, politique de la peinture, politique des jardins. Louis XIV, athlète à la volonté de fer, voit-il avec une sourde envie le laisser-aller, la gracieuse négligence du dernier homme de la Renaissance, d'un alchimiste de la monnaie fiduciaire, du surintendant Foucquet ? La France de Louis XIV ne regrette-t-elle pas parfois la France de Louis XIII ? »
>
> PAUL MORAND, *Foucquet ou le Soleil offusqué*, 1961

Le 5 septembre 1661, au sortir d'un entretien avec le roi, à Nantes, la chaise du surintendant Nicolas Foucquet est arrêtée par d'Artagnan et quinze mousquetaires. D'Artagnan tend au ministre la lettre de cachet signée de la main du roi. Foucquet la lit et dit seulement « qu'il croyait être dans l'esprit du roi mieux que personne du royaume [1] ».

Dans l'*Élégie aux Nymphes de Vaux* de La Fontaine, que les amis du Surintendant emprisonné et accusé de lèse-majesté feront circuler au début de l'année suivante, le poète implorant pour Foucquet la clémence du roi amplifiait mélodieusement pour le sauver le lieu commun des surprises de la Fortune :

... Voilà le précipice où l'ont enfin jeté
Les attraits enchanteurs de la prospérité.
Dans les palais des rois, cette plainte est commune,
On n'y connaît que trop les jeux de la Fortune
Ses trompeuses faveurs, ses appas inconstants ;
Mais on ne les connaît que lorsqu'il n'est plus temps.
[...]
Jamais un favori ne borne sa carrière ;
Il ne regarde point ce qu'il laisse en arrière ;
Et tout ce vain amour des grandeurs et du bruit
Ne le saurait quitter qu'après l'avoir détruit [2].

Ce lieu commun, destiné à inspirer indulgence et pitié, faisait entrer Foucquet, qui avait voulu devenir premier ministre de Louis XIV, dans la longue théorie des figures les plus exposées du jeu politique dans les monarchies : les favoris.

Qu'est-ce qu'un « favori » au XVIIe siècle ? En quoi diffère-t-il du « ministre » ? Dans le Vocabulaire de l'Académie toscane de la *Crusca*, une citation de Firenzuola vient à l'appui de la définition du *favorito* :

« *Abbiti cura dalla invidia, la quale, come palla di sapone, si mette sotto i piedi de' favoriti...* »

(Prends garde à la jalousie, qui, comme une boule de savon, se glisse sous le pied des favoris [3].)

Dans le *Dictionnaire* français de Furetière, à l'appui de la définition de la faveur des rois et des Grands, La Bruyère est cité :

« On voit des hommes que le vent de la faveur

pousse d'abord à pleines voiles, et à qui elle fait perdre la terre de vue en un moment[4]. »

Enchantements trompeurs, vanité des vanités, boule glissante de savon, inconstance des vents marins, toutes les métaphores de l'ironie tragique font au XVIIᵉ siècle, du favori disgracié, en italien comme en français, l'objet par excellence des caprices de la fortune, le sujet le plus sensible du drame politique, le miroir par excellence de la fragilité humaine. Nicolas Foucquet, lui-même grand lettré et adoré du temps de sa splendeur par les plus grands écrivains et poètes de sa génération, a frappé plus vivement encore l'imagination littéraire par sa chute. Son charme et son malheur ont jeté sur les débuts du règne de Louis XIV une ombre douloureuse qui ne s'est jamais effacée, et qui trouble aujourd'hui encore la gloire du Grand roi au moins autant que pèse, sur la fin du règne, le grondement prophétique des *Mémoires* de Saint-Simon. La Fontaine est pour beaucoup dans cette transfiguration de Foucquet en héros de la « tragédie du favori ».

Le « favori », emblème de l'éphémère et de l'illusion, est donc le contraire d'une institution politique stable. Le renvoi d'un ministre est un événement public et normal ; la chute d'un favori est un drame humain autant que politique : elle met en jeu les passions et les émotions privées les plus intenses autant que les intérêts d'État. En France au moins, le mot « favori » n'apparaît jamais dans le vocabulaire officiel. Il désigne une sorte de marginal, au même titre ou presque que les maîtresses royales. Le *Dictionnaire* de Furetière cite un passage du père Bouhours très significatif :

« Les favoris n'ont aucune relation directe avec le public. Toutes leurs fonctions ne regardent que la vie privée du Prince[5]. »

Aristippe le philosophe, les rois et leurs favoris

Dès 1658, au moment même où l'ascension du Surintendant semblait à son zénith, parut un magnifique essai posthume de Jean-Louis Guez de Balzac, l'autorité littéraire française alors la plus souveraine. Il définissait les termes d'une véritable dramaturgie du « ministre » et du « favori » en France.

L'ouvrage était dédié à la reine Christine de Suède. Il s'intitulait : *Aristippe ou de la Cour*. Aristippe est le nom d'un antique philosophe grec, souvent cité par Horace dans ses *Épîtres* : il savait rester un spectateur méditatif et contemplatif, au cœur même des affaires d'État. Balzac prétend que sous ce nom classique, il a mis en scène, fait parler et commenté un « sage savant », qu'il aurait connu auprès du Landgrave de Hesse, occupant le « loisir » et les « intervalles des maux » de ce prince par une « conversation habile » qui soumettait les affaires politiques diplomatiques et militaires de l'Europe au tamis d'une méditation désintéressée. Ce « regard éloigné » sur le monde de l'action est, selon Balzac, une forme supérieure de bonheur. « Les affaires publiques, écrit-il hardiment, sont souvent sales et pleines d'ordure ; on se gâte pour peu qu'on les touche. Mais la spéculation est plus honnête que le maniement : elle se fait avec innocence et pureté. La peinture des Dragons et des Crocodiles, n'ayant point de venin qui nuise à la vue, peut avoir des couleurs qui réjouissent les yeux. Et je vous avoue que le monde, qui me déplaît tant en lui-même, me semblait agréable et divertissant dans la conversation d'Aristippe[6]. »

Aristippe est un philosophe spectateur du monde. Mais il n'est pas stoïcien. Il est solidaire des hommes, même si intérieurement il est détaché de leurs cruautés et de leurs folies. Le dogme du Portique, selon lequel « le sage n'a besoin de personne », est à ses yeux une erreur : *Il n'y a que Dieu seul qui soit pleinement content de soy-mesme.* Les hommes, même philosophes et à plus forte raison les princes, ne peuvent se passer de « société », de « commerce » ; pour délibérer, ils ne peuvent se contenter d'un tête-à-tête avec soi-même : il leur faut des conseillers et des amis. « Les Princes qui ont le plus gagné, sont ceux qui ont été le mieux secondés [...]. Que le Prince est heureux, et que le Ciel l'aime, s'il se rencontre en son temps des esprits du premier ordre, des âmes égales aux intelligences en lumière, en force, en sublimité [...]. Ce sont les Anges tutélaires des royaumes... »

Deux conclusions politiques s'imposent au sage. D'abord : *Cette vérité établie que les rois ne sauraient régner sans ministres.* Ensuite : *Il est presque aussi vrai qu'ils ne sauraient vivre sans favoris.* Chefs d'État et personnes privées, les rois sont des hommes, et ni dans l'exercice de leur « travail » et de leurs affaires, ni dans l'épanchement de leur repos et de leur loisir, on ne peut exiger d'eux cette autarcie divine où le Christ lui-même, Dieu fait homme, ne s'est pas enfermé sur la terre, prenant ses apôtres *pour confidents* et *préférant* même l'un d'entre eux, saint Jean. Un roi ne peut se passer ni de ministres, *le premier degré des serviteurs qui tiennent tous leur place dans l'administration de l'État,* ni de favoris [7].

Mais il lui faut éviter les *équivoques*, dont son siècle pourrait pâtir, et ne pas confondre *les personnes qui plaisent* et *celles qui sont utiles*, en poussant *au Conseil* ceux qui *lui auraient été agréables dans la conversation*. Nécessaires et inévitables l'un et l'autre, le « ministre », qui assiste le roi dans sa vie publique, le « favori », qui a poussé ses racines dans sa vie privée, ne sont pas interchangeables. Il serait monstrueux qu'une élection passionnelle, et le plus souvent aveugle (comme celle de Pasiphaé pour son taureau, ou de Caligula pour son cheval), arrache le favori de la sphère privée où il est à sa place pour le projeter sur la scène publique où il est déplacé. Cela n'irait pas sans violence et sans désordre. L'*amour-propre*, l'*orgueil naturel (qui enfle particulièrement le cœur des rois, quand il est question de maintenir une faute qu'ils ont faite, et de ne pas avouer qu'ils peuvent faillir)* peuvent seuls imposer durablement pour ministre, à la tête de l'État, un favori choisi pour des motifs intimes et privés. Un tel transfert est à l'origine d'épouvantables tragédies politiques, et d'un monde hors de ses gonds. Quand ils prétendent *faire le Phaéton en ce monde*, les favoris, affirme Balzac, *sont en ce perpétuel danger, je dis de se perdre et de perdre leur pays, lors même qu'ils ont raffiné leur ignorance par l'usage de la Cour, et que deux ou trois bons succès qui viennent de la pure libéralité de Dieu, leur donnent bonne opinion d'eux-mêmes et leur font accroire qu'ils font le bien qu'ils ont reçu*[8].

Ainsi, en dehors du sens pathétique qu'il peut prendre après coup, lorsqu'il est tombé, le « favori » désigne en France un monstre politique en puissance : l'objet de la faveur privée du roi, ce qui n'a rien que de naturel, mais d'une faveur qui peut déborder dans la vie publique ; elle fait alors du « mignon » un ministre par définition tyrannique, abusant de l'autorité proprement royale. Or, dans ce sens, Nicolas Foucquet n'a jamais été un favori, bien qu'il en ait subi le destin tragique. Même si La Fontaine, pour rendre son sort plus touchant auprès du public, a recours après coup au mot et à la fiction du « favori disgracié », ce secrétaire d'État aspirant aux pouvoirs de premier ministre n'avait jamais bénéficié des préférences *privées* de Louis XIV.

Louis XIII, son ministre d'État et ses favoris

Louis XIII avait eu un « favori » avant 1624 et il en avait fait un ministre et un duc : Luynes. Après 1624, il en a eu d'autres : Baradat, Saint-Simon, Cinq-Mars. Ils n'ont jamais été ministres, même si tel d'entre eux en a rêvé. Richelieu y a jalousement veillé. Avec

Richelieu, la fonction de « ministre d'État » et le rôle de « favori » semblent bien se dissocier à la Cour de France. Richelieu incarne la Raison d'État, il est une sorte de Minerve en robe pourpre ; sous son empire, le roi plie sa volonté, le plus souvent contre ses sentiments intimes et ses penchants dévots, qu'il confie en secret à ses favoris ou à son confesseur. Surveillés de près par les espions du cardinal, les favoris, parfois rongeant leur frein, recueillent en « apartés » les tourments, les plaintes, les doutes, les remords de Louis XIII.

Irritée et déconcertée par cet incompréhensible dédoublement du roi, l'opposition princière et parlementaire à Richelieu avait tenté cependant à plusieurs reprises d'utiliser les favoris ou les confesseurs de Louis XIII pour secouer l'empire de Richelieu sur le roi, et obtenir la disgrâce du chef de son Conseil. La tentation fut plusieurs fois très vive, chez Louis XIII lui-même, de prendre le parti de son favori du moment, interprète de l'opposition politique au cardinal, contre son principal ministre. Mais Richelieu réussit toujours à convaincre le roi en définitive qu'il lui fallait choisir l'État, et le devoir que l'État dictait au roi par sa bouche, contre ses préférences personnelles d'homme. Richelieu avait réussi littéralement à dresser Louis XIII, en l'habituant à dissocier en lui-même le chef de l'État et l'homme, la raison d'État et ses sentiments privés. Richelieu n'avait donc rien d'un « favori », au sens du « *privado* » espagnol, qui cumule officiellement la préférence privée du roi et la confiance du chef d'État, qui est à la fois l'ami préféré du roi et le premier ministre de son royaume.

Sous le ministère de Richelieu, l'État royal français était donc devenu une « idée claire et distincte » de l'humanité tendre du roi. L'espèce de transcendance impersonnelle où Richelieu avait porté l'État modifiait radicalement l'exercice du pouvoir monarchique : celui-ci n'était plus, comme par le passé, la résultante normale d'une incessante négociation entre le souverain, les princes, les parlements, les États généraux et provinciaux ; dans ce jeu de forces, l'élément affectif, les amitiés personnelles, les obligations mutuelles, l'*amicitia*, la *caritas*, les solidarités locales jouaient un rôle déterminant. Avec Richelieu, l'intérêt supérieur de l'État, défini par le ministre d'État, devait prévaloir sur toute autre considération, même s'il fallait briser en route les intérêts les plus respectables, les traditions, les loyautés et les sentiments les plus légitimes. Louis XIII s'était soumis à cette logique de monstre froid, mais il ne s'y était pas plié sans angoisse, hésitation et accès de mélancolie. Le duc de Saint-Simon, fils de « favori », a été très reconnaissant à Louis XIII de ces « états d'âme » qui le rattachaient à l'ancienne France. Il n'a pas pardonné à Louis XIV de n'avoir d'âme que pour l'État[9].

Mais les mots sont fuyants. Richelieu a été malgré tout qualifié de « favori » par l'opposition, au sens où, dépositaire impérieux de l'autorité royale, ce ministre s'en est servi selon ses adversaires en prince machiavélique, en tyran. Même si ce pouvoir excessif n'avait aucune racine dans l'affection de Louis XIII pour Richelieu, il ne pouvait s'expliquer aux yeux de ses adversaires que par une faiblesse de caractère du roi, impuissant à gouverner lui-même, et abandonnant les rênes de l'État à une volonté dominatrice. Sous Henri IV, ni Villeroy ni surtout Sully n'avaient jamais été qualifiés de « favoris », mais tout simplement de ministres. Ils servaient le « bon » roi qui gouvernait lui-même ; ils ne profitaient pas de cette faveur ambiguë qui, naissant d'un désordre privé, affection ou faiblesse, peut déborder sans mesure dans la sphère publique. La « timidité » de Louis XIII a fait de Richelieu un « favori-ministre » tout-puissant, tandis que ses désirs ont fait de ses « favoris » les préférés, mais sans pouvoir, de son cœur.

Cette triade fascinante du roi, du ministre et du favori était depuis longtemps l'objet des réflexions et des passions politiques françaises. Déjà en 1515, dans son *De Asse*, à l'aube du règne de François Ier, Guillaume Budé, le père de l'humanisme juridique français, se livrait à une critique violente de l'administration du « favori » de Charles VIII, le cardinal d'Amboise, qui employait de préférence des Italiens, et qui avait entraîné le défunt roi dans une ruineuse aventure en Italie. Budé se plaignait qu'une habitude désastreuse détournât les rois de France d'exercer eux-mêmes leur autorité, avec l'amour de leur peuple dont ils sont seuls capables, plutôt que de l'abandonner à des ambitieux et à des cupides. Le « ministre », pour Budé, c'est celui qui aide le roi à assumer lui-même la plénitude modérée de sa puissance légitime. Le « favori », c'est celui qui profite de la faiblesse du roi, principe néfaste de son élévation au rang de premier ministre, pour abuser du pouvoir royal, en exagérer l'exercice, et pervertir toute l'orientation de l'État[10].

Quand, un siècle et demi plus tard, sous la régence d'Anne d'Autriche, un autre géant de l'humanisme juridique français, Pierre Dupuy, veut rendre rétrospectivement odieux Richelieu, il fait de lui un « favori-ministre » et il lui attribue cette maxime atroce :

« Qu'un Favori, qu'un Ministre, ne périt jamais pour faire trop de mal, mais pour n'en faire pas assez. »

Dans l'*Histoire des Favoris anciens et modernes*, ouvrage posthume de Pierre Dupuy publié à Leyde en 1660, aucun Français ne figure, sauf en appendice le maréchal d'Ancre, le ministre et favori italien de Marie de Médicis, que Louis XIII avait fait exécuter en 1617 sous l'impulsion de son propre favori, Luynes[11]. L'intention de l'ouvrage est d'établir, contre la mémoire de Richelieu, que les « favoris-ministres », dont le pouvoir déréglé se moque des lois du royaume et abuse arbitrairement de la faveur du prince, sont en réalité des tyrans contraires à l'esprit des institutions françaises. Leur autorité s'est toujours fondée sur la « faiblesse » du roi, et non pas sur son choix raisonnable ; elle s'exerce de façon irrationnelle, hors des normes légales et des limites légitimes. Outre le maréchal d'Ancre, le seul exemple contemporain proposé par Pierre Dupuy est celui de Rodrigo Calderón, favori et ministre éphémère de Philippe III d'Espagne. Les mazarinades, pendant la Fronde, avaient qualifié Mazarin de « favori » pour le disqualifier. Selon les Frondeurs, il devait son élection au caprice d'un cœur féminin, celui d'Anne d'Autriche[12].

Foucquet candidat à l'amitié du roi, non à sa faveur

Nicolas Foucquet, procureur général du Parlement de Paris depuis 1650, Surintendant des finances en compagnie d'Abel Servien depuis 1653, a ouvertement nourri l'ambition de succéder au cardinal Mazarin dans les fonctions de principal ministre du royaume. Il n'a jamais été qualifié de « favori » pendant toute la période où il était candidat, et de fait il ne l'a jamais été, ni de Mazarin, qui prit grand soin de l'opposer à des rivaux (Servien, puis Colbert), ni après la mort du cardinal, pendant les quelques mois où Louis XIV, tout en le maintenant dans sa charge de surintendant, prépara secrètement sa chute en étroite collaboration avec Colbert[13]. Si La Fontaine le qualifie de « favori » dans l'*Élégie aux Nymphes de Vaux*, c'est presque par antiphrase : il est « disgracié » comme aurait pu l'être un favori, alors qu'il ne l'a jamais été (ce qui en France était un insigne mérite). Mais le public, et Foucquet lui-même peut-être, avaient prêté au roi leurs préférences « raisonnables », et il était de bonne guerre, pour le poète-avocat, de jouer sur cette illusion rétrospective : elle faisait ressortir d'autant mieux l'odieux de la préférence, longtemps dissimulée, du roi pour Colbert, ce « favori » détesté du public et dont la puissance politique, fondée sur le sacrifice de Foucquet, semblait en effet tout devoir à la « faveur » enfin manifestée par Louis XIV.

Foucquet avait dû sa position de surintendant et ministre d'État non pas à la « faveur » de Mazarin, qui le redoutait, mais aux immenses services qu'il avait rendus à la reine-mère, à son premier ministre et favori, au plus fort de la Fronde des Princes. Tandis que Mazarin, unanimement exécré, s'était enfui à l'étranger ou s'était tenu à l'écart de la Cour d'août 1652 à février 1653, Nicolas Foucquet, à la tête du Parlement loyaliste réfugié à Pontoise, dont il avait eu lui-même l'idée, avait démontré toute l'intelligence, l'autorité et la diplomatie d'un homme d'État, dictant souvent sa conduite à Mazarin éloigné et se substituant parfois à ses ministres déconcertés. Déjà alors, son crédit personnel et celui de sa famille avaient permis le financement des armées royales à l'intérieur et sur les frontières. La dette contractée par la Couronne et par le cardinal Mazarin envers Foucquet, qui avec l'aide de son frère avait préparé le retour triomphal du ministre à Paris en février 1653, était de notoriété publique. Mazarin ne put faire autrement à son retour que de nommer Foucquet Surintendant des finances du royaume. Mais il l'associe dans ces fonctions à Abel Servien, le signataire des traités de Westphalie [14].

Colbert, intendant de la fortune personnelle du cardinal depuis 1651, était bien, lui, le « favori » du cardinal, par lequel il existait et dont il attendait tout. Foucquet existait et s'imposait par lui-même, par le grand rôle politique qu'il avait joué au sein du Parlement dans la crise finale de la Fronde et par le crédit qui le rendait irremplaçable dans le financement de l'État. Colbert, intendant des affaires privées de Mazarin, était le complice intime de son maître. Cette complicité lui donnait les moyens de travailler contre le Surintendant, et de nourrir la jalousie et l'irritation que Mazarin éprouvait contre un homme trop indispensable. Aiguillonné par Colbert, le cardinal exigeait à la fois du nouveau surintendant qu'il pourvût régulièrement aux besoins financiers de l'État et irrégulièrement à la reconstitution de sa fortune personnelle aux dépens de l'État. Foucquet était contraint à des exercices de haute virtuosité. En 1659, Colbert adressa au cardinal un mémoire d'une exceptionnelle violence pour accabler les « irrégularités » de Foucquet. Mazarin n'avait pas osé suivre les avis de Colbert : il avait même enjoint aux deux hommes de se réconcilier[15].

Tout restait donc en suspens à la mort de Mazarin en mars 1661. Maintenant, c'était la décision du roi qu'il fallait obtenir. Foucquet ne s'en était peut-être pas assez préoccupé jusque-là. Colbert en revanche, recommandé par Mazarin, avait depuis longtemps gagné la confiance intime de Louis XIV, disciple docile, depuis l'enfance, du cardinal italien. Le jeune roi devait être encore plus sensible que son maître à la différence de position entre Foucquet et Colbert : l'un était une puissance autonome, il jouissait d'une autorité et d'une popularité (ou impopularité selon le moment) qu'il devait avant tout à ses talents personnels et aux services rendus à l'État, il prétendait à l'amitié du roi ; l'autre était un obscur intendant qui ne pouvait parvenir, et il le savait bien, qu'en s'effaçant devant ses maîtres et en grandissant par leur faveur. Mazarin avait déjà penché pour Colbert, Louis XIV ne pouvait que confirmer cette préférence. Tel était le point aveugle des projets ministériels de Foucquet[16].

Les enjeux de la rivalité du serpent et de l'écureuil

Des enjeux moraux et politiques de première grandeur s'attachaient au choix que le jeune roi allait faire, et qu'il laissa en suspens entre le 9 mars 1661, date de la mort du cardinal, et le 5 septembre de la même année, date de l'arrestation de Foucquet.

Le premier de ces enjeux, c'était pour le roi de délivrer son règne de l'odeur d'affairisme qui avait rendu odieux le ministériat de Mazarin. Au milieu d'autres scandales mineurs, la fortune gigantesque reconstituée par le premier ministre depuis 1653 supposait une gestion des deniers publics dommageable pour l'État et révoltante pour les contribuables.

Intendant de Mazarin, Colbert était mieux placé que quiconque pour savoir comment et à quel point le cardinal avait pillé l'État. Il était aussi mieux placé que personne pour voir comment et à quel point la réforme de ce genre d'abus, ardemment revendiquée par la Fronde, était l'une des grandes causes d'État dont il importait de se draper pour plaire au jeune roi. Or, paradoxalement, c'était la position de Colbert à l'intérieur de la concussion du premier ministre qui faisait sa force et qui lui permettait de jouer impunément les Caton : la raison d'État interdisait en effet que les comptes du cardinal, « favori » de la reine-mère et architecte officiel de la victoire de la royauté sur les deux Frondes, fussent l'objet d'un examen public. Colbert, en revanche, pouvait laisser entendre au roi que son grand rival Foucquet, beaucoup plus en vue que lui dans le public, et grand virtuose d'un système financier traditionnel où la concussion et le péculat étaient devenus comme naturels, pouvait faire un bouc émissaire idéal pour la gestion financière du cardinal-ministre. En sacrifiant la personne du trop brillant Surintendant des finances de Mazarin, il était possible à la fois d'épargner la mémoire du cardinal et de donner une immense satisfaction morale à l'opinion publique : le châtiment de Foucquet montrerait que le roi était bien décidé à rompre avec des pratiques financières délictueuses qui, sous Mazarin, avaient révolté l'opinion. Le sacrifice du Surintendant avait pour origine l'ambition de Colbert, et pour corollaire son ascension politique, enveloppée dans la toge de la vertu financière [17].

Nicolas Foucquet était sans défense contre cette stratégie : il avait eu effectivement la responsabilité des finances publiques depuis 1653, il pouvait donc être chargé de tous leurs péchés en lieu et place de son maître défunt. Sans doute, il était riche par lui-même, et par son second mariage dans la famille du président Jeannin de Castille, Surintendant des finances de Marie de Médicis. Mais la magnificence de son train de vie, la générosité de son mécénat des poètes et des artistes, pouvaient laisser croire qu'il avait été le premier bénéficiaire d'un pillage de l'État que le cardinal lui-même avait patronné et où il avait et de loin trouvé le plus avidement son compte, mais dont, pour des motifs d'État, il devait être absous. Il était anormal au XVIIe siècle comme aujourd'hui, qu'un particulier s'enrichît aux dépens de l'État. Mais il était non moins normal alors qu'un grand serviteur de l'État pût puiser dans une fortune privée qui devait être immense pour tenir son rang par un train de vie magnifique. Entre ces deux « normes », la contradiction était éclatante. Mazarin tira admirablement son épingle du jeu sous couvert de la Raison d'État. Foucquet se laissa prendre entre les deux meules.

L'enjeu moral et financier du débat, lié à la mémoire du cardinal Mazarin, se doublait en 1661 d'un enjeu politique, lié cette fois à l'héritage du cardinal de Richelieu : l'absolutisme que celui-ci, pendant son ministère, avait fait prévaloir dans la conduite des affaires de l'État. Colbert et Foucquet représentaient pour Louis XIV, au seuil de son règne personnel, deux options opposées, entre lesquelles Mazarin n'avait pas eu le temps de trancher.

Colbert pouvait promettre au roi, en même temps que l'assainissement ostensible du système financier, l'achèvement sous son autorité de l'œuvre des deux cardinaux-ministres. Il flattait la volonté du roi d'écraser définitivement les germes de la Fronde, et de reprendre la construction d'un État absolu qui avait dû reculer et même transiger sous la régence d'Anne d'Autriche. C'était déjà un miracle que l'état-major administratif et militaire formé par Richelieu n'eût pas été dispersé, et n'eût même jamais cessé d'exercer entre 1648 et 1654, en dépit des coups de boutoir du Parlement, des Princes et de la foule déchaînée. L'heure était venue d'empêcher à jamais le retour d'un tel désordre par un régime de fer. Sa justification glorieuse, tôt ou tard, ce serait de nouveau, comme sous Richelieu, la guerre.

Foucquet au contraire laissait présager au public français un régime de réconciliation, de synthèse et de compromis entre l'autorité restaurée de l'État et les forces politiques qui en avaient contesté avec acharnement, depuis 1624, et avec une vigueur renouvelée pendant la Fronde, les excès absolutistes. À l'extérieur, la diplomatie et la paix.

Comment Foucquet, qui appartenait d'une façon si éclatante au camp des vainqueurs de la Fronde, pouvait-il apparaître en 1657-1661, comme le premier ministre ardemment souhaité aussi bien par d'anciens frondeurs, tel le duc de La Rochefoucauld, que par les loyalistes modérés ? Le parti de la réconciliation dont il prit alors la tête répondait à une pente personnelle déjà perceptible dans sa carrière antérieure, et à une tradition de son milieu d'origine. Son père François Foucquet, magistrat devenu conseiller d'État, avait bien servi Richelieu, mais sans excès de zèle et avec quelques réserves de conscience. Nicolas lui-même, conseiller au Parlement de Metz à dix-huit ans, en 1633, avait sans doute été apprécié de Richelieu et de son successeur Mazarin. Cependant, intendant du Dauphiné en 1645, il avait fait front à une émeute fiscale avec un courage personnel et une humanité qui tranchaient nettement avec la brutalité des répressions ordonnées par Richelieu. Intendant de la généralité de Paris en 1648, puis procureur général du parlement de Pontoise en 1650, sa loyauté envers la cause royale avait toujours été parfaite, mais avec une liberté de ton et une originalité de vues qui annonçaient une conception du royaume bien distincte de celle de Mazarin et de ses ministres. Son remariage en 1651 avec Marie-Madeleine Jeannin de Castille ne le faisait pas seulement entrer dans une famille très riche : sa femme était la cousine de la veuve de Chalais, favori de Louis XIII et première victime de l'arbitraire de Richelieu. François Foucquet, le père de Nicolas, avait siégé dans la

Chambre d'exception qui avait précipitamment condamné Chalais à mort. Ce magistrat dévot avait dû en conserver un souvenir cuisant, et peut-être des remords confiés, dans l'intimité, à sa famille. Foucquet connaissait de première main l'arbitraire et les violences auxquels s'était portée la politique intérieure de Richelieu. En 1657, il maria sa fille aînée à Armand de Béthune, marquis de Charost, petit-neveu de ce Sully dont la légende, liée à celle du « bon roi Henri », était alors plus que jamais populaire [18]. Ces indices s'accordent avec la lettre qu'il adressait dès 1652 à Mazarin et où se dessine on ne peut plus clairement un programme politique foncièrement opposé à l'absolutisme :

« J'ai grand déplaisir, écrivait-il, de voir les serviteurs de Votre Excellence déchus de l'espérance qu'ils avaient eue de le voir présentement rentrer dans l'autorité avec l'agrément et la satisfaction de tous les peuples, du consentement des princes, et du Parlement, et dans la réjouissance d'une paix si universellement souhaitée [19]. »

Au plus fort de la Fronde il travaillait bien à une victoire du roi, mais sans revanche, et sans retour aux excès d'autorité qui avaient révolté la France contre les ministres-favoris. Il avait choisi Cicéron contre César, Sully contre Richelieu, la concorde contre la violence d'État. Les plus intelligents parmi les Frondeurs vaincus se tournèrent spontanément vers lui. Sa candidature à la succession de Mazarin répondait au vœu général d'en finir avec les extrêmes. Il prit soin d'organiser ce « consensus » autour de sa candidature.

Conquérir la confiance de l'opinion

Cette campagne, dont Pellisson fut le maître d'œuvre à partir de 1657, était par elle-même une révolution politique. Elle supposait que le premier ministre du roi devait, préalablement à sa nomination par le souverain, conquérir la confiance générale, n'être le prisonnier d'aucun parti et jouir de l'estime de tous. Cet appel à la confiance publique allait à rebours de la pratique monarchique. Le choix des ministres était par définition le fait du roi, souverainement libre d'imposer un homme impopulaire.

Loin de prévenir la décision de Louis XIV et d'empiéter sur sa liberté, Foucquet de son côté présupposait que le roi devait pencher du côté du bien commun du royaume, et souhaiter avec lui mettre fin à des pratiques institutionnelles qui avaient divisé et révulsé les Français. Le capital de confiance politique que le Surintendant avait accumulé sur son nom, il se proposait de le mettre à la disposition du roi, comme il avait déjà, depuis la Fronde, mis à son service un capital irremplaçable de confiance financière. Royaliste et loyaliste dans l'âme, le Surintendant voulait rendre à Louis XIV « l'amour de ses sujets » dont son père avait été privé par la violence de Richelieu, et faire de Louis-Dieudonné un Louis le Bien-Aimé, renouant avec son grand-père Henri IV, et jouissant, comme l'Auguste de Corneille, d'une gloire réconciliatrice. Cet échange généreux entre le ministre et le roi qui l'aurait agréé aurait fondé leur alliance à la tête de l'État sur cette intelligence entre amis dont parlent Sorbière, Arnauld d'Andilly et le La Fontaine-Anacréon de Mlle de Scudéry. Un roman politique aurait succédé à la tragédie de la Fronde [20].

L'imagination était du côté du Surintendant.

De 1653 à 1659, date à laquelle la mort d'Abel Servien fait de lui l'unique Surintendant des finances, Foucquet développe autour de sa personne un réseau serré d'alliances familiales, de clientèles, d'amitiés dans les milieux les plus opposés. C'est un véritable parti politique en même temps qu'un vivier financier. Ce parti se flattait de croire, au cas où Foucquet serait devenu premier ministre de Louis XIV, qu'il saurait gouverner l'État royal restauré avec le même mélange d'autorité, de diplomatie et d'humanité dont il avait fait montre en 1651-1653 au plus fort de la crise de l'État[21].

Ce parti était si bien ramifié que Foucquet pouvait même envisager, en cas de disgrâce, de « prendre le maquis » et de négocier en position de force son « accommodement » avec la Cour. C'était bien là la conception traditionnelle de la monarchie, avec laquelle Richelieu, dans ses conflits et dans ses « accommodements » avec les Princes ou avec les protestants retranchés dans leurs places fortes, avait voulu rompre, mais avec laquelle, *nolens volens*, il avait dû souvent composer. Le fameux « projet de défense » écrit de la main de Foucquet, découvert en 1661 derrière un miroir du château de Saint-Mandé, et qui datait de 1658-1659, entre bien dans cette règle du jeu politique à plusieurs pôles de la monarchie[22]. Mazarin, « disgracié » par le roi (contre le gré de celui-ci, il est vrai) au plus fort de la Fronde des Princes, avait lui-même donné l'exemple à Foucquet en négociant son retour à partir d'un position de force, depuis la ville forteresse de Sedan, puis depuis la ville allemande de Brühl. C'était là en France une très ancienne et normale habitude de négociation des Grands et du Parlement avec le roi. Louis XIV était bien décidé à en finir avec cette inquiétude.

Première apparition du roi sur la scène politique

Le 9 mars 1661, la succession est ouverte par la mort du premier ministre italien. C'est alors qu'entre pour la première fois sur la scène politique, le jeune Louis XIV, âgé de vingt-deux ans. On le connaissait surtout pour sa docilité envers le premier ministre choisi par sa mère, sa jeune et virile beauté, ses talents de danseur et de chasseur, ses solides appétits amoureux. On lui faisait crédit de toutes les vertus royales, mais il n'avait pas encore eu l'occasion de montrer comment il entendait les exercer : Mazarin lui faisait ombre. Le 10 mars 1661, le jeune roi réunit autour de lui au Louvre le chancelier Séguier, le surintendant Foucquet, les secrétaires d'État Le Tellier, Lyonne, Loménie de Brienne et son fils, Du Plessis-Guénégaud et Phélypeaux de la Vrillière. Selon les *Mémoires* du jeune Brienne, le roi déclare, à la surprise générale :

« Monsieur le Chancelier, je vous ai fait assembler avec mes ministres, et mes secrétaires d'État, pour vous dire que jusqu'à présent, j'ai bien voulu laisser gouverner mes affaires par feu M. le Cardinal ; il est temps que je les gouverne moi-même. Vous m'aiderez de vos conseils quand je les demanderai [...]. Et vous, messieurs, poursuivit le roi en se tournant vers les secrétaires d'État, je vous défends de rien signer, pas même une sauvegarde ou un passeport sans mon commandement, de me rendre compte chaque jour à moi-même, et de ne favoriser personne dans vos rôles du mois. Et vous, Monsieur le Surintendant, je vous ai expliqué mes volontés, je vous prie de vous servir de Colbert, que feu M. le Cardinal m'a recommandé[23]. »

Cette fière déclaration semblait répondre au vœu séculaire de voir le roi de France exercer lui-même sa puissance souveraine, sans passer par les services intéressés d'un « favori-ministre ». Ce vœu avait toujours émané des esprits les plus éclairés, qui attendaient du roi un exercice du pouvoir à la fois modéré et vigoureux, l'antithèse des excès « machiavéliens » auxquels se portaient comme fatalement les « favoris » promus arbitrairement ministres. Louis XIV semblait ainsi, pour la première fois depuis le règne d'Henri IV, vouloir se passer de « favori », et « gouverner par lui-même ». Cela n'excluait naturellement pas le recours à un ou des ministres *serviteurs* de sa volonté de roi, et non pas *usurpateurs* de cette volonté. Foucquet avait donc encore de quoi espérer. Mais les derniers mots de la déclaration royale donnaient tout de même un premier coup de pouce à Colbert, qui devenait le contrôleur de Foucquet. Cette mesure mineure laissait présager qu'il y avait bien peut-être, de ce côté là aussi, sous la pompe des affirmations de principe, de la graine de « ministre-favori ». Pourtant personne alors n'imaginait que, sous cette intention déclarée de « gouverner seul », Louis XIV dissimulait le projet de restaurer, avec le concours du dévoué Colbert, l'État absolutiste qui avait fait haïr Richelieu et que la Fronde avait empêché Mazarin de consolider. Foucquet et ses amis étaient même fondés à croire que cette déclaration d'intention marquait bien la rupture souhaitée du jeune roi avec l'absolutisme et donc avec le régime des « favoris » machiavéliques. Ils pouvaient même imaginer que, « gouvernant par lui-même » dans un esprit de clémence et de modération, le roi ne pourrait trouver de meilleur serviteur et interprète que Foucquet, ministre-ami et non pas ministre-favori.

Personne en effet n'avait interprété la victoire de la Régente et de Mazarin sur les deux Frondes comme le prélude à une réapparition de la dictature qu'avait imposée Richelieu entre 1624 et 1641. Cette dictature passait unanimement pour une perversion provisoire de l'État, et non pas pour son régime normal. Elle avait créé l'exaspération générale dont la Fronde s'était nourrie. Le retour à l'ordre civil était dû à la lassitude publique et à l'habileté politique de Mazarin, bien secondé par Foucquet. La signature de la paix des Pyrénées en 1659, accompagnée du mariage de Louis XIV avec l'infante Marie-Thérèse d'Espagne, avait mis fin de surcroît à cette guerre de Trente Ans où Richelieu avait fait entrer la France malgré elle en 1635, et qui avait été l'alibi du régime d'exception imposé par le cardinal. La paix en Europe s'était accompagnée en France d'une amnistie générale, à commencer par la grâce accordée à Condé lui-même, chef insolent de la Fronde des Princes, passé ensuite avec armes et bagages à l'ennemi espagnol. On pouvait donc espérer, maintenant que la paix était revenue, à l'intérieur comme à l'extérieur, qu'un régime inauguré par la clémence sauvegarderait l'autorité légitime de l'État, tout en ménageant les aspirations non moins légitimes des magistrats, des princes et du public. Tel avait été l'âge d'or politique que l'on attribuait rétrospectivement à Henri IV, vainqueur magnanime des guerres civiles [24].

La candidature de Nicolas Foucquet à la succession de Mazarin donnait corps à cette espérance, et elle bénéficiait de la faveur générale des gens de lettres et des gens du grand monde qui avaient choisi à Paris le parti de la paix à l'extérieur, de la réconciliation à l'intérieur. Dévots persécutés par Richelieu, anciens Frondeurs repentis et « honnestes gens » de tous les bords se reconnaissaient en Foucquet, « honneste homme » accompli lui-même, diplomate, galant, lettré, spirituel, virtuose et mécène supérieur de tous les arts de la paix. Après avoir admirablement servi et même sauvé la Cour dans les années sombres, il incarnait à sa manière la victoire de l'autorité royale et de l'ordre civil sur les égarements des deux Frondes. Mais sa personnalité à la fois forte et flexible, ses talents d'enchanteur et sa générosité prévenante, garantissaient cependant que la victoire de la Cour, s'il devenait premier ministre, ne prendrait aucun caractère de revanche ou de restauration. Dans ses mains musiciennes, on pouvait augurer que l'exercice de l'autorité royale ne retrouverait jamais l'arbitraire cassant ni le cynisme froid qui avaient dressé la France contre Richelieu et contre Mazarin.

Ami des plaisirs et des érudits libertins, Nicolas Foucquet avait néanmoins, grâce à sa « sainte » mère, fondatrice avec saint Vincent de Paul des Dames de la Charité, et grâce à ses frères évêques, de puissantes sympathies dans l'Église de la Contre-Réforme. Il avait tout aussi bien la confiance des Protestants. Le huguenot Turenne comptait parmi ses admirateurs. Le calviniste Pellisson devint son bras droit en 1657. Son génie de la synthèse faisait de Foucquet l'héritier de l'Édit de Nantes. Il était à tous égards le candidat de la paix civile et de la modération. Il avait pour lui le « royaume » dans la plupart de ses nuances, et de surcroît son propre enracinement en Bretagne faisait de lui l'orgueil et le chef-d'œuvre d'un terroir [25].

Restait pour Foucquet, qui avait pour lui la faveur des « gens de bien », des « bons Français », à obtenir l'essentiel, l'amitié du jeune roi. Rien ne semblait à première vue plus naturel. Jusqu'à la mort du cardinal Mazarin, le jeune et beau Louis XIV symbolisait le retour à l'ordre normal des institutions du royaume et la promesse d'un long règne pacifique et prospère.

Dans l'hypothèse d'un Foucquet premier ministre, le roi eût été, pour parler le langage du temps, l'Auguste de ce nouveau Mécène, le Henri IV de ce nouveau Sully. C'est bien ainsi que le voyaient Foucquet et son parti. Mais ils n'avaient pas percé l'amour-propre du jeune roi qui n'avait ni la modération du vieil Auguste ou du roi Henri, ni les élans du cœur ou les repentirs dévots de Louis XIII. Les talents personnels, la popularité, le parti de Foucquet, la dette même qu'au su de tous la Couronne avait contractée envers lui, étaient autant de motifs d'aversion pour « l'amour de soi-même et de toutes choses pour soi » qui, « à couvert des yeux les plus pénétrants », attachait Louis XIV à l'État que lui avaient légué ses ancêtres et que Richelieu et Mazarin avaient fortifié contre le royaume impatient du joug. Ami intime du Surintendant, le duc de La Rochefoucauld ne consacrera pas moins d'un livre entier de maximes à analyser les replis de ce dragon lové dans le cœur de l'homme, et qui avait empêché le roi d'accepter l'amitié de Foucquet. Le choix du roi fit tourner sur leurs gonds les « morales du Grand siècle ».

Le hallali

Dès le mois de juin 1661, Foucquet avait perdu son meilleur avocat auprès du roi, la reine-mère, que la duchesse de Chevreuse, l'âme damnée des révoltes contre Richelieu et de la Fronde des Princes, avait réussi à retourner contre lui au cours d'une longue entrevue entre les deux vieilles amies, au château de Dampierre. L'ironie noire de cette intrigue frappa tous les initiés : une aventurière, dans sa jeunesse la pire ennemie de Richelieu et la maîtresse du malheureux Chalais, était devenue dans ses vieux jours la meilleure alliée de Colbert. Pour contrecarrer cette dangereuse manœuvre, Foucquet, bien informé, n'avait pas hésité à demander à Louis XIV pardon de ses « fautes passées » (ce qui revenait, en termes polis, à lui rappeler la part que Mazarin avait prise dans le désordre des finances). À la fin de cette entrevue, le chevaleresque Foucquet put encore s'imaginer que le nouvel Henri IV lui demanderait de devenir son Sully. Il voulut croire aux paroles de pardon et aux protestations d'amitié que le roi lui prodigua[26].

Le 14 août 1661, Foucquet, de plus en plus confiant dans cette « amitié » assurée avec chaleur, commit une erreur fatale : il se dessaisit, au profit du président Achille de Harlay, de sa charge de procureur général du Parlement. Elle lui garantissait pourtant, en cas d'arrestation, de ne pouvoir être jugé que par ses pairs, à l'abri des pressions de la Cour, dans les formes du Parlement de Paris. Il crut, en se délivrant de cet office judiciaire, associé de surcroît aux mauvais souvenirs de la Fronde, lever le dernier obstacle technique et affectif qui s'opposait à sa désignation par le roi de chef de son Conseil. Il crut même, et le roi le lui avait laissé entendre, que celui-ci serait touché de recevoir, en « cadeau de mariage » politique, le montant considérable de la vente de la charge de Procureur général. Avec zèle, il fit porter ce monceau d'or à Vincennes, dans le Trésor royal[27].

Sans doute était-il prévenu, dès juin 1661, par ses espions, que sa perte était résolue. Mais il était trop tard. De façon caractéristique, il voulut encore croire dans la *bonne foi* du roi. C'était bien là en effet la pierre angulaire de son propre projet politique. Il ne pouvait soupçonner à quel point la faveur même que

Paris lui portait, et surtout le Paris des anciens Frondeurs, pouvait irriter Louis XIV : le roi ne pardonnait pas et ne pardonnerait jamais aux rebelles qui avaient osé faire trembler son adolescence et défier son autorité naissante. Les solidarités, les amitiés, les fidélités, les sympathies, qui faisaient de Foucquet un aimant social et politique des « bons Français », devaient lui apparaître elles-mêmes comme une odieuse métamorphose de la Fronde.

Foucquet ne se doutait pas, sinon dans ses cauchemars, qu'il était le candidat le moins souhaitable pour un roi dont l'amour-propre s'identifiait à un État net de toute hypothèque. Louis XIV voulait être empereur en son royaume, non seulement vis-à-vis du pape et du Saint Empire, mais vis-à-vis de tous les « pouvoirs intermédiaires » que la longue histoire du royaume avait sécrétés en dehors du sien. L'idéal de l'*optimus princeps* selon la conception cicéronienne, reprise par Auguste, mise en œuvre par Mécène, célébrée par Horace et Virgile, le rêve de Foucquet et de ses amis ne l'effleurait pas. C'était un rêve de lettré. Colbert, l'intendant zélé de la fortune privée de Mazarin, l'homme de l'ombre, peu connu du public mais bien connu du roi, avait l'étoffe d'un grand ministre, c'est-à-dire, pour Louis XIV, d'un domestique doué et expérimenté. À la différence de son père Louis XIII, le jeune roi n'éprouvait aucun trouble moral ou affectif à incarner en sa personne la Raison d'État. À la différence de Richelieu, Colbert ne prétendrait jamais dicter la Raison d'État au roi, mais il saurait l'appliquer sans état d'âme. Ce *vir marmoreus*, ce « Nord » selon l'expression de Mme de Sévigné, était même prêt à prendre *sur lui* ce que le gouvernement de Louis XIV, aussi absolu et aussi contraire aux coutumes du royaume que l'avait été celui de Richelieu, devait avoir d'odieux à tous les « honnestes gens » français, qu'ils eussent été frondeurs ou loyalistes pendant la Régence [28].

Foucquet et ses amis réagissent au coup d'État

Dans les premiers mois qui suivirent l'arrestation du Surintendant, le piège dressé par le roi et par Colbert avec une parfaite dextérité fonctionna à merveille. La victime expiatoire, comme prévu, concentra sur elle l'exaspération des contribuables, accumulée pendant toutes les années de guerre. La mémoire de Mazarin était d'autant mieux préservée que, dès le 23 septembre 1661, violant toutes les normes judiciaires, et sans même un mandat du roi, Colbert avait fait enlever, du château de Saint-Mandé, les lettres et documents qui pouvaient attester la part peu glorieuse que le cardinal-ministre avait prise dans l'administration des finances publiques [29]. Mis au secret, accablé par l'exécration générale, accusé non seulement de péculat, mais de crime de lèse-majesté, Foucquet semblait promis à une mort imminente et ignominieuse.

Mais le noyau le plus fervent de ses amis, convaincu de son innocence et bien informé du fond des choses, ne se laissa pas intimider. Peu à peu, au fur et à mesure que la « chambre de justice » chargée du procès de Foucquet révélait l'arbitraire carré du nouveau régime, l'opinion publique se retourna. Le Paris lettré, qui avait célébré en Foucquet un Mécène et espéré en Louis XIV un Auguste, mit sourdement son talent et son influence au service de la famille et des fidèles du Surintendant [30].

La République parisienne des Lettres avait dans son ensemble détesté en Richelieu un « nouveau Tibère ». Elle voyait avec répulsion ou tremblement réapparaître, sous le nouveau « favori » Colbert, le régime des écrivains à gages. Elle joua un rôle essentiel dans le déclenchement et dans les développements d'une véritable « Affaire Foucquet », au grand dépit du roi et de Colbert. Un Gilles Ménage, un Guy Patin, soutinrent d'autant plus volontiers, par-devers eux, la campagne de sa famille et de ses amis en faveur de Foucquet qu'ils virent dans le procès du Surintendant un enjeu qui leur tenait à cœur, et qui leur avait parfois rendu la Fronde sympathique : la liberté de penser et d'écrire.

L'ombre de François-Auguste de Thou

Le « pape » de la République parisienne des Lettres, Pierre Dupuy, leur avait laissé un testament qui, par avance, avait établi le sens de la bataille en faveur de Foucquet[31]. Pierre Dupuy était mort en 1651, en pleine Fronde parlementaire, entouré de la vénération générale des magistrats lettrés, des universitaires de renom et des hommes de lettres érudits. Il incarnait la grande tradition des « Politiques » français, celle de Michel de L'Hospital et de Jacques-Auguste de Thou. Cette tradition, dont le père était Guillaume Budé, avait créé les conditions intellectuelles favorables à la victoire d'Henri IV et à la magnanimité de cette victoire. L'Académie de philologues dont Pierre Dupuy avait été le « prince » continua après sa mort à se réunir dans la Bibliothèque du roi jusqu'en 1657, sous la direction de Jacques, son inséparable frère. On savait que Pierre Dupuy, historien et juriste de réputation européenne, avait consacré en vain ses dernières années à obtenir la réhabilitation posthume de son cousin, François-Auguste de Thou, exécuté à Lyon en 1642, après une parodie de procès, comme complice de crime d'État, en même temps que son ami Cinq-Mars, le malheureux « favori » de Louis XIII. Les pièces de ce dossier de réhabilitation avaient largement circulé par les soins de l'Académie des frères Dupuy, dite aussi des Adelphes, très influente dans le milieu parlementaire.

Dans cette série de *Mémoires* à la fois érudits et éloquents, Pierre Dupuy avait analysé sous toutes ses facettes la procédure d'exception qui avait abouti à la condamnation et à l'exécution du jeune magistrat, les pressions qu'avaient subies les Commissaires nommés pour le condamner, et les ruses dont s'était servi Laubardemont, l'âme damnée de Richelieu, pour perdre l'un par l'autre Cinq-Mars et son ami de Thou. Dans cette affaire, l'amitié jouait de toutes parts un rôle essentiel, en conflit avec le service de l'État que Richelieu exigeait du roi lui-même. L'analyse de Pierre Dupuy n'était pas seulement un réquisitoire implacable contre la férocité tyrannique et arbitraire que Richelieu avait fait régner en France : elle était aussi un plaidoyer pour le rétablissement d'un « État de droit » dans le royaume. L'Affaire de Thou, soustraite à la vérification du Parlement, ponctuée d'irrégularités, qui avait permis au premier ministre de Louis XIII d'assouvir sa vengeance sur le « favori » du roi et d'ensanglanter un peu plus son propre régime de terreur, reflétait fidèlement l'état de violence où la France, selon le savant historien de la monarchie, avait été plongée sous le ministère du cardinal.

S'appuyant sur une longue suite de précédents historiques, notamment sur les abus de Louis XI, Pierre Dupuy établissait que les juridictions d'exception ou Commissions de justice, nommées par les rois ou leurs ministres en dehors de toute vérification du Parlement, le plus souvent sous l'autorité du Chancelier de France, agent du pouvoir, avaient à plusieurs reprises condamné hâtivement des innocents qui, sous les règnes suivants, avaient dû être réhabilités avec éclat, mais le plus souvent, hélas ! à titre posthume. C'est justement cette réhabilitation de principe que Pierre Dupuy requérait dans ses *Mémoires* pour François-Auguste de Thou, condamné à mort comme complice actif d'un complot contre l'État alors qu'il s'était borné à *ne pas* dénoncer lâchement son meilleur ami.

L'enjeu de cette requête était fort analogue à celui qui était sous-jacent à tout le débat politique sous Louis XIII et encore au temps de la Régence et de la Fronde : l'État est-il tout, ou bien laisse-t-il leur légitimité et leur moralité, dans leur ordre propre, aux attachements privés, aux solidarités intimes, aux affinités électives, qui forment les liens *naturels* et *natifs* de toute communauté, de toute société *humaines* ? L'ancien ordre médiéval français, noué par des allégeances mutuelles chargées d'affectivité, était en train de basculer dans l'ombre de la vie privée, non sans protester contre l'obéissance et la flatterie sans état d'âme que demandait maintenant l'État moderne. Le roi Louis XIII tout le premier avait eu à souffrir de ce déchirement.

Aux yeux de Pierre Dupuy, le silence de François-Auguste de Thou, en refusant de trahir son ami intime, sans pour autant collaborer avec le complot formé par celui-ci contre Richelieu, en avait assez fait pour l'État. Ce silence sublime ne trahissait aucun de ses devoirs envers l'État et ne reniait aucun de ses sentiments privés. Ce silence avait fait pourtant son crime aux yeux du cardinal.

Dans les récits de l'exécution de De Thou et de Cinq-Mars que Dupuy avait joints à ses *Mémoires*, les deux jeunes suppliciés meurent en martyrs des premiers siècles chrétiens, victimes héroïques d'une dictature à l'antique que l'un avait osé défier, et que l'autre s'était contenté de détester tacitement. Pierre Dupuy établissait un contraste saisissant entre leur grandeur d'âme et la servilité des écrivains à gages dont s'était entouré Richelieu :

« L'esprit du Cardinal, écrivait-il, enflé d'une si souveraine et absolue autorité, recevait avec joie les flatteries infâmes de tant de petits poètes affamés, de tant de plumes vénales, de tant de misérables panégyristes qui l'ont élevé par-dessus tous les mortels, l'ont fait égal à Dieu, et à tout ce qu'il y a de plus saint et de plus vénérable parmi les hommes. Cet esprit si corrompu et si altéré par ces continuelles flatteries, ignorait qu'il n'y a que les mauvais Princes et les tyrans qui se plaisent à ces vaines et fausses louanges[32]. »

La révolte de la conscience

Même si cette intransigeance morale de vieux Caton n'était plus accordée, pour le style, à l'élégance et à la délicatesse de la nouvelle génération, elle gardait une autorité intacte en 1661 pour tout esprit vraiment lettré, et pour tout cœur un peu français et un peu chrétien. Elle était la voix même de la conscience pour les magistrats qui, tels Lamoignon, Pontchartrain, d'Ormesson, Roquesante, appelés à siéger dans la Chambre d'exception nommée par le roi, n'étaient pas pour autant disposés à passer, dans l'Histoire et aux yeux de leurs pairs, pour complices d'un nouveau Laubardemont réincarné en Pussort et Colbert.

Cette voix de la conscience résonnait avec empire sur des lettrés, tels Pellisson, Maucroix, La Fontaine, dont l'affection pour Foucquet était éclairée par de grandes lumières historiques et juridiques. Le Surintendant disgracié était né lui-même dans le sérail du Parlement, il en avait été tout récemment encore un des plus hauts magistrats : son personnage de Sénateur et de Mécène se prêtait presque idéalement à mettre en évidence l'arbitraire de son propre procès. Dès qu'il fut en état d'écrire, et de répondre à ses juges, il plaida sa cause en grand professionnel du droit, notamment en matière de perquisitions domiciliaires, de procédures financières. Sous l'homme de cour, de salon, de conversation élégante, se révéla pleinement alors un Cicéron français, digne fils du « Sénat » de la monarchie.

Son substitut au Parlement, Jacques Jannart, l'oncle par alliance de La Fontaine, fut l'âme de la défense de Foucquet, de concert avec Pellisson embastillé. Il s'était installé depuis 1659 Quai des Orfèvres, dans l'enclos du Parlement, sans doute pour rapprocher son domicile de ses fonctions, peut-être aussi pour s'y trouver, en cas de malheur, mieux garanti contre les perquisitions de Colbert. C'est chez lui que logeait La

Fontaine, quand il séjournait à Paris, en 1661-1663, au cœur de la ruche où l'on travaillait à la défense de Foucquet. C'est là, chez son oncle, que le poète composa, à l'ombre et à l'abri de la citadelle parlementaire, l'*Élégie aux Nymphes de Vaux* et l'*Ode au roi*[33].

Le Surintendant et sa famille bénéficièrent aussi du soutien de Port-Royal, victime notoire de la tyrannie de Richelieu et de Mazarin. Antoine Le Maistre de Sacy, un des plus illustres Solitaires, avait été le collègue de Foucquet au Parlement. Un autre des Solitaires, Robert Arnauld d'Andilly, le théoricien de l'amitié supérieure au devoir d'État, et son fils Simon Arnauld de Pomponne étaient si étroitement liés à Foucquet que Pomponne, en septembre 1661, fut exilé à Metz. Aussi bien chez les Solitaires que dans le public lettré parisien, le rapprochement rétrospectif s'imposait entre la cause de Foucquet, victime de l'arbitraire de Colbert, et celle du Grand Arnauld, le théologien de Port-Royal, objet en 1656 d'une condamnation de la Sorbonne, confirmée par le Parlement à la demande de Foucquet, qui avait dû en la circonstance, au titre de Procureur général représentant le roi, se plier aux ordres de Mazarin[34]. La campagne des *Petites Lettres* de Pascal, imprimées clandestinement et diffusées avec un immense succès au cours des années 1656-1658, avait alors rallié l'opinion lettrée à la cause d'Antoine Arnauld, et lavé son honneur. Comme les *Mémoires pour justifier M. de Thou* de Pierre Dupuy, les *Provinciales* de Pascal proposaient un modèle, un précédent, une méthode à Jacques Jannart, à Paul Pellisson, et aux fidèles amis de Foucquet. L'empire de la Raison d'État, qui cachait sous ses prétentions à servir l'intérêt commun des passions vindicatives et des ambitions toutes personnelles, trouvait donc en face de lui, insaisissable dans les souterrains mêmes où il avait été rejeté, tout un monde de solidarités *privées* : le sentiment sacré de la bonne foi violée et de la nature offensée inspira encore une fois un véritable génie de la résistance.

Voix du fond de la prison

Dès les premières semaines de 1662, les amis de Foucquet s'étaient ressaisis. Le premier président Lamoignon qui, depuis le 3 décembre 1661, dirigeait les travaux de la Chambre de justice nommée par le roi pour le juger, était un magistrat intègre. Il devait sa charge au Surintendant, même s'il avait eu des dissensions avec lui. Du fond de sa cellule à la Bastille, Paul Pellisson réussit à faire publier par Jannart, sur des presses clandestines, un *Discours au roi par un de ses fidèles sujets sur le procès de M. Foucquet*[35]. Avec une éloquence à la fois ardente et modérée, que Voltaire (qui s'y connaissait) a pu comparer à celle de Cicéron, Pellisson récusait la commission extraordinaire chargée de juger Foucquet, réclamait le retour de la cause dans les formes ordinaires de la justice du royaume, et rappelait que toute l'administration du Surintendant relevait de la responsabilité du défunt cardinal Mazarin. L'effet du *Discours*, qui connut au moins trois éditions, fut très fort. Il fut soutenu par l'admirable *Élégie* de La Fontaine, publiée elle aussi clandestinement et anonymement sur feuille volante, comme l'avaient été les *Mazarinades* et les *Provinciales*.

En juillet, Pellisson lançait un second plaidoyer, *Considérations sommaires sur le procès de M. Foucquet*, tandis que Mme Foucquet mère, sa femme et sa fille, la marquise de Charost, avaient l'audace de se présenter devant la Grand-Chambre du Parlement pour réclamer sa protection. Le premier président Lamoignon, avec une délégation du Parlement, crut de son devoir d'aller présenter la requête au roi, qui ne lui cacha pas sa colère. Lamoignon fut, en décembre suivant, invité à céder la place au chancelier Séguier, vieux complice des exactions de Richelieu[36].

Le 30 juillet, l'épouse de Foucquet adressait au roi une lettre-réquisitoire contre son « favori » Colbert, aussi brûlante qu'avaient pu l'être, mais à titre rétrospectif, les *Mémoires* de Pierre Dupuy contre le « favori » Richelieu :

« Pendant que le roi décharge sa conscience sur les juges, les juges, écrivait-elle, déclarent qu'ils obéissent aux ordres du roi. Mais ce qui va étonner Paris, la France, l'Europe, c'est que Colbert ait eu la hardiesse d'assister au conseil, comme juge de mon mari, lui qu'on sait publiquement être sa plus véritable partie, lui que personne n'ignore avoir depuis six ans été son adversaire déclaré, avoir inspiré tout ce qu'il a pu de chimérique et de faux contre lui : premièrement, à Son Éminence, dont il voyait les jalousies et les défiances éternelles ; puis à Votre Majesté, où son emploi lui donne moyen d'être à toute heure ; lui qui a soustrait à Saint-Mandé tous les papiers qui pouvaient servir à la justification de mon mari ; lui, Sire, qu'on sait avoir consulté et sollicité contre la vie de mon mari, ce que nul n'ignore dans Paris ; lui qui s'est expliqué, non pas une fois, mais plus de cent, comme j'offre de le prouver et vérifier à Votre Majesté [...] que mon mari méritait la mort, en des termes fort injurieux, et qui marquent assez l'intérêt particulier qu'il croit avoir à perdre mon mari, et à ôter un témoin aussi instruit de ses actions, dont il a raison de cacher avec tant de soin la connaissance à Votre Majesté[37]... »

L'instruction du procès, qui prétendait éplucher les comptes de l'État pendant toute l'administration du Surintendant, traîna en longueur. À partir de janvier 1662, le prisonnier s'arrange pour écrire lui-même, à l'encre sympathique, ses propres *Défenses*, il réussit à les faire passer à ses fidèles ; elles sont imprimées clandestinement et elles ont le même succès que les plaidoyers de Pellisson. Avocat et écrivain de premier ordre, Foucquet justifiait habilement sa gestion difficile des finances de l'État en temps de guerre et de rébellion ; il rappelait les irrégularités de l'instruction, notamment la saisie par Colbert à Saint-Mandé de seize cents lettres de Mazarin qui auraient largement suffi à l'innocenter. Il multiplia les requêtes pour disqualifier son principal accusateur, Colbert, et dessaisir ceux de ses juges qui étaient apparentés au ministre ou trop manifestement ses créatures. Sa *Lettre au roi* (octobre-décembre 1662) implore Louis XIV, avec un emportement amoureux, de ne pas abîmer son image en France et en Europe en ne marquant pas sa compassion pour un zélé serviteur accablé par les artifices de ses ennemis [38].

Le 23 août 1663, Jacques Jannart, l'âme de la défense de Foucquet, l'oncle par alliance de La Fontaine, était envoyé en exil à Limoges [39]. Les pressions les plus voyantes s'exercèrent sur ceux des juges qui manifestaient de l'impartialité, notamment Olivier Lefèvre d'Ormesson, parent de Mme de Sévigné. À partir du 14 novembre 1664, l'accusé est enfin traduit devant la Chambre, qui siège à l'Arsenal et non au Palais de Justice. Mme de Sévigné, informée de première main par Olivier d'Ormesson, suit les péripéties des séances et les rapporte dans ses lettres à Simon Arnauld de Pomponne, exilé à Metz. Le 3 décembre, elle écrit à son correspondant :

« Notre cher et malheureux ami a parlé deux heures ce matin, mais si admirablement bien que plusieurs n'ont pu s'empêcher de l'admirer. M. Renard entre autres a dit : "Il faut avouer que cet homme est incomparable ; il n'a jamais si bien parlé dans le Parlement ; il se possède mieux qu'il n'a jamais fait." [40] »

Foucquet, avec une maîtrise oratoire parfaite, sut même atténuer l'effet de la lecture, par le chancelier Séguier, du projet de Saint-Mandé, pièce maîtresse de l'accusation de crime d'État : il rappela à Pierre Séguier que lui-même, au plus fort de la Fronde des Princes, ne s'était pas contenté d'*imaginer* sa sauvegarde, dans un moment d'angoisse, comme l'avait fait l'accusé : il avait bel et bien alors trahi effectivement le roi et couvert l'entrée en France de troupes étrangères.

Le roi exerce à sa manière le droit de grâce

Le 20 décembre, après avoir entendu les deux rapporteurs, d'Ormesson et Sainte-Hélène, la Chambre à la majorité se déclara en faveur des conclusions de d'Ormesson : le bannissement à vie.

« Tout Paris, raconte le magistrat dans son *Journal*, attendait cette nouvelle avec impatience ; ... elle fut répandue en même temps partout et reçue avec une joie extrême, même parmi les plus petites gens des boutiques, chacun donnant mille bénédictions à mon nom sans me connaître. Ainsi M. Foucquet, qui avait été en horreur lors de sa prison, et que tout Paris eût vu exécuté avec joie incontinent après son procès commencé, est devenu le sujet de la douleur et de la commisération publiques par la haine que tout le monde a dans le cœur contre le gouvernement présent, et c'est la véritable cause de l'applaudissement général [41]. »

Le roi, usant à l'envers de son droit d'évocation, commua la sentence en emprisonnement à vie dans la forteresse de Pignerol, Foucquet y mourut dix-huit ans plus tard, en 1680. Les juges qui avaient montré de l'indulgence pour Foucquet furent, les uns exilés, comme Roquesante et Bailly, les autres réduits à la retraite comme Pontchartrain et d'Ormesson. Celui-ci, à qui le maréchal de Turenne vint rendre une visite de félicitations après la sentence, resta toute sa vie entouré, dans sa disgrâce, de la considération publique.

Il en avait coûté cher à Nicolas Foucquet d'avoir prétendu devenir premier ministre de Louis XIV en croyant naïvement, comme Cicéron, que les meilleurs titres pour gouverner étaient d'avoir sauvé l'État, d'avoir la confiance des « honnêtes gens », et d'avoir donné les preuves de ses grands talents et de son dévouement au bien public.

L'anéantissement de Foucquet

Un sermon de Bossuet sur l'ambition, prêché le 19 mars 1662 au Louvre, montre comment les lieux communs de dévotion, mis en œuvre par un grand orateur, peuvent se mettre au service de la flatterie la plus éperdue. Bossuet n'hésite pas à diviniser le roi, et à faire de Foucquet, dont le procès est en cours, un monstre écrasé par la vengeance du Dieu biblique :

« Assur s'est élevé [...] comme les cèdres du Liban ; le ciel l'a nourri de sa rosée, la terre l'a engraissé de sa substance ; les puissances l'ont comblé de leurs bienfaits, et il suçait de son côté le sang du peuple. C'est pourquoi il s'est élevé, superbe en sa hauteur, étendu en ses branches, fertile en ses rejetons [...] : un grand nombre de ses créatures, et les grands, et les petits, étaient attachés à sa fortune ; ni les cèdres, ni les pins, c'est-à-dire les plus grands de la Cour ne l'égalaient pas [...][42]. »

Cette véhémence de l'Autel, se portant garant des actes du Trône, a rempli triomphalement, sans nul doute, le volume de la chapelle royale. Mais l'éloquence de Bossuet, toute sacrée et publique qu'elle fût, était bien loin de coïncider avec les sentiments, tout aussi sacrés, dans leur ordre privé et intime, qu'éprouvaient alors les plus avertis et les plus profonds sujets du roi ; c'étaient aussi, à bien des égards, des âmes très chrétiennes. Ces sentiments silencieux que cherche à intimider et à dissiper la dure parole du prédicateur de la Cour, nous avons aujourd'hui la chance de les entendre encore, murmurés à demi-mot, par le poète de l'*Ode au roi* :

> ... Accorde-nous les faibles restes
> De ses jours tristes et funestes,
> Jours qui se passent en soupirs...
>
> (v. 75-77)

La Fontaine esquisse ici une *Pietà*, qui accorderait à Foucquet foudroyé, mais gracié par le roi, dans l'ombre d'une retraite toute vouée à la prière, les consolations de sa famille et de ses amis. La seule réponse du roi avait été la cellule sous haute surveillance de Pignerol.

Une tragi-comédie de Mme de Villedieu, jouée par Molière et sa troupe devant le roi en 1665, montre comment la Cour, pendant la première année de l'emprisonnement de Foucquet, tirait divertissement du malheur et de la mémoire du vaincu.

L'action de cette tragi-comédie, intitulée *Le Favori*, se passe dans une Espagne de fantaisie. Le favori du roi de Barcelone, Moncade, est tourmenté par la mélancolie, qui lui gâte même les merveilles de son château et de ses jardins ; il déclare à son prince, qui lui reproche sa froideur :

> Je suis jaloux de ma propre fortune,
> Ce n'est pas moi qu'on aime, on aime vos faveurs
> Et vos bienfaits, Seigneur, m'enlèvent tous les cœurs,
> Ce serait pour mon âme un sujet d'allégresse,
> Si le sort me laissait le cœur de ma maîtresse ;
> Je sens bien qu'il est doux et glorieux pour moi
> De devoir mes amis aux bontés de mon roi.
> Je voudrais dans l'ardeur du zèle qui m'inspire
> Que je vous dusse aussi tout l'air que je respire ;
> Que je ne puisse agir ni vivre que par vous,
> Tant d'un devoir si cher les nœuds me semblent doux[43]...

Il se révèle que, malgré ces raffinements de servilité, Moncade ose aimer la belle Lindamire, dont le roi est épris. Moncade est exilé. Tous ses amis lâchement l'abandonnent. Lindamire, cependant, avoue à Moncade qu'elle l'aime et le console. Le roi apprend tout. Dans sa colère, il décide d'abord de se venger de Moncade. Mais il reprend son empire sur lui-même, il renonce à Lindamire, il punit les faux amis de Moncade, et il unit les deux amants.

Dans ce divertissement agréable, qui enchanta le roi, tout est fait pour travestir en conte de fées sentimental le coup d'État qui avait permis à Louis XIV de devenir un souverain « absolu ». La suprême cruauté qui pouvait être faite à Foucquet, au fond de sa geôle de Pignerol, était de le faire tomber dans le courrier du cœur.

Le royaume fêlé par l'État

Les *Métamorphoses* d'Ovide attribuent la voix mélodieuse du rossignol à un crime. Confiée par son père, au nom de la bonne foi (« *fides* »), à son beau-frère le roi Térée, Philomèle est violée par celui qui devait être son plus sûr protecteur. Son désespoir et ses menaces irritent le tyran, qui lui tranche la langue de son épée et la souille encore avant de la laisser prisonnière dans la forêt. Il annonce à son épouse Progné, sœur de Philomèle, que celle-ci est morte en chemin. Mais Philomèle réussit à faire passer à sa sœur une toile qu'elle a pu tisser de lettres de pourpre. Progné folle de vengeance tue le fils qu'elle a eu de Térée et le lui fait servir au cours d'un banquet. Le tyran, tandis qu'il festoie du corps de son fils, voit Philomèle lui apparaître et lui lancer la tête ensanglantée de l'enfant. Parvenue à ce sommet d'horreur, la tragédie est résolue par les dieux en métamorphose : Térée devient huppe, Progné hirondelle, et Philomèle rossignol.

Dans sa propre fable *Philomèle et Progné* (III, 15), La Fontaine a rejeté dans un lointain passé cette atroce histoire de sexe, de fureur et de sang (qui fait valoir, par contraste, le charme conjuratoire et libérateur de ses *Contes*). Il ne reste de la tragédie, après mille ans, que le chant du rossignol solitaire, qui transfigure la douleur du souvenir. Progné demande à sa sœur pourquoi gaspiller dans la solitude le luxe de ce chant, au lieu d'en faire profiter les foules des cités ?

Le désert est-il fait pour des talents si beaux ?
(v. 15)

> Aussi bien, en voyant les bois,
> Sans cesse il vous souvient que Térée autrefois
> Parmi des demeures pareilles
> Exerça sa fureur sur vos divins appas.
> — Et c'est le souvenir d'un si cruel outrage
> Qui fait, reprit sa sœur, que je ne vous suis pas :
> En voyant les hommes, hélas !
> Il m'en souvient bien davantage.
>
> (v. 17-24)

La traduction du mythe tragique, et de sa violence expressionniste chez Ovide, en dialogue de comédie qui culmine chez La Fontaine en une brève réplique élégiaque, protège le lecteur délicat de tout contact avec l'horreur. Mais l'infini de la souffrance, et le jugement qu'elle porte sur la barbarie humaine, ne sont pas moins saisissants dans cette poésie, incrustée parmi d'autres dans la mosaïque des *Fables*, que dans le texte d'Ovide. La moralité que La Fontaine laisse à son lecteur le soin de tirer, quoique lui-même la taise, c'est la même que celle d'Ovide : « *Pro Superi, quantum mortalia pectora caecae / Noctis habent !* » : « Dieux ! quelle ténébreuse nuit tient en réserve le cœur des mortels[44]. »

L'Affaire Foucquet ne comporte pas l'épouvante qui avait accompagné l'exécution sanglante du comte de Chalais, du duc de Montmorency, et des deux amis Cinq-Mars et De Thou. Pourquoi cependant a-t-elle eu une si profonde résonance, incomparablement plus étendue que les exactions pourtant plus cyniques et plus féroces du cardinal de Richelieu, auxquelles nul poète (et ils étaient alors nombreux dans l'opposition au cardinal) n'a fait écho ?

Elle a été un révélateur, et pas seulement pour La Fontaine.

Révélateur, on l'a mille fois écrit, du triomphe dans le royaume de l'État moderne, assumé par le plus légitime et le plus incontesté de ses rois. Mais aussi, et peut-être surtout, elle a été le révélateur d'un effet, incontrôlé par le roi, de ce triomphe sans partage. Une invisible falaise sépare désormais dans le royaume la vie publique et la vie privée, même si le loyalisme unanime envers le roi l'empêche d'accéder à la conscience et à l'expression autrement que dans un changement de registres littéraires.

Bien avant que la Cour ne quitte Paris pour Versailles, ce décalage moral entre la Cour et la Ville projette les courtisans dans le spectacle royal, et il rejette les autres dans une pénombre où ils regardent ce spectacle, mais où ils ont tout loisir aussi de se retourner sur eux-mêmes.

Ce qui a « précipité » alors en profondeur, et en même temps, pour un grand nombre de Français lettrés, au cours de l'Affaire Foucquet, c'est l'intériorisation de cette faille moderne, pressentie pendant les guerres civiles du XVIe siècle par Montaigne et portée jusqu'au seuil de la rupture par les Solitaires de Port-Royal dès le ministériat de Richelieu, entre la vie privée, le for intérieur des sujets du roi et leur appartenance à la vie commune du royaume, ramassée maintenant sur la scène éclatante de la Cour[45].

La Fronde des Princes avait été un mélange général de vie publique et de vie privée, une expérience festive du royaume quand l'excès de la révolte humilie un État excessif. Les tragédies de Corneille, avec leurs conflits de devoirs, saisissent leurs personnages dans un espace dramatique à la fois unifié et ouvert où le public et le privé interfèrent, comme dans le Paris de la Fronde. La *Clélie* de Mlle de Scudéry a été la dernière tentative littéraire de représenter dans une même fiction harmonieuse la vie publique et les vies privées du royaume, dans une Ville idéale qui contient la Cour. Le royaume tel que le projetaient Foucquet et Pellisson eût réconcilié l'État hérité de Richelieu et les saveurs et les vertus propres à la vie privée[46].

Après 1661, les romans de Mme de La Fayette se concentrent sur la vie privée de leurs personnages, et sur leur intériorité ; les tragédies de Racine rejettent à l'arrière-plan les enjeux d'État pour mettre en relief le drame intérieur souffert par des héroïnes et des héros solitaires ; les comédies de Molière elles-mêmes, quand elles mettent en jeu l'État, en font le garant sublime, mais lointain, de l'autonomie des vies privées. Le royaume est toujours intact, lieu commun de tous les sujets du roi ; mais une fracture fine le traverse et traverse chacun des sujets du roi, sauf le roi lui-même : l'empire du roi contracté dans l'État tout-puissant s'est coupé du règne des cœurs.

La défaite de Foucquet a été, au moins en apparence, celle de l'amitié, cette utopie morale d'essence privée, où communiaient autour du Surintendant aussi bien des dévots tels que Robert Arnauld d'Andilly et des libertins érudits tels que Sorbière ou Chapelle, aussi bien les amis venus de Port-Royal des Champs que ceux qui appartenaient à la République des Lettres et à l'Académie. Foucquet et ses amis de diverses obédiences ont rêvé d'introduire jusque dans le gouvernement du royaume, comme c'était déjà le cas dans la surintendance des finances, ce lien social supérieur et intime, vainqueur des intérêts, des amours-propres, des divergences confessionnelles ou doctrinales : alliance, loyauté, élection et médiation qui s'étendait aux femmes et qui, dans la conversation des hôtels parisiens, triomphait aussi des distinctions de naissance, de rang et de profession.

Les nombreuses académies, les salons mondains, les petites cours lettrées réunies autour de princes, aisément transformées en complots politiques, avaient fleuri dans l'opposition à Richelieu, et ils s'étaient multipliés pendant la Fronde. Leur fédération pacifique et loyaliste autour de Foucquet leur donnait une chance nouvelle d'attirer le roi lui-même dans cette conspiration des amis.

L'amitié était la fleur : elle poussait autour de Foucquet sur le réseau des clientèles et vasselages, beaucoup moins désintéressés, que le Surintendant, à l'imitation des cardinaux-ministres et des princes de l'opposition, avait tissé autour de lui pour garantir son crédit financier et fonder sa puissance politique. Quand le parti Foucquet fut terrassé et dispersé par le roi, l'amitié lui survécut.

Elle devint intérieure et clandestine. Elle médita sa défaite, et scruta l'ennemi qui l'avait vaincue, l'amour-propre, avec son propre cortège de passions, d'intérêts, d'aveuglements, de férocités. Elle ne renonça pas, d'abord pour sauver le Surintendant, puis tout simplement pour s'adapter à son exil de l'intérieur, à créer dans Paris des cercles où l'on pouvait, portes closes, parler à cœur ouvert, lire des lettres écrites à demi-mot, et trouver dans ce secret, qui répondait au secret du roi, une liberté contemplative et inventive inconnue des années Foucquet, tourmentées par l'espérance et la crainte. Il y a un bon usage de la défaite et de l'oppression, et on le découvrit dans le Paris de Louis XIV [47].

« *Que l'empire des cœurs n'est pas de votre empire* »

On surprend parfois, en un éclair, dans le Grand siècle, de ces solidarités intimes et inattendues, qui parlent un langage à la fois chiffré et sincère, et qui ont fleuri à l'insu de la Cour, tout en l'observant avec des antennes très averties. Dans les *Œuvres posthumes* de La Fontaine, publiées en 1696 par son amie Mme Ulrich, figure une délicieuse épître en vers adressée par le poète à Mme de La Fayette, l'amie (au sens de Robert Arnauld d'Andilly) du duc de La Rochefoucauld. Cette épître donne une idée du degré de complicité affective et d'intelligence qui unissait le poète à ce couple extraordinaire, dont les enfants sont les *Maximes* et *La Princesse de Clèves*. L'épître accompagne l'envoi à Mme de La Fayette d'un petit billard, dans lequel le poète, sans se prendre au sérieux, veut faire voir une allégorie de ces surprises de l'Amour dont la romancière est experte. Mais le poète ajoute :

> ... Que vous dirai-je donc pour vous plaire, Uranie ?
> Le Faste et l'Amitié sont deux divinités
> Enclines, comme on sait, aux libéralités ;
> Discerner leurs présents n'est pas petite affaire :
> L'Amitié donne peu, le Faste beaucoup plus ;
> Beaucoup plus aux yeux du vulgaire.
> Vous jugez autrement de ses dons superflus ;
> Mon billard est succinct, mon billet ne l'est guère.
> Je n'ajouterai donc à tout ce long discours
> Que ceci seulement, qui part d'un cœur sincère :
> Je vous aime, aimez-moi toujours [48].

L'antithèse entre l'Amour décevant et l'Amitié indestructible s'enlace à l'antithèse entre le Faste officiel qui éblouit le vulgaire, et l'Amitié privée qui est heureuse du moindre don. Ce billet suprêmement raffiné et intime est l'ancêtre de ceux que Mallarmé adressera à Berthe Morisot.

Dans ce drame où les enjeux politiques les plus graves se mêlent, comme dans les tragédies de Corneille, aux émotions et aux sentiments les plus frémissants, le poète Jean de La Fontaine a tenu sa partie. Sa parole, qui pouvait sembler faite pour les salons et les jardins protégés, n'a pas fléchi dans une tourmente où tant d'intérêts et tant de périls se conjuguaient pour la réduire au silence ou à la conformité timide. Elle a cependant jailli avec un extraordinaire courage, et elle a trouvé dans cette épreuve une résonance nouvelle. Tout s'est passé comme si, au cours de l'Affaire Foucquet, la voix de La Fontaine, plus étrangère que jamais à la force et à l'autorité, avait trouvé dans sa douceur même le principe de sa profondeur et le secret de sa sonorité. Ni l'*Élégie aux Nymphes de Vaux*, ni l'*Ode au roi* ne prétendent contester la toute-puissance royale, ni le bien-fondé de son coup d'État. Mais les deux poèmes n'en sont pas moins, à bien des égards, plus terribles que les sonnets vengeurs qui se multiplient alors sous le manteau pour accabler Colbert. Ils tendent au roi lui-même, à son triomphe, à sa majesté, à sa légitimité un miroir de sentiments intimes, et sacrés parce qu'intimes, qu'il lui suffirait d'un geste de clémence pour rallier aussi à sa gloire, mais sans lesquels cette gloire, toute-puissante dans les faits, ne sera jamais que politique, et privée de ce qui inspire l'amour.

Sans hausser la voix, sans rompre les convenances les plus sévères et les plus délicates, La Fontaine a découvert dans l'épreuve l'espèce de royauté cachée, à la hauteur pourtant de la royauté visible qui se croit maîtresse de toute parole, dont pouvait se revêtir l'intégrité désarmée de la poésie.

CHAPITRE V

LE REPOS ET LE MOUVEMENT

> « Le siècle des arts en France est celui de François Ier, en descendant jusqu'à Louis XIII, nullement celui de Louis XIV. Le petit palais des Tuileries, le vieux Louvre, une partie de Fontainebleau et d'Anet, la chapelle des Valois à Saint-Denis, le palais du Luxembourg, sont ou étaient pour le goût fort au-dessus des ouvrages du Grand roi. La race des Valois fut une race lettrée, spirituelle, protectrice des arts, qu'elle sentait bien. Louis XIV regardait les artistes comme des ouvriers, François Ier comme des amis... »
>
> CHATEAUBRIAND, *Analyse raisonnée de l'histoire de France*

Avec la disgrâce de Nicolas Foucquet, un demi-siècle de « grandeur » commence pour la France. Les sujets de Louis XIV en ont porté le poids, et même déjà la légende. Après le bref purgatoire qui suivit la mort du roi, en 1715, cette légende a pris consistance d'Histoire sous Louis XV. Elle devient dès lors la constante et la pierre de touche de l'imaginaire politique français. En comparaison du Grand roi et de son siècle, les deux derniers Louis font pâle figure. Même Fontenoy pour Louis XV, même la guerre d'Amérique pour Louis XVI, même le retour, sous les deux rois, à un « grand style » néo-versaillais qui deviendra néoclassique, n'ont pas suffi à rehausser la décevante humanité des héritiers du Roi-Soleil. Le Comité de Salut public et l'Empire seront les premiers à se montrer à la hauteur de la gloire et des guerres du règne central de l'Histoire de France. Le soleil d'Austerlitz pourra enfin rivaliser d'éclat avec celui du Passage du Rhin. Les Bourbons de la Restauration auront l'air de pastiches flasques du grand ancêtre. Louis-Philippe aura beau organiser le retour des cendres de l'Empereur et dédier Versailles à toutes les gloires de la France, le Louis XIV de Rigaud, ligué avec le Napoléon d'Ingres, écrasera de sa majesté le pacifique « roi-poire ».

La légende noire de l'« Ancien Régime » combat celle de la « Grande Révolution » dans l'imaginaire collectif des Français. Ce ne sont plus tant aujourd'hui des légendes que des spectres, l'un de droite, l'autre de gauche, qui incitent chaque moitié des Français à se dresser contre l'autre moitié. Les héritiers de la Révolution sont toujours prêts à décapiter de nouveau Louis XVI, et à abolir du même couperet ce Télémaque couronné et la monarchie absolue, mais ils hésiteraient même en rêve à brandir un simple canif contre la personne auguste de Louis XIV. D'où vient cette secrète fascination des républicains, des libéraux, des socialistes modernes et français pour le Roi-Soleil ? Le Grand siècle d'une monarchie absolue, archétype du « pouvoir de droite », que l'on vomit sous les traits de l'excellent Louis XVI, passe sous les traits hautains de Louis XIV pour la véritable Idée platonicienne de l'État-providence et de l'État culturel républicains et modernes. Pendant ce temps, la IIIe République tend à se confondre dans la mémoire nationale avec l'Ancien Régime. Le Versailles du Grand roi est devenu le garant sacré de l'exception française, sociale, culturelle, citoyenne.

Quelle ironique revanche posthume pour Charles Maurras ! Maurras, avec son école littéraire et historique, pendant un demi-siècle de IIIe République, a fait briller la grandeur possible d'une monarchie à la Louis XIV pour mieux tourner en dérision un régime de partis corrompu et veule. La légende dorée du Grand roi, dans cette école d'opposition attrayante pour les esprits les plus doués, se conjugua dans les années 30 avec l'utopie de la modernité technocratique. Le Grand siècle ne fut plus seulement une nostalgie, mais un programme de redressement national. Le Louis XIV des Modernes, le roi des ingénieurs et des artistes, des grandes fêtes et des grands travaux, est devenu pour l'*Action française* le projet national. Passe donc pour la droite. Mais comment les héritiers de 89 en sont-ils venus à faire du Grand roi l'une de leurs idoles ? Voltaire, Lavisse et même Maurras n'expliquent pas tout.

Le demi-siècle qui a suivi la chute de la IIIe République a vu le passage à l'acte, dans plusieurs mises en scène successives et plusieurs conjonctures différentes, de la dramaturgie politique néo-louisquatorzienne inventée par Maurras pour faire pièce à la IIIe République. Le gaullisme du Général et l'antigaullisme de François Mitterrand (lequel est de droite, lequel est de gauche ?) ont rivalisé à qui exécuterait avec le plus de succès ce projet de grandeur. Le Général, avec le génie de Richelieu, et son principal adversaire, avec les talents de Mazarin, ont l'un créé, l'autre popularisé, une monarchie maurrassienne aux couleurs de la République. Les autres interprètes du rôle rétabli de monarque ont eu beau chercher un style Louis XV, Louis XVI ou orléaniste, Louis XIV a toujours été la norme qui finit par ridiculiser ces écarts.

Jacques Maritain avait pu écrire, en 1927, pour flétrir la Cité maurrassienne (mais cette analyse portait aussi bien sur la Cité marxiste, fasciste, national-socialiste et même, en fin de compte, sartrienne) :

« Rien n'importe davantage à la liberté des âmes et au bien du genre humain que la distinction des deux pouvoirs ; pour parler le langage moderne, rien n'a une valeur *culturelle* aussi grande. Chacun sait que cette distinction est l'œuvre des siècles chrétiens, et leur honneur. La cité païenne, qui se prétendait l'unique *tout* de l'être humain, absorbait le pouvoir spirituel dans le temporel, en même temps qu'elle divinisait l'État. C'est en vertu d'une logique interne très sûre qu'elle devait finir par adorer les empereurs. [...] Le Seigneur Jésus a dit : "Rendez à César ce qui est à César, et à Dieu ce qui est à Dieu." Il a distingué ainsi les deux pouvoirs, et ce faisant affranchi les âmes. [...]

« La Cité étant la plus parfaite (c'est-à-dire la plus capable de se suffire à elle-même) des communautés naturelles que les hommes puissent constituer ici-bas, il importe souverainement de tracer la distinction, et de marquer les rapports de subordination entre la politique, ordonnée à ce tout de la cité terrestre comme à sa fin prochaine et spécificatrice, et la morale ordonnée au Tout divin transcendant... La subordination du politique au moral est complète et même infinie, étant fondée elle-même sur la subordination des fins [1]... »

On peut ou non admettre le langage et la foi thomistes de Maritain. L'expérience du XXe siècle nous a appris que, pour tous les esprits attachés à la liberté, l'enfermement de l'intelligence dans l'économique, le social et le politique, auquel condamnent les idéologies modernes, de droite ou de gauche, vide le mot « culture » de sa respiration et de son inspiration libératrices. Intégrée dans le tout organique et matériel de la Cité, la « culture » en ce sens hobbesien, ou bien se fane et tarit, ou bien se retourne contre sa propre fin, qui est de rendre l'homme capable du divin. La République des Lettres, même sous Louis XIV, ne renonça pas à exercer sa vocation d'ironie et de liberté. Où est ce contrepoids aujourd'hui ?

Un Grand siècle modernisé et modernisateur comme le voulait Maurras, habite en France le pays légal, et le pays réel s'en accommode comme il peut. Le cavalier de bronze de la Place des Victoires peut regarder enfin Paris avec satisfaction : il voit de tous côtés les preuves monumentales que Versailles a reconquis la cité de la Fronde, devenue son extension administrative, et que le Château dirige de nouveau l'économie et les arts. La statue de Louis XIV par le Bernin, que le roi avait fait défigurer et transporter au fond de la pièce d'eau des Suisses, dans le parc de Versailles, se dresse maintenant, dans un moulage de plomb, au centre de Paris. L'Allée du roi, transportée elle-même dans la Capitale, se prolonge maintenant vers l'infini sous l'Arche de la Défense.

Le Grand roi est-il responsable de ce que l'imagination et l'histoire politique françaises ont fini par faire de lui à la fin du XXe siècle ? Le choix qu'il arrêta en disgraciant Nicolas Foucquet, un ministre qui aurait pu, avec son consentement, donner à son règne un tour modéré, est l'une de ces décisions apparemment de conjoncture, mais dont les conséquences à long terme ont précipité, selon un enchaînement qui s'est étendu à l'Univers (*NEC PLURIBUS IMPAR*, disait la devise du roi), ce que nous appelons encore parfois, mais de plus en plus rarement, « le sens de l'Histoire » et le « Progrès ».

L'État modernisateur selon Richelieu, tel que Louis XIV l'a restauré et magnifié sur l'autel où il avait sacrifié Foucquet, tel que la Révolution et l'Empire l'ont perfectionné, a été en France, et par ricochet, en Europe et ailleurs, la fatalité des Modernes. C'est à la gloire du « siècle de Louis le Grand » que l'idée même de modernité s'est imposée en 1687, au cours d'une célèbre Querelle, à une conscience européenne que le règne de Louis XIV n'avait pas peu contribué à mettre en crise. Par un singulier paradoxe, ce règne qui, plus qu'aucun autre, a fait de la France un édifice clos, un *mandala* centralisé et encerclé par ses côtes maritimes, ses chaînes de montagne et les forteresses de Vauban, a néanmoins introduit dans le monde l'idée du despote éclairé victorieux de la nature et de la coutume et aiguillonnant rudement un mouvement vers l'avant, sans précédent et sans fin. Cette singulière contradiction entre le principe de repos et de modération, inhérent à la plus ancienne royauté d'Europe, et le principe de mouvement illimité mis au service de l'orgueil de Louis par une administration conquérante, a introduit une fêlure dans l'ancienne France beaucoup plus profonde que le péril de guerre civile dont elle avait été jusqu'alors tourmentée, mais non pas ébranlée, dans ses structures et son tempérament profonds.

Tocqueville cite, dès les premières pages de son *Ancien Régime*, une lettre écrite par Mirabeau à Louis XVI en 1790, et qui interprète la révolution comme une chance inespérée pour le monarque et son État de réaliser le rêve de Louis XIV :

« N'est-ce donc rien que d'être sans parlement, sans pays d'états, sans corps de clergé, de privilégiés de noblesse ? L'idée de ne former qu'une seule classe de citoyens aurait plu à Richelieu : cette surface égale facilite l'exercice du pouvoir. Plusieurs règnes d'un gouvernement absolu n'auraient pas fait autant que cette seule année de Révolution pour l'autorité royale[2]. »

Le remède de Richelieu et de Louis XIV aux guerres civiles, l'État absolu, était en réalité un refus de ce « sage milieu » dont parle Retz (qui était lui-même un modéré poussé à bout), une guerre civile absolue et une révolution permanente menées par l'État royal contre les coutumes reçues et les corps qui en avaient traditionnellement le dépôt. Cette tension interne entre le génie conservateur de la royauté et la volonté de puissance d'un monarque bureaucrate et technocrate a fini par briser la monarchie, et elle a corrompu, par une sorte de contagion générale, la sagesse des nations dont le plus ancien royaume d'Europe aurait dû, et aurait pu, se faire le dépositaire. Le malheur (et la folle générosité) de l'ancienne France avait été de s'en remettre entièrement, pour la sauvegarde de son « juste milieu », à la bonne foi de ses rois, qu'aucune loi écrite, comme en Angleterre, ne contraignait à ne pas faire un usage déréglé de leur autorité d'origine divine.

La vénérable religion royale a couvert cette chimérique générosité.

Louis XIII avait inauguré son règne personnel par un assassinat, celui du maréchal d'Ancre, commis au Louvre sous ses yeux et sous ses ordres, en dehors de toute forme de justice, comme Henri III avait fait assassiner le duc de Guise.

L'heureuse nouveauté en 1661, c'est d'abord le refus par Louis XIV d'imiter ces exemples barbares pour se délivrer de Foucquet ; c'est aussi l'émotion profonde qui accompagna les péripéties de l'instruction et du procès du Surintendant, dans le public de la Ville politiquement très averti, et que la littérature alliée à la spiritualité avait depuis le règne d'Henri IV converti peu à peu, ou ramené, à des mœurs plus douces, à l'urbanité, à l'humanité, à la galanterie. La violence d'État de Richelieu était en regression sur la croissance des esprits et la maturation des cœurs. Le roi en 1661 avait appris jusqu'où il pouvait aller trop loin, au moins dans les formes. C'était un progrès, imposé par ses sujets au roi, mais un véritable progrès : une partie très serrée, une grande partie silencieuse s'engagea entre le roi et ses ministres qui voulaient le progrès de l'État selon Richelieu, et d'autre part une Ville et un royaume qui après les convulsions de la Fronde, subirent, faute du « juste milieu » durable qu'ils avaient souhaité, un ordre public rude où ils prirent néanmoins l'innocente liberté, et même l'habitude de penser et de sentir par eux-mêmes et entre eux.

Loin de pousser à bout un public éduqué politiquement et qui le prouva pendant l'Affaire Foucquet, le roi et Colbert, en se répartissant les rôles, ménagèrent une transition assez savante entre la royauté ministérielle et conciliatrice qu'avait fait espérer leur victime, et cette monarchie administrative et militaire de plein exercice qu'avait mise en marche le Grand cardinal : ils entendaient bien eux-mêmes moderniser la machine et augmenter son efficacité d'action. Un échafaudage spectaculaire et culturel, pendant les travaux, occuperait les badauds.

Le transfert au bénéfice du roi et à son service de ce mécénat des arts de la paix, qui avait fait une grande partie de la séduction de Foucquet, fit partie de cette concession, toute de façade, au public qui avait applaudi le Surintendant à la porte Saint-Antoine, le jour où, ayant entendu sa sentence à la Bastille, il fut emmené aussitôt sous bonne garde vers Pignerol.

La Machine à gloire

Avec les talents de l'académie privée réunie par Pellisson autour de Foucquet, et qui s'étaient formés dans le Paris effervescent de la Régence et de la Fronde, Colbert, renouant avec les projets que la maladie et la mort avaient empêché Richelieu de mener à bien, construit et fait fonctionner en peu d'années un système administratif des arts et lettres dépendant étroitement de la Cour. L'éloquence, comme l'avait projeté le Grand cardinal, devient une industrie d'État au service de l'Olympe royal.

Dès novembre 1662, Colbert demanda à l'un des « illustres » de l'Académie française, Jean Chapelain (de préférence au secrétaire perpétuel Conrart, trop compromis avec Pellisson), d'établir par ordre de mérite la fameuse « liste » des auteurs appelés à recevoir du roi une pension annuelle[3]. Le Protecteur de l'Académie, le chancelier Séguier, qui était aussi le principal juge de Foucquet, dut conseiller Colbert pour cette vigoureuse reprise en mains de la République française des Lettres et des Arts, qui dans son ensemble avait cédé à la séduction du Surintendant. La plupart des fortunes privées qui avaient accompagné le mécénat de Foucquet étaient soumises elles-mêmes au même moment à l'examen d'une Chambre de justice.

C'était le moment de rattacher à l'État, par des fils d'or, les gens de lettres et les artistes désorientés. La liste de Chapelain circule à Paris dès le premier trimestre 1663, et l'on ne tarda pas à comprendre à quoi seraient tenus les pensionnés du roi. Le roi tomba malade, puis se rétablit plus florissant que jamais. Chapelain fit savoir aux pensionnés qu'il était souhaitable de se réjouir en vers de l'événement. Beaucoup obtempérèrent. On revenait à l'époque de Richelieu, au temps où l'abbé de Boisrobert faisait collaborer les gens de lettres à des recueils en français et en latin à la gloire du cardinal et du roi. Les craintes et les scrupules qui avaient accueilli les débuts de l'Académie française se réveillèrent.

Le 17 août 1663, l'érudit Pierre-Daniel Huet, alarmé, écrit à Gilles Ménage, ancien secrétaire de Retz. Tous deux figuraient sur la liste de Chapelain :

« Il y a quelque sorte de honte de faire des vers pour de l'argent, comme vous le dites avec raison[4]. »

Ménage, ami de Mme de Sévigné et de Mme de La Fayette, refusa d'obéir aux ordres de Colbert. Le nouveau ministre avait pourtant appuyé la démarche de Chapelain en faisant savoir que « ceux qui manqueraient [à leur devoir] seraient remarqués ». Tout en déplorant auprès de son prestigieux correspondant (et aîné) la « honte » et la « bassesse » du procédé, Huet s'exécuta, en arguant de l'obéissance due aux ordres du roi.

Des poètes qui ne figuraient pas sur la fameuse liste prirent les devants, dans l'espoir d'y figurer plus tard. L'abbé Cotin chanta le miracle de la guérison du monarque et Racine prit soin d'écrire sur ce sujet imposé une *Ode*, qu'il soumit pour correction à Chapelain.

En 1667, Colbert fit placer l'Académie française (qui releva désormais de la Maison du roi, l'un de ses départements ministériels) sous la protection personnelle de Louis XIV. Après la mort de Séguier (1672), le roi attribua en 1674 à l'Académie, qui se réunissait jusque-là chez le chancelier, un logement dans le palais du Louvre. C'était beaucoup d'honneur. Désormais, chaque année, le jour de la Saint-Louis, l'Académie fit célébrer une messe dans la chapelle du palais royal, ponctuée par un panégyrique du monarque. Les discours de remerciement et de réception ajoutèrent désormais l'éloge du roi à celui du fondateur Richelieu, et les séances publiques comportèrent la lecture de poèmes adressés au roi et célébrant ses plus récents hauts faits. Sous l'œil vigilant de Colbert, élu lui-même à l'Académie en 1667, la Compagnie devint très vite un atelier très productif de louanges du roi, proposé en exemple à tous les gens de lettres français[5]. Le Prix d'éloquence (fondé avant sa mort en 1654 par Guez de Balzac) et le Prix de poésie (fondé par le comte de Clermont-Tonnerre en 1674) récompensèrent des pièces de louange royale. La première lauréate du Prix d'éloquence en 1670 fut Madeleine de Scudéry, qui rivalisait maintenant avec son ami Pellisson, devenu historiographe du roi, dans le culte officiel de Louis XIV.

Par le jeu des pensions, une véritable machine de Marly du panégyrique est mise en place par Colbert, transformant les Lettres françaises officielles en Grandes Eaux de Versailles. Leurs jeux d'orgues jailliront ensemble et à point nommé pour donner un air de miracle à tous les actes publics du roi. La quinzaine d'écrivains ou de savants étrangers inscrits sur la liste des pensions reçurent des instructions pour porter leurs propres actions de grâce à la hauteur de celles des lettrés régnicoles.

La liste des pensions s'éteindra avec la mort de Chapelain en 1675 et les débuts des Grands Travaux de Versailles. Mais le pli était très bien pris. Ce que nous appelons « chefs-d'œuvre » du règne de Louis XIV, ce sont en réalité des écarts, dont nous mesurons mal l'originalité et l'indépendance secrète, par rapport à la norme officielle de la louange, réglée sur la grandeur uniforme qui, par convention dictée, et non pas par contrat, définit le style et les lieux communs qui conviennent au « plus grand monarque du monde ».

Les arts suivent le mouvement imprimé d'en haut aux lettres. On ne peut qu'admirer, comme ses enthousiastes modernes, la méthode avec laquelle Colbert a mis au point le puissant mécanisme d'horlogerie qui fit concourir les divers corps de métier à la glorification permanente du Prince. Le feu d'artifice de Vaux n'avait duré qu'une nuit. L'organisation et la coordination créées par Colbert furent capables d'installer le roi au centre d'un *Te Deum* polyphonique et audiovisuel permanent. Architecture, Peinture, Sculpture, Orfèvrerie, Tapisserie, Ébénisterie, Miroiterie, Passementerie, chacune pourvue de ses propres ateliers d'État, travaillèrent ensemble à donner au personnage royal une magnificence et une majesté dignes d'un héros unique en son genre et de ses actions « non pareilles ». Les sciences de l'optique et de la perspective, les techniques de l'ingénieur, contribuèrent de leur côté aux « machines » qui pourvoyaient, sur les « théâtres » de l'État, aux effets d'illusion les plus modernes. Le livre et la gravure, dont Paris était devenue la capitale européenne, multiplièrent par leurs descriptions et leurs images l'effet de la louange et en prolongèrent le retentissement. Le portrait du Grand Monarque, dessiné, peint, sculpté et gravé par de très nombreux artistes, prit place partout, même dans les plus modestes foyers et sur les enseignes des rues.

Dès 1663, Colbert crée l'organe qui assurera l'harmonisation générale de la production, rédigera ses sous-titres et concevra au fur et à mesure, sur ses propres directives politiques, les développements de l'intrigue et les détails de l'action. Il extrait de l'Académie française une commission, d'abord appelée « Petite Académie », qui réunit, dans la bibliothèque de Colbert, et parfois en présence du ministre, trois, puis quatre académiciens, Jean Chapelain, l'abbé de Bourzeis, l'abbé Cassagnes, François Charpentier. Le secrétariat est assuré par le « premier commis » de Colbert, Charles Perrault, ancien client de Foucquet, entré à l'Académie française en 1671. La Petite Académie, une fois que le ministre avait choisi les actes du roi qu'il importait de louer, déterminait les devises et inscriptions propres à faire valoir, dans le langage des symboles, des allégories et des lieux communs héroïques, les nouveaux mérites révélés par la vertu du Prince. Colbert et la Petite Académie (qui révisa même les livrets d'opéra de Quinault) devinrent l'auteur collégial d'une épopée glorifiante, parallèle à l'histoire du règne, et dont chaque nouveau segment était réfléchi en cadence, chacun avec ses moyens propres d'expression, par les différentes académies et manufactures du roi. Cette épopée en devenir transformait au fur et à mesure l'histoire en légende, et donnait à cette légende l'autorité de l'Histoire elle-même, imperturbablement en mouvement et en marche [6].

Une telle machine à gloire rejetait dans l'artisanat de famille et de province tous ses précédents : l'Académie des Valois, les Académies des Grands Ducs de Florence, pour ne rien dire de la récente Académie Foucquet. Il faut, pour mesurer l'impression produite sur les contemporains, la comparer, toutes choses égales bien entendu, à Hollywood, impératrice de l'imaginaire mondial du XXe siècle, glorificatrice de la Grande Amérique. Un Hollywood qui n'aurait eu qu'une seule « star » : le Soleil, et un seul genre : le péplum. L'industrie culturelle de Colbert n'avait alors pour rivale un peu sérieuse que celle du Saint-Siège : mais Rome n'était plus en 1661 la fascinante capitale des images qu'elle avait été depuis Jules II, et qui avait encore eu une arrière-saison brillante sous Grégoire XV Aldobrandini et sous Urbain VIII Barberini : depuis la mort de ce dernier souverain pontife en 1645, la gloire du *Papa-Rè* ne se soutenait plus que par le génie singulier et extraordinaire d'un second Michel-Ange : le cavalier Bernin. Louis XIV le convoqua à Paris en 1665. Colbert, après quelques palabres, le renvoya très poliment à Rome. Le grand artiste italien ne savait pas mesurer ses paroles et il ne s'adaptait pas aux mœurs administratives du nouveau règne.

Pour la première fois en Europe à cette échelle et à ce degré de cohérence narrative, les lettres et les arts issus de la Renaissance étaient mobilisés par un État pour traduire les actes successifs de son chef selon la logique d'une même fiction grandiose, envahissante, visible jusqu'au fond des provinces du royaume et de toute l'Europe. Depuis le choix d'une devise destinée à être frappée par la Monnaie royale, ou d'une inscription destinée à un socle de statue ou d'arc de triomphe, en passant par les plans des palais et châteaux royaux, les sujets de tableaux d'Histoire et de tapisseries des Gobelins destinées à les orner, des miniatures pour la Bibliothèque du roi, des ballets, fêtes et opéras représentés devant la Cour, chaque fragment du récit ininterrompu du règne se réfractait automatiquement, à tous les étages de la communication officielle, dans le spectacle, dans l'image, dans le texte. La coordination et l'intégration du système tenaient du prodige.

Une agence anonyme et centrale, prêtant au souverain la voix de la France et animant son personnage public d'Olympien, maintient désormais en haleine le public français et européen, et par-dessus la tête de ce public, elle rend par avance l'oracle de la postérité.

Sublime dialogue, dans le Temple de la gloire, entre la voix de la France qui célèbre le mouvement en avant de son roi, et l'écho de l'Éternité qui l'enregistre. On peut tout de même se demander, sans rien ôter à cette exaltante réussite sémiologique, quel silence, quelle passivité coupables cette admirable machine à signifier et à mouvoir pouvait bien traquer ? De quel vide cet Art officiel de louer avait-il horreur pour chercher à ce point à remplir méthodiquement l'espace et annexer impérieusement le temps ?

Le grand style d'État

L'art colbertiste de la louange royale, en vers et en prose, en latin et en français, associe à l'excès enthousiaste de l'hyperbole la froideur compassée du protocole d'État. L'éloquence « baroque », dont le foyer avait été la Rome pontificale, est tout aussi hyperbolique, mais elle est chargée d'affectivité dévote, elle veut persuader par l'émotion religieuse commune aux hommes et aux femmes, aux doctes et aux ignorants, aux grands et au peuple. Les panégyriques de Louis XIV, prose ou poésie, ne cherchent jamais à émouvoir : leur sublime abstrait ne s'adresse à personne, sinon aux Idées éternelles, universelles et rationnelles que le roi incarne sur la terre, et dont il convient à la fois d'admirer la grandeur et de servir l'évidence [7]. Le discours de remerciement du premier commis de Colbert, Charles Perrault, à l'Académie française, le 26 novembre 1671, donne la clef impersonnelle de ce sublime d'État :

« ... Mais on ne pouvait [déclare-t-il devant ses confrères] commencer trop tôt à polir et à perfectionner une langue qui apparemment doit être un jour celle de toute l'Europe et peut-être de tout le monde, et surtout d'une langue qui doit parler de Louis quatorzième. On ne pouvait trop tôt former des Orateurs, des Poètes, et des Historiens pour célébrer ses grandes actions... Ainsi donc, Messieurs, je regarde ce grand Monarque comme un modèle parfait et achevé, dont tous les aspects sont admirables, et qui est mis au milieu de nous pour en tirer les images fidèles qui ne périssent jamais, afin que les actions de ce Prince, qui font la félicité présente de ses peuples, deviennent encore plus utiles à la postérité par les grands exemples qu'elles donneront aux princes des siècles à venir. Voilà le digne objet de nos travaux et de nos veilles [8]. »

Il faut avoir à l'esprit la monotonie convenue de cette machine à gloire néoplatonicienne (mais tout infiltrée de l'idée de « perfectionnement ») pour goûter par contraste l'étrangeté vivante du pathétique de Racine, et du rire de Molière, oiseaux rares dans cette volière de Psaphon chantant en chœur et en cadence : « Le roi est Grand. » À plus forte raison, le tour intérieur et l'humanité méditative des lettres de Mme de Sévigné, ou des romans de Mme de La Fayette, prennent-ils sur ce bruit de fond tout le prix d'un havre de silence et de vérité affective partagés. Ces diverses saveurs littéraires, circonscrites par la scène ou par la lecture privée, se dérobent sans crier gare au devoir impérieux de consacrer la langue du royaume à la louange exclusive d'un Modèle à la fois byzantin par sa perfection intemporelle, et d'avant-garde ultramoderne par son profil d'étrave fendant le temps.

L'abbé de La Chambre, le jour de la réception de La Fontaine à l'Académie, rappellera durement au poète combien il avait été jusque-là paresseux et distrait à remplir ce devoir[9]. Et Racine, qui se sentait coupable à la fois du côté de Port-Royal et du côté du Prince, quoiqu'il eût alors renoncé au théâtre pour se consacrer à l'Histoire du roi, déclarera lui-même à la fin du discours prononcé à la réception de l'abbé Colbert :

« Tous les mots de la langue, toutes les syllabes, nous paraissent précieuses, parce que nous les regardons comme autant d'instruments qui doivent servir la gloire de notre auguste protecteur[10]. »

Du bon usage de la disgrâce : La Fontaine en voyage

En 1663, l'année même où, durant l'instruction du procès Foucquet, Colbert met en mouvement la machine à gloire du Grand roi, La Fontaine (qui a déjà publié l'*Élégie aux Nymphes de Vaux* et peut-être l'*Ode au roi*) accompagne son oncle Jannart, âme de la défense parisienne du Surintendant, vers la résidence à Limoges que les ordres du roi assignent au substitut de Foucquet. Est-il lui-même englobé dans cet ordre d'exil, ou bien choisit-il de se compromettre un peu plus en marquant sa solidarité avec Jannart ? Au cours de ce voyage précipité pour l'époque (moins de deux semaines) et sous bonne garde d'un exempt du roi, le poète adresse à sa femme, à Château-Thierry, une série de lettres, destinées sans doute à circuler dans le cercle de leurs amis sûrs.

L'idée de ce récit de voyage par lettres lui a sans doute été donnée par un petit chef-d'œuvre publié en Hollande cette même année 1663, mais qu'il connaissait déjà sûrement en manuscrit : le *Voyage de Chapelle et Bachaumont en Languedoc et en Provence*[11]. Ce récit adoptait la forme et le ton d'une lettre familière, mêlée de prose et de vers, écrite et adressée à quatre mains à un couple d'amis restés à Paris, les frères Du Broussin.

Cette découverte de la « France profonde » par deux libertins érudits parisiens datait en principe de 1656. Elle était publiée en Hollande au bon moment, en 1663. Elle manifestait en effet une liberté d'allure toute privée, et une force d'âme joyeuse, supérieure aux caprices de la Fortune politique, qu'il était bien nécessaire de réaffirmer au moment où la mise au pas des gens de lettres allait bon train.

Claude Emmanuel Lhuillier, dit Chapelle[12], avait, en compagnie de François Bernier, reçu très jeune les leçons de Gassendi. Riche et oisif, ce fils de magistrat libertin et érudit fréquentait à Paris aussi bien les salons élégants que les cabarets littéraires où il s'était étroitement lié, pendant les années Foucquet, à Boileau et à Racine, à Molière et à La Fontaine. Par sa naissance comme par ses talents, il appartenait à la République des Lettres. Il pouvait écrire, en adepte raffiné du loisir lettré :

> Que j'aime la douce incurie
> Où je laisse couler mes jours !
> Qu'ai-je à faire de l'industrie
> De l'intrigue, des faux détours.
> Quelques contes d'hôtellerie
> Des lettres de galanterie,
> Du vin et des folles amours,

> Ont fait jusqu'ici toujours
> Ma plus heureuse rêverie.

Le compagnon de voyage de Chapelle, François de Bachaumont, avait été ardent frondeur. Il avait en partage tous les goûts (et aussi la fortune cossue) de son ami. Sur le chemin qui conduira les deux amis à Bordeaux (un cousin de Tallemant des Réaux les y reçoit), puis à Toulouse et à Marseille, ces Parisiens se moquent ensemble du jugement des « précieuses » de province, qui ne savent que médire sottement de Voiture et préférer le pédant Ménage au subtil Pellisson. Un des épisodes les plus significatifs, pour les arrière-pensées qu'il laisse entrevoir, de ce récit de voyage, c'est la halte des deux amis chez le comte d'Aubijoux, dans les environs de Toulouse. Aubijoux était l'un des vétérans des complots contre Richelieu et de la Fronde des Princes. Chapelle et Bachaumont, qui le connaissent bien, admirent autant la sagesse à l'antique de sa retraite agreste, que sa courageuse carrière d'ennemi des cardinaux :

« ... Nous le trouvâmes dans un petit Palais, qu'il a fait bâtir au milieu de ses jardins, entre des fontaines et des bois, et qui n'est composé que de trois chambres, mais bien peintes et tout à fait appropriées. Il a destiné ce lieu pour se retirer en particulier avec deux ou trois de ses amis [dont son cousin Fontrailles, auteur de *Mémoires* vengeurs sur Cinq-Mars], ou, quand il est seul, s'entretenir avec ses livres pour ne pas dire avec sa maîtresse :

> Malgré l'injustice des cours,
> Dans cet agréable ermitage
> Il coule doucement ses jours,
> Et vit en véritable sage [13]. »

Le vaste arrière-pays de Paris que les deux amis parcourent sans autre but apparent que de s'amuser, est lui-même tout entier un véritable paradis pour épicuriens, dont la délicieuse diversité, les bons vins, l'excellente chère, les jolies filles, et la douceur générale des mœurs compensent amplement les ridicules de ses précieuses et les rares déceptions essuyées par les voyageurs, notamment à Narbonne. La « France profonde », insensible aux révolutions parisiennes, se prête déjà au « cultivons notre jardin » de Voltaire.

C'est une découverte analogue que le très parisien Molière, ami intime de Chapelle, avait déjà faite avec son « Illustre Théâtre », au cours de sa longue tournée dans le Sud-Ouest, en Provence, en Languedoc, en Bourgogne et en Normandie, entre 1646 et 1658.

Malgré tout leur esprit, il y a tout de même quelque chose du citadin arrogant chez ces deux fils de famille parisiens cherchant une diversion de plus, dans les provinces, à la politique parisienne. Si La Fontaine s'est inspiré de leur exemple, il l'a fait, dans ses propres *Lettres* de voyage, en poète secrètement endolori (sa peine éclate entre autres à Amboise, devant le cachot où a été un temps enfermé Foucquet), et en homme qui ne voyage pas librement et à son rythme, mais sous bonne garde et selon « les ordres du roi ». S'il reste malgré tout accueillant et sensible aux choses succulentes et aux êtres délicieux que garde en réserve l'arrière-pays, il le doit moins à la philosophie-carapace de Chapelle et Bachaumont, qu'à ses extraordinaires antennes de poète, qui lui permettent de percevoir partout où il passe les échos et les traces d'un grand et ancien drame français auquel, mieux que quiconque, il est initié.

Ces lettres s'adressent à sa femme, Marie Héricart, la nièce de Jannart[14]. Elle avait quatorze ans quand il l'épousa, par arrangement des deux familles, en 1653. Il en a fait depuis une amie. Il la rabroue gentiment sur les limites de ses goûts littéraires, mais il se montre très averti de ses préférences sensuelles, et très indulgent pour elles :

« Avouez le vrai, lui écrit-il à propos d'une Vénus anadyomène exposée dans le château de Richelieu, cette dame sortant du bain n'est pas de celles que vous verriez le moins volontiers ! »

Tournant déjà en conte de Boccace un récit véridique qui lui est raconté en chemin, il prête à la belle héroïne (galanterie de poète) les traits de Marie Héricart, tels qu'ils nous apparaissent dans un beau portrait de Rigaud :

« C'était, écrit-il comme s'il connaissait intimement la Poitevine du récit, une claire brune, de belle taille, la gorge admirable, de l'embonpoint ce qu'il en fallait, tous les traits du visage bien faits, les yeux beaux, si bien qu'à tout prendre, il y avait peu de choses à souhaiter, car rien, c'est trop dire. [...] Outre cela elle savait les romans, et ne manquait pas d'esprit » (*Lettre du 12 septembre 1663, de Limoges*).

Il est possible que La Fontaine n'ait pas été bon père. Il n'a sûrement pas été le « mal marié » de la légende. Il a transformé un devoir de famille en compagnonnage galant. Sa femme partage aussi, en bonne nièce de Jannart, qui peut comprendre à demi-mot, l'attachement du poète pour Foucquet et pour tout ce qui dit non en France à Richelieu et à Colbert.

Une saveur de « Treille muscate » parfume ces pages écrites par un « homme de Champagne » introduit depuis l'enfance aux charmes de la province française et qui en connaît de l'intérieur le passé et les ressources, invisibles pour des citadins contents d'eux-mêmes. Dès la première lettre, La Fontaine respire de tout son être, loin de l'Olympe, l'air de ces Arcadies et de ces Cythères anciennes et réelles, étrangères au progrès moderne (*Beautés simples et divines / Vous contentiez nos aïeux*) et sacrées par la profondeur des temps (*Souvenez vous de ce bois qui paraît en l'enfoncement, avec la noirceur d'une forêt de dix siècles... je ne crois pas qu'il y en ait de plus vénérable sur la terre*). Dans ces *endroits fort champêtres, et c'est ce que j'aime parmi toutes choses*, le poète sorti de Paris reprend pied d'emblée, tel Antée, après les dernières péripéties de l'Affaire, auxquelles il a été étroitement mêlé aux côtés de son oncle Jannart. D'exil et de châtiment infligé par Colbert, ce voyage hâté se transforme pour lui en un retour sinueux aux sources et en vérification générale de ses attachements intimes d'homme, de Français et de poète.

Il se lie dans la voiture de poste qui l'emmène, lui, son oncle et l'exempt du roi, à des compagnes et compagnons de voyage qui l'adoptent, notamment une excellente comtesse huguenote et poitevine, aussi ferrée sur la controverse théologique que sur les choses savoureuses de la vie. En route, il croise à Châtellerault des cousins et de jolies cousines du côté Pidoux, celui de sa mère. Il est ravi de faire connaissance avec le patriarche huguenot de cette branche de la famille, Français de vieille roche, qui à quatre-vingts ans, *demeure onze heures à cheval sans s'incommoder*, aime la chasse et la paume, sait l'Écriture, et compose des livres de controverse : *au reste l'homme le plus gai que vous ayez vu, et qui songe le moins aux affaires, excepté celles de son plaisir*. Il se retrouve très vite chez lui dans cette France de l'Édit de Nantes, comme en promenade en pays de connaissance, dégustant carpes et melons, et appréciant qu'on y fasse l'amour *aussi volontiers qu'en lieu de la terre*. Les pays qu'il traverse portent encore (à Montlhéry) des cicatrices de la guerre de Cent Ans, ou des guerres civiles du XVIe siècle, mais ils ont guéri d'eux-mêmes, sans rien demander à la Cour, et retrouvé leur naturel de Cocagne :

« Vous ne sauriez croire combien est excellent le beurre que nous mangeons : je me suis souhaité vingt fois de pareilles vaches, un pareil herbage, des eaux pareilles, hormis la batteuse, qui est un peu vieille. »

On dirait qu'il revient dans ces provinces, après une odyssée parisienne où il a aussi affiné ses sens, et pris une conscience plus aiguë des vraies richesses mais aussi des vrais périls. Ces retrouvailles avec l'ancienne France (à Orléans la Pucelle, à Notre-Dame-de-Cléry, Louis XI) résonnent pour lui avec les récents événements littéraires et politiques. Les traits peu attrayants prêtés à Jeanne d'Arc par sa statue orléanaise lui rappellent l'échec de l'épopée de Chapelain, *La Pucelle*. La statue de Louis XI, devant laquelle Louis XIV était venu se recueillir avant de faire arrêter Foucquet, lui inspire des vers nourris de Commynes, et pour le moins indiscrets, sur le roi régnant :

> Je lui trouvai la mine d'un matois ;
> Aussi l'était ce prince, dont la vie
> Doit rarement servir d'exemple aux rois,
> Et pourrait être en quelques points suivie.

S'il est sensible à la France médiévale et à celle du XVe siècle, il est vraiment heureux dans la France de la Renaissance. Le Val de Loire lui parle la langue de Rabelais, et fait remonter Ronsard dans sa mémoire : il imagine des « sacrifices » de génisses et de bœufs à offrir aux dieux antiques, dont les poètes de la Pléiade ont fait des génies du lieu. À Blois, dont il admire *l'aspect riant et agréable*, son culte éclate pour Gaston d'Orléans, ce prince Bourbon digne des Valois, qui n'a régné que sur le Val de Loire, son duché, et dont manifestement le poète, comme de très nombreux Français, a vu en Foucquet le continuateur. C'était un vrai prince : son séjour à Blois a répandu la politesse dans les mœurs de la contrée, déjà bénie des dieux pour son climat et la beauté de ses femmes :

« Les peuples de ces contrées le pleurent encore avec raison : jamais règne ne fut plus doux, plus tranquille, ni plus heureux que l'a été le sien. » Il avait dit plus haut : « Il n'y a personne qui ne doive avoir une extrême vénération pour ce prince. »

Son château, héritage des Valois, est pour le poète un emblème de sa propre idée de « la grâce, plus belle encore que la beauté » :

« ... Toutes ces trois pièces ne font, Dieu merci, nulle symétrie, et n'ont rapport ni convenance l'une avec l'autre. L'architecte a évité cela autant qu'il a pu.

Ce qu'a fait faire François Ier, à le regarder du dehors, me contenta plus que tout le reste : il y a force petites galeries, petites fenêtres, petits balcons, petits ornements, sans régularité et sans ordre ; cela fait quelque chose de grand qui plaît assez. »

La véritable harmonie naissant de la diversité ingénieuse, et non pas de la régularité obtenue sans esprit selon un plan préconçu, telle est la poétique de Chambord et de Blois : ce sera aussi celle des *Fables*. C'est aussi une politique pour le royaume, celle dont avait rêvé Retz, celle pour laquelle Foucquet s'est vainement porté candidat.

La Touraine et le Blésois, préférés des Valois (*Coteaux enchantés / Belles maisons, beaux parcs, et bien plantés / Prés verdoyants dont ce pays abonde / Vignes et bois, tant de diversité / Qu'on croit d'abord être en un autre monde*), lui inspirent une fable : *Les Orléanais jaloux se plaignant au Sort*. Sa verve renaît, avec sa bonne humeur, dans ce « jardin de France » qu'il reconnaît comme s'il y avait toujours habité intérieurement (*Lettre du 3 septembre 1663, à Richelieu*).

L'antithèse est saisissante avec les impressions recueillies à Richelieu [15]. Là, devant le château et la ville voulus par l'Homme rouge, le sentiment des périls, plus actuels que jamais à Paris où ses héritiers ont pris le pouvoir, avive la plume et la fine raillerie du poète. La vanité du tout-puissant cardinal, de petite naissance, qui a créé ce château et cette ville *artificielle* sur un terroir *infertile, simplement pour faire bâtir autour de la chambre où il est né*, révèle sans doute un héros de la volonté, mais d'une volonté abstraite, asservie à un amour-propre prédateur, et sur les pas de laquelle l'herbe ne repousse pas. C'est déjà le sentiment de Saint-Simon sur Versailles. Le monumental château de Richelieu, tout de symétries, est funéraire. La ville tracée au cordeau (*rue droite, place carrée*) est elle-même le fruit sec de la *complaisance* des gens de finances et des hauts fonctionnaires, qui ont fait bâtir à cet endroit *pour lui faire la cour* et qui se sont enfuis dès que le cardinal a disparu.

Entre le naturel vivant et gracieux du Val de Loire des Valois et de Gaston, et la sinistre modernité de Richelieu, le poète fait l'expérience de l'abîme qui sépare deux façons d'être prince, deux politiques, deux poétiques, deux attitudes entièrement opposées envers le génie et la vocation du royaume. Le choix de La Fontaine est ici aussi éclatant que la finesse et la précision de son diagnostic. Marie Héricart et leurs amis tireront d'eux-mêmes les sombres conclusions implicites de ce rapport : Colbert est le continuateur de Richelieu ; on ne peut guère attendre de lui, comme du Grand cardinal, que mécanique, géométrie tranchante, et violence contre nature.

La visite de l'intérieur du château, et des fabuleuses collections d'art que le cardinal (qui n'a jamais eu le temps de venir les voir) y a accumulées, est tout aussi railleuse en dedans pour ce morne Musée, dont les Suisses sont deux effigies de Mars et d'Hercule, et dont le dôme est couronné par une statue de la Renommée lancée au pas de course :

> Telle enfin qu'elle devait être
> Pour bien servir un si bon maître :
> Car tant moins elle a de loisir,
> Tant plus on lui fait plaisir.

À la vanité, au volontarisme contre nature, à l'esprit de géométrie, à l'appétit de guerre, de violence et de propagande, traits de Richelieu que La Fontaine déchiffre dans son château, il ajoute le plus pathologique de tous, le trait moderne par excellence : l'impuissance au repos et au loisir, une funeste hâte. Ce château désert à la gloire d'une sorte de dictateur défunt est le cénotaphe d'un Sylla français. La Fontaine a emporté dans sa poche un Tite Live. Il le lit en route.

Mais son jugement sur le contenant n'empêche nullement le poète, amateur sans prétention ni pédanterie, plus averti toutefois qu'il ne veut par galanterie le laisser croire à sa femme, de prendre son plaisir au contenu. Les splendides antiques, les *Bacchanales* de Poussin, les chefs-d'œuvre de la Haute Renaissance italienne que le cardinal a réunis dans son antre, et que le poète est contraint par l'horaire royal de parcourir au pas de charge, il sait les voir, avec son propre goût. Il est très sensible à la beauté de l'inachevé (le *non finito*) des *Esclaves* de Michel Ange :

> Qu'on ne se plaigne pas que la chose ait été
> Imparfaite trouvée :
> Le prix en est plus grand, l'auteur plus regretté
> Que s'il l'eût achevée.

Le rapprochement avec *Le Songe de Vaux* interrompu, avec les *Fables* laissées sans conclusion, s'impose. L'inachevé est la part de silence laissée par l'artiste à l'indicible. Mais La Fontaine porte déjà en lui d'autres œuvres que ces épîtres en prose et en vers. Le château de François Ier à Blois avait été comme un songe prophétique, l'apparition dans une architecture de l'univers divers et vivant des *Contes* et des *Fables*. Ce songe, qui est aussi un germe créateur, se renouvelle à Richelieu, devant une table mosaïquée de pierres précieuses, un chef-d'œuvre du haut artisanat florentin du XVIe siècle, qui fait aujourd'hui l'ornement de la Galerie d'Apollon au Louvre. Le poète tombe en arrêt devant cette table fabuleuse :

> Elle est de pièces de rapport,
> Et chaque pièce est un trésor ;
> Car ce sont toutes pierres fines,
> Agates, jaspe, et cornalines,
> Pierres de prix, pierres de nom,
> Pierres d'éclat et de renom :
> Considérez que de ma vie
> Je n'ai trouvé d'objet qui fût si précieux.
> Ce qu'on prise aux tapis de Perse et de Turquie,

Fleurons, compartiments, animaux, broderie,
> Tout cela s'y présente aux yeux ;
L'aiguille et le pinceau ne rencontrent pas mieux.
> J'en admirai chaque figure ;
Et qui n'admirerait ce qui naît sous les cieux ?
Le savoir de Pallas, aidé de la teinture,
Cède au caprice heureux de la simple nature ;
> Le hasard produit des morceaux
Que l'art n'a plus qu'à joindre, et qui font sans peinture
Des modèles parfaits de fleurons et d'oiseaux.
> (*Lettre du 12 septembre 1663, de Limoges*)

À ce degré de fermeté et de cohérence jouant sur plusieurs plans à la fois, la pensée politique et poétique de La Fontaine suppose ce qu'il faut bien appeler malgré tout une philosophie de la nature, héritière du naturalisme de la Renaissance, et indemne de l'intellectualisme de théologiens comme Mersenne ou de philosophes comme Descartes : dans cette table magique, le poète a vu l'artiste suivre le génie de la nature, et se contenter de porter à leur terme ses fécondes suggestions. L'esprit de l'artiste s'est montré lui-même d'autant plus fécond qu'il a su rester modeste et attentif en observant et en portant à maturité ces merveilleuses opérations silencieuses, dont le secret amoureux et mystérieux, où le hasard joue son rôle, est supérieur à tous les concepts que l'orgueil intellectuel veut imposer à la matière en lui faisant violence. Une science, une philosophie, une politique, une poétique de la diversité ingénieuse et vivante sont résumées dans cette table chatoyante de formes et de couleurs[16].

Ce qui vaut pour les arts plastiques, vaut en effet pour les arts politiques de régner et de bâtir. Gaston d'Orléans a bien gouverné le Blésois ; son architecte, François Mansart, a fait du « moderne » selon l'esprit de ses prédécesseurs. François Ier a réussi ses châteaux, Michel-Ange et les joailliers florentins ont fait des chefs-d'œuvre, parce qu'ils ont suivi la nature, et observé ses lois profondes de mûrissement des choses, au lieu de lui imposer un dessein préconçu et abstrait. Art de régner, art de bâtir, art poétique, tout se résume à un art d'aimer. Avec tout son génie, le Grand Armand n'a été qu'un pédant, un terrible gâcheur du naturel français, démenti silencieusement par les trésors qu'il a collectionnés sans même les voir.

Négligées par les biographes et les critiques, ces lettres à Marie Héricart sont en réalité le témoignage le plus intime et le plus direct que nous ayons, dans un moment de crise décisive, sur le fond de la pensée d'un poète très ami du silence et du voile. Un chef-d'œuvre poli avec un art consommé et nonchalant, mais pour des amis initiés. Le fait qu'elles n'aient pas été publiées du vivant de La Fontaine ne surprend évidemment pas. Sous Louis XIV, c'était un brûlot. Le fait qu'elles n'aient pas été détruites par le poète, comme c'est sans doute le cas de la plus grande partie de sa correspondance avec Maucroix, est dû à la circulation restreinte qu'elles ont connue en 1663-1664, par les soins de l'indépendante Marie Héricart, et sous forme de copies manuscrites, dans le milieu des fidèles les plus sûrs du surintendant Foucquet.

La société du spectacle

Le décalage est saisissant entre ces épîtres à usage intime, luxe d'autant plus savoureux qu'il vise le seul public des connaisseurs et des complices, et le grondement de l'éloquence officielle qui commence alors à remplir les oreilles et les yeux des Français. Entre ce style bas mais varié, capricieux, spirituel et galant, auquel les Français avaient été accoutumés par Voiture et même par Scarron, et le sublime des panégyriques royaux, auquel répondait, dans l'art de bâtir, en lieu et place des projets du Bernin, la froide symétrie de la colonnade du Louvre dessinée par Claude Perrault, l'écart aurait pu et aurait dû être trop voyant. Mais Colbert et son administration ne pouvaient faire mieux que de passer commande de pièces d'éloquence, écrite ou visuelle, réglées selon un barème de grandeur mesurée et mesurable au cordeau.

Le jeune roi avait pour lui-même d'autres ambitions, des ambitions de vedette, d'abord mystérieuses pour un Colbert, qui résista aux dépenses pour Versailles, et qui lui préférait le Grand Louvre. Louis XIV avait jalousé Foucquet, comme Louis XIII avait jalousé Gaston d'Orléans, pour des motifs que, spontanément, l'esprit pratique de Colbert ne devinait qu'avec peine. Le roi était trop grand seigneur pour n'avoir pas subodoré que les Français, dans l'ordre du goût, ce luxe noble, mettaient les Valois très au-dessus des Bourbons. À cet égard, le « bon roi Henri » lui-même, si généreux pour Paris, ne faisait pas, ou faisait trop, le poids en comparaison de ses cousins et prédécesseurs de la branche aînée. Après le sombre couple Richelieu-Louis XIII, après l'alliance baroque, italo-espagnole entre Anne d'Autriche et Mazarin, un simple particulier tel que Nicolas Foucquet, mais de bonne roche, avait pu passer à Paris pour un autre François Ier.

Colbert avait vu en organisateur avisé, en habile politique et en publicitaire expert, les avantages à tirer de l'élimination de Foucquet. Le roi les avait vus aussi, mais il avait savouré par avance la chance unique qu'elle lui donnait (et ce sel-là échappait à Colbert) de s'imposer sur les ruines de Foucquet comme l'arbitre d'un goût moderne et français. C'était à lui qu'il revenait maintenant de venger les Bourbons du culte tenace en France pour les Mécènes Valois. Il pouvait bien compter sur Colbert, Chapelain et autres héritiers de Richelieu pour les mécanismes qui marchent, pour le tout-venant voyant de sa publicité, de sa propagande, de sa gloire. Mais s'il ne voulait pas passer pour pédant à Paris, comme Richelieu à l'hôtel de Rambouillet, il fallait qu'il donnât lui-même la touche de galanterie, de gaîté et d'éclat qui avait fait le succès de Vaux. Restait à convaincre le public mal disposé, sceptique et très difficile dans l'art de plaire. L'éducation du goût de Louis XIV commençait.

Le roi commença lourdement. Dès 1662, il apparut aux Parisiens, à la tête d'une « Course de têtes et de bagues », entouré des plus grands noms de France, dont le prince de Condé. Voici, décrit par Charles Perrault, ce que vit de loin la foule :

« Le roi était vêtu à la Romaine, d'un corps de brocart d'argent rebrodé d'or, dont les épaules et le bas du busc étaient terminés par des écailles de brocart d'or rebrodé d'argent, avec de gros diamants enchâssés dans la broderie, et bordés encore d'un rang de diamants. Aux extrémités de la gorgerette de même parure que le corps, et composée de quarante-quatre roses de diamants, se joignaient par des agrafes de diamants, les épaulettes de même étoffe et broderie que le corps, et au bout de chacune desquelles pendait une campane de diamants remplie de pendeloques de même. Au milieu de l'estomac pendait une autre grosse campane de même sorte. Trois bandes de même étoffe de broderies que le reste, couvertes de cent vingt roses de diamants extraordinairement larges, et jointes par dedans avec trois grandes agrafes de diamants, ceignaient cette magnifique cuirasse. Au bas du tonnelet de même étoffe et broderie que le corps étaient des écailles comme les précédentes, chacune ayant sa campane à l'extrémité. Les lambrequins des épaules et en bas du busc, qui tombaient sur ce tonnelet, étaient de brocart d'or brodé d'argent avec de gros diamants, enchâssés dans la broderie, et des campanes. Les manches de même étoffe et broderie que le corps, étaient chargées de cinquante-deux pièces de chaînes ; sur le haut, vingt-quatre roses de diamant sur du brocart d'or faisaient le tour des bouts de manche, et ce tour était encore orné par des écailles, comme les précédentes. De cette manche sortait une manche bouffante de toile d'argent, qui finissait par la manchette de même étoffe brodée d'or, et liée sur le poignet par un bracelet de diamants. La ceinture qui détachait le corps était composée de cinquante-quatre pièces de chaînes de diamants, d'une extraordinaire grosseur. Il avait un casque d'argent à feuillage d'or enrichi de deux grands diamants, de douze roses de diamants sur les côtés, et d'un cordon de douze autres roses. Ce casque était ombragé d'une crête de plumes couleur de feu, de laquelle sortaient quatre hérons [17]... »

L'oint du Seigneur s'était déguisé en Chantecler de Rostand. C'était malheureusement du réchauffé : on revenait (mais avec les joyaux de la Couronne) au faste baroque des costumes d'opéra vénitien, introduits à Paris par Mazarin en 1646, réapparus en 1660, et qui avaient d'abord soulevé un haut-le-cœur dans le public parisien.

Le roi tenait beaucoup à ce coq prodigieusement harnaché de pied en cap. Il lui demanda inspiration longtemps après avoir appris à ne plus s'afficher sous ses plumes. Encore enfant, il avait pu lire en 1648, dans un gros recueil illustré (qui avait, étant donné les circonstances, enchanté aussi la reine-mère et la Cour), *Le Vrai Théâtre d'Honneur et de Chevalerie*, dédié au roi par un hobereau hurluberlu et entiché d'armorial, Marc de Vulson de la Colombière, cette glose symbolique fort exaltante :

« Les plus excellents astrologues et mathématiciens de l'Antiquité nous ont appris que Mars est l'astre dominant sur la France, et que ses influences rendent les Français hardis et courageux par-dessus tous les peuples de la terre. [...] Cette même influence et inclination naturelle étant cause qu'on leur a donné le nom de *Galli*, à cause de cette sympathie qu'ils ont avec l'humeur guerrière des coqs, qui se battent très souvent en duels, et qui sont, comme les Français très hardis et très courageux [...]. Et comme les coqs ont cette vertu naturelle d'intimider par leur présence et par leur chant les plus courageux lions, et de leur donner la fuite : ainsi nos Français dont ils sont le plus véritable intersigne, ont souvent chassé par leurs coups invincibles les Lions d'Espagne, et les Léopards d'Angleterre [18]. »

Dès le XVIᵉ siècle en effet, le coq, dont les bestiaires médiévaux faisaient un oiseau solaire, intimidant par son cocorico même les fiers lions, avait été ajouté aux lys évangéliques parmi les symboles du royaume[19]. Le jeu de mots sur *Gallus* (en latin, gaulois, mais aussi coq) avait facilité cette adoption infortunée. Les lys symbolisaient depuis des siècles le royaume très chrétien ; le coq en vint à symboliser le caractère de la nation et de ses gentilshommes. Henri IV, ravivant une tradition encore incertaine et un peu oubliée depuis François Iᵉʳ, l'avait fait entrer en fanfare dans le patrimoine Bourbon : à la naissance du futur Louis XIII, l'heureux père avait fait frapper une médaille représentant le Dauphin qui tenait le lys et le sceptre, au-dessous d'un coq debout et s'époumonant sur le globe du monde. Le mot de cette devise était : REGNIS NATURA ET ORBI (« La nature l'a fait pour son royaume et pour le monde »).

Lorsque Louis XIV en 1662 adopta pour devise officielle un soleil éclairant le monde, avec pour mot : NEC PLURIBUS IMPAR (« Il n'est pas indigne de régner sur plusieurs mondes »), il portait à l'hyperbole la déclaration d'orgueil prêtée à son père par son grand-père. Dans cette devise, la figure sublime du soleil cache, mais n'abolit pas, l'animal de basse-cour qui annonce son lever. Il le voile de lumière éclatante. Pour autant, le coq héraldique de Louis XIV était bien représenté et visible dans les cartouches des *Devises pour les Tapisseries du roi* peints par le miniaturiste Jacques Bailly en 1664[20]. Dès 1659, Charles Le Brun inventait un nouvel ordre architectural qui combinait, sur le même chapiteau, le soleil, les lys et le coq : le roi, la royauté et le royaume. Cet ordre très composite ne fit pas école : il n'en sera pas moins mis en œuvre sur les colonnes et les pilastres de la Galerie des glaces de Versailles.

La Fontaine ne sera jamais cartésien. Néanmoins, il avait l'esprit très bien fait, et il se donne pour maxime, dans l'une de ses lettres à Marie Héricart :

> ... En toutes choses, il est bon d'éviter la confusion.
> (*De Limoges, 12 septembre 1663*)

Cet amoureux de la diversité partage avec Pascal le goût de la distinction des ordres. Pour lui, il y a animal et animal, même s'il les défend tous ensemble contre leur mécanisation par Descartes et par Hobbes ; et pour lui le coq n'était pas un oiseau approprié à la France telle qu'il l'aime. Dans ses *Fables*, le jeune coq fait souvent le personnage le plus ridicule et vain de la basse-cour :

> Il aiguisait son bec, battait l'air et ses flancs,
>   Et s'exerçant contre les vents
>   S'armait d'une jalouse rage.
> [...]
> Tout vainqueur insolent à sa perte travaille.
> Défions-nous du Sort, et prenons garde à nous
>   Après le gain d'une bataille.
> (*Les deux coqs*, VII, 12)

Si le poète a assisté au Carrousel royal de 1662, le roi harnaché en coq ne lui a certainement pas paru de bon goût ni de bon augure, et le luxe fastueux dont ce travestissement était chargé relevait du même jugement qu'il porte sur l'appartement du roi au château de Richelieu : *merveilleusement superbe*, mais avec tant d'or *qu'à la fin je m'en ennuyai* (*Lettre de Limoges, 12 septembre 1663*).

Pour lui, le désaccord politique avec Colbert s'aggravait avec le roi d'un éloignement moral et d'une incompatibilité de goût. *L'Épître à M. de Nyert*, en 1676 fera le bilan critique de l'oreille musicale de Louis XIV, et il sera ravageur.

La fête de Vaux-le-Vicomte l'année précédente avait été, pour le Paris d'alors, largement invité par Foucquet, ce que les Ballets russes de Diaghilev furent pour le Paris de Robert de Montesquiou et de la comtesse Greffulhe : un miracle de poésie et de féerie. Ce n'était donc pas l'amplification voyante et provocante, pour la galerie, de costumes d'opéra vénitien, imposés comme des harnachements même au Grand Condé, qui pouvait effacer ce bonheur des yeux tout récent. Louis XIV acteur de l'Histoire pouvait compter sur Colbert, mais le roi danseur devait trouver encore autre chose pour devenir sans Foucquet, et aux yeux de Paris, l'arbitre des élégances qu'il voulait être aussi.

Les princes de l'esprit n'étaient pas de son côté. Ni les *Maximes* de La Rochefoucauld, ni les *Pensées* de Pascal, ni les *Mémoires pour servir à l'histoire d'Henriette d'Angleterre* ni les romans de Mme de La Fayette, ni les *Mémoires* du cardinal de Retz, ni les *Lettres* de Mme de Sévigné, ni à plus forte raison les *Fables* de La Fontaine, ne doivent rien ni au roi ni à Colbert. Tous ces chefs-d'œuvre de notre littérature, conçus loin de la Cour, dans la pénombre, le repos, l'émigration intérieure et la vie privée, ont en commun aussi d'avoir été intimement liés à ce que le roi a le plus haï : Port-Royal pour les uns, Foucquet pour les autres. Il restait pour illustrer le roi, à part les panégyristes appointés par Colbert, les gens de l'image et les gens du théâtre. Le premier État absolu, qui inventa la propagande à grande échelle, se devait de perfectionner aussi la société du spectacle. Colbert et Chapelain s'étaient chargés de l'épopée du règne. Le roi lui-même pourvut à sa propre image. Il apprit à la peaufiner.

Dans cette partie plus délicate, le roi avait dans sa propre manche, sans chercher plus loin, une carte éprouvée et préférée, Isaac de Benserade. Ce gentilhomme-poète — apparenté au cardinal de Richelieu, ce qui avait aidé sa fortune — très spirituel, habitué des cabarets littéraires et musicaux de Paris, mais *persona non grata* à l'hôtel de Rambouillet, était déjà, à la naissance de Louis XIV, un favori du « premier cercle » de la Cour.

« [Sa naissance], écrira en 1697 l'abbé Paul Tallemant, dans la préface des *Œuvres* de Benserade publiées après la mort de ce dernier, lui avait donné une manière d'agir hardie, qui l'obligeait de traiter familièrement avec les gens de la première qualité, de sorte qu'il fallait passer, sans qu'on osât le contredire, tout ce qui lui plaisait d'avancer, et il semblait même avoir pris un ascendant sur les plus considérables[21]. »

En Benserade, la Cour avait donc trouvé depuis longtemps son propre Voiture, brillant, redoutable, indispensable. Après Richelieu, il sut dérider Mazarin et la régente Anne d'Autriche. Son esprit mordant, mais qui savait « jusqu'où aller trop loin », faisait circuler un peu de sel parisien dans le milieu confiné et anxieux du pouvoir royal. Personne ne pouvait résister à des bagatelles du genre de ce sonnet fort irrégulier, en vers impairs, dédié sous Louis XIV à Grisette, la chatte de Mme Deshoulières :

> Vainement à miauler
> Vous passez des nuits entières,
> Vous qu'on voyait égaler
> Les Chattes les plus altières.
>
> Hélas ! pour vous consoler,
> Rien ne vient par les chatières.
> Où vous pourriez donc aller ?
> Désertes sont les gouttières.
>
> Bien d'autres chattes que vous
> Se plaignent de ces Matous,
> L'un avec l'autre se joue.
>
> Mortifiez vos désirs :
> En vogue sont les plaisirs
> Que Nature désavoue ![22]

Le roi avait grandi à tu et à toi avec Benserade, ce qui n'était pas le cas de Colbert. Tout naturellement, quand l'heure fut venue, avec la fin de la Fronde, de donner au jeune homme l'occasion de révéler son « mérite », il revint à Benserade de tailler sur mesure des livrets de ballets pour le roi et pour la jeune génération de la Cour. Après avoir tâté de tous les genres, l'habile homme trouva sa vocation dans celui-ci.

« On pouvait dire de lui, écrit l'abbé Tallemant, qu'il était les délices de la Cour, et ce qui fit le comble de sa réputation, furent les Ballets du roi, dans lesquels, avec un génie singulier, il décrivait le caractère de celui qui dansait, et le confondait avec le personnage, représenté d'une manière si fine et si délicate qu'il n'y avait personne qui ne lût alors ses vers avec un extrême plaisir et qui ne les lise encore [23]. »

Charles Perrault de son côté analyse ainsi l'artifice du spirituel publicitaire :

« Avant lui, [dans l'Entrée de Jupiter foudroyant les Cyclopes, les Stances] ne parlaient que des personnages, et point du tout des personnages qui les représentaient. M. de Benserade tournait ses vers d'une manière qu'ils s'entendaient également des uns et des autres [...]. Le coup portait sur le personnage et le contrecoup sur la personne, ce qui donnait un double plaisir [24]... »

Ces livrets à double fond transportaient tardivement à la Cour le principe de cet esprit galant, friand d'énigmes et de sens cachés, qui avait fait le charme des jeux de société introduits dès 1624 par Voiture à l'hôtel de Rambouillet. Mais maintenant, ces jeux prenaient une dimension et un poids tout nouveaux : un jeune roi épié, et dont les traits de caractère se cherchaient encore, pouvait s'y cacher tout en s'exhibant. Le goût prononcé de Foucquet et de sa propre « cour » mondaine pour la magie des masques, pour les mots à double entente, et pour l'euphorie qu'ils font naître, entre initiés, aux secrets d'alcôve et aux affinités des cœurs, avait créé après la Fronde une autre rivalité sourde entre « l'esprit » du Paris de Foucquet (héritier de l'hôtel de Rambouillet), où La Fontaine devint un oracle en 1658, et celui de la jeune Cour, dont le vieux routier Benserade avait su devenir le fournisseur attitré.

La chute de Foucquet donna encore plus de relief à Benserade, dont les ballets, mettant en scène un roi cette fois absolu, devinrent pleinement une affaire d'État[25]. Benserade dut accepter des rivaux, surtout Molière, et un peu le président de Périgny, gouverneur du Dauphin et poète de circonstance. Il dut aussi collaborer avec Perrault et Quinault. Mais il restait au centre de la petite académie galante réunie par le roi et pour le roi.

Jusqu'en 1670, date à laquelle Louis XIV cessa de danser (après avoir, selon Louis Racine, été frappé par les vers sévères de Burrhus jugeant Néron, dans *Britannicus*[26]), Benserade produisit en abondance des livrets de ballets royaux, et ses poésies de circonstance, finement médisantes et gaillardes, continuèrent de « mettre en joie » le roi et sa cour, les accordant à l'esprit parisien et les préservant contre le gel du sublime officiel orchestré par Colbert. En 1674, le librettiste est élu à l'Académie française. Il publie *Les Métamorphoses* d'Ovide en rondeaux et il finit doucement sa vie dans une retraite parée du prestige du « bon temps » de la Régence, des années Foucquet, et de la jeunesse du roi. Les vers qu'il avait composés pour Michel Lambert et Mlle Hilaire étaient encore chantés à la fin du siècle à Paris et en province. En 1693, quand il fut méchamment attaqué par Furetière, en même temps que La Fontaine, Mme de Sévigné et son cousin Bussy prirent hautement leur défense contre le « pédant ». La Fontaine et Benserade étaient alors devenus ensemble des « trésors vivants » de l'esprit galant, deux Ovides français.

Avant le coup d'État de 1661, Benserade et le chorégraphe Beauchamp mettaient l'accent sur la séduction du roi-adolescent, objet et promesse d'amour. En 1656, par exemple, dans le *Ballet royal de Psyché*, le roi interprète successivement le personnage du Printemps, puis celui d'un Esprit follet, dont les évolutions sur la scène sont ainsi commentées en musique dans ce sonnet :

> Est-ce chose réelle ? Est-ce sorcellerie ?
> Ne sauriez-vous, mes yeux, éclaircir ce soupçon ?
> Adonis était beau ; pourtant sans flatterie,
> L'Esprit qui m'apparaît a meilleure façon.
>
> Cela marche de l'air d'un grand jeune garçon
> Où la Nature a mis toute son industrie,
> Et dont toute la Cour pourrait prendre leçon,
> En fait de bonne grâce et de galanterie.
>
> Comme sont les Amants, cela fait tout ainsi,
> Cela n'aura vingt ans que dans deux ans d'ici,
> Cela fait mieux danser que toute la gent blonde,
>
> Et n'est femme à choisir dans ce grand nombre-là
> À qui cela ne fît la plus grand peur du monde,
> Et qui ne se rendît volontiers à cela [27].

L'Adonis royal, paré de tous les mérites du parfait jeune premier, avec sa complexion italo-espagnole de beau brun, est encore un mâle en bouton. Rien ne laisse deviner le « monstre naissant » dont osera parler rétrospectivement Racine en 1669. Mais dans cette chambre de miroirs que les artistes et les spectateurs triés sur le volet dressent continûment autour de l'attrayante vedette juvénile, Louis XIV mûrit et Foucquet ne se doute pas, sauf dans ses fréquents cauchemars, qu'il mûrit en maître dangereux, et non pas en allié et en ami.

En 1658, dans le *Ballet d'Alcidiane*, le roi représente un Maure, que Benserade qualifie de « Beau ténébreux ». En 1659, dans le *Ballet de la Raillerie*, le roi représente un Ris :

> Il est charmant et doux, et sa manière touche
> Infinité de cœurs qui n'en témoignent rien :
>   Que ce *Ris*-là serait bien
>   Le fait d'une belle bouche !
> Amour qui tant qu'il peut pousse les traits qu'il forge,
> N'attend plus rien, sinon, que le temps soit venu,

Où ce *Ris* moins retenu
Passe le nœud de la gorge[28].

En 1661, dans les ballets de Benserade, le prince charmant devient un roi pleinement mâle, mari, amant, géniteur : séducteur toujours, mais avec empire. Les mises en scène mythologiques et allégoriques se transforment en véritables jeux d'alcôve, où le roi et ses maîtresses, éventuelles ou déjà en faveur, paradent sous les yeux complices de la jeune Cour. La vitalité sexuelle du roi, désormais bien déclarée, prend le sens réconfortant de l'abondance et de la fertilité promises à la France sous un prince qui règne seul. L'année du coup d'État, dans le *Ballet des Saisons*, le roi représente Cérès, et Benserade lui fait dire :

Non, je ne veux plus voir les peuples accablés,
Moi-même, je ferai le partage des blés,
Et je prétends qu'à moi s'adresse tout le monde :
Qui prend d'autres chemins ne saurait faire pis,
Ma seule volonté libérale et féconde,
Dispensera les grains qui sortent des épis[29].

Avec un véritable talent de médium, Benserade saura d'année en année apporter avec esprit retouches et nuances à un portrait du roi qui ne dément pas sa majesté politique, mais qui y ajoute la vertu du Grand Pan. La métamorphose de l'Adonis de 1656 en Mars de la guerre de Hollande qui commence en 1671, aura été masquée sur la scène de la Cour, grâce aux ingénieux rites de fertilité imaginés par Benserade, par d'incessantes promesses de paix et de prospérité générales.

Dans le même *Ballet des Saisons*, Louis XIV représente le Printemps, et la même année, dans le *Ballet royal de l'Impertinence*, il représente le Grand Amoureux. L'année suivante, en 1662, dans le Ballet d'*Hercule amoureux*, la XIIe Entrée fait évoluer Vénus et les Plaisirs, qui chantent le bonheur conjugal du couple royal, et la XVII‍ᵉ fait apparaître le roi en Soleil. Il est accueilli par un air où abondent les allusions intimidantes à la chute de Foucquet. Le roi amant est aussi un roi vigilant et jaloux :

> Des secrets Phaétons les grands et vastes soins,
> Pourraient bien s'attirer la foudre et le naufrage ;
> Si pour la chose même il faut tant de courage,
> Pour la seule pensée il n'en faut guère moins,
> Voyant plus par ses yeux que par les yeux d'autrui,
> Il empêchera bien ces petits feux de luire ;
> Par sa propre lumière il songe à se conduire,
> Tout brillant des clartés qui s'échappent de lui[30].

Même lorsque en 1665, dans le *Ballet de la Naissance de Vénus*, Benserade fait paraître le roi en Alexandre, aux côtés d'Henriette d'Angleterre en Roxane, il lui fait dire :

> Et ce jeune héros doit être satisfait
> Qui sur ce jeune cœur emporte la victoire :
> C'est où l'Ambition termine son désir,
> On ne va pas plus loin du côté de la gloire,
> Moins encore plus loin du côté du plaisir.

Dans les rôles d'un Berger (1666), du Plaisir (1668), ou encore une fois du Soleil (la même année), les premières victoires, plus diplomatiques que militaires, du roi, sont dans les vers faciles du librettiste de simples efflorescences de sa vitalité amoureuse, réjouissantes pour tous ses bien-aimés sujets, et menaçantes pour les ennemis du royaume. En 1670, le roi cesse de danser. En 1673, Molière meurt. La phase la plus heureuse du règne, celle qui ressemble le plus à ce qu'eût pu être le ministériat de Foucquet, s'achève. Le « roi de guerre » comparaît alors sur la scène européenne. L'État colbertiste met à son service ses finances en ordre, sa marine et son armée en bon état de marche, sa propagande efficacement rodée. *Cedat toga armis*[31].

Le discours de réception de Benserade à l'Académie

française, en 1671, comme celui de Racine en 1673, l'année de la mort de Molière, est un excellent symptôme de la fin de cette arrière-saison printanière. Le poète de cour qui avait survécu aux années Voiture, aux années Foucquet, aux années Molière, entre dans la commune machine à gloire contrôlée par Colbert :

« J'avoue une faiblesse, déclare Benserade à ses confrères, et le véritable motif qui m'a fait aspirer à être de votre corps : je n'ai pu tout seul soutenir plus longtemps l'idée que j'ai conçue de notre Monarque, et me sentant accablé du poids de sa gloire, j'ai pensé combien il me serait avantageux de me joindre à vous, et mêler ma faible voix dans vos Concerts, et dans vos Chants de triomphe, surtout après que Sa Majesté aura mis la dernière main aux choses qu'elle médite et qui vous donneront tant à méditer [32]. »

Deux génies dans la société du spectacle

Le roi pouvait donc faire confiance à Benserade, mais cet homme d'esprit datait d'avant Foucquet. Il lui fallait faire oublier Foucquet. La Providence des potentats, le goût de son frère, Monsieur, et celui de Nicolas Foucquet lui-même mirent sur le chemin de Louis XIV, au meilleur moment, un génie de la scène déjà tout préparé, Molière, et c'est par Molière que le roi s'acquit aussi un autre génie, Jean Racine.

Foucquet et Pellisson avaient emprunté Molière, pour la fête de Vaux, à Monsieur, protecteur de l'« Illustre Théâtre » depuis 1658. Le roi le déroba à son frère en 1661 et en fit son Diaghilev personnel.

C'était une chance pour Molière aussi : l'échange était égal. Le grand poète inventa donc pour le roi (peu pressé de s'identifier à la stature de Basileus byzantin que lui donnaient déjà les panégyristes pensionnés) un genre inédit, propre à faire valoir, dans le registre de la gaîté galante cher à Paris, ses avantages physiques, ses qualités de danseur, son tempérament robuste.

L'avantage de la formule, outre sa variété interne, était sa capacité à séduire directement et à la fois la Cour et Paris. Le roi put se produire en version originale dans les intermèdes des comédies-ballets devant le seul public de cour, comme il le faisait avec Benserade depuis 1656 ; mais Molière pouvait ensuite offrir au public parisien, sur la scène de l'ancien Palais Cardinal que le roi lui avait donnée, le même spectacle en version doublée, où un danseur professionnel de la troupe tenait, dans les intermèdes, le rôle du roi.

Les comédies de Molière importaient dans la Cour le rire gaillard et vivace dont les Italiens étaient eux aussi les maîtres, et leurs intermèdes dansés et chantés rapportaient à Paris un peu de la présence réelle du roi, de sa vitalité, de l'entêtante *odor di femmina* qui suivait sa réputation de Don Juan. *Le Mariage forcé*, en 1664, mit à l'épreuve avec un durable succès cette collaboration entre le roi et son chorégraphe, ce va-et-vient entre la Cour et la Ville.

Dès l'année précédente, Molière, inscrit par Chapelain sur la liste des pensionnés, en dépit de sa condition d'excommunié, avait publié un *Remerciement au roi* qui, par le charme du ton, rappelait tout à fait la confiante « pension poétique » versée par La Fontaine à Foucquet :

> Votre paresse enfin me scandalise,
> Ma Muse ; obéissez-moi :
>   Il faut ce matin, sans remise,
>   Aller au lever du Roi.
>   Vous savez bien pourquoi :
>   Et ce vous est une honte
> De n'avoir pas été plus prompte
> À le remercier de ces fameux bienfaits ;
> Mais il vaut mieux tard que jamais.
>   Faites donc votre compte
> D'aller au Louvre accomplir mes souhaits.
> [...]
> Mais les grands princes n'aiment guère
> Que les compliments qui sont courts ;

Et le nôtre surtout a bien d'autres affaires
    Que d'écouter tous vos discours.
La louange et l'encens n'est pas ce qui le touche ;
    Dès que vous ouvrirez la bouche
    Pour lui parler de grâce et de bienfait,
Il comprendra d'abord ce que vous voudrez dire,
    Et se mettant doucement à sourire
D'un air qui sur les cœurs fait un charmant effet,
    Il passera comme un trait,
    Et cela vous doit suffire :
    Voilà votre compliment fait [33].

C'était bien La Fontaine à Saint-Mandé et à Vaux, sauf que le poète de Foucquet, moins soumis à la « précipitation » que le roi imposera jusqu'au bout à Molière, osait conseiller à son Mécène d'avoir un peu plus le sens du repos :

... Bon Dieu ! Que l'on est malheureux
Quand on est si grand personnage !
Seigneur, vous êtes bon et sage,
Et je serais trop familier
Si je faisais le conseiller.
À jouir pourtant de vous-même
Vous auriez un plaisir extrême...

(*À Monsieur le Surintendant*)

La nuance peut sembler négligeable. Elle révèle l'abîme qui sépare un mécénat impérial d'un mécénat amical.

L'année même du *Mariage forcé*, il revint à Molière de concevoir et de diriger, avec le duc de Saint-Aignan (lui aussi un rescapé de Vaux), *Les Plaisirs de l'Île enchantée*. C'était, en plein procès Foucquet, dans le décor naturel de Versailles redessiné par Le Nôtre, la revanche très appuyée que le roi voulut prendre sur la fête du 17 août 1661. À la différence des comédies-ballets, il était impossible de répéter à Paris ces sept journées quasi ininterrompues. La Cour seule était invitée, tandis qu'à Vaux, pour son unique soirée, Foucquet avait généreusement accueilli le grand monde parisien. Pour obvier à ce défaut de communication, et en attendant les livres qui, par la description et la gravure, feront connaître au monde le détail de la monumentale fête, le roi fit inviter une personnalité parisienne des plus en vue, des plus douées pour raconter ce qu'elle avait vu. Mme de Sévigné, notoire amie du Surintendant, et qui ne fut jamais vraiment de la Cour, compta néanmoins parmi les témoins de ces journées et de ces nuits de triomphe pour le roi [34]. Il n'était pas question de refuser : le roi était le roi, le péché mignon de la marquise était le snobisme, et il lui fallait bien marier sa fille.

La collaboration et l'émulation entre Molière et Benserade au service de l'image amoureuse (et bénéfique pour la France) de Louis XIV, atteignent leur apogée en 1666-1668. En 1666, Molière collabore avec le librettiste au *Ballet des Muses*, divertissement royal destiné à conjurer par quelques entrechats les derniers souvenirs du Parnasse de Vaux, que La Fontaine avait évoqué de façon si mélodieuse dans un fragment du *Songe*, et que Le Brun avait immortalisé au plafond du *Salon des Muses*.

En 1668, *Amphitryon*, superbe amplification dramatique du sec ballet à la Benserade, est représenté au Palais-Royal pour le public parisien, puis aux Tuileries devant le roi et la Cour. Le Jupiter de la pièce, c'est évidemment le roi, qui a déposé un instant la foudre pour se livrer à ses amours avec la marquise de Montespan-Alcmène. Ce dieu est galant, sans doute, mais il l'est en homme pressé, et qui ne se cache pas de l'être, car d'autres affaires autrement importantes dévorent son temps. Molière lui fait dire à l'adresse d'Alcmène :

> Mon amour, que gênaient tous ces soins éclatants
> Où me tenait lié la gloire de nos armes,
> Au devoir de ma charge a volé les instants
> Qu'il vient de donner à vos charmes.
>
> (*Amphitryon*, Acte I, Scène III)

Ce dieu qui n'a pas le temps et qui bouscule même le bel objet de son désir, est d'abord impatient de sa gloire militaire. L'image du roi amoureux, et celle du chef de l'État, généralissime des armées, sont maintenant visibles et distinctes.

Elles étaient déjà superposées dans le portrait qu'avait fait Robert Nanteuil du roi à vingt ans : jouissant d'autorité virile sous sa crinière, et décidé à la faire prévaloir sans résistance dans tous les ordres. Le contraste était très vif avec le portrait de Foucquet par le même Nanteuil à la même époque : le Surintendant y apparaît assuré de son intelligence et de son pouvoir de séduction, mais d'une séduction d'*Astrée*, où la mélancolie secrète et une douceur quasi féminine semblaient prémunir ses interlocuteurs et interlocutrices de toute présomption et de tout abus d'autorité.

Le contraste politique entre les deux hommes était aussi un froissement de tempéraments et de goûts. Sur ce dernier terrain aussi, le roi voulait l'emporter, après avoir anéanti politiquement Foucquet. Molière lui était précieux pour conquérir le public parisien, bourgeois et populaire. Racine lui fut encore plus précieux pour conquérir le public des âmes d'élection, pour lui le plus difficile à séduire.

Amphitryon, les comédies ballets, les *Plaisirs de l'Île enchantée*, c'est cependant la rançon, d'ailleurs admirable, comme tout ce qu'il touche, que Molière écrivain doit payer à la Cour en monnaie de spectacles, pour pouvoir jouer à la Ville ses inquiétantes comédies du « rire en dedans » qui n'avaient parfois aucun succès, tel le *Misanthrope*, ou qui étaient interdites, tels *Tartuffe* ou *Dom Juan*. Elles ne faisaient pas partie de la « pension poétique » gargantuesque qu'il lui fallait verser, à un rythme harassant, à l'appétit du roi. Son vrai luxe de poète et de contemplateur était ailleurs. Sa « pensée de derrière » luisait pour plus tard.

Racine conquit Louis XIV en trahissant Molière et sa troupe, auxquels il devait ses premiers pas au théâtre. Sa tragédie, *Alexandre*, transportée traîtreusement du Palais-Royal à l'hôtel de Bourgogne où jouait la troupe officielle du roi, remplit celui-ci de joie. Le roi n'était donc pas seulement capable de rire, il pouvait s'émouvoir.

Le « tendre » Racine (c'est l'épithète homérique par laquelle son fils Louis a défini le mieux son père), l'enfant qui lisait en cachette à Port-Royal le roman grec *Théagène et Chariclée*, comme son ami La Fontaine avait lu *L'Astrée* chez les prêtres de l'Oratoire, est ainsi devenu en 1667, faisant vibrer cette corde que La Fontaine, dans son *Ode* et son *Élégie*, avait vainement cherché à toucher dans le cœur du roi, le poète officiel de la tendresse tragique. La tendresse refusée, repoussée, réprimée, ignorée, bafouée, saccagée, tuée, réduite au silence et condamnée à mort, et cependant irrépressible sous les tortures que lui infligent l'amour-propre et les masques de langage dont elle doit se bâillonner, tel est le régal de roi que le poète a offert à Louis XIV, depuis *Andromaque* jusqu'à *Phèdre*, avec une science consommée de musicien et de moraliste, avec l'ironie insondable d'un grand poète lyrique masqué en dramaturge de cour. Et en effet le roi a eu l'extrême condescendance de se laisser émouvoir. Il lui est même arrivé de verser des larmes, comme la reine des *Obsèques de la lionne* (VIII, 14) qui demande d'obtenir ce miracle aux artifices du cerf :

> Laisse agir quelque temps le désespoir du roi.
> J'y prends plaisir.

Si l'adjectif « cruel » est bien le mot clef des tragédies de Racine, on peut bien croire en effet qu'il faisait naître dans les entrailles du roi un « sombre plaisir » qui n'avait rien de commun avec celui des « cœurs mélancoliques » de l'Hymne à la Volupté des *Amours de Psyché*.

À l'écart du Château

À l'égard de la Cour, et du spectacle royal qui y triomphe, la situation de La Fontaine, de retour à Paris et à Château-Thierry en 1664, est celle de l'observateur idéal : ni trop proche, ni trop lointain.

Ni trop proche : d'une façon imperceptible mais résolue, il est tenu à l'écart. Quand le spectacle de cour guigne les richesses du poète en disgrâce, c'est par personne interposée, de biais, comme s'il n'existait pas. C'est Charles Perrault qui donne la version officielle des *Fables* dans le Labyrinthe de Versailles, plusieurs années après la publication du premier recueil [35]. C'est Molière, secondé par Corneille, qui donne la version officielle des *Amours de Psyché*, publiés en 1669, dans une tragi-comédie ballet jouée devant Sa Majesté en 1671.

Quand le poète séjourne à Paris, il continue de descendre chez son oncle Jannart, fidèle à Foucquet et à la famille du Surintendant. Il remplit ses devoirs, au demeurant peu absorbants, de gentilhomme de la duchesse douairière d'Orléans, dans un palais du Luxembourg désert et déserté, et devenu un lieu de mémoire de Gaston. Il fréquente l'hôtel de Nevers, où Mme du Plessis-Guénégaud reçoit dans l'intimité la fine fleur des amis parisiens de Port-Royal et des fidèles du Surintendant. Il y retrouve, avec le duc de La Rochefoucauld, son amie Mme de La Fayette, et l'amie de cette amie, la marquise de Sévigné. Il est naturellement reçu et même fêté à l'hôtel de Bouillon, où ses suzerains de Château-Thierry, le duc et son épouse Marie-Anne Mancini, tout en faisant leur cour, comme ils y sont tenus par leur nom, leur rang et leur jeunesse, gardent une liberté railleuse envers le Louvre. À l'Oratoire, où il a gardé des attaches, il voit souvent le « jeune Brienne » qui s'y est retiré, et qui cherche son équilibre entre les belles-lettres, les beaux-arts, et la piété qui le fuit. Secrétaire d'État congédié, mais fils de Secrétaire d'État, Brienne peut informer La Fontaine des arcanes de la Cour avant et pendant l'Affaire Foucquet.

Le poète n'est pas non plus trop éloigné de la scène officielle. Plusieurs lettrés et artistes de l'ancienne Académie Foucquet, passés au service de la nouvelle administration, restent ses amis : André Félibien, François Girardon, Charles Le Brun, André Le Nôtre. Il peut suivre de l'intérieur leurs travaux. Des personnages aussi officiels que le duc de Saint-Aignan, grand ordonnateur des fêtes de cour, ou Charles Perrault, premier commis de Colbert, ou même Jean Chapelain, qui se garde bien cependant de l'inscrire sur sa « liste », maintiennent des liens très amicaux ou très courtois avec lui.

Et surtout, le poète lauréat de Foucquet, que ses *Contes* publiés en 1664 et ses *Fables* parues en 1668 ont fait goûter du grand public, a sa place marquée dans la République française des Lettres, même s'il n'est pas de l'Académie. Il est chez lui parmi une société d'écrivains dont les uns brillent dans le spectacle de cour, comme Molière et Racine, alors que les autres aspirent à y briller, comme Furetière et Boileau, ou bien restent farouchement indépendants comme Chapelle. Ses pairs peuvent le traiter librement de « bonhomme », tant il semble parfois être ailleurs, comme au temps où les « chevaliers de la Table Ronde » le gourmandaient sur ses absences : même s'il ne s'y associe pas toujours, il n'en est pas moins *à l'intérieur*, dans l'« arrière-boutique » où il a accès, de leurs conversations, de leurs ambitions, de leurs déceptions, de leurs préoccupations et de leurs projets. Ils se retrouvent dans des cabarets littéraires, ou bien chez Molière à Auteuil. Ils s'amusent ensemble, après le *Chapelain décoiffé*, à composer avec Racine *Les Plaideurs*. Ils sacrifient ensemble à Bacchus, à Vénus. Ils peuvent aussi connaître de singuliers accès de mélancolie, inconnus dans le Paris de Tallemant des Réaux, comme dans cet épisode que racontent Grimarest et

Louis Racine, et qui aurait conduit Chapelle, Boileau et Racine à se jeter après boire dans la Seine, à Auteuil, si Molière ne les avait pas reconduits doucement chez lui, où ils s'enivrèrent de plus belle.

Un témoin distrait de la société du spectacle

Les Amours de Psyché et de Cupidon, que La Fontaine publie en 1669 avec *Adonis* (écrêté de ses deux dédicaces à Foucquet), sont un récit de voyage, comme les *Lettres à Marie Héricart* de 1663. Ce voyage collectif et fictif de quatre amis les conduit à Versailles, devenu entre-temps le Vaux-le-Vicomte de Louis XIV. Ce n'est plus, comme les *Lettres*, le bilan au passé des arts français méconnus ou réformés par la tyrannie de Richelieu, retrouvés depuis la Régence et vivifiés par le malheureux Foucquet : c'est une analyse spectrale du spectacle de cour tel qu'il a pris forme à partir du legs de Foucquet, à la fois infidèle et fidèle à l'esprit de Vaux. Versailles, ce n'est pas Richelieu. Vaux est passé par là. Mais à certains égards, et l'avenir ne donnera pas tort au poète, c'est encore et toujours Richelieu. A partir de 1683, ces lieux encore innocents en 1669 vont devenir l'Escurial de l'État absolu, et le Quartier général de ses armées.

Qui était plus qualifié que le poète lauréat de Foucquet et l'auteur d'*Adonis* pour rendre justice à l'art français qui triomphe, une seconde fois après Vaux, à Versailles, et pour formuler ses réserves intimes dans le langage voilé de la fiction ? *Les Amours*, semble-t-il, n'eurent aucun succès, ni à la Cour, ce qui se comprend, ni à l'hôtel de Liancourt, de plus en plus teinté de jansénisme et où *Le Songe*, fidèle au lyrisme du règne précédent, fut qualifié de « provincial ». Mais les vrais connaisseurs ne s'y trompèrent pas. Charles Perrault « conseilla » à Molière de composer en toute hâte sur le même sujet une tragi-comédie ballet pour le roi. Et Pierre-Daniel Huet, qui publiait en 1670, avec le *Zayde* de Mme de La Fayette, son essai *De l'origine des romans*, ne put qu'admirer cette autre tentative pour résumer l'essence du romanesque (en d'autres termes du romantisme) galant. Et surtout lorsque, dans ses *Entretiens d'Ariste et d'Eugène*, le jésuite Dominique Bouhours, en 1671, veut sortir les éloges du roi du sublime administratif qui finit par lasser les gens d'esprit, il les dilue ingénieusement dans une conversation entre amis, familière et souriante, dont le « tempérament » est emprunté à celui du dialogue des *Amours de Psyché*, mais augmenté vers le registre grave pour bien convenir à la majesté, même lointaine, de l'Olympe royal. Les transferts de Vaux à Versailles n'ont jamais cessé, bien après que Foucquet eut disparu.

Le roman de La Fontaine, prodigieusement « en abîme », et qui a donné au poète, selon sa propre préface, plus de tablature qu'aucune autre de ses œuvres, ne pouvait vraiment être compris que de lui-même, de ses amis initiés, notamment le nouvel historiographe du roi, Paul Pellisson. L'amie de Pellisson, Mlle de Scudéry, publia presque en même temps que La Fontaine un roman, *La Promenade de Versailles*, où elle donnait sans réserve, avec un enthousiasme un peu forcé par la reconnaissance, l'approbation publique des anciens amis de Vaux au château et aux jardins qui l'avaient supplanté.

Dans *Les Amours* de La Fontaine, en apparence, dans *La Promenade de Versailles*, avec une évidence affichée, le scellement frondeur entre poétique et politique est rompu. Les beautés de Versailles relèvent des loisirs du Souverain, et du goût olympien avec lequel il préside à leur décor. Elles ne signifient pas, comme Blois ou Richelieu ou Vaux, un choix politique. Elles réfléchissent dans une beauté à sa mesure la toute-puissance du roi, dont il est seul à orienter l'usage. On est ici sur le seuil de l'esthétique moderne, qui rompt la chaîne qui unissait jusqu'alors à la poétique et à la rhétorique la philosophie morale et la philosophie politique, dans un enchaînement qui allait sans dire. La beauté, isolée dans son ordre spécifique, est devenue le miroir du Prince absolu, lui-même refermé sur son secret et sur son sacré.

Mais ce n'est pas si vrai pour La Fontaine que pour Madeleine de Scudéry, qui consacrera un chapitre entier de ses *Conversations sur divers sujets* en 1680 à exclure la politique (le « coup de pistolet dans un concert » de Stendhal) de tout entretien vraiment poli, honnête et galant. Si La Fontaine a renoncé, et pour cause, à espérer que le roi choisisse le « juste milieu » qu'on attendait de lui en 1661, il n'a pas cessé pour autant d'observer le roi devenu décidément absolu. Le choix n'est plus maintenant entre deux politiques générales, Foucquet ou Colbert : il s'est resserré entre la paix et la guerre, entre les plaisirs et la grandeur militaire du monarque.

Louant comme il sied les vertus actives du roi, les visiteurs lafontainiens de Versailles tiennent à ajouter cette réserve en faveur du loisir :

« Jupiter seul peut continuellement s'appliquer à la conduite de l'Univers : les hommes ont besoin de quelque relâche. »

La remontrance respectueuse s'était faite flèche dans la dédicace des *Amours de Psyché* à la duchesse de Bouillon. Évoquant le duc, héros actif, le poète contemplatif écrivait en son nom :

« Certes, c'est un bonheur extraordinaire pour moi, qu'un prince qui a tant de passion pour la guerre, tellement ennemi du repos et de la mollesse, me voit d'un œil aussi favorable, et me donne autant de marques de bienveillance que si j'avais exposé ma vie pour son service. »

Les arts de la paix, le repos, la nonchalance et la volupté auxquels ils invitent, peuvent-ils retenir Louis XIV sur la pente qui l'entraîne non seulement à l'action réformatrice incessante, mais à la forme la plus dévorante de l'action, les conquêtes militaires ? En ce sens, cette évaluation critique du legs de Vaux dans l'antre du roi-Lion a bien une arrière-pensée politique poignante, caractéristique d'un poète lyrique fidèle à lui-même : le seul frein qui demeure à la machine en marche du pouvoir absolu, c'est l'appel de la nature royale au plaisir et au loisir, que les poètes et les artistes, par leurs savants enchantements, peuvent faire goûter au roi de France. Dans l'« avertissement » qu'il écrit aussi en 1669 pour son *Adonis*, le poète, dans un persiflage d'alcyon, se réjouit que la sensualité du roi-Jupiter, portée à l'apothéose par Molière dans *Amphitryon*, puisse répondre à cet appel bénéfique. Il y voit une continuité avec Vaux, même si maintenant Vénus et l'Amour désarment Mars, au lieu d'honorer Apollon sous les traits d'Adonis :

« Combien y a-t-il de gens, écrit-il, qui ferment l'entrée de leur cabinet aux divinités que j'ai coutume de célébrer ? Il n'est pas besoin que je les nomme : on sait assez que c'est l'Amour et Vénus : ces puissances ont moins d'ennemis aujourd'hui qu'elles n'en ont jamais eus. Nous sommes en un siècle où l'on écoute assez favorablement cette famille [36]. »

Les quatre personnages du voyage et de la visite à Versailles des *Amours de Psyché* sont fictifs et symboliques. Trois d'entre eux incarnent un « tempérament » moral, un mode d'être, et une pente du goût. Acante est un doux flegmatique, ami des jardins [37], des fleurs, des ombrages. Gélaste est un sanguin, ami du rire et de la gaîté. Ariste est un mélancolique, doué d'une imagination vive et émotive. Le quatrième, Poliphile, réunit à lui seul les tempéraments et les goûts des trois autres. C'est lui l'artiste : il a composé le roman d'*Amour et Psyché* qu'il va lire à ses compagnons, et c'est à lui encore qu'il reviendra de conclure et de consacrer symboliquement Versailles à Vénus par un *Hymne à la Volupté*.

À eux quatre, ces amis, qui se sont connus « par le Parnasse », forment un portrait pluriel de La Fontaine lui-même, de son intérieur moiré et de la puissance poétique de synthèse qui le rend fécond. Leur manière d'être ensemble et la vivacité tolérante de leur conversation réfléchissent le climat contemplatif et le mode de pensée sinueuse, à la Montaigne, qui est propre au « je » du poète, le contraire d'un « moi » ramassé sur lui-même pour se contraindre à produire et à agir :

« ...La première chose qu'ils firent, ce fut de bannir entre eux les conversations réglées et tout ce qui sent sa conférence académique. Quand ils se trouvaient ensemble et qu'ils avaient bien parlé de leurs divertissements, si le hasard les faisait tomber sur quelque point de science ou de belles-lettres, ils profitaient de l'occasion : c'était toutefois sans s'arrêter trop longtemps à une même matière, voltigeant de propos en autres, comme des abeilles qui rencontreraient en leur chemin diverses sortes de fleurs. L'envie, la malignité, ni la cabale, n'avaient de voix parmi eux [38]... »

Cette société d'élection (qui ne connaît pas le quatrième tempérament de l'ancienne médecine, le violent, le colérique) vit, évolue et dialogue à un rythme et selon un principe de plaisir qui est aux antipodes du mouvement perpétuel et volontaire de l'État selon Richelieu et Colbert. Si les quatre amis rendent visite à Versailles, c'est un jour de relâche.

Mais ces contemplatifs, qui n'ont pas de but, ont beaucoup de mémoire. La hâte avec laquelle ils passent sur la description du château (qui est encore celui de Louis XIII) laisse deviner un souci de silence sur toute comparaison impertinente avec Vaux. Ils ne retiennent, de la modernisation récente du décor interne, que le « tissu de la Chine » qui tapisse la chambre du roi, dont les figures exotiques contiennent « toute la religion de ces pays-là ». Ce qu'ils admirent dans les jardins, ce sont les belles ordonnances de Le Nôtre, qui s'est encore surpassé depuis son chef-d'œuvre de Vaux. C'est aussi la Ménagerie, qui résume par la variété féerique de ses espèces inconnues en Europe, « l'artifice et les diverses imaginations de la Nature ». C'est encore la grotte de Thétis, avec ses « caprices » d'eaux et de coquillages, qui font un décor vivant au groupe de marbre (qui en 1669 était encore inachevé dans l'atelier du sculpteur François Girardon) d'*Apollon au repos chez Thétis*. Cette merveille néo-grecque, qui correspond si bien, par la grâce et par les gestes harmonieux de ses statues, aux formes que La Fontaine avait prêtées pour Foucquet à Vénus et Adonis, est l'objet d'une enthousiaste description en alexandrins. Par Girardon aussi, Vaux continue à Versailles. Les quatre amis s'arrêtent devant l'Orangerie, remplie d'arbres dont les jardins de Foucquet ont été dépouillés, et La Fontaine fait réciter par Acante le fragment du *Songe* qu'il avait écrit lui-même en 1660-1661 pour célébrer les serres du Surintendant :

> Sommes-nous, dit-il, en Provence ?
> Quel amas d'arbres toujours verts
> Triomphe ici de l'inclémence
> Des aquilons et des hivers ?

Dans ce parc royal où ils sont étrangement à la fois chez eux et des intrus, veillant soigneusement à ne pas être écoutés, et même entre eux parlant par prétérition, commence alors la lecture par Poliphile de sa version de la fable des *Amours de Psyché et de Cupidon*[39].

Ce n'est pas la description d'une œuvre d'art décorant le château de Louis XIII réaménagé par Louis XIV. C'est l'évocation bénéfique et magique dans le domaine Bourbon d'un sujet de poésie et d'œuvres d'art qui relève d'une longue et noble tradition chère aux rois Valois. Elle remonte à l'Antiquité, au roman néoplatonicien d'Apulée, *L'Âne d'or*. Mais surtout elle est associée à cette Renaissance des bonnes lettres à laquelle La Fontaine est attaché par toutes ses fibres de poète. Par l'ami de Conrart et de Tallemant, André Félibien, par François Maucroix, qui connaissaient bien Rome, il savait qu'un des joyaux de la Renaissance romaine, un des modèles du Fontainebleau de François Ier et du Vaux de Foucquet, était la villa Farnesine, construite par le banquier Agostino

Chigi sous le règne du pape Léon X. Les murs et les plafonds de la villa avaient été peints à fresque par Raphaël et ses élèves, Jules Romain, Giovanni da Udine : Chigi leur avait donné pour sujet les *Amours de Psyché*. Ce n'était certainement pas alors un manifeste en faveur de l'excommunication de Luther.

Dans son poème l'*Adone*, un siècle plus tard, le poète Marino avait fait raconter à l'amant de Vénus, Adonis, la *novelletta* des *Amours de Psyché*. C'était bien en effet, avec *Le Songe de Poliphile*[40] de Francesco Colonna, dont Marino s'inspire aussi dans son poème, le plus secret message de la Renaissance italienne que le poète de Marie de Médicis pouvait laisser en 1623 à la France de Louis XIII : « Faites l'amour, pas la guerre », « La vie est brève, énivrez-vous ». C'était le message que Rabelais au siècle précédent avait déjà traduit en français. Le réaffirmer en 1669, à Versailles, quelques mois avant l'invasion sans préavis de la Hollande par les armées de Louis XIV, cela vaut bien autant que *Sur les falaises de marbre* publiées par Ernst Jünger en 1937, deux ans avant l'invasion sans préavis de la Pologne par les troupes allemandes.

La fable de Psyché racontée par Poliphile n'est pas seulement une merveille de cet art à proprement parler « humaniste », qui sait « suivre la nature » pour éveiller à elle-même le meilleur dans la nature humaine : elle raconte sa propre naissance, elle réfléchit et laisse entendre le mystère qui est à l'origine de toutes choses humaines bien nées. Mais à première vue, c'est le récit d'une belle et touchante aventure d'amour entre le dieu de l'Amour lui-même et une mortelle, Psyché. La beauté de ce chef-d'œuvre de la nature attire l'inimitié de l'immortelle Vénus dans l'Olympe et la jalousie des sœurs de Psyché sur la terre. L'Amour doit se cacher de sa mère Vénus pour aimer Psyché, et il veut rester invisible à Psyché elle-même pour que l'attrait de celle-ci pour lui, aiguillonné par l'inconnu, se ravive toujours. Pour ce dieu amoureux, mais sage et ingénieux, le secret, le voile, le silence, doivent conspirer à protéger ce qu'il y a de plus sacré parmi les hommes et parmi les dieux, le principe et le résumé même du génie de la Nature, le mouvement de désir réciproque qui appelle deux êtres différents à se fondre dans la même union qui fait tenir le cosmos.

Ce mystère sacré, qui anime le monde, mais aussi les fables, la poésie, les œuvres d'art, est le plus fragile, le plus exposé à la profanation ou à la destruction par la fureur, la jalousie, la haine de tous ceux qui le devinent et qui s'en croient ou s'en veulent exclus. Ce conte d'amour est aussi un roman très noir. L'harmonie de l'âge d'or, l'amitié entre un dieu et une femme, s'y voient combattues par la férocité et les ruses de l'âge de fer. Le dieu Amour connaît cette violence aveugle et jalouse qui s'oppose à son règne et fait le malheur des hommes : la jeune Psyché, même aimée, même amoureuse, même heureuse, et parce que naïvement heureuse, ne la soupçonne pas du tout. Elle se laisse abuser par ses sœurs envieuses de son bonheur. Un peu par sa propre impatiente curiosité aussi, elle rompt le serment qui lui avait fait jurer à l'Amour de ne jamais chercher à le voir. La loyauté est dans la parole ce que la fidélité est dans l'amour, quand l'amour est digne de l'amitié. Déloyale, Psyché est chassée par le dieu comme une infidèle qui a profané son mystère.

Le récit d'Ariste est ponctué par les exclamations ou les remarques de ses auditeurs et amis, qui réagissent avec émotion ou ironie aux péripéties du conte. Ils s'interrogent sur leurs propres réactions, qui leur font mesurer sur eux-mêmes la vie naturelle dont cette fiction de l'art est chargée, et le degré de la réussite poétique de son auteur.

Mais au moment où Psyché est chassée par l'Amour (elle l'a réveillé de son sommeil en laissant tomber sur son sexe une goutte brûlante de cire), Ariste interrompt son récit, et une conversation générale s'engage entre les quatre amis. Les épreuves de la belle et touchante Psyché vont commencer. Poliphile pourra-t-il continuer à tenir son récit dans le juste milieu entre émotion et sourire, comme il l'a fait dextrement jusque-là ? De quel côté vaut-il mieux pencher ? Faut-il vraiment pencher ?

Le choix entre le « sombre plaisir » de la tristesse et le plaisir souriant de la gaîté n'est pas seulement, pour les amis réunis à Versailles, une décision de narrateur ou un vœu de lecteur, une affaire de pure poétique. Il se rapporte à l'expérience des choses de la vie, aux malheurs et aux joies dont elle est entremêlée, et notamment à ce qui reste constamment et implicitement en filigrane, dans un lieu où tout parle d'eux : Louis XIV triomphant en surface, et Foucquet dépouillé et misérable en profondeur. Acante est l'interprète et du narrateur et de ses amis lorsqu'il déclare :

« Quand le Soleil nous verra pleurer, ce ne sera pas un grand mal : il en voit bien d'autres par l'univers qui en font autant, non pour le malheur d'autrui, mais pour le leur propre. »

Les larmes (filles de la pitié : *ce mouvement du discours que nous tenons le plus noble, le plus excellent, le plus agréable*), ces larmes que pourra faire couler maintenant la fiction de *Psyché*, unissent silencieusement par le cœur les quatre visiteurs à ce « malheureux » Oronte pour lequel le poète de *Psyché* avait invoqué en vain les secours des Nymphes de Vaux et la compassion du roi. Parmi les différentes facettes du sens que suppose la fable narrée par Poliphile, l'application à Nicolas Foucquet et à son destin est inévitable : il a lui aussi, comme le dieu Amour, transporté l'âme de son Prince dans un palais enchanté, où il a déployé toutes les fictions de la poésie et de l'art pour l'éveiller à la vérité de son attachement pour lui, et surtout, à la vérité royale de l'Amour, supérieur à la crainte dans la conduite des hommes. Le refus par le Prince, mal conseillé comme Psyché, de cette offre d'amitié, a fait disparaître le château enchanté, fuir l'espérance de bonheur, et redescendre la nuit sur le monde. *Les Amours de Psyché* sont en réalité une réécriture du *Songe de Vaux* dans la nuit qui a commencé le 5 septembre 1661[41]. Voilà de quelle ténacité intérieure était capable un « bonhomme » si distrait !

La question qui arrête à mi-parcours les quatre amis est celle-là même qu'a dû se poser le poète de l'*Élégie* et de l'*Ode*, en écrivant et en publiant ses premiers *Contes*, chefs-d'œuvre de gaîté, avant même la fin du procès du Surintendant : est-il encore possible, ou bien n'est-il pas souhaitable plus que jamais, de sourire et de faire sourire les honnêtes gens quand la tragédie politique a commencé ? « Je ne savais, écrit le poète dans la préface de *Psyché*, quel caractère [quel style] choisir. »

Cette question particulière de poétique du récit a pris une portée plus générale depuis 1664. Sur la scène de cour qui a pris le relais de Vaux, deux amis de La Fontaine sont devenus les dramaturges favoris de Louis XIV : l'un est un grand poète comique, Molière, le « nouveau Térence », célébré par La Fontaine dès 1661, et accordé à l'une des pentes que l'auteur de l'*Eunuque* reconnaît en lui-même : le narrateur du *Songe* symbolise dans son récit le genre comique, dont Molière est le maître, par un personnage « sanguin » et ami du rire : Gélaste. L'autre est un grand poète de la tendresse tragique, Racine, le « nouvel Euripide ». Lui aussi est très lié à La Fontaine, il s'est reconnu avec son aîné de profondes affinités poétiques : le genre tragique où excelle Racine (un lyrique contrarié) est symbolisé dans le roman par un personnage de « mélancolique », ami des larmes : Ariste. La tragédie d'*Andromaque* (créée en 1667) est expressément citée dans la conversation entre Gélaste et Ariste.

Mais la poésie lyrique, pour laquelle La Fontaine, lecteur passionné de Tristan L'Hermite, a aussi vocation, n'a plus sa place dans le spectacle royal. Elle est étouffée aussi, et pour très longtemps, sous la profusion des panégyriques versifiés commandés par Chapelain : Malherbe, mais un Malherbe de confection, a remplacé Saint-Amant et Tristan L'Hermite. À cette postulation lyrique de sa propre nature poétique, qui ne trouve plus d'écho autour de lui, le poète fait correspondre dans son roman le personnage d'Acante (nom de Parnasse associé, pour tout lecteur du XVIIe siècle, au plus célèbre poème lyrique de Tristan : *Les Plaintes d'Acante*, publié en 1633). Or Acante, dans toute la conversation sur le rire et les larmes, reste silencieux. Poliphile ne s'en mêle pas beaucoup non plus. La Fontaine, dans ces deux personnages, garde sa réserve et sa vocation propres de poète, qui n'ont aucune chance d'être agréées par Jupiter, comme l'ont été le rire de Molière et les larmes tragiques de Racine.

Le jugement sur Versailles, héritier inavoué de Vaux, se prolonge donc par un jugement sur le théâtre patronné personnellement par Louis XIV, héritier non moins inavoué de Foucquet. Héritier, ou usurpateur ? Le roi s'abandonnait volontiers au gros rire. Louis Racine écrit, à propos de la représentation des *Plaideurs* en 1668 :

« Le roi en fut frappé, et ne crut pas déshonorer sa gravité ni son goût par des éclats de rire si grands que la Cour en fut étonnée [42]. »

Aussi, à Gélaste qui lui représente, en faveur du rire, qu'il est chez Homère le privilège *inextinguible* des dieux, *exempts de mal, et vivant là-haut à leur aise, sans rien souffrir*, La Fontaine fait répondre assez sèchement par Ariste :

« Platon le blâme de donner aux dieux un rire démesuré, et qui serait même indigne de personnes tant soit peu considérables. »

L'apparition peu après, dans l'entretien, de l'*amour-propre faisant sans cesse que l'on tourne les yeux sur soi*, éclaire cette passe d'armes : l'excès de rire, chez un spectateur de comédie, est un symptôme de cet « amour de soi et de toutes choses pour soi », qui s'idolâtre lui-même, comme le font les immortels, et qui s'excepte de la faible humanité vouée au ridicule. C'est un atroce manque de cœur, mais c'est aussi une fatale faute de goût. Ni Molière, ni même le Racine des *Plaideurs* ne sont en cause, pas plus que le genre littéraire de la comédie. Au contraire. Tout le subtil débat entre Gélaste et Ariste sur les ressorts profonds du rire et des larmes au théâtre est en réalité un hommage à l'intelligence que les deux grands dramaturges ont eue de leur art et s'est nourri très probablement des conversations qu'ils purent eux-mêmes avoir devant et avec La Fontaine.

En revanche, l'attitude du roi-spectateur, incapable de sortir de son « moi », est cruellement analysée entre les lignes du dialogue Ariste-Gélaste. Car ce qui est vrai pour la comédie l'est aussi pour la tragédie.

Rien n'empêche en effet, selon Ariste, un spectateur endurci dans son amour-propre de *rester froid* au malheur d'autrui représenté sur la scène, et de n'y point *prendre part*. Même si l'ouvrage est *excellent*, même si le poète tragique *nous transforme* et nous fait *devenir d'autres hommes*, encore faut-il que *nous* ne *nous mettions pas à la place de quelque roi*. Ce *quelque roi*, qui se prend pour un dieu, qui se croit au-dessus de la condition humaine des rois de tragédie, est-il si difficile de le reconnaître dans la figure de négation et de silence où La Fontaine l'a montré en le taisant ?

L'éloge indirect de l'art comique de Molière (qui sait toucher *en n'employant que des aventures ordinaires et qui pourraient nous arriver*) et de l'art tragique de Racine (*qui nous rend heureux de répandre pour les maux d'autrui les larmes que nous garderions pour les nôtres*), loin de concourir à la louange d'un roi qui aime à se montrer au théâtre, attestent au contraire un abîme entre l'humanité que ses propres poètes savent réveiller chez le commun des mortels, et l'amour-propre divinisé qui le cuirasse lui-même, et qui fait voir à Jupiter dans ces chefs-d'œuvre de la scène d'autres trophées ajoutés à ses propres triomphes, d'autres ornements ajoutés à son faste.

Le mécénat de Molière et de Racine par Louis XIV manifeste ainsi entre les Lettres et le roi un prodigieux malentendu, dont l'ironie noire est ingénieusement suggérée par l'auteur des *Fables*. Cette ironie va si loin qu'elle lui fait dire à Ariste, à propos de la *tendresse de cœur* qu'éveille la tragédie (et il faut entendre ici aussi bien l'art de Corneille, le « nouveau Sophocle », peu goûté du roi, que celui de Racine), qu'elle nous met *au-dessus des rois par la pitié que nous avons d'eux*, et nous fait devenir *dieux à leur égard, contemplant d'un lieu tranquille leurs embarras, leurs afflictions, leurs malheurs ; ni plus ni moins que les dieux considèrent de l'Olympe les misérables mortels*[43]...

Le Parnasse des grands poètes peut bien être asservi au dieu de l'Olympe, qui n'entend pas leur chant profond, il offre aux sujets de l'Olympe des régals de dieux. Même enchaîné à l'Olympe, l'art des vrais poètes répare royalement dans le secret des cœurs la perte qu'ils subissent à chanter pour un Jupiter propriétaire, aveugle et sourd au chant des Muses.

Les éloges en style officiel que les quatre amis, surtout quand ils se trouvent dans les lieux les plus fréquentés du jardin, jugent bon d'adresser à haute voix au maître des lieux et à Colbert (*l'intelligence qui est l'âme de ces merveilles et qui fait agir tant de mains savantes pour la satisfaction du monarque*) voilent un peu plus pour le lecteur pressé cette profonde analyse à mi-voix du malentendu essentiel entre les poètes, même les plus officiels, et le roi lui-même, lion ou coq, qui se glorifie de ce qui, dans leurs ouvrages, devrait justement le guérir de sa gloriole. Les uns sont les fidèles de l'âge d'or. L'autre est un figurant de l'âge de fer.

La conversation entre Ariste et Gélaste reste sans conclusion, même si l'éloge des larmes par Ariste semble l'emporter. Comment ne pas songer à l'effet que La Fontaine lui-même avait pu espérer de son *Élégie* et de son *Ode au roi* dans cet admirable commentaire d'Ariste aux dernières scènes de l'*Iliade* :

« En cet endroit où [Homère] fait pleurer Achille et Priam, l'un du souvenir de Patrocle, l'autre de la mort du dernier de ses enfants, il dit qu'ils se soûlent de ce plaisir ; il les fait jouir du pleurer, comme si c'était quelque chose de délicieux [44]. »

En réalité, la solution au problème poétique posé au départ par Poliphile (rire ou larmes) trouve sa réponse non pas en théorie, mais dans la suite même de son récit. Le ton de la narration de Poliphile ne se contente pas en effet de doser le comique délicat cher à Gélaste et le vrai plaisir des larmes que goûte Ariste, il venge en quelque sorte Acante en faisant du lyrisme de l'*Hymne à la Volupté* le bouquet final et la leçon profonde du roman. La clef poétique de cette seconde partie de la fable, c'est le sourire, qui concilie plaisir et tristesse, et qui luit à travers les larmes comme la vérité lyrique intacte au fond du cœur du poète, dans un royaume voué au spectacle par un souverain dépourvu de cœur.

Mais la fable de *Psyché*, si elle est l'occasion pour La Fontaine de méditer en langage indirect sur la nature du Prince et sur le tragique échec de Foucquet, n'en a pas moins son sens universel, qui englobe, mais qui dépasse de toutes parts l'expérience directe et particulière que la France et lui-même, de par le « mauvais choix » de leur roi, sont en train d'endurer. Ce n'est ni la passion partisane, ni la nostalgie, ni la rancune, ni le ressentiment *ad hominem* qui guident la pensée du poète de *Psyché*, mais la vision sereine — aussi sereine, douloureuse et souriante que celle de Socrate dans le *Banquet*, entre Aristophane et Agathon, entre comédie et tragédie — du drame humain dans son essence. Sans doute les rares fidèles de l'âge d'or, dans le monde des hommes travaillé par un amour-propre, une jalousie et une cruauté qui veulent ignorer le fond de leur propre cœur, sont-ils exposés à l'erreur, à l'échec, à la ruine, à la torture, à la mort. Mais l'Amour lui-même, le principe d'attraction et de compassion commun à la cosmologie de la Renaissance et à l'Évangile, poursuit son travail. Il écrit droit par des lignes courbes, comme dit aussi Claudel. Le progrès, le véritable progrès, celui des cœurs qui s'éveillent à eux-mêmes, mûrit dans l'épreuve que lui infligent les progrès apparents et les triomphes aveuglants de cette *puissance des ténèbres* qu'Ovide avait déjà reconnue dans la poitrine des mortels.

L'Amour peut avoir été brûlé dans le point le plus sensible de son corps, et avoir connu, après la trahison de Psyché, la nuit obscure du cœur. Une Psyché est perdue. Une autre est renée dans le malheur. C'est le charme de cette beauté d'être vivante, souffrante, émouvante, capable d'erreur, capable d'ouvrir les yeux. Elle songe d'abord au suicide, que condamnent l'épicurisme comme le christianisme. Elle se reprend, et elle poursuit son chemin dans le désert, en titubant, d'épreuves en épreuves, solitaire, abandonnée des siens, persécutée par Vénus. Sa faute même et son désastre auront été l'amorce de son éclaircissement intérieur. Elle ne pensait qu'à elle ; en vraie coquette, elle se croyait le centre de l'univers, l'Amour même lui était dû, et maintenant, dans la pauvreté, la perte et les larmes, elle ressent cruellement l'absence de l'Amour et elle découvre le vrai fond de son cœur :

> Que nos plaisirs passés augmentent nos supplices !
> Qu'il est dur d'éprouver, après tant de délices,
>   Les cruautés du Sort !
> Fallait-il être heureuse avant qu'être coupable ?
> Et si de me haïr, Amour, tu fus capable,
>   Pourquoi m'aimer d'abord ?
>
> Que ne punissais-tu mon crime par avance !
> Il est bien temps d'ôter à mes yeux ta présence,
>   Quand tu luis dans mon cœur !
> Encor si j'ignorais la moitié de tes charmes !
> Mais je les ai tous vus : j'ai vu toutes les armes
>   Qui te rendent vainqueur[45] !...

Est-ce une tragédie ? Est-ce une comédie ? Les deux ensemble, et autre chose encore : le songe, paradis et enfer, rêve délicieux et cauchemar douloureux, dans l'étoffe duquel est taillée toute l'aventure humaine, incompréhensible pour l'intelligence conceptuelle et dogmatique, mais qui est livre ouvert pour l'ironie douce et lucide du poète, et pour le lecteur de son conte, à qui il offre généreusement le luxe de sourire, comme un dieu d'Épicure, en le lisant. L'Amour sourit aussi, quand il découvre la nouvelle Psyché, qui commence dans le désert et la solitude à guérir de son amour-propre. Sans se montrer encore, comme les sages des comédies de Marivaux et des opéras de Mozart, le dieu toujours amoureux vient en aide à Psyché qui est en train de naître à sa propre humanité. Est-ce un pari sur la maturation du roi lui-même ? Ou plutôt un acte de foi universel dans le divin travail de l'Amour ? Avec les secours du dieu, la jeune femme peut traverser victorieusement les épreuves surhumaines auxquelles la soumet la jalouse Vénus du haut de son Olympe[46]. Elle doit cependant surmonter seule la pire de toutes : sa métamorphose en Maure, ce qu'elle croit être la perte de sa beauté et donc de son attrait pour l'Amour. Quand elle revoit enfin le dieu Amour, elle a atteint ce degré d'humilité qui est le commencement de toute sagesse, de tout bonheur, de toute beauté :

« "Hélas ! dit Psyché, je ne vous fuis point ; j'ôte seulement de devant vos yeux un objet que j'appréhende que vous ne fuyiez vous-même."

« Cette voix si douce, si agréable, et autrefois familière au fils de Vénus, fut aussitôt reconnue de lui. Il courut au coin où s'était réfugiée son épouse. "Quoi ! c'est vous, dit-il, quoi ! ma chère Psyché, c'est vous !" Aussitôt il se jeta aux pieds de la belle. "J'ai failli, continua-t-il, en les embrassant : mon caprice est cause qu'une personne innocente, qu'une personne qui était née pour ne connaître que les plaisirs, a souffert des peines que les coupables ne souffrent point : et je n'ai pas renversé le ciel et la terre pour l'empêcher ! je n'ai pas ramené le Chaos au monde ! je ne me suis pas donné la mort, tout dieu que je suis ! Ah ! Psyché, que vous avez de sujets de me détester ! Il faut que je meure, et que j'en trouve les moyens, quelque impossible que soit la chose."

« Psyché chercha une de ses mains pour la lui baiser. L'Amour s'en douta ; et se relevant : "Ah ! s'écria-t-il, que vous ajoutez de douceur à vos autres charmes ! Je sais les sentiments que vous avez eus ; toute la nature me les a dits : il ne vous est pas échappé un seul mot de plainte contre ce monstre qui était indigne de votre amour." Et comme elle lui avait trouvé la main : "Non, poursuivit-il, ne m'accordez point de telles faveurs ; je n'en suis pas digne ; je ne demande pour toute grâce que quelque punition que vous m'imposiez vous même. Ma Psyché, ma chère Psyché, dites-moi, à quoi me condamnez-vous ? — Je vous condamne à être aimé de votre Psyché éternellement, dit notre héroïne, car que vous l'aimiez, elle aurait tort de vous en prier : elle n'est plus belle."

« Ces paroles furent prononcées avec un ton de voix si touchant que l'Amour ne put retenir ses larmes. Il noya de pleurs l'une des mains de Psyché, et pressant cette main entre les siennes, il se tut longtemps, et par ce silence il s'exprima mieux que s'il eût parlé : les torrents de larmes firent ce que ceux des paroles n'auraient su faire. Psyché, charmée de cette éloquence, y répondit comme une personne qui en savait tous les traits. Et considérez, je vous prie, ce que c'est d'aimer : le couple d'amants le mieux d'accord et le plus passionné qu'il y eût au monde employait l'occasion à verser des pleurs et à pousser des soupirs : Amants heureux, il n'y a que vous qui connaissiez le plaisir[47] ! »

Cette éclaircie des cœurs éclot à un tout autre étage de conscience que la félicité trompeuse dont les amants avaient joui dans le palais enchanté. Mêlée de silence, de souvenirs douloureux, elle a dû vaincre les ténèbres de l'âge de fer pour mériter la lumière et la joie de l'âge d'or. Alliance, renouvelée et scellée dans les épreuves, du divin et de l'humain, le bonheur d'Amour et de Psyché se sait maintenant fils du Temps : il est pénétré par la conscience poignante que le Temps lui donne d'être un miracle fragile, improbable, et singulier. Les deux amants sont devenus aussi des amis. Ce bonheur est à l'image de la beauté de Psyché, plus divine que celle de la déesse Vénus, parce qu'elle est incarnée[48], sujette à disparaître, et d'autant plus vivante qu'elle se sait éphémère.

Au moment même où le lyrisme de La Fontaine acceptait de s'envelopper sous la peau d'âne des *Fables*, il a déployé dans ce « roman des romans » sa poétique profonde : ce n'est pas la suppression, mais au contraire la palpitation de leur inquiétude qui rend les mortels enviables et désirables pour les dieux.

Jean Dutourd a rapproché *Les Amours de Psyché* des *Moralités légendaires* de Laforgue[49]. C'est à cette altitude d'ironie lyrique qu'il faut en effet placer ce chef-d'œuvre. Le moindre de ses mérites n'est pas de nous pourvoir de clefs pour la lecture des *Fables*, et pour la découverte de leurs jeux de miroir entre le divin, l'animal et l'humain. Le poète de Foucquet a bien résisté au siècle de Louis XIV.

CHAPITRE VI

LE SUBLIME ET LE SOURIRE

La Fontaine est un poète. Mais il ne l'est pas, ou du moins pas tout à fait, au sens moderne, et tout subjectif, pour ne pas dire sentimental, que nous donnons trop volontiers à ce titre de noblesse littéraire.

La manière, surprenante pour nous, dont La Fontaine est poète, l'obligation que cette manière nous impose, si nous voulons vraiment l'entendre, de faire de longs voyages et de merveilleux détours par des poésies et d'autres textes antérieurs aux siens, comme si sa poésie ne lui appartenait qu'à peine, et tenait plutôt du pastiche, sont-elles aussi éloignées que nous l'imaginons de la manière moderne d'être poète, et d'entendre les poètes ?

Le « paresseux » La Fontaine a été un infatigable traducteur. Il a traduit, pour des amis lettrés, toutes les citations poétiques répandues dans de longs ouvrages, comme *La Cité de Dieu* de saint Augustin, ou les *Lettres à Lucilius* de Sénèque, que ces amis s'étaient eux-mêmes attachés à traduire. Avec son ami Maucroix, il a fait équipe, par correspondance, entre Paris et Reims, révisant, pour le style, textes originaux en mains, les traductions de son ami [1]. Ce travail de précision, dont les résultats n'ont été pour la plupart publiés qu'après leur mort à tous deux, porte sur des pans entiers de l'œuvre de Platon et de Cicéron, et attestent le degré de familiarité du poète avec les formes et la pensée antiques.

Même ses œuvres les plus originales, *Adonis*, les *Contes*, les *Fables*, sont des traductions ornées, amplifiées, portées jusqu'au charme vivace de la nouveauté qui surprend et qui plaît. Cette gaîté du « vierge, vivace, et bel aujourd'hui » voile le transfert, auprès d'un public neuf, de la fine fleur de textes anciens, antiques ou humanistes, grecs, latins, italiens, espagnols, menacés d'oubli, et pourtant chargés d'un sens bien vivant que le poète a réveillé en le traduisant. La vocation de La Fontaine était lyrique. Sa poésie s'adresse comme toute poésie lyrique, ancienne et moderne, aux émotions et aux sentiments, mais elle s'appuie pour les toucher à des formes, à des fables, à des lieux communs (communs à ses lecteurs et à lui-même) qui ont déjà voyagé beaucoup et longtemps : c'est ce que l'on appelle tradition. Tradition et traduction sont cousines. Cela n'empêche nullement la poésie de La Fontaine de rajeunir tout ce qu'elle touche, comme si la tradition dont elle procède était née avec lui, comme si la traduction qu'elle met en œuvre était une opération de renaissance.

Les grands poètes modernes, de Baudelaire à Bonnefoy, ont été aussi des traducteurs ; leur lyrisme original est méditation de tout le lyrisme qui les a précédés. Traducteur, cela veut dire passeur, transporteur. Ce transport ou ce transfert peut intervenir d'un univers contemporain de langage à un autre, comme Baudelaire avec Edgar Poe, Valery Larbaud avec James Joyce, Bonnefoy avec Yeats. Il peut aussi transposer dans notre langue comme l'ont fait souvent Verlaine et Rimbaud, latinistes experts, des fragments et des émois de poètes antiques.

Ce transport, lorsqu'il est l'œuvre d'un poète, abolit les siècles, et pas seulement les distances. C'est une victoire sur l'amour-propre des contemporains. De saint Jérôme, traducteur en latin de la Bible, d'après son texte hébreu et la traduction grecque qu'en avaient faite à Alexandrie les Septante, Valery Larbaud[2] a fait le patron de cet oubli de soi qui permet au traducteurpoète de faciliter le voyage, en terre étrangère et en des temps nouveaux, même de l'Écriture sainte.

L'amour-propre collectif des contemporains les enferme et les étouffe. Il les porte à croire que l'humanité commence avec eux et se résume à eux. C'est la clôture de l'âge de fer. Les poètes, qui veulent par définition libérer et se libérer de cet enfermement, deviennent alors des gêneurs. La Fontaine a vu poindre cette vanité péremptoire. Il s'élèvera en 1687, dans son *Épître* à Pierre-Daniel Huet, contre la doctrine des « Modernes » qui veulent faire croire à la génération née avec Louis XIV qu'elle et son roi se suffisent à eux-mêmes : ils se croient le seul passé auquel le futur ait droit[3].

La Fontaine avait trop le sens de l'instant, de sa fugacité, mais aussi de sa plénitude latente, qui peut étoiler le temps, pour accepter sans protester qu'on voulût priver ses contemporains de ce qui donne à l'instant sa suprême et singulière intensité, et la fait partager : la réverbération et la coïncidence, dans une goutte de temps, d'instants limpides fixés depuis l'Antiquité dans les formes et les fables mnémotechniques de la poésie ; elles revivent dans cette rencontre et lui prêtent leurs résonances. La poésie est d'autant plus immédiatement libératrice qu'elle vient de plus loin avec plus de mémoire, elle est sortie du temps dans le temps. C'est « l'air d'Antiquité » dont parle l'*Épître* à Huet.

La traduction est un des plus sûrs moyens dont les poètes disposent pour coaguler dans le présent ce qui, de la poésie témoin de l'âge d'or, est épars dans l'ailleurs et l'autrefois. L'exercice poétique de la traduction est ainsi apparenté à celui de la correspondance : les lettres abolissent les distances et rendent présents les amis absents, elles maintiennent vivant leur dialogue suspendu. Ces messages sur papier avaient été d'abord, dans l'Antiquité, des inscriptions gravées sur la pierre : La Fontaine, comme Horace, a été fécond en épîtres en vers, ou comme Voiture, mêlées de vers et de prose, mais il a composé aussi des inscriptions[4] et des épigrammes. Ils ont donné leur nom (la partie signifiant pour le tout) à la littérature elle-même. Les Lettres sont une conjuration d'amitié dans les ténèbres toujours recommencées par la garde de fer des amours-propres. La fable orientale *Le corbeau, la gazelle, la tortue et le rat* (XII, 15) résume cette solidarité clandestine, qui fait échapper les amis séparés par les siècles, par les nations, et par les malheurs, à la cruauté aveugle du monde.

Il y a des degrés dans la traduction. Les « belles infidèles », auxquelles l'ami huguenot de La Fontaine, Nicolas Perrot d'Ablancourt, traducteur de Lucien, de Tacite, de Thucydide, doit son rayonnement au XVIIe siècle, étaient déjà de la poésie : elles accordaient la forme et le message de grands textes antiques, chargés d'expérience mais menacés de rester ou de redevenir inaudibles, aux inquiétudes et au goût des contemporains[5]. Les épîtres en vers de La Fontaine ne traduisent pas celles d'Horace, elles ne les imitent même pas, comme le fait Boileau :

Je ne prends que l'idée, et les tours, et les lois,
Que nos maîtres suivaient eux-mêmes autrefois...
(*Épître à Huet*, v. 27-28)

Mais elles retrouvent la variété, les saveurs mélancoliques et ironiques, l'urbanité horatiennes, elles les réintroduisent dans l'actualité la plus immédiate et contemporaine, elles les font circuler dans une conversation sinueuse qui frôle parfois le journalisme en vers de Loret[6], dont les années Foucquet avaient été friandes : elle s'en éloigne aussitôt à tire-d'aile. Entre la « belle infidèle » et le journalisme, entre la tradition revivifiée pour aujourd'hui, et le temps qui passe effleuré et suspendu par la mémoire, la poésie de La Fontaine a essayé toute une gamme de formes et de « tempéraments ». D'un extrême à l'autre, cela supposait toujours qu'il tînt les deux bouts de la chaîne, l'enracinement dans la tradition poétique, patrie familière, et le sens aigu de l'actualité, la curiosité de l'éphémère, les antennes pour les occasions, les modes successives, les goûts divers. Il est difficile d'être à la fois plus ancien et plus moderne que ce poète des passages.

Un théâtre de poche sous le Grand roi

L'occasion joue un rôle décisif dans la sagesse amoureuse des *Contes* :

> Mais ce que vaut l'occasion,
> Vous l'ignorez, allez l'apprendre.
> (*Contes et Nouvelles*, III, *Nicaise*, derniers vers)

dit une belle au novice Nicaise, qui n'a pas su saisir « l'heure du berger ».

La Fontaine n'a laissé passer l'heure propice des *Contes*, ni en lui-même, ni dans le public parisien. Lui qui, depuis l'*Eunuque*, en 1654, n'avait rien publié (sinon en 1662-1663, les deux poèmes-suppliques anonymes en faveur de son Mécène foudroyé), le voici qui s'adresse, en décembre 1664, à un nouveau Mécène : ce n'est pas le roi, sourd à sa plainte, c'est « le lecteur ». Le lecteur lui-même était resté sourd en 1654, à la sollicitation de La Fontaine. Il avait des excuses : Scarron, alors, l'emportait sur Térence. Le goût a changé dix ans plus tard. La fête de Vaux a fait triompher Térence sur Scarron.

« C'est au lecteur, écrit le poète dans l'*Avertissement* de ses deux premiers *Contes et Nouvelles en vers* (1664), à [...] déterminer là-dessus [l'auteur sur le choix qu'il a fait du mètre irrégulier et du "vieux langage" pour rimer ses "contes"]. » Car il ne prétend pas en demeurer là, et il a déjà jeté les yeux sur d'autres nouvelles pour les rimer. Mais auparavant, il faut qu'il soit assuré du succès de celles-ci et du goût de la plupart des gens qui le liront. En cela, comme en d'autres choses, Térence lui doit servir de modèle. Ce poète n'écrivait pas pour se satisfaire seulement, ou pour satisfaire un petit nombre de gens choisis : *Populo ut placerent quas fecisset fabulas* (« Pour que les fables qu'il avait faites fussent goûtées du peuple »).

Est-ce le voyage en Limousin, qui lui a donné le premier élan ? Il invente en route, pour Marie Héricart, une fable et un conte. Les épîtres qu'il adresse à sa femme, comme celles d'Horace, comme les *Essais* de Montaigne, sont des formes génératrices et ouvertes. Est-ce à l'occasion de lectures, à Paris ou à Château-Thierry, pour des amis anxieux comme lui du sort de Foucquet, qu'il a déjà vérifié l'effet bénéfique de ses fables licencieuses ? Il veut en tout cas faire maintenant l'épreuve à grande échelle, et manifestement, si l'expérience est heureuse, il s'est déjà préparé, le désir du public provoquant son abondance, à pousser sa pointe auprès de lui. Un mois plus tard, Foucquet étant déjà, et pour toujours, enterré dans sa geôle de Pignerol, le succès de la première brochure est déjà suivi de la publication d'un second recueil, tout aussi bien reçu du grand public. « Le lecteur » redemande ce qui sort de sa plume. Et ce paresseux, ce silencieux, se révèle soudain un ingénu et ingénieux stratège qui explique sa manœuvre avec plus d'aisance qu'aucun vieux routier de l'édition :

« ... Quelques personnes, écrit-il dans la préface de ce premier recueil, m'ont conseillé de donner dès à présent ce qui me reste de ces bagatelles, afin de ne pas laisser refroidir la curiosité de les voir qui est encore à son premier feu. Je me suis rendu à cet avis sans beaucoup de peine ; et j'ai cru pouvoir profiter de l'occasion [7]... »

Refroidir, feu, occasion : c'est le langage de la poursuite amoureuse, appliqué aux relations entre l'auteur et le public. La Fontaine en est si peu inconscient qu'il oppose aussitôt, dans la même préface, ce succès « naturel », qu'il vient d'obtenir vivement mais sur fond d'affinités réciproques, aux artifices des Arnolphes

« pensionnés », qui font appel à des autorités supérieures et extérieures pour arracher aux Agnès naïves la « faveur » spontanément refusée à leurs ouvrages :

« Ce serait, écrit-il dans la même préface, vanité à moi de mépriser un tel avantage. Il me suffit de ne pas vouloir qu'on impose en ma faveur à qui que ce soit, et de suivre un chemin contraire à celui de certaines gens qui ne s'acquièrent des amis que pour s'acquérir des suffrages par leur moyen : créatures de la cabale, bien différents de cet Espagnol qui se piquait d'être le fils de ses propres œuvres. »

À cette violence qui veut en « imposer » par la « cabale », le poète se réjouit tranquillement et publiquement de pouvoir préférer l'adhésion cordiale du « peuple » des lecteurs.

C'est l'équivalent en prose, un quart de siècle plus tard, de la fameuse *Excuse à Ariste* que Corneille avait publiée pendant la *Querelle du Cid*, en 1637, pour répondre à ses rivaux jaloux qui, cherchant à abîmer le succès de sa tragi-comédie, avaient fait appel au cardinal de Richelieu, à son Académie, à Chapelain déjà aux ordres :

> J'ai peu de voix pour moi, mais je les ai sans brigue,
> [...]
> Mon travail sans appui monte sur le Théâtre,
> Chacun en liberté l'y blâme ou l'idolâtre,
> Là sans que mes amis prêchent leurs sentiments
> J'arrache quelquefois trop d'applaudissements ;
> Là content du succès que le mérite donne
> Par d'illustres avis je n'éblouis personne ;
> Je satisfais ensemble et peuple et courtisans,
> Et mes vers en tous lieux sont mes seuls partisans ;
> Par leur seule beauté ma plume est estimée :
> Je ne dois qu'à moi seul toute ma Renommée.
>
> (v. 38 et 41-50)

Maintenant, en 1664, il ne s'agit plus de spectateurs de théâtre, mais de lecteurs (encore que La Fontaine ait invoqué Térence en tête de son premier recueil). Il ne s'agit plus d'un grand genre dramatique, la tragédie, mais, au moins en apparence, de « bagatelles » en vieux langage et qui mettent en joie. Le poète voit très bien l'écart, et il s'en justifie sans orgueil ni fausse modestie : plaire au public, dédaigner la garantie officielle, cela suppose de la part d'un auteur l'art de plaire à ce public. Corneille tout le premier avait fait de ce plaisir — seul garant de son indépendance de poète, et cela dès ses premières comédies — la loi suprême de son art. Plaire, cela signifiait pour La Fontaine, grand lecteur de *L'Astrée*, accorder galamment la forme et le mode de sa poésie à l'attente actuelle du public. Corneille était passé de la comédie à la tragédie quand la conjoncture émotive l'avait exigé. De même, La Fontaine doit passer du mode *héroïque* au mode *comique*, s'il veut plaire à ce mécène collectif dont le goût reste de glace pour le sublime officiel et porte *au galant et à la plaisanterie* (Préface des *Amours de Psyché*, 1669). Plaire, pour lui comme pour Corneille, c'est mettre la poésie dans l'état d'obtenir l'effet bienfaisant qu'on attend d'elle. Et pour l'obtenir, il faut être deux. Il faut un désir réciproque. La Fontaine parle lui-même de cette « prudence » qui l'a incité à changer de mode, pour s'accorder à une mode qui est aussi une attente, un appétit, un goût :

« Quoique j'aie autant de besoin de ces artifices que pas un autre [des pensionnés], je ne saurais me résoudre à les employer : seulement je m'accommoderai, s'il m'est possible, au goût de mon siècle, instruit que je suis par ma propre expérience qu'il n'y a rien de plus nécessaire. En effet on ne peut pas dire que toutes saisons soient favorables pour toutes sortes de livres. Nous avons vu les rondeaux, les métamorphoses, les bouts rimés régner tour à tour : maintenant ces galanteries sont hors de mode et personne ne s'en soucie : tant il est certain que ce qui plaît en un temps peut ne pas plaire en un autre. »

Il ne renonce pas pour autant, pas plus que Corneille, à cette *souveraine beauté* qui est *bien reçue de tous les esprits et dans tous les siècles* et dont il va faire l'enjeu de ses *Fables*. Mais la loi de l'occasion, qui est celle de l'amour et du plaisir, demande au poète, s'il veut être libre et ne dépendre que de l'affection spontanée du public, de plaire tout de suite, « ici et maintenant », dans l'improvisation, dans la circonstance. L'approfondissement viendra plus tard. Une anse qui se propose doit être saisie sur-le-champ. C'est le primesaut d'un « enfant de la balle ». C'est celui de Molière : « Les Anciens sont les Anciens, et nous sommes des gens de maintenant. » Les *Contes et Nouvelles en vers*, placés d'entrée sous le signe de Térence et de la *fable*, terme commun à la fiction narrative et à la fiction dramatique, seraient-ils donc en quelque manière du théâtre ? C'est par le théâtre, et nommément par une comédie, que La Fontaine avait essayé d'abord, et sans succès, de plaire. C'était trop tôt. Au cours des années Fouquet, il a écrit (mais sans le publier) *Clymène* et il a esquissé, dans *Le Songe de Vaux* inachevé, des épisodes dialogués à plusieurs personnages. C'était encore du théâtre pour Monsieur Teste.

Au cours de la même période, il a écrit, pour une vraie représentation entre amis à Château-Thierry, un « conte » à la Boccace, mais dialogué et construit comme la « Farce de Maître Pathelin » : *Les Rieurs du Beau-Richard*[8]. Les cinq premières entrées de cet impromptu comique croquent à la Callot, avec une délicieuse fantaisie, la vie populaire de la place du marché de Château-Thierry. Ce pourrait être aussi bien une *piazza* toscane, où vaqueraient un marchand, des cribleurs de blé, un meunier et son âne, un savetier endetté, un notaire.

Les trois dernières « entrées » expédient vivement l'action de ce conte dialogué. Le marchand, quelque peu usurier, veut se payer en nature sur l'épouse du savetier endetté :

> Ce logis m'est hypothéqué ;
> L'homme me doit, la femme est belle,

> Nous ferions bien quelque marché,
> Non avec lui, mais avec elle[9].

Mais l'accorte savetière, sans décourager d'abord le sordide galant, commence par demander le « papier » : la reconnaissance de dette de son mari ; elle prévient alors celui-ci en toussant, comme Elmire dans *Tartuffe* prévient Orgon qui guette son cocuage sous sa table. Le marchand, plus vite surpris que Tartuffe, moins sûr aussi de son fait, est trop content de quitter la place à si bon compte.

Conte et comédie, fable narrative et fable dramatique, sont réversibles dans *Les Rieurs*, qui datent de 1659-1660. C'est du théâtre de poche, vif, savoureux, coloré. Il faut voir là la première répétition des *Contes et Nouvelles*. Avec les deux premiers recueils de 1664 (publiés en in-12, le format de poche d'alors, peu coûteux, très maniable, accessible à tous les publics), La Fontaine a ouvert à Paris, avec un éclatant succès, un Théâtre de la Huchette à sa manière : malgré son équipement rudimentaire, ce petit théâtre est à même de rivaliser avec le Théâtre du Palais-Royal où joue Molière, avec le Théâtre italien où triomphe Scaramouche, et avec les Comédiens du roi, qui à l'hôtel de Bourgogne, pour tenir tête à Molière, ont dû eux aussi mettre à l'affiche de petites comédies.

Ce théâtre « pauvre » des *Contes*, mais étincelant de talent, s'apparente aux petites scènes en plein air qui se dressent, à côté des boutiques et des échoppes, dans les enceintes saisonnières de la Foire Saint-Germain et de la Foire Saint-Laurent, fréquentées de jour par le public populaire aussi bien que, de nuit, par le gratin. De ce théâtre pour la joie du lecteur (et de la lectrice), La Fontaine publie le répertoire dans des recueils qui vont se succéder à un rythme irrégulier mais soutenu, de saison en saison, en 1664, 1666, 1671 et 1674, jusqu'au moment où, en 1675, ce petit « théâtre en liberté » devra fermer ses portes, par ordre du lieutenant de police La Reynie, précédant de vingt ans la fermeture du Théâtre italien. Le directeur, auteur et unique acteur de cette Huchette du Grand siècle, décida alors (bien qu'il eût en réserve beaucoup d'autres pièces) de tenter sa chance, les temps ayant encore changé pour le pire, à l'Opéra et à l'Académie.

La Fontaine, qui selon ses propres dires s'était *exercé toute sa vie en ce genre de poésie que nous nommons héroïque, le plus beau de tous [...], la langue des dieux* (Préface d'*Adonis*, 1669), n'a pas eu à se forcer pour « rencontrer » (c'est un mot qui lui est commun avec Montaigne) l'appétit de gaîté du public, qui maintenant fait fête à Molière. *Les Rieurs* dès 1659-1660, les *Lettres à Marie Héricart* en 1663, donnaient déjà libre cours à son propre côté Tallemant des Réaux ; par ce penchant, montait en lui la verve de la langue, celle-là même qui avait soutenu l'abondance de Rabelais, de Beroalde de Verville, de Brantôme, nourrie aux sources des conteurs et des comédiens de l'Art italiens. Ce recours du poète aux gisements de joie de la Renaissance le prémunissait lui-même aussi, avec santé et conformément à la *nature*, qui désire l'âge d'or, contre l'angoisse du nouveau règne et sa pression politique. Le Voiture de Vaux, reprenant la verve, le « vieux langage », le rire thérapeutique du burlesque, devenait aussi l'héritier de Scarron (mort en 1660), un Scarron humoriste et galant, moins connu que l'autre, et qui avant de mourir avait fait encore les délices de Nicolas Foucquet, de Madeleine de Scudéry, du chevalier de Méré et de la marquise de Sévigné.

L'invention et la publication des *Contes* ne résultaient pas d'un calcul, mais d'une impulsion profonde. Les Italiens avaient un mot pour la désigner, un mot de poète, d'acteur, de musicien improvisateur : l'*estro*[10]. Les Français le traduisaient par *feu*. L'*estro* ou le *feu*, qui compensent en 1663-1664 le deuil et la douleur du poète, ont déplié et déployé en lui non seulement un conteur, sachant faire désirer et commenter avec esprit ses scénarios comiques, tout en action, mais un dramaturge sachant faire parler leur langue à chacun de ses personnages, et surtout un acteur-Protée, capable de se dédoubler, de se multiplier, de s'incarner, sur la scène tout imaginaire dont lui-même dresse le décor, dessine les costumes et plante les éclairages, avec les tons de voix divers et les postures les plus différentes d'un comédien faune et fée qui joue tous les rôles que lui demande le conteur-dramaturge.

Si ces *scenarii*, repris des mêmes sources littéraires et avec le même génie de la variation que les intrigues de Molière et des Italiens (l'Arioste, Boccace, Machiavel, Rabelais, Marguerite de Navarre, les *Cent Nouvelles nouvelles*[11]) tournent tous autour de la joie physique de l'amour, c'est dans la logique même de ce théâtre destiné à mettre en joie l'imagination, à la guérir de la mélancolie et à rendre la santé au corps et à l'esprit[12]. La gouaille du conteur et les *burle* du conte, la fantaisie du jeu comique de l'acteur jouant plusieurs personnages, se conjuguent avant tout dans le dialogue, où la vitalité de la rhétorique amoureuse se joue des obstacles sociaux, moraux et cléricaux et finit par obtenir, toujours laissée à l'imagination et préparée par le rire, la fête naturelle de la volupté.

La théâtralité vive et brillante du conte lafontainien fait paraître languissants et verbeux ses modèles en prose. Elle ne se manifeste pas seulement par la fréquence des dialogues qui jaillissent naturellement hors de la trame du récit et font vivre les personnages sur une scène imaginaire, mais à l'intérieur même du récit, par la rapidité et le relief des actes et des gestes. La présence du poète récitant et homme-orchestre donne à tout le spectacle un sens second et une saveur redoublée. Rarement la victoire de la fiction, de son autorité sur l'imagination, de son pouvoir libérateur du poids des rêves sombres a été plus délectable et plus complète. Quelle riposte aussi à la monotone machine à gloire de Colbert !

Une tradition très ancienne de thérapeutique littéraire revivifiée avec éclat par Scarron sous la Fronde, trouve sous Louis le Grand, au seuil du siècle des

ordinaire progrès dans l'apprivoisement littéraire et imaginaire de ce qu'il peut y avoir de plus sombre et féroce dans l'homme, l'instinct sexuel prédateur. La Fontaine est ici l'anti-Sade. Il rend le sexe souriant, délicieux et savoureux. Sade, d'un sérieux accablant, a mis le sublime et la terreur de Burke dans l'alcôve.

Même les derniers *Contes* (les *Nouveaux Contes*) publiés sans privilège royal et saisis par le lieutenant de police en 1675, d'une extraordinaire lucidité sur leurs propres moyens et sur leurs propres fins, sont d'une élégance supérieure en comparaison de la frénésie compulsive dont avaient fait preuve, depuis le début du siècle, sur le même « mode », une poésie « satyrique » d'une virilité soldate, ou plus tard la parodie burlesque, souvent brutale.

Même le conte du *Tableau*, qui prend pour canevas l'un des *Ragionamenti* de l'Arétin, le Kamasutra de la Renaissance italienne, est une victoire de l'art et du tact sur les sens en furie. Au lieu d'expliquer comme son cynique modèle la posture scabreuse qui est le vrai sujet du conte, le poète se fixe la gageure de l'évoquer à l'imagination sans jamais la décrire.

> On m'engage à conter d'une manière honnête
> Le sujet d'un de ces tableaux
> Sur lesquels on met des rideaux.
> Il me faut tirer de ma tête
> Nombre de traits nouveaux, piquants et délicats,
> Qui disent et ne disent pas,
> Et qui soient entendus sans notes
> Des Agnès même les plus sottes :
> Ce n'est pas coucher gros, ces extrêmes Agnès
> Sont oiseaux qu'on ne vit jamais !
>
> (v. 1-10)

Ce souci du public féminin et de sa délicatesse d'oreille, même et surtout sur ces sujets hypocritement tus mais qu'il importe au poète de rendre à la lumière et à l'humour, est une nouveauté dans ce genre et sur ce mode. Il oblige le poète galant à une alliance du

> Œillet, aurore, et si quelque autre chose
> De plus riant se peut imaginer.
> Ô doux remède, ô remède à donner,
> Remède ami de mainte créature,
> Ami des gens, ami de la nature,
> Ami de tout, point d'honneur excepté.
> Point d'honneur est une autre maladie :
> Dans ses écrits Madame Faculté
> N'en parle point. Que de maux en la vie !
>
> (v. 133-143)

La petite fille de Jeanne de Chantal, la marquise de Sévigné, qui avait goûté le tout premier essai de ces *Contes*, la *Lettre à Madame de Coucy, abbesse de Mouzon*, ne s'est pas de sitôt lassée de vanter à sa fille, qui résistait, les *jolis* attraits des nouvelles en vers de La Fontaine. Dans *joli*, il y a *joie*. Cette chrétienne de la Renaissance, comme l'Elmire et la Toinette de Molière, savait par François de Sales qu'il n'y a pas de vraie dévotion sans joie et sans intelligence des « choses de la vie ». Mme de Sévigné ne mettait certainement pas les *Contes* au rang des traités de spiritualité ou de morale, elle était de ceux qui savaient goûter la santé et l'esprit de joie que la poésie de La Fontaine faisait rayonner au-dessus des « maux en la vie ».

Un art d'aimer galamment

Ce qui pouvait la toucher aussi, dans ces *Contes* que l'on expédie souvent avec l'adjectif « grivois » et qui firent le bonheur de tout le XVIIIe siècle, après avoir consolé le Grand siècle, c'était la délicate alliance que La Fontaine conteur y faisait de la plaisanterie à la galanterie. Le poète portait jusqu'au charme cette synthèse de Voiture et de Scarron qui « assaisonnait » pour les Français du Grand siècle les conteurs de la Renaissance et l'Ovide de l'*Art d'aimer*. Les *Contes*, loin de s'en tenir à une tradition, représentent un extra-

parler et du taire, du montrer et du dérober qui est moins un hommage à la sensibilité proprement féminine qu'un sacrifice ostensible de l'impudence masculine, une reconnaissance symbolique du point de vue des femmes et une implicite leçon d'honnêteté adressée aux hommes dans les choses (dites physiques) de l'amour :

> Qui pense finement et s'exprime avec grâce
>   Fait tout passer, car tout passe :
>   Je l'ai cent fois éprouvé :
>   Quand le mot est bien trouvé,
> Le sexe, en sa faveur, à la chose pardonne :
> Ce n'est plus elle, alors, c'est elle encor pourtant :
>   Vous ne faites rougir personne
>   Et tout le monde vous entend.
>
>   (v. 22-29)

La Fontaine fabuliste et conteur a adopté en poète, sur la « physique » de l'amour, le point de vue des femmes, attentif à ses enjeux moraux, quand les hommes, même conteurs, y voient plus volontiers un sport. La misogynie dont les sources antiques et humanistes du poète n'étaient pas dépourvues se dissipe dans la métamorphose galante qu'il leur fait connaître. Elle est même retournée en satire des mâles, comme c'est le cas dans l'ouverture de la fable *Les femmes et le secret* (VIII, 6) :

> Rien ne pèse tant qu'un secret :
> Le porter loin est difficile aux dames ;
>   Et je sais même sur ce fait
> Bon nombre d'hommes qui sont femmes !
>
>   (v. 1-4)

Le poète des *Fables*, en parfaite harmonie avec celui des *Contes*, quoique sur un registre plus affectif que sensuel, va encore plus loin. Sa sympathie constante, qui fait s'attendrir le lecteur sur le sort des animaux traités par l'homme en esclaves, devient compassion quand il s'agit de mettre en évidence la brutalité masculine envers les femmes. Dès le premier recueil, l'héroïne de *Philomèle et Progné* (III, 15), blessée à jamais par la violence que lui a fait subir Térée, sort du registre comique : elle est le lyrisme même, qui console un sort tragique par la mélodie de son chant. Dans le second recueil, l'héroïne de la *Perdrix et les coqs* est décrite avec la même mélancolie, même si celle-ci se colore, dans cette fable, d'un sourire voilé. Enfermée avec des coqs, *peuple à l'amour porté*, mais *incivils, peu galants*, cette Bovary du XVIIe siècle rêve d'*honnêteté*. Elle ne reçoit que d'*horribles coups de bec*. Mais le poète fait généreusement partager à cette malheureuse sa propre sagesse et la rend supérieure à son sort et à ses bourreaux :

... S'il dépendait de moi, je passerais ma vie
  En plus honnête compagnie.
Le maître de ces lieux en ordonne autrement.
  Il nous prend avec des tonnelles,
Nous loge avec des coqs, et nous coupe les ailes :
C'est de l'homme qu'il faut se plaindre seulement. »
(X, 7, v. 19-24)

Le théâtre de poche ouvert par La Fontaine en 1664, et qui s'enrichit en 1668 d'un royal répertoire de *Fables*, est destiné à réjouir et à instruire, dans un domaine de leur expérience restée dans l'ombre, aussi bien les femmes que les hommes. Dans les « facéties » et « soties » des *Contes*, la galanterie du poète veut aller jusqu'à rendre plus « honnête », en d'autres termes heureuse et réciproque, même la conversation d'alcôve qui fait tomber le masque des bonnes manières de salon. L'amour pour La Fontaine ne se limite pas à sa comédie sociale. Le poète a porté l'évangile de la poésie galante jusque dans les souterrains de l'intimité amoureuse. Il n'arrête pas au buste les « choses de la vie ».

Dans les *Ragionamenti* de l'Arétin, est-ce un hasard

s'il a choisi, pour en faire son conte du *Tableau*, qui passe pour le plus scandaleux, celle des postures amoureuses qui est la plus « humiliante » pour le mâle, et la plus gratifiante pour sa partenaire féminine ? Les nonnes de ce « couvent de Cythère » se servent d'un garçon bien fait comme de l'instrument passif de leur propre plaisir. Revanche sur leur expérience ordinaire que le poète ose offrir à ses lectrices. Revanche dont il ne cache pas l'âpreté périlleuse, et l'espèce de folie endiablée où elle entraîne ses actrices. Les femmes ont été reconnaissantes au poète de les avoir devinées sans les idéaliser, et les femmes du XVIIIe siècle encore plus ouvertement que celles du Grand siècle.

Dès les tout premiers *Contes*, à la faveur des savoureuses inflexions qui font intervenir le récitant dans son récit, ce souci de civiliser le désir mâle, de lui suggérer moins de vanité hâtive et aveugle, plus de préparatifs, plus de doigté, plus d'attentive et ingénieuse douceur, se révèle comme le dessein le plus tenace du poète. Le conte, par son sujet allumeur et sa mise en scène vivante, mobilise l'intérêt du lecteur, et le suspend à l'action du conteur : le poète en profite pour se faire l'interprète de ses lectrices, et pour insinuer à leurs partenaires mâles le véritable art d'aimer :

> Il fit l'époux ; mais il le fit trop bien.
> Trop bien ? je faux ; et c'est tout le contraire :
> Il le fit mal, car qui le veut bien faire
> Doit en besogne aller plus doucement.
> (*Le berceau*, v. 112-115)

D'école des sentiments, *L'Astrée* est devenue aussi école des étreintes. Le principe générateur de cette galanterie en actes est énoncé par le récitant au beau milieu du conte *Le muletier* (*Contes et Nouvelles*, II) :

> Maître ne sais meilleur pour enseigner
> Que Cupidon : l'âme la moins subtile
> Sous sa férule apprend plus en un jour

> Qu'un maître ès arts en dix ans aux écoles.
> Aux plus grossiers, par un chemin bien court,
> Il sait montrer les tours et les paroles.
> Le présent conte en est un bon témoin.
>
> (v. 28-34)

Le « trouvère » des *Contes* (le poète qui sait trouver le mot qui fait tout passer, qui pense finement et s'exprime avec grâce) n'est donc pas seulement un maître de joie dans le règne de la sombre compulsion, c'est un initiateur à la douceur galante dans le règne de la violence. Il entre dans cette école des mœurs amoureuses un hommage rétrospectif à Nicolas Foucquet, le galant homme adoré des femmes, et une satire indirecte et comprise à demi-mot de la manière expéditive des Bourbons, dont Louis XIV, le roi-coq, était loin d'être indemne. Le succès auprès des nostalgiques de Vaux et de l'abbaye de Thélème était assuré. Mais le succès était non moins assuré auprès des femmes intelligentes dont on sait l'empire sur l'opinion de Paris et même de la Cour. Ce n'est pas un hasard si La Fontaine trouva très tôt une oreille favorable auprès de la maîtresse royale, la marquise de Montespan. Mais elle ne fut pas la seule. Telle fut l'audience des *Contes*, où à tout prendre, au rebours de la tradition dite « gauloise », les femmes ont un meilleur rôle et sont plus attentivement écoutées que les hommes (quelle succession réjouissante de triomphes féminins pour *La fiancée du roi de Garbe* !), que même un Chapelain, qui dans sa jeunesse avait préfacé l'*Adone* de Marino, et qui connaissait très bien l'Italie de la Renaissance, dut se rendre à ce succès. En février 1666, il écrivit au poète :

« ... Vous y avez, Monsieur, damé le pion au Boccace à qui vous donneriez jalousie s'il vivait, et qui se tiendrait honoré de vous avoir pour compagnon en ce style. Je n'ai trouvé en aucun écrivain de nouvelles tant de naïveté, tant de pureté, tant de gaîté, tant de bons choix de matières, ni tant de jugement à ménager les expressions ou antiques ou populaires qui sont les seules couleurs vives et naturelles de cette sorte de composition. Votre préface s'y sent bien de votre érudition et de l'usage que vous avez du monde[15]... »

Il fallait que le « monde » parisien eût fait fête, en effet, aux premiers recueils des *Contes* pour que le docte agent de Colbert, toujours prompt à donner bonnes et mauvaises notes, se ralliât ainsi à la mode. Cette mode était interprétée par Chapelain dans un sens de vanité nationale fort étrangère au poète : *damer le pion à Boccace*, c'était établir un peu plus la supériorité de la France de Louis XIV sur l'Italie ! L'événement littéraire fut si considérable que le futur régent du Parnasse, Nicolas Boileau, alors assez ami de La Fontaine (il chantera palinodie : dans sa *Satire X, Contre les femmes*, en 1694, il traitera *Joconde* de « conte odieux »), jugea bon alors d'approuver à son tour. Il fit imprimer en 1669, mais anonymement, une *Dissertation sur Joconde*, le premier conte en vers publié par La Fontaine[16] : il y célèbre l'art de rire et de jouer avec le lecteur, digne de l'Arioste, qu'il a goûté dans cette traduction d'un chant de l'*Orlando furioso* ; il la met très au-dessus de la plate traduction en prose du même chant qu'un officier de Gaston d'Orléans avait écrite (et qu'on avait publiée en 1663). Boileau aussi croyait pouvoir saluer une nouvelle victoire du coq gaulois sur l'étranger ! La Fontaine ne démentit même pas.

Même exclu de la liste des pensionnés, même ignoré ostensiblement du roi, le poète-lauréat de Foucquet avait, dès 1664-1665, mis lecteurs, lectrices et connaisseurs de son côté. Son petit théâtre de poche, à l'enseigne de Cupidon, lui avait gagné la partie. Il lui restait encore à accrocher sur la façade l'enseigne d'Ésope.

Ironie et tendresse : le romantisme galant

Le protéisme de La Fontaine poète, une fois qu'il eut trouvé l'oreille du public en 1664, se révèle et se déploie. Dans la même décennie 1664-1674, il publie non seulement son « roman des romans », *Les Amours de Psyché*, mais aussi quatre *Élégies*[17], chant du cygne de cette poésie lyrique dont il a dit à bon droit, dans sa préface à *Adonis*, qu'elle est maintenant, sous le Grand roi, frappée d'une « commune disgrâce ». Surtout, il publie en 1668 et 1671 les deux premières « saisons » de ses *Fables*. Diversité, ou dispersion ? En fait, il faut toujours en revenir à ce point central, le « je » du poète n'est pas un « moi », c'est une multiplicité ouverte et métamorphique, comme la langue de sa poésie, mais une multiplicité en garde contre toute « confusion » et qui sait jouer sur plusieurs registres sans les confondre, tout en recherchant la synthèse qui révélerait leur unité profonde.

Des ponts réunissent les *Contes* aux *Fables*. Il en est de même pour les *Élégies*, même si les deux genres en principe s'y opposent. Un de ces ponts, c'est cette même sagesse galante qui réoriente les *Contes* de La Fontaine, et qui subvertit entièrement la misogynie butée de la plupart de leurs sources. Elle réapparaît dans les quatre *Élégies* et elle fait d'elles, sans rien leur ôter en apparence de leur vocation lyrique, une véritable comédie : *L'École des langoureux*. Le poète feint d'adopter le point de vue de l'homme qui désire, qui parle et qui se plaint, à la première personne ; c'est lui-même sans doute, mais un lui-même dont, imperceptiblement, il sourit :

> Me voici rembarqué sur la mer amoureuse
> Moi pour qui tant de fois elle fut malheureuse.
> (*Élégie deuxième*, v. 1-2)

Ce secret enjouement avertit le lecteur que le poète lui-même, derrière la scène poétique, est tout autant à l'intérieur du point de vue de Clymène, le personnage silencieux, objet de ce désir, de ces discours et de ces plaintes : une Clymène qui a d'excellentes raisons de ne pas prendre au mot son soupirant, que la première élégie nous a montré volage et qui, de surcroît, le fut toujours sans succès. Bien distinct comme dans les *Contes* de son personnage principal, le poète-dramaturge fait deviner, à travers le monologue lyrique et un fragment de dialogue avec Clymène cité par son amoureux transi, que celle-ci le met à l'épreuve et attend en vain autre chose et mieux que des gémissements mélodieux.

Les lieux communs du lyrisme élégiaque sont tous là, la douleur, le doute, le désespoir, la mort, la jalousie, mais comme pénétrés d'une subtile ironie parodique, comparable à celle qu'avait inventée Corneille dans ses premières comédies. Toute l'intrigue de cette saynète en quatre chants « lyriques » est conduite, à l'insu de celui qui parle et qui croit occuper toute la scène, par l'instinct supérieur d'une femme bien décidée à ne pas sacrifier sa belle mélancolie de veuve qui a été bien-aimée, à un homme trop doué pour gémir, et peu doué pour faire oublier à une femme de doux et cruels souvenirs. Dans ce chef-d'œuvre de l'esprit et du romantisme galants, le véritable sujet lyrique, c'est cette Arlésienne qui préfère sa solitude et ses sombres plaisirs à un langoureux qui est d'abord pour elle un fâcheux.

Mme de La Fayette, avec ses amis le duc de La Rochefoucauld et la marquise de Sévigné, portait une attention très vive à tout ce qui sortait de la plume de La Fontaine et notamment à ses *Contes*, dont les quatre *Élégies* sont, en fait, un supplément, un prolongement. Le poète des *Contes* était, pour les initiés et pour les non-initiés, un maître hors de pair de cet esprit galant qui a été, de *L'Astrée* à *Télémaque*, le romantisme du siècle. Tant pis pour la Cour et pour le roi s'ils ne recevaient que de biais et faiblement les lumières de ce « trésor national » en pleine verve, en pleine maturité de son génie. La faible distance entre les *Contes* et les *Élégies*, leurs communes affinités avec le romantisme galant, s'atténuent encore (l'amour tient à toutes choses) si l'on songe aux vastes résonances de *Joconde*, la toute première des « nouvelles en vers » du poète.

Cette nouvelle, inscrite par l'Arioste dans l'*Orlando furioso* (chant XXVIII), avait déjà été réinterprétée par Cervantès dans l'une des nouvelles inscrites dans son *Don Quichotte, Le Curieux impertinent*. La fortune de cette nouvelle, en traduction et au théâtre, fut prodigieuse en France dès l'époque de *L'Astrée. Joconde* est entré alors, dans ses deux versions, l'une italienne et l'autre espagnole, dans le fonds commun français du romantisme galant. La fable de l'Arioste a pour héros un beau Romain, Joconde, et son non moins bel ami, le roi de Lombardie, Astolphe. Trompés tous deux par leurs épouses et révoltés par cette indigne trahison, ils partent ensemble se consoler en jouant aux Don Juans à qui nulle femme ne résiste. Tant de jactance pour découvrir que la même femme, Fiammetta, qu'ils croient partager, les trompe tous deux à la fois, dans leur propre lit, pendant leur sommeil, avec son amant préféré, un valet grec. Ils ont la bonne grâce de rire du bon tour que Fiammetta leur a joué. Ils rentrent chez eux, bien décidés à ne plus troubler leur ménage par leur amour-propre jaloux.

Inspirée de ce canevas et d'un autre épisode de l'*Orlando furioso* (le conte d'Anselme et d'Andoine, au chant XLIII), la nouvelle de Cervantès le réoriente sur le mode tragique. L'amitié de deux jeunes gens, l'un resté célibataire, Lothaire, l'autre marié, Anselme, devient inséparable de la torturante jalousie qu'éprouve le second, sans le moindre motif, pour sa propre épouse aimante et fidèle. Anselme en vient à demander à son ami célibataire, Lothaire, de mettre lui-même à l'épreuve la fidélité de sa femme. Assiégé par la sophistique redoutable du jaloux, Lothaire finit par faire mine de courtiser l'épouse de son ami. Il se prend peu à peu au jeu, la jeune femme aussi. Anselme qui les guette découvre que sa jalousie est enfin justifiée et il se tue.

Le génie de Cervantès a été de prendre à revers les fables drôles de l'Arioste et, en les retournant, de révéler les profondeurs sombres et anxieuses, proches de la folie, avant-courrières de mort, que voilait et conjurait volontairement le mode ironique et comique adopté par le poète italien. Comme La Fontaine, l'Arioste pensait que les « maux en la vie » sont trop cruels pour que l'art n'aide pas magnanimement à les regarder de loin, transfigurés par son sourire. Cervantès, dans cette nouvelle, fait regarder les mêmes choses de loin, mais avec le vertige. Chez lui, l'amour-propre masculin, s'il suit aveuglément jusqu'au bout sa pente, détruit et se détruit. Le cœur de l'homme peut être le pire de ses tyrans et son propre bourreau.

Chez les trois auteurs, bien que les femmes soient infidèles, l'orientation de l'intrigue est bien loin d'être misogyne. Les hommes sont beaucoup plus coupables par leur vanité, leur faux point d'honneur et leur narcissisme mâle. Dans le *Joconde* de l'Arioste, le lecteur est invité à deviner à demi-mot à quel point les deux jeunes gens ne pensent qu'à eux-mêmes. Le poète italien les montre tous deux incapables d'être heureux et de rendre heureux, littéralement interdits de complicité de cœur et de corps avec une femme, maîtresse ou épouse : ils laissent donc toute femme insatisfaite, tentée de chercher mieux ailleurs. La sagesse qu'ils atteignent enfin, c'est l'humour à leur propre égard comme à celui de leurs épouses.

Le Curieux impertinent de Cervantès oblige le lecteur à fouiller plus avant. L'amitié entre les deux hommes et l'anxiété irrationnelle de l'ami marié font de l'épouse de celui-ci, sans qu'elle s'en doute, la pièce rapportée de ce trio infernal. Malgré toutes les apparences d'un mariage heureux et fidèle, dans la quiétude d'une vie privée et sereine, sous le soleil de la Toscane, une cloison opaque, d'abord invisible pour l'épouse, mais d'emblée obsessionnelle pour l'époux, les sépare l'un de l'autre. Le poison de la jalousie est la sécrétion mélancolique et tragique de cette impossible affinité du masculin pour le féminin. C'est justement cette opacité réciproque entre les sexes, ce silence sous-jacent et lourd de menaces, que l'alchimie morale de *L'Astrée*, et de tout le romantisme galant qui en dérive, visait au contraire à dissiper. Poésie, roman, analyse morale galante cherchent à créer en France le milieu poétique et conducteur où ces poisons et ces démons de l'amour-propre et du sexe dominateur pourraient laisser place à la douceur souriante d'une amitié et d'une volupté entre des êtres différents mais complémentaires, qui peuvent se connaître et se reconnaître mutuellement, sans illusion, mais sans amertume ni agressivité. L'âge d'or retrouvé dans la vie privée.

À bien des égards, *La Princesse de Clèves* de Mme de La Fayette (1672) est une variation très originale sur *Le Curieux impertinent* de Cervantès, qui se trouvait déjà à l'origine de l'épisode principal d'un autre de ses romans, *Zayde* (1670). Le fait qu'on ait pu à bon droit qualifier l'héroïne et la romancière elle-même de « jansénistes » donne la mesure de l'espèce de symbiose qui s'est créée dans le grand monde parisien entre Port-Royal et le romantisme galant. Cette symbiose a été facilitée par des femmes de la qualité de Mme du Plessis-Guénégaud, de Mme de Sablé et de Mme de La Fayette et par des « Solitaires » aussi volontiers mondains que Robert Arnauld d'Andilly. Ami d'Arnauld d'Andilly, ami de La Rochefoucauld et de Mme de La Fayette, l'auteur des *Contes*, qui a bien d'autres facettes et d'autres liaisons, a évolué aussi dans ce milieu intermédiaire entre l'augustinisme janséniste, la vie dévote salésienne et l'évangile de *L'Astrée*. Ce poète de l'ironie et de la tendresse est au centre de toutes les avenues du romantisme galant. Son conte de *Joconde* est l'un des maillons qui relient *Le Curieux impertinent* à *La Princesse de Clèves*.

La Princesse du roman de Mme de La Fayette ne

peut répondre à l'amour transi d'un mari qu'elle respecte mais qu'elle n'a pas souhaité, M. de Clèves, et elle redoute le fond d'humeur narcissique et volage de l'homme qu'elle aime et qui l'aime, le duc de Nemours. Dédaignant de cacher son inclination à son mari, impuissante à contenir la jalousie mortelle qu'elle a fait naître en lui et qui le tue, elle refuse, quoique libre et veuve, d'épouser le beau Nemours, dont elle a de bonnes raisons de croire qu'il l'aimerait moins si jamais elle lui appartenait. Elle est fidèle à un âge d'or dont elle a découvert qu'il était une utopie du cœur solitaire. Elle préfère se retirer dans sa propre féminité douloureuse, comme la Clymène des *Élégies* de La Fontaine, mais du moins libre des encombrants amours-propres masculins, avec au bout du chemin les consolations de la religion et la pensée de la mort. C'est moins le crépuscule du romantisme galant (qui a encore ses plus beaux jours devant lui, chez Mme de Lambert et chez Marivaux), qu'une des modulations, la plus tragique, de cette grande lame de fond de la sensibilité littéraire française qui traverse le XVIIe siècle. Son seul équivalent sera, après la Révolution, le romantisme proprement dit, celui de *René* et d'*Atala*, de *Mademoiselle de Maupin* et de *Volupté*. Leur noyau commun, c'est le « cœur inquiet » des *Confessions* de saint Augustin, mais que connaît aussi Épicure. Pascal en a résumé les oscillations quand il a opposé le cœur, *dont les désirs sont infinis* et l'esprit *dont la capacité est bornée*[18]. Cette houle peut aussi bien chercher à guérir dans la volupté, que dans le repos ou dans l'amour du Dieu caché. Mais quelle que soit sa préférence, elle requiert trop en profondeur, par l'expérience intérieure dont elle est le principe, pour se contenter du spectacle de cour.

Comme les formes, les fables et les modes de l'imaginaire communiquent, il n'est pas surprenant que l'auteur des *Contes* soit aussi, en 1673, l'auteur d'un poème narratif *La captivité de saint Malc*, qui a bien des points communs avec *Atala* : le « désert » et, dans le désert, un couple à qui la foi chrétienne interdit d'être heureux. Les deux héros ne trouveront la paix que séparément, dans la prière, chacun dans son cloître [19].

Le *Joconde* de La Fontaine reste fidèle au mode comique de l'Arioste. Il se garde de laisser affleurer les profondeurs douloureuses que Cervantès et Mme de La Fayette révèlent à leurs lecteurs. Le premier conte publié par le poète français n'en est pas moins un chef-d'œuvre du romantisme galant. Il mêle, comme les meilleurs contes de Mérimée et de Gautier, humour, ironie et une véritable science des surprises de l'amour. L'amour-propre masculin des deux amis du conte de La Fontaine, grâce aux inflexions d'ironie que le poète imprime à son récit, est l'objet, plus encore que chez l'Arioste, d'une imperceptible mais impitoyable dérision. Le poète français peint ainsi le roi Astolphe paradant devant sa cour :

> Un jour, en se mirant : Je fais, dit-il, gageure
>   Qu'il n'est mortel dans la nature
>   Qui me soit égal en appas.
>
> (v. 6-8)

Seul le mode plaisant du conte interdit qu'un tel degré de vanité, digne d'une coquette, ne soit pas chez un roi le principe de tragédies autres que privées. Quant à l'autre héros, Joconde, est-il si surprenant que sa femme le trompe ? Entendons bien ce que suggère à demi-mot le poète français :

> Sa femme avait de la jeunesse,
> De la beauté, de la délicatesse ;
> Il ne tenait qu'à lui qu'il ne s'en trouvât bien.
>
> (v. 40-42)

Une amitié narcissique (Astolphe, chez La Fontaine, qualifie lui-même ingénument de *Narcisse* le beau Joconde) s'établit vite entre les deux héros du conte :

elle fige un peu plus leur commun amour-propre mâle, aux yeux duquel les femmes ne peuvent être que des captives ou des traîtresses, et toujours des étrangères que l'on a eues, ou qui vous ont eus. La critique et la parodie des lieux communs pétrarquistes, alibis de l'indifférence à l'objet aimé, affleurent partout dans le récit.

Ces deux Narcisses devenus Don Juans en arrivent à se partager la même maîtresse, qu'ils tirent au sort comme un animal domestique et qui les trompe tous deux par une humiliante revanche. Ils en rient. Mais ils n'ont guère appris. Contrairement à l'Arioste, La Fontaine met en évidence le caractère conventionnel de la « fin heureuse » du conte. Astolphe et Joconde vont s'embourgeoiser en rentrant chez eux, leur amour-propre ayant perdu de sa jeune virulence. Mais ils ont manqué le mystère des cœurs et ils en resteront à jamais exilés. Seul le parti pris de gaîté, propre aux *Contes*, a épargné au lecteur (et à la lectrice) la cruauté inconsciente de leur égoïsme naïf ou endurci.

Le romantisme galant de La Fontaine, bien qu'il se déploie sur plusieurs registres modaux, les contes-comédies, le conte-élégie, le roman des *Amours de Psyché*, la nouvelle « dévote » de *La captivité de saint Malc*, ne se laisse comprendre dans sa cohésion profonde qu'à partir du « je » pluriel mais central du poète, tantôt dramaturge, tantôt conteur, tantôt romancier, toujours moraliste, qui fait voir et mouvoir ses personnages, mais qui ne s'identifie à aucun d'entre eux ni à leur comédie. À tous les étages, le physique comme le moral, dans tous les compartiments, le plus comique ou le plus précieux, sous les angles divers qu'il adopte pour montrer les roueries à courte vue du désir, le poète suggère inlassablement, mais sans jamais forcer l'adhésion du lecteur-spectateur, le même évangile amoureux. Cet évangile travaille en souriant à délier une à une les bandelettes où l'amour-propre, avant tout masculin, enserre et fige le « moi » noué et prédateur ; il cherche à faire se lever à sa place un

« je » apparenté au sien, ouvert, fluide, attentif à sa propre diversité, à la singularité d'autrui, et à ce mystère délicat et délicieux des affinités électives qu'il est si rare d'entrevoir et plus encore de retenir. S'il est vrai que le Corneille de *Mélite* et de *La Veuve* est passé dans le génie comique et galant du La Fontaine des *Élégies* et des *Contes*, toute la subtilité morale et la profonde humanité de Marivaux se trouve déjà mieux qu'en germe dans les *Amours de Psyché*. L'unité de ce « je » poétique, l'ambition de ce papillon de l'âge d'or passent par son extraordinaire plasticité et diversité. Il restait à La Fontaine à trouver le genre poétique où cette multiplicité ne soit pas un argument contre son unité et où les voiles légers du conte et du roman ne soient plus une objection à la grandeur universelle elle aussi, à sa manière, évangélique, du dessein.

Ésope, de Foucquet à Louis XIV

Au milieu de ce foisonnement d'essai entre 1664 et 1669, dans le conte comique, l'ironie lyrique des *Élégies* et le romanesque incandescent d'esprit des *Amours*, La Fontaine est encore capable, en 1668, du coup de maître des *Fables*. Ce sont les *Fables* qui ont fait de lui, d'emblée, et en dépit de l'indifférence officielle, le seul classique du Grand siècle indifférent à sa grandeur.

Bien préparé par le succès des *Contes*, le premier recueil de *Fables* reçut un accueil triomphal du public. Il fut tout de suite et abondamment imité[20], mais en vain (notamment par le très ancien ami du poète, Antoine Furetière) et, de rééditions en rééditions, en France et en Hollande, de traductions en traductions dans plusieurs langues européennes, il est devenu, augmenté par d'autres recueils successifs, l'un des plus grands succès de librairie du XVIIe siècle et des siècles suivants, sans aucune interruption de faveur.

C'est bien dans les *Fables* que le poète (il le dit lui-même à Mme de Montespan, en 1678 : *le livre favori / Par qui j'ose espérer une seconde vie*) a voulu tenir la promesse implicite qu'il avait formulée dès 1665 en tête des *Contes* : « Il n'appartient qu'aux ouvrages vraiment solides, et d'une souveraine beauté, d'être bien reçus de tous les esprits et dans tous les siècles [21]. »

La Fontaine savait fort bien que des « bagatelles » telles que *Joconde* le condamnaient au sort d'Ovide. Elles l'excluaient de cette *souveraine beauté* qui, par définition, est le privilège de tout ce qui touche au roi. Le mode de cette beauté officielle, c'est la grandeur, la grandeur pour l'Éternité, le sublime, si aisément froid et enflé, de la louange du roi régnant.

Le fait est là. Si le poète des *Contes* ne veut pas être relégué à jamais avec les « muses gaillardes » dont parle Chapelain, avec condescendance, en 1666 [22], son « art d'aimer », sans se trahir ni se renier, doit prouver qu'il peut s'élever à l'ensemble de l'expérience humaine, il doit manifester sa propre souveraineté sur un Parnasse qui n'ait rien à envier à l'art d'État.

Sans doute les *Fables*, en 1668, sont-elles publiées en in-12, dans le même format de poche que les *Contes*. Sans doute viennent-elles accroître, par leur répertoire de comédies en un acte, celui du petit théâtre privé ouvert par La Fontaine à Paris (avec des succursales en Hollande et aux Pays-Bas espagnols). Elles sont, à l'affiche lafontainienne, ce que les comédies graves de Molière sont au répertoire du théâtre du Palais-Royal : le sourire en profondeur, le sourire universel, qui étend à tous les étages de la comédie humaine la lumière que les farces et les comédies-ballets réservent aux étages inférieurs. Mais à côté de son édition de poche, le premier recueil des *Fables* (ce qui n'était pas le cas des *Contes*) bénéficie aussi d'une édition in-4°, de format et de typographie plus nobles, accordés à la dédicace au Dauphin [23]. Le théâtre de poche de La Fontaine en 1668 appose sur sa façade les armes du futur roi de France, auxquelles s'ajouteront en 1678 celles de la maîtresse en titre du roi et, en 1694, à la veille de la fermeture, les armes du duc de Bourgogne, la jeune espérance de l'ancienne France, l'élève de Fénelon.

Parmi tous les genres de la fable, nous dirions aujourd'hui de la fiction, qui se proposent en 1661-1664 à un poète rebuté par les grands genres alors les plus courtisés (épopée, tragédie) et à un poète conscient, au surplus, de l'étouffement des genres lyriques, il restait, s'il voulait éviter le franc burlesque démodé, la comédie, mais c'est le privilège de Molière, l'épître et la satire, mais Boileau s'en est déjà emparé, le conte et le roman, et La Fontaine s'y est adonné avec bonheur, et enfin, Cendrillon dont personne ne veut, bien qu'Horace en ait parsemé ses propres épîtres et satires, l'apologue d'Ésope.

Une des questions les plus épineuses que pose la biographie poétique de La Fontaine est le choix qu'il a fait, et le moment où il l'a fait, de demander à l'apologue d'Ésope « mis en vers » cette *souveraine beauté*, victorieuse du temps et des modes, dont il parle dans la préface de ses *Contes* en 1664.

Il n'attendait ces « lauriers toujours verts » ni du conte, ni du roman des *Amours de Psyché*, ni de la poésie lyrique, genres dédaignés après 1661 par le spectacle royal. Or l'apologue ésopique en 1668 est une forme d'expression littéraire peut-être plus incompatible encore avec la « souveraine beauté » telle qu'on l'entend chez Chapelain et chez Colbert. La Fontaine rappelle, dans sa préface de 1668 aux *Fables*, que l'académicien Olivier Patru lui avait déconseillé de « mettre en vers » les prosaïques fables d'Ésope. Boileau nous fournit une preuve encore plus décisive de l'inconvenance majeure dont les fables étaient alors frappées. En 1668, dans une *Épître* adressée au roi (*Grand Roi, c'est vainement qu'abjurant la Satire / Pour Toi seul désormais j'avais fait vœu d'écrire*), il avait fait intervenir, pour varier quelque peu le ton peu familier, et imiter tout de même son modèle latin

Horace, un apologue : *L'Huître et les Plaideurs*. Dans les éditions ultérieures, l'apologue est supprimé : les plus hautes autorités de la Cour, et peut-être le prince de Condé lui-même (Boileau *dixit*), avaient fait savoir à l'auteur que le roi exigeait des poètes un sublime poétique soutenu, incompatible avec ce magot « d'huître et de plaideurs »[24].

Cette relégation de l'apologue ésopique était un fait nouveau. Elle était la conséquence logique de la redistribution des valeurs littéraires selon le barème des pensions, barème à la fois scolaire et administratif qui hiérarchisait désormais les auteurs à partir du degré de sublime dû au roi dont chaque auteur se montrait capable.

Avant 1661, contrairement à ce que l'on imagine souvent, Ésope et ses animaux étaient honorés sur un Parnasse qui n'était pas encore réglementé par l'Olympe. L'esclave phrygien et même ses bêtes avaient droit de cité plénier dans la République française des Lettres.

Après 1661, l'apologue ésopique devient une Cendrillon littéraire. Il fallait maintenant une singulière audace à un poète pour manier la baguette magique, et prétendre révéler dans cette souillon des attraits de princesse du Parnasse !

Les *Fables* de La Fontaine, qui ont victorieusement résisté à la disgrâce de ce « genre bas » sous Louis XIV, perpétuent imperturbablement sous le Grand roi une faveur qu'Ésope avait connue, non seulement dans la poésie antique et dans celle de la Renaissance, mais plus que jamais au cours de la Régence et des années Foucquet. Même cet Ésope indien, ce « Pilpay » qui donnera une couleur orientale aux derniers livres des *Fables*, La Fontaine l'a connu dans une traduction française parue sous le titre *Le Livre des Lumières* dès 1644[25]. Les *Fables* cherchent et trouvent la « souveraine beauté » résolument à contre-courant des exigences que l'Olympe de Louis XIV impose au Parnasse. Elles attestent, autant que l'*Élégie* et l'*Ode au roi*, la fidélité du poète à sa propre jeunesse, à son Mécène Foucquet et à l'esprit libéral de son mécénat.

Jouer les *Fables*, en dépit de la disgrâce officielle d'Ésope, c'était prendre de grands risques, c'était jouer à quitte ou double, mais c'était très bien jouer. En effet, à la différence des *Contes*, ou du roman des *Amours de Psyché*, genres modernes traditionnellement dépourvus de prestige, l'apologue en vers, que La Fontaine eut l'audace de prendre pour véhicule poétique, pouvait se réclamer, sinon chez Colbert, du moins dans l'esprit du public, non seulement d'une immense et universelle popularité, mais d'une autorité classique parfaitement attestée et de la faveur du Paris moderne et galant. Toutes les pressions et les chantages de la poétique officielle ne pouvaient rien contre un poète qui aurait l'audace et le talent de chercher son salut dans ce qui était, sur l'Olympe, une basse-cour, et sur le Parnasse, et pour le public, le bestiaire d'Orphée.

Ésope et Orphée

Le rang orphique que le romantisme galant, au temps de Foucquet, avait reconnu à Ésope et à ses animaux[26] revivifiait une tradition poétique de l'apologue remontant à l'Antiquité classique, mais que la Renaissance italienne et française avait plus généreusement encore honoré. Les *Fables* pouvaient s'appuyer sur une généalogie poétique très noble et de très longue durée.

Plus que l'Antiquité, dont se réclament Boileau et Racine, la Renaissance importe à La Fontaine, comme elle importait à tous ses amis huguenots. Il écrit cavalièrement, dans la préface de son premier recueil, en 1668 : « L'exemple des Anciens ne tire pas à conséquence pour moi. »

Il se réclame plus volontiers de l'exemple des Modernes (entendons les auteurs du XVe et du XVIe siècle) pour légitimer l'entreprise des « Fables mises en vers ». Il est vrai que ces Modernes dont il se réclame étaient des humanistes. Ils étaient nourris d'Antiquité. Horace avait été l'un des héros littéraires de la Renaissance, et ce poète, ami d'Auguste et de Mécène, n'avait pas connu les scrupules de Boileau : il avait prêté tout l'éclat poétique de ses *Satires* et de ses *Épîtres* à de nombreux apologues ésopiques[27]. Les Français — et notamment le champenois La Fontaine — étaient particulièrement fiers que l'un des leurs, Pierre Pithou, de Troyes, eût révélé au public lettré européen les *Fables* de Phèdre, un contemporain d'Horace. Ces *Fables* en vers d'époque augustéenne élevaient, comme les *Épîtres* d'Horace, les apologues d'Ésope au rang de chefs-d'œuvre classiques de la poésie. Le siècle d'Auguste et de Mécène, que la génération de La Fontaine avait rêvé de rétablir dans le royaume, comme il l'avait été en Italie au temps des Médicis et en France au temps des Valois, avait donc fait très bon accueil à Ésope sur son Parnasse. Mais La Fontaine avait raison : l'essentiel était ailleurs ; la fortune littéraire des apologues ésopiques, retrouvés par la philologie des humanistes dans leurs textes originaux grecs et latins, avait pris à la Renaissance un essor et une ambition nouvelle[28], dont l'effet était plus que jamais ressenti en France dans les années 1643-1661.

Les humanistes italiens, pour rompre avec ces spécialistes universitaires que Rabelais appelle « théologastres », et avec leur « mode parisien » de disputer dans l'abstrait de l'Être et de ses modes, entre eux et selon un protocole purement logique, s'étaient retournés vers la rhétorique grecque et latine. Ils lui avaient demandé un mode de pensée et d'expression « plus humain », plus accordé en tout cas à la nature et aux limites du langage et de l'expérience universelle des hommes.

Sous le régime de la rhétorique, la parole devenue « éloquente » cessait de s'adresser à des techniciens des « universaux », elle mettait en jeu, avec une joie et une abondance libératrices dont Rabelais est le meilleur témoin, les interstices de silence et les ressources symboliques du langage : ainsi pouvait-elle faire effet sur le tout incarné et « naturel » de l'homme, et pas seulement sur son intellect entraîné dans les Écoles ; son affabulation touchait à la fois la raison, les passions, l'imagination et les sens, elle était à même de les persuader du meilleur et de les détourner du pire en leur mettant les choses sous les yeux.

Cet art de bien montrer pour mieux persuader était donc inséparable d'une « science expérimentale » de l'homme, fondée sur la connaissance directe des paradoxes de sa nature, mais aussi sur les précédents, sur les constantes et les variations de cette nature, selon les lieux, les temps, les âges, les rangs, les talents, dont la littérature détenait la jurisprudence. Loin d'être étrangères à ce projet de réincarner la parole « éloquente » de Cicéron dans le vivant et dans le sombre réel, la poésie d'Orphée, ses métaphores, ses fictions, sa musique étaient en réalité sa plus haute ambition, à la fois de connaissance de la nature humaine, de joie de l'imagination, et d'enchantement des sens.

Les genres oratoires revivifiés par la Renaissance avaient alors retrouvé leur place dans la vie active de la Cité politique [29]. Ils introduisaient, avec la conversation civile, toute la diplomatie de l'art « urbain » de persuader dans les conflits d'intérêts et d'opinions, dans la bataille des passions. Mais la poésie, fruit supérieur du savoir utile et délectable des contemplateurs, destiné à nourrir d'autres contemplateurs, lecteurs, spectateurs, en congé de la vie active (Boccace l'avait nommée *théologie poétique*), était bien le temps fort de la parole éloquente, le moment où elle se fait vraiment véhicule de la vision détachée et de la connaissance désintéressée.

À la Renaissance, le plus haut mérite que l'on reconnût à un homme d'action, prince, cardinal, chef militaire, banquier ou marchand, c'était de ne pas rester enfermé dans le cercle utilitaire de la parole telle que

l'exigeait sa profession publique : il n'était jamais si
« honnête » que lorsqu'il en sortait pour protéger et
pour écouter la parole contemplative des lettrés et des
poètes, qui seuls savent réconcilier le plaisir et la
connaissance pour le bénéfice des Grands et du public :
ils les arrachent au temps hâtif et éphémère de l'action,
et ils les convertissent pendant leur loisir à la douceur
des mœurs et à l'intelligence des choses de la vie.
L'amitié de l'Olympe et du Parnasse, d'Auguste et de
Mécène, des princes de l'action et des princes de la
contemplation, est le programme même de la Renaissance des « bonnes lettres », celle des Médicis comme
celle des Valois[30]. Ce programme politique et poétique
s'est identifié en France au XVIe siècle au sentiment
national, et il reste au XVIIe siècle, porté par un véritable romantisme, qui joue sur plusieurs registres, une
des ambitions françaises les plus ardentes et les mieux
partagées.

Parmi les formes, les fables et les métaphores de la
poésie, élevée par les humanistes au rang suprême de
leur « science de l'homme », les apologues animaliers
dont l'invention était attribuée au mythique Ésope, ne
furent pas les moins savourés. Rabelais lui-même, dans
la « fable » de *Dindenaut et ses moutons*, montre tout
le prix qu'il leur attache : fable qui fait voir et qui prête
à rire, comme une comédie ou un conte, elle contient
aussi une proposition expérimentale sur la nature
humaine « moutonnière », utile à connaître pour qui
veut se conduire avec esprit. La saveur et l'utilité de
la fable de Rabelais dérivaient toutes deux du même
principe : le caractère « moutonnier » des humains s'y
réfléchit dans le miroir grossissant, à la fois drôle et
salutaire, de la conduite des bêtes, métaphore de la
conduite des hommes.

Apparenté à la comédie, mais la contenant, l'apologue animalier n'était donc pas le parent pauvre des
humanités rhétoriques et poétiques : c'était même le
noyau dur de leur « science de l'homme », une algèbre
exacte de la nature humaine se contemplant et se

connaissant elle-même dans ses faiblesses et dans ses excès. Les Italiens tout les premiers avaient accordé à l'apologue ésopique, rugueux et savoureux, un rang éminent dans cette science poétique de l'homme qu'ils attendaient des « bonnes lettres ».

Dès 1495, le bibliothécaire du duc Guidolbaldo d'Urbin, Leonardo Abstemio, ne croit pas indigne de dédier à son patron princier un recueil de cent apologues animaliers mis en vers latins, publié à Venise, et qui sera traduit en français sous le titre d'*Hecatonmythium* en 1572[31].

Dans sa dédicace, Abstemio combat le préjugé des ignorants selon lequel l'apologue animalier est un genre pauvre : bien au contraire, ses canevas comiques et métaphoriques offrent au poète la chance de faire naître chez ses lecteurs un plaisir incroyable (*incredibilis voluptas*), et un agrément (*jucunditas*) tels qu'il les dispose à entendre et à retenir les plus âpres vérités des philosophes, insupportables par d'autres voies. Même les rebelles à toute persuasion se laissent captiver par l'urbanité de ces récits, qui transportent la comédie humaine dans le monde animal, et savent faire sourire en même temps qu'ils éveillent au « connais-toi toi-même ». À titre d'exemple, Abstemio rapporte l'histoire de Démosthène qui expliquait aux Athéniens, éloquemment mais en vain, pourquoi ils devaient résister à Philippe de Macédoine : mais lorsqu'il se mit, en désespoir de cause, à leur peindre leur vraie situation sous forme de récit coloré, la curiosité et le suspens rameutèrent ses auditeurs (Plutarque, *Vie de Démosthène*). Abstemio cite encore l'histoire d'Ésope qui détourna les Samiens de se révolter contre leur tyran : il leur conta la fable du renard, de la mouche et du hérisson, et leur fit comprendre par ce récit concret et drôle qu'un tyran déjà repu de sang est préférable à un tyran nouveau et assoiffé (Aristote, *Rhétorique*, II, 20). L'humaniste invoque aussi l'histoire du poète Stésichore : les citoyens d'Himère, qui avaient à se venger d'un voisin insolent, voulaient faire appel au redoutable tyran de Phalaris pour mener leur armée à une sûre victoire ; le poète les en détourna, en leur contant la fable du cheval qui, pour se venger du cerf, avait fait appel à l'homme, et en devint à jamais l'esclave (Aristote, *Rhétorique*, II, 20).

Abstemio rappelle que les poètes, parmi les plus grands, le grec Hésiode et le latin Horace, ont parsemé leurs œuvres de ces fables et que des philosophes de la stature de Platon, d'Aristote et de Plutarque les ont tenues pour indispensables à l'éducation morale et civile : il ajoute que, depuis la Renaissance des bonnes lettres, le grand philologue Lorenzo Valla n'a pas dédaigné de traduire du grec en latin les fables d'Ésope.

Les principes essentiels de la poétique de l'apologue, énoncés par La Fontaine dans sa préface de 1668, mais aussi dans *Le pouvoir des fables*, un joyau du recueil de 1678, sont déjà pleinement développés dans cette dédicace latine de 1495. Les exemples tirés par Abstemio d'Aristote et de Plutarque ont tous été repris par le poète français. Ce sont tous des exemples terribles, qui font du philosophe-fabuliste le révélateur de la sottise et de la noirceur humaines : aveuglement politique du peuple, dans l'exemple de Plutarque (*Le pouvoir des fables*, VIII, 4) ; férocité des princes (*Le renard, les mouches et le hérisson*, XII, 13) ; dureté prédatrice des hommes (*Le cheval s'étant voulu venger du cerf*, IV, 13). L'urbanité comique de ces ingénieuses fictions n'est donc pas de trop pour voiler le réalisme des avertissements qu'elles veulent généreusement donner à leurs auditeurs, lecteurs ou spectateurs. Cette alliance de gaîté détachée, de froide lucidité contemplative, et du souci de mettre les lecteurs à la portée d'une telle connaissance poétique, a fait de l'apologue animalier, parent de la comédie, une des formes les plus caractéristiques de ce que nous appelons, d'un mot décevant, « l'humanisme ». Il est l'une des formes préférées d'Érasme comme de Rabelais. Montaigne commence son essai le plus ambitieux, son *Apologie de Raymond de Sebonde*, par un étourdissant parallèle entre les hommes et les animaux, où les premiers n'ont pas le beau rôle. La Rochefoucauld l'imitera dans l'une de ses « Réflexions », véritable texte-sœur des *Fables*.

Un autre grand philologue italien, Gabriel Faërne, qui avait bénéficié de l'affection et du mécénat du pape Pie IV Médicis, avait lui aussi composé un recueil de cent fables ésopiques en vers latins, publié après sa mort, en 1565, à Rome, par le cardinal humaniste Silvio Antoniano [32]. Cette édition somptueuse, illustrée de superbes gravures par Pirro Ligorio, était sortie des presses de l'Imprimerie pontificale. C'était un admirable exemple d'amitié entre l'Olympe et le Parnasse, Olympe pontifical et Parnasse ésopique. Faërne fut aussi l'un de ceux qui, au XVIᵉ siècle, contribuèrent à établir le texte correct des comédies de Térence. Pour lui, les fables d'Ésope mises en vers par lui-même et les fables de Ménandre mises en vers latins par Térence étaient cousines. C'est bien ainsi que l'a entendu La Fontaine, traducteur de Térence, quand il écrit de ses propres *Fables* qu'elles sont une « ample comédie aux cent actes divers ».

On peut se demander comment le poète français, qui s'est lui-même flatté de sa paresse, a pu pousser l'érudition jusqu'à Abstemio et à Faërne. Mais le poète, au sens de la Renaissance, parce qu'il est par excellence l'interprète de la parole contemplative, a par définition accès à la déesse de la Mémoire, Mnémosyne, mère des Muses. En réalité, sa paresse de contemplateur suppose une mémoire poétique très supérieure à celle de l'érudit et du philologue, parce qu'elle est pour lui remontée vers les sources, indispensable prélude à la réjuvénation dans l'aujourd'hui du chant bienfaisant des Muses. Le langage d'Orphée (Ésope pour La Fontaine est le masque que prend Orphée quand l'Olympe l'interdit), le langage le plus puissant de tous sur les âmes, doit plonger ses racines dans une ancienne tradition, non parce que tradition, mais parce que connaissance, bien attestée par l'expérience des siècles. Les effets actuels de ce langage contemplatif sont d'autant plus irrésistibles qu'ils sont pour le public une reconnaissance, en même temps qu'une co-naissance.

Les *Fables*, qui ont enchanté leur époque, la dépassent justement parce qu'elles jaillissent d'un très ancien fonds de savoir littéraire, et parce qu'elles sont d'abord une traduction reconnaissable de ce texte irréfutable latent au fond de tous les cœurs. Abstemio et Faërne étaient les relais au XVIe siècle d'une tradition remontant au siècle de Mécène, laquelle remontait au temps d'Hésiode. Ces philologues-poètes italiens étaient tous deux contemporains de l'Arioste et de Rabelais. La Fontaine avait assez d'amis savants pour lui fournir les points d'appui érudits qui pouvaient soutenir sa démarche re-créatrice. Parmi ces doctes, le philologue Gilles Ménage, ancien secrétaire de Retz, ami de Mme de Sévigné et de Mme de La Fayette, publia lui-même en 1652, à l'imitation de Faërne, des fables en vers latins [33]. Mais il était de lui-même, comme tout vrai poète, un immense lecteur.

Tout lettré français du XVIIe siècle, digne du nom de lettré, savait que Gabriel Faërne s'était trouvé en compétition, pour l'établissement du texte de Térence, avec un philologue français, Marc Antoine Muret, illustre ami et commentateur de Ronsard. Le nom de Faërne et ses fables étaient d'autant plus familiers en France que, pour venger Muret, le célèbre magistrat gallican Jacques-Auguste de Thou, avait dans ses *Mémoires*, accusé l'humaniste italien (protégé, crime inexpiable, par Pie IV, le pape des dernières sessions du Concile de Trente) d'avoir pillé le texte de Phèdre, dont il aurait connu les fables inédites, tout en se gardant bien de les publier, afin de dissimuler ses larcins.

Faërne, en fait, ne connaissait pas les fables de Phèdre, et les accusations de Jacques-Auguste de Thou contre le philologue-poète italien étaient surtout destinées à faire valoir son ami Pierre Pithou, le premier éditeur du fabuliste latin en 1596. Au contraire, plusieurs des fables mises en vers par Faërne reposaient sur un canevas de sa propre invention : La Fontaine en a imité quelques-unes, comme il a emprunté à Abstemio. Par l'esprit, il était le contemporain de ces lettrés de la Renaissance qui avaient été modernes en rendant actuels les anciens.

Les lectures et la mémoire littéraire du poète des *Fables* étaient bien loin d'être une rareté. Même parmi les poètes galants, qui dissimulaient leur bibliothèque, on connaissait Faërne et son recueil. Charles Perrault était très lié à La Fontaine, qu'il avait rencontré chez Nicolas Foucquet, et qu'il retrouvait régulièrement après 1661 dans le salon de Mme de La Sablière. En 1699, Perrault publiera en vers français les fables latines de Faërne. Il savait bien que ces poèmes de la Renaissance comptaient parmi les ancêtres des *Fables* de La Fontaine. Elles pouvaient donc trouver une seconde vie en France, dans le sillage de l'immense popularité de leurs héritières françaises. Un historiographe du roi, Guyonnet de Vertron, avait déjà publié en 1693 les *Fables diverses de Jean-Baptiste Alberti*, dédiées au duc de Bourgogne : autre hommage indirect rendu à La Fontaine, et à sa fidélité à la Renaissance.

Le fait que Clément Marot ait mis en vers, au sortir de prison, en 1526, dans une célèbre épître *À mon ami Lyon*, l'apologue ésopique *Le lion et le rat* (repris au L. II, 11, des *Fables*) devait convaincre La Fontaine que les animaux d'Ésope, mis en scène un peu plus tard par Rabelais, étaient communs à la Renaissance française et à la Renaissance italienne. Son ami le poète Guillaume Colletet, véritable archiviste des lettres françaises du XVIe siècle, pouvait lui faire lire les fabulistes des Valois, tel le huguenot Guillaume Haudent[34].

Loin de se résumer à des usages scolaires, les apologues d'Ésope n'étaient pas alors, ni en France ni en Italie, le privilège des bibliothèques latines pour philologues et érudits. Dès les premières décennies du XVIe siècle, un Rabelais italien, protégé par Léon X et Clément VII Médicis, l'abbé Agnolo Firenzuola, traducteur de *L'Âne d'or* d'Apulée, grand admirateur de Boccace et auteur de comédies, avait composé en langue vulgaire, et dédié « Aux dames gentilles et valeureuses de Prato », un *Discorso degli animali*. Ce n'était pas un recueil ésopique, juxtaposant d'une façon discontinue des apologues : c'était une adaptation italienne très libre (et mêlée de contes licencieux) du *Pantchatantra* indien (traduit depuis plusieurs siècles en pehlvi, en persan et en arabe) que La Fontaine connaîtra sous le titre *Le Livre des lumières*, traduit par l'orientaliste Gilbert Gaulmin et publié dès 1644[35]. Cette narration venue d'Orient, comme l'imitation qu'en avait donnée Firenzuola, tressait les apologues animaliers dans un roman d'éducation continu.

Le récit principal de Firenzuola rapportait comment un futur roi avait été formé par un philosophe (un *altro Esopo*), qui n'avait rien de l'austérité stoïcienne, ni du débraillé cynique : un « honnête homme », ami du gai savoir. *Dolce aspetto*, écrivait Firenzuola, *urbane parole, abiti usati, tenuto buono, savo e costumato con fatti, e non colle demostrazioni* (« d'un abord doux, d'un langage poli, vêtu à la mode, et passant pour sage et honnête non par ses raisonnements, mais par sa conduite »). Au lieu d'assommer son jeune pupille princier de préceptes abstraits, cet aimable Mentor le promenait parmi les « cent actes divers » d'une comédie animalière : autant de leçons de choses divertissantes, mais qui donnent à penser. Avec le *Discours des animaux* de Firenzuola, qui initie sans larmes à la politique et aux mœurs, on n'est pas très éloigné du Pantagruel de Rabelais, en voyage de déniaisement à travers le monde, et l'on trouve déjà tout dessiné le programme commun aux trois recueils des *Fables* de La Fontaine. Comme Firenzuola (mais en vers, et sans reprendre ouvertement le fil conducteur narratif de l'éducation du prince), le poète français a fait confluer dans ses petits poèmes la comédie selon Térence, le conte selon Boccace, la fable milésienne selon Apulée, la fable d'Ésope, la fable orientale de l'Indien Pilpay.

De surcroît, La Fontaine pouvait trouver aussi chez Firenzuola (dont le célèbre *Discorso* avait été réédité à Venise en 1620), comme chez l'Arioste, le souci déjà galant de faire bénéficier « la seconde moitié de l'humanité », les femmes, de cette science humaine que beaucoup d'humanistes étaient tentés, comme c'est le cas encore en France sous Louis XIV pour un Boileau, de réserver jalousement aux lettrés masculins.

Marot, auteur de l'épître *À mon ami Lyon*, était aussi l'auteur de ces *Psaumes* rimés en français, que les nombreux amis huguenots de La Fontaine chantaient tous les dimanches au temple de Charenton. Mais il avait été aussi le modèle en « gai savoir » et en « bien dire » poétiques de l'un des maîtres de l'auteur des *Fables* : Vincent Voiture, le petit Orphée de l'hôtel de Rambouillet, auteur d'une lettre pétillante d'esprit au duc d'Enghien, l'*Épître de la Carpe au Brochet*[36]. Dans la comédie animalière, outre une noble généalogie antique et humaniste, la génération de La Fontaine pouvait aussi humer un parfum délicieux de très ancienne France, un parfum de jardins et de châteaux remontant par-delà la Pléiade, par-delà Marot, à ces « vieux auteurs » du Moyen Âge que Marot avait aimés et publiés, et dont le romantisme galant de l'hôtel de Rambouillet était extrêmement friand. La splendide bibliothèque de Nicolas Foucquet à Vaux comptait toute une armoire remplie de manuscrits anciens et d'éditions modernes de ces « vieux auteurs ».

Dans les années Foucquet, Ésope venait de trouver un précieux renfort de prestige à Paris : l'un des plus illustres Solitaires de Port-Royal (de ce Port-Royal qui, depuis 1643, et la publication à grand succès de *La Fréquente Communion* d'Antoine Arnauld, savait conjuguer la plus sévère doctrine morale avec la « douceur » persuasive du meilleur style français), Louis-Isaac Le Maistre de Sacy, avait publié en 1647 les *Fables de Phèdre affranchi d'Auguste traduites en français, avec le latin à côté*. Ce volume, qui fut bien accueilli, comme tout ce qui venait de Port-Royal, dans les milieux élégants, sera réédité, dans le sillage du succès du premier recueil de La Fontaine, en 1669. Le Maistre sortait alors, avec l'auréole du martyr, de la Bastille, où il était resté emprisonné près de trois ans, traduisant la Bible. Dans sa préface, reprise dans la seconde édition, l'illustre Solitaire, neveu des trois grandes figures de Port-Royal, la Mère Angélique, Antoine Arnauld, et Robert Arnaud d'Andilly, n'hésitait pas à associer la méthode d'enseignement ésopique à celle de Jésus dans l'Évangile :

« Que cette sorte de fables doivent si peu passer pour une chose basse et puérile qu'on a cru autrefois qu'Ésope avait été inspiré par Dieu pour composer les siennes, et même que Socrate, le plus sage des hommes, au jugement des païens, et le père de tous les philosophes, était l'auteur de celles qu'on lui attribue. Que ce genre d'écrire est presque le même que ces hiéroglyphes si pleins de mystères, qui ont été autrefois en usage parmi les sages de l'Égypte. Et que l'Écriture sainte même n'a pas craint de se servir de quelques fables dans lesquelles elle fait parler non seulement les bêtes, mais les arbres [37]... »

La Fontaine reprendra presque textuellement ce passage dans la préface du premier recueil, suggérant par là même une lecture « évangélique » de ses *Fables*, et acquérant à tout le moins pour elle la faveur du public janséniste et jansénisant. Les lecteurs de Le Maistre de Sacy pouvaient reconnaître un écho de la parole du Solitaire dans les vers du poète, suggérant dans ses symboles animaliers hiéroglyphes et paraboles d'une *sapience* oubliée :

Tout parle en mon ouvrage, et même les poissons.
(*À Monseigneur le Dauphin*, 1668, v. 4)

J'ai fait parler le loup et répondre l'agneau.
J'ai passé plus avant : les arbres et les plantes
Sont devenus chez moi créatures parlantes.
(*Contre ceux qui ont le goût difficile*, II, 1, v. 10-12)

Ni dans sa prose ni dans ses vers, La Fontaine n'avait à forcer sa pensée pour adhérer à celle de Le Maistre de Sacy. Un autre ami du poète, Pierre-Daniel Huet, dans son essai *De l'origine des romans* en 1670, défendra lui aussi l'idée, déjà familière à l'Érasme des *Adages*, que les apologues, les fables, relèvent du même « langage mystérieux » que les paraboles évangéliques. C'était la doctrine de toute la Renaissance, qui cherchait à incarner la « bonne nouvelle » évangélique dans l'humanité par la voie des « bonnes lettres », plus fidèle à la douceur et à la vérité de l'antique science des sages et des saints que l'orgueil intellectuel moderne des « théologastres ».

Antoine Furetière, le camarade d'enfance de La Fontaine, devenu très jaloux de ses succès, mais d'autant plus attentif à en ramasser les miettes, publiera tour à tour en 1671 des *Fables morales et nouvelles* et, l'année suivante, *Les Paraboles de l'Évangile. Traduites en Vers. Avec une explication morale et allégorique tirée des Saints Pères*. Académicien depuis 1662, et pourvu de riches abbayes, Furetière faisait valoir, dans sa dédicace au roi, avec une allusion perfide et de voyantes flatteries, ses propres avantages sur les pauvres poètes libertins écartés par la Cour :

« Si je ne m'étais appliqué qu'à la traduction d'un livre profane [voilà pour l'ami La Fontaine], je n'aurais pas été si téméraire que de l'offrir à Votre Majesté ; et je n'aurais pas conçu l'espérance qu'Elle le voulût honorer de ses regards. Mais son titre me donne de la hardiesse et me fait croire qu'Elle le recevra favorablement. Car je ne puis douter qu'Elle n'ait une vénération particulière pour la plus belle partie de l'Évangile, et que, malgré les faibles expressions que j'ai employées pour en faciliter l'intelligence à Ses peuples, Elle ne considère ces Paraboles comme les plus belles instructions que la Sagesse incarnée ait choisies pour enseigner le chemin du Ciel [38]. »

Reste que ce très fin lettré, qui avait été dès 1642 aux côtés du poète dans l'Académie de la Table Ronde, avait bien compris que l'une des facettes des *Fables*, c'était, en plein règne de Louis XIV, l'évangélisme de Rabelais et de Marguerite de Navarre.

Ésope, au Louvre, à Vaux-le-Vicomte et à Versailles

Par Voiture et par Port-Royal, par d'autres auteurs encore, tel l'académicien Jean Baudoin, qui avait pu rééditer avec succès en 1649 ses *Fables d'Ésope illustrées de discours moraux, philosophiques et politiques*, Ésope s'était si bien acclimaté sur le Parnasse parisien que Madeleine de Scudéry elle-même, la George Sand du romantisme galant, en fit en 1660-1661, aux côtés de La Fontaine-Anacréon, de Pellisson-Herminius et de Foucquet-Cléonime, un personnage de sa *Clélie*.

L'Académie Foucquet elle-même avait si bien adopté Ésope que, parmi les projets d'embellissement des jardins de Vaux, Pellisson et ses amis avaient, semble-t-il, conçu l'idée d'un Labyrinthe ponctué de fontaines, et illustrant ses fables [39].

Très lancé dans l'entourage de Foucquet, Charles Perrault avait-il, en 1659-1661, déjà collaboré avec Pellisson et La Fontaine à la conception du futur Labyrinthe ésopique de Vaux ? À tout le moins avait-il pu en être informé. Devenu le premier commis de Colbert, il s'employa à donner corps à ce projet, mais cette fois dans les jardins de Versailles, où les fontaines ésopiques dessinées par Charles Le Brun, sculptées par des artistes venus de Vaux, dans un Labyrinthe de bosquets imaginé par Le Nôtre, furent mises en place de 1674 à 1686 [40]. Comme l'orangeraie, c'était peut-être un véritable trophée de Vaux. La Fontaine seul ne figurait pas dans l'équipe royale : les légendes des fontaines furent demandées à Benserade, et c'est Perrault lui-même qui présenta le livret imprimé et gravé en 1677, pour faire connaître au monde ce chef-d'œuvre de l'art des jardins [41].

À l'entrée du Labyrinthe ésopique de Versailles

(détruit sous Louis XVI, en 1774, mais que nous rendent familier les miniatures de Jacques Bailly vers 1675, les gravures de Sébastien Leclerc pour le livret de 1677 et les peintures de Cotelle pour le Grand Trianon, en 1688), une statue d'Ésope, œuvre du sculpteur Tuby, faisait face à une statue de l'Amour, œuvre du sculpteur Le Franc. Toutes deux étaient peintes par le miniaturiste Jacques Bailly. Sous la statue de l'Amour, tenant le fil du labyrinthe, on pouvait lire :

> Oui, je puis désormais fermer les yeux et rire :
> Avec ce peloton je saurai me conduire.

À quoi Ésope, tenant un rouleau de papier, répondait :

> Amour, ce faible fil pourrait bien t'égarer :
> Au moindre choc il peut casser[42].

Ésope contre Amour : le cheminement moral proposé aux visiteurs contrôlait le cheminement galant. Il est possible que le projet des *Fables*, mais aussi celui des *Amours de Psyché*, soient nés ensemble dans les ruines d'un projet de Labyrinthe pour Vaux, et que l'Ésope de Foucquet ait été relégué au jardin de Louis XIV. La Fontaine à la Ville lui donna une tout autre résonance.

Un indice plus sûr que les fables d'Ésope, loin d'être dédaignées dans l'entourage de Foucquet comme elles le seront de Boileau, étaient un langage goûté par le Surintendant et son entourage, est la publication en 1659, par Raphaël Trichet du Fresne, un habitué de Saint-Mandé et de Vaux (après avoir été un protégé de Gaston d'Orléans et de Christine de Suède), d'un beau recueil illustré et commenté d'apologues ésopiques[43].

Ce recueil est bien étranger à la Carte de Tendre. Mais c'était le propre des langages mystérieux, comme l'avait voulu la Renaissance poétique, de faire réfléchir sur tous les aspects multiples et contradictoires, héroïques et comiques, bizarres et inquiétants, sinistres et gracieux, de la fuyante vérité humaine, en la voilant ingénieusement. Trichet du Fresne était, comme d'autres membres de l'entourage de Foucquet qui avaient séjourné à Rome (le propre frère du Surintendant, l'abbé Louis Foucquet, André Félibien, François Maucroix, Charles Le Brun), un admirateur et un ami de Nicolas Poussin, lui-même expert s'il en fut dans les langages mystérieux. Du Fresne avait publié en 1651, en italien et en traduction française, le fragment du *Traité de la peinture* de Léonard de Vinci, qui avait été l'orgueil de la bibliothèque de Cassiano dal Pozzo, le patron romain de Nicolas Poussin, et pour lequel le peintre français avait dessiné des illustrations [44].

On est donc bien, avec Trichet du Fresne, du côté « République des Lettres savantes » de l'Académie Foucquet. Un réalisme politique et moral sans illusion est enveloppé dans ces *Fables d'Ésope*. Il est tout entier orienté contre les tyrans qui oppriment l'esprit, leur violence, leurs ruses. Il veut pourvoir le candidat à la sagesse de la lucidité et de la force qui conviennent pour vivre parmi les fauves, c'est-à-dire avec les hommes. La Fontaine, après l'arrestation de Foucquet, n'a pas pu feuilleter ce recueil sans mélancolie. Dès la première fable, en effet, *Des oiseaux et des animaux à quatre pieds*, Du Fresne commente la gravure par cette inscription : « C'est la coutume des esprits lâches, de suivre le parti de la fortune, sans avoir aucun égard ni à l'honneur, ni à leur devoir. » L'inscription qui commente une autre fable *Du lion allant à la chasse avec quelques autres animaux* n'est pas moins âpre :

« La force a fait de tout temps la loi à la raison ; c'est elle qui corrompt la royauté, lorsqu'elle est mal employée, et la fait le plus souvent dégénérer en tyrannie [45]. »

C'est bien là l'un des versants, à la Tacite, des *Fables* par ailleurs délicieuses et tendres de La Fontaine.

Le souci d'autonomie de la conscience littéraire qui

éclate chez l'Ésope de Trichet du Fresne est d'autant plus saisissant qu'il est en complète antithèse avec l'Ésope du prieur Audin, à l'usage du roi lui-même, et dédié, la même année 1660, au chancelier Séguier (le privilège royal date de novembre 1659) sous le titre : *Fables héroïques comprenant les véritables maximes de la politique et de la morale*. Le frontispice gravé représentait Ésope en Orphée, enchantant de sa lyre les animaux sauvages.

Le dédicataire de l'ouvrage avait été l'un des alliés les plus déterminés du cardinal de Richelieu : il l'avait bien soutenu dans les deux dernières années terribles de son ministère. Séguier fut de nouveau l'un de ceux qui, de concert avec le roi et Colbert, préparèrent le coup d'État du 5 septembre 1661. Il présidera en dernier recours la Chambre de justice nommée pour condamner Foucquet. Le prieur Audin lui-même avait composé et publié son recueil de *Fables*, en 1648, pour contribuer à l'éducation du jeune roi, alors âgé de dix ans[46]. La réédition et la dédicace à Séguier en 1660 (*Apollon et les Muses sont entièrement redevables à Votre Grandeur du relèvement des Lettres et des Arts de ce royaume*) font partie de la résistance opposée par les héritiers de Richelieu à l'ascension de Nicolas Foucquet. Les *Fables héroïques* d'Audin seront encore rééditées en 1669 : c'était, à cette date, une vaine tentative de nuire à l'irritant succès des *Fables* de La Fontaine.

Le prieur Audin fait précéder son recueil d'une *Apologie des fables*, où l'on retrouve (avec une pédanterie peu lafontainienne) toutes les autorités qui, depuis la Renaissance, attestent la dignité et le pouvoir de ces récits animaliers : Démosthène, le Platon des *Lois*, Menenius Agrippa (*Les membres et l'estomac, Le renard et les sangsues*), Stésichore, Cyrus et les Ioniens (*Le pêcheur jouant du flageolet*), Grégoire de Tours (*Le serpent gorgé de vin qui ne peut plus sortir de la fiole*), César et les Cnidiens, que leur vainqueur romain épargne parce qu'ils comptent parmi leurs compatriotes le fabuliste Théopompe. Ces fables ont donc fait leurs preuves : pour le prieur Audin, elles peuvent maintenant resservir pour *dépeindre avec toutes leurs couleurs la Charge du prince, le Devoir du peuple, le Bonheur de la République.*

À ces autorités païennes, le précepteur royal ajoute celle de la Bible : la fable de l'ambassade du Chardon auprès du Cèdre du Liban, celle du riche fermier qui vole les moutons d'un pauvre berger et qui de surcroît le maltraite, figurent l'une au Livre IV des Rois et l'autre au Livre des Juges. Ce sont « paroles mystérieuses » dictées par le Saint-Esprit aux prophètes, pour obtenir la pénitence de David, adultère et meurtrier. L'Évangile même, rappelle le prieur Audin, qui suit Silvestre de Sacy, éditeur de Phèdre, est rempli de paraboles, *c'est-à-dire de fables inventées sagement pour vaincre le peuple infidèle.* « Comme tout cela est plein de mystères, ajoute le prieur, et comme Jésus-Christ est la vérité même, il faut tenir que les fables dont il se servait étaient le caractère de la vérité. »

Malheureusement, ce docte discours s'achève un peu comme celui de Sganarelle dans le *Dom Juan* de Molière, par un pataquès : le prieur, bravant sans même s'en douter le ridicule, écrit que cette « pâture des sages est d'autant plus salutaire au cœur qu'elle est désagréable à l'oreille ».

On dut en faire des gorges chaudes en 1660 à Saint-Mandé, à Vaux et à l'hôtel de Nevers. Mais le roi, dont le nom était officiellement lié à ce recueil depuis 1648, avait approuvé la réédition de ce livre qui avait formé ses principes de conduite. Et de fait, la politique et la morale que le prieur Audin tirait des hiéroglyphes animaux d'Ésope le guidaient plus que jamais pendant les préparatifs du complot contre Foucquet. L'Ésope royal, en 1660, lui dictait même sa conduite envers le châtelain de Vaux.

Pour s'en tenir à un exemple, de la fable *De l'aire de l'aigle et des oiseaux,* Audin tirait les maximes suivantes :

« 1. Cela est honteux, qu'un Sujet soit mieux accommodé que son Prince.

« 2. Le Sujet doit témoigner son affection, et le Prince le reconnaître.

« 3. Rien ne doit empêcher le Prince d'avoir toujours l'œil sur son État.

« 4. Tous les Sujets doivent travailler pour relever la Majesté du Prince. »

Il y avait sans doute pour les gens d'esprit de l'entourage du Surintendant de quoi sourire, mais aussi de quoi s'inquiéter. Le prieur Audin, qui, lui, ne sourit jamais, enseigne à Louis XIV par les fables la Raison d'État. Il commente ainsi sa première maxime :

« Tout ce qui appartient aux Souverains doit avoir quelque chose qui se relève de beaucoup par-dessus le commun, soit que l'on considère ses habits, ses Officiers, ou sa table. Mais principalement ses Bâtiments, qui doivent exceller en symétrie, en masse, en grandeur et en la matière même qui doit y être mise en œuvre. Il n'y a point de Maîtres employés pour les Bâtiments royaux qui ne doivent faire admirer leur Art, et faire juger à ceux qui les regardent que leur travail se termine [*sic*] à l'Ouvrage d'un grand Prince [47]. »

L'idée que Colbert s'est fait du Louvre (« le modèle pour toute l'Europe », écrit Audin), celle que Louis XIV s'est faite lui-même des « bâtiments », de leur symétrie, de leur masse et de leur grandeur, font partie du programme de conduite énoncé par les *Fables héroïques*. Les principes que le prieur Audin inculque au roi ne sont guère rassurants pour les « généraux », et Foucquet aurait dû mieux lire ces fables, bien qu'elles fussent totalement étrangères au romantisme galant dont il était le héros :

« Il est expédient, écrit l'Ésope de cour, qu'il les gagne [les sujets] par de belles apparences ; aussi, pour les passions qui les occupent, sont-ils peu capables d'autres charmes. C'est pourquoi ils donneront plus volontiers leur cœur et leurs affections à des Princes de bonne mine, et les révéreront davantage, quand ils les traiteront avec de belles paroles, dussent-ils même les tromper et manquer à toutes leurs promesses[48]. »

L'Ésope et le Socrate des *Fables* de La Fontaine n'ignoreront rien de cette politique, que Machiavel lui-même, dans *Le Prince*, résumait déjà par une fable : l'alliance du Lion et du Renard.

Le réalisme des *Fables* déploie tout l'art d'un grand poète pour montrer à ses lecteurs, à commencer par le futur roi, le Dauphin, l'amour-propre fauve en action. Ce n'est pas pour l'encourager.

Même si Foucquet, Pellisson et La Fontaine n'ont pas prêté assez attention aux *Fables héroïques* du précepteur de Louis XIV, il semble bien que les *Fables* de Trichet du Fresne leur répondaient déjà. Ésope s'est trouvé mêlé à la lutte pour la succession de Mazarin, dont Louis XIV était l'arbitre, longtemps silencieux.

Ésope, Socrate et Épicure

Loin d'être — comme ce fut peut-être le cas des *Contes* en 1663-1664 — une inspiration impromptue et thérapeutique, venue au poète en temps de grand chagrin, les *Fables*, plus encore que les *Amours de Psyché*, ont jailli du plus profond de lui-même, et elles plongent aussi leurs racines dans la longue durée de l'Affaire Foucquet.

Les deux figures, non pas opposées, comme l'Ésope et l'Amour de Versailles, mais superposées, et même confondues, qui ouvrent le premier recueil, en 1668, c'est Ésope, et c'est Socrate, que La Fontaine évoque dans sa préface d'après le *Phédon* de Platon, se préparant à la mort dans sa prison, transformant en poésies des apologues d'Ésope. La figure du philosophe de l'amour, condamné à mort par Athènes, comme Ésope l'avait été par Delphes, était devenue un symbole de résistance et de liberté sous la Régence et sous la Fronde. Elle prenait un caractère nettement subversif dans l'après-Foucquet, dans le nouvel éclairage que le sort réservé au Surintendant avait projeté sur le roi et sur l'orientation de son règne.

Dès 1647, un an avant le déclenchement de la Fronde parlementaire, Le Maistre de Sacy dans sa préface aux *Fables* de Phèdre avait fait un éloge bien senti de Socrate, *le père de tous les philosophes*. Le maître de Platon et d'Aristote venait ainsi en renfort, aux côtés de Port-Royal, de Saint-Cyran, de leurs amis « Solitaires » persécutés par Richelieu et par Mazarin. Comme Ésope devant la populace de Delphes, Socrate devant la Raison d'État athénienne, et le Christ lui-même devant le représentant de César et devant les Pharisiens de la Synagogue, ils témoignaient pour les droits de la conscience, face à la force et à la ruse des puissances de la terre.

Trois ans plus tard, en 1650, en pleine Fronde, un des compagnons de La Fontaine et de Pellisson dans l'Académie de la Table Ronde, François Charpentier, publiait chez l'éditeur de l'Académie française, Jean Camusat, en même temps que sa traduction des *Mémorables* de Xénophon, une *Vie de Socrate*. Cet ouvrage dut beaucoup plaire au huguenot Valentin Conrart, le secrétaire perpétuel : son auteur fut élu sur-le-champ à l'Académie.

Cette *Vie de Socrate* est assez singulière. Comme beaucoup de textes du XVIIe siècle, il faut la lire la bougie à la main pour faire apparaître, entre les lignes, ses caractères à l'encre sympathique :

« La corruption des mœurs [à Athènes], écrit Charpentier, était si grande, qu'il n'était presque pas permis à la jeunesse d'être chaste. Chacun sait quelle était cette flamme criminelle, qui brûlait toute la Grèce et qui, selon le langage de nos saints, avait changé l'ordre de la nature [49]. »

Combattre de front cet incoercible appétit de plaisir, c'était au-dessus des forces d'un Hercule ou d'un Thésée :

« [Socrate] s'avisa d'un autre moyen : c'était de faire en apparence comme les autres, afin de porter avec plus d'effet sa Philosophie dans l'esprit de la jeunesse et de la détacher insensiblement d'un commerce si infâme. Ainsi il protestait hautement qu'il aimait les beaux garçons, il fréquentait assidûment les lieux où ils s'exerçaient, il les poursuivait ardemment, et faisait pour les rendre vertueux tout ce que les autres faisaient pour les corrompre. »

Cette ruse, apparemment libertine, est celle d'une philosophie de l'amour :

« Il est inutile, écrit Charpentier, de justifier des conversations, dont les pères craignaient que leurs enfants ne fussent privés, il ne faut point chercher des excuses à une affection aussi chaste et aussi innocente que celle des purs esprits ; qui n'a pour but que le vrai bien de la personne aimée, et qui, loin d'être une ardeur infâme de l'amour vulgaire qui souille et qui noircit les objets où elle s'attache, est un feu céleste qui purifie et qui éclaire tout ce qu'il approche [50]. »

Cet amour philosophique est le principe d'une « véritable étude de l'homme », qui passe par la connaissance de soi-même, et qui met en garde contre *la témérité et la sottise de ceux qui veulent bien s'ignorer eux-mêmes pour chercher des choses qui sont hors d'eux et au-dessus d'eux*. Elle rejoint la sagesse de l'Ecclésiaste, pour lequel toute connaissance qui ne regarde pas les mœurs *est pleine de vanité et d'affliction d'esprit, et qui nous dit que Dieu a livré le monde à la dispute des hommes, ne voulant pas qu'ils reconnussent le secret de ses ouvrages* [51].

Pour rayonner et pour éveiller à cette philosophie de l'amour, de l'amitié, du repos, du « connais-toi toi-même », Socrate avait tous les attraits du véritable « honnête homme » : d'humeur égale en toutes sortes de compagnies, vêtu sans recherche mais « proprement », sa conversation n'était pas moins charmante qu'utile : « Il avait une puissance tout extraordinaire pour égayer l'attention et la bienveillance de tous ceux qui l'écoutaient [...]. Alcibiade comparait ces discours à de certaines boîtes qui étaient alors en usage, lesquelles portaient au-dehors la figure de quelque Satyre, et en les ouvrant, on y trouvait les Images des Dieux et des Déesses, parce que les discours de Socrate, qui quelquefois, à en juger par l'écorce, paraissaient frivoles, étant considérés au fond, se trouvaient plein d'une sagesse admirable et portaient dans toutes leurs parties l'Image vivante de la vertu [52]. »

Entre ce Socrate et l'Ésope dont La Fontaine, à l'exemple de Baudoin, place la *Vie* par Planude en tête de ses *Fables*, les analogies sont fort nombreuses. Un mot de Socrate cité par Charpentier aurait pu être prononcé par l'Ésope de Planude, tout ironie envers les puissants pleins d'eux-mêmes :

« Étant interrogé si le roi de Perse, que les Grecs appelaient le Grand roi par excellence, fût heureux, il répondit qu'il n'en savait que dire, parce qu'il ne savait pas s'il était vertueux. »

Ce Socrate de Charpentier tirait la plupart de ses traits de Xénophon et de Platon, mais il avait surtout un modèle bien vivant à Paris. C'était le chanoine Pierre Gassendi, le grand interprète de la doctrine d'Épicure au XVIIe siècle, l'héritier français du premier apologiste moderne de l'épicurisme, le philologue (et fabuliste) romain Lorenzo Valla [53]. Gassendi s'était installé dans la capitale depuis 1645, où il publia, en latin, en 1647 une *Vie et mœurs d'Épicure*. Il enseignait au Collège royal, dans une chaire de mathématiques. Il combattait la physique et la métaphysique de Descartes au sein de l'académie scientifique réunie régulièrement par son hôte, Henri-Louis Habert de Montmor. Ce savant était tenu pour un oracle dans le cercle très exclusif des frères Dupuy. Il n'en exerçait pas moins son influence sur la jeune génération littéraire. Gassendi avait plus particulièrement pour élèves des amis de La Fontaine, le jeune Claude-Emmanuel Lhuillier, dit Chapelle, que le poète fréquentera de nouveau, après 1664, dans la société de Molière, de Racine, et de Boileau, et le jeune François Bernier, que le poète retrouvera plus tard, à son retour d'un long voyage en Perse, dans la société de Mme de La Sablière.

La philosophie que Charpentier prête à Socrate est anti-cartésienne, anti-mécaniste, anti-métaphysique, et tout imprégnée, malgré l'extrême prudence qui convient à un probable académicien, de la science empirique et de la sagesse néo-épicuriennes. Maître d'un art de vivre caché, cet ennemi des dogmes éveille plutôt qu'il n'enseigne.

Cet art de vivre veut néanmoins être partagé. Aussi commande-t-il à Socrate-Gassendi à la fois un art de persuader et un style d'être : un art de persuader de philosophe-diplomate, qui sait tirer du mal même (la volupté) son remède (la science des vrais plaisirs), et un style d'honnête homme, dont la douceur attrayante et gaie sait tirer de l'appétit de ses disciples les semences d'une connaissance critique de soi-même et des hommes.

La « substantifique moelle » des *Fables*, leur « vertu » cachée sous l'enveloppe de ces Silènes dont parle Alcibiade dans le *Banquet* de Platon, sont déjà, dès l'époque de la Fronde, en gestation au sein de cet épicurisme diffus, partagé à des degrés divers par les « chevaliers de la Table Ronde », par quelques-uns de leurs aînés académiciens, tel Olivier Patru, et dont l'expansion dans les années 1658-1661 devient très évidente dans le milieu littéraire et scientifique rallié au surintendant Foucquet. Samuel Sorbière, qui avait ses entrées chez Foucquet, y était moins reçu au titre d'ami et éditeur de Hobbes, que de disciple de Gassendi, dont il a publié en 1658 la *Vie* et les *Œuvres*, dédiées à Habert de Montmor[54].

La querelle du sublime

Était-ce une réponse à la *Vie de Socrate* de Charpentier ? En 1652, le vieil et illustre académicien Jean-Louis Guez de Balzac, du fond de sa retraite charentaise où il suit de loin, mais attentivement, ce qui se passe à Paris, publie un *Socrate chrétien*, qui connaîtra de nombreuses rééditions en livre de poche hollandais sous Louis XIV.

Démodé à Paris par Voiture, se préparant à la mort, le prince de la République française des Lettres s'était converti à une sincère piété, quasi monastique. À bien des égards, son livre était l'aveu et la condamnation de ses erreurs de jeunesse, et l'aboutissement d'une longue évolution qui, maintenant, rejoignait les soucis et les goûts de la génération montante. Dans son *Avant-propos*, il donne acte à François Charpentier, et à son « Socrate », que l'épicurisme littéraire, auquel lui-même ne peut adhérer, n'est pas de trop pour contrebalancer la grande éloquence asservie à la Raison d'État :

« Quel mal y avait-il, je vous prie, de vouloir guérir avec des remèdes délicieux ? [...] Au pis-aller, c'était user des charmes à bonne fin. C'était employer la débauche du style à corriger les défauts des mœurs [...]. Quelques prudents et sages qu'ils fussent [les anciens sages], ils prenaient des masques, et des habillements de théâtre, et n'en étaient pas moins sages ni moins prudents[55]. »

Brûlant ce qu'il avait un peu trop adoré à ses débuts, quand il célébrait en organiste virtuose de la prose le génie politique de Richelieu, Balzac déclarait maintenant ne plus pouvoir lire sans ennui les panégyriques et toute la littérature officielle de la grandeur, tant française qu'italienne :

« Louer toujours, écrivait-il, admirer toujours, et employer à cela des périodes d'une lieue de long, et des exclamations qui vont jusqu'au Ciel, cela fait dépit à ceux même que l'on loue et que l'on admire. Les Victorieux s'en sont plaints au milieu de leurs Triomphes. Et je sais de bonne part que le feu Roi [Louis XIII], se regardant un jour au miroir, étonné du grand nombre de ses cheveux gris, en accusa les Complimenteurs de son Royaume, et leurs longues Périodes[56]. »

Ce n'était pas aimable pour la « machine à gloire » que Richelieu avait mise au point pour se diviniser lui-même et accessoirement le roi. Après 1630, Balzac avait été écarté du nombre des écrivains agréés par le cardinal. Au sublime froid et enflé, à l'éloquence de la rhétorique d'État auquel il avait fourni d'abord des modèles, comme Malherbe l'avait fait pour la poésie, Balzac opposait maintenant le style vif et bref de la liberté que les Anciens et les grands lettrés de la Renaissance lui avaient préféré :

« Nos Amis de Grèce et d'Italie l'entendaient bien mieux. Comme la gaillardise de leur style n'en diminuait point la dignité, l'étendue de leurs discours n'énervait point la vigueur de leurs pensées. Ces corps n'étaient pas lâches pour être longs [...]. Leurs paroles étaient des actions. Mais des actions animées de force et de courage. Et ce courage se communiquait à ceux qui lisaient leurs Livres, jusqu'à leur faire désirer et chercher la mort, après avoir lu, ou un Traité des maux de la vie, ou un Dialogue de l'Immortalité de l'Âme [57]. » Les Romains, déclare maintenant Balzac, « trempaient leurs plumes dans le sens ».

Là se trouve le grand secret littéraire de la beauté vraiment souveraine, qui touche et persuade en dedans, et qu'ignorent les industriels de la louange, « sot bétail » sonore et servile. Et Balzac d'invoquer, pour les confondre, le plus singulier traité de rhétorique de l'Antiquité, le traité *Du sublime*, que l'on attribuait alors au rhéteur grec Longin. Qu'est-ce que le vrai sublime, qu'est-ce que cette « souveraine beauté » capable de l'emporter sur la pompe creuse des panégyristes de cour ? Est-ce l'éclair foudroyant que Longin reconnaît dans la véhémence de Démosthène ? Est-ce ce « grand feu qui s'étend de tous côtés » dont il fait le mérite des plaidoyers de Cicéron ? Le vieux prince de la République des Lettres a fait son choix :

« Il me semble, au contraire, pour enchérir sur la pensée du Critique Grec, que le Soleil n'a pas plus de force sur le Corps, que Cicéron en a sur les Âmes. Il ne paraît pas couronné de plus de rayons [58]. »

Le sublime, c'est une action de lumière vive et sans violence qui se fait jour dans les âmes, et non pas cet éclat emprunté qui réfléchit pour éblouir les rayons extérieurs du Soleil. Balzac, sous le masque de son Socrate chrétien, demande à Cicéron, le philosophe-orateur, le principe d'un art sincère de toucher les cœurs.

Même si La Fontaine et sa génération ne sont plus aussi sensibles aux modèles oratoires (Démosthène, Cicéron, Sénèque) qu'invoque Balzac (mais le poète allait écouter et il jugeait les sermonnaires en connaisseur et en amateur), la leçon de grand art que donnait le vieux maître repenti ne pouvait les laisser indifférents. Ils partageaient l'horreur de leur aîné pour les « pièces d'éloquence [...] qui n'ont point de fin » (*L'écolier, le pédant, et le maître du jardin*, IX, 5), ils souhaitaient comme lui une littérature intériorisée et qui résiste à la glaciation par l'« éloquence d'apparat ».

La Fontaine et ses amis pouvaient aussi partager (sans céder pour autant à l'amertume du vieux maître repenti) le réalisme avec lequel Balzac (qu'on avait appelé ironiquement en 1624 l'*Unico Eloquente*) constatait maintenant le rétrécissement des esprits sous l'effet d'un régime de cour absolutiste :

« Je connais le Monde présent ; je sais ses dégoûts, et ses aversions pour nos Écritures. L'Éloquence n'a point tant de force, que les hommes ont de dureté [...]. Ils ne sont presque plus capables de persuasion. Les petits-enfants se moquent de ce que leurs grands-pères admiraient. Les Discours Philosophiques étaient des Oracles sous le Règne de François premier. Maintenant ce sont des Visions. Art, Science, Prose et vers sont différentes espèces d'un même Genre, et ce genre se nomme "Bagatelles" en la Langue de la Cour [59]. »

L'ambition, qui se manifestera avec une vigueur croissante dans les *Fables* de La Fontaine, de renouer avec la poésie philosophique du siècle des Valois, tout en tenant compte de ce goût pour les « bagatelles » qui a succédé à la liberté et à l'audace des humanistes de la Renaissance, sera sous Louis XIV la réponse du poète à la tristesse et à la lucidité formulées par le vieux Balzac en 1652. La Fontaine appellera ses propres *Contes* des « bagatelles » : ils répondent au « goût du siècle », mais ils lui valent sa bienveillance, et cette bienveillance lui permet de réaffirmer un « gai savoir ». Ils ont aussi préparé le public à la réception des *Fables*.

L'opposition établie par Balzac entre la vraie et la fausse lumière, le sublime vivant et la grandeur stérile, est un fil conducteur qui fait aussi comprendre le dessein de « souveraine beauté » qui a inspiré toute l'entreprise des *Fables*.

Balzac avait aussi été un admirateur et un correspondant fervent du fondateur de Port-Royal, l'abbé de Saint-Cyran. Le discours qu'il prêtait en 1652 à son Socrate chrétien était de ceux qu'aurait pu tenir un de ces « Solitaires » de Port-Royal des Champs, avec lesquels La Fontaine était lié depuis son noviciat à l'Oratoire de Paris. Humiliant la raison humaine, son orgueil, sa suffisance, et exaltant la douceur des esprits sensibles au mystère, Balzac définissait du même mouvement une poétique du sublime proprement chrétien, accordée au sublime biblique : cette parole intérieure qui éclaire et qui ne cherche pas à éblouir est la parade des vrais lettrés au sublime écrasant de la Raison d'État et de la raison divinisées :

« Écoutez un Oracle sorti de la bouche du cardinal du Perron [...]. Deux choses, disait-il, qui sont séparées partout ailleurs, se rencontrent et s'unissent dans la sainte Écriture : *la Simplicité et la Majesté*. Il n'y a qu'elle seule qui sache accorder deux caractères si différents. Mais [ils] se conservent dans les originaux, et non pas dans les copies. On ne les trouve que dans la Langue maternelle de l'Écriture, ou pour le moins dans des Traductions si fidèles (la politesse de ce Siècle aura de la peine à souffrir ceci) [...], si littérales, et qui approchent de si près du texte hébreu, que ce soit encore de l'Hébreu, en Latin ou en Français [60]. »

Tout le projet de traduction de la Bible par Le Maistre de Sacy (déjà, en 1652, traducteur des *Fables* de Phèdre) est ici approuvé solennellement par le Mentor des Lettres françaises. La Fontaine lui-même ne cessera pas de suivre attentivement la publication progressive de cet immense labeur de traduction, qui se poursuivra après la mort de Sacy en 1683 [61]. Quoique sur un autre registre modal, ses *Fables* « traduites et mises en vers » resteront elles aussi sous Louis XIV en subtil contrepoint avec ce chef-d'œuvre de la piété, de la science et du goût de Port-Royal. Dans le *Recueil de poésies chrétiennes et diverses*, publié en 1671 avec la préface d'un « Solitaire », Pierre Nicole, La Fontaine, qui avait préparé cette anthologie, put y faire figurer, avec l'entière approbation de Port-Royal, un bouquet abondant de ses propres *Fables* [62].

Le *Socrate chrétien* de Balzac, et c'est encore un trait qui le rapproche de Port-Royal, oppose inlassablement le vrai sublime fier et humble, celui de la Bible, des Pères de l'Église, de Tacite, à la grandeur servile de la littérature impériale. L'un est à la fois vrai et libre, l'autre flatte l'orgueil avec enflure et bassesse.

Cette opposition se retrouve chez Charpentier, qui exalte la parole de Socrate et fustige le langage des sophistes. Ce dialogue entre un Socrate chrétien et un Socrate épicurien va prendre toute sa profondeur dans la rencontre entre Pascal et les libertins Méré et Mitton. Ce qui les réunit, c'est le même souci d'une parole qui éveille à la vérité intérieure, et qui ne se laisse pas intimider ni désorienter par l'autorité de l'État et de ses flatteurs. Ce qui les divise, c'est la conclusion qu'il faut tirer de l'expérience intérieure, sagesse mondaine ou salut chrétien. L'art de persuader de Pascal n'en a pas moins plus d'un point commun avec l'art de la conversation de Méré. Entre Port-Royal et les mondains, même épicuriens, les ponts étaient nombreux jusqu'en 1661. La Fontaine les a souvent traversés jusqu'à sa mort.

L'abîme qui pour Balzac sépare, dans l'ordre de la parole, le sublime spirituel de la grandeur temporelle, se réfléchit dans l'ordre politique. Ce n'est pas un hasard si le Socrate chrétien fait l'éloge de l'abbé de Retz, qui était alors, en pleine Fronde, aussi célèbre pour son autorité de prédicateur que pour son rôle de chef de l'opposition à Mazarin. Il décerne au coadjuteur de l'archevêque de Paris le titre de « nouveau Chrysostome ». Balzac était devenu, depuis la Journée des Dupes, en 1630, farouchement hostile à la dictature de Richelieu qui s'était cette année-là délivré du frein des dévots : le cardinal de Bérulle, le garde des Sceaux Marillac. Il se fait maintenant l'interprète d'une République des Lettres résistant à Mazarin, liguée avec Port-Royal, avec l'Oratoire, avec Retz. La conscience littéraire et la conscience chrétienne se conjuguent, dans son Socrate, pour protester contre un État qui ne veut connaître, en littérature comme en religion, que des esclaves et des flatteurs.

Balzac consacre aussi tout un chapitre à la traduction des *Annales* de Tacite par l'académicien huguenot Nicolas Perrot d'Ablancourt, et il met en évidence que l'indignation contenue du grand historien latin des règnes de Tibère et de Néron ressortit à la « préparation évangélique » : la sublime et vive brièveté de son style, dans la peinture des tyrans, est un modèle pour la résistance moderne, littéraire et chrétienne, à la violence de la Raison d'État et à la pompe servile de ses thuriféraires.

Un véritable romantisme politique, celui qui a porté les complots contre Richelieu et la Fronde, affleure dans ce livre, avec les mêmes couleurs stoïciennes que dans le *Cinq-Mars* de Vigny. Il est commun aux dévots les plus lettrés, aux libertins disciples de Gassendi, aux gens du monde « honnêtes » et « galants », mais aussi aux huguenots dont la foi « évangélique » est avant tout protestation de la conscience contre tous les

Césars, à commencer par leur héritier pontifical. Dans le *Socrate chrétien* de Balzac, on voit de nombreux huguenots lettrés s'entretenir avec le porte-parole de l'auteur ; celui-ci écoute avec bienveillance leurs arguments ; il songe moins à les convertir, qu'à leur prouver par ses jugements et par ses actes que les catholiques sont, tout autant que les réformés, des consciences averties du « Rendez à César » de l'Évangile. Conversation avec les huguenots, conversation avec les libertins : le dernier Balzac est à sa manière un adepte de la diversité : il veut fédérer tous les esprits libres.

La querelle du sublime [63] avait commencé avec *Les Sentiments de l'Académie française sur le Cid*. Balzac avait alors hautement pris fait et cause pour l'intériorité de Corneille contre l'extériorité de Richelieu. Il est cohérent avec lui-même dans son *Socrate chrétien*. Cette querelle prendra un tour nouveau sous Louis XIV. En 1674, Boileau accompagnera son *Art poétique*, qui est un acte de candidature à la magistrature des Lettres françaises, d'une traduction du traité *Du sublime* de Longin.

Cette traduction est le suprême effort de l'auteur de l'*Art poétique* pour se dissocier, lui-même et son ami Racine, du vulgaire des auteurs pensionnés, qui confondent le « grand style » (celui des panégyriques et de la flatterie officielle) avec le véritable « merveilleux dans le discours ». « Le style sublime, écrit Boileau, veut toujours de grands mots ; mais le sublime peut se trouver dans une seule pensée, dans une seule figure, dans un seul tour de paroles. » La République des Lettres de Boileau n'avait renoncé ni à son devoir de réserve ni à sa vocation tacite de vérité.

Le 1er janvier 1675, Mme de Thianges faisait offrir à son neveu (fils du roi et de sa sœur Mme de Montespan) un luxueux petit théâtre où le jeune duc du Maine était représenté sur le Parnasse, entouré de sa gouvernante Mme Scarron, de sa tante Mme de Thianges, de Bossuet, de La Rochefoucauld, de Mme de La Fayette, de Boileau et de Racine. Boileau faisait signe à un La Fontaine intimidé de se joindre à cette « Chambre du sublime »[64]. Le mécénat de la maîtresse royale et de sa famille corrigeait ainsi l'ostracisme de l'Olympe contre le poète des *Fables*. À la faveur du traité *Du sublime*, il était lui-même extrait de la tourbe des pensionnés, et exalté à mi-hauteur de l'Olympe parmi les élus de la coterie Rochechouart-Mortemart, bien distincte elle-même du gros de la Cour. Les *Fables* (l'une d'entre elles sera dédiée dans le second recueil, en 1678, au duc du Maine, fils aîné de Louis XIV et de la marquise de Montespan) passaient donc aux yeux de ce public du très grand monde pour relever aussi du « merveilleux dans le discours », sans « grands mots », qui portait jusque dans les Lettres officielles, sous la houlette de Boileau, un degré supérieur d'excellence, rival pour ceux qui savent et qui sentent de la machine à gloire d'État. Le silence de l'*Art poétique* sur les *Fables* était avant tout respect pour les préjugés personnels du roi. Même sous l'extrême contrainte, les grands lettrés jouent leur propre jeu.

De fait, l'un des enjeux majeurs des *Fables* avait été de faire prévaloir, contre la version forcée extérieure et officielle de la grandeur, une idée vivante et naturelle du sublime, dans le prolongement de la tradition littéraire la plus « souveraine », d'Homère à l'Arioste, de Lucrèce à Ronsard, de l'Ecclésiaste à Le Maistre de Sacy. À contre-courant, La Fontaine n'avait jamais « quitté la nature d'un pas », et en 1676, la gloire de ses *Fables* était telle que, même à l'intérieur de la Cour, une coterie privée, qui pouvait s'offrir ce luxe, leur reconnaissait « la souveraine beauté » qui persuade en dedans.

Cette querelle, dont la « Chambre du sublime » est un épisode secondaire, et où les *Fables* ont joué un rôle de premier plan, a été déterminante dans l'histoire politique comme dans l'histoire littéraire et religieuse de la France. Théologie, philosophie poétique et poétique s'y entrecroisent dans un nœud gordien d'une complexité redoutable.

Toute l'ancienne France, avec les richesses de son extrême diversité, avec son attachement à la liberté grave ou gaie, philosophique ou religieuse, s'opposait, jusqu'au cœur de la cour du Grand roi, à cette monumentale abstraction de l'État que frondent les *Contes* et les *Fables* sous Louis XIV, et qu'elles fronderont plus que jamais au XVIIIe siècle avec toute l'assistance de l'art rocaille. La grandeur imposée par la machine à gloire de Louis XIV portait déjà en effet en germe le sublime jacobin qui fera dire à l'architecte Ledoux : « L'art sans éloquence est l'amour sans virilité », et à un David démosthénien, peignant *Le Serment du Jeu de Paume* : « Peuples de l'univers, présents et futurs, c'est une grande leçon que je veux vous donner. »

L'apothéose de la Raison d'État, en 1793, a gagné la bataille de la grandeur. Chateaubriand, en 1801, avec *Atala, René*, le *Génie*, fera changer l'espoir de camp. Mais la guerre était commencée depuis le ministériat de Richelieu, et La Fontaine avait donné au camp de la résistance l'un de ses meilleurs atouts : le pouvoir des *Fables*.

Ésope et Horace : les abeilles et leurs pointes

Ésope, Socrate, Orphée : la connaissance qui trouble et qui émeut, plutôt que la leçon qui en impose. Mais la poésie n'est pas seulement orientation de l'âme. Elle est fable et forme. Comprendre les *Fables*, c'est d'abord comprendre une forme singulière, souveraine et généreuse qui pourvoit en effet Ésope et Socrate de la lyre d'Orphée.

Dans l'héritage encore intact de la Renaissance, en 1661, La Fontaine trouvait, à côté du théâtre de la Fable des dieux et des héros, d'Homère, de Virgile et d'Ovide, celui de la fable d'Ésope, parente de la comédie d'Aristophane, de Térence et de Plaute, parente aussi de la fable milésienne, dont *L'Âne d'or* d'Apulée est le chef-d'œuvre latin, et le *Décaméron* de Boccace le chef-d'œuvre moderne. Le « royaume de la Fable » était donc vaste, il avait ses provinces, mais chacune dans son ordre avait sa fonction incontestée de réservoir symbolique, réfléchissant la « pensée de derrière » commune aux poètes et aux sages : aucune ne nuisait aux autres, toutes contribuaient à une sorte de « science ingénieuse de l'homme » dans ses diverses conditions et sous ses points de vue variables. Pellisson avait établi une carte de ce royaume libéral des Fables dans son *Remerciement à Foucquet*, en 1656. Toutes les provinces, selon lui, étaient ouvertes au poète qui voudrait louer le Surintendant et lui plaire, avec esprit, sans le flatter.

Loin d'être en quarantaine, la province comique et animalière de l'imagination poétique avait trouvé un regain de vitalité dans la flambée de parodie et d'ironie dite « burlesque », qui avait précédé, annoncé et accompagné la Fronde. Le retour à la paix civile avait fait chercher un équilibre entre cette imagination exclusivement comique, et le nécessaire retour à des modes moins polémiques, plus héroïques du dire. Les recherches de La Fontaine, entre 1654 et 1661, vont dans le sens d'une synthèse qui ne sacrifie rien. Elles parcourent une vaste gamme, du Térence de l'*Eunuque* au Boccace champenois des *Rieurs du Beau-Richard*, de la petite épopée néo-grecque de l'*Adonis* au théâtre mythologique de *Clymène* et du *Songe de Vaux*.

On peut donc comprendre comment, après la tragédie de Foucquet et le triomphe d'un Olympe jaloux qui monopolise la Fable des dieux et des héros, le poète a dû renoncer à la Fable et à la poésie héroïques. *Les Amours de Psyché* en prose sont un adieu à cette province où il aurait souhaité s'établir. Il a cherché le salut de sa poésie, et le contrepoids à l'art officiel, dans la province des contes et des fables comiques.

Si répandu, si goûté que fût Ésope et ses récits animaliers avant 1661, on pouvait bien y reconnaître cependant une province légitime de la Fable, mais non pas une forme majeure de la poésie. Les fables ésopiques se présentaient sous les espèces les plus diverses, en prose, en vers, en prose et en vers, et, souvent, associées à des images : cet accouplement faisait d'elles alors un sous-genre de l'emblème, avec un « corps » qui parle aux yeux, une « âme » qui parle à l'ouïe : les auteurs d'emblèmes, comme les auteurs de fables, soumettaient cet oracle à deux étages à leurs commentaires et exégèses souvent prolixes. Cette extrême variété des formes que pouvait revêtir l'apologue ésopique ne pouvait que séduire un poète attaché au dicton horatien : *Pictoribus atque poetis / Quidlibet audendi semper fuit aequa potestas*, « Les peintres et les poètes, toujours, eurent le juste pouvoir de tout oser ».

Mais s'il voulait imprimer sa propre marque à ces fables formellement très instables, il fallait qu'il les soumît à un dessein d'ensemble, à une idée-mère. Il fallait que ce dessein dépassât cette foule disparate de formes, sans pour autant enfermer la fable ésopique dans un moule contraignant. Il fallait concilier une visée d'unité et de « souveraine beauté » poétiques avec la diversité qui est la mère du naturel et du plaisir, et le symbole de la liberté.

En 1658, le poète Guillaume Colletet (il mourut l'année suivante) publiait un recueil d'essais à la fois historiques et théoriques qui ont pu mettre La Fontaine sur la voie. Il connaissait bien Colletet, qui était entré à l'Académie française dès 1635. Tout le Paris lettré, à commencer par Valentin Conrart et Paul Pellisson, estimait et aimait l'excellent Colletet. C'était le vétéran de la poésie française. Il avait été le secrétaire du dernier compagnon de Ronsard, Amadis Jamyn. Il avait été un disciple de Théophile de Viau et un admirateur de Malherbe, un collaborateur de Richelieu dans la « Compagnie des Cinq auteurs », et un ami de Voiture et de Sarasin. La haute estime dont jouissait Colletet, en France et en Hollande, il la devait moins à ses talents de versificateur qu'à son érudition poétique, qui faisait de lui la mémoire vivante de la poésie française. Ses *Vies* de poètes français (dont la plupart, inédites, ont brûlé dans l'incendie de la Bibliothèque du Louvre par la Commune, en 1871) suffisaient à sa gloire auprès de tous les vrais connaisseurs.

Les essais d'*Art poétique* qu'il publia en 1658 étaient d'une singulière originalité [65]. Colletet continuait, il est vrai, la méthode des grands philologues de la Renaissance, tel Scaliger, une méthode libérale totalement étrangère à la prétention qu'aura Boileau, dans son *Art poétique*, de « régenter le Parnasse » à l'image du roi Jupiter sur son Olympe, en fixant d'autorité, dans l'abstrait et pour l'éternité, une hiérarchie, des normes, des modèles et des interdits.

Colletet déduit les contours de chaque forme poétique de la jurisprudence historique propre à chacune d'entre elles. Chaque forme a son génie propre, qu'on ne peut enfermer dans des règles, mais dont on peut observer les constantes dans les interprétations successives et originales qu'en ont données les meilleurs poètes. Une forme poétique, dans cette perspective historique et philologique, ne peut être close sur elle-même, ni arrêtée : véhicule et chemin offert à l'invention, elle laisse au poète non seulement latitude à l'innovation, selon son génie propre, mais une large gamme de variantes et même d'exceptions hardies, déjà expérimentées dans le temps, et dont il peut à son tour s'inspirer et s'autoriser pour oser. Les philologues du XVIe siècle s'étaient limités aux auteurs grecs et latins. Colletet étend son enquête et sa méthode à toute la tradition française, et comme il s'agit d'une tradition vivante, il ne se borne pas à faire un inventaire des phénomènes passés, il suggère, pour les formes qu'il étudie, d'autres développements amorcés par la tradition, mais qui restent à explorer. Le philologue chez lui ne fait qu'un avec le poète, soucieux d'intelligence des secrets de son art, mais surtout de ce pouvoir illimité et libre d'inventer affirmé par Horace.

Parmi ces essais, le plus original est certainement celui qu'il consacre à l'épigramme. Cette forme poétique fascine Colletet, comme elle avait fasciné toute la Renaissance. Par sa brièveté concentrée, par son relief, par sa capacité de se graver profondément dans la mémoire, l'épigramme (en principe très courte et très dense, comme une inscription sur le marbre, et ne dépassant pas la longueur d'un distique) pouvait passer pour l'atome verbal le plus analogue à l'hiéroglyphe iconique des Anciens Égyptiens : l'élément premier d'un langage mystérieux dont la puissance persuasive était vigoureuse et la capacité mnémotechnique très forte. Elle pouvait, en s'associant à une image symbolique, entrer dans la composition d'un emblème, et devenir ainsi le véhicule quasi hiéroglyphique de cette « science humaine », poétique et morale, que les humanistes voulaient substituer au langage abstrait et au savoir stérile des scolastiques. Dans un *essai* célèbre, au Livre III, 5, Montaigne avait fait de l'épigramme le chiffre même de la parole poétique, à son degré sublime de science de l'homme. Commentant l'art de Lucrèce qui décrit, dans le *De Natura Rerum* (I, 33), l'accouplement de Vénus de Mars, il écrivait des poètes anciens :

« ... Ils sont tout épigramme, non la queue seulement, mais la tête, l'estomac et les pieds. [...] Quand je vois ces braves formes de s'expliquer, si vives, si profondes, je ne dis pas que c'est bien dire, je dis que c'est bien penser. »

La leçon n'avait été oubliée ni par Malherbe, ni surtout par son disciple François Maynard, célèbre pour son génie de l'épigramme, et bien connu du jeune La Fontaine et de ses amis de la Table Ronde puisqu'il avait accepté de présider les séances de leur académie en 1646[66]. La Fontaine a pratiqué l'épigramme au sens strict, et sa cousine l'épitaphe, dans les années Foucquet. Son *Épitaphe d'un paresseux*, où les pointes sont dirigées contre lui-même, et qui se sont fixées indélébilement dans la mémoire de ses biographes, est l'une de ses œuvres les plus célèbres[67]. Son épigramme *Sur la mort de Scarron* :

> Scarron, sentant approcher son trépas,
> Dit à la Parque : Attendez, je n'ai pas
> Encore fait de tout point ma satire.
> — Ah ! dit Clothon, vous la ferez là-bas :
> Marchons, marchons ; il n'est pas temps de rire[68].

contient en germe trois de ses fables les plus connues : *La mort et le malheureux* (I, 15), *La mort et le bûcheron* (I, 16) et *La mort et le mourant* (VIII, 1). On a d'ailleurs fait souvent valoir, à juste titre, la parenté de ses *Fables* avec les *Emblèmes* d'Alciat : elles sont inséparables elles aussi de la vignette au-dessus du texte de chacune d'entre elles par François Chauveau, l'illustrateur des romans de Mlle de Scudéry.

Guillaume Colletet, dans son *Traité de l'épigramme*, en 1658, ouvrait à cette forme des horizons beaucoup plus vastes que le distique piquant ou l'« âme » brève de l'emblème, auxquels Boileau, dans son *Art poétique*, ennemi juré des « pointes », voudra condamner ce petit genre :

> L'épigramme plus libre, en son tour plus borné,
> N'est souvent qu'un bon mot de deux rimes orné.
>
> (II, v. 105-106)

Infiniment plus perspicace et libéral, Colletet commençait sans doute par insister sur les origines « nues » de cette forme, dont l'essence est l'extrême brièveté, concentrée même en un seul vocable. Gravée d'abord sur la matière dure des socles de statues, des colonnes de temples, des pierres tombales, elle vise à louer un dieu ou un héros, mais elle peut aussi flétrir à jamais la mémoire d'un méchant. Brièveté et louange, ce furent là, on le sait, des motifs de réflexion chers à La Fontaine, surtout après 1661, quand l'ample sublimité des panégyriques royaux assiégera d'encens les sommets de l'Olympe royal.

Mais Colletet en vient très vite à observer que les poètes, au cours des temps, tout en restant fidèles à l'idée-mère, l'ont fait très largement et diversement fleurir, tantôt *dans les matières gaies, tantôt dans les matières sérieuses.*

Si bien que, forme brève et pointue devenue forme universelle, l'Épigramme a eu depuis pour objet *tout ce qui peut tomber sous nos sens, et ce qui est même au-delà de nos sens, Dieux et Déesses, Vertus intellectuelles, morales, chrétiennes*. Sans dévier de sa vocation propre, elle a connu la même extension à toute l'expérience humaine que l'Élégie, d'abord réservée aux sujets tristes et lugubres, puis étendue, comme le remarque Horace, aux matières gaies et enjouées : licence poétique dont La Fontaine a fait usage dans ses quatre *Élégies* de 1671 [69].

En étendant sa contenance et en la nuançant, l'Épigramme n'en est pas moins restée fidèle à son génie originel d'inscription gravée et qui s'imprime profondément dans la mémoire, le cœur et l'esprit. Simplement, imprimée à part par le poète, isolément de la statue ou du bas-relief dont elle résumait d'abord vigoureusement le sens, elle inverse le rapport entre les deux ordres de représentation : c'est l'œuvre du sculpteur, minimisée maintenant, qui est rejetée au rang de légende, et c'est l'inscription du poète qui devient l'œuvre plastique requérant toute l'attention et l'émotion. C'est bien ainsi que La Fontaine a fait mettre en pages ses *Fables* : les vignettes de Chauveau ne sont que des suscriptions, soutenant *le titre* de la fable. C'est celle-ci qui est l'œuvre d'art, brève, visuelle, vigoureusement modelée, s'imprimant dans la mémoire : ce petit véhicule vigoureux et qui pense a été fait pour voyager loin.

Deux fables révèlent à quel point La Fontaine, disciple de Colletet, a réfléchi et voulu faire réfléchir sur l'essence épigrammatique de la forme qu'il a adoptée pour l'apologue d'Ésope, et sur l'orientation critique qu'il lui a imprimée. Dans *L'homme et l'idole de bois* (IV, 8) la satire de la sotte louange (*vœux, offrandes, sacrifices, guirlandes, grasse cuisine*) offerte surabondamment à *ces dieux qui sont sourds, bien qu'ayant des oreilles*, tourne à la colère du dévot, qui détruit l'idole et la trouve *remplie d'or*. La pointe est féroce contre les dieux de la terre et contre leurs aveugles adorateurs. Dans *Le renard et le buste* (IV, 14), la satire des *Grands, masques de théâtre* qui n'en imposent qu'au *vulgaire idolâtre*, s'imprime au burin dans l'imagination du lecteur grâce à l'épigramme (au sens le plus strict) gravée par un renard sur le socle d'un *buste de héros* abusivement dressé à la louange de celui-ci :

« Belle tête, dit-il, mais de cervelle point. »
(v. 11)

Guillaume Colletet avait le premier prévu cette extension « vaste » de l'épigramme, du reste préparée et autorisée par les exemples « longs », jusqu'à quarante vers, que proposent l'Anthologie grecque ou le poète romain Catulle. Il parle de *libertinage épigrammatique*, ou encore de *style épigrammatique*, dont la tension et l'extension, encore incomplètement inexplorée, laisseraient au poète qui s'y risquerait l'espoir de *parvenir au suprême degré de la perfection dans les nobles productions de l'Esprit*[70].

Le « caractère » propre au style épigrammatique est l'antithèse de celui des panégyriques, mais non pas de la poésie lyrique et héroïque : dans son langage « naïf et naturel », qui n'est pas sans rapport avec celui de la bucolique, mais qui, comme celui d'Horace, vise autant à instruire qu'à plaire, tous les genres, tous les modes peuvent iriser sa brièveté. Genre universel, l'épigramme telle que la définit Colletet est une arme de résistance tous terrains, et un pouvoir de séduction tous publics. La République des Lettres elle aussi a ses arsenaux et, faute d'armées, ses voltigeurs.

Colletet dit l'épigramme « capable de tout », même d'absorber Ésope[71]. Cette affirmation est si prophétique qu'elle peut surprendre. En réalité, l'érudit humaniste Colletet savait fort bien que la Renaissance, dans sa quête d'une langue symbolique pour la science de l'homme, avait associé très tôt l'apologue ésopique et l'épigramme ; la première édition du texte grec des fables d'Ésope avait été publiée par Alde Manuce en 1508 dans le même volume que l'Anthologie des épigrammes grecques du Byzantin Maxime Planude, auteur par ailleurs d'une *Vie d'Ésope*, traduite par La Fontaine en tête de ses propres *Fables*. Colletet a donc beau jeu d'affirmer que cette forme d'écrire est *la plus difficile*, la plus subtile, par *l'esprit et la vie*[72] qu'elle demande du poète, par le choix exquis et gracieux des mots qu'elle suppose, et dont la *nette fluidité de paroles*[73] postule la *variété du mètre*[74]. Dix ans avant les *Fables*, cette analyse des diverses facettes d'une forme « ouverte » a évidemment pour exemple idéal l'Horace des *Satires* et des *Épîtres*, l'ami de Mécène : c'est bien là en effet la meilleure clef latine du secret de la forme française des *Fables*.

C'est dans la pointe vive et aiguë (qui peut être étendue à tout le corps du poème) que réside la capacité du style épigrammatique d'*émouvoir et enlever l'esprit du lecteur*, rejoignant ainsi les effets du véritable sublime tel que le définit le Pseudo-Longin. Colletet a parfaitement senti la dangereuse puissance de frappe politique qui est en réserve dans cette forme. Il conseille au poète d'observer la plus grande prudence, et de ne pas ouvertement lancer d'attaques *ad hominem*. Mais il conseille aux princes d'être très attentifs, et de ne pas sous-estimer la terrible ironie contagieuse dont les poètes irrités et doués peuvent être capables :

« Les Abeilles, écrit-il, sont douces et paisibles de leur nature ; mais quand on les irrite, elles ont des aiguillons à faire bientôt repentir ceux qui les ont irritées. L'esprit des bons Poètes est ordinairement de même ; il n'y a rien de plus facile, rien de plus doux, ni rien de plus innocent, tant qu'on ne les persécute point, et qu'on ne trouble point la douceur du repos qu'ils aiment. Mais s'ils sont une fois attaqués sans raison, ce beau sang qui les anime s'échauffe, et bout dans leurs veines ; et il est à craindre que leurs Vers piquants ne les vengent, et ne réduisent leurs lâches adversaires à mener une vie honteuse et languissante, et à s'affliger jusqu'à la mort [75]. »

Le manifeste de la génération de 1660

Proche de Colletet, plus proche encore de La Fontaine par l'âge, les affinités épicuriennes et l'amitié qui les lie depuis 1645, Paul Pellisson avait formulé en 1656, à la veille des années Foucquet, une version du sublime conforme aux vœux de leur génération, mais accordée à une conjoncture pleine de promesses. Ce Manifeste poétique et littéraire prend pour occasion l'hommage rendu par Pellisson, en forme de préface à l'édition de ses *Œuvres*, au poète Jean-François Sarasin mort deux ans plus tôt, presque en même temps que Balzac, qui le tenait en haute estime.

Balzac était resté malgré tout l'homme de la prose et de l'éloquence. Pellisson, ami de La Fontaine, fait de la poésie l'objet majeur de son Manifeste en forme de préface. Traducteur d'Homère, admirable commentateur d'Horace, Pellisson a bien senti que le sort de la poésie et celui de la liberté françaises étaient liés.

D'emblée, dès que Pellisson, dans cette préface, aborde la situation de la poésie, la question du sublime est évoquée. Et elle l'est sous l'angle, déjà adopté par Balzac pour la prose, de la contrainte et de la liberté. La prose, selon Pellisson, s'arrache avec peine de la « pensée commune », et interdit aux paroles de s'élever à la hauteur des sentiments les plus profonds et intuitifs. La poésie est une contrainte volontaire à laquelle se plie le langage pour libérer la pensée de ses chaînes :

« C'est quelque chose de grand et de merveilleux, écrit-il, qu'en un langage aussi contraint que celui-là, on puisse exprimer les pensées les plus subtiles et les plus délicates, les plus hautes et les plus sublimes avec tant de liberté [...]. Ces admirables Poètes, ces hommes qui semblent véritablement inspirés, après s'être imposé la nécessité de n'employer que certaines façons de parler, et de mépriser toutes les autres comme trop vulgaires, d'enfermer toutes leurs paroles dans une certaine mesure toujours semblable à soi-même ; ajoutez-y, si vous voulez, de finir toujours par des rimes ; après, dis-je, s'être soumis à tant de lois si dures et si difficiles à observer ; malgré tous ces obstacles nous font entendre tout ce qui leur plaît d'une manière plus noble et plus aisée, qu'on ne le saurait faire dans les discours communs. On croirait qu'ils ne pouvaient pas dire autrement ce qu'ils ont dit, quand même ils l'auraient voulu, tant les expressions en sont faciles. Ces paroles leur sont tombées de la plume sans dessein, elles ont pris naturellement chacune leur place. La Lyre d'Amphion ne faisait pas, ce semble, de plus grands miracles, quand les pierres attirées par son harmonie se venaient ranger elles-mêmes l'une sur l'autre pour bâtir les fameuses murailles de Thèbes [76]. »

Plutôt qu'à son ami Sarasin dont il préface les *Œuvres*, c'est donc à Homère que songe cet helléniste dans cette admirable page de critique littéraire, où il dessine l'Idée de la poésie. Mais il est sur le point de présenter La Fontaine au surintendant Foucquet, et on peut croire que le poète de Château-Thierry, qui est son ami depuis 1645, et dont il attend des miracles, partage entièrement avec lui une idée du sublime poétique qui, pour La Fontaine, est une ambition, une vocation. La métaphore architecturale dont se sert Pellisson est celle-là même dont La Fontaine fera usage dans ses *Lettres* de 1663 à Marie Héricart, pour faire voir dans le contraste entre le château de Blois et le château de Richelieu ses propres préférences : facilité, naturel, diversité, données par les Muses comme une libre improvisation, et qui n'en donnent que mieux le sentiment de l'harmonie et du merveilleux dans le style :

« ... Il y a force petites galeries, petites fenêtres, petits balcons, petits ornements, sans régularité et sans ordre ; cela fait quelque chose de grand qui plaît assez » (*Lettre du 3 septembre 1663, de Richelieu*).

Dans la ligne de ce parallèle entre Architecture et Poésie dont La Fontaine va faire un des ornements du *Songe de Vaux*, Pellisson oppose les longs efforts, la volonté, la violence qu'un *Maître puissant et curieux*, mais au ras du sol comme la prose, peut déployer pour forcer la nature (comment ne pas songer au château du cardinal ?), et le monde que sait faire surgir à l'imagination, en un instant, le grand poète *dans cette vaste étendue de l'air où auparavant rien n'arrêtait nos regards*, palais, campagnes, monts, forêts, rivières et mers, *comme par une espèce de création qui semble surpasser la puissance humaine.*

Cet admirable programme poétique, tout entier fondé sur la fécondité, la facilité, et la liberté d'un génie naturel, sera rempli, non pas dans *Le Songe de Vaux*, mais dans le *De Natura Rerum* des *Fables*.

Le manifeste de Paul Pellisson, en 1656, invitait à une poésie à la fois « héroïque » et « naturelle », dont le chef-d'œuvre aura été sans doute l'*Adonis* de La Fontaine. La tragédie de Nicolas Foucquet a contraint le poète à chercher, au royaume de Mnémosyne, d'autres fables, d'autres formes, un autre style, moins « héroïques » en apparence, mais toujours naturels, pour répondre à un sublime d'État dont Pellisson n'avait prévu ni le triomphe ni le rôle d'esclave que ce triomphe lui réservait. Le projet des *Fables* a été précipité par les événements de 1661-1664. Mais il plonge ses racines dans les années profondes qui précédèrent la chute du Surintendant. Ces racines se sont nourries de tout ce qui est germinal et vital dans les Lettres de l'ancienne France : la poésie romaine, le roman et la fable médiévales, la Renaissance romaine et tourangelle, le catholicisme lettré de François de Sales et de Port-Royal, le calvinisme libéral et humaniste, la générosité cornélienne, le libertinage des érudits sceptiques et épicuriens, le lyrisme et la science des formes des poètes, bref tout ce qui pouvait alimenter la connaissance que l'homme a de lui-même, et l'affranchir de sa propre puissance des ténèbres.

Le lyrisme continué par d'autres moyens

Le premier recueil des *Fables* (les six premiers livres, publiés d'un seul tenant en 1668) est pour nous, lecteurs modernes, le plus déconcertant, pour peu que nous l'envisagions, ainsi que le souhaitait le poète, comme un tout. C'est dans le premier recueil, dont quelques fables isolées étaient déjà au XVIIIe siècle entrées dans le fonds commun de la mémoire française, que Rousseau a choisi les exemples de l'immoralité dont il accuse La Fontaine.

C'est moins l'immoralité de *La raison du plus fort est toujours la meilleure* qui nous arrête aujourd'hui (nous en sentons mieux que Rousseau l'ironie noire) que la forme même de ce recueil (anthologie capricieuse ou mosaïque ingénieusement composée ?) et le sens de cette poésie discontinue. Dans ces premières fables, charmes, saveurs, couleurs, vivacité, actualité, donnent un saisissant relief plastique (et mnémotechnique) aux vieux canevas « ésopiques », plus ou moins comiques, plus ou moins tragiques, mais qui dans le choix qu'en a fait le poète, dessinent de la société contemporaine un portrait à facettes, comique, tendre, mais le plus souvent d'une singulière tristesse.

Le rythme impair, dansant, de *La cigale et la fourmi* (I, 1), rend d'autant plus terrible (et inoubliable) la férocité de cette petite comédie où l'on voit l'insouciance de l'artiste aux abois se briser contre la dureté de cœur de l'avare fourmi, comme l'on verra, dans une autre petite comédie, le pot de terre imprudent s'exposer aux chocs fatals de son ami dur et frivole, le pot de fer (V, 2).

La vitalité dramatique et visuelle de la narration fixe dans la mémoire la désastreuse rencontre entre l'innocence humble du jardinier et le brigandage de son seigneur, que l'artiste champêtre avait cru pouvoir appeler à l'aide contre le lièvre rongeur de ses laitues et de son serpolet (*Le jardinier et son seigneur*, IV, 4). La morgue humaine n'a donc rien à envier à l'appétit des animaux, et elle est incomparablement plus odieuse.

Telle ou telle fable peut surprendre par le contraste entre l'art serein du fabuliste, la succulence de son langage, sa virtuosité de métricien, et les malheurs désolants dont son récit nous fait témoins.

En fait, la sérénité du conteur n'est pas aussi détachée que le plaisir de la lecture ou de la récitation de fables isolées tend à nous le faire croire. Le lyrisme de La Fontaine est devenu clandestin : il n'a pas disparu. Sous la surface vivante et animée de la narration, qui semble se suffire à elle-même, des mouvements de sympathie ou d'antipathie se laissent deviner et ils font signe au lecteur capable de les saisir et de les relier. Sympathie pour le roseau *qui plie et ne rompt pas* (*Le chêne et le roseau*, I, 22), pour la *pauvre Philomèle* et son chant solitaire (*Philomèle et Progné*, III, 15), pour le *doux parler* du cygne qui arrête le couteau du cuisinier (III, 12), pour la solidarité du rat avec le lion (*Le lion et le rat*, II, 11), de la fourmi avec la colombe (*La colombe et la fourmi*, II, 12), pour les *misérables* dont il ne faut *jamais se moquer* (*Le lièvre et la perdrix*, V, 17). Antipathie contre les flatteurs, les trompeurs, les fourbes, les pédants, tous ceux qui *exercent leur langue* inconsidérément ou pour collaborer cruellement au malheur. Il est même question des *méchants* (*La lice et sa compagne*, II, 7) envers lesquels il faut toujours rester en garde.

Ces mouvements du cœur, qui laissent entrevoir le

poète lyrique sous l'éblouissant et calme conteur, ne deviennent sensibles et lisibles que par rapprochement. Leur orientation souterraine ne s'impose qu'au lecteur attentif de tout le recueil. Si l'on procède par fable détachée, chacun de ces accents émotifs peut passer pour une couleur fugitive de plus au service de la vivacité de la narration. Le pathétique, dans le premier recueil, est non seulement retenu, il est caché comme s'il s'agissait d'une tentation, comme si le poète voulait faire prévaloir, en mettant en avant le pouvoir visuel de son art de conteur, l'évidence irréfutable d'un monde de fauves et de proies, où des penchants irrépressibles et contradictoires sont à l'œuvre, où le comique ne compense pas le tragique, et où l'on ne pardonne pas à la naïveté. L'urgence de la désillusion prime sur toute indignation ou attendrissement qui la retarderait ou qui l'affaiblirait.

Tout s'est donc passé comme si le lecteur de *L'Astrée* et des *livres d'amour*, le chantre d'*Adonis* et du *Songe* s'était livré, dans cet exercice de « mise en vers » de « fables choisies », à une cure de sobre et âpre réalité. Le poète lyrique a mis tous ses dons et la grâce de son art pour aller contre sa pente, et bien servir Ésope, le sage expert des « choses de la vie ». D'apologue en apologue, il se guérit lui-même, il guérit ses lecteurs de leur penchant de bergers à rêver naïvement d'âge d'or, et de joie prochaine... Dans *Le Pâtre et le lion* (VI, 1), le poète prend soin d'avertir son lecteur : l'enchantement qu'il prête au conteur-fabuliste ne doit pas voiler la dure leçon de sagesse que cet art délicieux véhicule :

> En ces sortes de feintes, il faut instruire et plaire,
> Et conter pour conter ne semble pas d'affaire.
>
> (v. 5-6)

Ainsi, les Fables du premier recueil réveillent-elles de la fascination que peuvent trompeusement exercer les *masques de théâtre* de l'éloge officiel (*Le renard et le buste*, IV, 14), des grandes apparences que de loin, on est porté à prêter aux *bâtons flottants sur l'onde* (*Le chameau et les bâtons flottants*, IV, 10). Elles désabusent du crédit dont se prévalent les amis empressés mais au fond malveillants (*Parole de Socrate*, IV, 17), de la sécurité illusoire que donne le bon droit (*La lice et sa compagne*, II, 7) et du premier mouvement puéril qui empêche de discerner les vrais et les faux périls (*Le cochet, le chat et le souriceau*, VI, 5). Le lièvre a beau avoir des oreilles et non pas des cornes : le grillon a tort de l'inviter à s'y fier, car l'oukase du tyran-lion pourrait fort bien s'appliquer à lui (*Les oreilles du lièvre*, V, 4). L'erreur, les leurres dissimulent partout de mortels dangers, et ceux qui s'y laissent prendre sont anéantis sans phrases.

Le premier recueil est bien autre chose que de la polémique anticolbertiste, ou un exercice de haute virtuosité sur les lieux communs d'Ésope. La Fontaine s'y livre à une profonde autocritique des illusions qui avaient fait confondre, par les partisans de Foucquet, la réalité de l'âge de fer avec le souvenir et le désir de l'âge d'or.

Pour autant, le poète du premier recueil n'a rien renié de son point de vue lyrique, même s'il l'a soumis à l'épreuve du réalisme. Il en retrouve toute la tendresse mêlée de sourire dans *La jeune veuve* qui ponctue le sixième livre. Mais il a appris à accorder sa lyre à une conscience nouvelle, qui lui fait voir la cruauté autant que la douceur des choses, et qui met en balance le réel avec les vœux du cœur.

Si les *Contes* ont été un sursaut de vitalité dans l'infortune, les premières *Fables* ont été pour le poète la méditation de cette infortune, l'intériorisation et l'appropriation littéraires des leçons qu'elle comportait pour lui et pour les siens.

Cette épreuve a trouvé son sens dans l'exercice d'une forme imprévue. La Fontaine a eu la chance de vivre encore dans un monde qui abondait de formes, et le moment venu, pour *rémunérer le défaut* de son lyrisme, que l'événement avait révélé, il a mis en œuvre l'une d'entre elles, le recueil d'emblèmes ésopiques [77], la moins lyrique qui fût. Cette forme, La Fontaine, sans doute, la renouvelle en profondeur, il la fait toute sienne, il l'accorde au goût de son public : il en a tout de même trouvé le modèle et les linéaments dans la tradition littéraire qu'il hérite de la Renaissance.

Le palais de la magicienne Alcine s'est dissipé dans les airs en 1661, même si *L'Île des plaisirs* du roi le reconstitue en 1668 comme un spectacle d'État dans les jardins de Versailles. Il fallait un extraordinaire courage pour admettre toute la portée de ce désenchantement du monde et en tirer avec autant de calme toutes les conclusions. On n'imagine pas un Ronsard, un Malherbe, ou un Tristan L'Hermite, capables d'un tel changement de ton, de style, et de « vision du monde ». Mais Horace était un meilleur maître. Auteur d'Odes pindariques aussi bien que d'Épîtres familières incrustées de fables ésopiques, l'ami de Mécène sait passer avec aisance du lyrisme à l'ironie, de l'idéal à la réalité, des vœux de l'esprit à l'acquiescement aux êtres et aux choses [78]. Son exemple, plus que tout autre, a favorisé la « conversion » de La Fontaine à Ésope, et inspiré le bon usage moral et littéraire que le poète des *Fables* a su tirer de sa propre infortune.

Les six premiers livres « égayent » pour le public de 1668, et adaptent à son « goût difficile » le genre et la forme du recueil d'emblèmes ésopiques qui avaient, depuis la Renaissance italienne, rappelé aux Modernes l'art de prudence des anciens sages, apparenté à celui du David et du Salomon bibliques. Ésope, voisin d'Anacréon sur le Parnasse de *La Clélie* en 1661, attendait La Fontaine. L'auteur du *Songe* s'est tourné vers les fables de l'esclave phrygien quand l'expérience lui en eut révélé tout le prix.

Les recueils d'emblèmes ésopiques, comme une basse continue des « bonnes lettres », faisaient en effet affleurer depuis le XVIe siècle, en France comme en Italie, l'un des deux registres du langage symbolique élaboré par la Renaissance à partir de matériaux empruntés à l'Antiquité, égyptienne, chaldaïque, hébraïque, grecque et latine [79]. Un autre registre de ce langage était tourné du côté du divin, et il dessinait « en miroir et en énigme » les Idées héroïques qu'à l'origine les hommes avaient reçues du Ciel. Le registre modeste des apologues, des sentences, des adages, des emblèmes moraux, quoique réfléchissant la même sagesse d'origine divine, était tourné du côté de la terre, et de l'homme déchu dans la société telle que sa déchéance l'avait faite, remplie de pièges pour le sage comme pour l'aspirant à la sagesse.

Dans la Bible, les Psaumes unissent dans un même mouvement de prière l'appel du fidèle à la protection de son Dieu, et la peinture des périls qui l'enveloppent sur la terre des hommes. Les Proverbes enseignent au fidèle le discernement qu'il doit exercer pour se gouverner dans un monde rempli d'embûches et de séductions trompeuses par les méchants, habiles à entraîner les imprudents dans les voies du malheur. Dans la tradition philosophique et littéraire grecque, les symboles, d'apparence populaire, de Pythagore [80], les sentences rapportées par Plutarque dans le *Banquet des Sages*, auquel Ésope contribue par ses apologues, jouaient le même rôle que les Proverbes bibliques : de la sagesse contemplative des choses divines, ils déduisaient l'intelligence pratique qui doit orienter le sage dans l'action, parmi les hommes, dans le courant périlleux et miroitant des choses humaines.

Les symboles héroïques parlent du divin en le voilant pour les hommes profanes. Les symboles familiers, qui parlent des hommes profanes aux hommes qui ont vocation au divin, sont eux aussi voilés. Ces voiles protègent une science de l'homme parmi les hommes qui n'est pas faite pour le vulgaire, mais qui s'adresse néanmoins à tous, éveillant la curiosité, l'ingéniosité et l'intelligence de ceux du moins qui souhaitent au fond d'eux-mêmes d'être éclairés. Dans le cas des apologues ésopiques, le voile le plus évident, c'est la métaphore animale. Elle se prête à exégèse et même elle la demande[81].

Chez La Fontaine, la métaphore, et plus généralement l'allégorie animale, acquièrent la chair et la vie sensible de « choses vues ». Elles se suffisent à elles-mêmes. Elles ne demandent aucune exégèse. Souvent même elles se passent de moralité expresse, ou elles dépassent la moralité partielle qui leur est donnée. Leur naturel contient en lui-même sa propre évidence et sa propre leçon.

Mais d'autres voiles, plus subtils, sont déployés par le poète qui ne disparaît pas sous le conteur. Il recourt à l'ironie, qui semble dire le contraire de ce que l'on entend signifier, et à l'emphase, qui semble dire le moins pour signifier le plus. Une modulation de silences parcourt le récit métaphorique (les animaux-hommes que le conteur fait voir en action), et elle le fait vibrer d'émotions contenues qui, sans rien atténuer de la dureté de la « peinture » morale, permettent au sentiment du poète lyrique de s'épancher dans le cercle des « bons entendeurs », capables comme lui, de souffrir de ce qu'ils voient et de ce qu'ils savent. Une vie secrète du sentiment anime intérieurement ces apologues transfigurés en scènes de théâtre, en petits tableaux, en petits bas-reliefs, en brèves épigrammes, souvent colorés de saveurs contemporaines. C'est bien la sagesse d'Ésope éprouvée depuis le fond des temps, mais c'est cette sagesse reprise à son compte par un poète, qui lui prête le lyrisme de son propre « je » autant que le raffinement savant de son art. La désillusion du grand lyrisme, loin de dessécher l'émotion et de décourager l'imagination, les a exaltées en profondeur, et leur a appris à voir et à souffrir en silence. Le réalisme des premières *Fables* sait sourire de peur de pleurer ou de protester en vain.

Ces émotions retenues sont d'autant plus contagieuses pour les lecteurs qui sentent, et qui ne se contentent pas de s'amuser, que la science de l'emphase, où le poète des premières *Fables* est d'emblée passé maître, sait réserver le secret du poète à ceux-là seuls qui sont capables d'en éprouver eux-mêmes la douleur et la lucidité. Le mot emphase surprend. Il semble à l'opposé de la pudeur et du naturel lafontainiens. Aujourd'hui en effet, nous appelons emphase le contraire de ce que la tradition antique et humaniste entendait par *emphasis* : pour nous c'est l'insistance pesante et sentimentale, par laquelle un discours pauvre de contenu croit pouvoir sauver sa vacuité.

L'*emphasis*, dans la tradition littéraire[82], c'est une figure de pensée exactement inverse de ce que nous entendons par emphase. C'est l'art de sous-entendre beaucoup plus qu'on ne dit, de paraître d'autant plus gai, ou familier, ou bref, que l'on a au fond toutes les raisons d'être grave, alarmé ou abondant. Cette réserve de silence à l'arrière-plan de ce que l'on dit invite l'auditeur à deviner ce que l'on ne dit pas, et à mériter cette économie de mots et d'émotion. Le retrait apparent du lyrisme dans les premières *Fables*, la « gaîté » de leurs récits qui laissent parler les choses, sont des chefs-d'œuvre d'*emphasis* au sens le plus traditionnel.

Si l'on a pu en venir, parmi les Modernes, à un tel renversement de sens de l'*emphasis* à l'emphase, c'est que cet art supérieur de voiler pour mieux laisser entendre demandait à l'oral, dans la diction, des gestes, des expressions ou des attitudes qui suppléaient à sa réserve écrite, et qui aidaient les auditeurs à reconnaître les arrière-pensées d'un discours figuré. Les Modernes n'ont retenu de la tradition d'*emphasis* que l'accent oral et gestuel d'insistance et suppléance que les orateurs, notamment les orateurs officiels, ajoutaient à la réserve des figures d'*emphasis* auxquelles ils recouraient ou qui imprégnaient les textes qu'ils citaient. Une interprétation redondante a fait oublier l'esprit de cet art de dire moins qu'on ne sait, et qu'on ne sent, un art qui fait désirer le sens intime des silences, voilés et révélés par la pudeur ou par le sourire des figures de pensée.

Une fable entière du premier recueil, *Phébus et*

Borée (VI, 3), enveloppe et célèbre implicitement cet art de dire sans dire qui gouverne la retenue et inspire la séduction du premier recueil. Rien de plus vivant, concret, suffisant à soi-même que cette vue vaste et plongeante évoquée par le conteur sur un paysage et un jour d'automne, avec son alternance de bourrasques et d'embellies, et sur ce voyageur solitaire, perdu dans la vaste contrée, faisant route enveloppé dans un chaud et confortable manteau. À l'intérieur de cette vision, un sens second se fait jour sourdement, et seulement pour qui est attentif au sentiment du poète. Au-dessus de la tête du voyageur, Borée, le vent du Nord, veut persuader le Soleil de parier avec lui qu'il arrachera le manteau du voyageur. Le Soleil, *sans tant de paroles*, accepte la gageure. L'alternance de bourrasques et d'embellies devient ainsi un concours entre deux orateurs, l'un abondant, violent, véhément, qui cherche moins à persuader qu'à extorquer de vive force. L'autre se borne, sans marteler ses effets ni déployer tant d'énergie, à rayonner lumière et chaleur, à *récréer* le voyageur. Il est seul à obtenir de lui qu'il *se dépouille* de son propre mouvement, sans que le Soleil ait dû *user de toute sa puissance*. C'est la victoire de l'*emphasis* sur l'emphase, de la persuasion naturelle sur la force qui dédaigne de persuader.

Le sublime dont est capable la force agitée, et qui ne s'exerce que sur les corps, doit ici céder au sublime de la douceur calme qui, en retrait, avec sa réserve de pensée, par le seul pouvoir de la lumière qu'elle répand sur les choses et sur les êtres, touche les cœurs et les « dépouille » de leur méfiance et de leur résistance.

Cet art du silence et de la douceur, qui laisse les choses parler, mais qui n'en pense pas moins, confère au premier recueil son unité poétique. Il est parfaitement accordé au dessein moral qui gouverne les six premiers livres, et dont la clef se trouve dans la fable *L'homme et son image* (I, 11), dédiée à La Rochefoucauld :

Notre âme, c'est cet homme amoureux de lui-même ;
Tant de miroirs, ce sont les sottises d'autrui,
Miroirs, de nos défauts les peintres légitimes ;
    Et quant au canal, c'est celui
    Que chacun sait, le livre des *Maximes*.

(v. 24-28)

Si le livre des *Maximes* est à la fois une critique de l'amour-propre et une initiation à l'honnêteté envers soi-même et envers autrui, le premier recueil des *Fables*, par sa propre voie figurée et colorée, se fixe le même objet à proprement parler sublime, tant il est ambitieux malgré sa retenue et sa pudeur.

C'est que l'amour-propre, selon La Rochefoucauld et La Fontaine, c'est beaucoup plus que l'amour propre. Ignorance du divin, d'où jaillit la sagesse, chute dans l'aveuglement du « moi » et dans sa brutalité, il contient en germe toutes les métamorphoses, menues ou monstrueuses, de l'idolâtrie de l'homme par lui-même, auprès de laquelle les appétits des animaux féroces semblent excusables. Cette perversion avide du regard sur soi, et de la perception d'autrui, est la boîte de Pandore d'où jaillissent la tyrannie politique et les froids égoïsmes qui, à son image, font leur proie des innocents et des naïfs, eux-mêmes inconscients de leur immaturité.

Prévenir les candidats à la sagesse de ce monstre de l'âge de fer, qui métamorphose les hommes en sangliers d'*Adonis*, apprendre à le discerner en soi et à le redouter autour de soi, faute de pouvoir le terrasser, est vocation de poète autant que de sage. Mais la poésie peut aussi faire discerner, hors de cette chaîne des violents et des vaniteux, des miracles de naturel et d'humanité qui reposent et réjouissent le cœur :

    « Où donc est ce jeune mari
    Que vous m'avez promis », dit-elle.
        (*La jeune veuve*, VI, 21, v. 47-48)

Ce mouvement de la nature qui porte cette jeune femme au bonheur, comme celui qui dicte spontanément à un satyre d'accorder l'hospitalité de son foyer à un passant, mais qui l'avertit ensuite à temps que ce passant n'est pas un ami (*Le satyre et le passant*, V, 7), participe d'un merveilleux tout intime et familier, un merveilleux entièrement réservé à la vie privée, que l'antique « science de l'homme », dont le poète réinterprète et rajeunit les humbles et vénérables symboles, peut aider à protéger et à faire goûter, à l'abri des loups et des lions *cherchant qui dévorer* dans la Cité-jungle.

CHAPITRE VII

LE VIVANT CONTRE LE MÉCANIQUE

> « Les souvenirs des fureurs de la Ligue et les brouilleries de la Fronde avaient favorisé l'établissement de la monarchie absolue ; les gouvernements du despotisme de Louis XIV, quand ce grand prince s'alla reposer à Saint-Denis, rendirent plus amers les regrets de l'indépendance nationale. La vieille monarchie avait traversé six siècles et demi avec ses libertés féodales et aristocratiques. Combien l'État formé par Louis XIV a-t-il duré ? Cent quarante années. Après le tombeau de ce monarque, on n'aperçut plus que deux monuments de la monarchie : l'oreiller des débauches de Louis XV et le billot de Louis XVI. »
>
> CHATEAUBRIAND, *Études historiques*
> (O.C. Ladvocat, 1831, t. V ter, p. 44)

Le coup d'État du 5 septembre 1661 a retenti cruellement dans les profondeurs du poète. La réponse a été une série de sursauts créateurs : les *Contes*, les premières *Fables*, les *Amours de Psyché*. On est tenté de dire que le meilleur de son œuvre lui a été arraché pour répondre au deuil de Foucquet, et pour accommoder sa vision de poète au défi et au scandale du triomphe brutal de la Raison d'État en la personne d'un roi en qui tant d'espoirs avaient été placés.

Cette révolution intérieure de poète en réponse à un cataclysme politique a un précédent. Mais il faudra attendre le XIXe siècle, et l'échec de la IIe République en 1848, pour observer, plus éclatant, plus à vif, le même phénomène opérer sur toute une génération lyrique. Hugo est alors devenu le Juvénal et Baudelaire l'Ovide de la modernité politique.

Le précédent, au XVIIe siècle, il faut le chercher au moment où Richelieu et Louis XIII disparus à un an de distance, l'un en 1642, le second en 1643, la dictature de salut public instaurée par le cardinal, grand malade brûlé d'intelligence et de volonté, prend brusquement fin. Paul Scarron, en 1643, publie son *Recueil de quelques vers burlesques*, qui inaugure en fanfare l'abondante production de ce poète de parenthèse : elle s'interrompra en 1660, lorsque Scarron meurt, à temps pour se dispenser d'assister à la chute de Foucquet, son généreux mécène depuis 1652[1].

Scarron était devenu lui-même un grand malade depuis 1640. La verve extraordinaire avec laquelle il réagit à la ruine de son corps et à la souffrance éclata en même temps que l'euphorie générale, à la fin des « années noires » du royaume et le début de la « bonne Régence ». Un vrai poète résonne non seulement à sa météorologie intérieure, mais à celle de la communauté de langue dont il est l'interprète. Scarron a souffert d'un injuste « déclassement » posthume par l'autorité de Louis XIV et par celle de Boileau. Les Romantiques, de Gautier à Flaubert, lui ont rendu justice.

Le burlesque était vivant en Italie et latent dans la poésie française avant Scarron[2]. Un grand poète lyrique, Saint-Amant, l'a pratiqué dans un registre héroï-comique entre 1629 et 1661 : ses « caprices » poétiques avaient si peu nui à son succès qu'il entra à l'Académie française dès 1634. Mais c'est Scarron qui précipita et aiguisa la formule en 1643, et qui lui donna son nom. La conjoncture (La Fontaine dirait « l'occasion ») le soutint.

La conjoncture de 1643, si favorable à l'invention

de Scarron, était exactement l'inverse de celle où se trouva La Fontaine en 1661. En 1643, c'était le soulagement après l'oppression. En 1661, c'était l'oppression après dix-huit ans de troubles, de drames, sans doute, mais de troubles et de drames dans la liberté retrouvée et gaspillée, suivie depuis 1654 par une grande espérance de paix extérieure et de concorde civile. L'essor du burlesque et la carrière littéraire de Scarron s'inscrivent exactement dans cet interlude du Grand siècle, entre 1643 et 1661 : cette année-là, qui vit la chute de Foucquet, est aussi marquée par la mort de Saint-Amant et de Scarron.

Qu'est-ce que le burlesque ? C'est la version poétique de la liberté quand elle se fait peu d'illusion. Pour pratiquer ce genre d'écrire irrespectueux de toute norme et ironique envers lui-même, il faut ce que les poètes du XVIIe siècle appellent du « feu », et ce feu fut le principal dictame qui préserva Scarron de sombrer dans le désespoir : il fascina aussi les contemporains. La poétique burlesque, c'est le monde renversé : les dieux et les héros qui peuplent les grands genres sont métamorphosés en une humanité voisine du monde animal, et le grand style qui en principe devrait leur revenir et leur convenir est renvoyé au style bas, à la dérision généralisée. Cette plongée des grands modèles et des grands exemples, ordinairement protégés par la convention et la convenance, dans les eaux troubles, acides, et sarcastiques de la vie comique, est la méthode poétique que Scarron mit en œuvre avec une invention éblouissante, verbale et métrique, et dans plusieurs genres (parodie de l'*Énéide*, parodie des genres lyriques et encomiastiques, comédie caricaturale, roman comique). Cette descente du grand dans le bas crée un effet de réel qui désamorce toute illusion, et un effet d'illusion qui annule tout le réel : elle déclenche le rire âpre et libérateur, à la Beckett, qui a assuré le succès de Scarron pendant toute la durée de l'interrègne entre Richelieu et Colbert.

Il y avait néanmoins, dans le burlesque, un procédé

trop voyant et, au fond de sa gaîté, un scepticisme trop voulu : Scarron lui-même infléchit et adoucit sa méthode pendant ses dernières années, les années Foucquet. Il fit du chemin en direction de Pellisson, son avocat auprès de Foucquet : toute la pédagogie déployée par Pellisson auprès de ses amis de la Table Ronde entre 1645 et 1657 tendait en effet à faire contrepoids au torrent burlesque par l'étude des modèles antiques et italiens du « naturel », Homère, Horace, l'Arioste, qui savent sourire même dans le registre sublime, et faire descendre la grâce jusque dans le registre bas[3]. Vaux et ses poètes (Molière, La Fontaine) devaient être à même de concilier la liberté et la royauté, l'intelligence et l'harmonie.

Avec la chute de Foucquet, le deuil et la douleur, le poète « héroïque » d'*Adonis* se tourne tout naturellement du côté du burlesque, la médication forte de Scarron, mais un burlesque purifié de sa mécanique et de sa violence âpre, un burlesque galant et souriant, celui des *Contes*. Dans le nouveau contexte de la « machine à gloire » colbertiste, cette gaîté et cette ironie, si élégantes qu'elles fussent, prennent le sens d'un correctif administré au conformisme officiel de la grandeur. Leur succès auprès du public aggravait le cas du poète. Sans l'avoir cherché, La Fontaine s'est trouvé, avec le public lettré qui lui fit fête, dans une position d'ironiste envers le nouveau régime, mais il devint aussi le plus vaillant critique des illusions qui avaient accompagné l'ascension de Foucquet.

Les *Fables*, qui intègrent à la leçon de Térence, d'Horace, de Lucien, beaucoup de saveurs venues de Scarron et du burlesque, sont sa réponse la plus méditée et sereine au drame de 1661. Elles ne s'adressent pas seulement au public, elles visent — sous couleur de l'éducation du Dauphin — le roi lui-même. Elles interprètent la désillusion générale, et elles veulent avertir le roi de son propre aveuglement. Elles ne sont pas seulement, comme les *Contes*, un remède à la mélancolie privée : elles cherchent à dissiper la mélancolie du royaume, elles rivalisent avec le spectacle de cour.

Le triomphe de l'absolutisme, en 1661, eut l'effet, paradoxal en apparence, de stimuler la fonction de contrepoids et de correctif que les Lettres françaises avaient appris à exercer sous Richelieu. La Fontaine se trouva du côté de la vigilance littéraire, et il trouva en lui-même le « feu » nécessaire pour l'exercer avec une redoutable ingéniosité et ingénuité. Cette vigilance littéraire, un poète plus que tout autre, depuis 1636, en avait été le dépositaire et l'interprète : c'était Pierre Corneille.

Le théâtre, critique de la raison d'État

Il peut sembler étrange de rapprocher sur ce terrain Corneille de La Fontaine, et Sophocle d'Anacréon. Mais ce Sophocle s'est montré capable en 1671 de collaborer avec Molière au livret de *Psyché*, inspiré du roman de La Fontaine, et d'introduire dans cette tragi-comédie-ballet un lyrisme amoureux digne de l'*Adonis* de l'Anacréon champenois. Les aveux que Corneille prête à Psyché n'ont rien à envier au duo final des *Amours de Psyché et de Cupidon* :

« ... À peine je vous vois, que mes frayeurs cessées
Laissent évanouir l'image du trépas,
Et que je sens couler dans mes veines glacées
Un je ne sais quel feu que je ne connais pas.
J'ai senti de l'estime, et de la complaisance,
    De l'amitié, de la reconnaissance,
De la compassion les chagrins innocents
M'en ont fait sentir la puissance,
Mais je n'ai point encor senti ce que je sens.
Je ne sais ce que c'est, mais je sais qu'il me charme,
    Que je n'en conçois point d'alarme ;
Plus j'ai les yeux sur vous, plus je m'en sens charmer :
Tout ce que j'ai senti n'agissait point de même,
    Et je dirais que je vous aime,

Seigneur, si je savais ce que c'est que d'aimer.
Ne les détournez point, ces yeux qui m'empoisonnent,
Ces yeux tendres, ces yeux perçants, mais amoureux,
Qui semblent partager le trouble qu'ils me donnent.
   Hélas ! Plus ils sont dangereux,
   Plus je me plais à m'attacher sur eux... »
                        (Acte III, Scène 3, v. 1050-1069)

De même que La Fontaine était capable d'offrir en gage à Port-Royal, un an avant l'édition de ses *Contes* les plus lestes inspirés de l'Arétin, son poème dévot *La captivité de saint Malc*, Corneille pouvait, un an avant de composer un aveu dont Marivaux fera ses délices, publier sa somptueuse traduction en vers français de l'*Office de la sainte Vierge*, dédiée à la reine Marie-Thérèse, et accompagnée de prières bien nécessaires pour le roi.

Les deux poètes puisaient dans les ressources les plus diverses de leur propre tradition pour retenir le royaume, et le roi tout le premier, sur la pente de l'État impérieux et militaire : l'hagiographie, la poésie liturgique et les fables, la sainteté et l'humanité poétiques pouvaient tour à tour rappeler à cette puissance envahissante et niveleuse les droits de l'intériorité libre et de la transcendance. Corneille et La Fontaine avaient tous deux un ami et un admirateur commun, exilé en Angleterre : Saint-Évremond. Tous deux avaient des liens étroits avec les grandes et anciennes familles du royaume qui avaient conspiré à leur manière pour la « liberté des Modernes » et résisté courageusement à Richelieu. Tous deux avaient été des enthousiastes du surintendant Foucquet. Tous deux, avec des accents très différents, étaient des interprètes de ce romantisme galant qu'il fallut vingt ans de règne à Louis XIV pour juguler. Tous deux, à des générations différentes, étaient nés à la poésie française dans la lecture de *L'Astrée*.

La *Querelle du Cid* en 1637 semble porter uniquement sur des questions de poétique : elle révèle indirectement, mais publiquement, l'incompatibilité entre la poésie et la politique cornéliennes et l'éloquence de la raison d'État patronnée par Richelieu. Corneille avait d'abord (en 1635) accepté de collaborer avec quatre autres auteurs (Rotrou, L'Estoile, Colletet, Boisrobert) dans une équipe de composition dramatique dirigée par le cardinal et destinée à alimenter la salle de théâtre de son palais parisien. Le poète s'était assez vite dérobé à ce travail collectif, qui effaçait son autonomie d'auteur. Avec le succès du *Cid*, puis sa résistance aux attaques encouragées en sous-main par Richelieu contre cette tragi-comédie, il avait pris la stature d'un directeur de conscience laïc, dont l'autorité poétique osait tenir tête à l'autorité politique du tout-puissant ministre.

Dans ses premières comédies et dans *Le Cid*, il avait fait valoir sur le théâtre la profondeur et la fécondité morale du sentiment amoureux, qui déborde les devoirs dus aux pères et aux époux, et de la liberté des particuliers, qui elle-même ne se résume pas aux devoirs dus à l'État. Il avait montré, dans *Le Cid*, que la vocation du véritable roi moderne et chrétien était justement de comprendre et de réconcilier l'ordre de la loi avec celui de l'amour et de la liberté : c'est ce qui fait du roi un roi, et non pas un tyran qui écrase, sous son caprice érigé en loi, comme les dieux et les empereurs païens, la noblesse naturelle et spirituelle inscrite au fond des cœurs, laissant libre cours aux noirceurs dont regorgent les âmes asservies.

C'était bien ce « non-alignement » que Richelieu avait subodoré dans *Le Cid* et qu'il n'avait pas pardonné à un auteur aussi goûté du public. Loin de se soumettre, le poète, payant lui-même d'exemple, avait approfondi encore sa méditation publique sur la liberté et sur la royauté, dans un langage dramatique original dont il avait musclé la syntaxe, tout en empruntant son vocabulaire symbolique à l'Histoire antique. Ce langage chiffré, bien défendu contre la censure mais bien compris du public, lui avait permis d'interpréter à haute voix sur la scène, entre 1641 et 1651, la crise de l'État absolutiste, et les prodromes de la Fronde. L'hôtel de Bourgogne et le Théâtre du Marais, où l'on jouait du Corneille, étaient en réalité devenus de véritables Académies des sciences politiques et morales en « langage mystérieux », dont les sessions publiques portaient le nom de ses tragédies : *Horace, Cinna, Polyeucte, Rodogune, Nicomède.*

Dans *Rodogune* (1644-1645), sa tragédie préférée, Corneille avait fait surgir sur la scène une Cléopâtre qui symboliquement avait tous les traits implacables de Richelieu, mort deux ans plus tôt : cette reine usurpatrice n'hésitant pas à sacrifier les sentiments les plus sacrés, et même l'amour d'une mère pour ses fils, à sa soif de pouvoir absolu : « Sors de mon cœur, Nature ! » Les plans de dictature et de terreur conçus par cette ingénieuse furie orientale n'échouent que par miracle, grâce à la chaîne de solidarité, d'amitié et d'amour formée par ses deux fils et par sa prisonnière, Rodogune, dont les deux jeunes gens sont tous deux épris. Cléopâtre cherche savamment, mais en vain, à briser cette chaîne des cœurs : de la loyauté dont Antiochus et Séleucus ne se départent pas entre eux, du sacrifice que Séleucus s'impose, peut naître, au sortir du cauchemar, l'espérance d'une royauté rendue à sa vocation et exercée enfin avec humanité. La parole de tromperie et de servitude, malgré la force et malgré la ruse, échouait dans *Rodogune* sur le roc de la parole inviolable échangée entre amis, dont le poète tragique révélait et célébrait la parenté avec la sienne propre.

En 1658, Nicolas Foucquet, bien conseillé par Pellisson, avait demandé à Corneille (retiré depuis 1651) de revenir au théâtre en traitant, dans son propre langage, le sujet de l'*Œdipe* de Sophocle. La tragédie fut représentée en 1659 à l'hôtel de Bourgogne, avec un grand succès. C'est peut-être, formulée dans le langage mystérieux de la Fable antique, la plus profonde et complète analyse de ce que les partisans du Surintendant, au seuil d'un nouveau règne, attendaient de lui. Œdipe, tel que le montre Corneille, est un tyran : « Je suis roi, je peux tout. » Il ne voit en autrui que des instruments politiques passifs de ses intrigues et de son pouvoir : « Politique partout », dit sa belle-fille Dircé d'un règne où le spirituel étouffe sous le temporel. L'Œdipe de Corneille symbolise le programme absolutiste des héritiers de Richelieu, où le poète tragique fait voir une résurgence archaïque, en pleine ère chrétienne, de la Fatalité religieuse païenne et de la Cité antique.

Le couple inédit de Dircé et de Thésée, que Corneille a introduit dans le mythe antique, est un couple moderne dont la liberté intime et l'amour réciproque ont finalement raison de la « machine infernale » imposée à Thèbes par l'appétit illimité de pouvoir qui dévore Œdipe. Pré-chrétienne, Dircé peut dire du tyran terrestre :

Le Roi, tout roi qu'il est, Seigneur, n'est pas mon maître.
(Acte I, Scène 1, v. 105)

Corneille fait prononcer par Thésée, l'« amant » de Dircé, la plus vibrante protestation contre tout déterminisme moral à l'antique ; la liberté théologique est inséparable de la liberté politique :

L'âme est donc toute esclave : une loi souveraine
Vers le bien, ou le mal, incessamment l'entraîne,
Et nous ne recevons ni crainte ni désir
De cette liberté qui n'a rien à choisir,
Attachés sans relâche à cet ordre sublime,
Vertueux sans mérite, et vicieux sans crime.
(Acte III, Scène 5, v. 1153-1158)

Cet « ordre sublime », imposé à la volonté serve des hommes par le bon plaisir des dieux, et à leur libre arbitre politique par l'oppression des tyrans, est troublé à la fois par la liberté et par l'élection amoureuses qui unissent Dircé et Thésée ; cette liberté et cette élection du cœur sont deux vocations propres et naturelles à l'homme, que tout roi vraiment légitime, vicaire d'un Dieu d'amour, se doit de reconnaître en lui-même, et de faire entrer comme sa meilleure composante dans l'art de régner. Jamais le romantisme galant n'avait trouvé une expression poétique et politique aussi vigoureuse que dans cette réforme cornélienne du mythe grec d'Œdipe.

Après 1661, Corneille, allié à son jeune frère Thomas, lui-même dramaturge à succès, reste une autorité littéraire et morale indépendante sur la scène parisienne. Avec un sens stratégique très sûr, il rend au roi les hommages « sublimes » qui lui sont dus, mais il se ménage, par le théâtre, l'édition, le journalisme (Donneau de Visé, le directeur du *Mercure galant*, lui est entièrement acquis), une forte emprise sur le public : il est à la tête d'un véritable « parti » dans la République des Lettres et le grand monde parisien.

Sa réflexion en langage dramatique sur le destin de la monarchie devient de plus en plus empreinte d'altier dégoût, à la Tacite. Le public ne le suit pas toujours sur ce chemin escarpé. Et son frère ne se cache pas d'imiter Racine, l'auteur tragique rival acclamé par la Cour. Dans sa dernière tragédie, *Suréna, général des Parthes*, jouée en 1675, et vite retirée de l'affiche, le vieux Corneille, qui a encore dix ans à vivre, a écrit son testament de poète, et il y laisse voir sans ambages le fond de son cœur. Loin de pouvoir faire évoluer une tyrannie vers la royauté libérale comme y réussissaient Antiochus et Séleucus, Dircé et Thésée, les deux héros de *Suréna* sont prisonniers et condamnés à mort par la machine infernale du machiavélisme politique. Leur liberté, leur amour réciproque, sont voués au secret et à l'intériorité privée, mais même la réserve inviolable qu'ils s'imposent est une offense mortelle pour leur geôlier royal qui les devine : il fait assassiner Suréna et mourir de désespoir Eurydice. Le nom de l'héroïne de cette tragédie-testament laisse entendre à lui seul que la poésie descend aux Enfers avec la mort de la liberté et le triomphe dans la société politique d'un pouvoir sans frein.

Dans cette tragédie, Corneille n'hésite pas à suggérer les deux voies de fuite qui se proposent aux « particuliers » écrasés à l'extérieur par « l'ordre sublime » de l'État absolu : le mysticisme quiétiste (Suréna emprunte son leitmotiv à Thérèse d'Avila : *Toujours aimer, toujours souffrir, toujours mourir* [Acte I, Scène 3, v. 265]) et la volupté épicurienne (le héros déclare à Eurydice dont il va être à jamais séparé : *Un seul instant de bonheur souhaité / Vaut mieux qu'une si froide et vaine éternité*).

Les emplois de l'Olympe : Minerve, Jupiter-Mars, Vénus

Les *Fables*, pas plus que les *Maximes* de La Rochefoucauld publiées anonymement en 1664, ou les *Pensées* de Pascal publiées en 1671 par Port-Royal, ne songeaient à convertir le « moi » bien cuirassé du roi, réfléchi dans le miroir monumental de l'État absolu. Et pourtant, le premier recueil se réclamait de la royauté, faute du roi : il était dédié au Dauphin, héritier de la Couronne. Le second recueil de *Fables*, publié en 1678, s'ouvre sur une splendide épître dédicatoire en vers adressée à la maîtresse royale, Françoise-Athénaïs de Rochechouart-Mortemart, qui était alors au zénith de sa liaison officielle avec le roi. En 1671 déjà, la « Chambre du sublime » offerte au duc du Maine, « dauphin de France » de la main gauche, avait élevé La Fontaine parmi les élus du Parnasse personnel de la Vénus royale[4]. Mme de Montespan, étroitement secondée par son frère le comte de Vivonne, par sa sœur Mme de Thianges, tous deux lettrés, et par son autre sœur, la très belle et très docte abbesse de Fontevrault, avait son mécénat à elle, bien distinct de celui du roi son amant, faute de pouvoir exercer la moindre influence dans les affaires de l'État.

Miroir de l'aveuglement humain, les *Fables* se veulent, comme le *Pantchatantra* indien et le *Kalila et Dimna* iranien, des « conseils pour la conduite des rois ». C'est un poème royal, même si le roi n'en veut pas. Le poète des *Fables* avait dédié le premier recueil au Dauphin. Il dédie le second recueil à la maîtresse royale. Le comte de Vivonne, frère de celle-ci, était très lié à Boileau, et il vivait avec Molière, selon Voltaire bien informé par l'abbé d'Olivet, « comme Lélius avec Térence ». La coterie Mortemart[5] était, par tradition familiale, lettrée et amie des lettres. Par les Mortemart, le roi redevenait accessible, et de surcroît par le seul faible de sa cuirasse : le plaisir. La dédicace du second recueil à Mme de Montespan faisait parvenir dans le voisinage du trône une version nouvelle, accordée aux circonstances, de la dédicace d'*Adonis* à Nicolas Foucquet, ou mieux encore, de l'*Hymne à la Volupté* des *Amours de Psyché*. Le poète y peignait le portrait de la maîtresse du roi en Vénus :

Tout auteur qui voudra vivre encore après lui
    Doit s'acquérir votre suffrage.
C'est de vous que mes vers attendent tout leur prix.
    Il n'est beauté dans nos écrits
Dont vous ne connaissiez jusques aux moindres traces.
Eh ! qui connaît que vous les beautés et les grâces ?
Paroles et regards, tout est charme dans vous.
        (*À Madame de Montespan*, v. 17-23)

Des affinités spontanées, des sympathies à demi-mot, appelaient Françoise de Rochechouart-Mortemart à deviner le poète des *Contes* et des *Fables*, et à le prendre sous sa protection en dépit de l'indifférence hostile de son royal amant (*Sous vos seuls auspices ces vers / Seront jugés malgré l'envie*). Gentilhomme de la maison d'Orléans, ami du duc de La Rochefoucauld, du duc de Guise, goûté par toute la famille de la Tour d'Auvergne, notamment par le maréchal de Turenne, qui comme lui savait par cœur son Marot, La Fontaine exerçait une attraction singulière sur les héritiers des plus anciennes lignées du royaume. Les Rochechouart-Mortemart étaient au premier rang d'entre elles et ne reconnaissaient d'égales en ancienneté française que les La Rochefoucauld. Mme de Montespan ne se privait pas de traiter son amant Bourbon en nobliau de récente extrace et le comte de Vivonne son frère ne craignait pas de répondre au roi qui lui demandait : « Mais à quoi sert de lire ? » : « La lecture fait à l'esprit ce que vos perdrix font à mes joues[6]. » Le comte de Vivonne avait un flair exercé pour reconnaître les meilleurs produits, comme lui-même, des plus anciens terroirs français, les poètes comme les vins et les perdrix.

La Fontaine se trouvait en bonne compagnie parmi ces rares experts de la liberté, du loisir et des plaisirs, et qui de surcroît détenaient de famille une tradition orale de la langue aussi ancienne et savoureuse que celle des paysans de Champagne. Les Mortemart étaient célèbres pour leur « esprit », dont Saint-Simon a raffolé, et dont Voltaire a écrit qu'il était *un tour singulier de conversation mêlée de plaisanterie, de naïveté, et de finesse*[7]. La formule convient tout aussi bien aux *Fables* et aux *Contes* : Vivonne, la marquise et leurs sœurs n'ont pas manqué de compter parmi les lecteurs qui ont assuré d'emblée le succès de ces poésies de très ancienne lignée.

L'appétence de La Fontaine pour les grands noms de France n'était donc pas du tout chez lui le snobisme de tête qui poussa un Descartes à cultiver, en Hollande, l'amitié illustre, mais languissante, de la princesse Élisabeth, fille de l'Électeur palatin, ou à entrer, à Stockholm, dans l'académie de la reine Christine de Suède, pour laquelle le philosophe composa un livret de ballet, avant de prendre un mauvais froid et mourir. Quelque chose de plus intime, une solidarité naturelle, quasi nervalienne, rapprochait le poète de l'ancienne France de ces grands seigneurs et grandes dames qui, loin d'être les proies, comme la duchesse de Guermantes de la *Recherche*, d'un orgueil de tête, sec et méchant, vivaient « naïvement » comme le poète leur condition d'êtres très bien nés.

La branche aînée Rochechouart-Mortemart n'avait pas été frondeuse, et le comte de Vivonne, qui devint maréchal-duc de Mortemart, s'accommoda très galamment de la condition de chapon politique à laquelle il était réduit à la cour de Louis XIV. Cet aventureux soldat lettré n'en pensait pas moins, comme ses sœurs. Un des héros de la résistance à Richelieu, le commandeur de Jars, jeté dans une geôle de 1633 à 1639, et qui avait tenu tête, sous la torture, au bourreau Laffemas, était son proche cousin. Le courant souterrain de fronde et de fidélité à Foucquet, qui circule sous la surface souriante des *Fables*, n'était pas pour effaroucher des Mortemart. En 1676, aux eaux de Bourbon, Mme de Montespan prit sur elle d'accorder audience à l'épouse pestiférée du Surintendant. Touchée par ce geste élégant, Mme de Sévigné écrit à sa fille : « Madame Foucquet [fut la voir], Mme de Montespan la reçut très honnêtement ; elle l'écouta avec douceur et avec une apparence de compassion admirable, Dieu fit dire à Mme Foucquet tout ce qui se peut au monde imaginer de mieux[8]... » L'art de peindre exactement la vérité intérieure des êtres, et sans commentaire, est commun à la grande épistolière et à La Fontaine.

Même courtisans de très haute volée, les Mortemart savaient fort bien, comme le poète lui-même, que c'était à des gens de leur qualité que la monarchie absolue, sous Louis XIV, en dépit des ministres du roi et de son administration, devait de rester malgré tout une royauté à la française, irradiant, sinon la modération politique et les luxes du cœur, du moins l'éclat de l'esprit et des arts du loisir.

Napoléon pourra reconstituer après la Révolution, et même perfectionner, la mécanique absolutiste de l'État, il pourra même créer par règlement l'étiquette d'une cour d'Ancien Régime : il lui manquera pour renouer avec le Louvre et Versailles ces fables vivantes qui abondaient encore autour de Louis XIV, comme un bestiaire héraldique encore médiéval, peuplé d'animaux superbes, étranges et singuliers, de grand luxe et souvent de grande folie, dont était fertile pour la dernière fois la plus ancienne et nombreuse aristocratie d'Europe. S'il n'y avait eu que Colbert, Le Tellier, Lionne et Louvois auprès de Louis XIV, son règne aurait déjà laissé l'impression peu attrayante du régime de Robespierre ou de celui de Fouché. Paradoxalement, le premier chef d'État moderne doit sa légende à la cour encore fabuleuse qui s'est rassemblée autour de lui. Terribles pour Louis XIV, les *Mémoires* de Saint-Simon seraient accablants comme du Tacite, sans cette superbe humanité que le mémorialiste décrit avec emportement, cabrée et nerveuse sous le joug du roi.

Parmi ces hircocerfs et ces licornes armoriées qui concouraient à divertir le roi-bureaucrate et à orner sa cour, la marquise de Montespan fut certainement, comme les amazones de la Fronde, un chef-d'œuvre de la nature et de l'histoire dont La Fontaine, en poète et en connaisseur, a senti tout le prix.

Dans le rôle de protectrice des lettres et des arts qui lui était concédé par Louis XIV, la marquise jouait le rôle de Vénus, reine de Cythère. Elle en avait la grande et fière beauté : « Sa taille était riche et majestueuse, son port rempli de cette dignité que les grâces accompagnent. Son teint, ses yeux, le tour de son visage, toute sa personne réalisait les ouvrages qu'on doit à l'imagination et à l'étude des peintres ou des poètes[9]. » De la déesse, elle tenait aussi les goûts fastueux et raffinés. Tant qu'elle fut en faveur, le roi, dont toute l'éducation était à refaire, voulut « paraître » devant elle et se montrer à la hauteur d'une divinité qui ne se contentait pas d'apparences faciles et voyantes.

L'hommage que lui a rendu La Fontaine en 1678 est donc très justifié, même politiquement : la magnificence et l'élégance des années Montespan (1668-1678) ont quelque peu atténué ou voilé de vraie splendeur les appétits sensuels, guerriers et autoritaires du Grand roi. Les dépenses que le roi faisait pour sa difficile maîtresse étaient autant d'impôts soustraits aux horreurs de la guerre dont le roi était si friand.

On peut même aller plus loin en faveur de Vénus et de son goût personnel. Le château de Clagny, entre Versailles et Saint-Germain, le premier chef-d'œuvre de Jules Hardouin-Mansart, que le roi fit construire, pour elle et selon ses directives, de 1675 à 1685, était un temple de Cnide comme en rêva le XVIIIe siècle [10]. Une galerie de tableaux y représentait l'histoire d'Énée, fils de Vénus. La marquise avait posé le premier jalon de l'architecture privée « rocaille » de la Régence et du règne de Louis XV. Le comte d'Angiviller, directeur des Bâtiments de Louis XVI, et grand mécène du néo-classicisme, fit détruire Clagny, en même temps que le Labyrinthe de Versailles, en 1774. Vandalisme prémonitoire, même si des nécessités pratiques le dictèrent.

La Vénus royale au sommet de l'État tenait lieu du Mécène qu'aurait dû être Foucquet auprès d'Auguste-Louis XIV. Foucquet s'était fait représenter en Apollon aux plafonds de Vaux, et La Fontaine, dans *Le Songe*, lui avait donné le rôle de dieu du Parnasse. En réalité, il n'a jamais été remplacé. Le Soleil n'est pas Apollon, en bonne mythologie. Ce sont deux divinités bien distinctes. Le Soleil ne fréquente ni le Parnasse ni les Muses. C'est le dieu des Empereurs et de leurs soldats. Dans *Phèdre*, en 1677, une lutte féroce oppose dans le ciel païen le Soleil à Vénus, et c'est Phèdre qui paye pour cette terrible scène de ménage entre les deux déités vindicatives et « cruelles ». Apollon n'apparaît nulle part dans la tragédie de Racine, sauf peut-être sous les traits d'Hippolyte, fracassé par ses chevaux, que Neptune a rendus fous de peur. Le Parnasse racinien est exposé sans protection aux fulgurances de l'Olympe.

Vénus-Montespan (la future « altière Vasthi » de Racine) peut bien occuper la niche laissée vide par Apollon : elle ne règne pas sur le Parnasse, elle n'est elle-même qu'un des emplois de l'Olympe. On comprend malgré tout que La Fontaine ait été attiré par cette figure de substitution. Il eût de beaucoup préféré l'alliance de Vénus et d'Apollon. Mais il n'avait pas le choix : sur l'Olympe royal, depuis 1661, Colbert remplit le rôle de la froide Minerve ; le roi, alternativement, se montre en Jupiter géniteur et tonnant, et en Mars, amant de Vénus, conquérant de l'Europe. En interprétant splendidement, à partir de 1668, le rôle de Vénus, en lui donnant un éclat voluptueux que devait retrouver sous Louis XV, et dans le même emploi, Mme de Pompadour, la marquise de Montespan avait du moins le mérite d'associer son *mundus muliebris*, favorable aux arts, à la Raison, au Secret et au Sacré de l'État absolu.

Les écrivains, les artistes, les musiciens, affluèrent du côté de cette divinité des plaisirs et du goût, même si le cœur n'y trouvait pas son compte. Le libertinage d'État, avec elle, prenait à la Cour la relève du romantisme galant.

La Carte de la Cour

Cette tripartition « dumézilienne », Minerve, Jupiter-Mars et Vénus (qui sera peu à peu remplacée après 1678 par la trinité que la dévote Maintenon-Esther forma avec Bossuet-Mardochée et le roi-Assuérus) avait été esquissée dès les lendemains du coup d'État de 1661.

En 1663, dans un essai en « langage mystérieux » intitulé *La Carte de la Cour*, un remarquable observateur du Paris politique et littéraire, Gabriel Guéret, avait dessiné allégoriquement ce compartimentage administratif du nouvel Olympe.

L'allégorie, ce jeu de cache-cache du discours que la France d'Ancien Régime, et plus que jamais dans les années Foucquet, avait toujours pratiqué avec une espèce de délice, a aussi la propriété redoutable de pouvoir aisément se retourner d'éloge en ironie [11]. Utilisée avec doigté, elle peut devenir une écriture à double entente, qui a un sens officiel à l'avers, et un sens secret et moqueur au revers. Guéret écrit dès 1663 à l'abri de ce chiffre, dont Madeleine de Scudéry se servait plus volontiers pour louer sans flatter que pour cacher ses réserves. Aussi le paysage dont Guéret, journaliste supérieur, veut établir la carte, est-il bien différent de celui que, quatre ans plus tôt, la romancière avait décrit avec allégresse dans la *Clélie*. Alcandre-Louis XIV, de personnage secondaire, est passé entre-temps au rang de divinité solaire, et un tremblement de terre a fait jaillir sous lui un Olympe escarpé qui domine Paris.

Guéret dédie opportunément sa *Carte de la Cour* à Mme Colbert, dont il fait, en termes dithyrambiques, une sublime Minerve, ce qui le dispense de nommer même son inaccessible mari, Jean-Baptiste, la vraie Minerve de l'État.

Il suggère très bien, sans grand risque d'être démenti, que, du côté de l'appareil d'État, un secret jaloux écarte maintenant tout regard et toute parole indiscrète. Il évoque ce *Château* de Kafka du XVIIe siècle, mais il en réserve la description à mots couverts pour la fin de son parcours, sous le nom de *Port du Secret*. Dans les bureaux et salles de conseil de ce « Port », interdit aux femmes (Esther-Maintenon n'y aura accès qu'un quart de siècle plus tard, pour son éternelle gloire), l'on travaille *à la dérobée*, sous la protection des *plus épaisses ténèbres*. À l'entrée de la rade, se dresse un « Écueil de confiance ». Il importe par-dessus tout de l'éviter, car, si vous donnez dans ce panneau de la loyauté, *vous ne pourriez jamais vous relever, non plus que le malheureux Oronte [Foucquet], dont on voit encore flotter en cet endroit le triste débris.*

C'est seulement dans ce « Port », très difficile d'accès, du côté nocturne de l'Olympe, que l'on peut espérer voir en face *ce Soleil qui produit tous nos beaux jours, ce Grand Monarque à qui nos campagnes doivent la fécondité dont elles jouissent.*

On reste stupéfait aujourd'hui de la froide insolence dont exsudent ces pages d'apparence servile et cauteleuse. Au secret de l'État et de sa nouvelle Idole, Guéret oppose avec perfidie un langage chiffré dont il tient la tradition de la République des Lettres.

La réalité de l'État et les délibérations de ses ministres sont donc renfermées dans le *Port du Secret*, en conférence avec le Soleil. La société de la vanité et du spectacle, la Cour proprement dite, s'étale en revanche sur les pentes visibles et mieux éclairées de l'Olympe, pour amuser le badaud. Guéret s'emploie à décrire, non sans arrière-pensée satirique, ces divers théâtres exposés, mais de loin, à tous les regards. Tout brille, tout enchante ici. Mais tout aussi est masque, déguisement, dissimulation, comédie intéressée, sciences retorses auxquelles préparent les Benserade, les Cotin, et autres abbés de cour spécialisés dans la sophistique de parade et d'apparat.

Le reportage allégorique de Guéret s'attarde avec le plus de complaisance sur *L'Île des Plaisirs*, dont Licidas (Monsieur, frère du roi) est alors le chef, avec le concours de son épouse, la « divine Madonte » (Henriette d'Angleterre). Sur cette île, on rencontre la Grotte des Amourettes, séjour de Vénus, et le Palais des Délices (Saint-Cloud), dont le portique est orné d'une statue de la déesse. Tout est fait en ces lieux pour le repos voluptueux. Parmi les habitués, on remarque, aux côtés du comte de Vivonne, le « galant Éraste », Bussy-Rabutin, qui n'a pas encore été relégué en province pour son indiscrète *Histoire amoureuse des Gaules* (1665), et l'« ingénieuse Clarice » (Mlle de La Vallière), l'un des plus beaux ornements de l'Île. Mme de Montespan prendra donc avec autorité en 1668, en compagnie de son frère et de ses sœurs, la suite de Monsieur et de Madame, dans cette loge toute préparée de la Cour, où l'on se spécialise dans le repos et les voluptés du roi. De cette *Île des Plaisirs* dépendent évidemment la « Ville de Comédie » et la « Ville des Ballets ».

À *L'Île des Plaisirs*, s'oppose le *Promontoire d'Emplois*, entendons des emplois militaires. C'est le ministère de la Guerre, organe spectaculaire, comme le ministère des Plaisirs, de l'Exécutif bureaucratique et secret qui travaille et décide dans l'ombre des coulisses. « On y remarque, écrit Guéret, le Temple de Courage, qu'on consacre au dieu Mars. Les Lettres y sont comme étouffées sous le pesant appareil des Hocquetons et des Corcelets, et sous un grand amas d'armes de plusieurs manières. » Parmi les statues qui ornent ce temple, celle du « Grand Alcandre », le roi, *qui dans son âge naissant a donné des marques de la valeur la plus consommée et qui tous les jours prouve la grandeur de son âme par l'excellence de ses actions.*

L'Olympe, et ses diverses faces, n'ont décidément rien de rassurant pour les « Lettres », étrangères chez Mars, traitées en esclaves chez Minerve, et en prostituées dans *L'Île des Plaisirs*. Le Parnasse n'apparaît nulle part à l'horizon, et ce silence, à lui seul, en dit long sur la « pensée de derrière » du jeune auteur de *La Carte de la Cour*...

En 1668-1669, cinq ans plus tard, le même Guéret écrit, mais cette fois il se garde bien de publier (il faudra attendre jusqu'en 1751), un dialogue intitulé *La Promenade de Saint-Cloud*, faible mais intéressant prélude à la promenade de Versailles des *Amours de Psyché*[12]. Là, point d'allégories. C'est une « Carte du Parnasse » en style direct et à usage interne de la République des Lettres. Celle-ci, telle que la décrit Guéret, n'a pas de « Comité central », elle est divisée, mais elle est divisée sur la tactique à suivre à l'égard du nouvel Olympe : le ralliement est souhaité par Chapelain, un combat pour obtenir plus de dignité est mené par l'ambitieux Boileau, et un « noyautage » de l'intérieur est pratiqué par les esprits les plus secrets, tel Chapelle. Mais tous ces écrivains, et Chapelain lui-même, si l'on en croit Guéret, ont en vue les intérêts supérieurs de la République des Lettres, dans une situation toute nouvelle où elle se doit de redoubler de prudence et de ruse.

La scène du dialogue est à Saint-Cloud, dans *L'Île des Plaisirs* de Monsieur. Mais quelle différence avec l'image qu'en donnait *La Carte de la Cour* ! En l'absence de ses maîtres, les jardins déserts sont devenus, pour le groupe de lettrés qui est venu s'y entretenir, un lieu sans doute agréable, mais surtout sûr :

« Ici, écrit Guéret, on a la liberté des pensées, l'on y considère les choses toutes pures et dans leur simplicité naturelle : rien n'en dérobe la connaissance. »

On peut en effet évoquer à haute voix et en plein air, entre initiés, le combat déterminé mené par Boileau pour détrôner par le ridicule le vieux prince des Lettres, Chapelain, que le *suffrage de la Cour* a rendu maître des *libéralités de Sa Majesté*. On commente ses traits satiriques, contre les Boyer, les Boursault, les Quinault, petits-maîtres en poésie de la Cour. On trouve injuste que Boileau étende sa critique aux vrais maîtres de la génération précédente, les Voiture, les Sarasin, sous prétexte que ces jeunes médiocrités s'en réclament. Mais on devine aussi qu'il a ses raisons. Il veut l'empire des Lettres comme le roi tient celui du royaume :

« Ne vous étonnez pas, fait dire Guéret à l'un de ses interlocuteurs, Despréaux est d'un certain parti, hors duquel il se persuade qu'il n'y a point de mérite en France. Il croit que toute la gloire des Lettres lui appartient. »

Guéret analyse la stratégie du poète satirique pour reconstruire un Parnasse autour de lui : elle passe par l'alliance avec Molière. C'est en considération de Molière que Boileau épargne dans ses satires Chapelle, qu'il redoute et qu'il déteste, car celui-ci *a travaillé toutes les pièces* de l'auteur comique, favori du roi. Cette collaboration entre ce libertin érudit, dont les sympathies pour la Fronde avaient été vives, et le dramaturge officiel de Louis XIV et de Monsieur, sera confirmée ailleurs et plus tard par François de Callières : « C'est à Chapelle qu'est due une grande partie de ce qu'ont de plus beau les comédies de Molière, qui le consultait en tout ce qu'il faisait, et avait une déférence entière pour la justesse et la délicatesse de son goût [13]. »

Loin d'être choqué par l'alliance de Molière et de Chapelle, Guéret est ébloui. De fait, le jeu d'enfer mené par Molière, flattant le goût du roi et de la Cour pour la raillerie, et en profitant pour faire passer dans le public le message des libertins les plus déniaisés et les plus frondeurs des années 1640-1660, avait de quoi émerveiller les initiés. Guéret admire la virtuosité stratégique avec laquelle Molière a su transformer le mandement de l'archevêque de Paris contre *Tartuffe*, en 1667, en triomphe pour sa comédie, bien que les sources de cette comédie, selon lui, soient dans l'Arétin.

La prédilection de Guéret va néanmoins à Chapelle, qui se garde de rien publier, et dont le silence ne se laisse pas deviner, sinon indirectement, à travers sa contribution aux chefs-d'œuvre de Molière. L'estime du journaliste va aussi à l'abbé de Saint-Réal (qui deviendra bientôt le secrétaire de la vagabonde duchesse Mazarin ; toujours aux côtés d'Hortense, il rejoindra Saint-Évremond en Angleterre) [14]. Le sceptique Saint-Réal n'a rien publié encore en 1668, mais ce n'est pas ce qui compte dans la République des Lettres. Par sa science politique et son esprit, il exerce un très grand ascendant sur Racine et sur Despréaux, qui, eux, publient.

Guéret fait le tour des cercles littéraires parisiens, qui communiquent entre eux ; il met en évidence les autorités littéraires invisibles ; il révèle des ficelles du métier (notamment le prestige persistant en profondeur de la poétique burlesque, reniée en public, mais reprise en sourdine par Molière et La Fontaine).

La Promenade de Saint-Cloud, témoignage exceptionnel, jette ainsi une vive lumière sur un Parnasse parisien qui, dans l'ombre, tenu à la plus extrême précaution, et ne se manifestant en scène ou en librairie qu'à très bon escient, n'est pas du tout intimidé par l'Olympe du Grand roi. Il a pour lui la longue mémoire de la littérature antique, et surtout l'expérience des combats menés par la génération précédente, souvent citée par Guéret (Voiture et Sarasin, Balzac et Corneille), aguerrie contre les diverses censures et qui a appris à jouer au plus fin avec la Cour. Guéret ne mentionne pas La Fontaine, sauf pour louer en passant ses *Contes*. Mais le détachement critique qu'il manifeste envers les poètes de *L'Île des Plaisirs* (à l'exception de Molière) et envers la Cour en général, donne une faible idée de celui dont était capable par-devers lui le poète des *Fables*.

L'amitié dans le labyrinthe du monde

Même si La Fontaine, en 1671, était représenté dans la « Chambre du Sublime » en invité de la dernière heure, même si en 1678, il place son second recueil de *Fables* sous l'invocation de la Vénus royale, *L'Île des Plaisirs* royaux n'était certainement pas son séjour ordinaire. Le second recueil (paru en deux fois, 1678 et 1679), beaucoup plus que le premier, est animé par une force cosmique secrètement vengeresse contre la cour du roi Lion. Sur son petit théâtre de poche, le Socrate des *Fables* devient aussi l'Aristophane de la monarchie absolue.

Dans le premier recueil, le poète, prudentissime, s'était contenté de montrer une comédie humaine à la Térence, ses saveurs et ses erreurs, le jeu naturel des passions et des caractères, sa vérité vivante : elle suffisait à démentir l'enthousiasme de commande et les affectations spectaculaires dont s'enveloppe le nouveau règne. *Le chêne et le roseau* (un « roseau pensant » très pascalien) marquait cependant, en péroraison du Livre I, et avec une autorité biblique, la supériorité spirituelle du poète, la résistance flexible mais fidèle de sa parole, au regard de la force matérielle, bombant le torse mais vaine, des puissances de la terre. Le charme de la mélodie et la vivacité du récit ne doivent pas dissimuler non plus, dès le Livre I, le tranchant avec lequel dans *Le loup et le chien* (5) et dans *Le rat de ville et le rat des champs* (9) la liberté qui ne se laisse ni acheter ni corrompre, et sans laquelle il n'est pas de vraie joie, est au principe de tout art et de toute vie honnêtes. L'art de flatter les grandeurs d'établissement n'était pas non plus épargné dans ces premières fables.

Mais dans le second recueil, d'entrée, par un violent contraste après l'hymne dédicatoire à Athénaïs-Vénus, la fable *Les animaux malades de la peste* est animée d'une virulence gouailleuse à la Juvénal ou à la Saint-Simon, que l'art du récit théâtralisé et la grâce du mètre irrégulier contiennent, mais ne retiennent pas. Une nouvelle manière est apparue, où la force satirique s'est prodigieusement concentrée, tandis que les puissances de la tendresse et du lyrisme, comme pour détendre cette énergie sombre, trouvent elles-mêmes un nouvel essor. Les limites de la fable-comédie, déjà mises à l'épreuve dans les six premiers livres, sont maintenant rompues de toutes parts. Sur la scène de poche, la tragédie, l'épopée, la bucolique, les genres lyriques, la gravité des Psaumes et du Livre de la Sagesse, en contrepoint avec les fêtes virtuoses données par Lully sur le grand théâtre de cour pour Mme de Montespan, témoignent en faveur de la vérité du cœur, et déploient leur implacable ironie d'épigramme contre ses bourreaux.

Mme de Sévigné reprochait en 1671 à La Fontaine de ne pas savoir se contenter du *talent qu'il a de conter*. Le 20 juillet 1679, elle qui qualifiait naguère de *jolies* les *Fables* du premier recueil, déclare *divines* celles du second. « Personne, ajoutait-elle le 2 août, ne connaît et ne sent mieux son mérite que moi [15]. » On aimerait mettre au jour cette lecture silencieuse du sentiment.

À l'arrière-fond des *Animaux malades de la peste*, Mme de Sévigné pouvait voir se lever (*puisqu'il faut l'appeler par son nom*) le paysage de la peste de Thèbes, telle que l'avait décrite, dans son *Œdipe*, ce Corneille qu'elle « sentait », lui aussi, comme personne. Dans sa tragédie, pour introduire le principe rédempteur qui arracherait Thèbes à la peste, c'est-à-dire à la tyrannie d'Œdipe, Corneille avait fait surgir un couple d'amants, Dircé et Thésée. Mme de Sévigné savait par cœur les vers de Dircé à l'Acte I, 1, qui fait d'Œdipe, et de la peste qu'il répand, l'obstacle à leur union (v. 113-114) :

> Pourra-t-il trouver bon qu'on parle d'hyménée
> Au milieu d'une ville à périr condamnée,
> Où le courroux du Ciel, changeant l'air en poison,
> Donne lieu de trembler pour toute sa maison ?

La Fontaine ne trouve pas de meilleur miroir pour l'horreur de la peste que la crainte qui sépare même les amants, et qui interrompt les affinités naturelles des cœurs :

> Les tourterelles se fuyaient :
> Plus d'amour, partant plus de joie.
> (VII, 1, v. 13-14)

L'Œdipe de Corneille, découvrant peu à peu toute l'étendue de ses crimes, faisait face à sa propre vérité : il s'aveuglait pour effacer son long aveuglement égoïste et, pour faire cesser la peste, il s'exilait lui-même, laissant place à Thèbes au couple Dircé-Thésée :

> Mais si les Dieux m'ont fait la vie abominable,
> Ils m'en font par pitié la sortie honorable,
> Puisqu'enfin leur faveur mêlée à leur courroux
> Me condamne à mourir pour le salut de tous.
> (*Œdipe*, Acte V, Scène 5, v. 1833-1836)

Comme l'a bien vu l'illustrateur romantique Granville, les apparences monstrueuses que prennent les hiérarques du royaume empesté, dans les *Animaux malades de la peste*, leur interdisent ce retour final d'Œdipe à l'humanité. La banale « morale » tirée par le conteur, sur *les jugements de cour*, n'est qu'un déflecteur du sens pointu de la fable. La vraie morale, silencieuse, n'est pas à déduire du sort injuste de l'âne, qui après tout fait partie lui aussi du conseil restreint réuni par le roi-lion. Son cas dérisoire est le même que celui de l'agneau du *Loup et l'agneau*, qui, tout expert qu'il est à son âge dans les compliments de cour (*Votre Majesté, Vingt pas au-dessous d'Elle*) n'en est pas moins dévoré, selon la loi du milieu, par un loup qui a la force et la faim pour lui. Le sens caché de la fable est ailleurs. Il ne se révèle que dans le rapprochement, souvent textuel, avec la tragédie sophocléenne de Corneille. La peste, *un mal qui répand la terreur / Mal que le Ciel en sa fureur / Inventa pour punir les crimes de la terre*, a pour origine, dans les deux poèmes, la tyrannie du roi, dont elle explicite les effets pathologiques sur la Cité. Le roi-lion de La Fontaine, comme l'Œdipe de Corneille à l'Acte V, sait fort bien la vérité :

> Je crois que le Ciel a permis
> Pour nos péchés cette infortune.

Mais son « nos » de majesté élude d'avance toute responsabilité personnelle, et l'*infortune*, pour qualifier la peste, minimise férocement l'épidémie. Le conseil que le roi lafontainien a réuni, avec le renard, le tigre, l'ours, et leurs flatteurs, est là justement pour enterrer cette responsabilité. L'âne sacrifié (Rosenkrantz et Guilderstern ésopique), qui n'a d'autre atout que sa rhétorique de cour, comme l'agneau du premier livre, n'est pas le principal objet du drame. Ce sacrifice n'est là que pour tenir lieu du sacrifice que le roi-lion, plein de lui-même, entouré d'esclaves et de flatteurs, est bien décidé à ne pas s'imposer. La vraie morale n'est donc pas la sentence finale, elle est dans cette dénégation implacable du roi, qui a pour conséquence implicite le prolongement indéfini de la peste dans le royaume.

Les animaux malades de la peste ne sont pas pour autant une parodie burlesque de l'*Œdipe* de Corneille, pas plus que *Suréna* n'est une parodie de *Rodogune*. Comme *Suréna*, quoique concentrée dans l'aiguillon d'une forme brève, cette fable est une tragédie politique, sous « un ciel bas et lourd », une Fleur du Mal moderne que le poète fait voir et sentir. *Œdipe* et *Rodogune* étaient, elles, des tragédies romantiques : la foi dans une conciliation possible entre l'art de régner et les postulations du cœur, entre l'action et le rêve, entre le royaume de la terre et le royaume de la poésie, restait possible avant 1661.

L'État absolu, cette fatalité renouvelée de la Cité antique, qui s'est abattue sur le royaume, pèse comme un couvercle sur la liberté, le bonheur, la vérité. Le roi, à l'abri et au centre de cet État écrasant, se réveillera-t-il de l'aveuglement et de la suffisance qui font de lui, à rebours de sa vocation et de son office, un tyran ? La vie publique est pour longtemps, pour toujours peut-être, empestée. L'aiguillon de l'abeille de La Fontaine le sait, mais elle sait aussi piquer cruellement.

L'humanité, la joie, la poésie se sont éteintes. Tout exsude le mensonge, la perfidie, la cruauté, la peur, les calculs froids. Où retrouver, où transporter ce qui donne son prix à la vie ? C'est la question que La Fontaine pose d'emblée à son lecteur, à sa lectrice. Il va chercher avec eux à trouver des réponses. Il n'y a de vrai recours qu'ailleurs, dans un autre ordre, dans l'intériorité, dans la vie privée, dans les affections indemnes des calculs, des mensonges et de la terreur qui émanent du monstre froid.

Mme de Sévigné avait depuis longtemps, par-devers elle, abouti à ces conclusions. Spectatrice fascinée et ironique des manèges de la Cour (comme son amie Mme de La Fayette, auteur de *Mémoires* sur la cour d'Henriette d'Angleterre), témoin endeuillé des cruautés de la guerre, elle avait fait de sa fille sa raison d'être. L'amour qui la fait vivre et écrire pour Mme de Grignan est son véritable royaume, partagé seulement avec sa fille et quelques amis intimes : un royaume qui est dans le monde, mais non pas du monde et qui, pour cette raison même, cherchera de plus en plus sa lumière du côté de Port-Royal. La marquise était bien, en effet, *mieux que personne*, capable de *sentir* cette terrible fable, qui lève le rideau du second recueil et pose les prémisses du drame.

Un « cycle du Lion » fait écho de livre en livre aux *Animaux malades de la peste*, savamment dispersé dans un labyrinthe ennemi de toute symétrie, et dont seuls ceux qui « sentent », avec et comme le poète, une Sévigné, un La Rochefoucauld, pouvaient reconnaître la cohérence et le sens : au Livre VII, 6, *La cour du lion* ; au Livre VIII, 3 et 14, *Le lion, le loup et le renard, Les obsèques de la lionne* ; au Livre XI, 1 et 5, *Le Lion*, et *Le lion, le singe et les deux ânes*. Aucune de ces fables n'a l'âpreté sourdement tragique de la toute première du cycle. L'ironie supérieure à l'égard du fait de cour, et de ses féroces vanités, l'emporte ensuite sur toute véhémence, même contenue, à la Juvénal ou à la Tacite.

Tout se passe en effet comme si le poète, et ses amis lecteurs, avaient d'autres ressources, d'autres joies, inconnues « dans ce pays-là », qui leur permettent de regarder ce fait en parfaite connaissance de cause, de le déplorer, mais aussi d'en rire sous cape, et de se détourner vers les provinces indemnes de l'âme. Le régime de cour peut bien, comme l'Œdipe de Corneille dans les premiers actes de sa tragédie, obéir au principe « Politique toujours, politique partout », la politique de la poésie ne s'enferme pas dans cette prison, malodorante comme l'enfer selon sainte Thérèse d'Avila (*Quel Louvre ! un vrai charnier, dont l'odeur se porta / D'abord au nez des gens* [VII, 6, *La cour du lion*, v. 15-16][16]).

Les *Fables* créent une autre communauté, toute privée, tout amicale, le vrai royaume, lié par une parole d'un tout autre ordre que la parole corrompue et corruptrice de la Cour absolutiste. Ce cercle des lecteurs, qui voient dans l'ombre sans être vus, qui « sentent » avec et comme le poète, partage d'autres curiosités, d'autres préoccupations, d'autres plaisirs insoupçonnés de la « classe politique » et de l'« entourage » du Grand Monarque :

> Je définis la Cour un pays où les gens,
> Tristes, gais, prêts à tout, à tout indifférents,
> Sont ce qui plaît au prince, ou, s'ils ne peuvent l'être,
> Tâchent au moins de le paraître,
> Peuple caméléon, peuple singe du maître,
> On dirait qu'un esprit anime mille corps ;
> C'est bien là que les gens sont de simples ressorts.
> (VIII, 14, *Les obsèques de la lionne*, v. 17-23)

Ces automates prévisibles, réglés sur la montre du roi, sont donc sortis de l'humanité, dont la quête intérieure au contraire est l'objet (et le recours) du poète des *Fables* et de ses amis-lecteurs. Les animaux d'Ésope et de Pilpay, même les fauves, ont du moins la vie pour eux, et le naturel. Ils ont plus d'affinités avec l'humain que les mécaniques actionnées par la vanité. La communauté que crée autour d'elle la parole révélatrice du poète est une communauté de recherche, tournée de *l'autre côté* : elle est attentive à la diversité des êtres, à leur naturel, à leur comédie vivante, amusante ou décevante, vaine ou cruelle, et qu'ils jouent du moins naïvement, pour peu que le regard de Méduse de l'État ne la fige pas.

La Mort, dans le second recueil, n'est plus seulement la limite naturelle imposée à la vie humaine, et qui lui donne intensité et sens. Comme M. de Charlus, roi Lear parisien, errant solitaire dans une capitale soumise au couvre-feu et déplorant toute une génération de jeunes gens fauchée dans son printemps, la méditation du poète, dans *La mort et le mourant* (VIII, 1), passe de l'ordre de la nature à celui du royaume, qui va maintenant de Grande Guerre en Grande Guerre meurtrière :

> Tu murmures, vieillard ; vois ces jeunes mourir,
>   Vois-les marcher, vois-les courir
> À des morts, il est vrai, glorieuses et belles,
> Mais sûres cependant, et quelquefois cruelles.
>
> (v. 55-58)

Après cette sonnerie de charge, la pointe finale est une litote plus troublante qu'une larme dérobée ou un sanglot étouffé.

Cette communauté du « sentir », au premier rang de laquelle figurent Mme de Sévigné (une fable du premier recueil, *Le lion amoureux* [IV, 1], était dédiée à sa fille, et donc indirectement à elle-même) et le duc de La Rochefoucauld (le second recueil contient un *Discours* qui lui est adressé [X, 14], et une fable dédiée à Mlle de Sillery, sa nièce [VIII, 13]), se rattache au poète qui l'a convoquée par un ensemble de liens d'esprit et de cœur étrangers aux « ressorts » des automates ou des autocrates de cour. Ce ne sont pas des idées, une doctrine, un programme de rechange. Le poète se refuse toute abstraction, tout schématisme : la cour des *Fables*, ce « charnier » des âmes, n'est pas un enfer opposé à un quelconque paradis terrestre. *Le songe d'un habitant du Mogol* (XI, 4) va jusqu'à suggérer que même dans l'atmosphère irrespirable du Louvre, d'honnêtes gens peuvent être préservés de la contagion. Qu'il songe à Simon Arnauld de Pomponne (l'ami de Foucquet, devenu ministre de Louis XIV, puis disgracié), à ses amis ambassadeurs bien en cour, Barillon et Bonrepaux, ou qu'il pressente Fénelon, le poète attribue à la « retraite », à la « solitude » intérieure, à la méditation, à la lecture, le pouvoir quasi miraculeux de faire contrepoids au déterminisme de la société de cour. Même dans le *Port du Secret*, La Fontaine se connaît des lecteurs et des amis cachés.

Ce qui réunit les amis des *Fables*, ce sont avant tout des affinités de goût : goût des jardins, de la lumière, des arbres, des fleurs, des fruits, mais aussi des livres, des vrais savants, des rêveurs aventureux, des amoureux et de la conversation intime dans le loisir et le repos. Ce sont aussi des affinités de dégoût : dégoût pour les pédants, les affairés, les vaniteux, les brutaux, les lourdauds, les gâcheurs. Dans les ténèbres d'un âge de fer, ils reconstituent en eux et entre eux un fragile et inappréciable âge d'or.

Impartial dans sa peinture des êtres, le conteur n'hésite pas maintenant à sortir de sa réserve pour prendre ses amis lecteurs à témoin, le plus souvent par des suggestions à demi-mot, quelquefois aussi ostensiblement, contre les ennemis du « sentir vrai ». Sa colère contre le maître d'école, et ses discours vains et funestes, n'est pas feinte. Ce pédant est à la fois affairé, vaniteux, brutal, lourdaud et gâcheur. À lui seul et avec ses petits singes moutonniers, il peut abîmer tout un jardin dont l'art, secondant avec amour la nature, avait fait peu à peu un chef-d'œuvre (*L'écolier, le pédant, et le maître du jardin*, IX, 5). Le pédant de la fable, assis sur son savoir abstrait, n'est même pas jaloux du maître du jardin, il est le tyran lui-même en miniature, enfermé dans son « moi », exilé du « sentir vrai », ignorant à quel point il peut l'être, mais sournoisement acharné à anéantir tout ce que son infirmité ne comprend pas et ne voit pas. Ce saccage imbécile, qui en résume tant d'autres, était d'autant plus poignant qu'il rappelait, à un lecteur du XVIIe siècle, un des plus célèbres épisodes de *Daphnis et Chloé* : la destruction par un jaloux du merveilleux jardin, amoureusement planté par le père adoptif de Daphnis, l'esclave Lamont, à la veille de la visite du maître redouté.

Les *Fables* et leurs lecteurs, pour voir et sentir les choses et les êtres dans leur vraie lumière et leur vraie saveur, sont liés non seulement par leurs goûts et leurs dégoûts, mais par une vocation commune, d'imaginatifs et de tendres éduqués par la poésie et le roman, pour le paradis du cœur : l'amitié. Leur parfaite lucidité envers les noirceurs du monde est l'envers de leur capacité à aimer et à souffrir pour ce qu'ils aiment. Au cycle du Lion, fait contrepoint dans le labyrinthe du second recueil le cycle des amis et des amants.

Plus secret que l'autre (c'est le secret et le sacré propre au poète et à ses frères et sœurs d'âme, de l'autre côté du secret et du sacré du Lion et de sa cour), ce cycle initiatique s'esquisse tardivement au Livre VIII. Une sorte de première épreuve fait voir, tour à tour, et comme en pendant, l'amitié bêtement abîmée, et l'amitié fervente. *L'ours et l'amateur de jardins* (10) décrit la rencontre de deux solitaires, que tout sépare, sauf le poids de la solitude et le sourd désir d'une compagnie affectueuse. L'ours tue ce qu'il aime par un excès quasi maternel de tendresse protectrice envers le sommeil de « l'amateur de jardins ». C'est, à l'état pur, la tragédie de l'amitié, d'autant plus déchirante qu'elle éclate soudain dans un paysage et sous une lumière d'Arcadie. La fable suivante, *Les deux amis*, reprend le même canevas : le plus tendre des deux amis, inquiété par un rêve, va en pleine nuit réveiller l'autre. Mais cette fois il se borne à vérifier que son pressentiment l'avait trompé. Ce sont deux fables qui se tempèrent l'une l'autre, la première burlesque, tendre et atroce, et la seconde presque un conte de fées, situé dans l'improbable Monomotapa. Mais le rapprochement de ces deux cas analogues et pourtant si différents d'amitié, l'une privée d'esprit, l'autre entretenue par l'esprit, fait jaillir chez le conteur une brève improvisation lyrique :

> Qu'un ami véritable est une douce chose !
> Il cherche vos besoins au fond de votre cœur ;
>   Il vous épargne la pudeur
>   De les lui découvrir vous-même ;

Un songe, un rien, tout lui fait peur,
Quand il s'agit de ce qu'il aime.
(VIII, 11, *Les deux amis*, v. 26-31)

Ces vers résument le même état de fusion des cœurs, quasi extatique, que définissait Arnauld d'Andilly, et qui est aussi l'aspiration des amis cornéliens. Dans *Rodogune*, Séleucus invite son jumeau Antiochus à déserter et la mère ambitieuse qui les persécute et la femme redoutable qu'ils aiment ensemble, pour se retirer de cet enfer familial et politique dans le royaume de leur amitié :

Dérobons-nous, mon frère, à ces âmes cruelles
Et laissons-les sans nous achever leurs querelles.
(Corneille, *Rodogune*, Acte II, Scène 5, v. 1091-1092)

Le sentiment amoureux, dans sa native fraîcheur et ses tourments, dans son printemps d'*Astrée*, n'est pas absent du second recueil des *Fables*. L'églogue de *Tircis et Amarante* offre au lecteur dans le Livre VIII, 13 une halte idyllique, colorée d'humour, avant qu'il ne soit exposé à la noire comédie de cour des *Obsèques de la lionne*. Mais l'amitié, dans les *Fables* de 1678, n'est pas une fleur naïve de la nature, si émouvante soit-elle à éprouver et à admirer, comme peuvent l'être le désir naissant et le sentiment amoureux. L'amitié lafontainienne suppose, ou bien elle pressent, tout le cercle parcouru de la cruelle expérience humaine. Elle naît et elle dure comme l'envers tendre d'un désespoir lucide et partagé. Elle est la poésie du mal de vivre, un luxe de l'âme dont les demi-habiles, les aveugles, les éternels collaborateurs du malheur ne peuvent imaginer la possibilité ouverte au fond des cœurs. *Les deux pigeons* (IX, 2) — ces tourterelles dont il est impossible de déterminer le sexe, tant cette fable est à la fois au centre et au sommet du labyrinthe, au-delà de la région des attractions purement sexuelles, au-delà du seuil des passions — surgissent à l'autre pôle des *Ani-*

maux malades de la peste : c'est la fable des initiés en contrepoint de la fable des bourreaux.

Qu'elle trouve son origine dans *Le Livre des lumières* (ce traité d'éducation du prince par les fables, d'origine persane, auquel La Fontaine a beaucoup emprunté dans son second recueil) ne doit pas surprendre : le sentiment français de despotisme oriental (dont Racine s'est fait le premier l'interprète dans *Bajazet*, en 1672) et qui a envahi à son tour les *Fables*, devait pousser La Fontaine à chercher aussi des lumières du côté de la sagesse et de la poésie de l'Inde et de la Perse [17].

Le romantisme galant du XVIIe siècle, comme sa résurgence du XIXe siècle, a deviné, entrevu, désiré l'Orient, avec plus d'intuitive sympathie que la philosophie du XVIIIe siècle. L'imprégnation épicurienne de sensibilités encore chrétiennes leur a fait pressentir à l'Est une mère-patrie des religions, des fables, et d'Épicure lui-même, expert dans la science d'affranchir de la douleur et du mal de vivre dans les sociétés politiques « avancées ». La cour de Louis XIV n'ignorait pas l'exotisme extrême-oriental, dont les jésuites étaient les industrieux introducteurs. Le roi, parmi les « fabriques » des jardins de Versailles, fit ériger en 1669-1670 un « Trianon de porcelaine » à la chinoise, détruit en 1687 pour faire place au « Trianon de marbre » de Jules Hardouin-Mansart, le pendant de Clagny à Versailles.

Mais l'Orient de Pierre-Daniel Huet, dans son essai *De l'origine des romans* (1671), et plus encore celui de La Fontaine dans le second recueil, n'ont rien de commun avec cet exotisme décoratif. Le grand érudit et le poète ont senti en Orient, inventif pour déjouer le despotisme politique, une sagesse et une intelligence privées qui s'allient à l'imagination et aux émotions pour se frayer un chemin furtif vers la liberté intérieure et vers l'humanité.

Même les marchands orientaux, chez La Fontaine, comme ceux du *Dépositaire infidèle* (Livre IX, 1) qui disputent âprement entre eux, le font par vigoureuses paraboles, dont l'ingéniosité ne quitte l'âpre réel que d'un œil, pour mieux y ménager un recoin de détente complice et comique. Même les puissants Turcs savent faire sentir leur avantage sur les petits Grecs (*Le bassa et le marchand*, VIII, 18) par l'invention d'un apologue, qui fait toucher du doigt et accepter, douce pour peu qu'elle ne soit pas bousculée inutilement, la vérité de leur situation réciproque.

Les deux aventuriers et le talisman (X, 13) [empruntée aussi au *Livre des lumières*] est la fable de La Fontaine où se révèle le mieux l'« espagnolisme » foncier d'un poète taxé souvent de prudence frileuse : elle résume, par les aventures fantastiques de son héros, « le pays des romans » (entendons des romans de quête), et elle accorde le prix à la hardiesse imaginative, plus prudente que la prudence, parce que plus intuitive de la part de mystère et de fortune qui est cachée dans les replis du réel. Comme à la Viriate de *Sertorius*, à qui Corneille fait s'écrier : *Il est beau de tenter des choses inouïes*, rien n'est plus étranger à La Fontaine que le prévu et le prévisible, le calculé et le planifié. L'Orient aventureux de La Fontaine rejoint la Renaissance des *Adages* d'Érasme et des *Emblèmes* d'Alciat, de Poliphile et de Pantagruel : l'Orient et la Renaissance ont un sens aussi vif de la déesse Fortune amie des imaginatifs. La sagesse orientale des *Fables* fonde, à la barbe des despotes, des pédants et des méchants de profession, un monde sous-marin qui laisse ses chances à la liberté des êtres et aux merveilles de la parole. Loin de s'en tenir au désenchantement politique du monde, la poésie des fables veut guider les gens d'esprit et exalter les gens de cœur à gagner un « là-bas ».

Les deux pigeons indiens de La Fontaine ne se retrouvent, dans la fable centrale du second recueil, qu'après les cruelles épreuves auxquelles s'est exposé le plus « curieux » ou le moins désabusé de ce couple d'amis. Son voyage, qu'il lui fallait faire pour mûrir, récapitule l'expérience que le lecteur des *Fables* a parcourue par l'imagination sous la conduite du poète : il a enduré la sotte brutalité humaine, beaucoup plus meurtrière que les agressions involontaires de la Nature ; il n'a survécu à son chaos que pour comprendre le miracle de bonheur qu'il avait quitté. La véritable « invitation au voyage » était adressée à l'intérieur. *Le Port du Secret* de l'amitié est au bout et au sommet de l'itinéraire des *Fables*, à l'autre pôle du *Port du Secret* de la Cour.

Les deux pigeons se prolongent par une échappée lyrique. Elle prend le relais de celle qui concluait *Les deux amis*, élixir du traité *De l'amitié* de Cicéron. L'élégie qui sert de point final aux *Deux pigeons* résume le *Banquet* de Platon, elle embaume à jamais nos mémoires et notre langue :

> Amants, heureux amants, voulez-vous voyager ?
>   Que ce soit aux rives prochaines.
> Soyez-vous l'un à l'autre un monde toujours beau,
>   Toujours divers, toujours nouveau ;
> Tenez-vous lieu de tout : comptez pour rien le reste.
>
> (IX, 2, v. 65-69)

Cet oracle de Socrate-Orphée invite à reconstituer l'Androgyne originel. C'est une supposition impossible sur la terre, mais c'est une étoile qui peut guider les pèlerins du cœur même s'ils ne peuvent humainement et durablement la rejoindre. Ses rayons lointains illuminent la mémoire et l'espérance. Faute de ce paradis, les heures d'amour partagé, si éphémères qu'elles aient été, si cruel qu'il soit de les sentir s'éloigner à jamais, sont des reflets insaisissables de cette étoile lointaine. Elles déchirent le cœur, et pourtant elles le réveillent et le rendent au désir de l'impossible qui le fait battre :

> Ah ! si mon cœur osait encor se renflammer !
> Ne sentirai-je plus de charme qui m'arrête ?
>   Ai-je passé le temps d'aimer ?
>
> (IX, 2, v. 81-83)

Le romantisme galant, dans cette analyse des oscillations intérieures du désir et du regret, de la mémoire et de l'espérance, de la mélancolie et de ses plaisirs, anticipe de près de deux siècles sur *Tristesse d'Olympio*.

Les deux abeilles

La Fontaine a fait figurer, à l'intérieur de son second recueil, une autre figure féminine à la même hauteur que La Rochefoucauld, et non pas, comme la Vénus royale, à l'extérieur et sur le seuil : Marguerite Hessein Rambouillet de La Sablière [18]. Mme de Sévigné l'appelait avec sympathie la « tourterelle Sablière ».

À partir de 1673, son fonds et ses revenus champenois s'étant épuisés, la mort de la duchesse d'Orléans l'ayant libéré de ses obligations au Luxembourg, La Fontaine a trouvé gîte, vivre et couvert chez Mme de La Sablière, dans l'hôtel que celle-ci habite alors rue Neuve-des-Petits-Champs. C'était une amie de longue date : il a pu la rencontrer dès le 15 mars 1654, le jour de son mariage, au temple huguenot de Charenton, avec l'ancien compagnon du poète dans l'Académie de la Table Ronde : Antoine Rambouillet de La Sablière.

Elle appartenait par son père Gilbert Hessein au même monde de banquiers que son mari, et par sa mère, Marguerite Menjot, à une famille de la bonne bourgeoisie champenoise installée à Paris depuis l'Édit de Nantes. Tous huguenots, tous fortement lettrés. Orpheline de sa mère à neuf ans, Marguerite Hessein avait trouvé dans son oncle, Antoine Menjot, un médecin gradué à Montpellier, comme Rabelais, et dans sa tante, Anne, épouse du riche traitant Samuel Gaudon de La Raillière, des précepteurs et des protecteurs. Antoine Menjot, savant au sens encyclopédique du XVIe siècle, à l'aise avec Pascal pour disputer chez Mme de Sablé de théologie et de mathématiques, fit donner à cette enfant très douée une éducation supérieure, au sens actuel du terme, qui la mettait à part et au-dessus de toutes les Françaises de son temps. Cela lui attirera plus tard les sarcasmes de Molière, qui la vise dans *Les Femmes savantes*, et de Boileau qui eut tout de même la charité d'attendre qu'elle mourût avant de publier sa *Satire X contre les femmes*, où elle est cruellement traitée.

Cependant, grâce à sa tante La Raillière et surtout à sa jeune cousine, Madeleine Gaudon, que sa beauté et l'immense fortune de son père avaient donnée en mariage, en 1646, au comte de Saint-Aignan, cette jolie « normalienne », à la fois scientifique et littéraire, évolua dès son enfance dans le très grand monde de Paris et de la Cour. Elle put prendre chez le comte et la comtesse de Saint-Aignan, à l'hôtel de Clermont, les manières, le langage, et les goûts les plus élégants. Elle devint ainsi le chef-d'œuvre conjugué de la nature, de la fortune, de la République des Lettres et de l'aristocratie de cour. Et c'est ce chef-d'œuvre qu'épousa — elle avait alors quatorze ans — le cadet du richissime Nicolas Rambouillet du Plessis. L'hôtel « hors les murs » de cet autre banquier, et ses magnifiques jardins descendant vers la Seine, au Faubourg Saint-Antoine, furent jusqu'au début du XVIIIe siècle (tout fut alors vendu par parcelles) une des légendes de Paris.

Antoine Rambouillet de La Sablière avait trente ans au moment de ce mariage, qu'il contracta trois années après celui de Jean de La Fontaine, son ami, avec Marie Héricart, parente de Jean Racine. La France du XVIIe siècle fait l'effet aujourd'hui d'une seule famille dont les branchages sont un peu compliqués pour nous, mais se tiennent ou se touchent tous. Avant la Révolution, la Révocation a porté la hache dans cet arbre foisonnant de ramures.

Poussé par son père et protégé par leur coreligionnaire Valentin Conrart (c'est lui qui décerna au jeune rimeur le titre de « Grand madrigalier français »), Antoine Rambouillet, lettré, poète galant, avait poussé son éducation jusqu'à faire le voyage de Rome, en 1647[19]. Guidé par André Félibien, secrétaire de l'ambassade de France et grand ami de Poussin, il avait, malgré sa préférence pour les amourettes, qui perfectionnèrent toutefois son italien, étendu un peu l'expérience superficielle des arts qu'il avait déjà acquise auprès de son père, grand bâtisseur et collectionneur. Marguerite Hessein, encore enfant, épousait un redoutable coureur de jupons. Celui-ci était d'autant plus redoutable qu'il excellait, en prose et en vers, dans ces lieux communs de roman et de chanson dont l'Apollon de La Fontaine, dans *Clymène*, déplore l'insincérité, trompeuse pour ses victimes, décevante pour ses lecteurs.

Les années Foucquet avaient été heureuses pour la très jeune femme, qui évoluait avec son mari dans la plus brillante société favorable au Surintendant. Entre 1654 et 1658, Mme de La Sablière mit au monde trois enfants. En 1661, son père meurt. Il laisse une succession très embarrassée. Tandis que les affaires d'Antoine Rambouillet, devenu secrétaire du roi en 1667, prospèrent, l'héritage escompté de Gilbert Hessein se réduit à des dettes, qui grèvent même la dot considérable de sa fille. Le « Grand madrigalier », qui trompait gentiment son épouse depuis longtemps, se mit à la maltraiter ; il l'enferma même dans un couvent (comble de la muflerie pour un huguenot) et il réussit à obtenir une séparation qui privait la jeune femme bafouée de la garde de ses enfants. À partir de 1669, Mme de La Sablière, meurtrie, s'installe rue Neuve-des-Petits-Champs. Son oncle Antoine Menjot, et toute une société d'amis font cercle autour de « la belle Sablière » (Mme de Sévigné le dit, un portrait de Mignard l'atteste), qui cherche dans la conversation et dans les choses de l'esprit, auxquelles elle a été initiée dès l'enfance, un remède aux blessures que son cœur de femme, d'épouse et de mère avait subies.

Boileau, qui la connaissait et la respectait, a néanmoins caricaturé Mme de La Sablière, dangereux exemple pour tout son sexe, en « savante », un « astrolabe en main », entourée du mathématicien Roberval et de l'astronome Cassini[20]. La marquise de Lambert, qui l'a bien connue aussi, a fait d'elle un portrait d'une tout autre perspicacité :

« On demandait un jour à un homme d'esprit de ses amis ce qu'elle faisait et ce qu'elle pensait dans sa retraite. "Elle n'a jamais pensé, répondit-il, elle ne fait que sentir." Tous ceux qui l'ont connue conviennent que c'était la plus séduisante personne du monde, et que les goûts, ou plutôt les passions, se rendaient maîtres de son imagination et de sa raison, de manière que ses goûts étaient toujours justifiés par sa raison, et respectés par ses amis. Aucun de ceux qui l'ont connue n'a osé la condamner qu'en cessant de la voir, parce qu'elle n'avait jamais tort en présence. Cela prouve que rien n'est si absolu que la supériorité de l'esprit qui vient de la sensibilité et de la force de l'imagination, parce que la persuasion est toujours à sa suite[21]. »

La Fontaine a donné à Mme de La Sablière le nom de Parnasse d'Iris. Il s'est souvenu que Socrate, dans un dialogue de Platon (le *Théétète*), fait de cette déesse la fille du dieu Thaumas, l'Étonnement, *qui poussa les premiers penseurs aux spéculations philosophiques*. S'étonner, éprouver, voir le réel dans sa diversité surprenante, étaient des dons communs à cette femme supérieure et au poète des *Fables*. Le nom d'Iris résume d'autant mieux la fraternité d'âme entre La Fontaine et Mme de La Sablière que la déesse de l'arc-en-ciel est dans la fable antique la version féminine d'Hermès : comme celui-ci, elle est messagère entre les dieux et les hommes, et elle préside à la parole. Certains mythographes faisaient aussi d'Éros le fils d'Iris et du dieu Zéphyr. Le portrait symbolique en raccourci de l'amie du poète que propose le nom d'Iris répond bien à celui de Mme de Lambert : penser, connaître pour Mme de La Sablière, c'était d'abord sentir et savoir aimer.

Mme de La Sablière était déjà, avant 1661, très liée avec Saint-Évremond et Madeleine de Scudéry. Elle n'eut aucune peine à réunir chez elle après 1669, avec son frère Pierre et son oncle Antoine Menjot, leurs amis écrivains et érudits : Molière, Racine, Chapelle, le chevalier de Méré, Pierre-Daniel Huet, Charles Perrault. Des femmes aussi différentes que Mme de Sévigné et Ninon de Lenclos, et ce qu'il y avait de plus lettré à la Cour, notamment les ambassadeurs Bonrepaux et Barillon, fréquentèrent ce cercle d'intelligences[22]. La Grande Mademoiselle, amoureuse de Lauzun qui fuyait la Cour chez Mme de La Sablière, se rassura après enquête : dans ses *Mémoires*, elle note qu'il s'agit d'« une petite femme de la Ville », « une paysanne à belle passion », rien à craindre.

Cette « petite femme » était en réalité devenue l'Iris de la République parisienne des Lettres. La seule « femme savante » de la Cour, l'abbesse de Fontevrault, sœur de Mme de Montespan, que lui avait sans doute fait connaître Pierre-Daniel Huet, traitait de loin cette bourgeoise en égale. C'est ce Mécène féminin qui accueillit en 1673, lui offrant dans son hôtel le gîte, le vivre, le couvert et la bonne compagnie, un Ovide disgracié qui n'avait plus alors, avec sa famille et Château-Thierry, que des liens fort distendus. La Fontaine demeura son hôte et son obligé jusqu'à la mort de son amie et protectrice, en 1693.

Mme de Montespan a eu droit à un beau frontispice, au seuil du second recueil des *Fables*. Aucun roi, aucune reine, aucun prince, dans toute l'histoire de la poésie, n'ont été remerciés par des inscriptions plus « immortelles » et aucun d'entre eux par un lyrisme aussi vibrant, que Mme de La Sablière ne l'a été par son hôte et ami, dans les deux derniers recueils de ses *Fables* (1678 et 1692) et dans son *Discours en vers* à l'Académie en 1684. Ce n'était pourtant qu'une « petite femme de la Ville », grande seulement par son sens de l'intimité et par des grâces accordées à la vie privée.

Ces éloges d'un cœur et d'un esprit de femme à la hauteur du poète qui les célèbre font contrepoint avec les flatteries de commande adressées au roi. Il n'est pas nécessaire d'aller bien loin pour prendre la mesure de l'abîme qui sépare la parole du fond du cœur et le langage de la louange obligée. Il suffit de comparer La Fontaine à La Fontaine. En 1687, probablement pour sa sécurité, le poète jugea bon d'adresser à Bonrepaux, agent de Louis XIV à Londres, mais ami intime de longue date de Mme de La Sablière, un panégyrique du roi en vers. Il prit soin de le faire publier aussitôt dans *Le Mercure galant*, à la suite de son *Épître à Huet*, en le signant ostensiblement « La Fontaine, de l'Académie française ». L'initiative était d'autant plus opportune que le poète avait été plus ou moins initié, dans les mois précédents, à la cabale des princes du sang, animée par l'espoir que l'opération de la fistule du roi aurait raison de lui, et laisserait enfin le trône au Grand Dauphin[23].

Ces éloges-écrans, étrangers au style naturel au poète, sont une parodie de la langue officielle : leur ironique saveur est imperceptible hors contexte. Ils ne prennent leur véritable sens que dans le flux sous-marin de conversation à portes closes qui court sous les lettres (trop rarement conservées) entre le poète et son ami ambassadeur :

« Le roi est parfaitement guéri : vous ne sauriez vous imaginer combien ses sujets ont témoigné de joie.

Ils offriraient leurs jours pour prolonger les siens ;
   Ils font de sa santé le plus cher de leurs biens :
Les preuves qu'à l'envi chaque jour ils en donnent,
Les vœux et les concerts dont leurs temples résonnent,
      Forcent le Ciel de l'accorder.
      On peut juger à cette marque,
Par la crainte qu'ils ont de perdre un tel monarque,
      Du bonheur de le posséder.

      De quelle sorte de mérite
      N'est-il pas aussi revêtu ?
      Sa principale favorite
      Plus que jamais est la Vertu.
      [...]

> Les vaines passions chez lui sont étouffées ;
> L'histoire a peu de rois, la fable point de dieux,
> > Qui se vantent de ces trophées.
> > Il pourrait se donner tout entier au repos :
> > > Quelqu'un trouverait-il étrange
> > Que, digne en cent façons du titre de héros,
> > Il en voulût goûter à loisir la louange ?
> Les deux mondes sont pleins de ses actes guerriers ;
> Cependant il poursuit encor d'autres lauriers :
> Il veut vaincre l'Erreur ; cet ouvrage s'avance,
> Il est fait ; et le fruit de ces succès divers
> Est que la Vérité règne en toute la France,
> > Et la France en tout l'Univers... »
> > (*À Monsieur de Bonrepaux*, v. 1-14, 19-31)

Deux poèmes félicitant, sur un ton allègre et bon enfant, le Grand Dauphin, vainqueur à Philisbourg, et qu'il publia l'année suivante, attestent indirectement que La Fontaine avait bien partagé l'espérance des Condé et des Vendôme en un nouveau règne moins sublime ; les lettres saisies en 1685 du jeune prince de Conti et de son frère La Roche-sur-Yon, très proches du poète, éclairent sur les sentiments que celui-ci devait éprouver lui aussi pour Mme Scarron (la « Vertu » favorite du roi) ; toute l'œuvre de La Fontaine témoigne par ailleurs de son éloignement pour la politique guerrière de Louis XIV, pour les *Te Deum* qui la ponctuaient et pour les opéras qui la célébraient ; enfin, sa fraternité de toujours avec les huguenots français jette une lumière qui fait frémir sur cette « Vérité » que les dragons de Louvois sont en train de « faire régner » sur toute la France. Le marquis de La Fare, lui aussi très proche alors — et depuis longtemps — de La Fontaine, a déploré amèrement, comme Saint-Simon, dans ses propres *Mémoires* (écrits après 1715), l'atroce aveuglement du roi dans l'affaire de la Révocation de l'Édit de Nantes. Le poète académicien, comme tous les sujets du roi, parle ici la « novlangue » officielle : seuls ses amis les plus intimes pouvaient détecter ironie et parodie sous cet encens obligé. La clef et la justification de cette épître fictive de flatterie se trouvent dans la fable *Les obsèques de la lionne*.

La louange d'Iris fait son apparition dans les *Fables* au Livre IX, dans un *Discours* qui donne au livre une magnifique péroraison. C'est une louange qui montre et qui ne cache pas, qui jaillit et qui ne calcule pas. Elle commence par mettre toute flatterie à distance : ce mode intéressé du discours ne plaît pas plus à Iris qu'il ne plaisait à Oronte-Foucquet. Iris *refuse l'encens, le bruit flatteur, le nectar* qui convient à *l'humeur commune aux dieux, aux monarques, aux belles, et dont nous enivrons tous les dieux de la terre.* Il est impossible d'aller plus loin en si peu de mots dans le rejet de l'exercice auquel sont condamnées depuis près de vingt ans les lettres officielles du royaume. Sur ce terrain, la complicité du poète et de son amie est entière : tous deux sont indemnes de ce *faux milieu* artificiel et collectif créé par le *peuple rimeur*. C'est déjà le plus bel éloge, en négatif, que La Fontaine puisse faire de Mme de La Sablière : comme Mme de La Fayette, elle est *vraie*, selon le mot de Mme de Sévigné. Ne goûtant point les discours creux, Iris leur préfère un autre mode de la parole, enraciné dans le cœur et dans son inquiétude essentielle : c'est la conversation intime, entre amis d'élection, dans la vie privée, où l'on ne parade pas, où l'on ne cherche pas à s'éblouir mutuellement. C'est le milieu même que crée autour d'elle Iris, le milieu nutritif du second recueil des *Fables* :

> Propos, agréables commerces,
> Où le hasard fournit cent matières diverses,
> Jusque-là qu'en votre entretien
> La bagatelle a part : le monde n'en croit rien.
> Laissons le monde et sa croyance :
> La bagatelle, la science,
> Les chimères, le rien, tout est bon. Je soutiens
> Qu'il faut de tout aux entretiens :
> C'est un parterre où Flore épand ses biens ;

> Sur différentes fleurs l'abeille s'y repose,
> Et fait du miel de toute chose.
> (IX, [Premier] *Discours à Mme de La Sablière*, v. 13-23)

Guillaume Colletet, dans son *Traité de l'épigramme*, en 1658, reprenant un symbole platonicien et virgilien, comparait le poète à l'abeille, qui, de la diversité des sucs qu'elle butine, fait un miel délicieux et nourrissant, bien différent du *breuvage* offert par les sophistes de cour aux *dieux de la terre*. Dans un second *Discours* en vers à Iris, en 1684, devant l'Académie, La Fontaine reprendra cette image, mais en accusant le contraste entre la concentration intérieure de son amie et sa propre diversité :

> ... Papillon du Parnasse, et semblable aux abeilles
> À qui le bon Platon compare nos merveilles.
> Je suis chose légère, et vole à tout sujet ;
> Je vais de fleur en fleur, et d'objet en objet.
> ([Second] *Discours à Mme de La Sablière*, v. 67-70)

La symétrie subsiste : l'abeille-Iris et l'abeille-Acante, la Muse et le poète, tous deux spirituellement féconds, le cercle de conversation de l'une et le bouquet épigrammatique de l'autre, forment couple, et couple androgyne. Ce compagnonnage créateur que La Fontaine avait attendu, selon l'ancienne tradition, d'un Mécène princier, il l'a trouvé chez une amie, dans la vie privée, anticipant sur ce que Mme Sabatier aurait pu être pour Baudelaire, et ce que Mme Bulteau sera pour Toulet.

Aussi lui a-t-il, au Livre XII, dressé, comme Céladon à Astrée, un temple de fiction, un temple imaginaire, un temple *comme si*, mais pourvu d'une inscription si durable qu'elle le fera survivre à tous les grands travaux des rois. La description qui *crée* ce temple à la fois irréel et plus réel que toute architecture, est aussi un oratoire de la vie privée ; il est orné d'une galerie de tableaux bien étrangers à la « peinture d'Histoire » de Le Brun. Son autel est surmonté du portrait de Mme de La Sablière :

> Les murs auraient amplement contenu
> Toute sa vie : agréable matière,
> Mais peu féconde en ces événements
> Qui des États font les renversements.
> Au fond du temple eût été son image,
> Avec ses traits, son souris, ses appas,
> Son art de plaire et de n'y penser pas,
> Ses agréments à qui tout rend hommage.
> [...]
> J'eusse en ses yeux fait briller de son âme
> Tous les trésors, quoique imparfaitement :
> Car ce cœur vif et tendre infiniment,
> Pour ses amis et non point autrement,
> Car cet esprit qui, né du firmament,
> A beauté d'homme avec grâces de femme,
> Ne se peut pas, comme on veut, exprimer.
> (*Le corbeau, la gazelle, la tortue et le rat*,
> XII, 15, v. 16-23 et 28-34)

La fable elle-même, où figurent ce temple, cet autel, ce portrait, cette inscription, est empruntée au *Livre des lumières* ; elle décrit la solidarité inviolable et ingénieuse de plusieurs amis qui se relaient victorieusement pour s'arracher les uns les autres aux griffes et aux crocs des loups de la société politique.

Abeilles et araignées

Quoique exposée chez elle à la conversation de deux adeptes de la pensée et de la science épicuriennes, son oncle Antoine Menjot, et le « joli philosophe » François Bernier[24], retour de Perse, Mme de La Sablière, comme Fontenelle, était attirée par le cartésianisme. Une grande querelle divisait les salons à Paris sous Louis XIV. Avant de s'étendre aux « femmes savantes » tournées en dérision par Molière et Boileau, elle avait déjà opposé, sous Louis XIII et sous la Régence, dans la discrétion de la République latine des Lettres, deux philosophes : Pierre Gassendi et René Descartes.

Auteur d'apologues animaliers, La Fontaine pouvait, sans paraître pédant, animer son précédent hommage à Mme de La Sablière (*esprit d'homme avec grâces de femme*), au Livre IX des *Fables*, en argumentant, dans une conversation en vers avec elle, parsemée de récits (*la bagatelle, la science, les chimères, le rien, tout est bon*), en faveur de l'âme des animaux : cette « âme » était reconnue par les gassendistes et niée par les cartésiens[25]. Facette très mineure, accessible à un poète, de la grande dispute moderne, à la fois philosophique et scientifique, entre l'empirisme et l'idéalisme ? C'est ainsi du moins que les commentateurs, même les plus généreux envers La Fontaine, ont présenté le premier *Discours* à Mme de La Sablière du Livre IX des *Fables*.

En réalité, sous la surface miroitante et nonchalante des *Fables*, tout un combat spirituel est livré contre la baleine de l'État absolu, et ce combat se porte aussi tout naturellement contre le meilleur allié de l'absolutisme politique : la métaphysique idéaliste. Poète-né, La Fontaine a reconnu avec un flair et une intelligence saisissantes quels étaient les amis et les ennemis de sa poésie et de la Renaissance poétique dont il était l'héritier. Mme de La Sablière étant la meilleure amie de sa poésie, il allait de soi qu'il tentât de la détourner de la « fable du monde » telle que Descartes la racontait. Tout autant que la « fable du Grand roi », quoique dans un autre ordre, celle qu'avait forgée le philosophe du *Discours de la méthode* demandait qu'on la tînt pour la seule vérité, et qu'on renvoyât désormais toutes les autres fables, où la Renaissance avait vu des réceptacles de sagesse, au rang de contes de nourrices.

Les conséquences de la « fable » cartésienne pour l'intelligence des animaux, que l'expérience commune admet, que toute la tradition littéraire confirme, méritaient à elles seules réfutation : en rejetant les animaux, au nom de la distinction métaphysique entre pensée et matière, dans l'ordre des automates et des mécanismes d'horlogerie, Descartes faisait tomber un des plus puissants garde-fous inventés par la sagesse antique contre la vanité humaine : seuls les hommes, selon la fable cartésienne, participent de la pensée divine, et se montrent capables, pour peu qu'ils sachent rejeter les fables forgées par les poètes, de conduire leur raison selon les vérités éternelles dictées librement à la matière par son Créateur. La question de l'intelligence des animaux renvoie ainsi à l'essence et à l'origine de l'idéalisme cartésien. Et La Fontaine l'a parfaitement perçu. Cet épicurien a senti comme le thomiste Maritain qui écrit de Descartes : « Ange ganté de fer, et prolongeant par les bras sans nombre de la Mécanique sa souveraine action sur le monde des corps ! Pauvre ange, tournant la meule, asservi à la loi de la matière, et bientôt pâmé sous les roues terribles de la machine terraquée détraquée[26]... » À l'origine de la « fable du monde » métaphysique de Descartes, le poète n'a pas eu de peine à reconnaître cette même hypertrophie péremptoire du « moi » (*J'ai le don de penser, et je sais que je pense* est sa traduction du *Cogito* cartésien) que toute sa poésie condamne dans la vie morale et dans la vie politique comme le principe même d'un nouvel âge de fer.

Les conséquences de cette hypertrophie métaphysique du « moi », devenue le principe de toute mise au carreau de la diversité du réel et de sa réduction au rationnel, c'est d'abord le gel de l'abstraction s'emparant de toute la nature, et la démentant telle qu'elle est naïvement sentie, éprouvée, soufferte, goûtée et connue par une humanité que Descartes n'a pas encore réformée. C'est aussi l'amputation de l'imagination, du sentiment, du goût, du tact, du témoignage des sens et du corps lui-même, pour faire advenir le héros penseur de la fable cartésienne, « maître et possesseur de la nature », monstre froid comme le roi absolu, et qui lui aussi se prend pour le substitut terrestre d'un Dieu mécanicien du monde. L'île de Laputa de Swift, qui du haut de ses nuées coupe, redécoupe et abîme savamment sous elle la terre, c'est l'allégorie à la fois de la pensée et du gouvernement cartésiens.

Dans une lettre à la duchesse de Bouillon (1687), le poète s'amusa encore à démentir les prétentions de Descartes à être le premier inventeur de sa « fable du monde », prétentions tout à fait analogues à celles de Louis XIV « le plus grand roi du monde » : l'amour-propre du roi était flatté la même année par Charles Perrault devant l'Académie, dans son poème *Le Siècle de Louis le Grand*, où il fit de Louis XIV l'inventeur de l'époque moderne, le titulaire d'un règne qui n'a pas eu de précédent et qui marque le seuil du progrès des lumières. La Fontaine retrouve, dans ses lectures d'auteurs antiques, des preuves que cette vanité métaphysicienne, dont Descartes s'enorgueillit d'avoir inventé le principe et le système, est en fait une vieille, ancienne et malheureuse pente de l'esprit humain, comme la tyrannie elle-même :

« ... Tous les jours je découvre ainsi, écrit-il à sa protectrice et amie, quelque opinion de Descartes répandue de côté et d'autre dans les ouvrages des anciens, comme celle-ci : qu'il n'y a point de couleur au monde ; ce ne sont que de différents effets de la lumière sur de différentes superficies. Adieu les lis et les roses de nos Amintes. Il n'y a ni peau blanche ni cheveux noirs ; notre passion n'a pour fondement qu'un corps sans couleur. Et, après cela, je ferai des vers pour la principale beauté des femmes[27] !... »

Les « couleurs » ne sont pas seulement une donnée des sens : elles sont aussi les propriétés sensibles, émotives, imaginatives du discours que la rhétorique inventorie, et que la poésie met en œuvre. La « fable du monde » de Descartes ne se contente pas de décolorer le monde, elle décolore et désole aussi la parole, au nom de l'ordre métaphysique des raisons : elle la prive de dire le monde tel que nous l'éprouvons, dans l'évidence douce ou terrible de sa beauté ou de sa tragique cruauté, tel que les fables la font connaître, tel que la poésie nous aide à nous en affranchir. Elle va donc, cette fable métaphysique semblable à Attila sous les pas duquel l'herbe ne repousse plus, dans le même sens que la fable de la Raison d'État, qui tend à réduire la littérature aux lieux communs de la flatterie, et à tuer la poésie. Elle opprime et elle fait taire la vie même, la vie universelle, commune aux hommes, aux animaux, aux dieux, cette vie qui est désir, douleur, plaisir, combat douteux, et que le langage du poète a vocation de révéler à elle-même.

Dans une lettre à Brossette du 24 juillet 1715, le poète Jean-Baptiste Rousseau écrira : « J'ai souvent ouï dire à M. Despréaux que la philosophie de Descartes avait coupé la gorge à la poésie [28]. »

Que La Fontaine ait plus ou moins emprunté à Gassendi, et ses amis épicuriens, de quoi nourrir sa résistance à la « fable du monde » cartésienne, ce n'est pas ce qui compte le plus. Gassendi avait des ancêtres dans l'Italie du XVᵉ siècle : Lorenzo Valla le premier avait écrit un traité *De la volupté* réhabilitant Épicure. La résistance de La Fontaine puisait sa vigueur dans les ressources accumulées par la Renaissance italienne et française, par une philologie qui est aussi philosophie de l'amour et poésie d'un monde auquel la réminiscence est seule à donner sens et joie. Les humanistes avaient, avant Gassendi, avant La Fontaine, opposé aux universaux métaphysiques des « théologastres » l'intelligence d'un langage capable de retrouver dans le sensible et dans sa changeante diversité les traces d'un divin qui fait signe à ce qu'il peut y avoir de divin dans l'homme. La Renaissance était l'arrière-fond du romantisme galant, et l'abeille La Fontaine a butiné partout pour que le miel de la Renaissance continue de nourrir le monde. Jonathan Swift pensait au poète français quand il a fait tirer par Ésope la morale de sa fable de l'abeille et de l'araignée : « Au lieu d'excrément et de poison, nous avons choisi de remplir nos armoires de miel et de cire, fournissant ainsi à l'humanité les plus nobles choses qui soient : la douceur et la lumière. »

Le poète et les princes

Dès avant la publication du second recueil des *Fables*, Mme de La Sablière en 1676 (elle avait trente-six ans) s'enflamma d'une vive passion pour le marquis de La Fare, qui en avait trente-deux. La Fare, bien né, brillant soldat, avait pu espérer faire une belle carrière à la cour et dans les armées de Louis XIV : elle fut brisée par Louvois, qui ne pardonna pas au jeune gentilhomme d'avoir osé plaire à la maréchale de Rochefort, sa propre favorite. Le marquis se retira dans la vie privée, d'abord occupée par « la religieuse adoration » de Mme de La Sablière.

Rédigés après 1715, les *Mémoires* inachevés du marquis de La Fare, agréable poète à ses heures [29], ne font aucune part à ses émotions privées, et ne font pas même mention de Mme de La Sablière. Ils commencent néanmoins par une citation de Frère Jean des Entommeures (*Nous sommes moines, hélas ! nous n'avons que notre vie en ce monde ! — Hé ! lui répondit Pantagruel, que diable ont de plus les rois et les princes ?*) qui donne un aperçu des principes épicuriens dont il s'était fait depuis longtemps, avec son ami l'abbé de Chaulieu, une raison. Le tableau que le mémorialiste propose de l'évolution politique française depuis Henri IV, et par lequel il légitime son renoncement à toute vie active, même après la mort de Louvois, répond à un sentiment qui avait été déjà largement partagé à Paris et même à la Cour, dès les débuts du règne de Louis XIV : on est passé maintenant en France d'une extrémité à l'autre.

« Je me souviens, écrit-il, d'avoir ouï dire au duc de La Rochefoucauld, celui qui a été l'un des principaux acteurs de la dernière guerre civile, qu'il était impossible qu'un homme qui en avait tâté comme lui voulût jamais s'y remettre, tant il y avait de peines et d'extrémités à essuyer pour un homme qui faisait la guerre à son roi [30]. »

À cette violence contre nature qui avait jeté l'opposition à Richelieu et à Mazarin dans les complots, avait répondu une autre violence, qui s'était manifestée dans le coup d'État de 1661. Cette violence était devenue depuis un désordre établi, un désordre « absolu » :

« Et voilà où commença [par la disgrâce de Foucquet] cette autorité prodigieuse du roi, inouïe jusqu'à ce siècle, qui, après avoir été la cause de grands biens et de grands maux, est parvenue à un tel excès, qu'elle est devenue à charge à elle-même. On peut donc dire que l'esprit de tout ce siècle-ci a été, du côté de la Cour et des ministres, un dessein continuel de relever l'autorité royale jusqu'à la rendre despotique ; et du côté des peuples, une patience et une soumission parfaites, si l'on excepte quelque temps pendant la Régence [31]. »

Cet aristocrate désabusé, converti à l'oisiveté, au jeu et aux plaisirs, ne pouvait répondre longtemps à « une paysanne à belle passion ». Dans ses poésies, rivales en sèche lucidité de celles de Chaulieu, La Fare sera plus explicite que dans ses *Mémoires* :

> De Vénus Uranie, en ma verte jeunesse
>   Avec respect j'encensai les Autels :
> Et je donnai l'exemple au reste des Mortels
>   De la plus parfaite tendresse.

> Cette commune Loi, qui veut que notre cœur
>   De son bonheur même s'ennuie,
>   Me fit tomber dans la langueur
>   Qu'apporte une insipide vie.

> Amour ! viens, vole à mon secours,
> M'écriais-je dans ma souffrance ;
> Prends pitié de mes derniers jours.
> Il m'entendit, et par reconnaissance
>   Pour mes services assidus

> Il m'envoya l'autre Vénus,
> Et d'amours libertins une troupe volage,
> Qui me fit à son badinage.
> Heureux ! si de mes ans je puis finir le cours
> Avec ces folâtres amours [32].

Dès novembre 1679, Mme de Sévigné pouvait écrire à sa fille :

« Mme de Coulanges... maintient que La Fare n'a jamais été amoureux ; c'était de la paresse, de la paresse, de la paresse. Et la bassette [une sorte de jeu de baccara alors fort à la mode] a fait voir qu'il ne cherchait chez Mme de La Sablière que la bonne compagnie [33]. »

La conversion de Mme de La Sablière par les soins du jésuite Rapin en 1680 et sa retraite à l'Hôpital des Incurables suivirent de près sa rupture avec La Fare. La Fontaine resta son hôte, mais de loin, dans une maison beaucoup plus modeste qu'elle loua, sans l'habiter elle-même, rue Saint-Honoré. Le poète, de 1680 à la mort de sa protectrice en 1693, ne la vit que de plus en plus rarement. Après son élection difficile à l'Académie en 1684, La Fontaine devint l'un des « jetonniers » de la Compagnie, et c'est plutôt du côté du marquis de La Fare et de sa coterie de grands seigneurs qu'il dut se tourner pour éviter le destin de vieux poète crotté.

Dans ses *Mémoires*, en effet, La Fare se montre particulièrement bien informé des faits et gestes du duc de Vendôme et de son frère le Grand Prieur, qu'il fréquentait assidûment dans l'Enclos du Temple et au château d'Anet, avec son inséparable Chaulieu et souvent avec La Fontaine. Le mémorialiste décrit le roi, entre la paix de Nimègue en 1678 et le siège de Philisbourg en 1688, en *imitateur des rois d'Asie*, jouissant de l'*esclavage* général aux côtés de Mme Scarron. Lorsque la nouvelle se répand que le roi souffre d'une grave fistule et que les médecins hésitent à l'opérer, l'espoir renaît à Chantilly, chez le prince de Condé et à Anet, chez le duc de Vendôme. Des fêtes fastueuses sont données dans les deux châteaux en l'honneur du Grand Dauphin (*élevé*, dit La Fare, *dans une dépendance servile*). Monseigneur allait devenir roi.

Mais Louis XIV est opéré, il se rétablit, et malgré les *grandes vues* que les princes du sang avaient formées, *rien n'arriva de ce que nous imaginions alors avec quelque apparence.*

Dans les années qui suivirent la retraite de Mme de La Sablière, La Fontaine se tourna plus que jamais du côté du duc et de la duchesse de Bouillon, qui l'avaient déjà sauvé après la chute du Surintendant. C'est dans la clientèle des Bouillon qu'il rencontre alors Mme Ulrich, une aventurière de talent, qui publiera en 1696 ses *Œuvres posthumes*, et l'abbé de Chaulieu, poète et intendant du neveu des Bouillon, le duc de Vendôme. Le poète trouve auprès des Bouillon et des Vendôme la sympathie, la générosité, la facilité des mœurs qui conviennent à un « nourrisson des Muses ».

Ces princes, il est vrai, sont des « roués », corrompus par trente ans d'oisiveté politique. Ils en ont plus ou moins sincèrement pris leur parti, en feignant de suivre la maxime d'Épicure : *Sapiens non accedat Rempublicam* (« Que le sage ne se mêle pas de politique »). Ils intriguent néanmoins auprès des ministres du roi pour obtenir des commandements militaires, et briller au premier rang, dans la canonnade, sur les divers fronts allumés par les « Grandes Guerres » qui se succèdent en Europe pour tenir tête au Grand roi. Ont-ils perdu tout espoir de retrouver leur place au *Port du Secret* ?

Au moment où La Fontaine se rapproche le plus de ces princes du sang, ils rivalisent auprès du Grand Dauphin. La Fontaine ne peut guère avoir ignoré cette cabale. Vingt ans plus tôt, en 1668, il avait déjà dédié à Monseigneur le premier recueil de *Fables*. En 1688, le vieux roi ne pardonna pas à son velléitaire fils aîné d'avoir osé faire figure de chef de l'opposition et de candidat à sa succession. En 1711, Monseigneur mourra sans avoir régné, en dauphin fainéant. La péroraison de son oraison funèbre par Saint-Simon (qui appartenait, il est vrai, à la cabale rivale du duc d'Orléans) est aussi accablante pour le satrape de Versailles que pour son fils aîné, ahuri par l'esclavage de cour :

« De ce long et curieux détail, écrit-il, il résulte que Monseigneur était sans vice ni vertu, sans lumières ni connaissances quelconques, radicalement incapable d'en acquérir, très paresseux, sans imagination ni production, sans goût, sans choix, sans discernement, né pour l'ennui, qu'il communiquait aux autres, et pour être une boule roulante au hasard par l'impulsion d'autrui, opiniâtre et petit en tout à l'excès, de l'incroyable facilité à se prévenir et à tout croire qu'on a vue, livré aux plus pernicieuses mains, incapable d'en sortir ni de s'en apercevoir, absorbé dans sa graisse et dans ses ténèbres, et que, sans avoir aucune volonté de mal faire, il eût été un roi pernicieux [34]. »

Les biographes de La Fontaine lui ont reproché les fréquentations princières de sa vieillesse. Mais cette même société de Chantilly, du Temple et d'Anet qui, par ses mœurs, son ironie et ses intrigues, fronde entre elle et en paroles le roi, ses ministres et Mme de Maintenon, est bien la même qui formera un peu plus tard la liberté d'esprit, sinon le génie, du jeune Voltaire. Le poète des *Fables* s'est prêté, il ne s'est pas donné à cette société de grands seigneurs qui rongeaient leur frein.

Du moins, ces « roués » par système, ce que La Fontaine ne sera jamais, sont-ils très intelligents et amusants. Si le vieil Anacréon ne se sent pas étranger dans leur société, c'est que plusieurs facettes de son personnage et de ses talents littéraires correspondent à leurs humeurs, à leurs maximes, et à leurs goûts.

Le poète de Foucquet, constamment maintenu dans une sorte d'exil de l'intérieur, et admis à l'Académie en 1684 dans des conditions quelque peu humiliantes, bénéficie par principe de leur sympathie. L'autorité littéraire des *Contes*, dont les saveurs « jolies », goûtées par Mme de Sévigné, leur échappent peut-être, couvre leur facilité de mœurs, à laquelle s'accorde volontiers celle du poète lui-même.

Surtout, ces princes peuvent se targuer de ses épîtres en vers [35], qui renouvellent auprès d'eux la « pension poétique » autrefois versée par La Fontaine au Surintendant, et qui avait valu au poète, dès 1662, la faveur de son suzerain de Château-Thierry, le duc de Bouillon. Ces épîtres-conversations, dont le charme et la variété sont d'autant plus savoureux qu'elles demeurent manuscrites, privilège envié d'une petite société d'amis et de complices, ne se bornent pas à réveiller l'esprit du journalisme galant que le gazetier Loret, protégé de Nicolas Foucquet, avait fait partager par les modèles de la *Clélie*. Ces petites cours d'opposition confinées, masquées, sarcastiques — héritières sous le Grand roi des cercles beaucoup plus épanouis, en marge du Louvre et du Palais-Cardinal, de Gaston d'Orléans, du duc de Montmorency, du duc de Liancourt, de l'abbé de Retz — apprécient comme un zéphyr le sourire et l'enjouement à la Voiture que ce poète d'autrefois sait leur dispenser. Pour La Fontaine et ses amis princiers, ces épîtres nonchalantes sont aussi une manière miniaturisée et fugace de rendre une vie moderne à l'univers d'Horace et de Mécène. Dans ses *Épîtres*, le poète latin, qui se réclame lui aussi d'Anacréon, fait écho dans ses vers aux amours grecques de Mécène. La Fontaine ne pousse pas l'indulgence jusque-là, il se contente d'évoquer ses propres « Chloris » et « Jeannetons ». Mais l'ombre d'Horace et d'Anacréon accompagne ses épîtres françaises, et les improvisations très urbaines du poète sur une flûte champêtre donnent un air d'antiquité heureuse et intime aux modernes jardins d'Épicure de l'Enclos du Temple et d'Anet.

Et puis La Fontaine, dans ces petites cours qu'il maintient en correspondance suivie avec le cercle londonien de Saint-Évremond et de la duchesse Mazarin, fait figure de chef d'école. D'une génération plus jeune que lui, l'abbé de Chaulieu [36] et le marquis de La Fare se considèrent un peu comme ses disciples. Cette filiation repose sur un profond malentendu, que la conversion de La Fontaine en 1692 fera éclater. En réalité, leur maître en libertinage a été le mystérieux Chapelle, le moins lyrique des hommes, et ils n'ont retenu de La Fontaine qu'une manière, une facilité aimable, dépourvue des résonances émotives du langage doré et de la mélodie singulière du vieux maître.

Chaulieu et La Fare sont vraiment chez eux, dans ces petites sociétés de plaisir qui circonscrivent exactement leur court talent de poètes amateurs, sans doute élégants et spirituels, mais avant tout confortables et bornant leurs vers à orner ce confort ; il leur manque (c'est leur moindre souci) la mémoire littéraire et l'inquiétude. Leurs hymnes à la paresse, leurs épîtres, leurs chansons, leurs billets, leurs épigrammes, préfigurent sous le Grand roi la machine mondaine de la poésie de salon et de château du XVIIIe siècle. La monotone légèreté de l'épicurisme littéraire est en réalité aussi étrangère au lyrisme que le ronronnement panégyrique de la poésie officielle. Chaulieu et La Fare feront à leur tour figure de chef d'école à Sceaux, auprès de la duchesse du Maine, où les rejoindra Anthony Hamilton et où le jeune Voltaire apprendra d'eux les formes les plus sociables et convenues de son talent de poète.

Chaulieu a fait de son inséparable ami La Fare un portrait qui atténue quelque peu les couleurs terribles sous lesquelles Saint-Simon a dépeint les Vendôme et leur société :

« Il joignait beaucoup d'esprit simple et de naturel à tout ce qui pouvait plaire dans la société, formé de sentiments et de volupté, rempli surtout de cette aimable mollesse et de cette facilité de mœurs qui faisaient en lui indulgence plénière pour tout ce que les hommes faisaient. Les siècles auront peine à former quelqu'un d'aussi aimables qualités et d'aussi grands agréments [37]. »

C'est déjà l'image de cette fameuse « douceur de vivre » dont Talleyrand fera la définition rétrospective du XVIIIᵉ siècle mondain : elle couve déjà dans les serres chaudes qui échappent à l'étiquette et à l'empire du Versailles de Louis XIV. Ces princes ont adouci les dernières années du poète, privé de Mme de La Sablière par la trahison de La Fare. C'est à leur mécénat amical et généreux que le vieil Anacréon doit de pouvoir décrire, comme il le fait à Bonrepaux, dans une lettre de 1687, cette scène d'intérieur à la fois très moderne et d'inspiration alexandrine :

> Un clavecin chez moi ! Ce meuble vous étonne,
>   Que direz-vous si je vous donne
>   Une Chloris de qui la voix
>   Y joindra ses sons quelquefois ?
> La Chloris est jolie, et jeune, et sa personne
>   Pourrait bien ramener l'amour
>   Au philosophique séjour.
> Je l'en avais banni ; si Chloris le ramène,
>   Elle aura chansons pour chansons :
> Mes vers exprimeront la douceur de ses sons.
> Qu'elle ait à mon égard le cœur d'une inhumaine
> Je ne m'en plaindrai point, n'étant bon désormais
> Qu'à chanter les Chloris et les laisser en paix.
> Vous autres chevaliers, tenterez l'aventure ;
> Mais de la mettre à fin, fût-ce le beau berger
> Qu'Œnone eut autrefois le pouvoir d'engager,
>   Ce n'est pas chose qui soit sûre [38].

En apparence, on n'est pas loin de la production galante de Chaulieu (*Mon Iris avec moi vient passer la soirée / Elle y vient sous un simple et modeste agrément...*). Et pourtant, des résonances subtiles avec des mondes enfuis, des réserves et des oscillations du sentiment, donnent à cette épître une musicalité et une émotion d'une tout autre amplitude. Comme parmi les « chevaliers de la Table Ronde », La Fontaine chez les princes est ici, et il est ailleurs. Son lyrisme a beau avoir trouvé refuge dans la compagnie accueillante de Conti, de Vendôme et de La Fare, et même avoir inventé des formes qui l'accordent à cette société d'épicuriens endurcis, il y est à l'étroit. Au même moment où il écrit ces épîtres anacréontiques, il compose la fable *Les compagnons d'Ulysse* qui entrera dans le Livre XII des *Fables*. Il s'associe avec Fénelon. Plutôt que de voir une faiblesse morale dans ces années de « pension poétique » auprès de princes qui vivent déjà par avance dans le Paris de la régence du duc d'Orléans, il faut y reconnaître l'un des aspects du drame qu'a connu le dernier grand poète lyrique de l'Ancien Régime, exilé de la Cour, exilé dans de petites cours, cherchant à respirer où il peut, dans une époque de plus en plus étrangère au lyrisme.

CHAPITRE VIII

LA MORT DU POÈTE

« Condition de l'homme : inconstance, ennui, inquiétude. »

Pascal

« L'inconstance et l'inquiétude qui me sont si naturelles. »

La Fontaine
Avertissement de *Galatée*, 1682

Le mouvement originaire de la poésie, c'est l'éloge. La Fontaine le rappelle, indirectement, dans sa fable *Simonide préservé par les dieux* (I, 14). Le héros de cette fable est un poète grec, contemporain de Pindare. Le lyrisme de Simonide, comme celui de l'auteur des *Olympiques*, célébrait les athlètes vainqueurs des Jeux. Le père de la poésie lui-même, Homère, avait fait de l'*Iliade* une célébration d'Achille, dont Alexandre le Grand s'était enivré. Mais la fable *Simonide préservé par les dieux* met surtout en évidence l'abîme qui sépare l'éloge de la flatterie, la poésie qui révèle le divin, digne d'amour, de la sophistique qui divinise l'homme, infirme du divin. Simonide a reçu commande d'une Ode lyrique à la louange d'un athlète médiocre, *matière infertile et petite* : il a traité hâtivement son sujet « humain, trop humain », et réservé toute la lumière de l'éloge aux Dioscures, Castor et Pollux, fils jumeaux de Jupiter et de Léda, deux étoiles. Cette disproportion, que l'athlète commanditaire n'a pas manqué de remarquer aigrement, révèle le sentiment intime du poète, qui coïncide avec celui des dieux. La louange a donc sa véracité supérieure, avec laquelle la parole poétique ne peut pas biaiser sans se renier. C'est la vérité du Parnasse.

Dans l'œuvre de La Fontaine, la méditation sur l'éloge est incessante, elle se confond avec son sentiment de la poésie. Il a loué, mais avec quelle délicatesse, le divin qui mérite d'être loué, dans les êtres et les choses admirés, aimés : il a rendu à Foucquet, à La Rochefoucauld, à Mme de La Sablière, à Mme de Montespan, à l'amitié, à l'esprit, à la volupté, aux lettres, la nuance de ferveur qui leur revenait. Louer, c'est faire voir, faire entendre, et dire dans sa splendeur ce qui mérite de l'être, ce qui est essentiellement et universellement divin (vrai, beau ou bon) dans l'objet particulier que l'on loue. Louer, c'est mettre les êtres et les choses à leur vrai rang, dans leur juste lumière, participant plus ou moins du divin, que seuls les poètes savent voir, avec les yeux des Muses, dans les ténèbres où les mortels pérorent et périssent.

Mais la louange a son envers, ou sa continuation par d'autres moyens, vitupération ou blâme : cette colère poétique contre l'absence ou la négation du divin dans les êtres et les choses les met tout autant à leur vraie place. C'est la voie négative de la louange. La Fontaine comique, satirique, épigrammatique, est plus que jamais un poète de la louange, retournée comme un gant, selon le principe poétique énoncé par Hugo : « L'amour devient haine en présence du mal. » Il arrive même à La Fontaine de faire entendre sa réserve satirique sous la louange quand celle-ci lui est imposée.

Flatter, art de sophistes, ce n'est pas louer, mais renverser l'ordre réel des êtres et des choses, c'est corrompre la parole poétique et faire d'elle l'instrument faussé d'une exaltation étrangère ou même contraire à son véritable objet : dire le divin, dire l'aimable, dire la vérité du cœur. Si l'éloquence du panégyrique consiste à rendre grand dans les mots ce qui est petit dans les choses, elle est en effet, non seulement, comme le dit Platon, de la sophistique, le contraire de la philosophie, mais aussi, comme l'ont cru tous les vrais poètes, le contraire de la poésie, qui ne s'exalte et ne s'irrite que pour ce qui mérite d'être loué et blâmé. Flatter est à la véritable louange ce que calomnier est au véritable blâme. Le propre du poète est de garder jalousement la loyauté de la parole d'amour envers la réalité des êtres et des choses. Il attend pour son art une récompense d'autant plus légitime qu'il ne l'a pas trahi. Mais il sait aussi ne pas attendre de récompense.

Simonide, dans son Ode lyrique, a donc beaucoup loué ce qui méritait de l'être beaucoup, des dieux, et loué faiblement ce qui méritait de l'être faiblement, un homme vain. Il a respecté les convenances supérieures de son art, que son commanditaire ne pouvait qu'ignorer. Mal lui en a pris : l'athlète blessé dans son amour-propre refuse de payer son poème le prix prévu, et renvoie le poète, pour le reste, aux dieux qu'il a loués avec tant de ferveur. Simonide est néanmoins invité au banquet où l'Ode doit être récitée. Pendant la fête, on vient le chercher de la part de deux inconnus. Simonide sort de la maison, les Dioscures se font reconnaître, ils invitent le poète à s'éloigner : le plafond de la salle du banquet s'écroule au même moment sur les convives. C'est à cette occasion (la fable ne le dit pas, mais ses lecteurs du XVIIᵉ siècle le savaient) que l'art de la mémoire a été inventé [1]. Pour inhumer décemment les victimes abîmées, il fallait les identifier : Simonide a pu le faire en se remémorant la place exacte que chacun occupait dans la salle. L'art de la mémoire est donc de même nature que l'art de louer : il met chaque chose à sa vraie place, et il permet de la retrouver même lorsque le temps, la ruine des apparences et la mort ont effacé les illusions qui masquaient la réalité des êtres et des choses. Mnémosyne est la mère des Muses. La musique est le nom que les Grecs donnaient à l'éducation. Leur poésie était au cœur de cette éducation musicale. Éduquer, c'est rappeler le vrai prix des êtres et des choses que l'ignorance ne voit pas et que l'amour-propre ne veut pas voir.

Telles étaient bien les ambitions de la Renaissance pour la poésie. Le chancelier Coluccio Salutati, disciple de Pétrarque, définissait ainsi le poète : un homme excellent, exercé dans l'art de louer et de blâmer. Laurent de Médicis a écrit des poètes qu'ils sont les auteurs de saintes louanges[2]. Le tact de la louange est la suprême science, à la fois vision et jugement critique. C'est la science des poètes. Est-elle si éloignée de cette science des saints que Corneille a résumée dans un alexandrin prêté à Pauline, dans *Polyeucte* : « Je vois, je sais, je crois, je suis désabusée » ? La Fontaine a été doué de ce genre de science que Socrate devait à Diotime et à son « démon » intérieur. La Fontaine n'a pas refusé au roi les éloges qui étaient dus à son titre de roi participant *ex officio* du divin. Le poète ne lui a jamais accordé, en les mesurant selon l'occasion, que les éloges conventionnels revenant à cet office et au personnage qui l'occupe. L'homme opaque n'a jamais éveillé son ardeur. Mais cet homme était roi de France.

Dans une épître de 1684 au prince de Conti, il s'essaye, à la manière de Montaigne, à une *Comparaison entre Alexandre, César et Monsieur le Prince*[3] : c'était ce même Condé auquel Madeleine de Scudéry, en 1649-1653, avait consacré un fervent éloge dans son immense roman héroïque, *Artamène ou le Grand Cyrus*. Fidèle à cette ancienne admiration, La Fontaine n'hésite pas à la nuancer, estimant par-dessus tout chez le prince, oncle de son jeune mécène Conti, son mépris des flatteries de cour : « Je ne lui dirai jamais en face : "Vous êtes plus grand qu'Alexandre", et lui dirai encore moins : "Alexandre doit être mis au-dessous de vous." »

C'est une façon indirecte, entre gens qui savent lire, de nuancer les éloges qu'il a lui-même dû faire d'un roi insatiable de louanges, idolâtré et idolâtre de lui-même. Dans une lettre de 1687 à son ami M. Simon, de Troyes, le poète rapporte le redoublement du culte dont le roi est l'objet à Paris depuis qu'il a été opéré et guéri de sa fistule. La lettre a été publiée par le jésuite Bouhours en 1693, du vivant du poète. La Fontaine y faisait allusion aux grands journalistes protestants du Refuge, Pierre Bayle, Jean Le Clerc, et il avouait lire régulièrement *La Gazette de Hollande*. Il écrivait aussi, avec une gaîté admirative qui recouvre parfaitement l'agacement et l'ironie :

... Nous revînmes au roi ; l'on y revient toujours :
    Quelque entretien qu'on se propose,
    Sur Louis aussitôt retombe le discours ;
La déesse aux cent voix ne parle d'autre chose.
(*À Monsieur Simon*, de Troyes, v. 49-52)

Cette Renommée moutonnière, et qui jacasse pourtant, est la caricature de la louange. Le roi est aveugle et sourd à cette différence. Il est dupe des apparences et de lui-même. La Fontaine le dit, mais en creux.

Dans une épître au duc de Vendôme[4], de 1689 (publiée en 1696, avec l'épître de 1684 à Conti, par l'excellente Mme Ulrich, qui a attendu la mort du poète pour faire connaître ces textes compromettants), la Révocation est décrite en termes franchement irrévérencieux et aussitôt retirés :

... Notre roi voyant quelques villes
    Sans peine à la foi se rangeant,
    L'appétit lui vint en mangeant...
(v. 55-57)

Le lion des *Fables* montre ici sa crinière. L'écho vite étouffé de l'épître laisse le temps d'un éclair deviner ce qui s'était dit dans la conversation entre amis sûrs.

Mais à quelle pression des siècles et du sentiment de la communauté française cette connivence presque silencieuse ne devait-elle pas se soustraire ?

Le Parnasse et l'Académie

On peut se demander pourquoi, en 1683, La Fontaine commence une campagne de candidature à l'Académie [5]. La Compagnie était alors la forge du royaume la plus productive de panégyriques de Louis XIV. L'étonnement redouble quand on sait que cette campagne vise le fauteuil laissé par Colbert, mort le 6 septembre de cette année-là, exactement vingt-deux ans, à un jour près, depuis l'arrestation de Foucquet. La surprise passe à la stupeur quand on découvre que le poète, non seulement a été élu sans difficulté par la Compagnie, mais qu'il a été agréé, après quelques réserves, par Louis XIV.

Les sentiments profonds du poète (et leur expression chiffrée) n'ont jamais changé, ni sur le roi, ni sur son art de gouverner. Mais son attachement de Français d'Ancien Régime à la royauté n'a pas changé non plus. Il aurait dû être un poète royal, si Foucquet était devenu premier ministre. Il n'a pu l'être après le coup d'État du 5 septembre 1661. Mais le tropisme de Marot, de Ronsard et de Malherbe le pousse invinciblement à le devenir. Pour un poète français, jusqu'à Voltaire lui-même, pas d'objet de louange plus désirable sur cette terre que son roi. Pas plus que Foucquet, pas plus que Fénelon, pas plus que Saint-Simon, tous « bons Français », s'il en fut, La Fontaine ne peut imaginer d'autre forme politique pour la France que la royauté de droit divin, même s'il souffre (souffrance admirable et étrange chez un épicurien) quand le royaume n'est pas gouverné par un homme d'esprit et de cœur. Et la haute idée qu'il se fait de la poésie — comme celle que Fénelon se fait de l'éloquence et de la religion, comme celle que Saint-Simon se fait de la diplomatie de l'esprit — le pousse à croire que, même alors, ces puissances de persuasion doivent travailler tenacement, par les voies qui leur sont laissées, à combler l'abîme qui s'est creusé, de par l'aveuglement du roi, entre le royaume tel qu'il peut et doit être, entre l'idée, l'image, la finalité essentielle du royaume, et la réalité de la monarchie dévoyée par la Raison d'État. L'éducation des Dauphins est l'une de ces voies du salut public au futur. L'accès de la parole poétique, pour La Fontaine, de la parole vraiment religieuse, pour Fénelon, jusqu'au centre de la Cour, jusqu'au roi, même sous des formes couvertes et voilées, par des canaux indirects, est une autre voie de ce salut public à long terme. Le royaume, pour ces êtres de vision, n'est pas ce que constatent tristement les yeux de chair, mais ce que crée et recrée vaillamment la parole du cœur.

En 1683, l'année de son élection à l'Académie, La Fontaine n'est plus, depuis dix ans au moins, le poète entièrement disgracié des premières années du règne personnel de Louis XIV. Le roi lui-même n'est plus le jeune Néron que Racine, en 1669, dans *Britannicus*, avait convaincu de ne plus se produire dans les ballets de cour. La Grèce conquise a, dans une certaine mesure, conquis son farouche vainqueur. La génération de la République des Lettres qui avait assisté à la chute de Foucquet, a fini peu à peu par obtenir, sous la houlette de Boileau et dans le sillage de Molière, au prix de ruses patientes et de cruels sacrifices, un droit de cité à la Cour. Ce droit est étroitement circonscrit. Il ressemble même, pour Boileau et Racine, successeurs de Pellisson, à la condition d'otages. Leur rôle et leur visibilité sont aussi bien peu de chose, auprès de la faveur extraordinaire dont Lully jouit auprès du roi, dans *L'Île des Plaisirs* que Monsieur, le duc d'Orléans, n'est plus seul à inspirer, après la mort de Molière en 1673[6]. Mais enfin, en 1677, Boileau et Racine sont devenus historiographes royaux. Cette victoire des Lettres, quoique toute nominale et très coûteuse pour les vainqueurs, n'était pas prévisible en 1661. Elle est due, plus encore qu'à la faveur de Molière et de Racine auprès de Louis XIV, au mécénat de Mme de Montespan, de son frère le duc de Vivonne, et de leur sœur Mme de Thianges.

La « Chambre du sublime » offerte au duc du Maine en janvier 1675[7], même si elle réserve à La Fontaine un rôle intimidé, lui fait malgré tout partager par la porte de service un peu du terrain conquis à la Cour pour Boileau et pour Racine. Auprès de la puissante coterie Mortemart, La Fontaine disposait par lui-même d'excellents appuis : sa suzeraine de Château-Thierry, la duchesse de Bouillon, le frère de celle-ci, le duc de Nevers, gendre de Mme de Thianges, et leur neveu le duc de Vendôme. En 1674, l'année précédente, Boileau avait publié son *Art poétique* et son *Traité du sublime*, posant ainsi officiellement sa candidature à la succession de Jean Chapelain, qui meurt la même année. Toujours en 1674, année faste du mécénat Mortemart, La Fontaine avait été invité par Mme de Thianges à composer, en lieu et place de Quinault, le librettiste attiré de Lully, le livret de l'opéra *Daphné*[8].

C'était, pour le poète des *Fables*, le chemin, ouvert par le théâtre musical goûté du roi, à la faveur personnelle de Louis XIV, peut-être à la fin de sa disgrâce. La place des Lettres à l'intérieur de la Cour en eût été singulièrement accrue. Un peu plus de leur lumière pouvait-il éclairer l'esprit et le cœur du roi ?

Quinault était en 1661 compté par Gabriel Guéret parmi les petits poètes de *L'Île des Plaisirs*, alors patronnée sans partage par Monsieur. Les Mortemart ne pouvaient facilement écarter Lully, assis sur le monopole d'État inébranlable que lui conférait depuis 1672 son titre de surintendant de l'Académie royale de musique. Il était de surcroît le roi souterrain d'une Sodome qui comptait dans ses rangs à la Cour Monsieur lui-même, ses officiers, et bon nombre de grands seigneurs. Louis XIV s'en doutait, mais il ne pouvait se passer de ce diable d'homme, possédé d'un *estro armonico* dont le roi, jeune danseur, avait déjà éprouvé la magie dans la musique du *Ballet de la Nuit*, en 1653.

Les Mortemart poussèrent cependant, autant qu'il était en leur pouvoir, un rival, l'italien Paolo Lorenzani, excellent compositeur ramené de Sicile par le duc de Vivonne, et dont il réussit à faire apprécier par le roi des motets : la Chapelle royale du moins échappait au monopole de Lully. Le succès éclatant de l'opéra *Bellérophon* (1679), de Quinault et Lully, déjoua le complot [9].

Les Mortemart avaient essayé aussi d'obtenir l'oreille du roi pour leur protégé La Fontaine, en séparant Lully de son cher Quinault. La manœuvre avait tout aussi peu réussi : Lully rejeta le livret de *Daphné*, après l'avoir victorieusement dénigré auprès du roi. Nouvelle tentative des Mortemart en 1682-1683 : cette fois, ils obtiennent la disgrâce de Quinault, qui s'était moqué trop tôt des fureurs jalouses de Mme de Montespan contre une éphémère rivale, dans son livret de l'opéra *Isis* (1677). Racine et Boileau furent cette fois sollicités d'écrire pour Lully le livret d'une *Chute de Phaéton* [10]. Ils durent vite s'interrompre, le roi ayant pardonné entre-temps au poète préféré de Lully. Mais Racine — et Mme de Montespan entre-temps bel et bien disgraciée n'y est plus pour rien — écrira tout de même en 1685 une *Idylle pour la paix*, honorée par la musique de Lully : ce divertissement sera présenté au roi au château de Sceaux, au cours d'une fête offerte par Colbert de Seignelay. « On dit, écrit Mme de Coligny à Bussy quelques jours plus tôt, que la fête de Vaux ne fut point si magnifique que sera celle-ci. » Un quart de siècle après la fête fatale, l'ombre de Foucquet, mort en 1680, continuait donc de hanter la cour de Louis XIV.

Soutenue, mais aussi contenue prudemment par Mme de Thianges, l'irritation de La Fontaine contre le surintendant de l'Académie royale de musique lui dicta, en 1674-1677, trois admirables poèmes satiriques, qui n'épargnaient pas le roi, militaire jusque dans ses goûts musicaux : *Le Florentin*, l'*Épître à Mme de Thianges* et l'*Épître à M. de Nyert*. Ils restèrent soigneusement manuscrits et de diffusion très restreinte. Le public ne put les lire qu'au XVIIIe siècle.

Mais que diable le poète était-il allé faire en cette galère ? Il était aussi peu fait pour les intrigues retorses de la Cour que Lully s'y montrait, depuis l'enfance, supérieurement entraîné. La Fontaine écrit à Mme de Thianges :

> Il est homme de cour, je suis homme de vers.

Le poète, qui a su plaire au public parisien, et qui affirme, dans son épître en vers à Mme de Thianges, que *Daphné*, si Lully ne lui avait pas manqué, aurait du moins réussi à Paris et fait peut-être son chemin jusque dans les châteaux royaux, ajoute :

> Qu'est-ce qu'un auteur de Paris ?
> Paris a bien des voix, mais souvent, faute d'une,
>   Tout le bruit qu'il fait est fort vain.
> Chacun attend sa gloire autant que sa fortune
>   Du suffrage de Saint-Germain.
> Le maître y peut beaucoup, il sert de règles aux autres :
>   Comme maître premièrement,
> Puis comme ayant un sens meilleur que tous les nôtres.
>   Qui voudra l'éprouver obtienne seulement
>   Que le roi lui parle un moment.
>   (*Épître à Mme de Thianges*, v. 45-54)

La Fontaine n'avait pas obtenu une parole favorable du roi en 1662-1663, en réponse à ses deux poèmes en faveur de Foucquet. Il cherche de nouveau, par un autre canal, dix ans plus tard, à la lui arracher. Tant la foi du « bon Français » envers la royauté, et celle du poète envers la poésie, étaient chevillées au corps de l'auteur des *Amours de Psyché*. Il faut lire le livret de *Daphné*[11] pour comprendre pourquoi il tenait tant à se faire entendre en haut lieu, et pourquoi Lully s'est refusé à consacrer officiellement par sa musique ce message incorrect.

Le prologue à lui seul est tout un programme à contre-courant de la doctrine du roi et de ses ministres. La Fontaine met en scène Jupiter, Minerve et Vénus, les « trois fonctions » de la Cour. Quel roi, se demandent les trois dieux, proposer aux hommes instables dont Prométhée repeuple la terre après la fin du déluge ? Minerve veut pour ce roi la « raison », la « vertu », la « règle », la « gloire ». Vénus veut le loisir, le repos, l'agrément, le « don d'aimer ». Le Chœur conclut :

> Heureux qui par raison doit plaire !
> Plus heureux qui plaît par amour !

Sous les apparences de lieux communs galants, le débat autour duquel s'étaient joués le destin de Foucquet et celui du royaume en 1661 était de nouveau ouvert et orienté par La Fontaine du côté de la paix, des arts de la paix, et du gouvernement par la douceur.

La scène finale de cette pastorale dramatique est plus audacieuse encore. Elle aurait fait apparaître sur le théâtre de l'Olympe, et devant le roi Jupiter, ce Parnasse que Gabriel Guéret en 1661 n'avait pas aperçu sur « la Carte de la Cour ». Elle aurait mis fin symboliquement au drame qui avait éteint la poésie et tari la louange sincère du roi. On lit dans le livret :

« ... Le Parnasse se découvre au fond. Quelques Muses sont assises en divers endroits de sa croupe, et quelques poètes à ses pieds. Sur le sommet, le palais du dieu se fait voir. Les deux côtés du théâtre sont deux galeries qui ressemblent à celles où on étale des raretés les jours de fête et les jours de foire. Là sont les archives du Destin. L'architecture est ornée de feuilles de laurier. Sous chaque portique est un buste ; il y en a neuf de conquérants, et autant de poètes ; les conquérants d'un côté et les poètes de l'autre. Les conquérants sont Cyrus, Alexandre, etc. et les poètes sont Homère, Anacréon, Pindare, Virgile, Horace, Ovide, l'Arioste, le Tasse et Malherbe. Apollon a voulu que l'avenir fût montré en faveur de cette fête [les noces du dieu avec Daphné divinisée par l'Amour]. »

Ainsi, par une épiphanie d'opéra pastoral, La Fontaine eût fait réapparaître au centre même de la monarchie française l'allégorie réinventée par la Renaissance italienne pour signifier les « bonnes Lettres » et leur autorité féconde sur le « bon gouvernement » et le « bien commun »[12]. La France eût vu resurgir sous les yeux de son roi, dans une version rajeunie, l'objet de la plus célèbre fresque de Raphaël dans les *Stanze* du Vatican, et de trois tableaux de Nicolas Poussin, dont la radieuse *Inspiration du poète* aujourd'hui au Louvre, et qui se trouvait alors dans les collections héritées de Mazarin par le duc et la duchesse de La Meilleraye, cette belle Hortense Mancini, que chérirent Saint-Évremond, Saint-Réal et La Fontaine. Contrairement à une légende bien enracinée, l'allégorie du Parnasse, si chère aux Médicis, aux princes italiens de la Renaissance, aux Valois, à Foucquet, est totalement absente de l'iconographie de Louis XIV, et en particulier des jardins de Versailles. Le Soleil militaire du Grand roi n'était pas le dieu des poètes, contemplateur jouant de la lyre parmi les Muses. C'est pour remédier à cette carence désolante pour tout lettré que Titon du Tillet, à partir de 1708, s'emploiera (mais en vain) à faire ériger, soit dans les jardins de Versailles, soit à Paris, un groupe sculpté, représentant Apollon, les Muses et les poètes français (parmi lesquels Madeleine de Scudéry et La Fontaine) sur le Mont Parnasse[13].

Pour faire triompher le Parnasse de *Clymène* sur l'Olympe de Louis XIV, le poète avait fait une concession au roi : il avait fait figurer sur son Parnasse les effigies des « conquérants » auxquels le potentat aimait à s'identifier. Par un paroxysme de flatterie qui a irrité la verve de Saint-Simon, le duc de La Feuillade, en 1687, fera dresser sur la place des Victoires la statue de Louis XIV par Desjardins en « dieu Mars », résumant et effaçant à lui seul tous les autres conquérants, foulant aux pieds les nations de l'Europe chargées de chaînes. Le roi lui-même inaugura cette statue.

Piètre flatteur, La Fontaine en 1674 n'avait même pas fait figurer le buste du roi sur son Parnasse aux côtés de ceux d'Alexandre et de César ! En échange de ce qu'il pouvait tenir par-devers lui comme un sacrifice, le poète avait fait apparaître, parmi les neuf bustes de poètes, deux Anciens auxquels il pouvait identifier son art : Anacréon (son propre nom de Parnasse dans la *Clélie*) et Ovide, dont il avait tiré le sujet de *Daphné* et qui est l'une des principales sources antiques de l'allégorie du Parnasse. Bien mieux, dans le dialogue qui se poursuivait sur la sainte montagne, le poète avait développé tout un manifeste de poésie française : le « sublime » (dont Boileau venait de traduire la même année le traité classique) était renvoyé « dormir » avec les épopées et les panégyriques flatteurs ; la poésie lyrique et pastorale, sous le nom virgilien et lumineux de Daphnis, était réhabilitée ; la poésie satirique, et son rire libérateur, sauvés depuis 1661 par Molière et Boileau, lui étaient associés. L'épiphanie du Parnasse se terminait en ballet :

« Quatre auteurs lyriques et autant de Muses du même genre viennent danser en témoignage de joie, puis les ridicules se mêlent avec eux, formant de différentes figures avec des branches de laurier qu'ils portent tous, et dont ils font des espèces de berceaux. C'est le grand ballet. »

C'était aussi le couronnement des *Fables*, qui savent si bien mêler aux ridicules de la satire l'échappée lyrique. Si le prologue allait à contre-courant de la politique guerrière du roi, le ballet final de *Daphné* accélérait à tel point l'évolution que les Mortemart avaient fait connaître à l'art de cour, qu'elle inversait radicalement le sens de celui-ci, comme par un coup de baguette symbolique. Sur ce Parnasse français à l'optatif, l'éloge du roi cessait d'être un pompeux devoir pour redevenir un plaisir ; il se réconciliait avec la poésie lyrique et la poésie satirique. Il redevenait vivant et savoureux. Véritable « Édit de Nantes » littéraire, *Daphné*, si le livret avait surmonté la censure de Lully, eût rappelé à la Cour, avec La Fontaine, cette diversité poétique (en grec *poïkilia*, un maître-mot des poètes d'Alexandrie), que les *Fables* s'ingéniaient à recueillir. L'inclusion, sur ce Parnasse, de l'Arioste et du Tasse, aux côtés des Grecs et des Latins, eût associé étroitement le chant français à la fantaisie italienne. On serait revenu à Vaux, et même au Fontainebleau de François Ier et Henri II, comme si tout l'entre-deux n'avait été qu'un mauvais rêve. Ce vœu supposait que Louis XIV eût cessé de se ressembler.

On aimerait savoir ce que Lully a bien pu dire au roi pour justifier son refus de mettre *Daphné* en musique. On sait seulement qu'il fit valoir à Louis XIV que ce sujet de pastorale, et ce style d'une excessive fluidité, n'étaient pas assez héroïques pour sa gloire : cela suffisait amplement pour confirmer le roi, malgré les efforts des Mortemart, dans son aversion de toujours pour le poète de Foucquet. Mais le surintendant de l'Académie de musique devait lui-même trouver étrange que La Fontaine osât lui demander d'asservir ses propres notes et son génie harmonique à la glorification de la poésie : son propre monopole de la musique et sa faveur à la Cour suffisaient parfaitement à rassasier les appétits de divertissement et de glorification du roi.

En dépit de cet échec, le nom de La Fontaine, soutenu par les Mortemart et par le succès du second recueil de *Fables* dédié à Mme de Montespan, avait été plus souvent prononcé devant Louis XIV. Le poète était en quelque manière entré dans le paysage familier de cet homme d'habitudes. Le terrain était préparé de très longue main pour une éventuelle candidature à l'Académie.

Le Parnasse, allégorie du « pouvoir spirituel » que les Lettres de la Renaissance entendaient exercer sur les pouvoirs temporels, n'avait pas sa place marquée dans la société du spectacle, guerrier ou musical, de Louis XIV. Cependant, en marge de la Cour, une institution, presque une famille pour lui, à laquelle La Fontaine avait été intimement associé, grâce à Valentin Conrart et à Paul Pellisson, entre 1645 et 1661, et où siégeaient nombre de ses amis de jeunesse (Pellisson lui-même, Antoine Furetière, François Charpentier, l'abbé Paul Tallemant, le duc de Saint-Aignan, Jean Racine, Charles Perrault, Isaac de Benserade) et où avaient siégé quelques-uns de ses maîtres en poésie (Tristan L'Hermite, Saint-Amant, Pierre Corneille, François Maynard, Racan), était devenue avec le temps une allégorie de fait des Lettres du royaume, un Parnasse royal supérieur aux règnes successifs : l'Académie française. Le roi, sur la suggestion de Colbert, en était devenu lui-même le Protecteur, à la mort du chancelier Séguier en 1672. L'Académie l'en avait remercié et le remercierait toujours par une abondante production panégyrique. Mais elle n'était pas sa création, et ce corps de lettrés avait sa propre mémoire, sa propre durée, au large de *L'Île des Plaisirs* et même du *Port du Secret*.

Il était très naturel et très français que La Fontaine aspirât à prendre place sur ce Parnasse de fait, installé depuis 1672 au Louvre, d'autant que la Cour en 1683 déserta le vieux palais pour Versailles : l'Académie était maintenant et plus que jamais une institution parisienne, remplie de souvenirs et d'amitiés datant de la jeunesse du poète. Malgré la présence dans ses rangs de petits poètes courtisans, Cotin, Boyer, Quinault, l'Académie ne faisait pas partie de la société du spectacle propre au roi régnant. L'encens qu'elle dispensait à son Protecteur protégeait sa singularité de corps littéraire. De surcroît, la mort de Colbert la soulageait d'un confrère assez encombrant.

Le seul péril pour La Fontaine lui venait du côté du groupe peu nombreux des académiciens ecclésiastiques, dont Bossuet, qui voyaient dans l'auteur des

Contes un corrupteur des âmes. L'étoile montante de Mme de Maintenon donnait en 1683 aux prélats et aux abbés de l'Académie une autorité nouvelle à la Cour, qui risquait de nuire au poète tout autant que celle de Colbert ou de Lully naguère. La difficulté était toujours la même pour La Fontaine : arracher au roi cette « parole » qui lui avait été refusée en 1662-1663, et de nouveau retirée (sous la pression victorieuse de Lully) en 1674. Cette parole retenue était d'autant plus désirable. L'occasion de l'obtenir ne se répéterait plus.

L'élection du poète fut acquise le 15 septembre 1683, par 16 voix contre 7, au fauteuil de Colbert. Chacun savait que La Fontaine ne portait pas le ministre défunt dans son cœur. Il avait salué sa mort par une cruelle épigramme[14]. Lui succéder à l'Académie était une extraordinaire et ironique revanche. La Fontaine s'était cependant assuré que Boileau, bien en cour, et souhaité par le roi pour ce fauteuil, ne se présenterait pas contre lui. Le parti courtisan et le parti dévot se déchaînèrent en vain à l'Académie contre le poète. La Compagnie en la circonstance avait frondé quelque peu son Protecteur. Celui-ci lui fit sentir sa réprobation d'un froncement de sourcils, il refusa son agrément au nouvel élu et il le suspendit à l'élection préalable de son historiographe Boileau. C'était malgré tout un oui, de très mauvaise grâce et à long terme.

Boileau fut élu le 17 avril 1684. Dans l'intervalle, La Fontaine avait publié dans *Le Mercure galant* une ballade[15] où il brode pour sa propre cause sur le canevas de l'*Ode au roi* de 1662 en faveur de Foucquet. Il célèbre (mais sous une forme à la Marot et à la Voiture, qui n'a rien d'épique ni de sublime) le roi toujours conquérant, et vainqueur à lui seul de toute l'Europe coalisée. Et il conclut ce panégyrique obligé par un envoi-supplique qui minimise les méfaits de ses malheureux *Contes*, dénoncés au roi par les académiciens d'Église comme « un cas pendable » :

> Ce doux penser, depuis un mois ou deux,
> Console un peu mes Muses inquiètes.
> Quelques esprits ont blâmé certains jeux,
> Certains récits, qui ne sont que sornettes.
> Si je défère aux leçons qu'ils m'ont faites,
> Que veut-on plus ? Soyez moins rigoureux,
> Plus indulgent, plus favorable qu'eux ;
> Prince, en un mot, soyez ce que vous êtes :
> L'événement ne peut être qu'heureux.

L'événement en fut heureux, au moins en apparence. Le roi donna enfin son agrément le 20 avril 1684. Mais il ajouta à l'adresse du chancelier de l'Académie, l'abbé Testu : « Il a promis d'être sage [16]. » Le mot tant attendu avait pris la forme d'un ordre. Le parti dévot de l'Académie s'en fit fort. Le poète lui avait d'ailleurs donné des gages, comme il le reconnaît dans sa *Ballade au roi*.

Il ne publia plus de *Contes* licencieux, mais il ne se montra pas aussi « sage » que le Maître l'avait ordonné. Sa correspondance avec le duc de Vendôme (l'autre roi de Sodome à la cour du Grand roi), avec le prince de Conti, avec Mme Ulrich, avec la Champmeslé, et avec ses amis de Londres (la duchesse Mazarin, sa sœur la duchesse de Bouillon, Lady Harvey, Saint-Évremond) atteste que le nouvel académicien ne changea rien d'abord, ni dans ses habitudes de vie, ni dans ses sentiments.

Mens sana in corpore sano

Ses habitudes de vie étaient celles l'un lettré sachant compenser par les longues marches en plein air, par les plaisirs de la conversation et de la table, par la rêverie au jardin, et aussi souvent que possible, par la compagnie de quelque aimable tendron, le travail de la lime des mots, la lecture et les écritures dans la bibliothèque, et même la douleur de voir et de savoir. Il écrit en 1687 à Saint-Évremond [17] :

... On peut goûter la joie en diverses façons :
Au sein de ses amis répandre mille choses,
Et, recherchant de tout les effets et les causes,
À table, au bord d'un bois, le long d'un clair ruisseau,
Raisonner avec eux sur le bon, sur le beau,
Pourvu que ce dernier se traite à la légère,
Et que la Nymphe ou la bergère
N'occupe notre esprit et nos yeux qu'en passant...

Les lettrés d'ascendance humaniste, quelle que fût leur profession, clercs ou laïcs, avaient développé un sixième sens pour maintenir leur équilibre moral, humoral et physique, toujours menacé par la mélancolie de leur condition hasardeuse, de la seconde vue qui les hante, et de leurs travaux parmi les livres [18]. Paradoxalement, leur espérance de vie était souvent plus longue que celle de la plupart de leurs contemporains. La santé du corps, autant que la joie de l'imagination dont elle dépend, avait été l'une des préoccupations majeures de la Renaissance, aussi prévenue contre le pédantisme médical que contre le pédantisme théologique. La santé des studieux, convoyeurs des Lettres dans les méandres de la Fortune et du Temps, était une chose trop sérieuse pour être confiée aux professionnels de la santé. Elle fit donc partie de leurs propres savoirs. Tout lettré dans la tradition de Marsile Ficin et de Rabelais devint son meilleur médecin, et sut comment intérioriser les énergies de la nature et les plaisirs sociaux pour compenser ses défaillances d'humeur et guérir les troubles de son corps. Auteur d'un poème sur le « quinquina » (cette écorce rapportée des Amériques par les jésuites, souveraine contre certaines fièvres, mais que combattait la routinière et jalouse Faculté de Paris), La Fontaine cherchait en lettré la santé du corps, autant que celle de l'âme, dans le choix des compagnies, des lieux, des nourritures et de la musique qui pouvaient le maintenir malgré tout en joie. D'autres poètes combattaient la mélancolie par Bacchus, le dieu du vin. Il n'en fallait pas moins pour balancer, avec les secours d'un imaginaire riant, la pente d'« un cœur tendre et qui hait le néant vaste et noir ».

Plusieurs de ses plus proches amis, Saint-Évremond, Huet, Maucroix, Boileau, dépassèrent les quatre-vingts ans. Ils avaient plus ou moins, comme lui-même, un « beau tempérament » naturel, mais ils se gardèrent de le gâcher par des excès. Il ne faut donc pas imaginer La Fontaine, à Anet, à l'Enclos du Temple, ou dans la compagnie de la très galante Mme Ulrich, et malgré toutes ses fanfaronnades de Chloris et de Jeannetons destinées à faire sourire des roués, se gâcher dans les débauches qui usèrent un Lully, qui épuisèrent un Vendôme et que Saint-Simon sait évoquer avec emportement. Ce poète pouvait traverser sans s'émouvoir les milieux les plus différents, qui lui voulaient du bien, et observer leurs mœurs, sans pour autant dévier de sa propre ligne de vie. À Saint-Évremond, à qui il se plaint gaiement en 1687 de ses rhumatismes, tout en se réclamant de Marot, de Rabelais et Voiture pour veiller, après son jeune âge, sur sa gaillarde vieillesse, il écrit :

« Je ne suis pas moins ennemi que vous du faux air d'esprit que prend un libertin. Quiconque l'affectera, je lui donnerai la palme du ridicule. »

Le libertinage est moins à ses yeux une erreur qu'une crispation qui fausse le libre mouvement de *notre mère nature*, dont il lui convient de suivre avec grâce les *éternelles leçons*. La même année 1687, il est capable de faire à cheval le chemin de Bois-le-Vicomte à Paris, l'imagination tellement occupée par les appas de Mlle de Beaulieu, quinze ans, hôte de ses amis d'Hervart (*les yeux beaux, la peau délicate et blanche, les traits du visage d'un agrément infini, une bouche et des regards...*), qu'il en perd son chemin. Il doit coucher dans un mauvais gîte, et il transforme cette mésaventure de berger extravagant épris d'une « Amarante » de pastorale en une délicieuse épître qui réjouira ses amis à ses dépens. Il y fait surgir quelques vers qui se souviennent (moins l'amertume) des *Stances à Marquise* (*Marquise, si mon visage / A quelques traits un peu vieux / Souvenez vous qu'à mon âge / Vous ne vaudrez guère mieux*[19]) par lesquelles Corneille, barbon et dévot, avait conclu en 1658 un bref accès de passion pour la ravissante Mlle Du Parc, vedette de la troupe de Molière. L'amour de la beauté, l'imagination de la beauté, et l'engendrement de la parole dans la beauté, sont d'admirables cures dont le secret est réservé aux poètes. Ces fugaces visitations sont des rayons de l'âge d'or.

Cette belle santé, troublée sur le tard par de cruelles crises de rhumatismes, est l'un des points communs que La Fontaine eut avec son roi, plus menacé que lui par l'empressement des médecins. Louis XIV se gouvernait moins par l'hygiène des lettrés de la Renaissance que par des recettes éprouvées, qu'il tenait de la tradition orale des cours. La discipline du métier du roi, dans le travail méticuleux des Conseils comme dans les tâches de représentation, était chez lui encore plus régulière et contraignante que les exercices de la bibliothèque d'un poète. Elle était aussi moins nourrissante pour l'esprit. Mais elle s'accordait bien à un tempérament tel que celui de Louis XIV, peu doué pour l'imagination et entièrement inapte à la contemplation désintéressée. Le roi savait travailler. Il savait aussi fort bien, mais à sa façon, se divertir. Quinault et Lully n'avaient aucune peine à l'en convaincre, dans le prologue du ballet royal *L'Amour malade* (1676) :

Si tu veux conserver des jours si pleins d'attraits,
Grand roi, laisse Hippocrate et sa vaine doctrine :
    Nous avons de meilleurs secrets
    Que tous ceux de la Médecine.
Donne un peu de relâche à tes nobles désirs,
Mêle un instant de joie aux soins qui te possèdent,
Goûte nos jeux, nos vins, nos chants et nos plaisirs,
    C'est le véritable remède[20].

Les divertissements goûtés par le roi n'étaient pas de ceux qui le menaçaient de sortir de lui-même. Il lui fallait de petites et grandes secousses extérieures : la chasse à courre, non moins quotidienne en temps de paix que les conseils ministériels, le théâtre à grand spectacle, la musique à haute teneur sonore, le sermon à émotions fortes, les vastes jardins et les grands bâtiments, qu'on peut dominer du regard, les campagnes militaires quand elles étaient bien mûres et dignes de sa rare présence spectaculaire (jusqu'en 1693, après quoi il dirigea les armées, depuis son Quartier général de Versailles, comme Philippe II à l'Escurial, sur des cartes), et enfin les parties de plaisir hâtives avec ses maîtresses, officielles ou éphémères, comme cette trop jolie duchesse de Fontanges dont la faveur ne résista pas à sa première fausse-couche, qui l'affaiblit dangereusement, l'éloigna de la Cour, et fit mourir de langueur la pauvre fille à Port-Royal, en avril 1682, à vingt-deux ans. La Fontaine avait dédié en 1680 à cette victime du Minotaure un bel hommage en vers[21]. Il le fit avec l'approbation de Mme de Montespan qui luttait alors, par tous les moyens, contre l'emprise croissante sur le roi de Mme Scarron.

L'influence matrimoniale de Mme de Maintenon, l'âge venant, et les raisonnements de ses confesseurs jésuites, purent venir à bout peu à peu de ses appétits de chair ; ils n'entamèrent en rien ce stable édifice gargantuesque d'égoïsme, édifié sur le travail de bureau et les loisirs de cour. Saint-Simon raconte comment, sans tenir compte des remontrances de la quasi-reine et du médecin Fagon, il commanda que la duchesse de Bourgogne, qui le divertissait beaucoup, fût du voyage de la Cour à Marly (1708), en dépit de son état de grossesse avancée et d'un état de faiblesse alarmante. Le roi, en promenade auprès du bassin des carpes de Marly, dut annoncer lui-même à ses courtisans, parmi lesquels le duc de Saint-Simon : « La duchesse de Bourgogne est blessée. » Le duc de La Rochefoucauld se récria que « c'était le plus grand malheur du monde, et que, s'étant déjà blessée d'autres fois, elle n'en aurait peut-être plus ». — « Eh, quand cela serait, interrompit le roi tout d'un coup avec colère [...], qu'est-ce que cela me ferait ? Est-ce qu'elle n'a pas déjà un fils ? [...] Dieu merci, elle est blessée, puisqu'elle avait à l'être, et je ne serai plus contrarié dans mes voyages et dans tout ce que j'ai envie de faire par les représentations des médecins et les raisonnements des matrones. J'irai et viendrai à ma fantaisie, et on me laissera en repos[22]. » Saint-Simon, après avoir rapporté le long silence et l'espèce de terreur que ces paroles répandirent jusque parmi les jardiniers de Marly, ajoute : « Je me sus gré d'avoir jugé depuis longtemps que le roi n'aimait et ne comptait que lui, et était à soi-même sa fin dernière. » La santé de Louis XIV et la bonne marche de son État étaient à ce prix.

De Foucquet à Fénelon

En 1693, La Fontaine publie la dernière édition parue de son vivant des *Fables*. Elle était augmentée d'un nouveau livre (pour nous, le Livre XII) dont de nombreuses pièces avaient été publiées isolément depuis 1685. Ce dernier recueil était précédé d'une dédicace au petit-fils de Louis XIV, fils aîné du Grand Dauphin, le duc de Bourgogne. Un frémissement d'enthousiasme pour le très jeune prince anime cette épître en prose, qui se termine (comme celle que le poète avait écrite pour le Grand Dauphin en 1668, près de vingt ans plus tôt) par des louanges indirectes, froidement excessives, à l'adresse du roi. À l'intérieur du Livre XII, rien de moins que quatre fables (dont deux avec une épître-dédicace particulière en vers) sont destinées à l'enfant royal[23]. Même Mme de La Sablière, même le duc de La Rochefoucauld n'avaient reçu un aussi abondant accueil dans le « livre favori ».

Autant qu'au jeune prince, cette ferveur s'adressait à son précepteur : l'abbé François de Salignac de la

Mothe-Fénelon, chargé par le roi, depuis le 16 août 1686, de l'éducation de son petit-fils[24]. Il avait été nommé en même temps que le gouverneur du petit prince, le duc de Beauvilliers. Le poète (en 1686, il a soixante-cinq ans) que ses biographes dépeignent vieux, débauché, égaré et crotté, s'est donc trouvé étroitement associé de l'intérieur et sur le tard à la plus singulière et secrète aventure politique du Grand siècle, comparable seulement à l'ascension et à la chute de Nicolas Foucquet : celle de Fénelon. En 1668, la dédicace au Dauphin n'avait été que de façade. En 1693, le douzième livre des *Fables* témoigne ostensiblement de la coopération étroite du poète au Grand Œuvre du royaume, la formation du cœur et de l'esprit d'un probable et prochain roi de France. C'était pour La Fontaine une autre façon d'exercer l'office de poète royal.

Quand et comment Fénelon s'est-il lié au poète de Foucquet ? Le précepteur du duc de Bourgogne était né dans l'une des plus anciennes et illustres familles du Languedoc. Plusieurs membres de cette famille avaient été étroitement associés à la Compagnie du Saint-Sacrement : Fénelon est une émanation tardive et splendide de cette « cabale des dévots » combattue par Richelieu, puis par Colbert. Pendant son adolescence il avait longuement séjourné à l'Oratoire de Paris où La Fontaine lui-même avait été autrefois novice. Remarqué dès 1673 par Bossuet, qui se l'était aussitôt attaché, l'abbé de Fénelon avait déjà ses vues secrètes. Il fut très vite à même de prétendre occuper auprès du duc de Bourgogne l'office que l'évêque de Meaux avait rempli auprès du père du jeune prince : le Grand Dauphin. Le magnétisme du noble ecclésiastique était déjà très grand. Saint-Simon, fasciné par ce miracle d'intelligence et de charme, a laissé de Fénelon devenu archevêque un portrait où, pour une fois dans les *Mémoires*, l'éloge l'emporte sans réserve sur le sarcasme :

« Ce prélat était un grand homme maigre, bien fait, pâle, avec un grand nez, des yeux dont le feu et l'esprit sortaient comme un torrent, et une physionomie telle que je n'en ai point vue qui y ressemblât, et qui ne se pouvait oublier quand on ne l'aurait vu qu'une fois. Elle rassemblait tout, et les contraires ne s'y combattaient pas. Elle avait de la gravité et de la galanterie, du sérieux et de la gaîté ; elle sentait également le docteur, l'évêque et le grand seigneur ; ce qui y surnageait, ainsi que dans toute sa personne, c'était la finesse, l'esprit, les grâces, la décence, et surtout la noblesse. Il fallait effort pour cesser de le regarder [25]. »

Saint-Simon laisse ainsi entrevoir plusieurs siècles de l'histoire, de la littérature et de la religion du royaume, consumés et résumés chez Fénelon en une seconde nature, comme émergée de la nature humaine ordinaire, un véritable mutant. De fait, la doctrine de l'« amour pur », dont Fénelon se fit le champion, semble anticiper elle-même de plusieurs siècles sur l'évolution du genre humain et sur une victoire finale de l'esprit sur la matière. Elle le dépeint lui-même et peut-être lui seul. Le romantisme galant, allié à l'intelligence dévote des voies mystiques, atteignit ses cimes dans la personne, la pensée, l'action de Fénelon.

Dans ses poésies de jeunesse, le futur auteur de *Télémaque* semble bien avoir déjà goûté et imité La Fontaine. Cet ecclésiastique avait reçu chez les jésuites de Cahors la meilleure éducation littéraire. Comme le poète des *Fables*, il était excessivement doué pour l'amitié. Comme lui, il était nourri d'Homère, de Platon, de Virgile, d'Horace. Ses origines, ses alliances, ses talents lui valurent tout de suite de puissants appuis à la Cour : aucun de ses appuis n'était inconnu au poète des *Fables*. Le principal soutien de Fénelon, Paul de Saint-Aignan, duc de Beauvilliers (époux, comme son ami le duc de Chevreuse, d'une fille de Colbert), était en effet le fils de ce comte de Saint-Aignan que La Fontaine avait connu chez Foucquet et qui avait épousé une riche cousine de Mme de La Sablière. Le père du duc de Beauvilliers n'en était pas moins resté après 1661 un favori de Louis XIV, qui devait, en grande partie, à cet homme de lettres et d'esprit l'éclat des premières fêtes qu'il donna à Versailles pour effacer le souvenir de Vaux. Le duc de Beauvilliers et le duc de Chevreuse avaient été les premiers grands seigneurs à entrer dans le Conseil du roi depuis 1661. Ils étaient unis dans un même cercle de haute dévotion avec le duc de Béthune-Charost, et sa femme, fille aînée de Nicolas Foucquet. Au même cercle dévot appartenait la duchesse de Mortemart, une autre fille de Colbert, qui avait épousé le frère de la marquise de Montespan. À la seconde génération, du moins du côté des femmes, la famille de Colbert et la famille de Foucquet s'étaient ainsi réconciliées par le Ciel, dans une même piété ardente et selon une orientation politique secrètement tout opposée au colbertisme. Ce nid d'alcyons dévots posé au sommet de la monarchie, et avec lequel La Fontaine avait plus d'une affinité, adopta l'abbé Fénelon, dès son entrée à la Cour, à la suite de Bossuet, comme son guide spirituel et son inspirateur politique.

La duchesse de Charost, en 1688-1689, présenta à Fénelon, dans sa maison de campagne de Beynes près de Saint-Cyr, son intime amie Jeanne Guyon du Chesnay, dont l'expérience et la doctrine mystiques furent pour le précepteur du duc de Bourgogne le point de départ de ses tribulations politiques, mais aussi de son approfondissement doctrinal de théologien de l'« amour pur ». C'était la veuve d'un riche financier compromis autrefois dans la disgrâce de Foucquet et qui avait trouvé refuge, en 1661-1664, dans l'hôtel parisien de la duchesse de Longueville : la sœur du Grand Condé était alors la protectrice de Port-Royal. Dans ces mêmes mois tourmentés, le père de Mme Guyon, à Montargis, abritait chez lui la duchesse de Charost, fille aînée de Foucquet. En 1689, un quart de siècle plus tard, chez Mme de Miramion, dame de Saint-Cyr, le fils aîné de Foucquet, le comte de Vaux, épousa la fille de Mme Guyon. Ainsi les braises les plus ardentes du « parti dévot », enfouies sous les cendres par Richelieu lors de la Journée des Dupes en 1630, éteintes en apparence par Colbert en 1661 après leur nouvelle flambée autour de Foucquet et de sa famille, s'étaient ranimées en plein cœur de Versailles, mais cette fois avec un rayon vert dans ses flammes que n'aperçurent tout de suite ni Bossuet ni Mme de Maintenon [26].

La Fontaine pouvait bien frayer alors en poète, dédaigné par le roi, avec le libertinage des Vendôme et des Bouillon, ses faciles mécènes : d'anciennes et profondes attaches avec l'Oratoire, avec Port-Royal, avec les Saint-Aignan, et surtout avec la famille de Foucquet, l'initièrent tout aussi bien aux sentiments et aux espérances du « petit troupeau » dont Fénelon était devenu le berger.

Mme de Sévigné avait toujours gardé des relations affectueuses avec celles qu'elle appelait des « saintes » : la mère de Nicolas Foucquet, Marie de Maupeou, sa seconde épouse, Madeleine Jeannin de Castille, la duchesse de Charost, fille du premier lit du Surintendant, et avec le comte de Vaux son fils aîné. On ignore tout des liens qu'a pu garder La Fontaine avec ces malheureux. Mais il est impossible que le poète, et son plus intime ami Maucroix, ancien agent de Foucquet à Rome, soient devenus indifférents au sort du prisonnier de Pignerol et de ses parents.

Lettré, et même versificateur doué, Foucquet n'avait cessé, à la Bastille et il continua à Pignerol, d'écrire et de composer des vers, qu'un réseau d'affidés réussissait à faire parvenir à ses amis. La « conversion » de l'illustre prisonnier précéda de longtemps celle de La Fontaine, et elle montra le chemin à tous ceux qui, dans sa famille ou réunis à elle, cherchèrent désormais à pénétrer le centre nerveux de la monarchie par les voies de la religion, et non plus seulement par celles des Lettres et des arts. Il est fort probable que la paraphrase du Psaume XVII par La Fontaine en 1671 [27] est une réponse fervente et un écho ému à la traduction du Psaume CXVIII par Foucquet, écrite à Pignerol et parvenue mystérieusement à Paris. Dès 1667, un autre poème de Foucquet était publié anonymement à Paris, sous le titre : *Le chrétien désabusé du monde*. Retrouvant l'inspiration des Stances du *Polyeucte* de Corneille, Foucquet y écrivait :

Trompeuses vanités où mon âme abusée
A vu de ses beaux jours la trame mal usée
Esclavage de cour, où tous les courtisans
Dissipent en fumée et leurs biens et leurs ans,
Vous ne me tenez plus : vos faux biens, vos faux charmes
Sont ici maintenant le sujet de mes larmes :
Je déplore le temps que j'ai perdu pour vous.
Vos favoris, vos rois qu'on adore à genoux,
Au-dessus du commun n'ont qu'un éclat de verre ;
Ils sont faits comme nous de poussière et de terre.
Quand l'heure sonnera, malgré tous leurs efforts,
Leur pourpre et leur grandeur, leur trône et leurs trésors,
Leur haute majesté tombera dans la bière
Et quelques jours après ne sera que poussière.
[...]
Un seul jour avec Dieu vaut mieux que mille jours
Passés avec vos rois dans vos superbes cours :
[...]
Il n'en est pas ainsi du Dieu que nous servons.
Nous demandons sans cesse et toujours nous avons ;
Toujours prêt d'écouter nos vœux et nos demandes
Plus nos désirs sont forts, plus ses grâces sont grandes[28]... »

Le dernier La Fontaine, le pénitent, n'est-il pas, plus que jamais, fidèle à Foucquet ? Un traité de direction spirituelle rédigé à Pignerol par l'ancien surintendant grandi et mûri par son long martyre, circula en manuscrit, après sa mort en 1680, dans le « petit troupeau » de ducs et de duchesses qui devait bientôt se placer sous la direction de conscience de Fénelon : *Les Conseils de la Sagesse.*

La rupture de Fénelon avec Bossuet, son exil dans l'archevêché de Cambrai, la condamnation des *Maximes des Saints* par Rome, n'interviendront qu'en 1696-1699, après la mort du poète. Jusqu'en 1695, l'unité du parti dévot à la Cour, son zèle pour l'État, sa participation ardente à l'immense « travail » de conversion qui précéda et qui suivit la Révocation de l'Édit de Nantes, son emprise croissante sur le roi et la Cour, semblèrent le chef-d'œuvre de Bossuet et de la nouvelle « Mère de l'Église », la reine secrète de France, la marquise de Maintenon. Entre 1689 et 1695, Fénelon, et même Mme Guyon, qui avaient des vues plus lointaines, purent évoluer sans inspirer de défiance, et même le plus souvent, parmi la confiance et l'admiration, dans le sillage officiel de la quasi-reine et du pontife de l'Église gallicane. En 1693, Fénelon est élu à l'Académie française, où il succède providentiellement à Paul Pellisson, l'ancien commis principal de Foucquet, dont il fait un splendide éloge. En 1695, Bossuet le sacre archevêque à Saint-Cyr.

Cette *Île des Prières*, presque une abbaye royale dont Mme de Maintenon était la fondatrice et la prieure, effaçait maintenant, sur la *Carte de la Cour*, le souvenir lubrique de *L'Île des Plaisirs* qui avait fait rougeoyer la Cour du temps de Monsieur et de la marquise de Montespan. La chapelle de Versailles commença à retentir de splendides fresques sonores de François Couperin, de Michel-Richard Delalande, de Marc-Antoine Charpentier, sur les paroles de Jérémie, de David, de Venance Fortunat : celles de la liturgie latine [29].

Par deux fois, en 1688-1689, avec *Esther*, en 1690-1691, avec *Athalie*, Racine fit triompher devant Louis XIV et Jacques II Stuart en exil des « pièces de dévotion » jouées par les jeunes pensionnaires de Mme de Maintenon. Le roi dit de Racine à Mme de Sévigné, admise parmi les derniers spectateurs d'*Esther* : « Il a bien de l'esprit. » Le poète fut même invité à Marly. Quel chemin parcouru par l'auteur de *Phèdre* depuis sa nomination d'historiographe en 1677 ! En sa personne, les Lettres étaient entrées dans le saint des saints royal, elles pouvaient rappeler mélodieusement et mystérieusement à Louis XIV, par d'innocentes bouches, « les maximes d'un cœur vraiment royal ».

Pour parvenir à cette difficile réussite à la Cour, qui avait été refusée à La Fontaine, et qui était d'un tout autre ordre que celle de l'histrion Molière, la langue symbolique du Parnasse, d'Apollon et des Muses avait dû céder la place à celle de Sion, du Dieu des armées et des filles de Jérusalem [30]. La fille de Foucquet, elle aussi, devait oublier que son père avait espéré gouverner la France avec les huguenots, les libertins érudits, les lettrés de toute obédience : elle lui était fidèle par les voies de la piété et de la solidarité entre dévots.

Mais cette Cour sainte ne tarda pas à se troubler. Dès 1695, la rupture menaçait sourdement entre Bossuet, qui professait la théologie orthodoxe de l'absolutisme, et Fénelon, dont tout le programme d'éducation du duc de Bourgogne et la doctrine spirituelle visaient en réalité à renverser l'orientation qu'avait pris le royaume depuis Richelieu. Avec Fénelon, qui faisait refleurir en pleine fin du XVIIe siècle, dans la cour du roi Bourbon, l'évangélisme mystique de la sœur de François Ier, Marguerite de Navarre, et la piété royale du dernier Henri III, c'était *aussi* le programme de Foucquet pour la monarchie, mûri par l'expérience de trente ans d'État absolu, qui tentait de nouveau sa percée. Le « petit troupeau » de ducs et de duchesses exaltés par Jeanne Guyon, conduits par Fénelon, avait les yeux fixés sur son chef-d'œuvre, le duc de Bourgogne, nouveau Daphnis de la IVe Églogue de Virgile, appelé à restaurer le règne d'Astrée, nouveau David biblique, appelé à mettre fin un jour à la grande pitié du royaume de France.

Sans doute Fénelon fit aussi partie, avec l'abbé Claude Fleury et Jean de La Bruyère, du « petit Concile » qui se réunissait autour de Bossuet pour aviser à la réforme des mœurs du royaume. Les deux projets réformateurs et dévots se recoupent sur bien des points, mais ils se séparent sur l'essentiel : l'un vise au réarmement moral de l'État, pour mieux conserver celui-ci sous la forme absolutiste que Louis XIV lui a donnée, l'autre vise à remplacer cette forme dure par un régime à la fois plus ancien, plus fidèle aux traditions du royaume, et plus neuf, mieux accordé aux aspirations morales et spirituelles mûries depuis la Renaissance et le Concile de Trente[31].

Les Caractères de La Bruyère, dont la première édition paraît anonymement en 1687, reflètent les vues critiques et réformatrices agitées dans le « petit Concile » conservateur réuni autour de Bossuet. La vigueur comique et satirique du moraliste dévot, son tour épigrammatique, doivent beaucoup à la « comédie humaine » de La Fontaine. S'il fallait une preuve que les *Fables* des deux premiers recueils ont été comprises en profondeur sous Louis XIV, c'est bien d'abord dans *Les Caractères* qu'il faudrait, entre autres, la chercher[32].

Mais La Bruyère est un prosateur morose, un prédicateur de la page imprimée. Il ignore tout de la gaîté et de la fantaisie du dernier poète de la Renaissance : La Fontaine n'est pas que moraliste. Fénelon lui-même, qui avait tous les dons au suprême degré et même l'imagination la mieux ornée, est un très grand poète, mais en prose : le premier en date dans notre langue. La Fontaine, musicien platonicien, beaucoup plus encore que le peintre des mœurs, a trouvé chez Fénelon écrivain et pédagogue de profondes harmoniques. Outre le sens de la Fable et des fables qu'ils partageaient, un sentiment apparenté sur la vraie vocation du royaume, une commune affiliation à la mémoire de Foucquet et à toutes ses résonances, les prédestinaient à faire du chemin ensemble. Ce chemin était aussi, à plus ou moins long terme, pour le poète, celui de la réforme de ses propres mœurs et de la conversion.

Dès 1686, La Fontaine qu'il admirait a été invité par le précepteur d'un futur roi à joindre son propre charme à ses stratégies éducatives. C'est bien la réussite de cette éducation, on est même tenté de dire, de cette initiation, du duc de Bourgogne qui devait perdre

Fénelon dans l'esprit du roi, plus encore que sa solidarité avec Mme Guyon, ou que ses thèses théologiques.

Les projets de réforme du royaume que dessinera Fénelon, avec le duc de Chevreuse, en novembre 1711 (les *Tables de Chaulnes*), au moment où la mort de Monseigneur fit de l'élève de Fénelon l'héritier de Louis XIV, et de son ancien précepteur un futur Richelieu, répondent avec près d'un siècle d'avance aux cahiers de doléances de 1789. Ils prennent le contrepied du régime édifié par Richelieu et Colbert. L'histoire de l'ancienne France a vacillé alors, pendant quelques mois, comme elle l'avait fait en 1658-1661. Tout aurait pris peut-être un autre cours sans la mort du duc de Bourgogne le 18 février 1712. Dès les années 1686-1696, La Fontaine, l'homme-lyre, a vibré de plusieurs de ses cordes à cette secrète espérance. Sa poésie a peu à peu fait place à la prière.

Le programme écrit des *Tables de Chaulnes*, en 1711[33], supposait cette fois ce qui avait manqué cruellement au « programme » en pointillé de Foucquet à la mort de Mazarin : l'adhésion de cœur d'un roi. Fénelon, tenant compte de l'expérience de 1661, avait mis tout son génie d'éducateur à dompter l'amour-propre du futur roi, racine aux yeux de Fénelon du machiavélisme de son grand-père. C'était aussi la niche où s'était installé le serpent Python qui de ses anneaux avait enserré la monarchie : le dieu du Parnasse, cher à La Fontaine, n'était pas de trop, avec le Dieu de Fénelon, pour le terrasser. De cet amour-propre de Louis XIV, pierre angulaire de l'édifice absolutiste, Fénelon a fait un irréfutable portrait, digne de La Rochefoucauld, dans la célèbre *Lettre au roi* anonyme de 1693, probablement soumise à Mme de Maintenon, mais que le roi ne lut jamais :

« Vous êtes né, Sire, avec un cœur droit et équitable, mais ceux qui vous ont élevé ne vous ont donné pour science de gouverner que la défiance, la jalousie, l'éloignement de la vertu, la crainte de tout mérite éclatant, le goût des hommes souples et rampants, la hauteur et l'attention à votre seul intérêt. Depuis environ trente ans, vos principaux ministres ont ébranlé et renversé toutes les anciennes maximes de l'État, pour faire monter au comble votre autorité, qui était devenue la leur parce qu'elle était dans vos mains. On n'a plus parlé d'État ni des règles ; on n'a plus parlé que du roi et de son plaisir [...].

« On a rendu votre nom odieux et toute la nation française insupportable à tous vos voisins [...]. Par exemple, Sire, on fit entreprendre à Votre Majesté, en 1672, la guerre de Hollande, pour votre gloire et pour punir les Hollandais qui avaient fait quelque raillerie, dans le chagrin où on les avait mis en troublant les règles du commerce établies par le cardinal de Richelieu. Je cite en particulier cette guerre, parce qu'elle a été la source de toutes les autres. Elle n'a eu pour fondement qu'un motif de gloire et de vengeance, ce qui ne peut rendre une guerre juste : d'où il s'ensuit que toutes les frontières que vous avez étendues par cette guerre sont injustement acquises dans l'origine [...]. Il faut donc, Sire, remonter jusqu'à cette origine de la guerre de Hollande pour examiner devant Dieu toutes vos conquêtes. Il est inutile de dire qu'elles étaient nécessaires à votre État. Le bien d'autrui ne nous est jamais nécessaire[34]. »

Dans ce dernier paragraphe, la vision et toute l'autorité prophétiques du « pouvoir spirituel » se dressent au-dessus du pouvoir temporel et charnel. Le Golgotha, plus impavide que le Parnasse, par la parole de Fénelon, foudroyait l'Olympe. La véhémence des sermons et des Oraisons funèbres de Bossuet n'est que flatterie en comparaison de cette épée de feu qui veut imposer à l'État limite et modestie.

Éduqué comme aurait dû l'être son grand-père, initié au « pur amour » et à la science du mal qu'il suppose, le duc de Bourgogne-Télémaque devait faire revenir sur le trône de France les vertus et la hauteur de vues de saint Louis, ignorées par Louis XIV, et réparer un demi-siècle d'erreurs. Les conseils de son Mentor, nouvelle Minerve du royaume, eussent guidé le jeune roi dans cette tâche salutaire. L'enjeu de la formidable bataille entre Bossuet et Fénelon, qui commença à Issy en juillet 1694, c'est en dernière analyse la fine pointe de tout l'édifice de la monarchie française : le cœur du roi. Mais c'est aussi pour ces théologiens le nœud gordien du christianisme : la théologie de la liberté et de la grâce.

Pour Bossuet, le cœur du roi, comme celui de tous les hommes, est incurablement occupé depuis la chute par l'amour-propre et il ne saurait obéir aux desseins de Dieu et faire le bien du royaume sans suivre aussi, même avec les secours de la grâce, sa propre pente intéressée à la gloire, aux passions et au plaisir. C'était aussi le sentiment du grand moraliste de Port-Royal, Pierre Nicole. Pour Fénelon (en cela pur lettré autant que pur dévot), l'éducation coopérant avec la grâce peut faire dépasser à un cœur de roi le stade de l'amour-propre. Ce n'est pas le personnage, mais la personne du duc de Bourgogne que son précepteur initia à cet état d'indifférence qu'il demandait à lui-même, et à l'intérieur duquel l'on est à même de voir le mal sans fléchir et de faire le bien sans en attendre ni gloire ni plaisir.

Dans la première hypothèse, celle de Bossuet, Louis XIV et son État étaient bien ce qu'ils devaient et pouvaient être, même si des réformes étaient souhaitables pour les accorder davantage aux vœux de l'Église. Dans la seconde, celle de Fénelon, le verrou de l'amour-propre royal s'étant brisé dans le cœur du roi, une transfiguration profonde du royaume, purifié de la Raison d'État, devenait possible. On atteignit en 1695-1697, dans le duel entre l'aigle de Meaux et le cygne de Cambrai, l'œil du cyclone des « morales du Grand siècle ».

Les mêmes fables de La Fontaine, que Louis XIV avait toujours ignorées, pouvaient tout à coup, inscrites au programme de l'éducation du duc de Bourgogne, concourir à faire tomber du cœur du petit-fils du roi les écailles de l'amour-propre[35]. C'était bien déjà, enveloppé dans leurs « agréments », le dessein « utile » des *Fables*, comme celui des *Maximes* de La Rochefoucauld. Le rossignol du royaume trouvait enfin en 1686 le cygne qui avait compris le sens ultime, le sens politique, le sens royal de son « livre favori ».

Le livre XII des Fables

L'amour de la langue, l'expérience de dépossession du « moi » et de la dictée mystérieuse des Muses que les poètes nomment « inspiration », ne sont pas étrangers, dans leur ordre, à cet état d'« amour pur » dont Fénelon a fait le seuil du progrès spirituel hors de la bauge de l'amour-propre. La Fontaine, homme « distrait », poète singulièrement attentif, suppose ce flottement et cet abandon du « moi » égoïste qui accompagne la vision et la dictée du poème, et qui aiguise, bien loin de les éteindre, les puissances de l'esprit témoin de l'opération des Muses. Lecteur de d'Urfé, si proche à tant d'égards de saint François de Sales[36], il n'ignorait pas les correspondances entre cet état d'inspiration poétique, les formes les plus lyriques du sentiment amoureux, notamment dans le souvenir, et les formes les plus oblatives de l'expérience de l'« oraison ». De son côté, Fénelon, écrivain et poète, nourri de la meilleure littérature grecque et latine, connaissait de science directe les parentés entre prière et poésie, entre l'inspiration dont se réclament les poètes depuis l'Antiquité, et ce dénudement intérieur, ce renoncement, cette humilité que suppose, au fond et au sommet du travail de la prière, l'abandon désapproprié de l'âme à Dieu. Entre le cygne du parti dévot, et le rossignol du romantisme galant, les affinités étaient plus profondes que les apparentes différences entre un grand seigneur d'Église et un poète quelque peu bohème.

Les compagnons d'Ulysse, la fable liminaire du

Livre XII, précédée elle-même (comme *Adonis* à Foucquet) d'une dédicace en vers, suppose que le poète a lu en manuscrit et en confidence au moins les premiers livres des *Aventures de Télémaque*, le journal de bord allégorique de Fénelon éducateur du duc de Bourgogne (la publication en 1699, à l'insu de Fénelon, de ce roman pédagogique fera scandale). La fable de La Fontaine est une variation sur l'épisode d'Ulysse dans l'île de Circé. Le *Télémaque*, suite de libres variations sur des thèmes de l'*Odyssée*, commence par une des plus belles litotes de notre littérature : « Calypso ne pouvait se consoler du départ d'Ulysse. » Télémaque débarque dans une île où son père a laissé un si brûlant regret. La Fontaine fait à son tour débarquer le duc de Bourgogne dans l'une des îles de l'*Odyssée*, celle de Circé, il lui faire remettre symboliquement par Ulysse, père et modèle de Télémaque, la clef des *Fables*, leur signification morale et spirituelle cachée. On ne saurait sceller avec plus de grâce le contrat d'alliance conclu en 1686 entre le précepteur du petit-fils de Louis XIV et l'auteur de poèmes qui servent maintenant à l'enfant royal de thèmes latins et d'exercices de composition.

Circé a métamorphosé en animaux les compagnons d'Ulysse, mais le *sage* et *fin* héros de l'*Odyssée* dont Circé est éprise comme Calypso, a su s'en prémunir. Le philtre dont la belle magicienne s'est servie met l'esprit du lecteur sur la voie de la métaphore générale par laquelle le poète lui-même a transporté la comédie humaine, et ses conflits d'amour-propre, dans le registre de la vie animale : comme Circé (figure du poète des *Fables*) l'annonce au père de Télémaque (figure de son lecteur), les compagnons d'Ulysse, loin d'accepter la grâce d'un retour à l'humanité, se déclarent heureux et endurcis dans leur carapace animale. La fable animalière, le genre auquel La Fontaine a prêté depuis 1668 tout son génie de conteur et de musicien, révèle ici le principe de son ironie initiatique : dans le miroir de ses compagnons transformés en animaux, Ulysse est déniaisé de ses dernières naïvetés, et il découvre toute la terrible puissance de l'attraction du « je » humain à son « moi », aussi formidable que celle de l'aimant, de la ventouse, ou de la chute des corps pesants. C'est bien là en effet l'une des leçons essentielles des *Fables*, et La Fontaine est bien d'accord là-dessus avec Fénelon, qui ne s'est jamais fait la moindre illusion sur la loi de gravitation morale à laquelle se heurte le travail rédempteur de l'amour. Le théâtre des *Compagnons d'Ulysse* dévoile d'autant plus cruellement la dure vérité des mortels que ses hommes-animaux, depuis le cul de basse-fosse où ils sont tombés et où ils se complaisent volontairement, peuvent voir à leur tour à quel horrible et stupide spectacle ils étaient mêlés, sans le comprendre, quand ils avaient forme humaine. Ils y trouvent un alibi apparemment irréfutable pour se prélasser un peu plus en toute liberté dans leur nouveau confort zoologique, toujours « esclaves d'eux-mêmes », mais maintenant le sachant et le voulant. Ulysse croit pouvoir exhorter son compagnon devenu loup :

> Quitte ces bois, et redeviens
> Au lieu de loup, homme de bien.
> — En est-il ? dit le loup. Pour moi je n'en vois guère.
> Tu t'en viens me traiter de bête carnassière :
> Toi qui parles, qu'es-tu ? N'auriez-vous pas sans moi
> Mangé ces animaux que plaint tout le village ?
> Si j'étais homme, par ta foi,
> Aimerais-je moins le carnage ?
> Pour un mot quelquefois vous vous étranglez tous.
> Ne vous êtes-vous pas l'un à l'autre des loups ?

Le « cycle du duc de Bourgogne[37] » se poursuit au Livre XII par plusieurs fables qui toutes avertissent leur lecteur, avec toutes les grâces de la conversation souriante, de la monstruosité destructrice et autodestructrice des fauves humains. Le vieux poète, avec l'assentiment du précepteur, prépare sans ménagements excessifs le nouveau saint Louis à la couronne d'épines qu'il devra porter, dans une tâche de salut du royaume plus crucifiante que les travaux d'Hercule. L'« amour pur » pour Fénelon, comme la poésie dans les âges de fer pour La Fontaine, est l'inverse d'un lit de roses. C'est la saisie poignante des contraires par un même regard qui voit tout froidement en face, l'absolutisme dévorant de l'amour-propre et la hardiesse désespérée de l'amour. Rousseau qui admirait tant Fénelon, et haïssait La Fontaine, sera incapable de cet oxymore moral et spirituel. L'éducation d'*Émile* laisse le disciple du Vicaire savoyard dans l'ignorance de l'empire du mal, et d'abord, dans son propre cœur.

Le Livre XII, qui fait sa part généreuse à l'aventure fénelonienne (au Livre VIII, la fable *Le torrent et la rivière*, au Livre X *Les aventuriers et le talisman*, exaltaient déjà la folle générosité plus prudente que la prudence des sages), est aussi un recueil d'essais intimes, plus directement accordés à l'expérience du vieux poète, et abandonnant à d'autres mains l'avenir qu'il ne verra pas :

> Je ne suis pas un grand prophète ;
> Cependant je lis dans les cieux
> Que bientôt ses faits glorieux
> Demanderont plusieurs Homères ;
> Et ce temps-ci n'en produit guères.
> Laissant à part tous ces mystères,
> Essayons de conter la fable avec succès.
>
> (XII, 9, *Le loup et le renard*)

Elles étaient profondes, les affinités entre le grand ecclésiastique et le poète. Mais entre l'inspiration héroïque de ce théologien capable d'apostropher intérieurement le roi, de tenir tête à Bossuet et aspirant, dans un esprit de sacrifice et d'abandon, à régénérer l'État, et celle du poète des *Fables*, les différences et les distances étaient encore trop fortes. L'humilité et l'humanité du rossignol touché par l'âge, la pauvreté et la lassitude, ne suivent que de loin la tension intérieure du cygne, la trempe d'acier de sa volonté, la flamme sèche de son génie religieux alimenté par les torrents de grâces dont regorge l'extraordinaire Mme Guyon. Il n'y a pas l'ombre d'intimité chez Fénelon, pas plus que chez Bossuet. Ce sont des orateurs sacrés, nés pour la chaire publique. L'un est grec, l'autre est latin. L'un est séduisant, l'autre intimidant. La Fontaine n'est, si l'on ose dire, qu'un grand poète. Il chante et il conte. Il n'a jamais si purement chanté et conté que dans cette dernière décennie de sa vie, où il éprouve les limites du « pouvoir des Fables », et va s'en remettre à la prière. Aussi laisse-t-il maintenant à la Muse la bride sur le cou. Fénelon et son petit troupeau ont pris le relais. Ce relais est essentiellement dévot. Il est aussi fatal à la poésie de la Renaissance que l'absolutisme de Louis XIV.

Il y avait un itinéraire, suggéré plus que dessiné, dans les livres précédents des *Fables*. Le Livre XII est une sorte d'atelier ouvert où La Fontaine, poussant jusqu'aux dernières limites le sens gigogne du mot « fable », expose et juxtapose ses essais de genres divers, comme autant d'entrées d'un journal intime de poète au travail, se laissant porter à l'aventure sans rien céder sur son métier souverain, mais aux quatre vents de l'esprit. L'occasion règne en maîtresse dans ces exercices qui n'ont pas d'autre fin qu'eux-mêmes, désespérés et mélodieux, réfléchissant les couleurs de sa sensibilité et de sa pensée de toujours, mais comme déjà déposées autour d'un vide central, où la contemplation ne cesse de revenir. Les dates de composition, omises par le poète, ne sont pas nécessaires : ce sont des mémoires, la grâce de leur réunion les soustrait à l'occasion qui les a suggérés.

La fidélité à une cause très chère l'a fait collaborer avec Fénelon. Le Livre XII en porte amplement les traces. Mais la reconnaissance envers le duc de Vendôme l'a conduit à dédier à son mécène la fable ovidienne de *Philémon et Baucis*, où le mariage dont il a tant médit, est réconcilié avec la sainte et inviolable amitié, qu'il a tant célébrée. La tendresse pour tout ce qui touche à Mme de La Sablière et son immense dette envers *L'Astrée* (dont il a tiré en 1691 un livret translucide de tragédie lyrique, malheureusement mise en musique par le médiocre gendre de Lully, Colasse, et « tombée » aussitôt) ont fait naître une idylle : *Daphnis et Alcimadure*, dédiée à Mme de La Mésangère, fille d'Iris[38]. Le regret de ses *Contes*, qu'il avait désavoués lors de sa réception académique, et qu'il condamne en 1693, lui fait traduire, avec ses variations et ses ornements inimitables, mais sans les fortes épices de Boccace, les *Filles de Minée* d'Ovide, la *Matrone d'Éphèse* de Pétrone, le *Belphégor* de Machiavel. Sa résistance au Grand roi est elle-même résumée dans le délicieux conte oriental *Le milan, le roi, et le chasseur*, dédié au prince de Conti en disgrâce. Sans amertume, il s'amuse de ce qui a été sa raison d'être, et il se félicite, dans cette dernière épigramme piquée sur le nez du roi, de n'avoir jamais rien gagné à cette grande querelle d'amoureux déçu, sinon la perfection de son art.

Plus détachée encore, plus visionnaire, la fable des *Deux chèvres* devrait servir d'épigraphe à toute histoire impartiale de l'Europe au XVIIe siècle. La « clef » de cet apologue, qui semble moquer avec esprit le caprice mutuellement destructeur de deux animaux montagnards, est cachée dans une comparaison, apparemment ornementale, au centre du récit :

> Je m'imagine voir avec Louis le Grand
>   Philippe Quatre qui s'avance
>   Dans l'Île de la Conférence. »

(XII, 4)

Simple et plaisant renvoi au lointain mariage franco-espagnol de 1660, dans l'île de la Bidassoa, à Saint-Jean-de-Luz ? Ce petit miroir sorcière restitue à leurs véritables héros la fable-anamorphose qui nous montre deux chèvres acharnées qui se disputent la préséance sur une planche, au-dessus de l'abîme, et s'y précipitent ensemble. L'art lafontainien de la pointe interdit d'hésiter. *Les deux chèvres* sont le résumé de l'expérience d'un spectateur désabusé de la scène européenne : il a toujours vu le Bourbon et le Habsbourg se disputer orgueilleusement l'empire de l'Europe, le premier s'imaginant toujours qu'il allait avoir définitivement le dessus, pour trouver enfin, en 1688, l'Europe entière coalisée, dans une guerre de neuf ans, contre une France de plus en plus accablée par le « caprice » grandiose de son roi. Le Livre XII porte même une trace (la dédicace à Lady Harvey du *Renard anglais*) de la velléité de La Fontaine, autour de 1687, de quitter le royaume et d'aller rejoindre en exil ses amis français à Londres [39].

La fable des *Deux chèvres* vise sans doute aussi ces duels sanglants d'amour-propre et de préséance, arbitrés avec volupté par le roi, dont Saint-Simon rapporte tant d'exemples dans la vie ordinaire de la cour de Louis XIV. Mais son sens universel tombe d'abord sur les rivalités propres à « la grande histoire », dont le poète, avec un humour bouddhique, fait ressortir la pathétique dérision. Encore est-il mort à temps pour ne pas assister au déclenchement en 1701 par Louis XIV de la « Grande Guerre » (la troisième de son règne et la plus désastreuse) de la succession d'Espagne.

À la fable récapitulative des *Compagnons d'Ulysse* répond toutefois la fable-testament qui conclut le livre : *Le juge arbitre, l'hospitalier, et le solitaire* [40]. Il est difficile d'aller plus loin dans la désillusion du monde et l'éloignement pour toute forme d'action. Cette dernière fable a pour acteurs des humains et nul animal. Aux deux amis, sur les trois qu'elle met en scène, qui ont choisi, non comme le voyageur des *Deux pigeons*, de découvrir le monde, mais d'y exercer la justice et la charité, avec l'intention droite de réformer les abus et soulager les souffrances, la vie n'a réservé que déceptions et tribulations. Le troisième ami, le « Solitaire », qui avait choisi de se retirer dans un ermitage, auprès d'une « source pure » sur les flancs rocheux du Parnasse, a le dernier mot de ce trio « jaloux de son salut » :

> Apprendre à se connaître est le premier des soins
> Qu'impose à tous mortels la majesté suprême.
> Vous êtes-vous connus dans le monde habité ?
> L'on ne le peut qu'aux lieux pleins de tranquillité :
> Chercher ailleurs ce bien est une erreur extrême.
>   Troublez l'eau : vous y voyez-vous ?
> Agitez celle-ci. — Comment nous verrions-nous,
>   La vase est un épais nuage
> Qu'aux effets du cristal nous venons d'opposer.
> — Mes frères, dit le saint, laissez-la reposer,
>   Vous verrez alors votre image.
> Pour vous mieux contempler, demeurez au désert.
>
>   (XII, 29)

La fable reste en deçà des options théologiques de Fénelon ou de Bossuet. Sa « leçon », qui « finit » et qui résume celle des *Fables*, retrouve en tout cas la sagesse de Pétrarque, dans son traité *De la vie solitaire*, une des sources les plus généreuses de la Renaissance. Ce « connais-toi toi-même », par lequel La Fontaine dit adieu dignement et définitivement à la poésie, écarte tout le bruit, toutes les illusions, toute la méchanceté vaine du monde, mais il laisse intactes l'amitié, l'intimité et la conversation, au désert, des « trois saints », enfin réunis auprès d'une source qui pourrait bien être, dans ses « âpres rochers », la Castalie du mythe ovidien, où tous les vrais poètes viennent boire avant de s'absorber dans le chant des Muses.

Le poète a maintenant fait ses adieux. Il restait à l'homme un peu plus de deux ans pour se préparer lui-même, comme le commun des mortels, à la bonne mort.

Dieu de miséricorde ou Dieu de crainte

Le 9 février 1695 (au sortir de quatre années d'effroyable sécheresse et d'une famine meurtrière, l'hiver était cette année-là enfin humide, mais toujours glacial), le poète est pris d'un malaise en pleine rue. Il écrit à François Maucroix, à Reims :

« Tu te trompes assurément, mon cher ami, s'il est bien vrai, comme M. de Soissons [l'évêque Fabio Brulart de Sillery, ami de Maucroix] me l'a dit, que tu me croies plus malade d'esprit que de corps. Il me l'a dit pour tâcher de m'inspirer du courage, mais ce n'est pas de quoi je manque. Je t'assure que le meilleur de tes amis n'a plus à compter sur quinze jours de vie. Voilà deux mois que je ne sors point, si ce n'est pour aller un peu à l'Académie, afin que cela m'amuse. Hier, comme j'en revenais, il me prit, au milieu de la rue du Chantre [entre le Louvre et la rue Saint-Honoré], une si grande faiblesse que je crus véritablement mourir. Ô mon cher, mourir n'est rien, mais songes-tu que je vais comparaître devant Dieu ? Tu sais comme j'ai vécu. Avant que tu reçoives ce billet, les portes de l'Éternité seront peut-être ouvertes pour moi [41]. »

Il vient naïvement sous la plume du poète de l'ancienne France les mêmes mots qui depuis des siècles sont montés aux lèvres de tout homme « né chrétien et français » à l'approche de la mort, des mots tout proches des prières de contrition les plus simples, apprises, entendues et murmurées depuis l'enfance.

C'est dans ce même registre de recours aux anciennes paroles de miséricorde que François Maucroix lui répond le 14 février :

« Mon cher ami, la douleur que ta dernière lettre me cause est telle que tu te la dois imaginer. Mais en même temps, je te dirai que j'ai bien de la consolation des dispositions chrétiennes où je te vois. Mon très cher, les plus justes ont besoin de la miséricorde de Dieu. Prends-y donc une entière confiance et souviens-toi qu'il s'appelle le Père des miséricordes et le Dieu de toute consolation. Invoque-le de tout ton cœur. Qu'est-ce qu'une véritable contrition ne peut obtenir de cette bonté infinie ? Si Dieu te fait la grâce de te renvoyer la santé, j'espère que tu viendras passer avec moi les restes de ta vie et que souvent nous parlerons ensemble des miséricordes de Dieu[42]. »

Nul mieux ni plus tendrement que Maucroix ne connaissait La Fontaine. C'est à lui que le poète avait écrit, le 10 septembre 1661, une lettre bouleversée après la nouvelle de l'arrestation de Foucquet : « Il est arrêté et le roi est violent contre lui, au point qu'il dit avoir entre les mains des pièces qui le feront pendre. Ah ! s'il le fait, il sera autrement cruel que ses ennemis, d'autant qu'il n'a pas, comme eux, intérêt d'être injuste. » Maucroix savait quel profond labour avaient creusé dans l'âme du poète cette « cruauté » du roi à l'égard de Foucquet, le silence que Louis XIV avait opposé à l'*Élégie* et à l'*Ode* en faveur du Surintendant, et son refus de toute parole bienveillante (sinon le « Il a promis d'être sage » de 1684) envers le poète de Vaux. Maintenant que les « portes de l'Éternité » allaient s'ouvrir, il ne s'agissait plus du Parnasse exilé par l'Olympe, mais du Paradis dont le Tout-Puissant céleste pouvait, aussi bien que le Tout-Puissant sur la terre, écarter un poète qui n'avait cessé de sentir et de vivre en poète, « innocemment, sans faste, en cultivant les Muses ».

Miséricorde, consolation, confiance, contrition. Le chanoine Maucroix, qui n'avait rien eu à envier à son ami sur le chapitre de la poésie et des mœurs gaillardes, puise dans les textes du Rituel consacrés à la confession générale et au sacrement de l'Extrême-onction, (*coelestia medicina, non animae solum sed etiam corpori salutaris*) et de l'Office de Requiem, les mots qui lui sont familiers, et auxquels il sait que son ami s'est désormais confié.

Rien n'est plus saisissant que de relire aujourd'hui, par-dessus l'épaule des deux amis séparés et unis une fois de plus, mais cette fois par la prière, soit dans le *Rituale Romanum* révisé par Urbain VIII en 1645, soit dans sa version parisienne préfacée par le cardinal de Retz en 1654, ces magnifiques compositions liturgiques latines, accompagnées des instructions pastorales à l'usage des prêtres préposés aux soins de la « bonne mort »[43]. Tout est simple, fort, et infiniment touchant, digne de ces « portes de l'Éternité » que La Fontaine regardait alors avec effroi. Le poète, qui avait eu le sentiment si vif que toute grande littérature est tradition et traduction vivantes, ne pouvait se confier, pour traverser la grande épreuve, à une parole à la fois plus anonyme et plus auguste, dont les effets salutaires avaient été éprouvés par les siècles et dont le roi de France, à Versailles, aux Invalides, à Notre-Dame, écoutait lui-même, de plus en plus gravement, les syllabes mises en musique par ses maîtres de chapelle.

Deux ans plus tôt, en décembre 1692, au début des quatre années qui avaient sorti de ses gonds le climat français, La Fontaine avait déjà été gravement malade, dans le logis de la rue Saint-Honoré où il était toujours l'hôte de Mme de La Sablière. Celle-ci était alors retirée dans une autre maison, rue Rousselet.

Un jeune vicaire, l'abbé Pouget, frais émoulu de son doctorat de théologie, fut envoyé auprès du malade par le curé de la paroisse Saint-Roch. C'était le fils d'un ami du poète. Cela, mais aussi le fait que le jeune abbé, gradué de Sorbonne, n'était pas janséniste (il entrera en 1699 à l'Oratoire), facilita la confiance entre le médecin de l'âme et le malade[44].

Le poète, en effet, qui était entré lui-même en relation étroite avec Port-Royal pendant les années Foucquet, avait rompu avec les Solitaires après avoir publié, comme en guise d'adieu, en 1673, son idylle dévote *La captivité de saint Malc*, d'après *La vie des Pères du désert* traduite par son ami Robert Arnauld d'Andilly, qui allait mourir l'année suivante[45]. En 1687, il pouvait écrire à sa « suzeraine », Marie-Anne Mancini, duchesse de Bouillon, alors exilée à Londres :

> Par Jupiter ! je ne connais
> Rien pour nous de si favorable.
> Parmi ceux qu'admet à sa cour
> Celle qui des Anglais embellit le séjour,
> Partageant avec vous tout l'empire d'Amour,
> Anacréon et les gens de sa sorte,
> Comme Waller, Saint-Évremond et moi,
> Ne se feront jamais fermer la porte.
> Qui n'admettrait Anacréon chez soi ?
> Qui bannirait Waller et La Fontaine ?
> Tous deux sont vieux, Saint-Évremond aussi ;
> Mais verrez-vous au bord de l'Hippocrène
> Gens moins ridés dans leurs vers que ceux-ci ?
> Le mal est que l'on veut ici
> De plus sévères moralistes :
> Anacréon s'y tait devant les jansénistes.
> (*À Madame la duchesse de Bouillon*)

Le poète est manifestement arrivé à la conclusion que la « licence poétique », qui est sa vocation, est incompatible avec la morale rigoriste et la théologie de la grâce efficace de Port-Royal. Non seulement, après 1686, il s'est rapproché de Fénelon, qui n'a jamais varié sur son hostilité à la théologie janséniste, mais il s'est lié à un jésuite lettré, le père Dominique Bouhours : celui-ci s'est fait un plaisir de publier en 1693, dans son *Recueil de vers choisis*, des inédits que La Fontaine lui avait remis. Le temps est loin (1664) où il soutenait Port-Royal persécuté par des stances qui raillaient le « chemin de velours » ouvert aux pécheurs par les casuistes jésuites[46]. Il est probable que l'expérience du *Recueil de poésies chrétiennes et diverses*, dont la genèse fut pénible[47], avait commencé à l'éclairer sur l'abîme qui le séparait du rigorisme de ses commanditaires jansénistes, de plus en plus doctrinaires. L'épicurisme beaucoup plus prononcé du second recueil et les fréquentations de plus en plus exclusivement libertines des années 1675-1685 se comprennent mieux, si l'on y voit une réaction vitale du poète à ce qu'il a découvert d'irrespirable dans la morale et dans la théologie d'un Port-Royal en voie de se rétracter en secte. Sa rencontre avec Fénelon autour de 1686, ses liens avec le père Bouhours et Pierre-Daniel Huet, le rôle qu'un autre jésuite, le père René Rapin, avait joué dans la conversion de son amie Mme de La Sablière, le montrent, lui-même et sa chère protectrice, en rapport avec le clergé le plus lettré et le moins rigoriste. En 1687, Mme de La Sablière prend pour directeur de conscience le terrible abbé de Rancé. En 1692, La Fontaine, gravement malade, se « convertit » entre les mains de l'abbé Pouget, savant en théologie, jeune et sévère.

Le glas de la Renaissance

La conversion du poète des *Fables* a toujours été interprétée en termes psychologiques. « Mélancolique de bon sens », selon un diagnostic des années 1670, le poète vieillissant, travaillé par une inquiétude dont il parle lui-même de plus en plus souvent, inquiétude tournée, par sa grave maladie, en angoisse de la mort et de la damnation, a cherché à l'apaiser en demandant à l'Église les remèdes dont elle dispose : l'humilité du Credo, la pénitence, les sacrements, l'obéissance à un directeur de conscience. C'est ainsi que ses amis épicuriens Ninon de Lenclos et Saint-Évremond comprirent sa conversion : « Sa tête est bien affaiblie. » La « sainteté » finale que d'autres contemporains ont eu la surprise d'observer chez un poète réputé de mœurs « faciles » a pu passer pour une grâce. Dans l'ordre religieux, ni l'homme distrait de lui-même ni le poète, si attentif aux oscillations humaines entre l'animal et le divin, la brutalité et la grâce, n'avaient jamais vraiment rompu avec le premier mouvement de leur jeunesse pour le monastère.

Ninon, Saint-Évremond, vivaient en philosophes, selon les maximes d'Épicure. Ce n'était pas le cas de La Fontaine, qui n'était pas philosophe, même s'il était curieux de philosophie. Il a vécu en poète. Un poète ne vit pas et ne pense pas dans un système d'idées, en s'efforçant comme le philosophe de faire coïncider ses idées et sa vie. Il vit et il sent et il pense à l'intérieur du langage, de ses figures, de ses fables et de ses formes, un mode du connaître qui est aussi pour lui une orientation et une raison d'être. On est en droit de concevoir une biographie littéraire de La Fontaine qui se placerait d'emblée à l'intérieur de *L'Astrée*, et qui montrerait comment, par aimantations et accrétions, cet univers symbolique et ses nervures (une somme de la Renaissance, contenant et Virgile, et Pétrarque, et Ficin, et Castiglione) ont déterminé en amont et en aval les goûts, les lectures, les amitiés, et même le voyage social de ce poète, l'éloignant de ses racines et le transportant dans un monde pour lequel *L'Astrée* était aussi une abbaye de Thélème.

Lorsqu'il a eu lui-même extrait de ce « monde primitif », réinterprété à la lumière de ses lectures et à l'épreuve de son expérience, des formes diverses mais bien à lui (comédie, idylle héroïque, épîtres en vers, épîtres en vers et prose, épigrammes, contes, fables), ce sont ces formes elles-mêmes qui sont devenues, dans les années 1654-1668, les nervures et l'aimantation de sa conduite. La poésie reçue et la poésie réinventée ont été le principe de son savoir et sa ligne de vie.

À ce degré de dévotion littéraire, il a été le dernier poète de la Renaissance. Sa vie comme son œuvre, d'abord portées par les courants encore vigoureux issus du XVIe siècle, ont dû résister à des courants de plus en plus contraires, et s'y adapter. À partir de 1661, La Fontaine est contraint d'écrire pour créer autour de lui, par des œuvres qui lui valent un public et qui lui attachent des amis, un microclimat favorable dans un monde hostile : cette lutte créatrice, c'est un peu le « jugement dernier » du projet poétique apparu au XIVe siècle en Italie, greffé en France, et dont ce poète singulier fait durer l'arrière-saison sous Louis XIV. Sa conversion finale est d'abord le fait d'une conscience troublée : mais elle est d'autant plus troublée qu'elle entend sonner le glas de la Renaissance poétique qu'il avait réussi lui-même à maintenir vivante en France.

La poésie de La Fontaine, héritière tardive et française de Pétrarque (du Pétrarque latin tout autant que du Pétrarque italien), se réclame d'Ésope, de Platon, de Térence, d'Horace, elle est pénétrée de pensée et d'images épicuriennes. Elle n'a jamais cessé pour autant d'avoir un horizon chrétien, même si la vie du poète, « volage en amours », ses *Contes* anticléricaux et licencieux, ses fréquentations et ses mœurs libertines, ont fait de lui, du point de vue de l'Église, un scandaleux pécheur. La Fontaine n'en continuait pas moins une tradition poétique accordée au christianisme augustinien, même lorsqu'elle prenait des licences considérables avec le dogme et la discipline cléricale.

La solitude intérieure de La Fontaine poète, dans les années 1680-1690, n'a jamais été si grande. Molière est mort en 1673. Racine et Boileau se sont éloignés sur les pentes de l'Olympe royal. Chapelle meurt en 1686. Le 21 janvier 1670 était mort à Paris, âgé de quatre-vingts ans, le dernier grand poète lyrique de la génération de Tristan, de Saint-Amant, de Malleville, si féconde en lyrisme : Honorat de Bueil, seigneur de Racan. Sa *Vie de Malherbe* sera publiée deux ans plus tard, en 1672. La Fontaine ne pouvait guère, en profondeur, sentir beaucoup d'affinités, sinon de société et d'agrément, avec les Chaulieu et les La Fare, les plus doués pourtant des poètes de la nouvelle génération. Même Maucroix, son fidèle compagnon de jeunesse, et qui avait toujours senti et soutenu son génie poétique, était avant tout un humaniste érudit : c'était beaucoup, cela se faisait rare, mais ce n'était pas tout. De surcroît, Maucroix vivait à Reims, et les échanges entre les deux amis étaient confiés à la correspondance.

Dans l'*Épître à Huet*, en 1687, La Fontaine, à sa manière indirecte, suggère en deux vers le sentiment de désert qu'il éprouve alors au fond de lui-même :

> ... Malherbe avec Racan, parmi les chœurs des anges,
> Là-haut de l'Éternel célébrant les louanges,
> Ont emporté leur lyre ; et j'espère qu'un jour
> J'entendrai leurs concerts au céleste séjour...
> (*À Monseigneur l'évêque de Soissons*, v. 93-96)

Ont emporté leur lyre : la prétérition est d'une infinie délicatesse et tristesse. Leur lyre, c'était la lyre d'Apollon[48]. Elle ne résonne plus dans le royaume. Elle n'est plus que d'outre-monde.

Les genres lyriques mondains sont toujours pratiqués, et ils le seront surabondamment jusqu'à la fin de l'Ancien Régime, avec un métier qu'Alexis Piron tournera en dérision dans sa comédie *La Métromanie*. Mais le génie lyrique s'est éteint. La Fontaine le premier a souffert de ce que l'on a appelé la « crise française de la poésie » qui commence avec la mort de Scarron et de Saint-Amant en 1660, et dont le XVIIIe siècle dissertera à perte de vue, sans pouvoir en sortir.

La Renaissance avait été favorable au lyrisme : elle était hantée par la barbarie et l'amnésie qui avaient obscurci le monde, elle était exaltée par le désir d'y rappeler « les Muses ».

Érudition, philologie et poésie avaient pu s'élancer alors dans le sillage de Pétrarque pour dissiper les ténèbres et les ordures d'un âge de fer, et faire redescendre du ciel sur la terre, ou revenir de l'Antiquité parmi les Modernes, le miel nourricier de l'âge d'or : les fables d'Orphée, les « vers dorés » de Pythagore, les oracles de Chaldée, les hiéroglyphes de Memphis, et la « science des Muses » recueillie par les poètes, Homère et Hésiode, Pindare et Anacréon : autant de semences d'une humanité restaurée dans sa dignité d'interlocutrice du divin. Tout un langage symbolique et emblématique, emprunté à l'Antiquité gréco-latine, mais systématisé en une véritable encyclopédie de sagesse oraculaire, devint au cours du XVe et du XVIe siècle le milieu nutritif du génie lyrique européen, qui est aussi le génie de la mémoire et du deuil, la fine pointe des « Lettres humaines »[49].

La mélancolie européenne — dont Dürer a donné l'image la plus saisissante, déréliction, solitude, doute, impuissance, ennui, nostalgie, chagrin — ne pouvait trouver d'issue que dans une aspiration « furieuse » à retrouver la lumière perdue, soit en réformant violemment l'Église, soit, à l'intérieur de la vieille Église, en renouant, par le pouvoir des formes, des fables, et des figures symboliques, avec la « divine sapience », commune à l'Antiquité païenne et chrétienne, que les « âges nocturnes » avaient ignorée et occultée.

La France des Valois avait été à son tour favorable au lyrisme, emportée par le désir, commun à un Budé et à un Ronsard, de ne pas demeurer en reste avec l'Italie, et de ramener le royaume menacé de décadence vers l'âge d'or grec. Ce même désir, traduit en langage théologique et orienté du côté de l'Écriture sainte, poussa à la rupture Calvin et ses disciples.

La France de Louis XIII, éprouvée par la mort du « bon roi » de l'Édit de Nantes, n'avait pas perdu, dans ses forces vives, le désir, l'espoir et la mélancolie de l'âge d'or. Mais elle avait voulu désarmer la violence de ce désir, et faire de lui un principe de douceur.

Le lyrisme Louis XIII suppose encore un vif sentiment du divin et le deuil de sa perte. À bien des égards, l'aventure politique de Nicolas Foucquet fut aussi le chant du cygne de ce lyrisme. Ce n'est pas un hasard si les poètes du règne de Louis XIII (redécouverts par le lyrisme romantique) se sont ralliés avec tant de ferveur à un homme d'État qui disait préférer la poésie à la prose, et qui avait choisi pour « premier commis » un professeur de poésie, Paul Pellisson. Le lyrisme des années Foucquet était déjà essoufflé. La Fontaine, dans *Clymène* et même dans *Adonis*, avait senti mieux que personne ce climat d'arrière-saison menacée et déjà épuisée. Il était né pourtant pour « le langage des dieux ».

Ce qui est beaucoup plus délicat à analyser, mais

qu'il importe de comprendre pour saisir le sens profond de la « conversion » de La Fontaine en 1692, ce sont les correspondances et les dissonances entre la « théologie des poètes » qu'il héritait de la Renaissance, et la théologie tout court ; entre le divin antique et humaniste, dont la poésie lyrique déplore l'éloignement ou la perte et dont elle invoque le retour, et la divinité de la Bible et de l'Évangile dont le péché a éloigné les chrétiens.

Le mythe des *Métamorphoses* n'a pas été en vain qualifié de *Bible des poètes* : il raconte lui aussi une chute, et il donne à la poésie, dans ce drame de l'humanité revenant à l'âge de fer, la fonction fragile et tenace de faire ressouvenir du bonheur perdu, et des malheurs qui se sont enchaînés à la suite de ce désastre. Le lyrisme des poètes, si l'on en croit Ovide, dit la terrible vérité sur la misère et les erreurs des hommes, aussi bien qu'elle la console : elle les fait du moins accéder à une conscience poignante de la condition des mortels, et de la puissance des ténèbres qui les habite. Les *Fables* de La Fontaine, avec leur pouvoir d'évoquer à la fois l'animalité des hommes, et ce qui peut encore les rattacher au divin, sont de modernes *Métamorphoses*.

La Bible aussi raconte une colère divine, et une chute de l'homme : le lyrisme des Psaumes de David est à la fois constat douloureux de ce malheur, et élan de confiance dans la miséricorde divine que la prière est seule à même d'obtenir. L'Évangile donne à cette confiance une nouvelle ardeur : un Rédempteur divin a foulé la misérable terre des hommes, et il a prêché une religion d'amour.

La greffe entre les « universaux » de l'imaginaire lyrique (colère ou amitié des dieux, misère ou bonheur des hommes) et les catégories du sentiment religieux (colère ou grâce de Dieu, ténèbres du péché ou rédemption des hommes) s'était opérée à la Renaissance sur le terrain de la pastorale. *L'Astrée* résumait pour les Français, après la tragédie des guerres religieuses, ces harmoniques que l'Italie avait inventées entre la théologie des poètes et la théologie catholique. Dans la fable de *L'Astrée*, la théologie des pasteurs-poètes n'était pas le contraire de la théologie de l'Église, même si leurs domaines d'exercice, la vie du laïc dans le monde, pour l'une, la vie du laïc devant la mort, pour l'autre, étaient distincts, et n'excluaient pas des conflits de compétence. Cette synthèse catholique (à laquelle Huet, Fénelon et les jésuites restent fidèles sous Louis XIV) harmonisait le sentiment lyrique et le sentiment religieux, atténuait la violence latente dont l'un et l'autre étaient susceptibles, et les orientait ensemble vers la douceur. La séduction de ce syncrétisme sur les réformés français avait été indéniable : ils partageaient avec les catholiques le même culte des « bonnes lettres », même si leur foi calviniste supposait une sainte horreur pour les dogmes et les rites corrompus de l'Église de Rome, et une âpre fidélité à la pureté originelle du message biblique et évangélique.

Catholiques et réformés de l'Édit de Nantes purent partager la mélancolie des bergers d'Arcadie, leur vie contemplative, leurs épreuves, leurs chants, leur allégeance à Apollon et aux Muses. Ce lyrisme mettait entre parenthèses les controverses religieuses, et il promettait un royaume guéri de son âge de fer, pour peu qu'un bon gouvernement le ramenât vers l'âge d'or qui était sa vocation profonde. Ni les révoltes princières contre Richelieu, ni la Fronde, n'avaient fait désespérer de cette promesse. Le siècle de Louis XIV y mit définitivement fin.

L'émergence d'une « nouvelle science », rompant avec l'aristotélisme et le platonisme de la Renaissance, privilégiant une physique dont le langage symbolique est la mathématique, a sans doute ébranlé tout l'édifice construit par la poésie et la philologie générale de la Renaissance italienne. Mais cette « nouvelle science » ne se serait pas imposée elle-même avec tant d'empire si l'État moderne, avec son appétit de rationalité, de régularité, d'ordre, de contrôle, n'avait pas cherché un allié dans ce langage sans mystère, sa méthode dépourvue de pathos, son efficacité immédiate sur les hommes et sur les choses. Ce que la substance pensante est chez Descartes à la substance étendue, l'État impérieux de Louis XIV l'est au vieux royaume, modelé par les siècles, et peu à peu renouvelé par l'alchimie lente et accidentée des humanistes. La philologie et le lyrisme des humanistes, attentifs au singulier et au divers, l'esprit socratique et ses traits de lumière, sur lesquels avaient compté Marot et Rabelais, Ronsard et Montaigne, étaient pris de vitesse par ce nouveau projet de maîtrise de la société, contemporain du projet cartésien de maîtrise de la matière. De son côté, l'Église du Concile de Trente, qui résista à la « nouvelle science » et qui se heurtait à l'émergence des États modernes, n'avait hébergé l'héritage de la Renaissance que sous bénéfice d'inventaire. En France surtout, où l'anti-italianisme et l'anti-jésuitisme dominaient l'Église gallicane, les clercs travaillèrent à réduire cet héritage, à le rendre plus conforme à l'exactitude du dogme, à la norme de la discipline, qu'il fallait faire prévaloir pour répondre au défi calviniste.

L'État absolu, la « nouvelle science », l'Église gallicane « sévère », se sont conjugués en France et se sont souvent concertés pour réduire aux abois le projet lyrique et le langage symbolique de la Renaissance, et pour leur substituer un langage régularisé, transparent à la censure, et réservé à la raison : « J'appelle un chat un chat. »

Au cours du règne de Louis XIV, une cascade de « Querelles », dont La Fontaine fut à la fois témoin et acteur, attestent les difficultés croissantes que rencontre en France le génie lyrique de la Renaissance. Son oxygène se raréfie. L'idée confortable de progrès gagne. La *Querelle des Inscriptions à la gloire du roi* (seront-elles françaises ou latines ?) révèle le déclin des langues classiques, réservoir du langage symbolique, témoignages encore intacts de l'âge d'or. La *Querelle du merveilleux païen* condamne même les partisans de la Fable, parmi lesquels Boileau, à évider celle-ci et à la réduire au rôle de système ornemental et allégorique. Le pont que dressait la Fable entre le lyrisme profane et le sentiment religieux est rompu : les « mystères terribles » de la foi sont écartés, dans *L'Art poétique* de Boileau, en 1674, loin des « ornements » qui « égayent » les Lettres profanes. La Querelle des épicuriens, disciples de Gassendi, contre les cartésiens, la polémique de Pierre-Daniel Huet contre Descartes, montrent que les héritiers de la « docte sapience » des Anciens, libertins ou chrétiens, philosophes ou mythologues, sont réduits à la défensive devant les ambitions conquérantes d'une raison moderne qu'impatientent la mémoire et les états d'âme. La *Querelle des Anciens et des Modernes*, déclenchée officiellement par Charles Perrault en 1687, enfièvre un débat académique qui avait depuis longtemps, en réalité, dans l'euphorie artificielle des panégyriques royaux, tourné au triomphe de la raison et du progrès. Impavide au centre de cette révolution des esprits, le roi n'en avait rien perçu ni compris. Bossuet et Mme de Maintenon lui servirent de rempart contre les effets de son propre règne sur l'esprit général du royaume. La Révocation de l'Édit de Nantes est le chef-d'œuvre de ce placide aveuglement.

La Fontaine, le dernier poète de la Renaissance française, a résisté à l'État absolu. Il a combattu l'idéalisme cartésien et son assurance rationaliste. Il a fait de la diversité sa devise, contre l'ennui qui naît de l'uniformité. Son *Épître à Huet* de 1687 le montre solidaire du savant évêque et de sa doctrine, fidèle à la Renaissance, des deux Antiquités, mythologique et biblique, mères de toute sagesse et de tout salut. Mais elle révèle aussi la profondeur de son inquiétude pour l'avenir de cette science et de cet art symbolique, que sa poésie avait si vaillamment, et avec tant de liberté créatrice, maintenus en vie contre son époque :

Je vois avec douleur ces routes méprisées :
Art et guides, tout est dans les Champs-Élysées.
[...]
Ne pas louer son siècle est parler à des sourds.
Je le loue, et je sais qu'il n'est pas sans mérite ;
Mais près de ces grands noms notre gloire est petite :
[...]
[...] Hélas ! Qui sait encor
Si la science à l'homme est un si grand trésor ? »
(À Monseigneur l'évêque de Soissons,
v. 33-34 ; 40-41 ; 75-76)

Le « pouvoir des *Fables* », en 1687, touche les limites que l'Apollon de *Clymène* redoutait dès 1658 :

Nous vieillissons enfin, tout autant que nous sommes
    De dieux nés de la fable et forgés par les hommes.
Je prévois par mon art un temps où l'Univers
Ne se souciera plus ni d'auteurs ni de vers,
Où vos divinités périront, et la mienne.
Jouons de notre reste, avant que ce temps vienne.

Le temps est venu en 1692. Le « beau feu » qui depuis 1661 avait soutenu la fidélité, l'invention et la liberté du poète, a perdu de sa force et de sa pointe. En 1693, dans sa dédicace au duc de Bourgogne, La Fontaine parle d'une « imagination que les ans ont affaiblie ». La plasticité de son lyrisme, et sa capacité de trouver autour de lui des auditoires différents, mais encore attentifs, ont diminué. Un désir de renoncement se manifeste. Il s'était depuis longtemps révélé dans les *Fables* par une appétence tout épicurienne au repos dans la solitude. Il avait pris une couleur religieuse dans le poème *La captivité de saint Malc* :

    Hélas ! qui l'aurait cru que cette inquiétude
    Nous chercherait au fond de cette solitude ?

Le monde symbolique dont vit et que fait vivre le lyrisme du poète a pu se croire longtemps fraternel, dans son ordre, de la dévotion du cœur salésienne, et même de celle du premier Port-Royal. Après 1674, et *Saint Malc*, La Fontaine a dû mesurer que le Grand siècle tournait aussi sur ses gonds religieux. Port-Royal s'est rétracté sur lui-même. Bossuet et Mme de Maintenon ont « converti » la Cour à un catholicisme rigoriste et gallican, dont l'autorité politique se manifeste dans la Révocation de 1685. Les prodromes de la Querelle du quiétisme, pour qui avait des antennes, étaient perceptibles bien avant les Conférences d'Issy. Or l'« amour pur » de Fénelon, que va combattre et abattre Bossuet, c'est justement cette « dévotion moderne » avec laquelle la Renaissance avait voulu collaborer de préférence à toutes les formes dogmatiques et juridiques du catholicisme. Avec Fénelon autant que le mysticisme, c'était l'alliance conclue depuis Pétrarque entre la théologie des poètes et la théologie des saints qui se trouvait directement excommuniée dans le royaume.

En 1692, l'insécurité intérieure du poète, qu'avaient atténuée encore autour de lui de puissantes autorités sociales et morales, s'accroît. Cela même qui faisait le mérite du langage auquel La Fontaine avait voué sa vie, son symbolisme, sa capacité de connaître et de faire reconnaître le divin dans le divers, s'est retourné maintenant contre lui : on le condamne comme « vain », « chimérique » (ce sont ses propres mots dès 1684 dans le [Second] *Discours à Mme de La Sablière*). Le « beau feu » qui avait fait de lui un poète-né, et qui rendait innocents ses chants et ses amours, se révèle maintenant sous le jour d'une « fureur qui se moque des lois », et qui nourrit dans son sillage « cent autres passions des sages condamnées ». La lumière du siècle a tourné. Le pouvoir des *Fables*, la Vénus royale, l'amitié des Solitaires, la protection de Mme de La Sablière, tous ces appuis lui manquent. La santé l'abandonne. Le royaume, dont il est une lyre, ne résonne que de conversion. Le roi de crainte avait-il donc raison ? N'est-il pas l'image sur la terre d'un Dieu de crainte ?

Taedet animam meam vitae meae

L'abbé Pouget, au chevet de ce poète célèbre, gravement malade, mais dont la réputation sulfureuse lui inspirait une secrète horreur, se conforma strictement aux instructions que lui dictait le Rituel diocésain de Paris. Il a fait plus tard, en 1717, la relation écrite à l'historien de l'Académie française, l'abbé d'Olivet, de la mission qui lui avait été imposée par le curé de la paroisse[50].

Au lieu du dangereux libertin qu'il redoutait, le jeune vicaire trouva un être singulier et attachant : *un homme fort ingénieux et fort simple, avec beaucoup d'esprit*, mais, dans l'ordre des convictions religieuses, assez vague : *un homme abstrait, qui ne pensait guère de suite, qui avait quelquefois de très agréables saillies, qui d'autrefois avait peu d'esprit, qui ne s'embarrassait de rien et qui ne prenait rien à cœur*. Ce portrait, par un docteur en théologie, d'un esprit de la Renaissance, qui pense par épigrammes, qui sent en sceptique et qui est au monde sans être du monde, ne manque pas de perspicacité.

Dans la chambre du célibataire malade, soigné par une servante qui disait à l'abbé Pouget : « Dieu n'aura pas le courage de le damner », s'engage une conversation bien différente des conférences d'Issy, qui commenceront trois ans plus tard, entre trois des plus éminents théologiens de l'Église gallicane, Bossuet, Tronson et Noailles, pour convaincre d'erreur leur jeune collègue Fénelon. La Fontaine, émacié, mais aussi serein que l'Ésope de Vélasquez, poursuivit pendant « dix ou douze jours », deux fois par jour, des « entretiens sacrés » avec ce jeune prêtre intelligent. Procédant avec méthode, suivant les instructions de l'*Ordo ministrandi Sacramentum Extremae Unctionis*, l'abbé Pouget n'accorda l'accès aux sacrements à son pénitent sain d'esprit qu'après l'avoir résolu à une confession générale, et à la pénitence.

La Fontaine était déjà décidé à s'en remettre pour bien mourir entre les mains de l'Église. La plus grosse difficulté porta sur la pénitence qu'on lui demandait : le sacrifice de son recueil de *Contes*. L'abbé Pouget, peut-être mandaté aussi par les confrères ecclésiastiques du poète à l'Académie, fut intraitable. L'auteur du « livre infâme » devait le renier, le condamner, renoncer à percevoir tous ses droits, et cela, publiquement, avec amende honorable, dans l'Assemblée de l'Académie française :

« M. de La Fontaine, écrit en 1717 l'abbé Pouget, ne pouvait s'imaginer que le livre de ses *Contes* fût un ouvrage si pernicieux, quoiqu'il ne le regardât pas comme un ouvrage irrépréhensible, et qu'il ne le justifiât pas. Il protestait que ce livre n'avait jamais fait mauvaise impression sur lui en l'écrivant, et il ne pouvait comprendre qu'il pût être si fort nuisible aux personnes qui le liraient... M. de La Fontaine était un homme vrai et simple, qui sur mille choses pensait autrement que la plupart des hommes, et qui était aussi simple dans le mal que dans le bien. »

Les frontières du bien et du mal, du pur et de l'impur, pour un poète qui avait toujours cru que l'ironie de ses *Contes* mettait les choses de la chair dans leur vraie lumière comique, ne coïncident pas avec celles du confesseur. L'abbé Pouget put faire valoir à La Fontaine que dans le rite de l'extrême-onction, auquel il se préparait et qu'il sollicitait, le prêtre oint en forme de croix, avec son pouce teinté d'huile sainte, et en prononçant chaque fois la formule sacrée, tour à tour les yeux, les oreilles, les narines, les lèvres, la poitrine, les mains, les pieds du mourant. Au moment où ses cinq sens allaient être purifiés et sanctifiés, pour passer le seuil, il ne pouvait emporter avec lui devant Dieu des *Contes* qui enseignaient à se servir des cinq sens ici-bas avec une intelligence toute sacrilège : La Fontaine abandonna ses *Contes*.

Le 12 février 1695, devant une députation de l'Académie, et « un grand nombre de gens de qualité et d'esprit » réunis à son domicile, La Fontaine fit la déclaration publique de reniement des *Contes* qu'avait exigée de lui l'abbé Pouget. Le même jour, le duc de Bourgogne, pour compenser le profit de son livre auquel le poète renonçait aussi, lui fit porter une bourse de cinquante louis.

Comme Bossuet, comme toute l'Église gallicane, l'abbé Pouget tenait pour une incitation aux péchés de la chair toute représentation, au théâtre comme en poésie, de l'amour « content ». Toutefois, lorsqu'il parle de « simplicité » à propos de son patient-pénitent, l'abbé Pouget fait usage d'un mot de théologie spirituelle, cher à Fénelon, et il reconnaît malgré tout au poète, malgré ses erreurs, une « âme naturellement chrétienne ». « La simplicité, a écrit Fénelon, est une droiture de l'âme qui retranche tout retour inutile sur soi-même. » Le poète connaissait cet état détaché qui affranchit des scrupules dont l'amour-propre se torture, mais pour mieux s'endurcir.

Avec cette simplicité, et comme Fénelon s'inclinera avec une parfaite obéissance devant le bref *Cum alias* arraché à Innocent XII par Louis XIV, et qui condamnait ses *Maximes des Saints*, La Fontaine accepta donc de se séparer de ses *Contes* : il pouvait du moins partir avec ses *Fables*. Il accepta même de détruire une comédie qu'il avait écrite, et qui allait être représentée au théâtre, « profession infâme » selon l'abbé Pouget. La Fontaine déposait ainsi son identité de poète. Pour accomplir le dernier passage, Jean voulait rentrer nu dans la communion de l'Église et bénéficier de ses sacrements, de sa liturgie, de ses prières.

L'ancien novice de l'Oratoire n'était étranger ni au sentiment religieux ni à la prière. Rien d'humain ne lui était étranger. C'est même cette disposition qui le distingue le mieux des épicuriens doctrinaires qu'il a beaucoup fréquentés : ils conçoivent la vie privée, le loisir, le plaisir, l'amitié, le repos du sage comme une rupture radicale avec les communautés coutumières, le royaume, l'Église, ils appartiennent à l'infime minorité des « déniaisés » pour lesquels il n'est de bonheur, soustrait aux erreurs vulgaires, que dans la sécession philosophique. Nul sens du mystère, nul pressentiment d'un divin espionnant le manège extérieur des hommes, et faisant le guet au fond de leur propre cœur, ne saurait les déconcerter.

Ce sens intérieur du divin, commun au lyrisme des poètes et à la foi des chrétiens, à Virgile et à saint Paul, à Saint-Amant et à Pascal, à La Fontaine et à Fénelon, était déjà le trait distinctif de Pétrarque, aux origines de la Renaissance. L'ataraxie du sage épicurien n'est pas l'assiette où se fixe le poète des *Fables*. Sous sa réserve de peintre, sous son sourire de conteur, remue un « cœur inquiet » travaillé par la différence de l'humain et du divin, et qui écrit sous un regard mystérieux. Ce regard donne un sens second et sourdement étrange à tout ce qu'il dit et à tout ce qu'il voit, il oriente sa manière oblique de parler avec des réserves de silence. Le « langage des dieux », qui révèle et qui voile, qui grandit ce qui se veut petit et diminue ce qui se croit grand, reste plus que jamais le langage de La Fontaine, même lorsqu'il a abandonné la poésie ouvertement héroïque et a revêtu la « peau d'âne » des apologues d'Ésope.

On n'imagine pas un Chapelle, un Saint-Évremond, un Chaulieu, un La Fare, même dans leur jeunesse, se trompant de vocation, et aspirant, même pour peu de temps, au sacerdoce sacrificiel tel que l'a défini le fondateur de l'Oratoire, Pierre de Bérulle. Or non seulement La Fontaine a voulu devenir Oratorien, mais, sorti de l'Oratoire, loin d'avoir, comme beaucoup de jeunes défroqués, une réaction de rejet, il n'a jamais cessé d'évoluer aussi volontiers aux confins de cercles dévots que de cercles libertins. L'Oratoire l'a conduit à Port-Royal ; de Port-Royal il est passé aux Jésuites mondains, Bouhours et Rapin ; des jésuites il est allé à Fénelon. Il n'a éprouvé aucune difficulté, en cours de route, à fréquenter Molière et Chapelle, à correspondre avec Saint-Évremond, à couvrir de son autorité littéraire la vie jouisseuse et sourdement frondeuse de ses mécènes princiers.

Tout s'est passé comme si son critère de sympathie ne passait ni par le dogme, ni par la conviction doctrinale, ni par la morale, mais par un « sixième sens », par un « goût », par un discernement des esprits, prompt à reconnaître du divin dans les êtres sous les formes les plus diverses, partielles, contradictoires, fuyantes, mais toujours en affinité avec le sentiment central qui agite le fond de son propre cœur. Son ami Pierre-Daniel Huet pensait que tous les peuples, soit dans leurs fables soit dans leurs croyances, ont entrevu une facette de la vérité divine que seul le Christ, en miroir, en énigme et en parabole, a révélée tout entière. La Fontaine, poète lyrique, a vécu sur ce mode familier à la Renaissance d'une « divine sapience » perdue, mais vivante au fond du cœur, et dont les traces éparses peuvent être retrouvées et réunies partout où elles se laissent reconnaître, dans la beauté des femmes, dans la mélancolie de la musique, dans les jeux de la lumière, dans les mouvements des animaux, dans les émotions et les idées naturelles aux hommes : ces traces éphémères, allusives, abîmées par les barbares, redeviennent fables, formes, figures dans la parole poétique, et font renouer les hommes avec ce qui en eux est divin.

Ce poète pénétré de Platon, de Virgile, d'Ovide et d'Horace n'a été insensible ni aux Psaumes bibliques, ni aux diverses formes du sentiment religieux chrétien, quand il le rencontrait autour de lui, sincère et ardent. Dans son *Voyage en Limousin*, il sympathise avec ces calvinistes qu'il croise, gens de foi robuste et en même temps doués pour les vraies richesses de la création. Il se reconnaît quelque peu en eux.

La Fontaine et le lyrisme religieux

On peut même suivre dans son œuvre, en dehors des *Fables*, un fil qui le conduit, au prix du sacrifice des voies singulières, dans les voies communes de la piété envers l'office royal, et envers l'Église qui lui donne son sens divin.

En 1671, paraît sous son nom un *Recueil de poésies chrétiennes et diverses,* où il a fait figurer plusieurs de ses fables. Pour soutenir cette tentative de conciliation entre lyrisme profane et lyrisme religieux, il a même fait entrer dans le *Recueil* une superbe paraphrase du Psaume XVII.

La forme adoptée par La Fontaine pour sa *Paraphrase*, le grand lyrisme d'ascendance malherbienne, est d'un tout autre ordre que celle des *Fables*. Elle révèle chez le poète lyrique une postulation qui n'avait pas trouvé l'occasion de se manifester auprès de Foucquet, ni après 1661, dans la déchéance de ses espoirs de poète royal. Cette forme somptueuse avait trouvé en 1651, puis en 1660, sous le nom d'*Odes sacrées*, un interprète exemplaire dans le meilleur disciple de Malherbe : Racan [51]. La Fontaine à plusieurs reprises a dit son admiration pour ce poète, et notamment pour sa poésie religieuse. Les *Odes sacrées* de Racan étaient déjà des paraphrases de Psaumes. C'est dans ce grand genre lyrique, fixé dès l'époque de la Fronde, au moment où Corneille lui-même travaille à sa paraphrase de *L'Imitation de Jésus-Christ*, que La Fontaine s'est donc exercé en 1671. La forme et le caractère de l'Ode sacrée sont très proches du grand lyrisme royal inventé par Malherbe, et qui avait connu une floraison magnifique lors de la Paix des Pyrénées et du mariage royal, en 1660 : l'*Ode* de Racine *à la Nymphe de la Seine* avait été l'un de ces chants royaux. Si La Fontaine était devenu, dans le sillage de Foucquet, le poète de Louis XIV, il est probable qu'il aurait fait résonner plus tôt cette corde religieuse et royale de sa lyre.

Avec la Paraphrase du Psaume XVII, pour la première fois sous Louis XIV, il l'arrache au silence, et la fait vibrer de superbes accents, tout à fait dignes de Racan. En 1679, huit ans plus tard, il publie une *Ode sur la paix*, à la gloire du traité de Nimègue (*Déjà la déesse Astrée / Par toute cette contrée / Reconnaît ses derniers pas / Encore empreints sur la terre...*). Elle révèle son aspiration profonde — et réprimée — à se joindre au chœur du royaume chantant son roi. Odes sacrées et Odes royales sont deux versants, légués par Malherbe, de la même liturgie de la religion royale : La Fontaine avait donc tenté de faire savoir à Louis XIV qu'il pourrait aussi exceller dans ces deux registres sur un mot du roi.

Le poète d'*Adonis*, en s'exerçant au grand style français de la poésie sacrée, met en évidence la parenté profonde entre le lyrisme biblique, et le lyrisme ovidien qui semble avoir sa préférence. La voix du psalmiste s'élève du fond d'un monde où le mal et les méchants font rage, elle monte vers la lumière d'un Dieu qui châtie, mais qui peut aussi arracher ses fidèles au mal et au malheur. Une déchirure analogue entre l'humain et le divin est au principe de l'énergie lyrique d'*Adonis*. Elle était déjà l'impulsion profonde de l'*Ode* de Malherbe à Henri IV victime d'un attentat (*Que direz-vous, races futures... ?*) qui avait bouleversé le jeune La Fontaine quand il l'avait entendue pour la première fois déclamer devant lui en 1643.

Dans son *Discours de remerciement* à l'Académie française en 1684, Anacréon-La Fontaine n'hésitera pas à mettre cette poésie catholique et royale au-dessus de l'art profane du Parnasse :

« Vous savez, Messieurs, également bien la langue des dieux et celle des hommes. J'élèverais au-dessus de toutes choses ces deux talents, sans un troisième qui les surpasse : c'est le langage de la piété, qui, tout excellent qu'il est, ne laisse pas de vous être familier. »

Dans le Psaume XVII, c'est le roi David qui chante

et qui prie, s'adressant à son Seigneur. Les prières de l'Orphée biblique sont associées depuis des siècles à la religion royale française. En paraphrasant en 1671 cette prière royale, comme Racine le fera beaucoup plus tard dans les chœurs d'*Esther* et d'*Athalie*, La Fontaine a confondu pour la première fois sa voix singulière de poète lyrique avec celle de la communauté du royaume, et avec celle de son Église. Au tréfonds de lui-même, il n'aspirait qu'à le faire en communion avec le roi. S'il n'avait tenu qu'à lui, il aurait commencé dès 1661 :

> ... De leur triste et sombre demeure
> Les démons, esprits malheureux,
> Venaient d'un poison dangereux
> Menacer mes jours à toute heure.
> Ils entraient jusqu'en mes sujets,
>   Jusqu'en mon fils, dont les projets
> Me font encore frémir de leur cruelle envie ;
> Jusqu'en moi-même enfin, par un secret effort ;
> Et mon esprit, troublé des horreurs de ma vie,
> M'a plus causé de maux que l'Enfer ni la mort.
>
> Les méchants, enflés de leurs ligues,
> Contre moi couraient irrités,
> Comme torrents précipités
> Dont les eaux emportent les digues ;
> Lorsque Dieu, touché de mes pleurs,
>   De mes soupirs, de mes douleurs,
> Arrêta cette troupe à me perdre obstinée.
> Ma prière parvint aux temples étoilés,
> Parut devant sa face, et fut entérinée
> D'un mot qui fit trembler les citoyens ailés.
>   [...]
> Oui, Seigneur, ta bonté divine
> Est toujours présente à mes yeux,
> Soit que la nuit couvre les cieux,
> Soit que le jour nous illumine :
> Je ne sens d'amour que pour toi ;
> Je crains ton nom, je suis ta loi,

> Ta loi pure et contraire aux lois des infidèles ;
> Je fuis des voluptés le charme décevant,
> M'éloigne des méchants, prends les bons pour modèles,
> Sachant qu'on devient tel que ceux qu'on voit souvent.
>
> Non que je veuille en tirer gloire ;
> Par toi l'humble acquiert du renom,
> Et peut des temps et de ton nom
> Pénétrer l'ombre la plus noire.
> À leurs erreurs par toi rendus,
> Sages et forts sont confondus,
> S'ils n'ont mis à tes pieds leur force et leur sagesse.
> Ce que j'en puis avoir, je le sais rapporter
> Au don que m'en a fait ton immense largesse,
> Par qui je vois le mal, et peux lui résister [52]...

Épicurien à bien des égards (mais l'Ecclésiaste biblique l'était déjà, et aussi), poète profane à plein temps, singulier et indépendant en toutes choses, La Fontaine révèle dans ce poème (comme dans ses tentatives de faire jouer son opéra pastoral *Daphné* à la cour) à quel point il n'a jamais cessé d'être en profondeur un Français de l'ancienne France, intérieur à son Église, intérieur à son royaume, déconcerté, mais non découragé, par l'accident qui l'a rejeté loin de son roi. C'est en réalité contre son gré, et du fait du roi, qu'il occupe une position marginale dans les Lettres de la monarchie. Cette marginalité (qui à nos yeux le grandit et qui a fait de lui un poète d'avenir) lui a pesé, lui a coûté. En imitant Malherbe et Racan en 1671, en imitant le Racine de l'*Ode à la Nymphe de la Seine* en 1679, il met en lumière l'une de ses plus secrètes et intimes aspirations de poète lyrique, à l'intérieur de la religion royale. C'est là l'un des aspects les plus étranges, pour nous, de sa douleur de voir le Parnasse exilé de l'Olympe.

Cette nostalgie du grand lyrisme catholique et royal est inséparable d'un rêve de conversion. Racine, pour devenir historiographe du roi, s'est marié et converti.

Pellisson, avant Racine, et pour les mêmes raisons, avait abjuré le calvinisme. L'idylle dévote que La Fontaine publie en 1674, *La captivité de saint Malc*, est en réalité un songe autobiographique de conversion, voilé sous une fiction hagiographique. C'est aussi, sous l'invocation de la Vierge (à l'imitation du Tasse) une version édifiante de la fable des *Deux pigeons*. Un jeune ermite quitte son compagnon de solitude : il est attiré par les « biens temporels ». Son voyage lui fait connaître les amertumes du monde, puis celles de son propre cœur : tout s'achève au cloître, où « Malc s'occupe au silence ».

La péroraison de ce poème, le plus édifiant que La Fontaine ait jamais composé, est aussi l'éloge le plus appliqué que le poète ait encore adressé à Louis XIV. Or il s'agit du Louis XIV le plus contestable, même et surtout du point de vue de l'irénique poète : le roi-pontife gallican à la tête de ses troupes, l'envahisseur de la Hollande en 1671 ; il préfigure la Révocation de 1685 en imposant le catholicisme aux villes hollandaises occupées par ses soldats. Le même poète qui rêve déjà d'abjurer l'impiété de ses mœurs rêve aussi d'effacer son impiété politique envers le roi :

> Je la chante en un temps où sur tous les monarques
> Louis de sa valeur donne d'illustres marques,
> Cependant qu'à l'envi sa rare piété
> Fait au sein de l'erreur régner la vérité.
>
> (*La captivité de saint Malc*)

La Fontaine a donc souffert de l'impossibilité où il s'est trouvé de faire coïncider les schèmes traditionnels de la religion royale, et la fonction qu'y occupe le poète lyrique, avec la réalité de Louis XIV et de son État. Cette tension, qu'il avait pu surmonter jusque-là, il n'a plus le feu nécessaire pour la soutenir en 1692. Il lui restait à mourir dignement, en pécheur qui ignore son sort éternel.

Sur le seuil de la mort, le poète La Fontaine redevient Jean, chrétien et français. La liberté des Muses cède la place à une discipline de la parole qui est depuis des siècles l'armature de la religion royale, et dont l'abbé Pouget détient l'efficace : le latin impersonnel et choral de la liturgie catholique. *Dilexi, quoniam exaudiet Dominus vocem orationis meae. Quia inclinavit aurem suam mihi : et in diebus meis invocabo.* « Je me réjouis, parce que le Seigneur écoutera les paroles de ma prière. Il a penché sur moi son oreille, et je l'invoquerai dans ce qui me reste de jours [53]. »

Mme de La Sablière l'emporte sur La Fare

La conversion du poète avait été rendue plus facile à l'abbé Pouget par l'assistance indirecte mais puissante de Mme de La Sablière, elle-même convertie au catholicisme en 1680 après sa rupture avec le marquis de La Fare. Entre les deux amants séparés, mais tous deux amis du poète, c'est elle maintenant qui l'emporte. D'abord retirée à l'Hôpital des Incurables, et s'y livrant au soin des malades, elle perd en 1687 son directeur de conscience, le jésuite Rapin. Atteinte d'un cancer, elle se tourne vers l'abbé de La Trappe. Comme l'Hospitalier de la dernière fable de La Fontaine, elle semble, dans ses *Lettres à Rancé*, s'être détachée des *œuvres*. Revenue chez elle, elle écrit à Rancé :

« Je suis plus heureuse que je pourrais vous dire : je suis avec Dieu et mes souffrances, que je regarde comme des marques de sa bonté pour moi. »

Parmi ces lettres à Rancé, ont été conservés des fragments d'une autre correspondance, adressée à un destinataire anonyme qui a toutes chances d'être La Fontaine. Dans l'une de ces lettres, datée du 12 août 1692, trois mois avant la maladie du poète et la visite de l'abbé Pouget, Mme de La Sablière écrivait :

« Je crois que le silence, la souffrance et la paix est

tout ce qui m'est nécessaire. Voilà, Monsieur, vous faire voir le fond de mon cœur et produire dans le vôtre cette paix que je demande... Je vous demande toujours, Monsieur, votre souvenir devant le Seigneur. C'est là que l'on doit s'aimer simplement et uniquement : tout le reste n'est qu'illusion, et d'autant plus grande qu'on croit pratiquer la charité. »

Une « conversation sacrée » avec sa bienfaitrice avait-elle commencé pour le poète avant qu'il n'eût reçu chez lui (et chez elle) le vicaire de Saint-Roch ? Plus tard, le 6 janvier 1693, à un moment où la conversion du poète est en bonne voie, Mme de La Sablière écrivait à ce même correspondant :

« Je suis très sensible à vos bontés, Monsieur. Pour l'amour de Notre Seigneur, mettez la cognée à la racine de l'arbre : il n'y a rien à faire de branche à branche. Si vous saviez le secours et la sécurité qui sont dans l'abandon, vous haïriez bientôt toute votre prudence. Je prie Notre Seigneur de tout mon cœur de vous percer le cœur en sorte que toutes les lumières de votre esprit disparaissent. »

Elle mourut le même jour.

L'apaisement intérieur qui accompagna le retour de La Fontaine dans l'Église de sa jeunesse lui rendit la santé. Le 26 octobre 1693, il écrivait à Maucroix : « Je continue toujours à me bien porter et ai un appétit et une vigueur enragée. Il y a cinq ou six jours, j'allai à Bois-le-Vicomte à pied et sans presque avoir mangé : il y a d'ici cinq lieues assez raisonnables. » Il avait alors trouvé refuge dans le luxueux hôtel de ses amis d'Hervart, rue Plâtrière, paroisse Saint-Eustache. Il se livra avec ardeur, par correspondance, à la correction des traductions que Maucroix lui faisait parvenir de Reims. Il avait en projet des poésies sacrées. C'est en juin de cette année 1693 que Ninon de Lenclos écrivait à Saint-Évremond :

« J'ai su que vous souhaitiez La Fontaine en Angleterre. On n'en jouit guère à Paris. Sa tête est bien affaiblie[54]. »

Dies irae, dies illa

Au même moment, La Fontaine faisait lire à l'Académie, en sa présence, par l'abbé de Lavau, une paraphrase en vers de la réponse à la neuvième lecture de l'office du *Requiem* : *Libera me Domine, de morte aeterna, in die illa tremenda. Quando coeli movendi sunt et terra. Dies irae, dies illa, dies calamitatis et miseriae, dies magna et amara valde.*

> Dieu détruira le siècle au jour de sa fureur.
> Un vaste embrasement sera l'avant-coureur,
> Des suites du péché long et juste salaire.
> Le feu ravagera l'Univers à son tour.
> Terre et cieux passeront, et ce temps de colère
> Pour la dernière fois fera naître le jour.
>
> Cette dernière aurore éveillera les morts :
> L'Ange rassemblera les débris de nos corps ;
> Il les ira citer au fond de leur asile.
> Au bruit de la trompette en tous lieux dispersé,
> Toute gent accourra. David et la Sibylle
> Ont prévu ce grand jour, et nous l'ont annoncé.
>
> De quel frémissement nous nous verrons saisis !
> Qui se croira pour lors du nombre des choisis ?
> Le registre des cœurs, une exacte balance
> Paraîtront aux côtés d'un Juge rigoureux.
> Les tombeaux s'ouvriront, et leur triste silence
> Aura bientôt fait place aux cris des malheureux.
>
> [...]
> Tu pourrais aisément me perdre et te venger.
> Ne le fais point, Seigneur ; viens plutôt soulager
> Le faix sous qui je sens que mon âme succombe
> Assure mon salut dès ce monde incertain ;
> Empêche malgré moi que mon cœur ne retombe,
> Et ne te force enfin de retirer ta main[55].

L'abbé Pouget, parti en province, n'assistait plus alors La Fontaine. La dernière lettre à Maucroix, en février 1695, atteste que l'angoisse du poète à l'idée de « comparaître devant Dieu » est plus vive que jamais. Son « tu sais comme j'ai vécu » est une litote dont on ne peut qu'entrevoir ce qu'elle laisse dans le silence. Pour expier ses licences de poète, Jean s'est alors livré à d'extraordinaires macérations dignes de celles que s'infligeait saint Louis, et qui firent l'étonnement de Boileau :

« Les choses hors de vraisemblance qu'on m'a dites de Monsieur de La Fontaine sont à peu près celles que vous avez devinées ; je veux dire que ce sont ces haires, ces cilices, et ces disciplines, dont on m'a assuré qu'il affligeait fréquemment son corps, et qui m'ont paru d'autant plus incroyables de notre défunt ami, que jamais rien ne fut plus éloigné de son caractère que ces mortifications. Mais quoi ? La grâce de Dieu ne se borne pas à des métamorphoses ordinaires, et c'est quelque fois de véritables métamorphoses qu'elle fait. Elle ne paraît pas s'être répandue de la même sorte sur M. Cassandre [l'ancien camarade de La Fontaine à l'Académie de la Table Ronde] qui est mort tel qu'il a vécu, c'est à savoir très misanthrope, et non seulement haïssant les hommes, mais ayant même assez de peine à se réconcilier avec Dieu, à qui, disait-il, si le rapport qu'on m'a fait est véritable, il n'avait nulle obligation. Qui eût cru que, de ces deux hommes, c'était Monsieur de La Fontaine qui était le vase d'élection ? »

L'abbé d'Olivet, qui a bien connu François Maucroix, dit de façon encore plus saisissante : « J'ai vu entre les mains de son ami, M. Maucroix, le cilice dont il se trouva couvert, lorsqu'on le déshabilla pour le mettre au lit de mort. » Le directeur de conscience qui veilla sur les derniers mois du poète fut beaucoup plus exigeant que l'abbé Pouget qui s'est défendu auprès de l'abbé d'Olivet (ex-jésuite) d'avoir prescrit une pénitence aussi dure : « Je ne crois pas qu'il fallait le faire à l'égard d'un homme accablé d'années et d'infirmités corporelles. »

Mais, dans ses derniers mois, La Fontaine, détaché des audaces et de l'indépendance auxquelles sa poésie l'avait porté, se livra encore à d'autres exercices d'expiation. L'abbé Pouget pourra écrire à bon droit qu'il avait été « dans la pénitence comme dans tout le reste de sa conduite, et n'ayant songé à tromper Dieu, ni les hommes [56] ». Il mit autant de zèle à dépouiller le vieil homme qu'il avait mis de génie à le réciter.

Rentré humblement dans la communion de l'Église gallicane, il voulut aussi rentrer humblement dans la communion du royaume, et réparer ce qu'il y avait eu de dissidence dans sa poésie. Outre la paraphrase du *Dies irae*, il n'a composé pendant la période de sa conversion, jusqu'à sa mort le 13 avril 1695, que des *Inscriptions en vers* à la gloire de Louis XIV conquérant. Il rentrait ainsi sans réserve dans le rang où l'avaient précédé depuis longtemps Racine et Boileau, membres de la « Petite Académie » consacrée aux devises et inscriptions royales, Charles Perrault, son autre ami, et ses confrères de l'Académie française.

Ces inscriptions étaient destinées à commenter une galerie de « Tableaux d'histoire », qui représentaient ce que le poète avait toujours eu le plus de mal à louer chez Louis XIV : ses victoires et sa gloire militaires. Cette galerie avait été réunie par un commis de Louvois, Du Fresnoy, dans sa maison de campagne de Glatigny, près de Pontoise. Elle faisait partie de ce regain du culte de la personnalité royale qui avait suivi la guérison du monarque en 1686. Le poème de Perrault, *Le Siècle de Louis le Grand*, avait donné le signal. La Fontaine avait alors protesté contre ce manifeste « moderne » par une Épître à leur commun confrère Pierre-Daniel Huet, mais il l'avait publiée en l'accompagnant d'un panégyrique du roi. La statue de Desjardins, place des Victoires, commandée par le duc de La Feuillade, et inaugurée par le roi lui-même le 30 janvier 1687, avait été le geste le plus hyperbolique de ce nouvel accès d'idolâtrie monarchique.

Les inscriptions en vers français, commandées par Du Fresnoy à La Fontaine, étaient une pénitence d'autant plus sacrificielle qu'elles se bornaient à traduire les très médiocres sous-titres latins déjà composés pour les tableaux de Du Fresnoy par un autre admirateur de Louis XIV, le baron Michel-Ange de Voerden, bailli des États de Lille. Le travail restait inachevé à la mort du poète, et le commanditaire, dans une lettre à Voerden, qualifie dédaigneusement le vieux poète de « pauvre homme » et de « bonhomme », qui n'a pu venir à bout de ce qu'il avait entrepris. C'était là, de toute façon, le sentiment de l'administration pour le poète de Foucquet.

Il vaut la peine de citer l'une de ces traductions, qui devait figurer sur le cartouche du tableau représentant *La Conquête de Hollande* en 1674, une « promenade militaire » commencée dans l'enthousiasme et qui avait mal tourné pour les armées du roi :

> Triompher en courant d'un climat invincible,
> Pénétrer un pays que de leurs propres mains
> La Nature avec l'Art rendaient inaccessible
>   Aux entreprises des humains ;
> Passer le Rhin, l'Issel, et lasser la victoire,
> Faire à plus de cent forts son tonnerre éprouver,
> C'est ce qui de cent rois pourrait remplir l'histoire :
> En trois mois cependant un seul sut l'achever.

Pour l'auteur d'*Adonis* et de *Joconde*, cet exercice d'oblation valait bien la haire et le cilice.

Dans ses *Mémoires*, qui sont plutôt un « livre de raison » comme aurait pu en écrire un clerc médiéval, Maucroix a noté ceci :

« Le 13 avril mourut à Paris mon très cher et très fidèle ami M. de La Fontaine : nous avons été amis plus de cinquante ans et je remercie Dieu d'avoir conduit l'amitié extrême que je lui portais jusqu'à une si grande vieillesse sans aucune interruption, ni aucun refroidissement, pouvant dire que je l'ai toujours tendrement aimé, et autant le dernier jour que le premier. Dieu, par sa miséricorde, le veuille mettre dans son saint repos. C'était l'âme la plus sincère et la plus candide que j'aie jamais connue ; jamais de déguisement, je ne sais s'il a jamais menti en sa vie ; c'était du reste un très bel esprit, capable de tout ce qu'il voulait entreprendre. Ses fables, au sentiment des plus habiles, ne mourront jamais et lui feront honneur dans toute la postérité [57]. »

Sur le fond, sinon dans l'intensité du sentiment, le paradoxe sur lequel Maucroix a construit pour lui-même le portrait funéraire de son ami disparu : âme candide / très bel esprit, se retrouve dans l'exercice de traduction latine donné par Fénelon au duc de Bourgogne, dans les jours qui suivirent les obsèques du poète à Saint-Eustache :

« Hélas ! Il n'est plus, cet homme enjoué, nouvel Ésope, supérieur à Phèdre dans l'art de badiner, qui a donné une voix aux bêtes pour qu'elles fassent entendre aux hommes les leçons de la sagesse. Avec lui ont expiré les Jeux pleins de malice, les Ris folâtres, les Grâces élégantes, les savantes Muses. Pleurez, vous qui aimez le naïf enjouement, la nue et simple nature, l'élégance sans apprêt et sans fard. À lui, à lui seul, les doctes ont tous permis la négligence. Combien chez lui cette négligence d'or se montre supérieure à un style plus poli [58] ! »

Fénelon met l'accent chez le poète disparu sur une coïncidence des contraires : la « simple nature », étrangère au « fard », comme d'un survivant de l'âge d'or dans le siècle de fer, et une intelligence supérieure de l'art, comme si ce naïf pénétrant était le seul à pouvoir faire passer en français, à la fois et aussi bien, Anacréon « qui se joue », Térence « qui peint », Virgile qui sait voiler de douceur et d'élégance la même science que l'Ecclésiaste et qui a pu écrire : *Sunt lacrymae rerum* (« Les choses sont pétries de larmes »).

Réunissant et ravivant en français le bouquet des poètes antiques, les *Fables* étaient bien à même de former le goût d'un futur roi de France, La Fontaine, avant et autant que Racine et Boileau, avait été appelé à devenir un poète royal. Disgracié par Louis XIV, il dut se contenter, et il prit sur lui-même de se contenter, avec grâce, ingéniosité et douleur, d'être le poète le plus singulier, et le plus « privé », d'un règne où tout n'existait plus en apparence qu'en fonction du roi, de sa cour, de son État.

Le dernier poète de la Renaissance n'en fut pas moins le premier poète moderne : bien loin encore d'être maudit, se refusant de toutes ses forces à l'être, mais déjà averti de la dissonance, qu'il a laissé le premier entendre — tout en la couvrant de douceur et de gaîté —, entre l'action et le rêve, entre l'État et le royaume, entre la Raison et la poésie. À Mme Hervart, en 1688, l'abbé Vergier écrivait de La Fontaine : « Vous savez, Madame, qu'il s'ennuie partout. » L'ennui de La Fontaine, c'est celui dont parle Pascal, c'est déjà celui de Baudelaire. Il est mort néanmoins en homme de l'ancienne France, revenu humblement dans la communion de son Église et dans la religion de son roi.

La grâce unique de ce poète aura été de traverser les houles de son temps et les mutations de l'histoire, sans perdre jamais son orientation intérieure, dans une aventure littéraire toujours guidée à l'heure dite par les paroles qui trompent le temps et l'histoire : paroles de poètes pour traverser la vie amère, paroles de prophètes gravées dans la liturgie, pour l'accompagner dans l'inconnu de la mort. Même après sa conversion, ses lettres à Maucroix le montrent livré à de patients exercices littéraires, dans l'intervalle de ses exercices de prière et de pénitence. Il n'était alors pas plus poète que le dernier Rimbaud. La mort du lyrisme dans la France d'Ancien Régime avait été consommée bien avant le 13 avril 1695, le jour où il ferma définitivement les yeux.

*
* *

À un autre étage, et dans un tout autre ordre, une correspondance et des harmoniques avaient fini par s'établir entre ce poète et son roi. L'un avait été l'Ovide du royaume, et l'autre avait longtemps dansé sur des figures tirées d'Ovide par un autre poète, ami de La Fontaine, Isaac de Benserade. Tous deux, le poète et le roi, confièrent enfin leur âme aux soins de l'Église gallicane.

Louis XIV fut à la fois le dernier prince de la Renaissance, et le premier chef d'État moderne. Moderne chef d'État, le roi mit en marche et en action, l'arrachant au temps cyclique des Anciens, le progrès d'un mécanisme destiné après lui à avoir raison de son royaume, le plus ancien d'Europe. Il autorisa ce progrès de son autorité traditionnelle et sacrée. Dernier prince de la Renaissance, Louis XIV sut néanmoins s'accorder, avec un sens antique du temps, au cycle des saisons : Pan printanier avec la bergère La Vallière, Mars estival et Jupiter automnal avec la majestueuse Montespan, Saturne hivernal et dévot, Philippe II français, il finit en tenant tête dans son Escurial, avec Mme de Maintenon à ses côtés, à l'infortune, aux deuils, à la vieillesse et à la mort.

NOTES

Les notes, à la demande de l'éditeur, ont été réduites — autant que possible — à l'essentiel. J'ai donc privilégié les éclaircissements ponctuels, notamment en ce qui concerne les sources et les notions. Pour la bibliographie propre à La Fontaine, le lecteur pourra se reporter commodément à la revue Le Fablier *(Revue des Amis de Jean de La Fontaine, Musée Jean de La Fontaine, 02400 Château-Thierry, tél. 03 23 69 05 60), qui publie régulièrement études et mises au point bibliographiques. Historiens, historiens des idées, et historiens de la littérature voudront bien me pardonner si je n'ai pas toujours renvoyé à tous les travaux, classiques ou récents, envers lesquels je suis bien évidemment endetté.*

PRÉAMBULE (pp. 9-47)

1. Marcel Proust, *Sodome et Gomorrhe*, II, I, Paris, Gallimard, *Bibliothèque de la Pléiade* (102), 1988 ; cit. p. 167. Le propos du Narrateur vise Sainte-Beuve et le ton protecteur de sa critique littéraire.
2. Léon-Paul Fargue (*Le Piéton de Paris*, Gallimard, Paris 1939, rééd. coll. *Folio*, 1982 et *L'Imaginaire*, 1993) a écrit un essai sur La Fontaine dans *Tableau de la littérature française XVIIe-XVIIIe siècles. Préface par André Gide. De Corneille à Chénier*, Paris, Gallimard, 1939, « La Fontaine » aux pp. 65-77. — Paul Valéry, « Au sujet d'Adonis », dans *Revue de Paris*, 1921 ; repris dans *Variété*, I, NRF, 1924.
3. Sébastien-Roch-Nicolas Chamfort, *Éloge de la Fontaine qui, au jugement de l'Académie de Marseille, a remporté le prix de l'année 1774* ; reproduit dans La Fontaine, *Œuvres*

complètes, vol. I, *Fables, Contes et nouvelles*, p. p. Jean-Pierre Collinet, Paris, Gallimard, *Bibliothèque de la Pléiade* (10), 1991, pp. 953-995 ; cit. p. 964.

4. Pierre Cureau de La Chambre, *Discours prononcé au Louvre le 2 May 1684 par Mr l'abbé de La Chambre, Directeur de l'Académie Française à la réception du sieur de La Fontaine, en la place de feu Monsieur Colbert, Ministre et secrétaire d'État*, s.l.n.d. ; cit. p. 4. Le discours de réception a été publié indépendamment du discours de remerciement prononcé par La Fontaine, l'abbé de La Chambre ayant obtenu l'approbation de l'Académie pour cette dérogation aux coutumes de la Compagnie. Cette attitude « officielle » de Cureau de La Chambre infirme les sources très tardives qui font état de deux rencontres entre Louis XIV et La Fontaine. La première aurait eu lieu après la parution des *Fables* (1668) et aurait été agrémentée par Geogesune visite de Versailles et une bourse de dix mille livres (Beauchamps, *Recherche sur les théâtres...*, 1735, coté par Georges Mongrédien, *Recueil des textes et des documents du XVIIe siècle relatifs à La Fontaine*, Paris, Éditions du Centre National de la Recherche Scientifique, 1973, pp. 216-217). Le poète et le roi se seraient de nouveau rencontrés, par l'entremise de Saint-Aignan, en janvier 1669 après *Psyché* pour apaiser l'irritation royale causée par certaines allusions de l'ouvrage (Montenault, *Vie de La Fontaine*, 1755, cité par Mongrédien, o.c., p. 222). Voir aussi Roger Duchêne, *La Fontaine*, pp. 265 et suiv.

5. Valery Larbaud, *Enfantines*, « Devoirs de vacances », Paris, Gallimard, 1918.

6. Paul-Jean Toulet, *Les Contrerimes*, Paris, Éditions du Divan et Émile-Paul frères, 1921, pièce LVIII, p. 70 ; réimpr. Paris, Gallimard, *Poésie* (131), 1979, et Paris, *Capitales*, p. p. Michel Décaudin, 1990.

7. Jules Barbey d'Aurevilly a par ailleurs écrit un éloge de La Fontaine dans *Les Œuvres et les hommes*, t. II *Les Poètes*, 1889, « La Fontaine ».

8. Barbey d'Aurevilly, lettre à Guillaume Stanislas Trébutien, 2 févr. 1855, dans *Œuvres complètes de J. Barbey d'Aurevilly*, Paris, François Bernouard, 1926-1927, 17 vol., les *Lettres à Trébutien* aux vol. XIV-XVII ; réimpr. Slatkine, Genève, 1979, 2 vol., cit. t. et vol. II, p. 198.

9. Montaigne, *Essais*, livre I, ch. 40 : « Considérations sur Cicéron ».
10. Voltaire, *Le Siècle de Louis XIV*, ch. XXII, « Des Beaux-arts ». Charles Augustin Sainte-Beuve, *Port-Royal*, livre II, ch. XIV, à voir dans *Bibliothèque de la Pléiade* (93), Paris, Gallimard, 1953, p. p. Maxime Leroy, cit. t. et vol. I, p. 687.
11. Voltaire, *Catalogue de la plupart des écrivains français qui ont paru dans le siècle de Louis XIV, pour servir à l'histoire littéraire de ce temps*, dans Voltaire, *Œuvres complètes*, p. p. Louis Moland, Paris, Garnier frères, 1878, vol. 14, pp. 32-144 ; cit. p. 83.
12. Voltaire à Vauvenargues, 7 janv. 1745, dans Voltaire, *Correspondance*, p. p. Theodore Besterman, t. et vol. IX, lettre 3062, p. 200.
13. Voltaire, *Connaissance des beautés et des défauts de la poésie et de l'éloquence dans la langue française*, art. « Fable », 1749.
14. Sainte-Beuve, *Causeries du lundi*, t. et vol. septième, « La Fontaine ».
15. Sainte-Beuve, *Port-Royal*, livre V, ch. IX.
16. Sur le sens de cette pièce, voir Marc Fumaroli, *Héros et orateurs. Rhétorique et dramaturgie cornéliennes*, Droz, Genève, 1990, 2e éd. 1996, ch. 1, « Pierre Corneille, fils de son œuvre », pp. 59-61 et l'édition p. p. José Sanchez : Pierre Corneille, *Suréna, général des Parthes, tragédie*, 1675, Paris, Ducros, 1970, pp. 86-89. Voir aussi plus loin, ch. VII.
17. Jean Giraudoux, *Les Cinq Tentations de la Fontaine*, « La tentation du monde », Paris, Grasset, 1938. Il s'agit de conférences données par Giraudoux à l'Université des Annales les mercredis 22 et 29 janvier et les 5, 12 et 19 février 1936. À consulter de préférence dans la réimpression p. p. Jacques Robichez, *Le Livre de Poche biblio* (3231), pp. 70-95 ; cit. p. 87.
18. Léon-Paul Fargue, « Jean de La Fontaine », dans *Nouvelle Revue Française* (1er avr. 1933), pp. 519-537 ; repris dans *Tableau...*, cité n. 2.
19. Voir ci-dessus, n. 3.
20. Montaigne, *Essais*, livre III, ch. 2 : « Du repentir ».
21. Odette de Mourgues, *Ô Muse, fuyante proie... Essai sur la poésie de La Fontaine*, Paris, José Corti, 1987. C'est aussi

la démarche de Patrick Dandrey dans *La Fabrique des Fables, essai sur la poétique de La Fontaine*, Paris, Klincksieck, 1991.
22. Montaigne, *ibid.*, livre I, ch. 37 : « Du jeune Caton ».
23. Voir notre étude « Rhétorique d'école et rhétorique adulte : la réception européenne du *Traité du Sublime* au XVIe et au XVIIe siècle » ; repris dans *Héros et orateurs*, o.c., pp. 377-398.
24. Montaigne, *ibid.*, livre III, ch. 5 : « Sur des vers de Virgile ».
25. Voir Jean Lesaulnier, *Port-Royal insolite. Édition critique du Recueil de choses diverses*, Paris, Klincksieck, 1992, p. 286.
26. Montaigne, *ibid.*, livre I, ch. 42 : « De l'inégalité qui est entre nous ».
27. Henri de Campion, *Mémoires...* p. p. Marc Fumaroli, Paris, Mercure de France, *Le Temps retrouvé*, 1967, p. 236 ; rééd. 1981.
28. René Jasinski, « Le Gassendisme dans le second recueil des Fables », dans *À travers le* XVIIe *siècle*, Paris, Nizet, 1981, 2 vol., vol. 2, pp. 75-120.
29. Montaigne, *Essais*, livre I, ch. 39 : « De la solitude ».
30. Montaigne, *ibid.*, livre III, ch. 1 : « De l'utilité et de l'honnête ».
31. Cureau de La Chambre, o.c. (n. 4).
32. Giraudoux, « La tentation du monde », dans *Les Cinq Tentations...*, o.c. (n. 17), p. 87.
33. Sainte-Beuve, *Causeries du lundi*, t. et vol. septième, « La Fontaine ». Sainte-Beuve, en ce passage, cite François-Louis Cizeron-Rival, *Récréations littéraires, ou anecdotes et remarques sur différents sujets*, Recueillies par M. C.[izeron] R.[ival]***, Paris, Dessaint 1765, p. 111. Cizeron-Rival rapporte un témoignage de Claude Brossette, et celui-ci notait un récit que lui avait fait Boileau en personne. Le même texte est reproduit dans Georges Mongrédien, o.c., p. 223.
34. Cité dans *Les Œuvres posthumes de Monsieur de La Fontaine*. Paris, Guillaume de Luyne, 1696, « Portrait de Monsieur de La Fontaine. Par M.*** », non paginé ; et reproduite dans G. Mongrédien, o.c., pp. 196-198.
35. Sur les portraits de La Fontaine, voir Dominique Brême, « Mon portrait jusqu'ici ne m'a rien reproché », aux

pp. 108-121 de *Jean de La Fontaine*, ouvrage publié sous la direction de Claire Lesage à l'occasion de l'exposition organisée par la Bibliothèque nationale de France pour le tricentenaire de la mort de l'auteur des *Fables*, Paris, Bibl. nat. Fr. / Seuil, 1995.

36. Hippolyte Taine, *Essai sur les Fables de La Fontaine*, Paris, Joubert, 1853 ; repris et amplifié dans *La Fontaine et ses Fables*, Paris, Hachette, 1861.
37. H. Taine, *Les Origines de la France contemporaine*, 1re édition, 1876-1894, 5 t. en 3 vol. ; voir l'éd. Paris, Laffont, *Bouquins*, 1986, 2 vol. avec une introduction de François Léger.

I. L'Olympe et le Parnasse (pp. 49-129)

1. Extrait du témoignage de l'abbé Pouget adressé à l'abbé d'Olivet dans G. Mongrédien, o.c., p. 183. François-Aimé Pouget (1666-1723), docteur de Sorbonne, avait été ordonné prêtre trois ans avant la mort de La Fontaine qu'il avait « converti ». Il entra à l'Oratoire en 1696 ; voir *Dict. de spiritualité*, t. XII, art. « Pouget 1 ».
2. G. Mongrédien, o.c., p. 213. Texte tiré des *Mémoires* de Mathieu Marais (1725). Cette légende trouve son origine dans la description de la République des fourmis que fait le poète dans *La captivité de saint Malc* (1673). Le héros du poème admire « l'amour du bien public » de la société des fourmis, notamment à l'occasion d'un convoi funéraire bien ordonné. Ce spectacle lui fait amèrement regretter les règles de vie qu'il a abandonnées pour « les trésors temporels », et maudire son propre égoïsme (La Fontaine, *Œuvres complètes*, t. II, *Œuvres diverses*, éd. p. p. Pierre Clarac, Paris, Gallimard, *Bibliothèque de la Pléiade* (62), 1958, p. 57. — Ce volume sera désormais cité *Œuvres diverses*).
3. Jean-Jacques Rousseau, *Émile*, livre II (1762).
4. Alphonse de Lamartine, *Méditations poétiques*, 1849, « Préface ».
5. Claude, duc de Saint-Simon, « Additions à Dangeau », 116, dans le vol. I de l'édition des *Mémoires* p. p. Yves Coirault, Paris, Gallimard, *Bibliothèque de la Pléiade* (69), 1983, pp. 1024-1025 ; cette édition comporte 8 vol. et un vol. de *Traités politiques*.

6. Leo Strauss, *Persecution and the art of writing*, Glencoe, Illinois, Free Press, 1952. — *La Persécution et l'art d'écrire*, traduit par Olivier Berrichon-Sedeyn, Paris, Presses Pocket, coll. *Agora* (30), 1989.
7. Rainer Maria Rilke, « Mensonges, I, I », dans *Sämtliche Werke, Zweiter Band*, Wiesbaden, Insel Verlag, 1956 ; cit. p. 613.
8. Jean-Pierre Labatut, *Louis XIV roi de gloire*, Paris, Imprimerie nationale, coll. *Personnages*, 1984.
9. Marie de France, *Les Fables*, p. p. Charles Brucker, Louvain, Peeters, 1991. Sur la poésie médiévale dans la province natale de La Fontaine, voir Marie-Geneviève Grossel, *Le Milieu littéraire en Champagne sous les Thibaudiens*, Orléans, Paradigme, 1995, 2 t. en 2 vol.
10. Voir Philippe Salvadori, *La Chasse sous l'Ancien Régime*, Paris, Fayard, 1996.
    Sur le niveau des connaissances de Louis XIV, le jugement de Saint-Simon est sévère ; il souligne ses carences dans « les choses les plus connues de l'histoire, d'événements... » qui le firent tomber « dans les absurdités les plus grossières », éd. cit., IV, p. 478 (1715) ; voir aussi III, p. 370. Sur l'éducation de Louis XIV, voir Georges Lacour-Gayet, *L'Éducation politique de Louis XIV*, Paris, 1923, et Henri Chérot, *La Première Jeunesse de Louis XIV (1649-1653)*, Lille, 1894.
11. Sur Oudry, voir Hal Opperman, *J.-B. Oudry, 1686-1755*, Galeries nationales du Grand Palais (Paris, 1er octobre 1982-3 janvier 1983), Paris, Éditions de la Réunion des Musées nationaux, 1982, (cat. d'exposition), et du même auteur, *Jean-Baptiste Oudry*, New York & London, Garland, 1977.
12. Sur le peintre François Desportes, voir *L'Atelier de Desportes*, catalogue d'exposition du Musée national du Louvre, 1982, p. p. Lise Duclaux et Tamara Préaud, Paris, Éditions de la Réunion des Musées nationaux, 1982.
13. Voir Marc Fumaroli : « La Fontaine et l'Académie Française », à paraître dans *Le Fablier*, n° 8, janv. 1997.
14. Sur la littérature de glorification du roi, voir Nicole Ferrier-Caverivière, *L'Image de Louis XIV dans la littérature française de 1660 à 1715*, Paris, Presses Universitaires de France, 1981.
15. Voir la relation officielle : *Les Plaisirs de l'Isle Enchan-*

tée... à Versailles, le VII May 1664 et continuées plusieurs autres jours*, Paris, Imprimerie royale, 1673. Sur le genre du ballet sous Louis XIV, consulter Marie-Françoise Christout, *Le Ballet de Cour de Louis XIV (1643-1672)*, coll. *Mises en scène*, Paris, Picard, 1967. Voir aussi les nombreux travaux récents de Philippe Hourcade, notamment son article « Ballet » dans le *Dictionnaire du Grand Siècle*, p. p. François Bluche, Paris, Fayard, 1989.
16. Sur le genre pictural des « grotesques », voir André Chastel, *La Grottesque*, Paris, Le Promeneur, 1988. L'art rocaille, qui aura tant d'attrait pour les *Fables* et les *Contes*, plonge de profondes racines dans la « grottesque », genre longtemps marginal, qui doit son nom aux « grottes » (ruines des demeures romaines) et à leur décor à fresque foisonnant de caprices, source d'inspiration depuis Giovanni da Udine, pour les maîtres de Watteau, notamment Claude III Audran.
17. Voir Alain-Marie Bassy, « Les Fables, La Fontaine et le Labyrinthe de Versailles », dans *Revue française d'Histoire du Livre*, 1976, 12 (3e trim.), pp. 3-62 ; voir aussi ch. V, n. 35.
18. Louis XIV, *Manière de montrer les jardins de Versailles*, p. p. Simone Hoog, Paris, Éditions de la Réunion des Musées nationaux, 1982 ; nouvelle édition 1992, et traduction par John F. Stewart, *The way to present the gardens of Versailles, ibid.*, 1992.
19. Voir Simone Blavier-Paquot, « Sur l'accueil que reçurent au XVIIe siècle les Fables de La Fontaine », dans *XVIIe siècle*, n° 73 (1966), pp. 49-57.
20. Voir « Préambule », n. 33.
21. Sur le succès des fables, établi entre autres par les nombreuses contrefaçons, voir Claire Lesage, « Comment La Fontaine édita ses fables, 1668-1694 », dans *Jean de La Fontaine*, o.c. (« Préambule », n. 35), pp. 146-151. À côté de l'édition in-12, le premier recueil publié chez Barbin fut l'objet d'une édition in-4°, plus noble et plus luxueuse.
22. Voir l'étude « Les Fables dans la tradition humaniste de l'apologue ésopique », dans notre édition des *Fables*, éd. cit., Paris, Imprimerie nationale, 1985 ; repris dans Pochothèque, 1995, pp. LXIX-CIII.
23. Marc Fumaroli, « Antoine Watteau et le comte de Caylus :

une amitié paradoxale », *Revue de l'Art*, n° 114, 1996-4, pp. 34-47.
24. Cité par René Jasinski, *La Fontaine et le premier recueil des Fables*, Paris, Nizet, 1966, 2 vol., I, p. 274.
25. Ovide, *Métamorphoses*, livre I, v. 316-317 : « Mons ibi verticibus petit arduus astra duobus, / Nomine Parnasus, superantque cacumina nubes. » — Jules Brody dans son article « D'Ovide à La Fontaine : en lisant l'Adonis », *Le Fablier. Revue des amis de Jean de La Fontaine*, n° 1, 1989 (pp. 23-32), donne une bibliographie critique des rapports entre La Fontaine et Ovide. Sur les *Métamorphoses* dans la littérature européenne, la bibliographie est immense. Voir entre autres le recueil édité par Charles Martindale, *Ovid Renewed, Ovidian Influences on Literature and Art from the Middles Ages to the Twentieth Century*, Cambridge, 1988.
26. Jean-Jacques Boissard, *Parnassus Biceps. In cujus priore jugo Musarum Deorumque praesidum Hippocrenes, in altero Deorum fatidicorum phoebadum, et vatum illustriorum... imagines*, Francfort, 1627 avec quarante gravures de Jean-Théodore de Bry. Un exemplaire relié aux armes de Gaston d'Orléans est conservé à la Réserve de la Bibl. nat. Fr. Cet ouvrage reprenait une édition antérieure parue en 1601, aussi à Francfort (accompagnée, semble-t-il, des mêmes gravures), sous un titre un peu différent : *Parnassus cum imaginibus Musarum Deorumque praesidum Hippocrenes*. Dans cet essai, Boissard (1528-1602) fait d'Apollon, le dieu descendu parmi les hommes, le fondateur et le législateur de l'Arcadie et de ses bergers. Le même Boissard avait publié des *Antiquités romaines (Romanae urbis Topographiae et Antiquitatum... Figurae*, 6 parties en 3 vol. in-fol., Francfort, 1597-1602) dont le *Parnassus* est extrait. La Fontaine y trouva aussi (t. II, 4e partie) le texte d'une inscription latine qu'il vit pendant son voyage en Limousin en 1663. Il en fit paraître une traduction en 1685 dans le tome I des *Ouvrages de prose et de poésie* qu'il publia cette année-là conjointement avec Maucroix. Ce texte, repris sous le titre « Inscription tirée de Boissard », dans *Œuvres diverses*, pp. 769-773 et les notes pp. 1090-1091.
27. François-René de Chateaubriand, *Essai sur les révolutions. Génie du christianisme*, p. p. Maurice Regard, Paris, Gallimard, *Bibliothèque de la Pléiade* (272), 1975, p. 60 ; *Essai*

sur les révolutions, livre IV. Chez Chateaubriand, lecteur d'Ovide, mais aussi de Rousseau, la rechute mythique dans l'âge de fer racontée dans les *Métamorphoses* est analogue en profondeur avec la chute morale qui, selon Rousseau, a suivi l'entrée de l'homme naturel dans les sociétés politiques.

28. Voir La Fontaine, *Œuvres diverses*, pp. 20-46, et l'étude de Jean-Charles Darmon, *L'Ennui des Muses : La Fontaine et la fable du Parnasse (autour de Clymène)*, Paris, Hermann, coll. *Fabula*, 1997. Cette pièce, oubliée depuis sa publication en 1671, a été créée en première mondiale le 17 juin 1991 au Festival Jean de La Fontaine à Château-Thierry, dans une mise en scène de J.-C. Darmon, et de nouveau à Paris, au *Théâtre 14 Jean-Marie Serreau*, les 8 et 9 juillet 1991.

29. Sur Maurice de Guérin, voir le témoignage de Barbey d'Aurevilly, même référence qu'au « Préambule », n. 8.

30. Sur cet ami pour la vie de la Fontaine, voir *Lettres de Maucroix. Édition critique suivie de poésies inédites et de textes latins inédits extraits du Manuscrit de Reims* [...] p. p. Renée Kohn, Imprimerie Allier, Grenoble, 1962 ; spéc. les pp. 15-35, « Biographie de Maucroix ».

31. Sur la notion de « cœur » au XVIIe siècle et sur la place que ce concept de la théologie mystique tient dans le langage laïcisé de l'intériorité, voir Benedetta Papàsogli, *Il « Fondo del cuore ». Figure dello spazio interiore nel Seicento francese*, Pisa, Editrice Libreria Goliardica, 1991, dans la collection *Storia e Critica delle idee a cura di Corrado Rosso* (17). Voir aussi l'article « Cœur » du *Dictionnaire de Spiritualité*.

32. Voir Léon Petit, « Autour du procès de Foucquet, La Fontaine et son oncle Jannart sous la griffe de Colbert », dans *Revue d'Histoire Littéraire de la France*, 47e année, t. XLVII, 1947, pp. 193-210. Sur la *Relation d'un voyage de Paris en Limousin*, voir plus loin le ch. V, et le chapitre que lui consacre Roger Duchêne dans sa biographie *Jean de La Fontaine*, Paris, Fayard, 1990. La Fontaine tenait compagnie à Jannart au cours de ce « voyage forcé » (L. Petit) dans la patrie de Jean Dorat. Jannart avait été le substitut de Foucquet dans la charge de procureur général du Parlement de Paris achetée par le Surintendant en novembre 1650.

33. Sur le retournement de l'opinion publique parisienne au cours du procès de Foucquet, voir plus loin notre ch. IV.
34. Voir R. Jasinski, o.c. (n. 24).
35. Voir ci-dessus, « Préambule », n. 2.
36. André Suarès, *Vues sur l'Europe*, Paris, 1939 ; rééd. Paris, Grasset, coll. *Les Cahiers Rouges* (56), prés. par Robert Parienté, « La peste du mensonge », pp. 150-156 ; cit. p. 154.
37. Jean-Paul Sartre, « Qu'est-ce qu'écrire ? », dans *Qu'est-ce que la littérature ?*, Paris, 1948 ; repris dans Gallimard, *Folios Essais*, 1985.
38. Sur la religion royale et l'idéologie médiévale de la monarchie, voir Colette Beaune, *Naissance de la nation France*, Paris, Gallimard, *Bibliothèque des histoires*, 1985, et dans la même collection, Jacques Krynen, *L'Empire du roi. Idées et croyances politiques en France XIIIe-XVe siècle*, 1993, ainsi que Jacques Le Goff, *Saint Louis*, Paris, Gallimard, *Bibliothèque des histoires*, 1996. Voir aussi le catalogue de l'exposition *Le Culte de Saint Louis au XVIIe siècle*, Paris, Musée de la Légion d'honneur, 1970-1971, et Manfred Tietz, « Saint Louis roi chrétien : un mythe de la mission intérieure du XVIIe siècle » dans *La Conversion au XVIIe siècle. Actes du colloque du CMR 17 (janv. 1982)*, Marseille, 1983, pp. 59-69. Sur le développement d'un État du type nouveau, sous le voile plus ou moins « déchiré » (Retz) de l'antique royaume, voir les travaux d'Étienne Thuau, *Raison d'État et pensée politique à l'époque de Richelieu*, Paris, A. Colin, 1966 ; de William F. Church, *Richelieu and Reason of State*, Princeton, 1972 et les récents recueils *L'État baroque, 1610-1652*, textes réunis sous la direction de Henry Méchoulan, Paris, J. Vrin, 1985 ; et *L'État classique, 1652-1715*, textes réunis par Henry Méchoulan et Joël Cornette, Paris, J. Vrin, 1996. Sur le heurt entre les deux univers, l'un mythico-religieux, celui du royaume chrétien, l'autre politique et administratif, celui de l'État, voir l'article essentiel de Marcel Gauchet, « L'État au miroir de la raison d'État : la France et la chrétienté dans la raison et la déraison d'État », dans *Théoriciens et théories de la Raison d'État au XVIe et au XVIIe siècles*, publiée sous la direction de Yves-Charles Zarka, coll. *Fondements de la*

politique, Paris, Presses Universitaires de France, 1994, pp. 193-244.
39. Voir les Actes du colloque tenu en Sorbonne les 26-27 mai 1986 : *La Monarchie absolutiste et l'Histoire de France. Théorie du pouvoir, propagandes monarchistes et mythologies nationales*, p. p. François Laplanche et Chantal Grell, Paris, 1996. Sur la question des origines troyennes du royaume, voir Colette Beaune, « L'utilisation du mythe des origines troyennes en France à la fin du Moyen-Âge », dans *Lectures médiévales de Virgile*, Actes du Colloque de Rome, 25-26 octobre 1982, École française de Rome, Paris, De Boccard, 1985.
40. Paul de Gondi, cardinal de Retz, *Œuvres*, p. p. Michèle Hipp et Michel Pernot, Paris, Gallimard, *Bibliothèque de la Pléiade* (53), 1984, pp. 193-195.
41. Guillaume Postel a été de mieux en mieux étudié ces dernières années ; voir notamment Georges Weill-François Secret, *Vie et caractère de Guillaume Postel*, Milano, Archè, *Itinéraires*, 4, 1987 ; un texte-clef de Guillaume Postel lui-même, *Les Paralipomènes de la vie de François Ier*, p. p. F. Secret, *ibid.*, 1989, *Itinéraires*, 11 ; et Claude Postel, *Les Écrits de Guillaume Postel publiés en France et leurs éditeurs : 1538-1579*, Genève, Droz, 1992, *Travaux d'humanisme et Renaissance*, 265.
42. Sur D'Urfé et son œuvre, voir les travaux de Maxime Gaume, notamment *Les Inspirations et les sources de l'œuvre d'Honoré d'Urfé*, Centre d'Études Foréziennes, 1977.
43. Voir le recueil d'articles de Bernard Beugnot, *La Mémoire du texte, essais de poétique classique*, Honoré Champion, Paris, 1994, « La Figure de Mecenas », pp. 53-66. Sur l'influence de l'exemple de l'Empire romain commençant sur les débuts du règne de Louis XIV, voir Nicole Ferrier-Caverivière, *L'Image de Louis XIV*, o.c. (ch. I, n. 14), p. 28.
44. Molière, *Le Misanthrope*, Acte V, scène 1, v. 1501-1504 : « Il court parmi le monde un livre abominable, / Et de qui la lecture est même condamnable, / Un livre à mériter la dernière rigueur, / Dont le fourbe a le front de me faire l'auteur ! »
Ce manuscrit de 164 folios de la Bibliothèque de l'Arsenal à Paris (ms. 3148), et qui porte comme titre *L'Innocence persécutée*, a été « retrouvé » par G. Mongrédien. Il avait

été publié par Louis-Auguste Ménard sous le titre sensationnel et trompeur de *Le Livre abominable de 1665 qui courait en manuscrit parmi le monde, sous le nom de Molière (Comédie politique en vers sur le procès de Foucquet)*..., Paris, Firmin Didot, 1883, 2 vol. Les éditeurs avaient jugé nécessaire de préciser dans un « Avis au lecteur » qu'ils se dégageaient « de toute affirmation pouvant faire supposer » qu'ils s'accordaient avec L.-A. Ménard pour attribuer ce texte à Molière. Antoine Adam, *Histoire de la littérature française au XVIIe siècle*, Paris, Domat, 1949-1956, t. III, *L'Apogée du siècle, Boileau Molière*, pp. 307-309, avance des arguments pour voir dans cet ouvrage un travail collectif auquel Molière « a pu prendre quelque part » et qui a dû être composé « dans un cercle à la fois hostile au ministre (Colbert) et dévoué au Solitaires (de Port-Royal) » et il cite « le salon de Mme du Plessis-Guénégaud ». Georges Mongrédien, *L'Affaire Foucquet*, Paris, Hachette, 1956, pp. 155-168, donne une bonne analyse du texte et se rallie aux hypothèses d'A. Adam mais en les nuançant : « Tout ce qu'on peut affirmer aujourd'hui, c'est que *L'Innocence persécutée* sort d'un milieu tout dévoué à Foucquet et très hostile à Colbert » (p. 157).

45. Sur La Fontaine ami de Port-Royal, voir ses propres épigrammes, « Le chemin de velours », « Ballade sur Escobar », et « Stance sur le même », dans *Œuvres diverses*, pp. 586-590 et l'important article de Pierre Clarac, « La Fontaine et Port-Royal », dans *Revue d'histoire de la philosophie et d'histoire générale de la civilisation* (Lille), 11e année, 1943, pp. 1-31 et 147-171.

46. Sur Chapelain, voir Georges Collas, *Jean Chapelain, (1595-1674), étude historique et littéraire. Un poète protecteur des lettres au XVIIe siècle*, Paris, Perrin, 1912, et R. Bray, *La Formation de la doctrine classique en France*, Paris, 1927.

47. Sur le genre de la dédicace au XVIIe siècle, voir Wolfgang Leiner, *Der Widmungsbrief in der französischen Literatur (1580-1715)*, Heidelberg, Winter Verlag, 1965. L'auteur a depuis lors complété ses analyses dans plusieurs articles. Corneille (qui à plusieurs reprises a déclaré son aversion pour le genre panégyrique) écrit dans cette dédicace : « ... C'est avec tant de retenue que je supprime toujours quantité de glorieuses vérités, pour ne me rendre suspect

d'étaler de ces mensonges obligeants que beaucoup de nos modernes savent débiter de si bonne grâce. » Sur la position sociale de l'écrivain au XVIIe siècle, voir Alain Viala, *Naissance de l'écrivain*, Paris, éd. de Minuit, 1985.

48. De nombreuses sources nous font connaître l'hostilité contemporaine contre le gouvernement autoritaire du jeune Louis XIV et de Colbert, notamment Olivier Lefèvre d'Ormesson, *Journal*, p. p. Adolphe Chéruel, Paris, 1860-1861, 2 vol., vol. premier, p. 405.

49. Sur le *Chapelain décoiffé*, qui ne vise qu'un exécutant, mais traître à la profession, voir A. Adam, *Histoire*..., t. III, éd. cit., p. 11. Raymond Picard, *La Carrière de Jean Racine*, Paris, Gallimard, *Bibliothèque des Idées*, 1961, pp. 61-81, élucide la question épineuse de la pension royale accordée au jeune Racine.

50. Voir Racine, *Œuvres complètes*, p. p. René Groos, Raymond Picard et Raymond Pilon, tome I, Paris, Gallimard, *Bibliothèque de la Pléiade* (5), 1956, pp. 981-985 et les variantes en note pp. 1194-1197.

51. Voir R. Picard, *La Carrière*..., o.c., ch. II : « Alexandre (1665-1666) », pp. 108-118, et le texte de la dédicace de cette œuvre au roi dans Racine, *Œuvres complètes*, éd. cit., t. I, pp. 193-194.

52. Sur cette pièce, voir Raymond Picard, *La Carrière*..., o.c., ch. IV : « Bérénice », pp. 154-167, et le texte de la dédicace de cette pièce à Colbert dans Racine, *Œuvres complètes*, éd. cit., pp. 481-482.

53. Sur Nicolas Boileau-Despréaux, voir Bernard Beugnot et Roger Zuber, *Boileau, Visages anciens, Visages nouveaux*, Presses de l'Université de Montréal, 1973, et Gordon Pocock, *Boileau and the nature of Neo-classicism*, Cambridge University Press, 1980.

54. Voir ces textes dans notre édition citée des *Fables* ou dans *Œuvres complètes*, éd. cit. (« Préambule », n. 3), t. I, pp. 3-10.

II. DE L'ARCADIE À L'ACADÉMIE (pp. 130-192)

1. Sur l'influence de l'Arioste en France, voir Alexandre Cioranescu, *L'Arioste en France des origines à la fin du XVIIIe siècle*, Paris, Presses modernes, 1938 ; le supplément

au n° 35 des *Studi francesi*, mai-août 1968, consacré à « L'italianisme en France au XVIIe siècle » ; et Marc Fumaroli, « La mélancolie et ses remèdes, Classicisme français et maladie de l'âme », dans *La Diplomatie de l'esprit. De Montaigne à La Fontaine*, Paris, Hermann, 1994, pp. 403-439.

2. G. Mongrédien, *La Fontaine, Recueil des textes...*, o.c. (« Préambule », n. 4), p. 197.

3. *Ibid.*

4. « Non seulement il a inventé le genre de poésie où il s'est appliqué, mais il l'a porté à sa dernière perfection ; de sorte qu'il est le premier, et pour l'avoir inventé, et pour y avoir tellement excellé que personne ne pourra jamais avoir que la seconde place dans ce genre d'écrire » (Charles Perrault, *Les Hommes illustres qui ont paru en France pendant le siècle*, Paris, Derallier, 1696-1700 ; réimpr. en un vol., Genève, Slatkine, 1970, pp. 83-84 ; cité par G. Mongrédien, *ibid.*, pp. 199-201 ; cit. p. 200).

5. Sur ce salon et ceux qui le fréquentaient, voir Menjot d'Elbenne, *Madame de la Sablière, ses pensées chrétiennes et ses lettres à l'abbé de Rancé*, Paris, Plon, 1923, ch. V : « Le salon de la rue Neuve-des-petits-champs (1669-1680) », pp. 65-83 ; « C'est vers 1673 que Mme de la Sablière invita La Fontaine à se retirer chez elle », *ibid.*, p. 84.

6. Voir les références au « Préambule », n. 2.

7. Sur l'esprit de cette société tel que le conçoit l'homme de lettres, voir B. Beugnot, *La Mémoire du texte*, o.c. (ch. I, n. 43), « La figure de Mecenas », pp. 53-66, où l'auteur met en évidence deux textes de Jean-Louis Guez de Balzac : « Suite d'un entretien de vive voix ou De la conversation des Romains » et « Mecenas. À Madame la Marquise de Rambouillet », que l'on peut lire dans Balzac, *Œuvres diverses (1664)*, p. p. Roger Zuber, Paris, Honoré Champion, Coll. *Sources classiques*, n° 1, 1995.

8. La citation de Léon Daudet extraite des *Salons et journaux*, Paris, Grasset, 1932, pp. 253-255, est reprise dans Marc Fumaroli, *Trois Institutions littéraires*, Paris, Gallimard, coll. *Folio-Histoire* (n° 62), « La Conversation », pp. 111-210 ; cit. p. 188.

9. La source principale sur la présence de La Fontaine à l'Oratoire réside dans les *Mémoires domestiques pour servir à*

l'histoire de l'Oratoire... (1729), du père Louis Batterel, p. p. Augustin-Marie-Pierre Ingold et Émile Bonnardet, Paris, Picard, 1902-1905, 4 vol. L'art. sur La Fontaine se trouve au t. II (1903), pp. 599-613. Sur l'esprit de l'Oratoire français (création très originale sur le modèle de la compagnie de prêtres fondée au XVIe siècle à Rome par saint Philippe Neri), voir les travaux de Jean Orcibal, notamment *Le Cardinal de Bérulle, Évolution d'une spiritualité*, Paris, 1965, et Charles E. Williams, *The French Oratorians and absolutism : 1611-1641*, New York, Peter Lang, 1989. Rappelons que le successeur de Bérulle à la tête de l'Oratoire de 1629 à 1641, le père de Condren, était le confesseur de Gaston d'Orléans.

10. Vers 15-16 d'une « Ballade » publiée dans les *Contes et Nouvelles en vers* (1665) ; voir *Œuvres diverses*, pp. 585-586. Voir un autre témoignage de La Fontaine lui-même sur son goût pour *L'Astrée* à l'Oratoire dans les commentaires de Le Verrier reproduits par G. Mongrédien, *La Fontaine...*, o.c., p. 35.
11. *Astrée*, Acte I, scène 2 ; voir dans *Œuvres diverses*, p. 428.
12. Vers 86-95 de l'Épître « À Monsieur le Duc de Bouillon », dans *Œuvres diverses*, p. 571.
13. Sur *La Lyre* de Tristan L'Hermite, voir Françoise Graziani, « *La Lyre :* Tristan et le madrigal mariniste », dans *Cahiers Tristan L'Hermite*, V, 1983, pp. 18-24.
14. Voir sur cette question la note de la p. 569 dans *Œuvres diverses*, p. 919.
15. La Fontaine a prêté serment comme gentilhomme servant la duchesse douairière d'Orléans (Marguerite de Lorraine, veuve de Gaston d'Orléans) installée au Luxembourg, le 14 juillet 1664. Il occupera cette fonction jusqu'à la mort de la duchesse le 3 février 1672 ; voir G. Mongrédien, *La Fontaine...*, o.c., p. 67 et p. 110.
16. Tallemant des Réaux, *Historiettes*, p. p. Antoine Adam, Paris, Gallimard, *Bibliothèque de la Pléiade* (142 ; 151), 1960, 2 vol., t. I, pp. 391-392.
17. Ajoutons aux travaux de Maxime Gaume, cités à la n. 42 du ch. 1, Madeleine Bertaud, *L'Astrée et Polexandre. Du roman pastoral au roman héroïque*, Genève, Droz, 1986, et Servais Kevorkian, *Thématique de l'Astrée*, Paris, H. Champion, 1991.
18. Sur le compositeur d'*Airs de cour*, Pierre Guédron et le roi

Louis XIII musicien, voir *The new Grove Dictionary of Music and Musicians*, éd. by Stanley Sadie, 1980, 20 vol, t. VII, pp. 784-785, pour Guédron, et t. XI, pp. 253-254, pour Louis XIII.

19. Abbé d'Olivet, *Histoire de l'Académie française* (1729), 1858, II, pp. 303-304 ; cité par G. Mongrédien, *La Fontaine...*, o.c., p. 36 (v. 1643).

20. Olivier Patru a donné des *Éclaircissements sur l'histoire de l'Astrée*, parus pour la première fois dans ses *Œuvres* de 1680 ; voir Maurice Magendie, *Du nouveau sur l'Astrée*, Paris, H. Champion, 1927, pp. 77-85, et Roger Zuber, *Les « Belles infidèles » et la formation du goût classique*, Paris, A. Colin, 1968, nouvelle éd. revue et augmentée, Paris, Albin Michel, 1995, p. 216.

21. Sur Gaston d'Orléans et sa cour, voir Claude K. Abraham, *Gaston d'Orléans et sa cour. Étude littéraire*, Chapel Hill, Univ. of North Carolina Press, 1964, et Georges Dethan, « Tristan L'Hermite et Gaston d'Orléans, un appel à l'héroïsme », dans les *Cahiers Tristan L'Hermite*, XI (1989), pp. 19-25 ; le poète resta au service du prince de 1621 à 1646. Pour le texte du *Page disgracié*, on se reportera aux éd. p. p. Marcel Arland, Paris, Stock, coll. *À La Promenade*, 1946, et celle, plus récente de Jean Serroy, Presses Univ. de Grenoble, 1980. Voir aussi, du même auteur : « La folie du Page », dans les *Cahiers Tristan L'Hermite*, IX (1987), « Tristan et la Mélancolie » (2), pp. 26-34.

22. Voir Richard Crescenzo, « Une poétique de la Galerie ? Sur quelques pièces de *La Lyre* », dans *Cahiers Tristan L'Hermite*, XIV (1992), pp. 46-62 ; pour le texte de *La Lyre*, on se reportera à l'éd. p. p. Jean-Pierre Chauveau, Genève, Droz, 1977.

23. *La Lyre*, éd. J.-P. Chauveau, p. 41.

24. Sur cet effet produit par la lecture des *Mémoires d'outre-tombe* sur Charles Baudelaire, voir la thèse récente de Patrick Labarthe, *Poésie et « rhétorique profonde ». Baudelaire et la tradition*, Paris, Univ. de Paris IV-Sorbonne, 1996, notamment le ch. 1 : « Baudelaire et la poétique du Christianisme. Le dialogue avec Chateaubriand ».

25. Voir *Le Page disgracié*, éd. cit., p. 34, ch. 3 : « L'enfance et l'élévation du page disgracié », pp. 34-35, ch. 4 : « Comme le page disgracié entre au service d'un prince » et p. 37, ch. 5 : « L'affinité qu'eut le page disgracié avec

un autre page de la maison, dont l'amitié lui fut préjudiciable ».

26. Ce texte de Chapelain peut être consulté à la suite de l'édition de Pierre-Daniel Huet, *Lettre-traité sur l'origine des romans...*, p. p. Fabienne Gégou, Paris, Nizet, 1971.
27. Jean-François Sarasin, « S'il faut qu'un jeune homme soit amoureux », dans *Œuvres*, p. p. Paul Festugière, Paris, Champion, 1926, 2 vol., t. II, pp. 146-232. Voir l'étude de Ada Speranza Armani, « Jean-François Sarasin : Sull'amore », dans *Eros in Francia nel Seicento*, Pref. Paolo Carile, *Quaderni del seicento francese*, 8, Bari, Adriatica, Paris, Nizet, 1987, pp. 213-243.
28. *Le Page disgracié*, éd. cit., p. 94, ch. 34 : « Les présents que le page disgracié reçut de la part de sa maîtresse, ainsi qu'ils faisaient voyage ensemble ». Sur les rapports entre Tristan et La Fontaine, voir Jean-Pierre Collinet, « La Fontaine et Tristan », dans *Cahiers Tristan L'Hermite*, V (1983), pp. 59-68.
29. François Tristan L'Hermite, *Lettres meslées*, Édition critique p. p. Catherine Grisé, Genève, Droz ; Paris, Minard, 1972 ; cit. pp. 199-201 : « LXXXVIII, À Monsieur le C. de M. Il s'excuse de la négligence qui accompagne la poésie, et lui représente ses sentiments. » Le destinataire de cette lettre était peut-être Adrien de Montluc, comte de Cramail, confrère en poésie de Tristan. Il fut enfermé à la Bastille par ordre de Richelieu de 1632 à 1642, à la suite de l'échec de la rébellion armée du duc de Montmorency, inspirée par Gaston d'Orléans.
30. Plusieurs témoins de ces « brigades » ont laissé des souvenirs publiés, ainsi Marolles dans ses *Mémoires*, Tallemant des Réaux dans ses *Historiettes* et Pellisson dans son *Histoire de l'Académie*. Toutefois, c'est dans des manuscrits demeurés longtemps inédits, comme celui de Tallemant des Réaux, *Le ms. 673 (de la bibliothèque de La Rochelle)*, p. p. Vincenette Maigne, Paris Klincksieck coll. *Bibliothèque de l'âge classique*, 1994, ou encore inédits comme le ms. 19142, de la Bibl. nat. Fr. à Paris, que l'on retrouve les « archives » très lacunaires de l'académie des « paladins » et de ses échanges intellectuels. Une bonne synthèse relative à cette sociabilité littéraire a été dressée par A. Adam, « L'École de 1650 », dans *Revue d'Histoire de la philosophie*, 1939-1942. Elle avait été rendue possible par le tra-

vail pionnier de Joséphine de Boer, « Men's literary circles in Paris, 1610-1660 », dans *Modern Language Association of America Publications*, t. 53, sept. 1938, pp. 730-780. Voir notre propre étude « Arcadie, Académie et Parnasse, trois lieux allégoriques du loisir lettré », dans notre volume *L'École du silence, le sentiment des images au XVIIe siècle*, Paris, Flammarion, 1995, pp. 19-36, qui utilise aussi M. Cauchie, « Les églogues de Nicolas Frémicle et le groupe des "Illustres bergers" », *Revue d'Histoire de la philosophie*, 1942, pp. 115-133.

31. *Historiettes*, éd. cit., II, p. 495, « Madame de la Rocheguyon ».
32. Voir Alain Mérot, *Eustache Le Sueur (1616-1655)*, Paris, Arthéna, 1987, n° 21, p. 173, et du même auteur, *La Peinture française au XVIIe siècle*, Paris, Gallimard / Electa, 1994, reproduction de la *Réunion d'amis* (autour de 1640, Louvre), aux pp. 32-33.
33. *Historiettes*, II p. 97, « La maréchale de Temines ».
34. *Ibid.*, II, p. 811, « Les amours de l'auteur ».
35. Voir Claude Dulong, *Banquier du roi Barthélemy Hervart, 1606-1676*, Paris, Ségur, 1951, et plus généralement Michel-Edmond Richard, *La Vie des protestants français de l'édit de Nantes à la Révolution (1598-1789)*, Paris, Les Éditions de Paris, 1994, spécialement le ch. IV : « La vie sociale. Noblesse de cour et classe dirigeante ». Sur les hôtels parisiens édifiés à cette époque, voir Jean-Pierre Babelon, *Demeures parisiennes sous Henri IV et Louis XIII*, Paris, Hazan, 1991.
36. *Historiettes*, éd. cit., I, p. 143, « M. des Yveteaux », et la note pp. 828-829.
37. *Ibid.*, II, p. 547, « Tallemant, le maître des requêtes ». Sur le décor peint de cet hôtel, notamment la suite des *Arts libéraux*, voir Pierre Rosenberg et Jacques Thuillier, *Laurent de La Hyre 1606-1656 : L'homme et l'œuvre*, Musée de Grenoble, Musée de Rennes, Musée de Bordeaux ; Genève, Skira, 1988, pp. 292-302, et catalogue de vente Sotheby's du 11 décembre 1996, pp. 126-127. Sur les collections d'art à Paris sous Louis XIII et la Régence, voir Antoine Schnapper, *Curieux du Grand siècle, collections et collectionneurs dans la France du XVIIe siècle*, Paris, Flammarion, 1994.
38. Sur Montauron, *Historiettes*, éd. cit., II, pp. 537-542,

« Montauron », et l'article de G. Mongrédien : « Le mécène de Corneille, M. de Montauron », dans *Revue de France*, 15 nov. 1928.
39. Même si elles se sont côtoyées, la famille aristocratique des Vivonne de Rambouillet et celle des financiers Rambouillet n'ont en commun que le nom de terre pris par une branche de la première.
40. Voir U.V. Chatelain, *Le Surintendant Nicolas Foucquet, Protecteur des lettres, des arts et des sciences*, Paris, Perrin, 1905, réimpr. 1980, et plus généralement André Chastel, *L'Art français. L'Ancien Régime, III, 1620-1775*, Paris, Flammarion, 1995.
41. Sur les liens entre les Tallemant et Mazarin (puis Foucquet), voir D. Dessert, *Foucquet*, cité ci-dessous ch. III, n. 15, pp. 214-215, 339, qui indique p. 250 que le financier Rambouillet déposa contre le Surintendant. Voir aussi M. E. Richard, *La Vie des protestants...*, o.c., ch. VIII : « Les choix décisifs, l'abjuration ou l'exil ».
42. Sur Maucroix, voir l'ouvrage de Renée Kohn cité au ch. I, n. 30.
43. Tallemant, *Historiettes*, éd. cit., II, p. 817, « Les amours de l'auteur ».
44. *Ibid.*, pp. 833-834, « Madame de Launay ».
45. Vincenette Maigne dans son édition du manuscrit 673, signalée n. 30 ci-dessus, apporte des touches nouvelles à la connaissance de Tallemant jusqu'ici limitée aux travaux d'Émile Magne.
46. Sur Paul Pellisson, voir F.L. Marcou, *Étude sur la vie et les œuvres de Pellisson suivie d'une correspondance inédite du même*, Paris, Didier, Auguste Durand, 1859, et Alain Niderst, *Madeleine de Scudéry, Paul Pellisson et leur monde*, Paris, Presses Universitaires de France, 1976.
Voir Noémi Hepp, « Un jeune castrais pionnier du goût classique, Paul Pellisson, dans *Castres et pays tarnais : actes du XXVIe Congrès d'études régionales organisé à Castres les 5-7 juin 1971 par la Société culturelle du Pays castrais et la Société des sciences, arts et Belles-lettres du Tarn*, Albi, Éditions de la « Revue du Tarn », 1972, pp. 289-297. Nous avons beaucoup consulté le manuscrit français 19142 cité n. 30.
47. Manuscrit français 19142, folio 82.
48. *Ibid.*, folio 92. Une épigramme érotique de François May-

nard, le président en 1646 de l'Académie de la Table Ronde, donne une idée de la liberté de langage et d'imagination qui y régnait : « N'ois-je pas dire à la censure / Des Esprits qui font les prudents, / Que voici des vers impudens / Au delà de toute mesure ? // Qu'ils mettent l'honneur à l'encan, / Et qu'il faut que le Vatican / Contre moi ses foudres allume ? // L'humeur de ces gens me ravit : / Ils veulent défendre à ma plume / Ce qu'ils ont permis à leur v... », Maynard, « Épigramme », citée dans la revue *Le Pont de l'Épée*, 67-68, 1er/2e trimestre 1979, p. 36. La Fontaine maintiendra cet esprit dans ses *Contes*.

49. *Ibid.*, Maynard est l'auteur de Priapées (publiées dans des recueils collectifs) que Conrart (censeur royal) ne voulut pas laisser réunir au recueil de 1646.
50. *Ibid.*
51. Voir Roland Mousnier, *L'Homme rouge ou la vie du cardinal de Richelieu (1585-1642)*, Paris, Robert Laffont, coll. *Bouquins*, 1992.
52. Manuscrit français 19142, folio 13.
53. Voir « La République des Lettres (I), ... (II), ... (III)... », dans *Annuaire du Collège de France, résumé des cours et des travaux*, respectivement : 1987-1988, pp. 417-432 ; 1988-1989, pp. 383-400 ; 1989-1990, pp. 461-477. Sur l'attitude politique des frères Dupuy, chefs de la plus influente académie parisienne privée sous Louis XIII et la Régence (sur laquelle je m'étends au ch. IV), voir la thèse récente de Giuliano Ferretti, *Fortin de La Hoguette ou le vertige de la politique. Lettres aux frères Dupuy et à leur entourage (1623-1662)*, Lausanne, 1996 (Florence, éd. Olschki, 1998). Sur le père Marin Mersenne et son académie, voir la biographie à paraître d'Armand Beaulieu, qui a par ailleurs achevé une édition critique de la correspondance de ce savant ecclésiastique.
54. Voir au ch. suivant l'analyse du *Traité de l'amitié* de Samuel Sorbière.
55. Voir Marcou, o.c., Appendice.
56. Voir G. Hall, « Le siècle de Louis le Grand : L'évolution d'une idée », dans *D'un siècle à l'autre : Anciens et Modernes*, CMR 17, Marseille, 1987.
57. Marcou, o.c., Appendice, « Lettre VI », s.d. ; cit. p. 453.
58. Voir François Bernier, *Abrégé de la philosophie de Gassendi*, (éd. de 1684) dans la coll. *Corpus des Œuvres de*

philosophie en langue française, Paris, Fayard, 1992, 7 vol. ; et l'étude de Léon Petit, « Madame de la Sablière et François Bernier », dans *Mercure de France*, CCCVIII (1950), pp. 670-683.
59. Marcou, *ibid.*, « Lettre XIII », s.d., p. 475.
60. *Ibid.*, « Lettre XIV », s.d., p. 478.
61. *Ibid.*, « Lettre XIV », s.d., p. 479.
62. Voir Noémi Hepp, *Deux Amis d'Homère au XVIIe siècle. Textes inédits de Paul Pellisson et de Claude Fleury*, Paris, Klincksieck, 1970.
63. Sur François Cassandre, voir Emmanuel Bury, « Hellénisme et Rhétorique : François Cassandre traducteur d'Aristote », dans *Un classicisme ou des classicismes ?*, Actes du Colloque de Reims p. p. Georges Forestier et Jean-Pierre Néraudau, Paris, Klincksieck, 1995.
64. *Lucien, de la Traduction de N. Perrot, Sr d'Ablancourt*, Paris, A. Courbé, 1654, 2 vol., Épître liminaire, non pag. ; sur les conditions de publication et sur la réception de cette traduction, voir Roger Zuber, *Les « Belles infidèles »*, o.c., pp. 213-214.
65. Tallemant des Réaux, *Historiettes*, éd. cit., II, pp. 846-853, « La Marquise de Brosses et Maucroix ».
66. *Ibid.*, I, 391, « La Fontaine ».
67. Paris, Bibl. nat. Fr., ms. fr. 19142, folio 12.
68. *Ibid.*, folio 14.
69. Dans *Correspondance de Nicolas Poussin*, p. p. Charles Jouanny, Paris, 1911, *Archives de l'art français*, V, p. 395, lettre du 17 janvier 1649, et p. 399, lettre du 24 mai 1649.

III. L'AMITIÉ ET LA CRAINTE (pp. 193-247)

1. Marie-Madeleine Pioche de la Vergne, comtesse de La Fayette, *Histoire de Madame Henriette d'Angleterre*, dans Madame de La Fayette, *Œuvres complètes*, p.p. Roger Duchêne, Paris, François Bourin, 1990, p. 456.
2. Racine, *Œuvres complètes*, éd. cit. (ch. I, n. 50), I, pp. 981-985 ; cit. p. 982.
3. Voir le numéro spécial de la revue XVIIe siècle, janv.-mars 1989, n° 162, 41e année, n° 1, consacré à « L'Hôtel parisien au XVIIe siècle », ainsi que l'ouvrage de Jean-Pierre Babelon cité au ch. II, n. 35, et Alain Mérot, *Retraites mon-*

daines, aspects de la décoration intérieure à Paris au XVIIe siècle, Paris, Le Promeneur, 1990.
4. Voir l'article de Léon Petit cité au ch. I, n. 32.
5. Nicole Aronson, *Mademoiselle de Scudéry ou le voyage au pays de Tendre*, Paris, Fayard, 1986.
6. U.V. Chatelain, o.c. (ch. II, n. 40), pp. 101-134.
7. Voir Barbara Krajewska, *Mythes et découvertes. Le salon littéraire de Madame de Rambouillet dans les lettres des contemporains*, Paris, Tübingen, *Biblio 17*, n° 52, 1990.
8. La Fontaine, *Le Songe de Vaux*, VI : « Danse de l'amour » : ... / Aminthe et Sylvie / Ce sont leurs beaux noms : / Le ciel porte envie / À mille beaux dons, / À mille trésors / Qu'ont leur esprit et leur corps/...
9. Voir le texte de ce « grand remerciement » de Pellisson : « À Monseigneur Foucquet, Procureur général au Parlement et Surintendant des Finances », dans l'édition commode procurée par Alain Viala : *L'esthétique galante. Paul Pellison, Discours sur les Œuvres de Monsieur Sarasin et autres textes*, Toulouse, *Société de littératures classiques*, 1989, texte 5, pp. 87-95.
10. Le somptueux manuscrit original est dans la coll. Dutuit du Musée du Petit-Palais à Paris (cat. Rahir n° 327). Il a été calligraphié par Nicolas Jarry et relié probablement par Florimond Badier à la demande de Foucquet. Voir la reproduction en fac-similé par la *Société des Bibliophiles français* avec une introduction de Jean Corday, Paris, 1931 ; voir aussi Claire Lesage, « Sous le signe de Foucquet, 1658-1661, autour d'Adonis », dans *Jean de La Fontaine*, cat. de l'exposition de la Bibl. nat. Fr. cité au ch. I, n. 21 et le n° 29 (janv. 1997) de *Littératures classiques*, qui rassemble plusieurs contributions sur « La Fontaine, *Adonis, Le Songe de Vaux, Les Amours de Psyché* ». Sur les liens entre Marino et La Fontaine, voir plus loin la n. 18.
11. Ces vers dédiés à Henri II, duc de Montmorency sont ceux de l'édition de 1623, ils deviendront en 1629 : « Invincible Héros, dont la valeur m'étonne, / Reçois ces nouveaux fruits qui naissent de ma veine. » (I, 81)
Voir Jean Lagny, *Le Poète Saint-Amant (1594-1661). Essai sur sa Vie et ses Œuvres*, Paris, Nizet, 1964, pp. 74-77.
12. Voir ch. II, n. 22 et 23.
13. Sur le manuscrit d'*Adonis*, voir plus haut, n. 10. Sur le manuscrit à miniatures de Jacques Bailly, voir *Devises pour*

les tapisseries du Roi, éd. par Marianne Grivel, préf. par Marc Fumaroli, Paris, Herscher, 1988.
14. Voir Bernard Beugnot, « La figure de Mecenas », dans *La mémoire du texte*, o.c., (ch. I, n. 43), pp. 53-67.
15. Sur les liens entre Foucquet et les dévots, spécialement la Compagnie du Saint-Sacrement, qui coordonnait les œuvres de charité et de miséricorde du royaume, toutes alors de responsabilité privée ou d'Église, voir plus loin le ch. IV et Daniel Dessert, *Foucquet*, Paris, Fayard, 1987, ch. VII : « Foucquet et les dévots », pp. 189-196.
16. Sur les origines familiales et les commencements de la fortune de Foucquet, voir D. Dessert, o.c., ch. premier : « Les Foucquet avant Foucquet », ch. II : « François Foucquet, le père fondateur » et ch. III : « L'ascension de l'écureuil ».
17. Paul Morand, *Foucquet ou le Soleil offusqué*, Paris, 1961.
18. Sur l'influence de Marino sur La Fontaine, voir mon article : « Politique et Poétique de Vénus : l'*Adone* de Marino et l'*Adonis* de La Fontaine », dans *Le Fablier, revue des Amis de Jean de La Fontaine*, n° 5 (1993), pp. 11-16 et Jürgen Grimm, « L'*Adone* de Marino et l'*Adonis* de La Fontaine : une comparaison structurale », dans *Le « dire sans dire » et le dit. Études lafontainiennes II*, Paris, Seattle, Tübingen, *Papers on French Seventeenth Century Literature, Biblio 17*, 1996, pp. 1-11. Sur le poème lui-même, voir l'édition de *L'Adone* (1623), vol. II.1 et II.2 de *Tutte le opere di G.B. Marino*, a cura di Giovanni Pozzi, Milano, Arnoldo Mondadori, 1976 (II.1 : Texte ; II.2 : Commentaire), reprise chez Adelphi en 1990.
19. Voir les *Éthiopiques* d'Héliodore (autre titre de *Théagène et Chariclée*), dans *Romans grecs et latins* p. p. Pierre Grimal, Paris, Gallimard, *Bibliothèque de la Pléiade*, 1971. Sur ce motif du roman repris par La Fontaine dans *Le Songe de Vaux*, voir Marie-Marcelle Laplace, « L'emblème esthétique des *Éthiopiques* d'Héliodore, la bague d'ambre au chaton d'améthyste gravée », dans *Poésie et lyrique antiques*, Lille, 1996, pp. 179-202.
20. Voir mon article : « Entre Athènes et Cnossos : les dieux païens dans Phèdre », dans la *Revue d'Histoire Littéraire de la France*, 1993, n° 1, pp. 30-61.
21. U.V. Chatelain, o.c. (ch. II, n. 40), p. 307, n. 4, a montré, en se servant du catalogue manuscrit de la bibliothèque de Foucquet (Paris, Bibl. nat. Fr., ms. fr. 4938) que celle-ci

contenait les œuvres de Fletcher et de Shakespeare, ce qui révèle chez le Surintendant une curiosité sinon un goût en avance d'un siècle.

22. Jacques Thuillier prépare, pour la revue *Le Fablier*, une édition critique de ce texte (à paraître en 1999). Jusqu'ici deux « Lettres » sur trois de Félibien ont été imprimées, sans lieu ni date (Paris, Bibl. nat. Fr., impr. Lk7 10117). Voir U.V. Chatelain, p. 380, n. 2. Sur l'intention de Foucquet « d'offrir » Vaux au roi, cf. Jules Lair, *Nicolas Foucquet Procureur général, Surintendant des Finances, Ministres d'État de Louis XIV*, Paris, Plon, 1890, 2 vol. t. II, pp. 49-50.

23. Dans le « synopsis » de son poème, qui le montre en songe découvrant « de tous les côtés l'appareil d'une grande cérémonie », l'un de ses guides lui dit qu'« en creusant les fondations de cette maison on avait trouvé... un écrin plein de pierreries... Au milieu... un diamant d'une beauté extraordinaire... », *Le Songe de Vaux*, « Avertissement », *Œuvres diverses*, p. 79. C'est le motif du joyau mystique emprunté aux *Éthiopiques* d'Héliodore (voir ci-dessus, n. 19).

24. Sur le transfert de cette « maquette » dans le premier Versailles de Louis XIV, voir ma contribution, « De Vaux à Versailles : politique de la poésie », au catalogue de l'exposition *Jean de La Fontaine*, o.c. (« Préambule », n. 35), pp. 14-37.

25. Louis XIV, *Mémoires pour l'instruction du Dauphin*, éd. p. p. Pierre Goubert, Paris, Imprimerie nationale, 1992.

26. Voir Jean Orcibal, *Louis XIV et les protestants. « La cabale des accommodeurs de religion ». La caisse des conversions...*, Paris, Vrin, 1951.

27. Voir *Adonis*, dans *Œuvres diverses*, pp. 3-19 et les notes pp. 797-804.

28. Sur le déroulement de la fête de Vaux du 17 août 1661, voir U.V. Chatelain, *Le Surintendant...*, o.c., pp. 461-481.

29. Sur les relations entre Mlle de Scudéry et Pellisson, voir Alain Niderst, *Madeleine de Scudéry*, o.c. (ch. II, n. 46), spéc. le ch. V « Le monde de Foucquet (1657-1661) », pp. 353-448.

30. Voir Chantal Morlet-Chantalat, *La Clélie de Mlle de Scudéry. De l'épopée à la gazette. Un discours féminin de la gloire*, Paris, H. Champion, 1994.

31. Nicole Aronson, *Madeleine de Scudéry...*, o.c. (n. 5) ; et

plus particulièrement Roger Duchêne, « Mlle de Scudéry reine de Tendre », dans *Les Trois Scudéry*, Actes du collogue du Havre (oct. 1991), p. p. Alain Niderst, Paris, Klincksieck, 1993, pp. 625-632.

32. Voir *Précis de littérature française*, dir. Jean Mesnard, Paris, Presses Universitaires de France, 1990, ch. II : « Le retour d'Astrée », pp. 47-64.
33. Voir dans *Trois Institutions littéraires*, o.c. (ch. II, n. 8), pp. 111-210.
34. Voir Jean-Michel Pelous, *Amour précieux, amour galant (1654-1675). Essai sur la représentation de l'amour dans la littérature et la société mondaines*, Paris, Klincksieck, 1980.
35. Voir Linda Timmermans, *L'Accès des femmes à la culture*, Paris, Champion, 1994.
36. C'est l'abbé de Choisy qui est à l'origine de cette légende : « Il osa lever les yeux jusqu'à Mlle de La Vallière, mais il s'aperçut bientôt que la place était prise... » ; il suppose même une tentative de corruption de la part de Mme du Plessis-Bellière, cf. *Mémoires pour servir à l'histoire de Louis XIV...*, p. p. G. Mongrédien, Paris, Mercure de France, coll. *Le Temps retrouvé*, 1979, p. 91.
37. Sur la tradition « précieuse » incarnée auprès du roi par Mme de Maintenon, voir l'édition de sa correspondance avec Mme de Caylus et Mme de Dangeau, p. p. Pierre Leroy et Marcel Loyau, *L'Estime et la Tendresse*, Paris, Albin Michel, 1998.
38. Jacqueline Plantié, *La mode du portrait littéraire en France (1641-1681)*, Paris, Honoré Champion, 1994.
39. Lettre de Mlle de Scudéry à Pellisson, citée par G. Mongrédien, *L'Affaire Foucquet*, o.c. (ch. I, n. 44), p. 81 ; voir le texte intégral de cette lettre du 7 septembre 1661 dans Marcou, pp. 489-493 ; cit. p. 490.
40. Jacqueline Plantié, o.c., pp. 458-461, a reconnu La Fontaine dans l'Anacréon de *Clélie* ; on lira les objections faites à cette interprétation par J. Mesnard dans *Les Trois Scudéry*, o.c., p. 395. Je me rallie à la lecture de Mme Plantié.
41. Raphaël Trichet Du Fresne, *Fables diverses tirées d'Ésope et d'autres auteurs...*, Paris, Cramoisy, 1659. Dans le *Grand Cyrus*, on voit Ésope et quelques dames railler Chilon, t. IX de l'édition Slatkine, réé. 1972, pp. 359-365.
42. Voir J. Plantié, o.c., pp. 458 et suiv.

43. L'épigraphe de cette partie est tirée de Ginette Guitard-Auviste, *Paul Morand, 1888-1976. Légende et vérité*, Paris, Balland, 1996, p. 151.
La citation dans Jean Lafond, *L'Homme et son image. Morales et littérature de Montaigne à Mandeville*, Paris, H. Champion, « L'Amitié selon Arnauld d'Andilly », pp. 278-280.
44. J. Plantié, o.c., pp. 459-460, qui cite *Clélie*, V, pp. 111-112.
45. Ch. Morlet-Chantalat, o.c., p. 439, qui cite *Clélie*, IV, 3, p. 1254.
46. Sur le rôle de Pellisson auprès de Foucquet, voir U.V. Chatelain, *Le Surintendant...*, o.c., pp. 96 et suiv. Sur la doctrine politique de la romancière et de son ami, voir Jürgen Grimm, « Les idées politiques dans les romans de Mlle de Scudéry », dans *Les Trois Scudéry*, o.c., pp. 443-454.
47. Sur le mécénat scientifique de Foucquet et de son épouse, voir U.V. Chatelain, *Le Surintendant...*, o.c., pp. 313 et suiv. Selon Chatelain, le médecin Cureau de La Chambre (père de l'abbé qui recevra si froidement La Fontaine à l'Académie) était « l'idole de la société précieuse » ; cit. p. 323, n. 2. Sur son *Art de connaître les hommes* dédié à Foucquet, voir P. Dandrey, *La Fabrique...*, o.c. (« Préambule », n. 21), ch. 4 : « Allégorisme animalier et physiognomie comparés », pp. 167 et suiv.
48. Sur S. Sorbière la synthèse la plus complète demeure celle de René Pintard dans *Le Libertinage érudit dans la première moitié du XVIIe siècle*, Paris, Boivin, 1943, rééd. Slatkine, 1983, *passim*. Un jugement de Conrart sur ses premiers travaux est cité par R. Zuber, *Les « Belles infidèles »...*, o.c. (ch. II, n. 20), pp. 101-102.
49. Sur Voiture et la poésie mondaine, voir Alain Génétiot, *La Poétique du loisir mondain de Voiture à La Fontaine*, Paris, Champion, coll. *Lumière classique* n° 14, 1996, et du même, *Les Genres lyriques mondains (1630-1660)*, Genève, Droz, 1990.
50. Sur la réception de la pensée de Descartes, notamment dans le milieu jansénisant à Paris, voir Jean Orcibal : « Descartes et sa philosophie jugés à l'hôtel Liancourt (1669-1674) », dans l'ouvrage collectif, *Descartes et le cartésianisme hollandais*, Amsterdam-Paris, Presses Universitaires de France, 1950, pp. 87-107. J. Orcibal avait utilisé le *Recueil*

de choses diverses, édité depuis lors par Jean Lesaulnier dans *Port-Royal insolite*, o.c. (« Préambule », n. 25).
51. Sur Sorbière, voir la n. 48 ci-dessus. Ce traité *De l'Amitié*, paru à Paris chez Étienne Loyson en 1660, est dédié « à Monsieur de Vaubrun, comte de Nogent, maître de camp, général des carabiniers de France ».
52. Voir le texte de ce dialogue de Perrault dans le *Recueil de divers ouvrages en prose et en vers*, Paris, Coignard, 1676. U.V. Chatelain, *Le Surintendant...*, o.c., pp. 195 et suiv., en fait l'analyse. Le même auteur signale p. 327 que Foucquet en fit établir un luxueux manuscrit comparable à celui de l'*Adonis* de La Fontaine.
53. Cet essai a été publié dans les *Œuvres en prose*, p. p. René Ternois, Paris, Didier, *Société des Textes Français Moderne*, 1967-1968, 2 vol.
54. Voir ci-dessus, n. 51. Il écrit dans la dédicace, après avoir affirmé qu'il « laissait là » toutes ses lectures : « Je n'ai fait réflexion que sur celles [les expériences] où véritablement j'ai rencontré le solide, et où l'on a répondu à ma franchise, à ma tendresse, à ma vigilance, à ma fermeté et à toutes les autres louables dispositions que j'ai montrées à ceux à qui j'ai voulu donner mon cœur [...]. » Il trouve « alors que l'amitié n'était pas une chose si naturelle, ... qu'elle était une suite de l'État et de l'Empire sous lequel nous étions nés, et que la Politique à laquelle nous étions soumis en était la cause, plutôt que la Nature [...]. De sorte que nous devons à la société civile la naissance de l'amitié qui nous distingue des autres animaux... »
55. R. Pintard, *Le Libertinage...*, o.c., p. 4.
56. Sorbière, *De l'Amitié*, o.c., pp. 36 et 57 pour ces deux citations latines.
57. *Ibid.*, p. 67.
58. C'est une partie de cet héritage qui fut recueilli à la génération suivante autour de Fénelon ; voir François-Xavier Cuche, *Une pensée sociale catholique : Fleury, La Bruyère, Fénelon*, Paris, Cerf, 1991, et notamment, pp. 242-245, « L'amour, lien de la société ».

IV. Nicolas Foucquet, ou comment on ne devient pas le favori de Louis XIV (pp. 248-290)

1. D'après le récit du greffier Foucault rapporté dans les *Mémoires sur la vie publique et privée de Foucquet, surintendant des finances*, p. p. A. Chéruel, Paris Charpentier, 1862, 2 vol., t. II, p. 243.
2. « Élégie pour M. F[oucquet] » ou « Élégie (aux Nymphes de Vaux) pour le malheureux Oronte », à lire dans *Œuvres diverses*, pp. 528-529 et note pp. 900-901.
3. *Vocabolario degli Accademici della Crusca...*, Venezia, 1612, consulté dans la 5e édition, Firenze, 1746-1923, citant le *Prose* d'Agnolo Firenzuola.
4. Antoine Furetière, *Dictionnaire universel*, Paris, 1690 (nombreuses éditions successives et amplifiées).
5. *Ibid.*, article « Favori ».
6. Jean-Louis Guez de Balzac, *Aristippe ou de la Cour*, à Leyde, Jean Elzevier, 1658, « À la sérénissime reyne de Suède », pp. 7-20. « Discours premier », p. 34.
7. *Ibid.*, « Discours deuxième », p. 47 et p. 49.
8. *Ibid.*, « Discours deuxième », pp. 65-66.
9. Sur le parallèle entre Louis XIV et son père, voir Saint-Simon, *Mémoires*, éd. cit. (ch. I, n. 5), *passim*, et, du même, *Traités politiques et autres écrits*, p. p. Yves Coirault, Paris, Gallimard, 1996, *Bibliothèque de la Pléiade* (431), notamment le « Parallèle des trois premiers rois Bourbons », pp. 1013-1333.
10. Guillaume Budé, *De Asse*, consulté dans l'éd. des *Opera omnia*, 5 vol., Bâle 1557, réimpr. 1966, t. II, pp. 302-303.
11. [Pierre Dupuy], « Mémoires et instructions pour servir à justifier l'innocence de Messire François-Auguste de Thou... », dans J.-A. de Thou, *Histoire Universelle*, t. X, « Pièces », La Haye, 1740, p. 661. Il est fort probable que ces « Mémoires » ont été connus et diffusés en manuscrit bien avant cette publication tardive.
12. [Pierre Dupuy], *Histoire des plus illustres favoris anciens et modernes*, Leyde, 1660. Il ne subsiste que peu d'exemplaires de cet ouvrage. Sur les Dupuy, voir Jérôme Delatour, *Les frères Dupuy (1582-1656)*, thèse pour le diplôme d'archiviste paléographe, Paris, École nationale des Chartes, 1996 ; sur l'attitude politique des frères Pierre et

Jacques Dupuy, voir plus particulièrement G. Ferretti, o.c. (ch. II, n. 53).
13. Sur la carrière de Foucquet et le rôle de Colbert, voir la biographie du Surintendant par D. Dessert, o.c. (ch. III, n. 15) pp. 232-238 ; cette synthèse est nourrie des travaux antérieurs de l'auteur, en particulier *Argent, pouvoir et société au Grand Siècle*, Paris, Fayard, 1984.
14. Sur la nomination des deux Surintendants, voir A. Chéruel, *Mémoires...*, o.c., pp. 226-238.
15. Il s'agissait d'un projet pour le rétablissement des finances royales, mais dont le principal point était la mise en place d'une Chambre de justice destinée à perdre Foucquet. Grâce à Gourville, Foucquet en eut connaissance et en garda une copie ; exhibée au cours du procès elle contribua à sauver Foucquet de la mort. Cf. J. Hérauld de Gourville, *Mémoires*, p. p. Léon Lecestre, *Société de l'Histoire de France*, Paris, 1894, 2 vol., t. I, pp. 153-155. Le projet de Colbert a été édité par Pierre Clément dans les *Lettres, Instructions et Mémoires de Colbert*, 8 tomes en 10 vol., Paris 1861-1882, t. VII, pp. 164-183.
16. Mazarin soutint Colbert contre Foucquet dans ses derniers entretiens avec le roi et jusque sur son lit de mort. Cet aspect du drame est bien éclairé par G. Mongrédien, *L'Affaire*, o.c. (ch. I, n. 44), pp. 57-59.
17. La thèse du « nécessaire sacrifice » de Foucquet comme prix à payer pour laver la mémoire de Mazarin a été bien établie par D. Dessert, o.c., pp. 231-239. Voir aussi Richard Bonney, « The Foucquet-Colbert Rivalry and the "Revolution" of 1661 », dans *Ethics and Politics in Seventeenth-Century France*, Edited by Keith Cameron and Elizabeth Woodrough, University of Exeter Press, Exeter, UK, 1996, pp. 107-118.
18. Au moment même de son arrestation Foucquet lui-même et nombre de ses amis pensaient toujours que le roi pourrait faire de lui son premier ministre ; voir G. Mongrédien, o.c., pp. 71-78.
19. Texte dans A. Chéruel, *Mémoires...*, o.c., p. 183, lettre d'octobre 1652.
20. Sur le « Paris des salons » acquis à Foucquet, voir le chapitre qui porte ce titre dans l'ouvrage d'Alain Niderst, *Madeleine de Scudéry...*, o.c. (ch. II, n. 46), 1976, et aussi Nicole Aronson, *Mademoiselle de Scudéry...*, o.c. (ch. III,

n. 5), notamment le ch. 21 : « De Vaux-le-Vicomte à la Bastille ».

21. C'est ce que D. Dessert appelle « Le lobby Foucquet », titre d'un de ses chapitres, pp. 167-196. Voir aussi la thèse de Betty Tuba Uzman, *Kinship ; friendship and gratitude : Nicolas Foucquet's patronage network, 1650-1661*, Université de Baltimore, Maryland, 1989 ; éditée par UMI Dissertation Services, Ann Arbor, Michigan, 1995.
22. *Ibid.*, Annexe 4, pp. 354-362, le texte de ce « Projet de Saint-Mandé ». Sur les conditions dans lesquelles il a été rédigé, voir A. Chéruel, pp. 360-364.
23. L.-H. de Loménie, comte de Brienne, dit le jeune Brienne, *Mémoires*, p. p. P. Bonnefon, *Société de l'Histoire de France*, 3 vol., t. III, p. 36. Ces mêmes *Mémoires* rapportent un récit antérieur et plus sobre de cette séance du Conseil, *ibid.*, t. II, pp. 59-60.
24. Sur l'inspiration de la politique de Louis XIV à ses débuts, voir François Bluche, *Louis XIV*, Paris, Fayard, 1986, et rééd. Hachette, *Pluriel*, 1994, pp. 140-151.
25. Voir D. Dessert, o.c. (ch. III, n. 15), pp. 48-49. Nul doute que certains, comme La Fontaine, entrevirent dans ce candidat de la paix, ami des artistes et des poètes, un homme capable de faire renaître les temps du monde courtois ; sur cette période, voir Daniel Poirion, *Le Poète et le Prince : l'évolution du lyrisme courtois de Guillaume de Machaut à Charles d'Orléans*, Genève, Slatkine, 1978 (réimpr. de l'édition de Paris, Presses Universitaires de France, 1965).
26. L'abbé de Choisy a conservé le souvenir de cette demande de pardon dans ses *Mémoires*, o.c. (ch. III, n. 36). Foucquet fit plusieurs fois allusion dans ses *Défenses* et dans ses lettres à ce pardon royal qu'il était convaincu d'avoir obtenu ; A. Chéruel, t. II, p. 173.
27. Sur les conditions de cette transaction, le panache qu'y mit Foucquet, voir D. Dessert, o.c., p. 240 ; les contemporains portaient un jugement contradictoire sur cette vente, et Guy Patin rapporte que des observateurs « soupçonnent pis » ; cité par A. Chéruel, o.c., t. II, pp. 177-178.
28. Sur cette opposition à Colbert, voir l'analyse des sources manuscrites dans G. Mongrédien, o.c., pp. 97-116 : « L'opposition naissante à Colbert ».
29. Les graves irrégularités commises dès le début de la procédure émurent même ceux qui en étaient chargés ; voir A.

Chéruel, o.c., t. II, pp. 271-288 ; bon résumé dans G. Mongrédien, o.c., pp. 81-96.
30. Sur la « reconnaissance » du Paris lettré envers Foucquet, voir U.V. Chatelain, o.c. (ch. II, n. 40), pp. 482-527.
31. Il s'agit des « Mémoires et Instructions... » de P. Dupuy, signalés ci-dessus, n. 11.
32. *Ibid.*, éd. cit., p. 661.
33. Sur les circonstances de la rédaction de ces deux pièces, voir Roger Duchêne qui soutient qu'elles ont été composées à Château-Thierry. En réalité, La Fontaine étant entièrement associé à l'état-major confidentiel de défense de Foucquet, peu importe où les deux poèmes ont été matériellement rédigés : ils l'ont été en étroite collaboration avec Jannart et même, pour *l'Ode au Roi*, avec Foucquet, ce qui suppose que La Fontaine était souvent sur place, à Paris, chez Jannart qui s'était installé Quai des Orfèvres, dans l'Enclos du Palais de Justice. Voir aussi l'art. de Léon Petit cité au ch. I, n. 32.
34. Les rapports entre Nicolas Foucquet, Port-Royal et la famille Arnauld avaient été par moments délicats avant la chute du Surintendant ; voir U.V. Chatelain, o.c., pp. 54-59.
35. F.L. Marcou, dans son *Étude sur la vie...*, o.c. (ch. II, n. 46), pp. 211-229, donne une analyse du *Discours au Roy par un de ses fidèles sujets, sur le procès de M. Foucquet, ou première défense de M. Foucquet* ; de la *Seconde défense de M. Foucquet*, des *Considérations sommaires sur le procès de M. Foucquet* et de la *Suite des Considérations...*
36. Sur les conditions du remplacement de Lamoignon par Séguier, voir G. Mongrédien, *L'Affaire...*, o.c., pp. 120.
37. *Ibid.*, pp. 114-115.
38. Toutes ces pièces ont été réunies dans *Les œuvres de M. Foucquet, ministre d'État, contenant son arrestation, son procès et ses défenses, contre Louis XIV, roi de France*, 1re éd. 1665-1668, 13 vol. ; rééd. 1696, 16 vol. Sur l'effet produit par la diffusion des ces pièces pendant l'instruction du procès, *ibid.*, p. 119 et p. 125.
39. Ce voyage dura d'août à novembre 1663 et fut à l'origine de *la Relation d'un voyage de Paris en Limousin* de La Fontaine ; voir aussi ch. V, n. 14.
40. Mme de Sévigné, *Correspondance* p. p. R. Duchêne, Paris,

Gallimard, *Bibliothèque de la Pléiade* (97), vol. I, 1972, p. 68.

41. Olivier Lefèvre d'Ormesson, *Journal*, o.c. (ch. I, n. 48), t. II, pp. 283-284. Voir, sur ce point et sur les positions des historiens de cette question, Yves-Marie Bercé, « L'affaire Foucquet dans l'opinion de son temps et sous le regard des historiens », dans les Actes du colloque « La Fontaine, de Château-Thierry à Vaux-le-Vicomte », Première partie : les années de formation, 2-3 juillet 1992, publiés dans *Le Fablier. Revue des Amis de Jean de La Fontaine*, n° 5, Château-Thierry, 1993, pp. 37-42.
42. Sermon cité par Jean Meyer, *Colbert*, Paris, Hachette, 1981, p. 79.
43. Dans Mme de Villedieu, *Œuvres*, Paris, 1720, 2 vol., Acte I, scène 6 ; cit. p. 163. Sur cette œuvre, voir Perry Gethner : « Love, Self-Love and the Court in *Le Favori* », dans *L'Image du Souverain dans le théâtre de 1600 à 1650. Madame de Villedieu*. Actes de Wake Forest, p. p. M.R. Margitic et R. Wells, *Papers on French Seventeenth...*, 1987, pp. 407-420.
44. Ovide, *Les Métamorphoses*, VI, v. 472-473.
45. Sur la notion de « public » (« constellation des particuliers ») sous Louis XIV, voir Hélène Merlin, *Public et littérature en France au XVIIe siècle*, Paris, Les Belles Lettres, coll. *Histoire*, 1994. Sur la coexistence dans la monarchie absolutiste, d'une « police » publique qui ôte aux sujets du roi toute participation à la vie politique, et d'une sociabilité privée intense, extérieure à la Cour, où l'égalité et la liberté sont dans leur ordre, préservées, cultivées et pensées, voir Daniel Gordon (*Citizens without Sovereignty. Equality and Sociability in French Thought, 1670-1789*, Princeton University Press, Princeton, New Jersy, 1994, notamment le ch. 3 : « The Civilizing Process revisited », pp. 86-126) qui critique à juste titre les thèses de Norbert Élias (*La Société de Cour*, Paris, rééd. 1985), selon lequel la Cour absolutiste est elle-même le modèle et le foyer central des mœurs et manières dans la France classique.
46. On peut voir dans la « conjuration » qui a cherché à porter Foucquet au pouvoir, une ultime tentative pour empêcher la division entre un État absolutiste fortement architecturé et une société « diverse », vivant de sa vie propre, « représentée » jusque-là politiquement par des institutions caracté-

ristiques de l'ancien royaume. La Révocation, en supprimant les foyers de protestantisme auxquels l'Édit de Nantes accordait une identité politique, résume et symbolise l'ambition de l'État de se réserver tout le politique et de ne laisser à la société civile que l'art de la « conversation » privée.

47. Voir la thèse de Betty Tuba Uzman, citée ci-dessus, n. 21.
48. À voir dans *Œuvres diverses*, p. 742, « À Madame de La Fayette, en lui envoyant un petit billard ».

V. Le repos et le mouvement (pp. 291-354)

L'épigraphe de ce chapitre dans Chateaubriand, *Œuvres complètes*, Paris, Ladvocat, 1831, t. V-ter, p. 393.

1. Jacques Maritain, *Primauté du spirituel*, Paris, Plon, 1927, pp. 11-13.
2. Alexis de Tocqueville, *L'Ancien Régime et la Révolution*, Paris, Gallimard, 1967, coll. *Idées*, t. I, 2, p. 65.
3. Le manuscrit de la liste de Chapelain se trouve à la Bibl. nat. Fr., ms. fr. 23045, fol. 104-129. Il est reproduit dans les *Mélanges de littérature* publiés par Camusat, Paris, 1726. Voir Henri-Jean Martin, *Livre, pouvoirs et société à Paris au XVIIe siècle (1598-1701)*, Genève, Droz, 1969, pp. 423-439 ; Roger Zuber, *Le Classicisme*, 1660-1680, Arthaud, 1984, pp. 68-79 ; Alain Viala, o.c. (ch. I, n. 47), pp. 51-84.
4. A. Adam, *Histoire de la littérature*, o.c. (ch. I, n. 44), t. III, p. 10.
5. Voir notre étude « La Coupole », dans *Les Lieux de Mémoire*, dir. Pierre Nora, II : *La Nation*, t. III, Paris, Gallimard, 1986 ; repris dans notre ouvrage *Trois Institutions...*, o.c. (ch. II, n. 8).
6. Voir les ouvrages de Louis Marin, *Le Portrait du roi*, Paris, Minuit, coll. *Le sens commun*, 1981, et Jean-Marie Apostolidès, *Le Roi-Machine, spectacle et politique au temps de Louis XIV*, Minuit, coll. *Arguments*, 1981 ; ainsi que les biographies de Jean-Pierre Labatut, *Louis XIV roi de gloire*, o.c. (ch. I, n. 8), et François Bluche, *Louis XIV*, o.c. (ch. IV, n. 24).

Nul n'a mieux formulé la poétique officielle du règne et celle de sa légende que Racine dans le « Discours prononcé à l'Académie française à la réception de MM. de Corneille et de Bergeret, le 2 janvier 1685 » : « ... Dans l'histoire du roi, tout vit, tout marche, tout est en action. Il ne faut que le suivre, si l'on peut, et le bien étudier lui seul. C'est un enchaînement continuel de faits merveilleux, que lui-même commence, que lui-même achève, aussi clairs, aussi intelligibles quand ils sont exécutés, qu'impénétrables avant l'exécution. En un mot, le miracle suit de près un autre miracle. L'attention est toujours vive, l'admiration toujours tendue ; et l'on n'est pas moins frappé de la grandeur et de la promptitude avec laquelle se fait la paix, que de la rapidité avec laquelle se font les conquêtes », éd. cit., t. II, p. 350.

7. Voir Nicole Ferrier-Caverivière, *L'Image de Louis XIV...*, o.c. (ch. I, n. 14), et Jean-Pierre Néraudeau, *L'Olympe du Roi-Soleil*, Paris, Les Belles Lettres, 1986.

8. « Discours prononcés dans l'Académie française à la réception de M. Perrault, le 26 novembre 1671 », dans *Recueil de divers ouvrages en prose et en vers dédié à S.A. le prince de Conti*, Paris, J.-B. Coignard, 1675, p. 215.

9. Abbé de La Chambre, *Discours prononcé*, o.c. (« Préambule », n. 4) ; reproduit dans G. Mongrédien, *Recueil*, o.c. (« Préambule », n. 4), p. 139.

10. Racine, *Œuvres complètes*, éd. cit. (ch. I, n. 50), t. II, pp. 343-344.

11. Voir l'article de Jean-Michel Pelous, « Le *Voyage* de Chapelle et Bachaumont, un document sur l'état de la France et de sa littérature en 1656 », dans *La Découverte de la France au XVIIe siècle*, Paris, CNRS, 1980, et la récente étude de Normand Doiron, *L'art de voyager : le déplacement à l'époque classique*, Québec-Paris, Presses de l'Université de Laval-Klincksieck, 1995.

12. Sur Chapelle, voir Georges Mongrédien, « Le meilleur ami de Molière : Chapelle », *Mercure de France*, CCCXXIX (1957), pp. 86-109 et 242-259.

13. Chapelle et Bachaumont, *Voyage d'Encausse*, p. p. Maurice Sourian, Caen, L. Jouan, 1901, p. 91.

14. Dans un article récent, Roger Duchêne, « Un exemple de lettres galantes : la *Relation d'un voyage de Paris en Limousin* de La Fontaine », *Papers on French Seventeenth...*, vol. XXIII, 1996, n° 44, pp. 57-71, veut relativiser le caractère véridique des lettres de La Fontaine pour n'y

voir qu'une fiction galante, une « contrefaçon fort réussie » de lettres véritables, dans laquelle le poète *mettrait en scène*, après-coup, son voyage. On préfère partager la lecture de Jean-Pierre Collinet, *Le Monde littéraire de La Fontaine*, Paris, Presses Universitaires de France, 1970, aux pp. 107-115, plus attentif à l'expression de la sensibilité directe de La Fontaine dans cette *Relation*. Voir aussi Madeleine Defrenne, « La Fontaine à la découverte du Limousin et d'un mode d'écriture », dans *La Découverte de la France au XVIIe siècle*, pp. 51-58, et Normand Doiron, « Voyage galant et promenade chez La Fontaine », dans XVIIe siècle, n° 187 (avril-juin 1995), pp. 185-202.

15. Cette « bouderie » de La Fontaine devant Richelieu contraste avec son goût manifesté plus haut pour la variété des styles à Blois. Il retrouve là, en plein classicisme, le goût traditionnel « gothique », voir Henri Zerner, *L'Art de la Renaissance en France. L'Invention du Classicisme*, Paris, Flammarion, 1996, ch. I, « Le gothique à la Renaissance ». Voir Claude Mignot, « Le château et la ville de Richelieu en Poitou », et John Schloder, « Richelieu mécène au château de Richelieu », dans *Richelieu et le monde de l'esprit*, Sorbonne, nov. 1985, Paris, Imprimerie nationale, pp. 67-74 et 115-127.

16. Nous rejoignons sur ce point les remarques liminaires de Jean-Pierre Collinet dans son article « La Fontaine mosaïste », dans *Le Fablier*, n° 4 (1992), p. 11-16.

La diversité, dont La Fontaine dans ses *Contes* a fait sa devise, est une notion dont l'histoire remonte à la Grèce antique : le mot « poïkilia » est déjà présent chez Homère, où il désigne à la fois la bigarrure savante d'étoffes tissées ou brodées, d'armes artistement travaillées, et le caractère ingénieux et habile de certains héros, Prométhée et Ulysse, ou de certains dieux, Hermès et Éros. Dans l'*Illiade* (XI, 482) et dans l'*Odyssée* (III, 163 ; XIII, 293), Ulysse est qualifié de « poïkilométès ». Mais dans la poétique de Pindare, la notion de « poïkilia » devient centrale : comme le montre Monique Trédé (*Kaïros : l'à-propos et l'occasion d'Homère à la fin du IVe siècle*, Paris, Klincksieck, 1992, pp. 97-105), le jeune Pindare compare le poète à l'abeille qui butine çà et là pour faire son miel, moins pour la douceur de son lyrisme que pour sa diversité : cette diversité n'est pas désordre, car son goût (l'art du kaïros) ne lui fait retenir que la fine fleur des motifs qui s'offrent à lui, et obtient ainsi la « charis » : grâce et harmonie qui naissent de la variété (c'est « la grâce plus belle encore que la beauté »).

Toute la poétique de La Fontaine est à réexaminer dans cette lumière qui vient de la Renaissance pindarique du XVIe siècle, et qui passe par le filtre latin d'Horace. Mme Trédé montre aussi que chez l'orateur Isocrate, la symétrie est une beauté d'ordre inférieur à la grâce de la variété et à ses replis de signification (*ibid.*, p. 279), et que chez les médecins grecs, la « symétrie » des humeurs, la santé idéale, est moins l'objet de leur art que la « diversité » extrême, la « poïkilia » des tempéraments singuliers et des troubles dont il faut les délivrer. La notion joue également dans l'ordre politique. Platon, dans la *République*, justiciable des reproches que lui a faits Karl Popper, condamne la démocratie comme un régime « charmant, anarchique, bigarré » (558c), dont les fourriers sont les jeunes aristocrates adonnés à la variété des plaisirs (559e). En revanche, Polybe, dans son *Histoire romaine* (VI, 3), fait un mérite à la constitution romaine de sa complexité (« poïkilia ») qui assure sa souplesse, sa capacité d'adaptation imprévisible, et sa durée. Il est clair que La Fontaine, peu platonicien en politique, a vu trop de « symétrie » forcée dans la monarchie absolue, et regretté que la France ne se soit pas dotée, comme la Rome de Polybe, d'un régime qui tire sa vigueur d'un jeu complexe et harmonique de forces variées. (Ce sera le projet utopique de l'abbé de Saint-Pierre.) Sur la notion de « bigarrure » au XVIe siècle, voir Tabourot, *Les Bigarrures*, p. p. Francis Goyet, Genève, Droz, 1986, et des *Traités de poétique et de rhétorique de la Renaissance*, Paris, Livre de Poche, 1990.

Voir aussi l'ouvrage de Wilfried Floeck, *Esthétique de la diversité. Pour une histoire du baroque littéraire en France*, Paris-Seattle-Tübingen, *Papers on French Seventeenth...*, coll. *Biblio 17*, 1989.

17. [« Charles Perrault », *Courses de testes et de bagues, faites par le roy et par les princes et seigneurs de sa cour en l'année 1662 ; À Paris, de l'Imprimerie royale, 1670*. Le texte donné ici [folios 25 v° et 26 r°] est sous une belle gravure représentant le roi à cheval en empereur romain.

Cet ouvrage de format grand in-folio est un véritable « documentaire », luxueux par l'image, sur se spectacle.
18. L'ouvrage de Marc Vulson, sieur de la Colombière, est un véritable manuel de vie aristocratique et de « Point d'honneur » : *Le Vrai théâtre d'honneur et de chevalerie, ou le miroir héroïque de la Noblesse. Seconde partie. Contenant les Combats en camp clos, les Gages de Bataille, les Cartels de défi, les Querelles, les Appels, les Duels, les Joutes mortelles, les Injures, les Offenses, les Satisfactions, les Accords, les Récompenses d'honneur, les Punitions des crimes, les Dégradations de Noblesse et de Chevalerie, les Obsèques, les Pompes funèbres, les Tombeaux des anciens Nobles et Chevaliers, et plusieurs autres choses remarquables sur toutes ces matières. Avec un traité du véritable honneur et en quoi il consiste* [...], Paris, Augustin Courbé, 1648, 2 vol. in-folio ; cit. t. II, « Préface, servant d'avertissement à la Noblesse de France », non paginée.
19. Sur la symbolique du coq, on consultera l'étude de Michel Pastoureau, « Le coq gaulois », dans *Les Lieux de mémoire*, dir. Pierre Nora, III : *Les France*, t. III, Paris, Gallimard, *Bibliothèque illustrée des histoires*, pp. 506-539.
20. Nous avons commenté la reproduction en fac-similé de ce recueil dans l'édition qu'en a donné Marianne Grivel, *Devises pour les tapisseries...*, o.c. (ch. III, n. 13).
21. *Œuvres de Monsieur de Benserade*, Paris, Charles de Sercy, 2 vol., 1697, « Discours de M.L.T. touchant la vie de M. de Benserade », en tête.
22. « À Grisette, chatte de Mademoiselle Deshoulières. Sonnet », *ibid.*, I, p. [278].
23. *Ibid.*, [n. 21].
24. Voir Charles Perrault, *Les Hommes illustres...*, o.c. (chap. II, n. 4), t. II, pp. 182-183.
25. Sur les ballets de cour de Benserade, voir l'étude de Marie-Françoise Christout, *Le Ballet de cour...*, o.c. (ch. I, n. 15). Voir aussi Marie-Claude Canova-Green, *La Politique spectacle : les rapports franco-anglais*, Paris-Seattle-Tübingen, PFSCL, coll. *Biblio 17*, 1993, et Mark Franko, *Dance as Text. Ideologies of the Baroque Body*, New York, Cambridge University Press, 1993.
26. *Britannicus*, Acte IV, scène IV, v. 1471-1476 : « Pour toute ambition, pour vertu singulière, / Il excelle à conduire un char dans la carrière, / À disputer des prix indignes de ses

mains, / À se donner lui-même en spectacle aux Romains, / À venir prodiguer sa voix sur un théâtre, / À réciter des chants qu'il veut qu'on idolâtre »... L'anecdote de Louis Racine est reproduite dans Racine, *Œuvres complètes*, éd. cit. (ch. I, n. 50), t. I, pp. 29-30.

27. Isaac de Benserade, *Ballet royal de Psyché dansé par Sa Majesté en 1656. Divisé en deux parties : Dans la première sont représentées les beautés et les délices du Palais d'Amour. Et dans la seconde, l'Amour même y divertit la belle Psyché, par la représentation d'une partie des merveilles qu'elle a produites*, dans *Les Œuvres de M. de Benserade*, Paris, Charles de Sercy, 1697, 2 vol., vol. II, pp. 142-172 ; cit. dans la « Première partie, Douzième entrée, de six Esprits folets », p. 161.

28. *Ballet royal de la Raillerie, dansé par Sa Majesté en 1659*, « Première entrée, Du Ris, accompagné d'une symphonie de fleurs, appelées communément par les poètes, le Ris des prairies », *ibid*., pp. 207-216 ; cit. p. 208.

29. *Ballet des Saisons dansé par Sa Majesté à Fontainebleau en 1661*, « Quatrième entrée. Des Moissonneurs. Le Roi représentant Cérès », *ibid*., pp. 217-230 ; cit. p. 222.

30. *Ballet royal d'Hercule amoureux, dansé par Leurs Majestés en 1662*, « XVIIe entrée. Le Soleil et les douze Heures du Jour. Pour le Roy, représentant le Soleil », *ibid*., pp. 254-280 ; cit. p. 280.

31. *Ballet royal de la Naissance de Vénus dansé par Sa majesté en 1665*, *ibid*., t. II, pp. 325-356, « Seconde partie, dernière entrée. Pour le Roi, Alexandre » ; cit. p. 351
Sur la responsabilité du roi dans la guerre de Hollande, voir Paul Sonnino, *Louis XIV and the origins of the Dutch War*, Cambridge University Press, 1988, notamment p. 61 et pp. 66-67 ; voir aussi Joël Cornette, *Le roi de guerre. Essai sur la souveraineté dans la France du Grand Siècle*, Payot, *Bibliothèque historique*, 1993, notamment I, 3 : « Quand une république fait naître un roi de guerre ».

32. Benserade, « Discours de réception à l'Académie française », dans *Poésies de Benserade*, p. p. Octave Uzanne, Paris, Librairie des Bibliophiles, 1875.

33. Molière, *Œuvres complètes*, p. p. Maurice Rat, Paris, Gallimard, *Bibliothèque de la Pléiade* (8 et 9), t. II, pp. 922-925.

34. Voir Roger Duchêne, *Madame de Sévigné ou la chance d'être femme*, Fayard, 1982, nouvelle éd. 1996, p. 192.
35. *Le Labyrinthe de Versailles comprenant la Description du Labyrinthe de Versailles par Charles Perrault avec des gravures de S. Le Clerc*, Paris, Imprimerie royale, 1676, reproduit en fac-similé avec une postface de Michel Conan aux Éditions du Moniteur, 1982. Voir Alain-Marie Bassy, « Les Fables... », art. cit. (ch. I, n. 17), pp. 3-62. L'auteur émet l'hypothèse que le projet de ce labyrinthe aurait pu être esquissé par Le Nôtre, Le Brun et La Fontaine et destiné initialement aux jardins de Vaux ; Louis XIV se serait emparé du projet pour embellir le parc de Versailles, écartant le futur fabuliste du projet. Voir aussi Michel Conan, « Le labyrinthe de Vaux-le-Vicomte », dans *Le Temps des jardins*, Melun, Conseil général de Seine-et-Marne, 1992, pp. 68-71.
36. Voir notre essai « De Vaux à Versailles : politique de la poésie », dans *Jean de La Fontaine*, o.c. (« Préambule », n. 35), pp. 14-37, et l'analyse des inflexions de la description de Versailles dans *Psyché* proposée par Boris Donné, *La Fontaine et la poétique du songe : récit, rêverie et allégorie dans Les Amours de Psyché*, Paris, Champion, coll. *Lumière classique*, 1995, pp. 24-37.
37. Sur les rapports entre la version du mythe de Psyché donnée par Marino et l'œuvre de La Fontaine, voir Françoise Graziani, « La Fontaine lecteur de Marino : *Les Amours de Psyché*, œuvre hybride », dans *Revue de Littérature comparée*, oct.-déc. 1984, pp. 389-397.
38. *Les Amours de Psyché*, « Livre premier », dans *Œuvres diverses*, p. 127.
39. *Ibid.*, p. 128.
40. Voir les pages consacrées aux *Amours de Psyché* par Jean-Pierre Collinet dans *Le Monde littéraire de La Fontaine*, o.c. ci-dessus (n. 14), pp. 229-284, notamment l'analyse du « tempérament esthétique » de l'œuvre comme tentative de combinaison harmonieuse des différentes passions susceptibles d'être produites par le discours littéraire ; et les analyses de Boris Donné, *La Fontaine et la poétique du songe*, o.c., pp. 74-118.
41. *Les Amours de Psyché*, *Œuvres diverses*, p. 176.
42. Louis Racine, *Mémoires contenant quelques particularités sur la vie et les ouvrages de Jean Racine*, dans Racine,

Œuvres complètes, éd. cit. (ch. I, n. 50), pp. 19-120 ; cit. p. 47.
43. *Les Amours de Psyché, Œuvres diverses*, p. 184.
44. *Ibid.*, p. 80.
45. *Ibid.*, p. 205.
46. On trouvera une analyse de ces épreuves, et plus largement de l'itinéraire initiatique de Psyché, dans l'étude d'Yves Giraud, « Un mythe lafontainien : Psyché », *Studi di letteratura francese*, vol. 230, XVI, Firenze, Olschki, 1990, pp. 48-63. Voir aussi Boris Donné, « Paysages intérieurs et espaces allégoriques dans les récits "galants" de La Fontaine », *Revue de littératures françaises et comparées*, n° 7 (nov. 1996), pp. 95-107.
47. *Les Amours de Psyché, Œuvres diverses*, pp. 250-251.
48. Sur la méditation esthétique de *Psyché*, il faut lire l'étude de Jean Lafond, « La Beauté et la Grâce. L'esthétique "platonicienne" des *Amours de Psyché* », dans *Revue d'Histoire Littéraire de la France*, mai-août 1969, pp. 475-490.
49. Jean Dutourd, « La Fontaine, précurseur de tout », dans *Domaine public*, Paris, Flammarion, 1993, pp. 170-171.

VI. LE SUBLIME ET LE SOURIRE (pp. 355-442)

1. La Fontaine, *Œuvres diverses*, pp. 752-773 et les notes pp. 1067-1090, et pp. 727-736 et les notes pp. 1045-1055, pour les traductions de textes chrétiens.
2. Valery Larbaud, *Sous l'invocation de saint Jérôme*, Paris, Gallimard, 1946.
3. *Œuvres diverses*, pp. 647-649.
4. Sur la renaissance de l'inscription du XVe au XVIIe siècle, voir Florence Vuilleumier « La rhétorique du monument. L'inscription dans l'architecture en Europe au XVIIe siècle », dans *XVIIe siècle*, 156 (1987), n° 3, pp. 291-311 ; Pierre Laurens, *L'Abeille dans l'ambre. Célébration de l'épigramme de l'époque hellénistique à la fin de la Renaissance*, Paris, Les Belles Lettres, 1989, pp. 419-461 et « *Vox Lapidum* ». « *Dalla riscoperta delle iscrizioni antiche all'invenzione di un nuovo stile* scrittorio », dans *Actes du colloque d'Aquasparta et Urbino*, sept. 1993, p. p. F. Coarelli, P. Laurens, M. Luni, F. Vuilleumier, *Eutopia*, n° spécial, 1994, 3, I-2.

Notes des pages 358 à 384 617

5. Voir R. Zuber, *Les « Belles infidèles »*, o.c. (ch. II, n. 20).
6. Sur Jean Loret, auteur de la *Gazette rimée* ou *Muse historique*, voir Fernand Putz, *La Muse historique (1650-1655). L'univers de Jean Loret* (thèse), Luxembourg, 1983.
7. Voir les textes préliminaires (« Avertissement » et « Préface ») à ce premier recueil de *Contes et nouvelles en vers*, au t. I des *Œuvres complètes*, o.c. (« Préambule », n. 3), pp. 551-557.
8. La Fontaine, *Œuvres diverses*, pp. 349-459.
9. *Ibid.*, p. 357.
10. Éd. cit. (ch. IV, n. 3), t. V, p. 408, art. « Estro » : « ...Movimento della facoltà immaginativa, Impeto della mente, Furore, il quale eccita i poeti a comporre... », § III, « E genericamente per Furore che eccita a checchessia ; e più spesso applicasi con qualche aggiunto che determini, a Furore amoroso : ma è proprio più che altro di nobile scrittura... »
11. Voir notamment les notices p. p. J.-P. Collinet aux textes de l'éd. cit. du t. I des *Œuvres complètes* ; on y voit que c'est le *Décaméron* de Boccace qui vient en tête.
12. Marc Fumaroli, « La mélancolie et ses remèdes. Classicisme français et maladie de l'âme », dans *La Diplomatie de l'esprit*, o.c. (ch. II, n. 1).
13. La Fontaine, « Préface » des *Contes et nouvelles I*, éd. cit., p. 556.
14. Voir « La mélancolie... », cité n. 12.
15. G. Mongrédien, *Recueil...*, o.c. (« Préambule », n. 4), pp. 78-79.
16. Voir cette *Dissertation sur Joconde, lettre XII à Monsieur l'Abbé Le Vayer*, dans Boileau, *Œuvres complètes*, p. p. Antoine Adam, Paris, Gallimard, *Bibliothèque de la Pléiade* (188), 1966, pp. 309-324.
17. La Fontaine, *Œuvres diverses*, pp. 601-609.
18. Sur l'augustinisme de Pascal, voir Philippe Sellier, *Pascal et saint Augustin*, Paris, 1970, rééd. Paris 1995.
19. *Poème de la captivité de saint Malc*, dans *Œuvres diverses*, pp. 47-61.
20. Sur les premières imitations des *Fables*, notamment Furetière, voir P. Dandrey, *La Fabrique*, o.c. (« Préambule », n. 20), p. 29, n. 19 et plus généralement, J.-P. Collinet, *La Fontaine en amont et en aval*, Pise, Goliardica, 1988, coll. *Histoire et critique des idées*, n. 11.

21. « À Mme de Montespan » (1678), v. 31-32, *Fables choisies mises en vers*, L. VII et « Préface », Première partie (1665) des *Contes et Nouvelles en vers*, dans La Fontaine, *Fables, contes et nouvelles*, éd. cit., p. 248 et pp. 555 et 556.
22. Voir cette lettre du 12 février 1666 dans : G. Mongrédien, *Recueil*, o.c. (« Préambule », n. 4), p. 79.
23. Voir Claire Lesage, « Comment La Fontaine édita ses fables. 1668-1694 », dans le cat. de l'exp. *Jean de La Fontaine*, o.c. (« Préambule », n. 35).
24. Voir l'édition de Brossette des *Œuvres de Mr. Boileau Despréaux. Avec des éclaircissements historiques donnés par Lui-même*, t. I, Genève, Fabri et Barrillot, 1716, pp. 189-190, *Épître* I. *Au Roi*, « Remarques » sur le vers 150 ; dans éd. cit., p. p. A. Adam, p. 954.
25. Voir Claire Lesage et Anne Duprat, « Les fables ésopiques, un genre ancien et familier », dans le cat. de l'exp. *Jean de La Fontaine*, pp. 124-126. Voir aussi ci-dessous, pp. 384-385.
26. Sur Ésope et Orphée, voir Marie-Odile Sweetser, « Un nouvel Orphée : chant et charmes dans les *Fables* », dans *Hommages à Jean-Pierre Collinet*, Dijon, Éd. Universitaires, 1992, pp. 343-354.
27. Voir Jean Marmier, *Horace en France au XVIIe siècle*, Paris, 1968, et plus récemment Guy Lenoir, « La Fontaine et Horace », dans *Présence d'Horace*, Publ. de l'Univ. de Tours, 1988, coll. *Caesarodunum*, pp. 137-146.
28. Voir « Les *Fables* et la tradition humaniste... », dans notre édition des *Fables*, éd. cit. (ch. I, n. 22), pp. LXXXIX-CIII, et, dans la bibliographie, la rubrique « La tradition humaniste des *Fables*, Éditions du XVIe et du XVIIe siècle ».
29. Voir Marc Fumaroli, *L'Âge de l'éloquence : Rhétorique et « res litteraria » de la Renaissance au seuil de l'âge classique*, Genève, Droz, 1980 ; rééd. Paris, Albin Michel, 1994.
30. Voir en dernier lieu Anne-Marie Lecoq, « "*Qvieti et Mvsis Henrici II. Gall. R.*" Sur la grotte de Meudon », dans *Le Loisir lettré à l'âge classique*, essais réunis par Marc Fumaroli, Philippe-Joseph Salazar et Emmanuel Bury, Genève, Droz, 1996, pp. 93-115.
31. Sur Abstémius, cf. « Les *Fables* et la tradition humaniste... », cit. ci-dessus, p. LXXXII.
32. Voir *ibid.*, pp. LXXXIX-XC.

33. Sur Gilles Ménage, le livre d'Elvire Samfiresco, *Ménage, polémiste, philologue, poète*, Paris, L'Émancipatrice, 1902, n'a pas malheureusement été remplacé.
34. Sur Guillaume Colletet, voir plus loin, pp. 422 et suiv. Voir aussi P.A. Jannini, *Verso il tempo della ragione, Studi e ricerche su Guillaume Colletet*, Milan, Editrice Viscontea, 1965. Le même auteur a publié dans la coll. *Textes littéraires français*, Genève, Droz, 1965, les *Traités de l'épigramme et du sonnet* de Colletet.
35. *Livre des Lumières, ou la Conduite des rois, composé par le sage Pilpay, indien, traduit en français par David Sahib d'Ispahan, ville capitale de Perse*, Paris, S. Piget, 1644. Voir André Miquel, « La Fontaine et la version arabe des fables de Bidpai », dans *Revue de Littérature comparée*, janv.-mars 1964, pp. 35-50.
36. Voir le vers de la lettre à Saint-Évremond : « J'ai profité dans Voiture », La Fontaine, *Œuvres diverses*, p. 674.
37. « Les *Fables* et la tradition humaniste... », cit. ci-dessus, p. XCVII.
38. Antoine Furetière, *Les Paraboles de l'Évangile traduites en vers. Avec une explication morale et allégorique tirée des SS. Pères*, Paris, P. Le Petit, 1672, « Dédicace au roi », p. a-ii, r° et v°.
39. Alain-Marie Bassy, « Les *Fables*... », art. cit. (ch. I, n. 17).
40. Voir en dernier lieu le cat. de l'exp. *Les jardins de Versailles et de Trianon d'André Le Nôtre à Richard Mique* (château de Versailles, 1992), Paris, Réunion des Musées nationaux, 1992, et Michel Conan, « Les jardins chez La Fontaine », dans le cat. de l'exposition *Jean de La Fontaine*, cit. ci-dessus (« Préambule », n. 35), pp. 49-53.
41. Charles Perrault, *Le Labyrinthe*..., éd. cit. (ch. V, n. 35).
42. Cités et commentés par Michel Conan, art. cit. ci-dessus, p. 52.
43. Raphaël Trichet du Fresne, *Figures diverses*..., éd. cit. (ch. III, n. 41). Ce volume est illustré de gravures de G. Sadeler.
44. *Trattato della pittura di Leonardo da Vinci, novamente dato in luce con la vita dell'istesso autore scritta da Raff. du Fresne*, Paris, Langlois, 1651 (dédié à la reine Christine de Suède). Voir Julius von Schlosser et Otto Kurz, *La Littérature artistique. Manuel des sources de l'histoire de l'art moderne*, éd. mise à jour, Paris, Flammarion, 1984, p. 198.

45. Trichet du Fresne, o.c., pp. 3 et 11.
46. Cf. G. Lacour-Gayet, *L'Éducation*..., o.c. (ch. I, n. 10), pp. 61-65, p. 239.
47. Audin, prieur de Termes et de la Fage, *Fables héroïques comprenant les véritables maximes de la politique et de la morale*, 2ᵉ éd., Paris, J. Guignard, 1660 ; cit. pp. 188 et 191.
48. *Ibid.*, p. 192.
49. François Charpentier, *La Vie de Socrate*, 2ᵉ éd., Paris, A. de Sommaville, 1657, pp. 68-69.
50. *Ibid.*, pp. 69-70.
51. *Ibid.*, pp. 40-41.
52. *Ibid.*, p. 50.
53. Outre ce qui a été dit au Préambule, n. 20, et ch. II, n. 58, voir Lisa Tunick Sarasohn, « Epicureanism and the creation of a privatist ethic in early seventeenth-century France », dans *Atoms, pneuma, and tranquillity. Epicurean and stoic themes in European Thought*. Edited by Margaret J. Osler. Cambridge, Cambridge Univ. Press, 1991, pp. 175-195.
54. Voir René Pintard, *Le Libertinage érudit...*, o.c. (ch. III, n. 48).
55. Jean-Louis Guez de Balzac, *Socrate chrétien*, Paris, A. Courbé, 1652, pp. e-i r°-v°.
56. *Ibid.*, pp. e-iiii, r°-v°.
57. *Ibid.*, pp. e-vi, r°-v°.
58. *Ibid.*, p. i, r°.
59. *Ibid.*, pp. i, r°-v°.
60. *Ibid.*, pp. 124-125.
61. Voir la préface de Philippe Sellier à la Bible, traduction de Louis Isaac Lemaître de Sacy, Paris, Robert Laffont, coll. *Bouquins*, 1990.
62. La Fontaine, *Œuvres diverses*, pp. 590-595, 779-785, 939-946, 1093-1094.
63. Voir Marc Fumaroli, « Rhétorique d'école et rhétorique adulte : remarques sur la réception européenne du *Traité du Sublime* au XVIᵉ et au XVIIᵉ siècles », dans *Revue d'Histoire littéraire de la France*, 1986, I, pp. 33-51.
64. Voir G. Mongrédien, *Recueil*, o.c., p. 118 (sur le petit théâtre du duc du Maine, voir aussi ch. VIII, n. 6).
65. Réédition partielle *Traité de l'épigramme* et *Traité du sonnet*, voir ci-dessus (n. 34).
66. François Maynard a composé en particulier des Priapées, censurées par Valentin Conrart dans le recueil des *Œuvres*

de *Maynard* publié par ses soins (1646). Sur Maynard, voir *Maynard et son temps*, Actes du colloque de Toulouse (1973), Toulouse, 1976.
67. La Fontaine, *Œuvres diverses*, pp. 495-496.
68. Sur la mort de Scarron, *ibid.*, p. 514.
69. Voir ci-dessus, p. 376.
70. Les *Traités*, éd. cit. ci-dessus, p. 48.
71. *Ibid.*, p. 70.
72. *Ibid.*, p. 54.
73. *Ibid.*, p. 76.
74. *Ibid.*, p. 69.
75. *Ibid.*, p. 105.
76. Paul Pellisson, *Discours sur les œuvres de M. Sarasin*, dans les *Œuvres de Jean-François Sarasin*, Paris, Courbé, 1656, « Préface » ; reproduit dans *L'Esthétique galante*, o.c. (ch. III, n. 9), pp. 51-74.
77. L'abondance des recueils d'emblèmes ésopiques dans la littérature imprimée en France avant 1661 a été notée au ch. IV. La célèbre bibliographie de Mario Praz, *Studies in Seventeenth-century Imagery*, 2e éd., Rome, 1964, donne une idée de l'extension européenne de ce genre littéraire à la fois poétique et graphique. Georges Couton a attiré l'attention sur la dette des *Fables* de La Fontaine envers la forme de l'emblème et le genre du recueil d'emblèmes. Les éditeurs des *Fables* (notamment Régnier, dans la coll. *Les Grands écrivains de la France*, et J.-P. Collinet, éd. cit. « Préambule », n. 3) ont relevé les sources de La Fontaine chez les auteurs de recueils d'emblèmes ésopiques du XVIe siècle français : Haudent, Corrozet, La Perrière.
78. Sur l'esthétique d'Horace, voir la thèse soutenue en 1996 par Anne-Marie Lathière, *Horace : nature et poésie. Une poétique justifiée par une métaphysique*, Ire partie : « Les textes théoriques » ; IIe partie : « L'art horatien ».
79. Sur la notion de symbole chez les humanistes et sur l'élaboration d'un répertoire symbolique à la Renaissance, voir la thèse soutenue en décembre 1996 par Florence Vuilleumier, *La raison des figures symboliques à la Renaissance et à l'âge classique. Etude sur les fondements philosophiques, théologiques et rhétoriques de l'image*. L'Anacréon de la *Clélie* fait allusion aux *Vers dorés* de Pythagore.
80. Sur le jeu de l'apparence populaire et familière de l'énoncé dissimulant une signification philosophique et religieuse,

dans les *Symbola* de Pythagore, voir F. Vuilleumier, o.c. ci-dessus.

81. La structure de l'*emblema triplex* élaborée au XVIe siècle suppose une « âme » épigrammatique, un « corps » imagé, et un poème exégétique qui fait jaillir le sens des deux facettes distinctes du même symbole. Les emblèmes ésopiques de Baudoin, que nous avons évoqués au ch. IV, se plient à cette structure ternaire. La part de l'exégèse, chez cet auteur, comme chez le commentateur français des *Emblèmes* d'Alciat (où les apologues ésopiques jouent un rôle important), Claude Mignault, s'accroît même d'un commentaire en prose. Cette tendance à la prolifération des gloses est complètement absente chez La Fontaine. L'âme et le corps de la Fable sont confondus dans la vigoureuse *évidence* du récit, et l'exégèse est laissée au lecteur.

82. La notion théorique d'*emphasis* aurait pris le sens actuel emphase, selon T. Schirren (*Dictionnaire de termes de la rhétorique*, art. « Emphase », col. 1121-1123) par extension à la déclamation de son emploi dans la rhétorique musicale, où il désigne une insistance de la voix à charger de sens un mot du texte chanté, tandis qu'*accent* désigne cette même insistance portant sur une seule syllabe. Pour le sens originel d'*emphasis*, voir Lausberg, *Handbuch*, 3e éd., 1990, § 578, et l'article de T. Schirren cité ci-dessus. La notion doit surtout à Quintilien d'être entrée dans le vocabulaire de la critique littéraire humaniste : elle désigne la figure de pensée retenue employée par prudence ou par convenance. Quintilien cite (*Institution oratoire*, IX, 2, 65) le mot de Platon, à qui l'on demandait si Aristippe et Cléombrote, deux disciples de Socrate, dont on savait qu'ils festoyaient à Égine dans le temps d'emprisonnement de leur maître, étaient du moins venus l'assister à l'heure de sa mort. « Non, ils étaient à Égine. » La condamnation est d'autant plus terrible qu'elle est retenue. L'*emphasis* en ce cas est d'autant plus saisissante que, par une épigramme de Callimaque, nous savons que Cléombrote se suicida quand il lut le *Phédon*, où Platon raconte le dernier dialogue de Socrate en prison parmi ses disciples fidèles. Dans un autre passage (*ibid.*, VIII, 83), Quintilien range parmi les ornements du style cette manière de laisser entendre plus qu'on ne dit, afin de rendre la chose dont on parle plus intelligible. Il donne l'exemple : « Il faut être un homme », qui pourrait

bien être la source du « Je veux que l'on soit homme » d'Alceste. Dans la *Rhétorique à Herrenius* (67), l'*emphasis*, sous son nom latin de *significatio*, est définie comme la figure de pensée laissant deviner plus qu'elle ne dit. Et chez Cicéron (*De l'Orateur*, 139 et 202) la *significatio* est, soit une vertu du style (qui signifie plus qu'il ne dit), soit une figure de brièveté qui laisse entendre par peu de mots beaucoup de choses. Pour le XVIe siècle, voir Olivier Millet, *Calvin et la rhétorique de la parole, étude de rhétorique réformée*, Paris, Champion, 1992, pp. 377-382.

VII. LE VIVANT CONTRE LE MÉCANIQUE (pp. 443-501)

1. À défaut d'étude récente sur l'œuvre de Scarron, voir Jean Serroy, *Roman et Réalité. Les Histoires comiques au XVIIe siècle*, Paris, Minard, 1981 ; Marcel Simon, « Les *Épistres chagrines* de Scarron », dans *Littératures classiques*, n° 18, 1993 ; Jean Serroy, « Scarron journaliste », dans *Recherches et Travaux* (Grenoble), n° 48, 1995.
2. Sur le burlesque, voir F. Bar, *Le Genre burlesque en France au XVIIe siècle. Étude de style*, Paris, 1960, et plus récemment I. Landy et M. Ménard, *Burlesque et formes parodiques, Biblio 17*, 1987.
3. Sur Pellisson et la « Table Ronde », voir plus haut, ch. II, pp. 169-173.
4. Voir ci-dessus, ch. VI.
5. Sur l'intérêt porté par le roi au frère et aux sœurs de Mme de Montespan, notamment Mme de Thianges, voir Saint-Simon, éd. cit. (ch. I, n. 5), t. II, p. 473 en particulier.
6. Cette réplique du comte de Vivonne au roi est rapportée par Voltaire, *Le Siècle de Louis XIV*, ch. XXVI : « Suite des particularités et anecdotes ».
7. Sur l'esprit des Mortemart, voir Voltaire, *ibid.*
8. Mme de Sévigné à Mme de Grignan, 17 mai 1676, dans *Correspondance* p. p. Roger Duchêne, II (juillet 1675-septembre 1680), éd. cit., II, pp. 293-295, le récit de la rencontre p. 294.
9. Cité par le général comte de Rochechouart, dans *Histoire de la Maison de Rochechouart*, Paris, Allard, 2 vol., 1859, t. II, p. 132.
10. Sur Clagny : Pierre Bonassieux, *Le Château de Clagny et*

Mme de Montespan, d'après les documents originaux. Histoire d'un quartier de Versailles, Paris, Picard, 1881, et Claude de Montclos, La Mémoire des ruines. Anthologie des monuments disparus en France, Paris, Mengès, 1992, pp. 220-228.

11. Sur l'allégorie en général, voir Georges Couton, *Écritures codées. Essai sur l'allégorie au XVIIe siècle*, Paris, 1991. Sur l'allégorie dans la poésie mondaine, voir A. Genetiot, *Les Genres lyriques*..., o.c. (ch. III, n. 49). Sur le paysage allégorique, dont les plus célèbres sont le Parnasse et le Tendre, voir pour le premier : *Le Parnasse, un mythe de la République des Lettres et des Arts*, recueil dir. par Marc Fumaroli, à paraître aux éditions Odile Jacob ; pour le second : *Les Trois Scudéry*, o.c. (ch. III, n. 31), et L. Van Delft, *Littérature et anthropologie*, Paris, 1993, pp. 47-51, 69-86 et *passim*.

12. *La Promenade de Saint-Cloud, dialogue sur les auteurs*, publ. par François Bruys, *Mémoires historiques, critiques et littéraires*, Paris, 1751, t. II ; édition G. Monval, Paris, 1888.

13. *Ibid.*, p. 21, où est utilisé le *Recueil de pièces choisies*, La Haye, 1714, dont la Préface signale que « c'est à Chapelle, — dit La Monnoie d'après Callières — qu'est due une grande partie de ce qu'ont de plus beau les comédies de Molière... » ; sur les rapports entre Molière et Chapelle, voir A. Adam, *Histoire de la littérature*..., o.c. (ch. I, n. 44), pp. 214-215, 237.

14. En l'absence de la grande monographie que mériterait Saint-Réal, voir les articles de Jean-Paul Sermain, « Comment réussir auprès du prince ? Une image du pouvoir absolu à la mort de Colbert : le *Césarion* de Saint-Réal », dans *Actes du XIVe colloque du CMR 17*, Marseille, 1985 et « Rhétorique et politique dans la seconde moitié du XVIIe siècle. Le Modèle français », dans *Rhetorik*, Bd. 10, 1991. Voir aussi la réédition *De l'usage de l'histoire* de Saint-Réal, p. p. R. Démoris et Ch. Meurillon, Gerl, 17/18, Lille, 1980, accompagné de deux études sur « Saint-Réal et l'histoire » et « Saint-Réal et Pascal ».

15. Mme de Sévigné sur les fables du second recueil, 26 juillet et 2 août 1679, *Correspondance*, éd. cit., II, pp. 660-662.

16. Voir Jürgen Grimm, « "Quel Louvre ! un vrai charnier !" La représentation de la société de cour dans les *Fables* de

La Fontaine », dans *Littératures classiques*, n° 11, janv. 1989, pp. 221-231.
17. Voir Adnan Haddad, *Fables de La Fontaine d'origine orientale*, Paris, Sedes, 1984.
18. Sur Mme de La Sablière, voir Vicomte Menjot d'Elbenne, *Madame de La Sablière...*, o.c. (ch. II, n. 5) ; éd. Marc Fumaroli des *Fables*, note sur le *Discours à Madame de La Sablière*, pp. 935-937.
19. Voir Walckenaer, *Poésies diverses d'Antoine Rambouillet de La Sablière, de François de Maucroix*, etc., Paris, 1825 ; Tallemant des Réaux, *Historiettes*, éd. Adam, 1961, t. II, *passim*.
20. Satire X (1692-1694), *Contre les femmes*, éd. p. p. A. Adam, pp. 62-80, v. 425-437, notamment : « ... Bon, c'est cette Savante / Qu'estime Roberval, et que Sauveur fréquente. / D'où vient qu'elle a l'œil trouble, et le teint si terni ? / C'est que sur le calcul, dit-on, de Cassini, / ... elle a dans sa gouttière / À suivre Jupiter passé la nuit entière. / ... »
21. Menjot d'Elbenne, o.c. (n. 18), p. 69.
22. Pour situer le salon de Mme de La Sablière dans l'histoire de la conversation, voir Marc Fumaroli, « La conversation », dans *Trois Institutions...*, o.c. (ch. II, n. 8), pp. 113-210. Ce salon, où le débat philosophique joue un rôle important, préfigure sous Louis XIV celui de Mme Geoffrin. À noter que Mme de Lambert détenait la tradition de Mme de La Sablière (dont elle écrivit l'éloge) par Bachaumont, qui était le second mari de sa mère et l'ami de Chapelle.
23. Sur la cabale des princes du sang, voir Saint-Simon, *Mémoires*, loc. cit. ch. I, n. 5.
24. Voir L. Petit, « Madame de La Sablière et François Bernier », dans *Le Mercure de France*, CCCVIII (1950), pp. 670-683.
25. Voir éd. Marc Fumaroli des *Fables*, note sur le *Discours à Madame de La Sablière*, pp. 937-939.
26. Jacques Maritain, *Trois Réformateurs : Luther, Descartes, Rousseau*, Paris, Plon, 1926, p. 91.
27. *Œuvres diverses*, p. 670.
28. Lettre de Jean-Baptiste Rousseau à Brossette, 14 juillet 1715, dans *Correspondance de Jean-Baptiste Rousseau et de Brossette*, p. p. Paul Bonnefon, t. I, 1715-1729, Paris,

E. Cornély pour la Société des textes français modernes, 1910, p. 15.
29. *Poésie* (de Chaulieu et de La Fare), Amsterdam, 1724, etc., Londres, 1781, Paris, 1812, etc. Le chef-d'œuvre de La Fare, l'*Ode à la Paresse*, est le meilleur exemple d'une poésie mondaine purement épicurienne, claire, nonchalante, et ne se piquant pas d'art : « Présent de la seule nature, / Amusement de mon loisir, / Vers aisés par qui je m'assure / Moins de gloire que de plaisir, / Coulez, enfants de ma paresse. / Mais si d'abord on vous caresse, / Refusez-vous à ce bonheur : / Dites, qu'échappés de ma veine, / Par hasard, sans force et sans peine, / Vous méritez peu cet honneur. »
30. *Mémoires et réflexions sur les principaux événements du règne de Louis XIV*, Rotterdam 1716, Amsterdam, 1734, etc. ; éd. Michaud-Poujoulat, t. VIII, 1851, p. 260.
31. *Ibid.*
32. « Madrigal », dans *Poésies de Monsieur l'abbé de Chaulieu et de Monsieur le Marquis de La Fare*, Amsterdam, E. Roger, 1724, p. 169.
33. Mme de Sévigné, lettre à sa fille, 8 novembre 1679, *Correspondance*, éd. cit., II, p. 731.
34. Saint-Simon, *Mémoires*, o.c. (ch. I, n. 5).
35. *Œuvres diverses*, pp. 694-719.
36. Voir G. Bouriquet, *L'Abbé de Chaulieu*, Nizet, 1972.
37. Voir éd. des œuvres de La Fare par Chaulieu, ou Chaulieu, *Œuvres*, Amsterdam, 1733, Paris, 1757, réimpr. Slatkine, 1968.
38. Lettre du 31 août 1687, *Œuvres diverses*, p. 667.

VIII. LA MORT DU POÈTE (pp. 502-576)

1. Voir l'ouvrage classique de Frances Yates, *L'Art de la mémoire*, trad. Daniel Arasse, Paris, Gallimard, coll. *Bibliothèque des histoires*, 1975, notamment les pp. 13-15 et 39-42.
2. Sur la rhétorique et la politique humaniste de l'éloge, voir O.B. Hardison, Jr., *The Enduring Monument. A Study of the Idea of Praise in Renaissance Literary Theory and Practice*, Univ. of North Carolina Press, Chapel Hill, 1962, réimpression Greenwood Press, Westport, Connecticut,

1973 et spéc. la p. 36 pour les citations de Coluccio Salutati et de Laurent de Médicis.
3. *Œuvres diverses*, o.c. (ch. I, n. 2), pp. 682-694.
Cette opposition entre l'éloge et la flatterie sur laquelle je reviens souvent est ancienne, voir Laurent Pernot, *La Rhétorique de l'éloge dans le monde gréco-romain*, Paris, *Collection des Études Augustiniennes*, 1993. Saint-Simon, de son côté, a bien souligné la faiblesse du roi à cet égard : « Les louanges, disons mieux, la flatterie lui plaisait à tel point que les plus grossières étaient bien reçues, les plus basses encore mieux savourées. Ce n'était que par là qu'on s'approchait de lui, et ceux qu'il aima n'en furent redevables qu'à heureusement rencontrer, et ne se jamais lasser en ce genre... », éd. cit., p. 478 (1715). Voir aussi, sur la période précédente, Orest Ranum, *Artisans of Glory : writers and historical thought in XVIIth century*, Chapel Hill, 1960.
4. *Ibid.*, pp. 702-705. Remarquons que vingt-cinq ans plus tard, c'est dans la même société des Vendôme que Voltaire fit ses premières armes de poète. L'année de la mort de Louis XIV, il adressait à Philippe de Vendôme, Grand prieur du Temple et frère du duc (mort en 1712), une épître « pour réveiller l'enjouement badin » de cette « altesse chansonnière », où l'on retrouve bien des thèmes de l'inspiration de La Fontaine, notamment un certain pacifisme. Dans cette pièce le jeune Arouet voit en songe François Ier : « Il ne traînait point après lui / L'or et l'argent de cent provinces, / Superbe et tyrannique appui / De la vanité des grands princes ; / Point de ces escadrons nombreux, / De tambours et de hallebardes ; / ... Quelques lauriers sur sa personne, / Deux brins de myrte dans ses mains, / Étaient ses atours les plus vains ; / ... ». François Ier vante alors les chansons du prieur « si jolies » « que Marot les retient par cœur », il se compare alors lui-même au Grand prieur qui comme lui « aime les arts », « et les beaux vers par préférence » et le roi conclut : « Hors en amour, en tous les cas / Il tient, comme moi, sa parole / ... » Voltaire, *Œuvres complètes*, Paris, Hachette, 1879, t. 9, p. 180.
5. Voir notre étude « La Fontaine et l'Académie française », dans *Le Fablier*, n° 8 (1997).
6. Sur la collaboration entre Molière et Lully voir le numéro spécial de la revue XVIIe *siècle*, *Molière-Lully*, 1973, n° 98-

99, consacré à ce sujet. Sur l'ensemble du sujet, voir Marcelle Benoit, *Musique de cour Chapelle, Chambre, Écurie Recueil de documents 1661-1733 (La Vie musicale sous les Rois Bourbons)*, Paris, Picard, 1971.

7. On trouve cette anecdote rapportée dans une lettre (anonyme) adressée à Bussy-Rabutin. Voir l'édition de sa *Correspondance* par Ludovic Lalanne, Paris, Charpentier, 1858, t. II, pp. 415-416 : « Mme de Thiange a donné à M. du Maine en étrennes une chambre grande comme une table, toute dorée. Au-dessus de la porte il y a écrit *Chambre sublime*... Au-dehors des balustres, Despréaux, avec une fourche, empêche sept ou huit mauvais poètes d'approcher. Racine auprès de Despréaux et un peu plus loin La Fontaine auquel il fait signe de la main d'approcher ; toutes ces figures sont faites en cire en petit et chacun de ceux qu'elles représentent a donné la sienne : on les appelle la cabale sublime. » Voir G. Mongrédien, *Recueil des textes...*, o.c. (« Préambule », n. 4), p. 118.

8. Sur la collaboration entre La Fontaine et Lully, voir Henry Prunières, *La Vie illustre et libertine de Jean-Baptiste Lully*, Paris, Plon, 1929, pp. 155 et suiv., et plus généralement *Lully musicien Soleil*, Catalogue de l'exposition Versailles, 1987.

9. Sur la collaboration entre Quinault et Lully, voir Jérôme de La Gorce, « Un proche collaborateur de Lully : Philippe Quinault », dans XVIIe siècle *Le tricentenaire de Lully*, oct.-déc. 1988, n° 161, 40e année, n° 4, pp. 365-370. Sur le succès de *Bellérophon*, voir H. Prunières, o.c., pp. 202-205.

10. *Ibid.*, pp. 215 et 217.

11. On trouvera le texte de *Daphné* dans les *Œuvres diverses*, pp. 361-406. Les livres composés par La Fontaine n'ont guère retenu l'attention des critiques. On peut cependant consulter l'ouvrage de Jean-Pierre Collinet, *Le Monde littéraire de La Fontaine*, o.c. (ch. V, n. 14), pp. 339-347.

12. Voir notre étude *L'Inspiration du poète de Poussin*, Paris, Réunion des Musées nationaux, 1989 ; reprise dans *L'École du silence. Le sentiment des images au XVIIe siècle*, Paris, Flammarion, coll. *Idées et recherches*, 1994.

13. Évrard Titon du Tillet a exposé en détail le projet d'un tel monument dans un ouvrage illustré de nombreuses gravures : la *Description du Parnasse françois exécuté en bronze à la gloire de la France et de Louis le Grand, et à*

la mémoire perpétuelle des illustres poètes et des fameux musiciens français..., Paris, 1718. Voir Judith Colton, *The Parnasse François : Titon du Tillet and the origins of the Monument to Genius*, Yale University Press, 1979.
14. « Sur la mort de M. Colbert qui arriva peu de temps après une grande maladie qu'eut le chancelier M. Le Tellier » : « Colbert jouissait par avance / De la place de chancelier, / Et sur cela pour Le Tellier / On vit gémir toute la France. / L'un revint, l'autre s'en alla : / Ainsi ce fut scène nouvelle, / Car la France, sur ce pied-là, / Devait bien rire... Aussi fit-elle. ». La Fontaine, *Œuvres diverses*, p. 638.
15. La Fontaine, *Œuvres diverses*, pp. 638-639.
16. Anecdote rapportée par l'abbé d'Olivet dans son *Histoire de l'Académie française* (1729). Voir G. Mongrédien, *Recueil des textes...*, o.c., pp. 137-138.
17. *Œuvres diverses*, p. 677.
18. Parmi les nombreux travaux consacrés à ce sujet, renvoyons seulement à l'ouvrage classique de Raymond Klibansky, Erwin Panofsky et Fritz Saxl, *Saturne et la mélancolie*, trad. Fabienne Durand-Bogaert et Louis Évrard, Paris, Gallimard, *Bibliothèque des Histoires*, 1989 ; à notre article « Nous serons guéris si nous le voulons : classicisme français et maladie de l'âme », dans *Le Débat*, n° 29 (mars 1984), repris dans *La Diplomatie de l'esprit*, o.c. (ch. II, n. 1), pp. 403-439 ; à notre contribution au *Précis de littérature française du XVIIe siècle* dirigé par Jean Mesnard, Paris, Presses Universitaires de France, 1990, « Saturne et les remèdes à la mélancolie », pp. 29-46 ; ainsi qu'à la récente étude de Patrick Dandrey, « La rédemption par les lettres dans l'occident mélancolique (1570-1670) », dans *Le Loisir lettré à l'âge classique*, essais réunis par Marc Fumaroli, Philippe-Joseph Salazar et Emmanuel Bury, Genève, Droz, 1996, pp. 63-91.
19. *Œuvres diverses*, pp. 720-724, « À Monsieur l'abbé Verger... » ; cit. p. 720.
20. Quinault, *L'Amour malade*, 1676, nous n'avons pas pu vérifier le titre et le texte donnés ici. Voir William Brooks, *Bibliographie critique du théâtre de Quinault, Biblio 17, 38, Papers on French Seventeenth...*, 1988.
21. *Œuvres diverses*, pp. 633-635.
22. Saint-Simon, éd. cit. (ch. I, n. 5), t. III, pp. 112-114.
23. Sur le cycle de fables adressées au Dauphin, on consultera

Jürgen Grimm, « "Malgré Jupiter même et les temps orageux" : pour une réévaluation du livre XII des *Fables* », dans *Le Pouvoir des fables, études lafontainiennes*, I, Paris-Seattle-Tübingen, PFSCL, coll. *Biblio 17*, 1994, pp. 161-172 ; et la préface et les notes de notre édition des *Fables*, Paris, Imprimerie nationale, coll. *Lettres françaises*, 1985, reprise au Livre de Poche, coll. *La Pochothèque*, 1995.

24. Voir Jeanne-Lydie Goré, *L'Itinéraire de Fénelon. Humanisme et spiritualité*, Paris, Presses Universitaires de France, 1957.

25. Ce portrait de Fénelon dans Saint-Simon, éd. cit., V, p. 144 (1715), au moment de la mort du prélat. Un autre portrait éd. cit., IV, pp. 209-211 (1711).

26. Sur ce sujet en général, voir Louis Châtellier, *L'Europe des dévots*, Paris, Flammarion, 1987.

27. *Œuvres diverses*, pp. 591-595.

28. Cité par Urbain V. Chatelain, *Le Surintendant Nicolas Foucquet*, o.c. (ch. II, n. 40), p. 546.

29. Voir les Actes du colloque de Saint-Cyr (juin 1986) organisé à l'occasion du tricentenaire de la fondation de la Maison royale de Saint-Louis, publiés dans la *Revue de l'histoire de Versailles et des Yvelines*, t. 74 (1990) ; d'autres communications figurent dans les t. 74 (1990), 75 (1991) et 77 (1993).

30. Cf. R. Picard, *La Carrière...*, o.c. (ch. I, n. 49), pp. 393-432.

31. Voir le livre de F.-X. Cuche, *Une pensée sociale...*, o.c. (ch. III, n. 58).

32. Sur la pensée sociale de La Bruyère, voir F.-X. Cuche, *ibid.*

33. Sur cette question, voir plus particulièrement les vues critiques de Roland Mousnier, « Les idées politiques de Fénelon », dans *XVIIe siècle*, 1951-1952, n°s 12-13-14, pp. 190-207. On donne le nom de « Tables de Chaulnes » au programme politique élaboré par Fénelon et le duc de Luynes à la mort du Grand Dauphin.

34. Voir la récente édition de cette *Lettre à Louis XIV* procurée par François-Xavier Cuche et précédée d'un essai « Un prophète à la cour », Rezé, Séquences, coll. *L'Ire du Temps*, 1994 ; ainsi que les éditions de références dues à Jean Orcibal aux t. et vol. II et III de la *Correspondance* de Fénelon, Paris, Klincksieck, 1972, et Jacques Le Brun dans le vol. I

des *Œuvres*, Paris, Gallimard, *Bibliothèque de la Pléiade*, 1983.

35. Fénelon traduisit en latin des fables de La Fontaine, voir *Fables choisies de J. de La Fontaine (Fabulae Selectae J. Fontani) traduites en prose latine par F. de Salignac Fénelon Nouvelle édition critique* [...] par L'abbé J. Bézy, Paris, Picard, 1904.
36. Voir notre contribution au *Précis de Littérature française du XVII*^{e} *siècle* dirigé par Jean Mesnard, Paris, Presses Universitaires de France, 1990, ch. II : « Le retour d'Astrée », pp. 47-64.
37. Étudié notamment par Marie-Odile Sweetser, « Conseils d'un vieux Chat à une jeune Souris : les leçons du livre XII », dans *Papers on French Seventeenth...*, vol. XXIII (1996), n° 44, pp. 95-103.
38. *Daphnis et Alcimadure*, éd. cit. (« Préambule », n. 3), pp. 500-502.
39. Voir l'ouvrage de Léon Petit, *La Fontaine et Saint-Évremond ou la tentation de l'Angleterre*, Toulouse, Privat, 1953.
40. Voir la belle étude de Bernard Beugnot, « Autour d'un texte : l'ultime leçon des *Fables* », dans *Mélanges de littérature française offerts à René Pintard*, Strasbourg, 1975, pp. 291-301. L'auteur a prolongé ses réflexions dans son récent ouvrage *Loin du monde et du bruit : le discours de la retraite au XVII*^{e} *siècle*, Paris, Presses Universitaires de France, coll. *Perspectives littéraires*, 1996.
41. Voir *Œuvres diverses*, p. 741.
42. Cité dans *Œuvres diverses*, pp. 1062-1063.
43. *Rituale romanum Pauli V.* [...], « De sacramento extremae unctionis », Parisiis, 1645.
44. Sur l'abbé Pouget, voir ci-dessus ch. I, n. 1.
45. Sur *La Captivité de saint Malc*, voir ce qui en a été ci-dessus, le texte de La Fontaine, dans *Œuvres diverses*, pp. 49-61.
46. « Le Chemin de velours, ballade sur Escobar », dans *Œuvres diverses*, pp. 587-588 ; « Stances sur le même », *ibid.*, pp. 588-590.
47. Sur la part de La Fontaine dans l'élaboration de ce recueil, voir *Œuvres diverses*, pp. 939-946, notice de P. Clarac.
48. Parlant de Racan et Malherbe dans la fable « Le Meunier, son Fils et l'Âne » (III, 1, v. 9-10), La Fontaine écrit : « Ces

deux rivaux d'Horace, héritiers de sa Lyre, / Disciples d'Apollon, nos Maîtres pour mieux dire, /... ».

49. Sur ce très vaste sujet, on peut consulter le récent ouvrage d'Anne-Élisabeth Spica, *Symbolique humaniste et emblématique. L'évolution et les genres (1580-1700)*, Paris, Champion, coll. *Lumière classique*, 1996, ainsi qu'à notre article « Hiéroglyphes et lettres : la "Sagesse mystérieuse des Anciens" au XVIIe siècle », dans *XVIIe siècle*, n° 158, janv.-mars 1988, pp. 7-20.

50. On lira l'essentiel de ce récit dans le *Recueil des textes...* rassemblé par G. Mongrédien, o.c., pp. 181-183. La question de la conversion de La Fontaine a été l'objet de vues critiques très contrastées, notamment dans le premier quart de notre XXe siècle : voir les études citées par G. Mongrédien, *ibid.*, p. 184, n. 1.

51. Sur Racan, poète religieux, voir Raymond Picard, *La Poésie française de 1640 à 1680. Poésie religieuse, épopée, lyrisme officiel*, Société d'Édition d'Enseignement Supérieur, 1965, pp. 99-113 et C.K. Abraham, *Enfin Malherbe... The Influence of Malherbe on French Lyric Prosody, 1605-1674*, Lexington, Kentucky, 1971.

52. *Recueil de poésies chrétiennes et diverses (1671)*, « Paraphrase du Psaume XVII Diligam te, Domine », v. 11-30 et 81-100, *Œuvres diverses*, pp. 591-595 ; cit. pp. 591 et 593.

53. « Officium defunctorum », texte liminaire, dans *Rituale parisiense ad Romani formam expressum, authoritate Illustrissimi et Reverendissimi in Christo Patris D. D. Joannis Francisci de Gondy, Parisiensis Archiepiscopi editum*, Paris, Cramoisy, 1654, pp. 173-226.

54. Lettre de La Fontaine à Maucroix du 26 octobre 1693, dans *Œuvres diverses*, pp. 727-730, voir les témoignages sur les deux dernières années de La Fontaine dans Roger Duchêne, o.c., pp. 508 et suiv.

55. « Traduction paraphrasée de la prose *Dies irae* », strophes 1-2-3 et 8, dans *Œuvres diverses*, pp. 734-736 ; cit. pp. 734 et 735. Une première version de cette *Traduction* fut lue le 15 juin 1693 lors de la réception à l'Académie française de La Bruyère et de l'abbé Bignon.

56. Sur la religion de La Fontaine, voir Léon Petit, *La Fontaine à la rencontre de Dieu*, « Troisième partie : La Fontaine

converti. Le pathétique de l'heure suprême », pp. 155-181, Paris, Nizet, 1970.
57. Maucroix, *Mémoires*, p. p. Louis Paris, Reims, Société des Bibliophiles, 1842.
58. Version latine donnée par Fénelon au duc de Bourgogne, le 14 avril 1695 dans G. Mongrédien, o.c., pp. 192-193 et dans l'abbé Bézy, o.c. à la n. 35 ci-dessus, pp. 143-144.

REMERCIEMENTS

Les défauts de cet ouvrage, je les vois trop bien, sont tous de mon fait. S'il a quelque mérite, je ne saurais assez reconnaître la dette que j'ai contractée en l'écrivant envers mes auditeurs du Collège de France, qui ont fidèlement suivi et commenté sa première version sous forme de conférences, envers les dévoués collaborateurs de ma chaire du Collège, qui m'ont généreusement aidé à faire mûrir cette esquisse et à lui donner corps, envers la Société des Amis de Jean de La Fontaine, qui a récréé à Paris et à Château-Thierry un milieu fervent et favorable à une meilleure connaissance du poète, envers mes collègues et confrères, français et étrangers, écrivains, philosophes, historiens, professeurs de littérature, envers mes amis et mes élèves, qui ont tous bien voulu écouter, lire et relire attentivement, à un stade ou à un autre de mon manuscrit, ses divers états ou épreuves, enfin et surtout à mon éditeur Bernard de Fallois, dont l'intelligence et l'affection n'ont cessé de me soutenir dans mes recherches, et à qui de grand cœur je dédie ce livre.

Table

Préambule 9

Chapitre I. L'Olympe et le Parnasse 49
Un jeune roi, d'antiques Sphinx 52
La Bible des poètes 69
Le Parnasse de 1660 74
Apollon aux enfers 77
Fidélité poétique et engagement politique 81
Apollon et le roi de France 88
Auguste, Mécène et Daphnis 91
Louis XIV et ses poètes 93
La poésie clandestine 96
Corruption de la parole, corruption du siècle 103
Politique culturelle 108
Survivre à Foucquet 120
Le poète royal malgré tout 123

Chapitre II. Dans les années profondes :
de l'Arcadie à l'Académie 130
Champenois ou Parisien ? 130
L'Arcadie d'un poète-né 138
L'Astrée, terre natale des poètes 143
Un aîné par l'âme : Tristan L'Hermite 147
Une Renaissance médiévale française 152
L'engagement contemplatif du poète 154
Une compagnie de chevaliers et de bergers 157
Un premier chef de file : Tallemant des Réaux .. 161

La gaîté de la Renaissance à Paris 166
Un Mentor pour les « paladins » :
  Paul Pellisson 169
La politique des Lettrés 173
Pellisson et la renaissance des Lettres antiques .. 175
Pellisson et l'hellénisme français 183
De l'Académie à la République des Lettres 184
Les « années profondes » d'un poète-né 187

CHAPITRE III. L'AMITIÉ ET LA CRAINTE 193
Sur le Parnasse de Vaux 193
Alexandrie à Paris : l'*Adonis* 201
L'amitié à deux têtes : *Le Songe de Vaux* 214
L'Astrée à Paris : la *Clélie* 220
Un homme d'État littéraire : Nicolas Foucquet .. 226
La Fontaine-Anacréon 228
L'amitié au-dessus de la patrie 233
La diplomatie de l'esprit 237
L'État et le royaume, Hobbes et Gassendi 242

CHAPITRE IV. NICOLAS FOUCQUET, OU COMMENT
  ON NE DEVIENT PAS LE FAVORI DE LOUIS XIV 248
Aristippe le philosophe, les rois et leurs favoris . 251
Louis XIII, son ministre d'État et ses favoris 253
Foucquet candidat à l'amitié du roi, non
  à sa faveur 257
Les enjeux de la rivalité du serpent
  et de l'écureuil 259
Conquérir la confiance de l'opinion 263
Première apparition du roi sur la scène
  politique 265
Le hallali 269
Foucquet et ses amis réagissent au coup d'État .. 272
L'ombre de François-Auguste de Thou 273
La révolte de la conscience 276
Voix du fond de la prison 278
Le roi exerce à sa manière le droit de grâce 281
L'anéantissement de Foucquet 282
Le royaume fêlé par l'État 284

« Que l'empire des cœurs n'est pas
de votre empire » 288

CHAPITRE V. LE REPOS ET LE MOUVEMENT 291
La Machine à gloire 298
Le grand style d'État 303
Du bon usage de la disgrâce : La Fontaine
en voyage 305
La société du spectacle 316
Deux génies dans la société du spectacle 329
À l'écart du Château 335
Un témoin distrait de la société du spectacle 337

CHAPITRE VI. LE SUBLIME ET LE SOURIRE 355
Un théâtre de poche sous le Grand roi 359
Un art d'aimer galamment 369
Ironie et tendresse : le romantisme galant 376
Ésope, de Foucquet à Louis XIV 384
Ésope et Orphée 388
Ésope, au Louvre, à Vaux-le-Vicomte
et à Versailles 401
Ésope, Socrate et Épicure 407
La querelle du sublime 411
Ésope et Horace : les abeilles et leurs pointes 420
Le manifeste de la génération de 1660 429
Le lyrisme continué par d'autres moyens 432

CHAPITRE VII. LE VIVANT CONTRE
LE MÉCANIQUE 443
Le théâtre, critique de la raison d'État 447
Les emplois de l'Olympe : Minerve,
Jupiter-Mars, Vénus 453
La Carte de la Cour 459
L'amitié dans le labyrinthe du monde 465
Les deux abeilles 479
Abeilles et araignées 488
Le poète et les princes 493

CHAPITRE VIII. LA MORT DU POÈTE	502
Le Parnasse et l'Académie	507
Mens sana in corpore sano	518
De Foucquet à Fénelon	523
Le Livre XII des *Fables*	535
Dieu de miséricorde ou Dieu de crainte	543
Le glas de la Renaissance	547
Taedet animam meam vitae meae	558
La Fontaine et le lyrisme religieux	563
Mme de La Sablière l'emporte sur La Fare	568
Dies irae, dies illa	570
NOTES	577

DU MÊME AUTEUR

Édition des *Mémoires de Henri de Campion*, Mercure de France, 1967, rééd. 1991.

L'Âge de l'éloquence : rhétorique et « res literaria » de la Renaissance au seuil de l'époque classique, Genève, Droz, 1980 ; rééd. Albin Michel, 1994.

Édition des *Fables* de La Fontaine, Imprimerie nationale, 1985 ; rééd. La Pochothèque, Hachette, 1995.

Héros et orateurs, rhétorique et dramaturgie cornéliennes, Genève, Droz, 1990 ; 2e éd. revue et corrigée, 1996.

L'État culturel. Une religion moderne, Éditions de Fallois, 1991 ; rééd. Le Livre de Poche, Hachette, 1992.

La Diplomatie de l'esprit, Paris, Hermann, 1995.

L'École du silence, le sentiment des images au XVIIe *siècle*, Paris, Flammarion, 1995.

Le Loisir lettré à l'âge classique (avec d'autres auteurs), Genève, Droz, 1996.

Composition réalisée par NORD COMPO

IMPRIMÉ EN FRANCE PAR BRODARD ET TAUPIN
La Flèche (Sarthe).
LIBRAIRIE GÉNÉRALE FRANÇAISE - 43, quai de Grenelle - 75015 Paris
ISBN : 2 - 253 - 90461 - 9 ♦ 42/0461/6